普通高等教育电气信息类应用型规划教材

计算机网络

李军怀　吕林涛　张　翔　编著

科学出版社
北　京

内 容 简 介

计算机网络是计算机科学与技术及相关专业的主干课程之一，本书根据计算机网络课程的教学重点，结合计算机网络最新发展及应用状况而编写。全书以较成熟的计算机网络技术为核心，结合当前网络与通信的新技术、新成果，阐述计算机网络的基本概念、原理、应用技术和最新发展状况。

全书共分 10 章，全面系统地介绍了计算机网络的基本原理和体系结构，数据通信的基本知识。以 TCP/IP 模型为主线，介绍了物理层、数据链路层、局域网、广域网、网络层、运输层、应用层、网络安全与管理以及网络系统设计与配置技术等内容。为便于教师教学及学生自学，各章末均附有习题。

本书可供计算机及相关专业本科生作为教材使用，也可供从事计算机网络工作的工程技术人员学习参考。

图书在版编目（CIP）数据

计算机网络/李军怀，吕林涛，张翔编著. —北京：科学出版社，2016

（普通高等教育电气信息类应用型规划教材）

ISBN 978-7-03-046758-4

Ⅰ. ①计… Ⅱ. ①李…②吕…③张… Ⅲ. ①计算机网络 Ⅳ. ①TP393

中国版本图书馆 CIP 数据核字（2015）第 322424 号

责任编辑：陈晓萍 孙露露/责任校对：陶丽荣

责任印制：吕春珉/封面设计：耕者设计工作室

科学出版社 出版

北京东黄城根北街 16 号

邮政编码：100717

http://www.sciencep.com

新科印刷有限公司 印刷

科学出版社发行 各地新华书店经销

*

2016 年 2 月第 一 版 开本：787×1092 1/16

2020 年 7 月第三次印刷 印张：17 1/4

字数：410 000

定价：36.00 元

（如有印装质量问题，我社负责调换〈新科〉）

销售部电话 010-62136230 编辑部电话 010-62138978-2009

前　言

计算机网络是计算机科学的重要分支，本书根据计算机网络课程的教学重点，结合计算机网络最新发展及应用状况而编写。

本书共分 10 章，参考学时数为 40～60。第 1 章主要介绍了计算机网络的形成与发展过程、计算机网络的定义与分类、计算机网络的组成、网络协议与体系结构、网络标准与标准化组织、计算机网络的功能与应用以及计算机网络性能指标；第 2 章首先讨论物理层的基本概念，然后介绍有关数据通信的基本知识、数据编码、多路复用技术，以及各种传输介质的主要特点，最后介绍了几种常用的物理层标准；第 3 章介绍了数据链路层控制的目的及功能、帧的装配和识别、差错控制、数据链路层协议、HDLC 协议、SLIP/PPP 协议等技术；第 4 章首先介绍局域网的基本特点和技术，接着讨论了局域网的参考模型，随后介绍了几种局域网络标准，分别是以太网络、令牌环网，最后介绍了局域网技术、无线局域网和局域网互连技术；第 5 章介绍了广域网的基本概念、数据通信技术以及 X.25、帧中继、ATM 和 MPLS 等广域网络技术；第 6 章首先介绍了网络层及网络互连的基本概念和一些互连设备，然后重点讨论了网络互连的核心内容 IP 协议、路由原理及协议、IP 多播技术、Internet 组管理协议 IGMP 和网际协议 IPv6 的主要内容；第 7 章主要介绍运输层的功能以及在 TCP/IP 协议簇中运输层所采用的协议 UDP 和 TCP；第 8 章首先介绍了网络应用模型 Web，然后重点介绍了 DNS、Web、FTP、Telnet、E-mail、DHCP 等应用；第 9 章主要介绍了网络安全的概念、加密与认证技术、防火墙以及网络管理技术；第 10 章介绍了计算机网络系统的规划与设计原则，局域网和广域网的构建技术，网络布线系统及机房建设等内容，最后给出了一个网络系统设计与实施的例子。

本书编写过程中，注重系统性、实用性、先进性，注意追踪计算机网络发展的最新技术；坚持理论与实际相结合，基本原理阐述与实验技能介绍相结合；强调基本原理，概念准确、论述严谨、内容新颖，既考虑教材所介绍技术的成熟性，又考虑其具有一定的先进性，力求反映网络的最新发展成果。

本书由西安理工大学李军怀策划与编写。其中，第 1、2、4、6、7、8 章及第 9 章的 9.1、9.2 小节由李军怀编写；第 3 章及第 9 章的 9.3、9.4 小节由吕林涛编写；第 5、10 章由张翔编写。

由于时间和水平有限，书中难免存在一些缺点和错误，殷切希望广大读者批评指正。

本书编写过程中参考和引用了大量的参考文献（在书后列出），在此向被引用文献的所有作者表示衷心的感谢！

编　者

于西安理工大学计算机科学与工程学院

2016 年 1 月

目　　录

第1章 概 述

随着科学技术的发展和人类社会的进步，计算机技术与通信技术的紧密结合产生了计算机网络这一新的事物。计算机网络涉及通信与计算机两个领域的重要技术，它的诞生使计算机体系结构发生了巨大变化。计算机网络在当今社会经济中起着非常重要的作用，已经渗透到了社会生活的各个领域，成为人们工作、学习、生活中不可缺少的重要组成部分。

本章主要介绍计算机网络的形成与发展过程、计算机网络的概念与分类、计算机网络的组成、计算机网络体系结构、网络标准与标准化组织，以及计算机网络的主要性能指标。

1.1 计算机网络的形成与发展

计算机网络的广泛应用正在改变着人们的工作方式和生活方式，不断引起世界范围内产业结构的变化，在经济、政治、文化、军事、教育和社会生活各个领域内发挥着越来越重要的作用。网络的出现，使世界变得越来越小，生活节奏越来越快，并且扩大了计算机的应用范围，为信息化社会的发展奠定了技术基础。

计算机网络涉及通信与计算机两个领域，它的发展过程是计算机与通信（Computer and Communication，C&C）融合的过程。两者的融合主要表现在以下两个方面：

① 通信网络为计算机之间的数据传递和交换提供了必要手段。

② 数字计算机技术的发展渗透到通信技术中，又提高了通信网络的各种性能。

1.1.1 计算机网络的发展过程

计算机网络技术始于20世纪50年代，从单机与终端之间的远程通信，发展到今天世界上数亿台计算机、移动终端等设备的互连；从4.8Kb/s争用型无线电频道传输系统，发展到无屏蔽双绞线、光纤上10Gb/s的网络系统。计算机网络发展过程的规律是由简单到复杂，由低速到高速，从单机到多机，由终端与计算机之间的通信到计算机与计算机之间的直接通信。计算机网络的发展经历了以下4个阶段。

第一阶段：以单个计算机为中心的远程联机系统，构成面向终端的计算机网络；计算机技术与通信技术相结合，形成计算机网络的雏形。

第二阶段：多台计算机通过通信线路互连的计算机网络；在计算机通信网络的基础上，完成了网络体系结构与协议的研究，形成了计算机网络。

第三阶段：具有统一的网络体系结构、遵循国际通信标准化协议的计算机网络；在解决计算机连网与网络互连标准化问题的背景下，提出了开放系统互连参考模型与协议，促进了符合国际标准的计算机网络技术的发展。

第四阶段：Internet 发展和普及阶段。计算机网络向互连、高速、智能化方向发展，并获得广泛的应用。

在计算机网络发展的过程中，最具代表性的是 20 世纪 70 年代美国国防部高级研究计划局（Defense Advanced Research Project Agency，DARPA）的 ARPANET（或称为 ARPA 网）。它采用了“存储转发—分组交换”原理，标志着计算机网络的兴起，也标志着人类进入了计算机网络技术的新时代。1969 年，ARPANET 只有 4 个结点，1973 年发展到 40 个结点，1983 年已经达到 100 多个结点。ARPANET 通过有线、无线与卫星通信线路，覆盖了从美国本土到欧洲与夏威夷的广阔地域。ARPANET 是计算机网络技术发展的一个重要里程碑，它对发展计算机网络技术的主要贡献表现在以下 4 个方面：

① 完成了对计算机网络的定义、分类与子课题研究内容的描述。

② 提出了资源子网、通信子网两级网络结构的概念。

③ 研究了报文分组交换的数据交换方法。

④ 采用了层次结构的网络体系结构模型与协议体系。

ARPANET 的试验成功使得计算机网络的概念发生了根本的变化，它所采用的一系列技术为计算机网络的发展奠定了基础，它所提出的一些概念和术语至今仍被采用。因此，ARPANET 有“分组交换网之父”的殊誉。此后，许多大学、研究中心、企业集团和主要工业国家纷纷研制和建立专用的计算机网和公用交换数据网。图 1-1 所示为 ARPANET 的示意图。

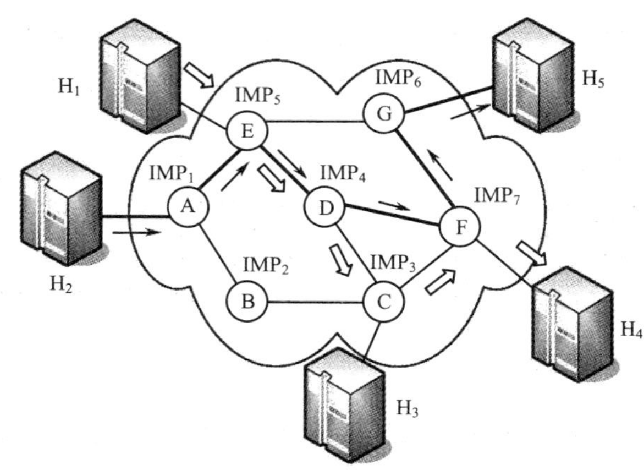

IMP——接口报文处理机；H_1～H_5——主机

图 1-1 美国的 ARPANET 示意图

ARPANET 是一种由通信子网（communication subnet）和资源子网（resource subnet）组成的两级结构的计算机网络。

① 通信子网：由接口报文处理机（Interface Message Processor，IMP）和它们之间互连的通信线路一起负责主机（host）之间的通信任务，构成了通信子网，实现信息传输与交换。

② 资源子网：由通信子网互连的主机组成资源子网，它负责信息处理、运行用户应用程序、向网络用户提供可共享的软硬件资源。

例如，在图 1-1 中，当某主机（如 H_2）要与远地另一主机（如 H_5）进行通信、信息交换时，H_2 首先将信息送至本地直接与其相连的 IMP_1 暂存，通过通信线路沿着适当的路径转发至 IMP_5 暂存，路径按一定的原则（静态或动态）来进行选择；然后，依次经过中间的 IMP_4 和 IMP_7 中转，最终传输至远地的 IMP_6，并送到与之直接相连的目的主机 H_5。

因此，由 IMP 组成的通信子网，在通信双方各 IMP 之间完成信息的"存储—转发"（store and forward）任务。这种方式使通信线路不为某对通信双方独占，大大提高了昂贵的通信线路的利用效率。ARPANET 中"存储—转发"的信息基本单元是分组（packet），系统将整个要交换的信息报文（message）分成若干个信息分组，对每个分组按"存储—转发"的方式在通信子网上传输，因此这种以"存储—转发"方式传输分组的通信子网又称为分组交换数据网（Packet Switched Data Network，PSDN）。

ARPANET 的深远影响在于，由它开始发展成今天在世界范围内广泛应用的国际互连网络 Internet，而它采用的 TCP/IP 协议族已成为事实上的国际标准。以 ARPANET 的分组交换网为先驱，20 世纪 70 年代到 80 年代中期，计算机网络发展十分迅速，出现了大量的计算机网络。

1.1.2 Internet 的发展

20 世纪 70 年代末期，国际标准化组织（International Organization for Standardization，ISO）成立了开放系统互连（Open System Interconnection，OSI）分委员会，研究和制定网络通信标准，以实现网络体系结构的国际标准化。1984 年，ISO 正式颁布了一个称为"开放系统互连基本参考模型"的国际标准 ISO 7498，简称为 OSI/RM（Open Systems Interconnection-Reference Model）。该模型分为 7 个层次，有时也称为 OSI 7 层模型。OSI 模型目前已被国际社会普遍接受，并被公认为计算机网络体系结构的基础。

OSI 体系结构使得各个计算机厂商能够遵循共同的模型开发相应的网络软件产品，从而便于不同厂商的计算机网络软硬件产品能够互相连接、互相通信与操作，促进了网际互连（即不同类型网络相连问题），最终形成开放式标准化的网络。

20 世纪 80 年代，微型计算机有了很大发展。这种更适合办公室环境和家庭使用的新型计算机对社会生活的各个方面都产生了深刻的影响。同时，局域网技术也得到了相应的发展。1980 年 2 月，IEEE 802 局域网标准出台。

进入 20 世纪 90 年代后，局域网成为计算机网络结构的基本单元。网络间互连的要求越来越强烈，以真正达到资源共享、数据通信和分布处理作为目标。伴随着局域网技术日渐成熟，出现了光纤及高速网络、智能网络等技术。整个网络就像一个对用户透明的、大的计算机系统，最终发展为以 Internet 为代表的互联网。

1977～1979 年，ARPANET 推出了 TCP/IP 体系结构和协议。1980 年前后，ARPANET 上的所有计算机开始了 TCP/IP 协议的转换工作，并以 ARPANET 为主干网建立了初期的 Internet。1983 年，ARPANET 的全部计算机完成了向 TCP/IP 的转换，并在 UNIX（BSD 4.1）上实现了 TCP/IP。ARPANET 在技术上最大的贡献就是 TCP/IP 协议的开发和应用。在 1981～1984 年，先后建立了美国科学教育网 CSNET（Computer Science Network）和因时网 BITNET（Because It's Time Network）。1984 年，美国国家科学基金会 NSF（National Science Foundation）规划建立了 13 个国家超级计算中心及国家教育科技网，随后替代了 ARPANET 的骨干地位。1988 年 Internet 开始对外开放，1991 年 6 月，在连通 Internet 的计算机中，商业用户首次超过了学术界用户，从此 Internet 的成长速度一发不可收拾。

1993 年是 Internet 发展过程中非常重要的一年，在这一年中 Internet 完成了到目前为止所有最重要的技术创新，WWW（万维网）和浏览器的应用使 Internet 上有了一个令人耳目一新的平台：人们在 Internet 上所看到的内容不仅只是文字，而且有了图片、声音和动画，甚至还有了电影。Internet 演变成了一个文字、图像、声音、动画、影片等多种媒体交相辉映的新世界，更以前所未有的速度席卷了全世界。

Internet 是人类历史发展中的一个伟大的里程碑，通过它人类正进入一个前所未有的信息化社会。人们用各种名称来称呼 Internet，如国际因特网络、因特网、互联网等，它已经成为世界上覆盖面最广、规模最大、信息资源最丰富的计算机信息网络。对于用户来说，它像是一个庞大的远程计算机网络。用户可以利用 Internet 实现全球范围的电子邮件、电子传输、信息查询、语音与图像通信服务功能。

1.1.3 计算机网络在中国的发展

Internet 的迅速崛起，引起了全世界的瞩目，我国也非常重视信息基础设施的建设，注重与 Internet 的连接。

1987～1993 年是 Internet 在中国的起步阶段，国内的科技工作者开始接触 Internet 资源。在此期间，以中国科学院高能物理所为首的一批科研院所与国外机构合作开展一些与 Internet 联网的科研课题，通过拨号方式使用 Internet 的 E-mail 电子邮件系统，并为国内一些重点院校和科研机构提供国际 Internet 电子邮件服务。

1986 年，由北京计算机应用技术研究所（即当时的国家机械委计算机应用技术研究所）和德国卡尔斯鲁厄大学合作，启动了名为 CANET（Chinese Academic Network）的国际因特网项目。

1987 年 9 月，在北京计算机应用技术研究所内正式建成我国第一个 Internet 电子邮件结点，连通了 Internet 的电子邮件系统。随后，在国家科学技术委员会的支持下，CANET 开始向我国的科研、学术、教育界提供 Internet 电子邮件服务。

1989 年，中国科学院高能物理所通过其国际合作伙伴——美国斯坦福加速器中心主机的转换，实现了国际电子邮件的转发。由于有了专线，通信能力大大提高，费用降低，促进了 Internet 在国内的应用和传播。

1990 年，由前电子工业部十五所、中国科学院、上海复旦大学、上海交通大学等单位和德国国家信息处理研究所（GMD）合作，通过拨号 X.25 线路，连通了 Internet 电子邮件系统。清华大学校园网 TUNET 也和加拿大 UBC（University of British Columbia）合作，实现了基于 X.400 的国际报文处理系统（Message Handling System，MHS）。从此，国内科技教育工作者可以通过公用电话网或公用分组交换网，使用 Internet 的电子邮件服务。

1990 年 10 月，中国正式向国际互联网信息中心（InterNIC）登记注册了最高域名“CN”，从而开通了使用自己域名的 Internet 电子邮件服务。

1994 年 1 月，美国国家科学基金会接受我国正式接入 Internet 的要求。1994 年 3 月，我国开通并测试了 64Kb/s 专线，中国获准加入 Internet。

从 1994 年开始至今，中国实现了和国际互联网的 TCP/IP 连接，逐步开通了互联网的全功能服务。在中国发展较早，现在比较成熟的部分互联网络主要包括：中国教育和科研计算机网（China Education and Research Network，CERNET）、中国科学技术网（CSTNET）、中国金桥信息网（GBNET）、中国公用计算机互联网（CHINANET）、中国联通公用计算机互联网（UNINET）、中国移动互联网（CMNET）等。

上述网络体系在国民经济中扮演的角色不同，其各自建立和使用 Internet 的目的和用途也有所差别。CSTNET 和 CERNET 是为科研、教育服务的非营利性质网络；CHINANET 是为社会提供 Internet 服务的经营性网络。

1.2 计算机网络的概念与分类

1.2.1 计算机网络的概念

按照计算机网络所具有的特性，可以定义为：计算机网络是通过通信设施（通信网络），将地理上分散的具有自治功能的多个计算机系统互连起来，进行信息交换，实现资源共享、互操作和协同工作的系统。

由这个定义可以看出，计算机网络具有如下特征：

① 计算机是一个互连的计算机系统群体。这些计算机系统在地理上是分散的，它们可能在一个房间内，在一个单位内的楼群里，在一个或几个城市里，甚至在全国乃至全球范围内。

② 这些计算机系统是自治的，即每台计算机是独立工作的，它们是在网络协议控制下协同工作的。

③ 系统互连要通过通信设施（通信网络）来实现。通信设施一般都由通信线路、相关的传输和交换设备等组成。

④ 系统通过通信设施实现信息交换、资源共享、互操作和协作处理等功能，满足各种应用要求。

1.2.2 计算机网络的类型

从不同的角度，可以将计算机网络分为不同的类型。

1. 按地理位置分类

按分布范围，可以将计算机网络分为广域网、城域网、局域网和个人区域网。

（1）广域网

广域网（Wide Area Network，WAN）是将分布在各地的局域网络连接起来的网络，是“网间网”（网络之间的网络）。广域网的范围非常大，可以跨越国界、洲界，甚至包括全球范围，其覆盖范围通常为几十到几千公里的区域。广域网是网络的公共部分，中国的广域网一般为电信部门所有，如公用电话网（Public Switched Telephone Network，PSTN）、综合业务数字网（Integrated Service Digital Network，ISDN）、数字数据网络（Digital Data Network，DDN）、X.25 分组交换网、帧中继（Frame Relay，FR）网络、ATM 网络等。

（2）城域网

城域网（Metropolitan Area Network，MAN）是规模局限在一座城市范围内的区域性网络。与局域网相比，城域网具有分布地理范围广的特点，一般来说，城域网的覆盖范围为

10～100km。

（3）局域网

局域网（Local Area Network，LAN）一般在几十米到几千米范围内，一个局域网可以容纳几台至几千台计算机。由于采用了不同传输能力的传输介质，因此局域网的传输距离也不同。局域网往往用于某一群体，比如一个公司、一个单位、某一幢楼、某一学校等。

按照网络的拓扑结构和传输介质，局域网通常可划分为以太网（Ethernet）、令牌环网（Token Ring）、光纤分布式数据接口（Fiber Distributed Data Interface，FDDI）、异步传输模式（Asynchronous Transfer Mode，ATM）等，其中最常用的是以太网。

（4）个人区域网

近年来，随着各种短距离无线通信技术的发展，人们提出了一个新的概念，即个人区域网（Personal Area Network，PAN）。PAN 的核心思想是，用无线电或红外线代替传统的有线电缆，实现个人信息终端的智能化互连，组建个人化的信息网络，因此也常称为无线个人区域网 WPAN（Wireless PAN），其范围在 10m 左右。

PAN 适用于家庭与小型办公室的应用场合，其主要应用范围包括蓝牙传输文件、无线家庭网络互连、家庭和办公设备短距离互连等。PAN 的实现技术主要有 Bluetooth、IrDA、Home RF、ZigBee 与 UWB（Ultra-Wideband Radio）等。

2. 按网络拓扑结构分类

网络的拓扑（topology）结构是指网络中通信线路和站点（计算机或设备）相互连接的几何形式。按照拓扑结构，可以将网络分为星型网络、环型网络、总线型网络 3 种基本类型，如图 1-2（a）～1-2（c）所示。在这 3 种类型的基础上，可以组合出树型、网状等其他拓扑结构类型的网络，如图 1-2（d）所示。

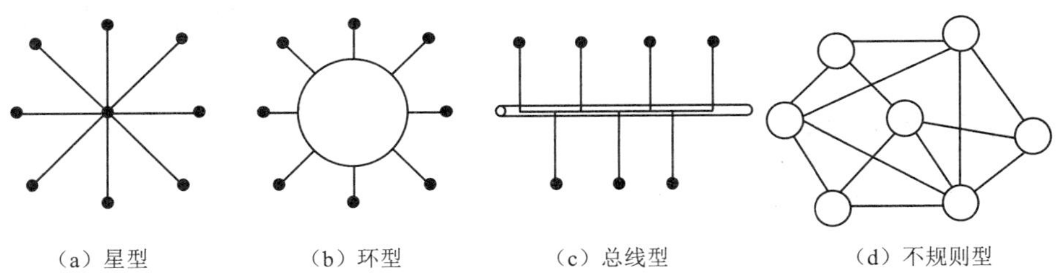

图 1-2　计算机网络的基本拓扑结构

（1）星型网络结构

在星型网络结构中，各个计算机使用各自的线缆连接到网络中。因此，如果一个站点出了问题，不会影响整个网络的运行。星型网络结构是现在最常用的网络拓扑结构。

（2）环型网络结构

环型网络结构的各站点通过通信介质连成一个封闭的环型。环型网络容易安装和监控，但容量有限，而且网络建成后，难以增加新的站点。因此，现在组建局域网已经基本上不使用环型网络结构了。

（3）总线型网络结构

在总线型网络结构中，所有的站点共享一条数据通道。总线型网络安装简单方便，需要铺设的电缆最短，成本低，某个站点的故障一般不会影响整个网络，但介质的故障会导致网络瘫痪。总线型网络安全性低，监控比较困难，增加新站点也不如星型网络容易。所以，总线型网络结构现在基本上已经被淘汰了。

3. 按传输介质分类

按照网络的传输介质，可以将计算机网络分为有线网络和无线网络两种。局域网通常采用单一的传输介质，而城域网和广域网采用多种传输介质。

（1）有线网络

有线网络指采用同轴电缆、双绞线、光纤等有线介质连接计算机的网络。采用双绞线连网是目前最常见的连网方式：它价格便宜，安装方便，但易受干扰，传输速率较低，传输距离比同轴电缆要短。光纤网采用光导纤维作为传输介质，传输距离长，传输速率高，抗干扰性强，现在正在迅速发展。

（2）无线网络

无线网络采用微波、红外线、无线电等电磁波作为传输介质，由于无线网络的连网方式灵活方便，因此是一种很有前途的组网方式。目前，不少大学和公司已经在使用无线网络。

4. 按交换技术分类

交换技术是指在计算机网络中主机之间、通信设备之间或主机与通信设备之间为交换信息所采用的数据格式和交换方式。按交换技术可将网络分为以下 3 种。

（1）电路交换网络

在源结点和目的结点之间建立一条专用的通路用于传送数据，包括建立连接、传输数据和释放连接三个阶段。最典型的电路交换网是传统的电话网络。

该类网络的优点是数据直接传输、延迟小，缺点是线路利用率低、不能充分利用线路容量、不便于进行差错控制。

（2）报文交换网络

将用户数据加上源地址、目的地址、校验码等信息，然后封装成报文。整个报文传送到相邻结点，全部存储下来后，再转发给下一个结点，重复这一过程直到到达目的结点。每个报文可以独立选择到达目的结点的路径。

报文交换网络也称为存储—转发网络。其优点是可以较好地利用线路容量；可以实现不同链路之间不同数据传输速率的转换；可以实现格式转换；可以实现一对多、多对一的访问；可以实现差错控制。其缺点是增加了资源开销（如报文头或尾的信息导致处理时间和存储资源的开销）；增加了缓冲延迟；需要额外的控制机制来保证多个报文的顺序不会乱序；缓冲区难以管理，因为报文的大小不确定，接收方在接收到报文之前不能预知报文的大小。

（3）分组交换网络

也称为包交换网络。其原理是将数据分成较短的固定长度的数据块，在每个数据块中加上目的地址、源地址等信息组成分组（包），以存储—转发方式传输。

除了具备报文交换网络的优点外，分组交换网络还具有自身的优点：缓冲易于管理；包的平均延迟更小，网络中占用的平均缓冲区更少；更易于标准化；更适合应用。现在的主流网络基本上都可以看成是分组交换网络。

电路交换、报文交换和分组交换的区别如图 1-3 所示。

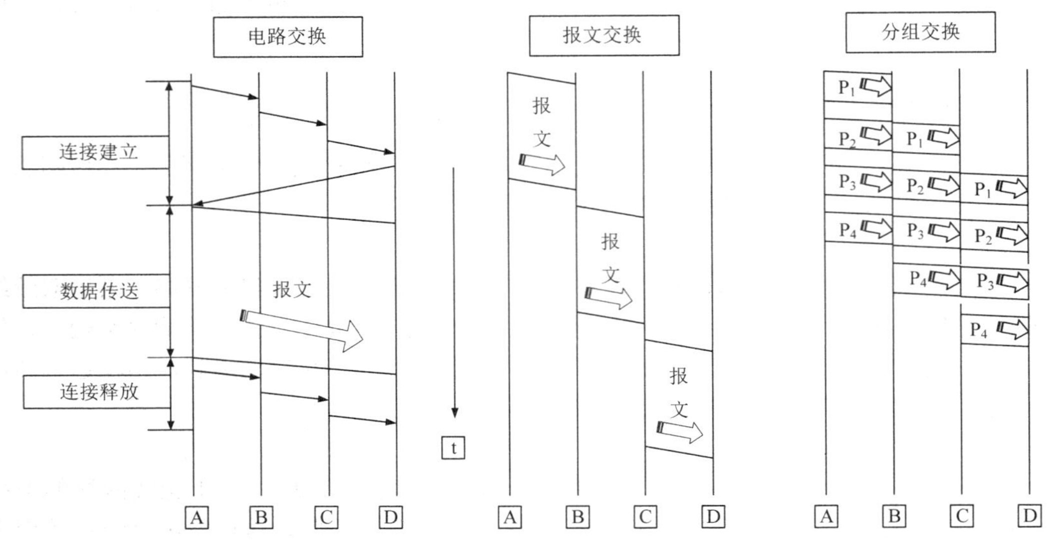

图 1-3　三种交换技术的比较

1.3　计算机网络的组成

从功能上看，计算机网络由资源子网和通信子网两部分组成。其中资源子网实现面向应用的数据处理和网络资源共享，它由各种硬件（主机和外设）和软件（网络操作系统与网络数据库）组成。通信子网实现基本数据的传输，向网络的高层提供信息传递的服务；它担负着与通信介质衔接的任务，并要在相邻结点之间完成互相通信的控制，消除各种不同通信网络技术之间的差异，保证跨越在网络两端的计算机之间的通信联系的正确；通信子网由电信公司或者其他通信信道的提供商来提供，并且由用作信息交换的交换设备、路由器、信道链路的通信控制软件和通信线路组成独立通信系统，承担全网的数据传输、转接、加工和交换等通信处理工作，如图 1-4 所示。

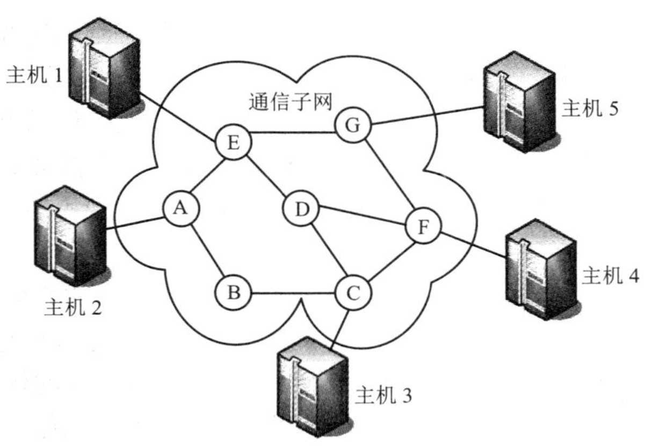

图 1-4　计算机网络的组成示意图

从工作方式上看，也可以认为计算机网络由边缘部分和核心部分组成。其中边缘部分是用户直接使用的主机，核心部分由大量的网络及路由器组成，为边缘部分提供连通性和交换服务。

从组成部分上看，一个完整的计算机网络主要由硬件、软件、协议三大组成部分，缺一不可。硬件主要由主机（也叫端系统）、通信链路（如双绞线、光纤等）、交换设备（如路由器、交换机）和通信处理机（如网卡）等组成。软件主要包括各种网络系统软件、方便用户使用的各种工具软件，如网络操作系统、邮件收发程序、FTP 程序、聊天程序等。软件部分多属于应用层。协议是计算机网络的核心，如同交通规则制约汽车驾驶一样，协议规定了网络传输数据时所遵循的规范。

1.4 计算机网络体系结构与参考模型

1.4.1 计算机网络的分层结构

1. 网络体系结构

计算机网络系统是一个十分复杂的系统，将其分解为若干个容易处理的层次，然后“分而治之”，这种结构化的设计方法是工程设计中常见的手段。在计算机网络中，结构复杂的网络协议就是按照层次结构模型来组织的。将计算机网络各层次及其协议的集合定义为网络体系结构（computer network architecture），它精确定义了计算机网络所应该实现的功能。

在计算机网络中，对层次的划分一般要遵循以下原则：

① 每层的功能应是明确的，并且是相互独立的。当某一层的具体实现方法更新时，只要保持上、下层的接口不变，便不会对相邻层产生影响。

② 层间接口必须清晰，跨越接口的信息量应尽可能少。

③ 层数应适中。若层数太少，则会造成每一层的协议太复杂；若层数太多，则体系结构过于复杂，使描述和实现各层功能变得困难。

2. 网络层次模型

如图 1-5 所示，计算机网络的层次结构以垂直分层模型来表示。其中，第 N 层中的活

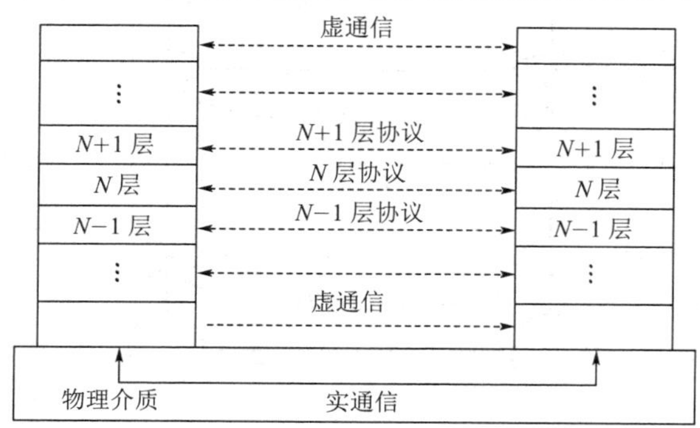

图 1-5 计算机网络的层次模型

动元素通常称为 N 层实体。实体指任何可发送或接收信息的硬件或软件进程，通常是一个特定的软件模块。不同计算机上同一层称为对等层，同一层的实体叫做对等实体。

这种层次模型具有如下特点：

① 以功能作为划分层次的基础。

② 第 N 层的实体在实现自身定义的功能时，只能使用第 N−1 层提供的服务。第 N 层在向第 N+1 层提供服务时，此服务不仅包含第 N 层本身的功能，还包含由下层服务提供的功能。

③ 除了在物理介质上进行的是实通信之外，其余各对等实体间进行的都是虚通信。

④ 仅在相邻层间有接口，且所提供服务的具体实现细节对上一层完全屏蔽。第 N 层的虚通信是通过 N/N−1 层间接口处第 N−1 层提供的服务及 N−1 层的通信（通常也是虚通信）来实现的。

1.4.2 网络协议

计算机网络是由许多互连的结点组成的，各个结点之间需要不断地进行信息传输。为了正确而有序地交换数据，网络中的每个结点都必须遵守一些事先约定好的规则。这类似在公共交通系统中，为维持正常的交通秩序，车辆、行人必须遵守的交通规则。

协议（protocol）就是一组控制数据通信的规则。这些规则明确规定了所交换的数据格式和时序。这些为进行网络数据交换而建立的规则、标准或约定的集合称为网络协议，它是控制两个（或多个）对等实体进行通信的规则的集合。

网络协议包括以下 3 个要素：

① 语法（syntax），规定了传输数据的格式。

② 语义（semantics），规定了所要完成的功能，包括用于协调和差错处理的控制信息，即需要发出何种控制信息、完成何种工作以及做出何种应答。

③ 定时（timing），规定了执行各种操作的条件、时序关系等，即对事件实现顺序的详细说明。

1.4.3 层与服务、接口及协议之间的关系

在图 1-5 所示的网络层次模型中，层与服务、接口及协议之间的关系如图 1-6 所示。

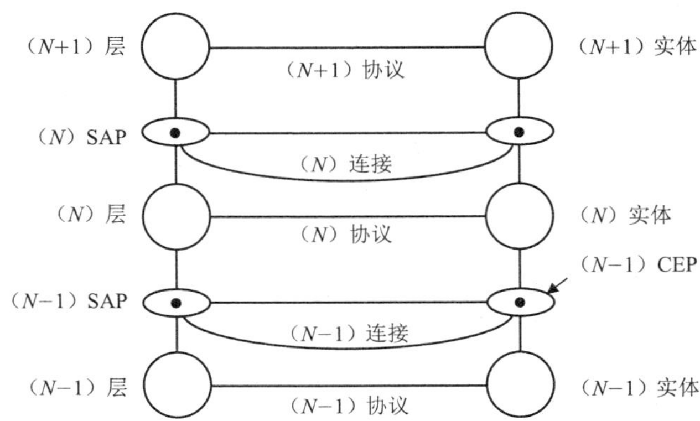

图 1-6 层与服务、接口及协议之间的关系

对等层之间的协议功能由相应的底层提供服务来完成。这里的“服务”是描述网络分层结构中相邻层之间关系的一种抽象概念，是指下层为紧相邻的上层提供的功能调用。一般来说，在网络分层结构中是下层向上层提供服务的。同一层中的协议根据该层所要完成的功能多少而包含多个相应的进程（process）或实体。协议是“水平的”，即协议是控制对等实体之间通信的规则。但服务是“垂直的”，即服务是由下层通过层间接口向上层提供的。

层服务包括服务用户、服务提供者和服务访问点（Service Access Point，SAP）3 个基本元素：

① 服务用户是指需要从相邻层请求服务的层。

② 服务提供者是指为服务使用者提供服务的层，每个层可以为多个服务使用者提供服务。

③ SAP 是一个概念性场所，一个层通过它可以向另一个层请求服务的接口。

为了叙述上的方便，任何层都可以称为（*N*）层，它的上、下邻层则分别称为（*N*+1）层和（*N*–1）层。同样的提法可以应用于所有和层次有关的概念。例如，（*N*）层的实体称为（*N*）实体，等等。

在分层网络体系结构的对等层之间，（*N*）实体之间的通信只使用（*N*–1）服务。最低一层实体之间通过物理介质通信，物理介质形成了网络体系结构中的（0）层。（*N*）实体之间的合作关系由（*N*）协议来规范。（*N*）协议是由公式和规则组合成的集合，它精确定义（*N*）实体如何协同工作，利用（*N*–1）服务去完成（*N*）功能，以便向（*N* +1）实体提供（*N*）服务。例如，传输协议定义了传输站如何协同工作，利用网络服务向会话实体提供传输服务。同一个开放系统中的（*N*）实体之间的直接通信（如共享资源）对外部是不可见的，因而不包含在 OSI 体系结构中。

在相邻层之间，（*N*+1）实体从（*N*）SAP 获得（*N*）服务，（*N*）SAP 表示（*N*）实体和（*N*+1）实体之间的逻辑接口。一个（*N*）SAP 只能由一个（*N*）实体提供，也只能为一个（*N*+1）实体所利用。然而，一个（*N*）实体可以提供几个（*N*）SAP，一个（*N*+1）实体也可能利用几个（*N*）SAP 为其服务。事实上，（*N*）SAP 只是代表（*N*）实体和（*N*+1）实体建立它们之间服务和被服务关系的手段。打个比方，可以把电话系统中的电话机插座看成 SAP，而此插座的电话号码就是该 SAP 的地址。这里，SAP 是一个抽象的概念，并没有规定也没有限制其具体实现。在具体实现时，一个 SAP 可以是 UNIX 操作系统中的一个套接字（socket）、一个端口或者一个队列。

所有的层都提供一种共同的服务，即在对等的 SAP 之间建立联系，因而也在使用这些 SAP 的对等实体之间建立联系，这种联系的实际含义就是数据传输。更明确地说，（*N*）层提供（*N*）SAP 之间的连接，这种连接是（*N*）服务的组成部分。最通常的连接是点到点的连接。但是也有多端点之间的连接，这种连接和实际通信中的广播通信方式对应。（*N*）连接的两端称为（*N*）连接端点（Connection End Point，CEP）。在一对 SAP 之间可以同时存在几个连接。

1.4.4 计算机网络的服务分类

计算机网络提供的服务可按以下 3 种方式进行分类。

（1）面向连接服务与无连接服务

在面向连接服务中，通信前双方必须先建立连接，分配相应的资源（如缓冲区），以保证通信能正常进行，传输结束后释放连接及所占用的资源。因此这种服务可以分为连接建立、数据传输和连接释放3个阶段。例如，传统的电话服务就是面向连接的服务。

在无连接服务中，通信前双方不需要先建立连接，需要发送数据时就直接发送，是一种不可靠的服务。这种服务常被描述为“尽最大努力交付”，并不保证通信的可靠性。

（2）可靠服务和不可靠服务

可靠服务是指网络具有纠错、检错、应答机制，能保证数据正确、可靠地传送到目的地。不可靠服务是指网络只是尽量正确、可靠地传送，但不能保证数据正确、可靠地传送到目的地，是一种尽力而为的服务。

对于提供不可靠服务的网络，其网络的正确性、可靠性就要由应用或用户来保障。例如，用户收到信息后要判断信息的正确性，如果不正确，用户把出错信息报告给信息的发送者，以便发送者采取纠正措施。通过用户的这些措施，可以把不可靠的服务变成可靠的服务。

（3）有应答服务和无应答服务

有应答服务是指接收方在收到数据后向发送方给出相应的应答，该应答由传输系统内部自动实现，而不是由用户实现。所发送的应答可以是肯定应答，也可以是否定应答，通常在接收到的数据有错误时发送否定应答。例如，文件传输服务就是一种有应答服务。

无应答服务是指接收方收到数据后不自动给出应答。若需要应答，则由高层实现。例如WWW服务，客户端收到服务器发送的页面文件后不给出应答。

1.4.5 OSI参考模型

1. OSI参考模型详解

为了使通信设备能够十分方便地互连，国际标准化组织（ISO）的技术委员会于1977年成立了一个分委会，专门研究开放系统互连（OSI）。所谓“开放”是指只要满足OSI标准，一个系统就可以和位于世界上任何地方的、也遵循同一标准的其他任何系统进行通信。

ISO于1984年发布了“国际标准化组织/开放系统互连参考模型”（ISO/OSI Reference Model），或直接称为“开放系统互连参考模型”（OSI/RM）。该模型描述了信息如何从一台计算机的应用层软件通过网络介质传输到另一台计算机的应用层软件，它是由7层协议组成的概念模型，每一层指定了特定的网络功能，现在已被公认为计算机互连通信的基本体系结构模型。

OSI参考模型把网络中计算机之间的信息传递分成7个更小而且更加便于管理的任务组，OSI的7层协议分别执行一个（或一组）任务，各层之间相对独立，互不影响。

整个OSI参考模型从下往上分别是：物理层（physical layer）、数据链路层（data link layer）、网络层（network layer）、运输层（transport layer）、会话层（session layer）、表示层（presentation layer）和应用层（application layer），如图1-7所示。

从图1-7可见，整个开放系统环境由作为信源和信宿的端开放系统及若干中继开放系统通过物理介质连接构成。这里的端开放系统和中继开放系统，都是国际标准ISO 7498中使用的术语。通俗地说，它们都相当于资源子网中的主机和通信子网中的接口报文处理机（IMP）。只有在主机中才可能需要包含所有7层的功能，而通信子网中的IMP一般只需要最低三层甚至只要最低两层的功能就可以了。

如图1-7所示，OSI 7层模型中的每一层实现特定的功能，并且只与上、下两层直接通

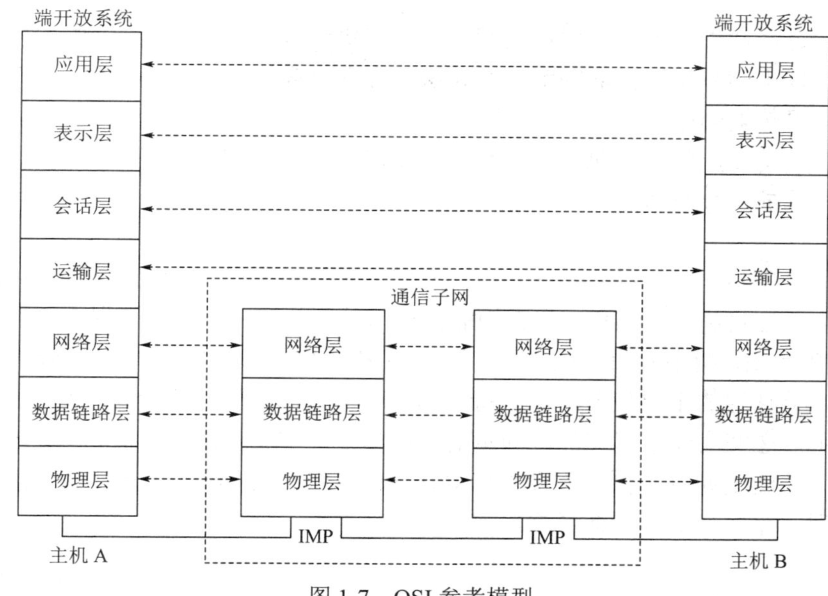

图1-7 OSI参考模型

信。高层协议偏重于处理用户服务和各种应用请求，低层协议偏重于处理实际的信息传输。下面简要介绍这几个层次。

（1）物理层

这是整个OSI参考模型的最低层，规定通信设备的机械、电气、功能和过程的特性，用以建立、维持和释放数据链路实体间的连接，它的任务就是提供网络的物理连接。因此，物理层的功能是在物理媒体上透明地传输原始比特流。物理层是建立在物理介质上的，而不是逻辑上的协议和会话，它提供的是机械和电气接口。

这里要注意的是，传输信息所利用的一些物理媒体，如双绞线、光缆、无线信道等，并不在物理层协议之内而在物理层协议下面。

物理层接口标准有很多，如EIA-232、EIA/TIA RS-449、CCITT的X.21等。

（2）数据链路层

数据链路层建立在物理传输能力的基础上，以帧为单位传输数据。它的主要功能包括：成帧、差错控制、流量控制和传输管理等。这种数据链路对网络层应表现为一条无差错的信道，主要考虑相邻结点之间的数据交换。

数据链路层可使用的协议有SLIP、PPP、X.25和帧中继等。常见的交换机网络设备都工作在这个层次上，工作在数据链路层上的交换机俗称“第二层交换机”。

（3）网络层

网络层关心的是通信子网的运行控制，它通过网络连接交换运输层实体发出的数据。网络层的主要功能是，选择合适的路由，使发送站的运输层传下来的分组能够正确无误地按照地址找到目的站，并交付目的站的运输层，以及实现拥塞控制、网络互连等功能。网络层数据的传送单位是分组（packet）。

网络层的协议有IP、IPX、ICMP、IGMP、ARP、RARP和OSPF等。

（4）运输层

运输层在低层服务的基础上提供一种通用的传输服务。运输层的任务是，根据通信子网的特性最佳地利用网络资源，并以可靠和经济的方式在两个端系统的会话层之间建立一条传输连接，透明地传输报文。运输层向上一层提供一个可靠的端到端的服务，使会话层不知道运输层以下的数据通信的细节。运输层只存在于端系统（主机）中，运输层以上的层不再考虑信息传输的问题。

概括地说，运输层的功能包括：传输地址到网络地址的映射、多路复用与分用、传输连接的建立与释放、分段与重新组装、组块与分块。

（5）会话层

会话层虽然不参与具体的数据传输，但它对数据进行管理，为互相合作的表示层进程之间提供一套会话设施，组织和同步它们的会话活动，并管理它们的数据交换过程。这里，“会话”的意思是指，两个应用进程之间为交换面向进程的信息而按一定规则建立起来的一个暂时联系。会话层的主要任务是，维持“面向连接”的传输，为会话实体间建立连接，在两个会话用户之间实现有组织的、同步的数据传输，并负责连接释放。

会话层的功能主要有：会话连接到传输连接的映射、数据传送、会话连接的恢复和释放、会话管理、令牌管理和活动管理。

（6）表示层

不同计算机体系结构所使用的数据表示法不同，表示层为异种机通信提供了一种公共语言，完成应用层数据所需的任何转换，以便能进行互操作。表示层定义了一系列代码和代码转换功能，保证源端数据在目的端同样能被识别，如文本数据的 ASCII 码、表示图像的 GIF 数据格式和表示动画的 MPEG 数据格式等。

表示层的功能主要有：数据语法转换、语法表示、表示层连接管理、数据加密和数据压缩。

（7）应用层

应用层是 OSI 体系结构的最高层。这一层的协议直接为端用户服务，提供分布式处理环境。应用层确定进程之间通信的性质以满足用户的需要；负责用户信息的语义表示，并在两个通信者之间进行语义匹配。也就是说，应用层不仅要提供应用进程所需要的信息交换和远程操作，而且还要作为互相作用的应用进程的用户代理（user agent），来完成一些进行语义上有意义的信息交换所必需的功能。

OSI 参考模型是一个理论模型，而实际应用是千变万化的，因此更多地把它作为分析、评判各种网络技术的依据。对大多数应用来说，只将它的协议簇（即协议堆栈）与 7 层模型进行大致的对应，看看实际用到的特定协议是属于 7 层中某个子层，还是包括了上下多层的功能。

需要注意的是，OSI 参考模型并非具体实现的描述，它只是一个为制定标准机而提供的概念性框架。在 OSI 中，只有各种协议是可以实现的，网络中的设备只有与 OSI 和有关协议相一致时才能互连。

总的来说，OSI 参考模型的 7 层可以划分成低、中、高共 3 类。

最低三层（1～3）是依赖网络的，涉及将两台通信计算机连接在一起所使用的数据通信网的相关协议。低层负责处理数据传输问题，物理层和数据链路层是由硬件和软件共同实现的，而其他低层通常只是以软件的形式来实现的。最低层（物理层）最接近传输介质（如网络电缆），该层负责将信息传送到介质上。

中间的运输层为面向应用的上三层屏蔽了与网络有关的下三层的详细操作。从本质上看，它建立在由下三层提供的服务上，为面向应用的高层提供与网络无关的信息交换服务。

高三层（5～7）是面向应用的，涉及允许两个末端用户应用进程交互作用的协议，它们通常是由本地操作系统提供的一套服务。高层论述的是应用问题，并且通常只以软件的形式来实现。最高层（应用层）最接近用户，用户和应用层通过通信应用软件相互作用。

2. 数据封装与拆封

（1）数据的实际传送过程

在数据的实际传输中，发送方将数据送到自己的应用层，加上该层的控制信息后传给表示层；表示层也将数据加上自己的标识后传给会话层；以此类推，每一层都在收到的数据上加上本层的控制信息并传给下一层；最后到达物理层时，数据通过实际的物理介质传到接收方。接收方则执行与发送方相反的操作，由下往上，逐层将标识去掉，重新还原成最初的数据，如图 1-8 所示。由此可见，数据通信双方在对等层必须采用相同的协议，定义同一种数据标识格式，这样才可能保证数据的正确传输。

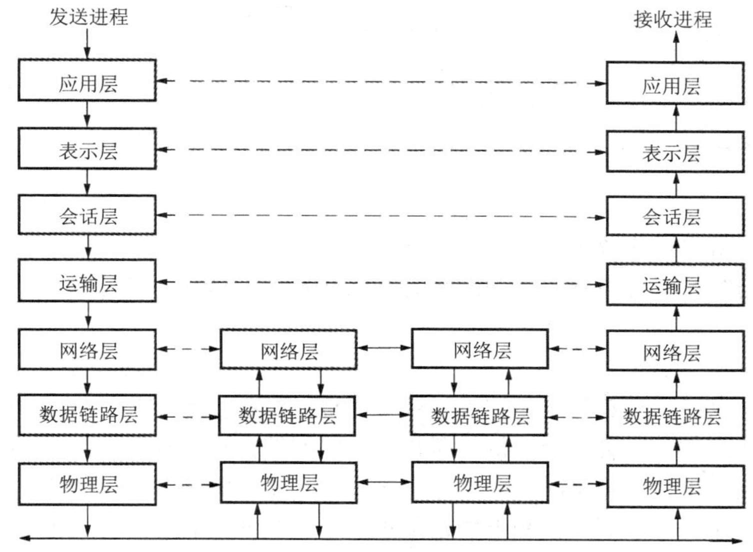

图 1-8 由中间结点建立起来的端对端连接

（2）数据的封装与拆封

OSI 参考模型的各层使用不同格式的控制信息，以便与其他计算机系统的对等层进行通信，这个控制信息由对等 OSI 层之间交换的特殊请求和指令组成。

控制信息一般采用数据头或数据尾两种形式。数据头附加在上层传输下来的数据之前，数据尾附加在上层传输下来的数据之后。一个 OSI 层并不一定附加一个数据头或数据尾到上层的数据中。换句话说，在一个 OSI 层中，信息单元的数据部分包括从所有上层传送下来的数据头、数据尾和数据。

例如，图 1-9 说明了某一层的数据头和数据是如何被封装到下一层的数据中的。在图 1-9 中，发送进程送给接收进程的数据，实际上是经过发送方各层从上到下传递到物理介质，通过物理介质传输到接收方后，再经过从下到上各层的传递，最终剥离出数据。

在发送方，数据从上到下逐层传递的过程中，每层都要加上适当的控制信息，如图 1-9 中的 H7、H6，…，H2，这就是所谓的“封装”（encapsulation）。到最低层，数据成为由“0”和“1”组成的比特流，然后再转换为电信号通过物理介质传输至接收方。在接收方，数据向上传递的过程与发送方正好相反，要逐层剥去发送方相应层加上的控制信息，得到本层数据，最后到达接收进程，这就是所谓的“拆封”（de-encapsulation）过程。这个过程与邮政信件的实际传递过程有些类似，即经过加信封、加邮袋、邮车等层层封装后，再层层剥去封装得到信件。

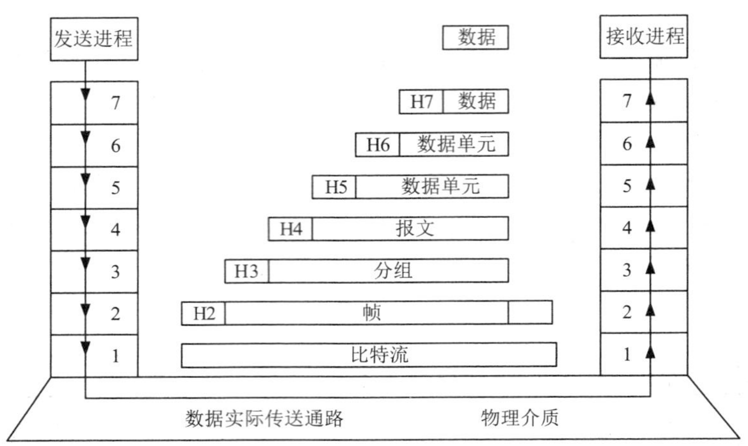

图 1-9 数据的封装与实际传送过程

通过互连网络传输的数据和控制信息具有多种格式，而这些信息格式的使用并不是一成不变的，它们经常交替使用。常用的信息格式包括帧、分组、数据报、段、消息、信元和数据单元。

帧（frame）是一种信息单位，它的起始点和目的地都是数据链路层实体。帧由数据链路层的数据头（也许还有数据尾）和上层数据组成，数据头和数据尾包含目的系统数据链路层实体的控制信息。上层数据被封装在数据链路层的数据头和数据尾中间。

分组（packet）也是一种信息单位，它的起始点和目的地都是网络层实体。分组由网络层的数据头（也许还有数据尾）和上层数据组成，数据头和数据尾包含目的系统网络层的控制信息。上层数据被封装在网络层的数据头和数据中间。

数据报（datagram）通常是指起始点和目的地都使用无连接网络服务的网络层信息单元。

段（segment）通常是指起始点和目的地都是运输层实体的信息单元。

信元（cell）是一种具有固定长度的信息，它的起始点和目的地都是数据链路层实体。信元通常用于异步传输模式（ATM）和交换多兆位数据服务（SMDS）网络等交换环境中。信元由数据头和有效负载组成，数据头包含有目的数据链路层的控制信息，其长度一般为5字节，有效负载包含封装在单元数据头中的上层数据，其长度一般为48字节。每一个信元的数据头和有效负载的长度都是相同的。

数据单元（data unit）是指许多信息单元，常用的数据单元有服务数据单元（SDU）、协议数据单元和网桥协议数据单元（BPDU）。

1.4.6 TCP/IP 参考模型

1. TCP/IP 协议的起源

当前，世界上最大的、开放的互联网是 Internet，它是由众多网络相互连接而成的特定的计算机网络，采用 TCP/IP 协议。Internet 使得世界各地的计算机用户通过高速网络共享信息资源。

Internet 起源于 20 世纪 60 年代的 ARPANET。如前所述，ARPANET 的许多概念和方法为现代计算机网络的发展奠定了基础。ARPANET 最初采用的是主机—主机协议，即网络控制协议（Network Control Protocol，NCP）。随着 ARPANET 的不断扩大和发展，到了 20 世纪 70 年代中期，为了支持研究工作，美国国防部高级研究计划局就开始着手研究全美范围内异种计算机间的连接。同时，由于国防部担心他们一些珍贵的主机、路由器和互连网关可能会突然崩溃，所以网络必须实现的另一目标是网络不受子网硬件损失的影响，已经建立的会话不会被取消，而且整个体系结构必须相当灵活。针对这种要求，美国国防部高级研究计划局（DARPA）与许多机构共同讨论制定了开放的通信协议标准，以满足日益迫切的基于异种操作系统的异种网络之间的通信连接需要，这个协议标准就是 TCP/IP 协议。

虽然 TCP/IP 协议都不是 OSI 标准，但它们是目前最流行的商业化协议，并被公认为当前的工业标准或“事实上的标准”。这个体系结构在它的两个主要协议（TCP 协议和 IP 协议）出现以后，被称为 TCP/IP 参考模型。

TCP/IP 的层次结构及各层的主要协议如图 1-10 所示。

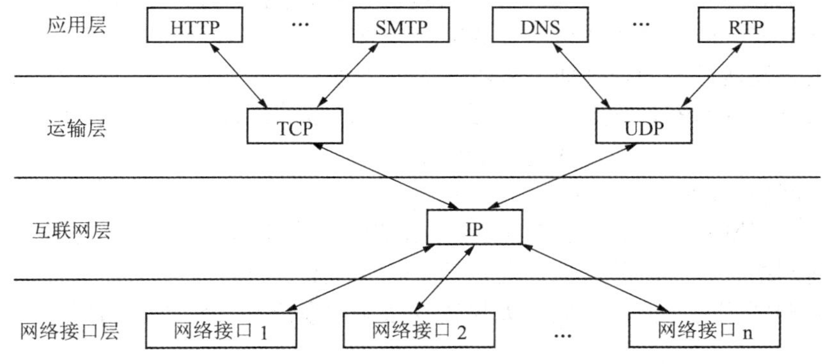

图 1-10 TCP/IP 主要协议层次

2. TCP/IP 参考模型

TCP/IP 协议实际上就是在物理层上的一组完整的网络协议。如果用与 OSI 同样的层次模型来描述 TCP/IP 网络协议组，则 TCP 提供运输层服务，IP 提供网络层服务。此外，由于 TCP/IP 是一组协议的代名词，所以它还包含许多别的协议。图 1-11 所示为 OSI 参考模型与 TCP/IP 参考模型的层次对应关系。与 OSI 参考模型相比，TCP/IP 参考模型没有表示层和会话层。互联网层相当于 OSI 参考模型的网络层，网络接口层相当于 OSI 参考模型中的物理层和数据链路层。

TCP/IP 参考模型包括 4 层，即应用层、运输层、互联网层和网络接口层。

（1）应用层（application layer）

应用层是最高层，它包含所有的高层协议。高层协议有远程登录协议（TELNET）、文件传送协议（FTP）、简单邮件传送协议（SMTP）、域名服务（DNS）、网络新闻传送协议（NNTP）和超文本传送协议（HTTP），而且不断有新的协议加入。

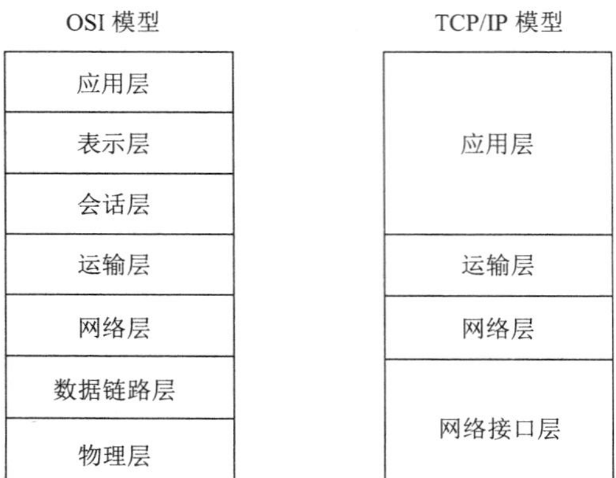

图 1-11 OSI 参考模型与 TCP/IP 参考模型的层次对应关系

（2）运输层（transport layer）

运输层位于互联网层之上，它的功能是使源端和目标主机上的对等实体可以进行会话。在这一层定义了两个端到端的协议。一个是传输控制协议（Transmission Control Protocol，TCP），它是一个面向连接的协议，允许从一台机器发出的字节流无差错地发往另一台机器。它将输入的字节流分成报文段并传给互联网层。TCP 还要处理流量控制，以避免快速发送方给低速接收方发送过多的报文而使接收方无法处理。另一个协议是用户数据报协议（User Datagram Protocol，UDP），它是一个不可靠的、无连接的协议，用于不需要 TCP 排序和流量控制能力，而是由自己完成这些功能的应用程序。

（3）互联网层（internet layer）

互联网层也叫网际层，是整个 TCP/IP 体系结构的关键部分。它的功能是使主机可以把分组发往任何网络并使分组独立地传向目标（可能经由不同的网络）。这些分组到达时的顺序和发送时的顺序可能不同，因此，如果需要按顺序发送和接收时，高层必须对分组进行排序。

互联网层定义了正式的分组格式和协议，即 IP 协议（Internet Protocol）。互联网层的功能就是把 IP 分组发送到应该去的地方。分组路由和避免阻塞是这里主要的设计问题。TCP/IP 互联网层和 OSI 网络层在功能上非常相似。

（4）网络接口层（network interface layer）

网络接口层的功能类似 OSI 的物理层和数据链路层。它表示与物理网络的接口，但实际上 TCP/IP 参考模型没有真正描述这一部分，只是指出主机必须使用某种协议与网络相连。TCP/IP 并没有定义任何网络接口层的协议，这个层的协议大部分是由其他通信组织定义的，这反而使 TCP/IP 能适合几乎全部硬件平台。

网络接口层和硬件相关，负责基本的通信，这一层最常见的硬件是以太网和使用普通电话线的拨号连接。在 OSI 参考模型中它表现为两层。网络接入涉及与 IP 分组（packet）有关的所有问题，IP 分组要求选择一条物理链路，并通过该物理链路从一台设备传送到另一台直接相连的设备。网络接口层包括局域网和广域网的技术细节，以及 OSI 模型中物理层和数据链路层的所有细节。

3. TCP/IP 参考模型与 OSI 参考模型

事实上，TCP/IP 参考模型和 OSI 参考模型的原理和概念都是一样的，只是在定义上和细节处理上不同而已。

第一，OSI 参考模型的最大贡献就是精确地定义了三个主要概念：服务、协议和接口，这与现代的面向对象程序设计思想非常吻合。而 TCP/IP 模型在这三个概念上却没有明确区分，不符合软件工程的思想。

第二，OSI 参考模型产生在协议发明之前，没有偏向于任何特定的协议，通用性良好。但设计者在协议方面没有太多经验，不知道把哪些功能放到哪一层更好。TCP/IP 模型正好相反。首先出现的是协议，模型实际上是对已有协议的描述，因此不会出现协议不能匹配模型的情况，但该模型不适合于任何其他非 TCP/IP 模型的协议栈。

第三，TCP/IP 模型在设计之初就考虑到多种异构网的互连问题，并将网际协议 IP 作为一个单独的重要层次。OSI 参考模型最初只考虑到用一种标准的公用数据网将各种不同的系统互连。后来，OSI 参考模型认识到网际协议 IP 的重要性，因此只好在网络层中划分出一个子层来完成类似于 TCP/IP 模型中 IP 的功能。

第四，OSI 参考模型在网络层支持无连接和面向连接的通信，但在运输层仅有面向连接的通信。而 TCP/IP 模型认为可靠性是端到端的问题，因此它在网际层仅有一种无连接的通信模式，但在运输层支持无连接和面向连接两种模式。

无论是 OSI 参考模型，还是 TCP/IP 模型都不是完美的，对二者的讨论和批评都很多。OSI 参考模型的设计者从工作的开始，就试图建立一个全世界的计算机网络都要遵循的统一标准。从技术角度来看，他们希望追求一种完美的理想状态，这也导致基于 OSI 参考模型的软件效率极低。OSI 参考模型缺乏市场与商业动力，结构复杂，实现周期长，运行效率低，这是它没有能够达到预想目标的重要原因。

在学习计算机网络时往往采取折中的办法，即综合 OSI 和 TCP/IP 模型的优点，采用一种五层协议的结构，包括物理层、数据链路层、网络层、运输层和应用层。

OSI 参考模型的相关资料可访问 http://www.iso.org/。关于 TCP/IP 分层协议的资料，可以参考 RFC-791 和 RFC-817 文档，可访问 http://www.ietf.org/rfc.html 或 http://www.faqs.org/ rfcs/。

1.5 网络标准与标准化组织

网络通信涉及不同设备之间的交互，为了使不同厂商、不同性能的设备实现交互，就必须制定一些标准化的通信协议与接口。下面介绍一些常见的网络通信方面的标准化组织。

（1）国际标准化组织

国际标准化组织（ISO）是一个国际化组织，它包括了许多国家的标准团体，其宗旨是协商国际网络中使用的标准，并推动世界各国之间的互通性。ISO 最有意义的工作就是它对开放系统的研究，提出了 OSI 参考模型。

（2）国际电信联盟

国际电信联盟（International Telecommunications Union，ITU）的前身是国际电报电话咨询委员会（CCITT）。ITU 是一家联合国机构，共分为 3 个部门：ITU-R 负责无线电通信，ITU-D 是发展部门，与本书相关的 ITU-T 负责电信。ITU 的成员包括各种各样的科研机构、工业组织、电信组织、电话通信方面的权威人士，还有 ISO。ITU 已经制定了许多网络和电话通信方面的标准。

（3）电子工业协会

电子工业协会（Electronic Industries Association，EIA）的成员包括电子公司和电信设备制造商，它也是 ANSI 的成员。EIA 的首要课题是设备间的电气连接和数据的物理传输。EIA 制定的最广为人知的标准是 RS-232，或称为 EIA-232，它已成为大多数 PC 机、调制解调器和打印机等设备通信的规范。

（4）电气和电子工程师协会

电气和电子工程师协会（Institute of Electrical and Electronic Engineers，IEEE）是世界上最大的专业技术团体，由计算机和工程学专业人士组成。它创办了许多刊物，定期举行研讨会，还有一个专门负责制定标准的下属机构。IEEE 在通信领域最著名的研究成果是 IEEE 802 局域网标准。

（5）Internet 体系结构局

Internet 体系结构局（Internet Architecture Board，IAB）是负责 Internet 网络体系的技术委员会，由它制定 Internet 技术上的发展方向。IAB 有若干个分支机构，如 IANA（Internet Assigned Number Authority）与 IETF（Internet Engineering Task Force）。IANA 负责管理包括 IP 地址在内的网络地址与网络标记名等，由它所属的 NIC（Network Information Center）具体实施和执行。

（6）Internet 工程特别任务组

Internet 工程特别任务组（IETF）是一个国际性团体，其成员包括网络设计者、制造商、研究人员，以及所有对 Internet 的正常运转和持续发展感兴趣的个人或组织。它分为几个工作组，分别处理 Internet 的应用、实施、管理、路由、安全和传输服务等不同方面的技术问题，并把研究结果逐步完善成为 Internet 中的标准。这些标准通常以“请求评注”（Request for Comments，RFC）文档的形式公布，任何人都可免费地从 Internet 中获得这些 RFC 文档。RFC 文档要上升为 Internet 正式标准需要经过以下 4 个阶段：

① 因特网草案（Internet Draft），这个阶段还不是 RFC 文档。

② 建议标准（Proposed Standard），从这个阶段开始就成为 RFC 文档。

③ 草案标准（Draft Standard）。

④ 因特网标准（Internet Standard）。

此外，还有实验的 RFC 和提供信息的 RFC。各种 RFC 之间的关系如图 1-12 所示。

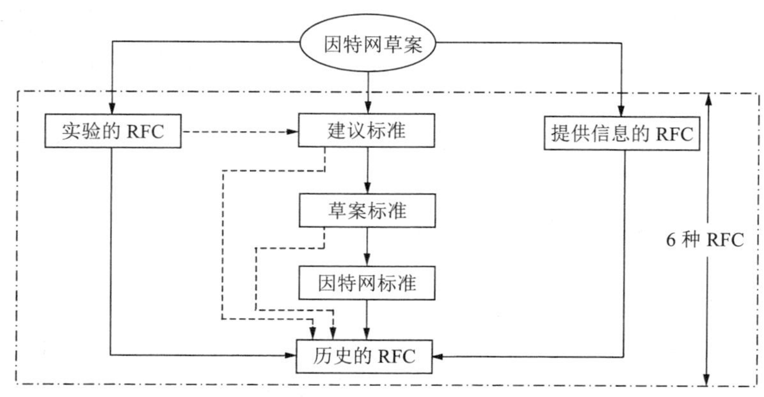

图 1-12　各种 RFC 之间的关系

1.6 计算机网络性能指标

影响网络性能的因素有很多，如传输的距离、使用的线路、传输技术、带宽等。衡量计算机网络性能的主要指标如下。

1. 速率

计算机发送出的信号都是数字形式的。比特（bit）是计算机中的数据量的单位，也是信息论中使用的信息量单位。英文字 bit 来源于 binary digit（一个二进制数字），因此一个比特就是二进制数字中的一个 1 或 0。计算机网络中的速率是指主机在数字信道上传送数据的速率，也称为数据率（data rate）或者比特率（bit rate）。速率的单位是 b/s（比特每秒）或者 bit/s，也可以写为 bps，即 bit per second。当数据率较高时，可以使用 Kb/s（$k=10^3$，千）、Mb/s（$M=10^6$，兆）、Gb/s（$G=10^9$，吉）或者 Tb/s（$T=10^{12}$，太）。

2. 带宽

带宽原指某个信号具有的频带宽度，信号的带宽是指该信号所包含的各种不同频率成分所占据的频率范围。例如，在传统的通信线路上传送的电话信号的标准带宽是 3.1kHz（从 300Hz 到 3.1kHz，即声音的主要成分的频率范围），这种意义的带宽单位是赫兹（Hz）。在以前的通信主干线路传送的是模拟信号（即连续变化的信号），表示通信线路允许通过的信号频带范围即为线路的带宽。

在计算机网络中，带宽用来表示网络通信链路所能传送数据的能力，因此网络带宽表示在单位时间内从网络的一个结点到另一结点所能通过的“最高数据量”。这种意义的带宽的单位是“比特每秒”（b/s）。

3. 时延

时延（delay）是一个非常重要的性能指标，也可以称为延迟或者迟延。计算机网络中的时延由以下几部分组成。

（1）发送时延

发送时延是主机或路由器发送数据帧所需要的时间，也就是从发送数据帧的第一个比特开始，到该帧的最后一个比特发送完毕所需的时间。发送时延也可以称为传输时延。计算公式如下：

发送时延＝数据帧长度（b）/发送速率（b/s）

对于一定的网络，发送时延并非固定不变，而是与发送的帧长成正比，与发送速率成反比。

（2）传播时延

传播时延是电磁波在信道中传播一定的距离需要花费的时间，也就是一个比特从链路一端到另一端传播所需的时间。计算公式如下：

传播时延＝信道长度（m）/电磁波在信道上的传播速率（m/s）

电磁波在自由空间的传播速率是光速，即 3.0×10^8m/s。电磁波在网络传输媒体中的传播速率比在自由空间低一些，在铜线电缆中的传播速率约为 2.3×10^8 m/s，在光纤中的传播速率约为 2.0×10^8 km/s。

（3）处理时延

主机或路由器在收到分组时需要花费一定的时间处理，分析分组首部、从分组中提取数据部分、进行差错检验、选择路由等，这就产生了处理时延。

（4）排队时延

分组在经过网络传输时，要经过许多路由器。但分组在进入路由器后要先在输入队列中排队等待处理。在路由器确定了转发接口后，还要在输出队列中排队等待转发。这就产生了排队时延。排队时延通常取决于网络当时的通信量。

这样一个分组在网络中从发送端到接收端经历的总时延就是：

总时延＝发送时延＋传播时延＋处理时延＋排队时延

对于高速网络链路，提高的仅仅是数据的发送速率而不是比特在链路上的传播速率。

4. 往返时延 RTT（Round-Trip Time）

在计算机网络中，往返时间 RTT 也是一个重要的性能指标，表示从发送方发送数据开始，到发送方收到来自接收方的确认，经历的总时间。

在 Internet 中，往返时延还包括各中间结点的处理时延、排队时延以及转发数据时的发送时延。显然，往返时间与所发送的分组长度有关。发送很长的数据块的往返时间，比发送很短的数据块的往返时间要长。

5. 时延带宽积

将传播时延和带宽相乘得到传播时延带宽积，即

时延带宽积＝传播时延×带宽

例如，传播时延为 20ms，带宽为 10Mb/s，则时延带宽积 $=20\times10^{-3}\times10\times10^6=2\times10^5$ bit。这就表示，若发送端连续发送数据，则在发送的第一个比特即将达到终点时，发送端就已经发送了 20 万个 bit，而这 20 万个 bit 都在链路上向前移动。

6. 吞吐量

吞吐量（throughput）表示在单位时间内通过某个网络（或信道、接口）的数据量。由于诸多原因使得吞吐量常常远小于所用介质本身可以提供的信道容量（最大数据传输速率）。决定吞吐量的因素主要有网络互连设备、所传输的数据类型、网络的拓扑结构、网络上的并发用户数量、用户的计算机性能、服务器、拥塞等。

7. 利用率

利用率有信道利用率和网络利用率之分。信道利用率用于指出某信道有百分之几的时间是被利用的。网络利用率则是全网络的信道利用率的加权平均值。信道利用率并非越高越好。这是因为，根据排队的理论，当某信道的利用率增大时，该信道引起的时延也会迅速增加。

如果 D_0 表示网络空闲时的时延，D 表示当前网络时延，可以用简单公式 $D=D_0/(1-U)$ 来表示 D、D_0 和利用率 U 之间的关系，U 数值在 0 和 1 之间。当网络的利用率接近最大值

1 时，网络的时延就趋近于无穷大。

习题 1

1. 计算机网络的发展经历了几个阶段？各阶段有什么特点？

2. 把复杂的计算机网络系统划分为一些相关的功能层次，这有什么好处？应该采用哪些原则进行分层？

3. 试说明计算机网络的概念。

4. 简述 OSI 参考模型各层的主要功能。

5. 比较 OSI 参考模型和 TCP/IP 参考模型的异同点。

6. 结合 OSI 参考模型，简述计算机网络通信中数据传输的过程。

7. 试说明层、协议及层间接口的关系，协议与服务的区别与联系。

8. 长度为 100 字节的应用层数据交给运输层传送，需要加上 20 字节的 TCP 头部；然后交给网络层传送，需要加上 20 字节的 IP 头部；最后交给数据链路层的以太网传送，需要加上头部和尾部共 18 字节。试求数据的传输效率。

9. 简述计算机网络的分类。

10. 计算机网络有哪些功能和主要应用？

11. 列举几个你知道的网络通信方面的标准化组织和网络通信标准。

12. 试在下列条件下比较电路交换和分组交换。要传送的报文共 x（bit）。从源点到终点共经过 k 段链路，每段链路的传播时延为 d（s），数据传输速率为 b（b/s）。在电路交换时电路的建立时间为 s（s）。在分组交换时分组长度为 p（bit），且各结点的排队等待时间可忽略不计。问在怎样的条件下，分组交换的时延比电路交换的要小？

13. 如何理解传输速率、带宽和传播速率？

14. 如何理解传输时延、发送时延和传播时延？

第2章 物 理 层

物理层是网络体系结构的最低层，是唯一直接传输数据的一层。但物理层并不是指连接计算机的具体的物理设备或具体的传输介质，它主要考虑的是如何在连接开放系统的传输介质上传输各种数据的比特流。物理层的另外一个作用是，尽可能屏蔽掉物理设备和传输介质的差异，为数据链路层提供一个统一的数据传输服务。

本章首先介绍物理层的基本概念，然后介绍有关数据通信的基本知识、数据编码技术、信道复用技术，以及各种传输介质的主要特点，最后简要介绍常用的物理层标准。

2.1 基本概念

物理层位于OSI参考模型的最低层，它直接面向实际承担数据传输的物理介质（即信道）。ISO/OSI规定物理层的功能为“在数据链路层实体之间提供激活、维持和释放用于传输比特的物理连接方法，这些方法有机械的、电气的、功能的和规程的特性”。可见，物理层提供这些功能的目的是激活、维持和释放数据链路层实体之间进行比特传输的物理连接。

这里所谓的数据链路层实体可以理解为DTE（Data Terminal Equipment）或DCE（Data Communications Equipment）。DTE指的是数据终端设备，是对用户所有的连网设备或工作站的统称，它们是通信的信源或信宿，如计算机、终端等；DCE指的是数据通信设备或数据电路设备，是对为用户提供接入点的网络设备的统称，如自动呼叫应答设备、调制解调器等。

如图2-1所示，物理层为设备之间的数据通信提供传输介质及互连设备，并通过物理层协议解决网络结点与物理信道连接的问题，最终为数据传输提供可靠的环境。因此，物理层虽然处于最低层，却是整个开放系统的基础。

图2-1 DTE与DCE接口示意图

物理层功能的实现主要包括以下两方面。

（1）介质和互连设备

传输介质是网络中连接收、发双方的物理通路，也是通信中实际传送信息的载体，主要包括双绞线、同轴电缆、光缆、无线传输介质等。互连设备是指DTE和DCE间的互连设备，网络结点与物理介质之间的连接设备、接插件、接头和插座等，如T型头、RJ-45

头、接收器、发送器、中继器、集线器等。

（2）物理层协议

物理层协议实际上是 DTE 和 DCE 或其他通信设备之间的一组约定，主要解决网络结点与物理信道进行连接的问题。物理层协议规定了标准接口的机械连接特性、电气信号特性、信号功能特性及交换电路的规程特性。这样做的主要目的是，便于不同的制造厂家能够根据公认的标准各自独立地制造设备，使各个厂家的产品都能够相互兼容。

这里要强调的是，传输介质在物理层下面，它并不是物理层。在传输介质中传输的是信号，但是传输介质并不知道所传输的信号的含义。通过物理层规定的电气特性，物理层就能够识别所传送的比特流，即传输的信号什么时候是 1 什么时候是 0。传输介质与物理层的关系如图 2-2 所示。

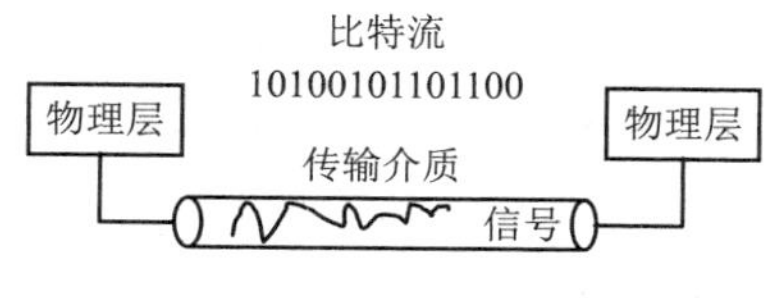

图 2-2　传输介质与物理层的关系

2.2　数据通信的基本知识

2.2.1　数据通信系统的模型

数据通信系统的任务是将数据从一个结点迅速、可靠地传送到另一个结点。一个完整的数据通信系统如图 2-3 所示，一般可以划分为三大部分，即源系统（或发送方）、传输系统和目的系统（或接收方）。

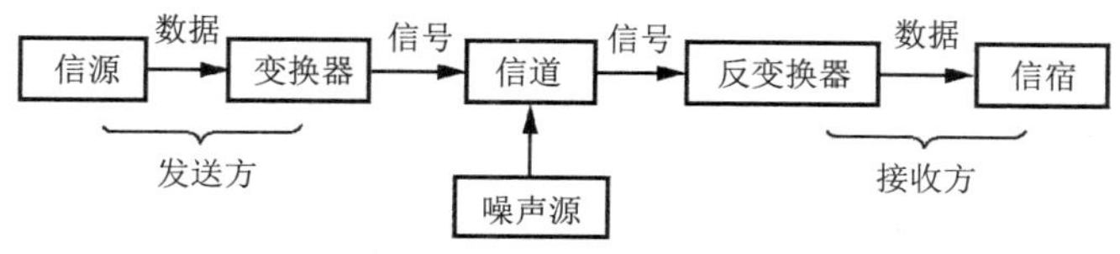

图 2-3　数据通信系统的模型

图 2-3 中，信源是产生和发送数据的源头，信宿是接收数据的终点，它们通常是计算机或其他数字终端装置，发送方与接收方之间的信息交换是通过信道进行的。其中，变换器（如调制器）将信源生成的数据编码后，数据才能在信道中传输，而反变换器（如解调器）接收信道传送来的信号，并将其转换为能够被目的设备处理的数据。信道与电路并不等同，一般用来表示向某个方向传送信息的介质，因此一条通信线路通常包含一条发送信道和一条接收信道，信道不同的物理性质对通信传输速率和传输质量的影响也不同。另外，信息在传输过程中可能会受到外界的干扰，这种干扰称为噪声，一般不同的物理信道对各种干扰的感受程度不同。

下面介绍图 2-3 涉及的几条术语。

① 数据（data）：是传递（携带）信息的实体，信息（information）则是数据的内容或解释。

② 信号（signal）：是数据的电气或电磁的表现，是数据在传输过程中的存在形式，数据以信号的形式传播。无论信号或数据，都既可以是模拟的也可以是数字的。所谓“模拟的”就是连续变化的，而“数字的”表示取值仅允许为有限的几个离散数值。

③ 模拟信号：是连续变化的电磁波，其取值可以有无限多个，是某种物理量的测量结果。这种信号可以不同频率在各种通信介质上传输。

④ 数字信号：是一系列离散的电脉冲，可用恒定的正电压或负电压直接表示二进制的“1”或“0”。这种电脉冲可以按照不同的位速率在通信介质上传输。

⑤ 模拟数据：是在某个区间内连续变化的值，如温度和压力都是模拟数据。

⑥ 数字数据：是离散的值。它用一系列符号表示信息，而每个符号只能取有限的特定值，如文本和整数。

无论信源产生的是模拟数据还是数字数据，在传输过程中都要转换成适合于信道传输的某种信号形式。如图 2-4 所示，模拟数据、数字数据都可以用模拟信号或数字信号来表示，因而也可以采用这些信号形式来传输。

模拟传输不考虑所传输信号的内容，其信号可以表示为模拟数据，也可以表示为数字数据。但无论如何，模拟传输是在信道上直接传输模拟信号的方式，模拟信号传送一定距离后都会发生衰减。因此，为了进行长距离传输，一般的模拟传输网络都会使用放大器对信号进行放大。但在放大信号的同时也将噪声放大了，从而导致了信号的畸变和失真。

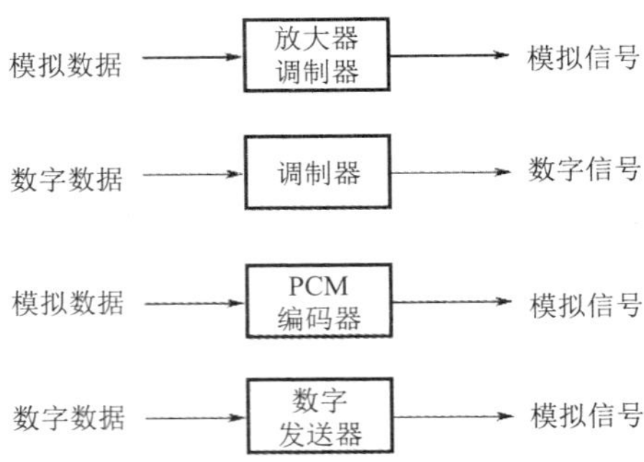

图 2-4 模拟数据、数字数据与模拟信号、数字信号间的关系

与模拟传输不同，数字传输要考虑所传输信号的内容。同样地，数字信号传送一定距离后也会发生衰减。因此，为了进行长距离传输，一般的数字通信系统都要使用中继器或转发器：中继器将接收到的数字信号进行放大整形，以此来克服数字信号的衰减和畸变；转发器可以通过阈值判别等手段，识别并恢复原来的 0 和 1 的变化模式，最终重新产生一个新的消除了衰减和畸变的信号并传输出去。

正是因为数字传输有模拟传输所无法比拟的优点，使得在长距离传输中，数字传输技术已逐步取代了早先的模拟传输技术。

2.2.2 通信方式

在计算机内部的各部件之间、计算机与各种外部设备之间，以及计算机与计算机之间，都是以通信的方式传递交换数据信息的。通信有两种基本方式，即串行方式和并行方式。

在通常情况下，并行方式用于近距离通信，串行方式用于较远距离的通信。在计算机网络中，串行通信方式更具有普遍意义。

1. 并行通信方式

在并行数据传输中有多个数据位，如 8 个数据位（如图 2-5 所示），同时在两个设备之间传输。发送设备将 8 个数据位通过 8 条数据线传送给接收设备，还可附加一位数据校验位。接收设备可同时接收到这些数据，不需要做任何变换就可以直接使用。在计算机内部，数据通信通常以并行方式进行。并行的数据传输线也称为总线。

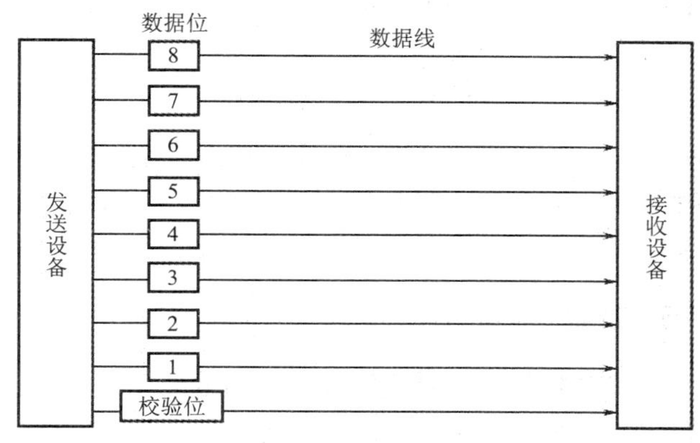

图 2-5 并行数据传输

2. 串行通信方式

在并行传输时，需要一根至少有 8 条数据线（因为一个字节是 8 位）的电缆将两个通信设备连接起来。当进行近距离传输时，这种方法的优点是传输速度快，处理简单；但在进行远距离数据传输时，这种方法的线路费用就难以容忍了。在这种情况下，使用现成的电话线来进行数据传输就经济多了。

用电话线进行通信必须使用串行数据传输技术。在串行数据传输时，数据是一位一位地在通信线路上传输的。与同时传输几位数据的并行传输相比，串行传输的速度要慢得多。但由于公用电话系统已形成了一个覆盖面极其广阔的网络，所以，使用现成的电话网以串行传输方式通信，对于计算机网络来说具有更大的现实意义。

如图 2-6 所示，串行数据传输时，先由具有 8 位总线的计算机发送设备，将 8 位并行数据经“并—串”转换硬件转换成串行方式，再逐位经传输线传送到接收设备，并在接收方将数据从串行方式重新转换成并行方式，以供后续使用。

3. 串行通信的方向性结构

串行数据通信的方向性结构有 3 种，即单工、半双工和全双工。

① 单向通信，又称为单工通信，即只有在一个方向上的通信而没有反方向的交互。例如，无线电广播、有线广播和电视广播。

② 双向交替通信，又称为半双工通信，即通信双方都可以发送信息，但在某一时刻，只允许数据在一个方向上传输，因而半双工通信实际上是一种可切换方向的单工通信。

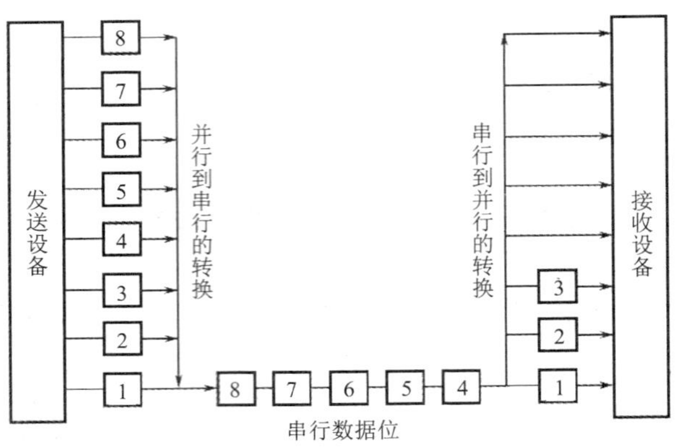

图 2-6 串行数据传输

③ 双向同时通信，又称为全双工通信，即通信的双方可以同时发送和接收信息。因此全双工通信是两个单工通信方式的结合，它要求发送设备和接收设备都有独立的接收和发送能力。

2.2.3 数据传输速率与信道容量

数据通信的任务是传输数据信息，希望能够实现传输速率快、出错率低、信息量大、可靠性高，并且既经济又便于使用维护。这些要求可以用下列技术指标来描述。

1. 传输速率

数据传输速率是指每秒能传输的二进制信息位数，单位为“位/秒”，记做 b/s（bits per second）或 b/s。数据传输速率表示为

$$S=\frac{1}{T}\log_2 M(\mathrm{b/s})$$

式中，T 为一个数字脉冲信号的宽度（全宽码情况）或重复周期（归零码情况），单位为 s。

2. 码元速率

一个数字脉冲也称为一个码元，M 为一个码元所取的有效离散值个数，也称为调制电平数，M 一般取 2 的整数次方值。若一个码元仅可取 0 和 1 两种离散值，则该码元只能携带一位（bit）二进制信息；若一个码元可取 00、01、10 和 11 四种离散值，则该码元就能携带两位二进制信息。以此类推，若一个码元可取 M 种离散值，则该码元便能携带 $\log_2 M$ 位二进制信息。

当一个码元仅取两种离散值时，$S=1/T$，表示数据传输速率等于码元脉冲的重复频率。由此可以引出另一个技术指标“信号传输速率”，也称为码元速率、调制速率或波特率，单位为波特（baud）。信号传输速率表示单位时间内通过信道传输的码元个数，也就是信号经调制后的传输速率。若信号码元的宽度为 T，则码元速率定义为

$$B=\frac{1}{T}(\mathrm{baud})$$

在有些调幅和调频方式的调制解调器中，一个码元对应于一位二进制信息，即一个码

元有两种有效离散值，此时调制速率和数据传输速率相等。但在调相的四相信号方式中，一个码元对应于两位二进制信息，即一个码元有四种有效离散值，此时调制速率只是数据传输速率的一半。由以上两式合并可得到调制速率和数据传输速率的对应关系为

$$S = B\log_2 M(\text{b/s}) \quad 或 \quad B = \frac{S}{\log_2 M}(\text{baud})$$

一般在二元调制方式中，S 和 B 都取同一值，习惯上二者是通用的。但在多元调制的情况下，必须将它们区别开来。

【例 2-1】 采用四相调制方式，即 M=4，且 T=833×10^{-6}s，则可求出数据传输速率为

$$S = \frac{1}{T}\log_2 M = \frac{1}{833\times10^{-6}}\log_2 4 = 2400(\text{b/s})$$

而调制速率为

$$S = \frac{1}{T} = \frac{1}{833\times10^{-6}} = 1200(\text{baud})$$

通过上例可知，虽然数据传输速率和调制速率都是描述通信速度的指标，但它们是完全不同的两个概念。打个比喻来说，假如调制速率是公路上单位时间里经过的卡车数，那么数据传输速率便是单位时间里经过的卡车所装运的货物箱数。如果一车装一箱货物，则单位时间里经过的卡车数与单位时间里卡车所装运的货物箱数相等；如果一车装多箱货物，则单位时间里经过的卡车数便小于单位时间里卡车所装运的货物箱数。

3. 信道容量

信道容量表示一个信道传输数据的能力，即单位时间内可能传送的最大比特数，单位为 b/s。信道容量与数据传输速率的区别在于，前者表示信道的最大数据传输速率，是信道传输数据能力的极限，而后者则表示实际的数据传输速率。这就像公路上的最大限速值与汽车实际速度之间的关系一样，它们虽然采用相同的单位，但表示的是不同的含义。

信道的最大数据传输速率是受带宽限制的。因为任何实际信道都不是理想的，也就是说，信道的带宽是有限的（即能通过的信号的频带宽度是有限的），而且在信道上还存在各种干扰，所以在传输信号时会带来失真。

（1）奈奎斯特公式

对于无热噪声、带宽有限的信道，奈奎斯特（Nyquist）公式给出了码元速率的极限值与信道带宽的关系：

$$B = 2W(\text{baud})$$

式中，W 是信道的带宽，也称为频率范围，即信道能传输的上、下限频率的差值，单位为 Hz。由此可推出表示信道数据传输能力的奈奎斯特公式为

$$C = 2W\log_2 M(\text{b/s})$$

此处，M 为携带数据的码元可能取的离散值的个数，C 为该信道最大的数据传输速率。

由以上两式可见，对于特定的信道，其码元速率不可能超过信道带宽的两倍，但若能提高每个码元可能取的离散值的个数，则数据传输速率便可成倍提高。

【例 2-2】 普通电话线路的带宽约为 3kHz，则其码元速率的极限值为 6kbaud，若每个码元可能取的离散值的个数为 16（即 M=16），则最大数据传输速率 $C=2\times3\times10^3\times\log_2 16$ =24Kb/s。

【例 2-3】 在数字传输系统中，码元速率为 1200baud，数据传输速率为 4800b/s，则信

号应取几种不同的状态？若要使得码元速率与数据传输速率相等，则信号应取几种状态？根据表示信道数据传输能力的奈奎斯特公式 $C=B\log_2 M$，可得当 C=4 800 b/s、B=1 200 baud 时，M=16，即信息位取 16 个状态；同样可得到当 M=2 时，码元速率与数据传输速率相等。

（2）香农公式

实际的信道上存在损耗、延迟、噪声。损耗会引起信号强度减弱，导致信噪比 S/N 降低；延迟会使接收端的信号产生畸变；噪声会破坏信号，产生误码，如图 2-7 所示。

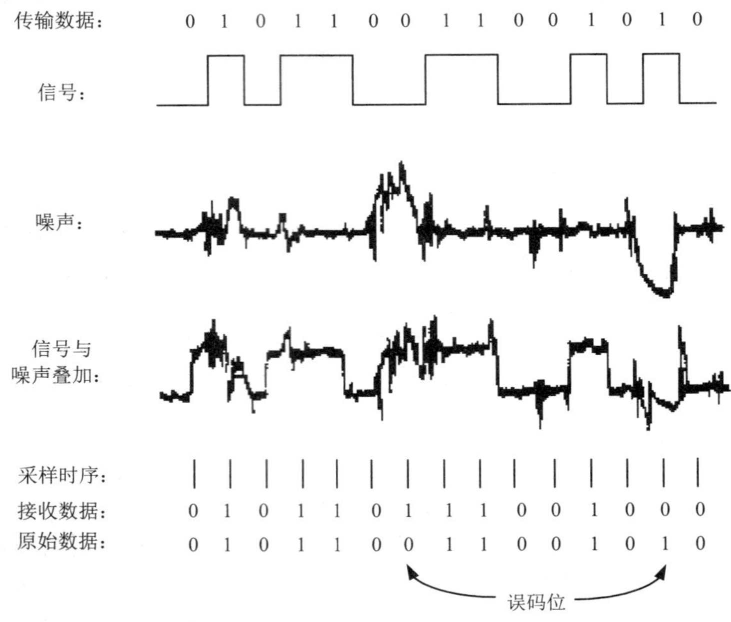

图 2-7 信号失真与误码

香农（Shannon）进一步研究了受随机噪声干扰的信道情况，给出了计算信道容量的香农公式：

$$C = W\log_2(1+S/N)(b/s)$$

式中，S 为信号功率，N 为噪声功率，S/N 为信噪比。由于实际使用的信道的信噪比都要足够大，故常表示成 $10\log_{10}(S/N)$，并以分贝（dB）为单位来计量，在使用时要特别注意。

【例 2-4】 信噪比为 30dB，带宽为 3kHz 的信道的最大数据传输速率为多少？

$$C = 3\times10^3\times\log_2(1+10^{30/10}) = 3\times10^3\times\log_2(1+1000)\approx 30\text{Kb/s}$$

由此可见，只要提高信道的信噪比，便可提高信道的最大数据传输速率。对一定的传输带宽和一定的信噪比，信息传输速率的上限就确定了。只要信息的传输速率低于信道的极限传输速率，就一定能找到某种方法来实现无差错的传输。

【例 2-5】 要在带宽为 4kHz 的信道上用 4s 发送完 20KB 的数据块，按照香农公式，信道的信噪比应为多少分贝（取整数值）？

根据香农公式 $C = W\log_2(1+S/N)$，可以得到 $C = 20\times10^3\times8/(4\times10^3) = 40\text{Kb/s}$，$W$=4kHz。由于 $\log_2(1+S/N) = C/W = 10$，可得到 $S/N = 2^{10}-1 = 1023, 10\log_{10}(S/N) = 10\times\log_{10}1023\approx 30\text{dB}$，即信噪比至少为 30dB。

需要注意的是，由上述两个公式计算得到的只是信道数据传输速率的极限值（上界），实际上要真正达到它是十分困难的。奈奎斯特公式是在给定信道带宽，理想信道的条件下，要求无码间干扰时，求最大速率，此速率单位是Baud。香农公式是在给定信道带宽，给定信噪比的条件下，要求误码率为无穷小时，求最大速率，单位是b/s。

奈奎斯特公式描述的事情如同：某个铁路每小时能过多少火车才能保证一定的安全距离。香农公式所说的事情是：且不论这个安全距离，就这条铁路的质量来说，每小时能通过的货物量不可能大于多少吨。

4. 误码率

误码率是衡量数据通信系统在正常工作情况下传输可靠性的指标，它定义为二进制数据传输时出错的概率。设传输的二进制数据总数为N位，其中出错的位数为N_e，则误码率表示为

$$P_e = \frac{N_e}{N}$$

在计算机网络中，一般要求误码率低于10^{-6}，即平均每传输10^6位数据仅允许错1位。若误码率达不到这个指标，可以通过差错控制方法进行检错和纠错。

2.3 数据编码技术

数据无论是模拟的还是数字的，为了传输的目的都必须转变成信号，把数据变换为模拟信号的过程称为调制，把数据变换为数字信号的过程称为编码。如前所述，除了模拟数据的模拟信号发送外，对于数字数据的数字信号发送、数字数据的模拟信号发送和模拟数据的数字信号发送，都需要某种形式的表示或编码。

2.3.1 基本调制技术

数字数据调制技术在发送端将数字信号转换为模拟信号，而在接收端将模拟信号还原为数字信号，分别对应于调制解调器的调制和解调过程。

模拟信号传输的基础是载波，它是频率恒定的连续信号。由于在计算机远程通信线路中不能直接传送基带信号，因此，必须用基带脉冲对载波波形的某个参数进行控制，以形成适合于线路传送的信号，这称为调制。

载波信号可以表示为$A\cos(\omega t+\varphi)$。式中，A 为载波的振幅，ω为载波频率，φ为载波相位。

只要让参数A、ω、φ中的任何一个随调制信号发生变化，便可以携带信息。最基本的二元调制方法有以下几种。

1. 振幅调制

振幅调制也称为幅移键控（Amplitude Shift Keying，ASK），是指用数字基带信号控制正弦载波信号的振幅。当传输的基带信号为1时，振幅调制信号的振幅保持某个电平不变，即有载波信号发射；当传输的基带信号为0时，振幅调制信号的振幅为0，即没有载波信号发射。

当基带信号是不归零单极性脉冲序列时，振幅调制的波形如图2-8所示。

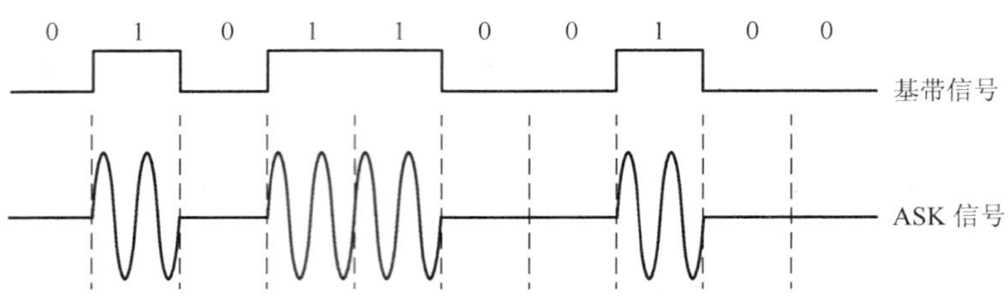

图 2-8 振幅调制的波形示意图

由于调幅方式易受到突发干扰的影响，通常只用于较低的数据传输速率的情况。例如，在传输声音的音频线路中，典型的传输速率只能达到 1200b/s。

2. 频率调制

频率调制也称为频移键控（Frequency Shift Keying，FSK），是指用数字基带信号控制正弦载波信号的频率 f。当传输的基带信号为 1 时，频率调制信号的角频率为 $2\pi f_1$，当传输的基带信号为 0 时，频率调制信号的角频率为 $2\pi f_2$。

当基带信号是不归零单极性脉冲序列时，频率调制的波形如图 2-9 所示。

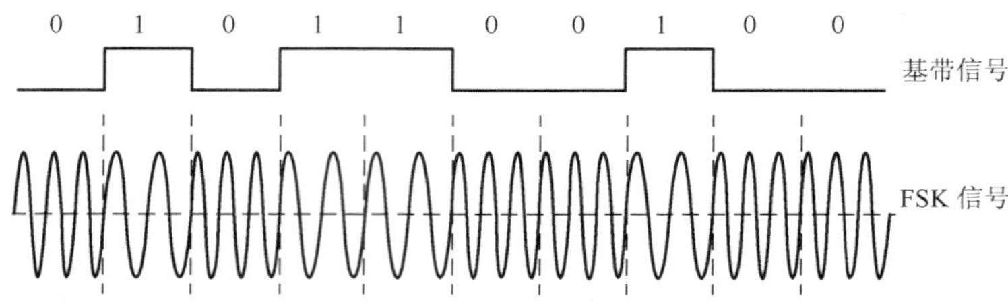

图 2-9 频率调制的波形示意图

3. 相位调制

相位调制也称为相移键控（Phase Shift Keying，PSK），是指用数字基带信号控制正弦载波信号的相位。相位调制又可以分为绝对相移调制和相对相移调制。

（1）绝对相移调制

绝对相移是指利用正弦载波的不同相位直接表示数字。当传输的基带信号为 1 时，绝对相移调制信号和载波信号的相位差为 0；当传输的基带信号为 0 时，绝对相移调制信号和载波信号的相位差为π。

当基带信号是不归零单极性脉冲序列时，绝对相移调制的波形如图 2-10 所示。

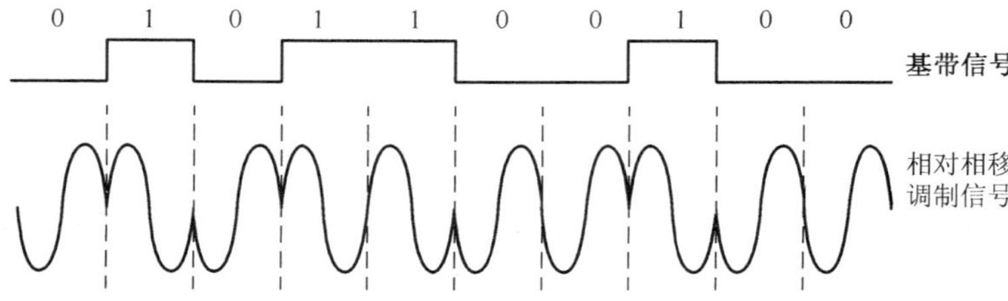

图 2-10 绝对相移调制的波形示意图

绝对相移调制可以变换成正交相移调制（Quaternary Phase Shift Keying，QPSK）编码方案，这样可以提供更高的数据传输速率，但实现技术更复杂。

（2）相对相移调制

相对相移调制是指利用前后码元信号相位的相对变化来传送数字信息。当传输的基带信号为1时，相邻的码元信号的相位差为π；当传输的基带信号为0时，相邻的码元信号的相位差为0。

当基带信号是不归零单极性脉冲序列时，相对相移调制的波形如图2-11所示。

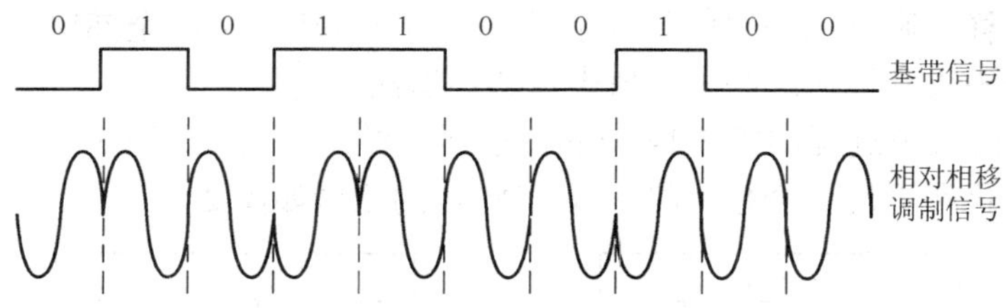

图2-11 相对相移调制的波形示意图

4. 多进制调制

当用多进制的数字基带信号调制载波时，可得到多进制数字调制信号。通常将多进制的数目 M 取为 2^n。当携带信息的参数分别为载波的幅度、频率和相位时，数字调制信号为 M 进制幅移键控（*M*ASK）、M 进制频移键控（*M*FSK）和 M 进制相移键控（*M*PSK）。

当信道频带受限时，采用 M 进制数字调制可以增大数据传输速率，提高频带利用率。

（1）多进制幅移键控

在多进制幅移键控信号中，载波幅度有 M 种取值。实际上，*M*ASK 信号相当于用 M 电平的基带信号对载波进行双边带调幅。图2-12所示为4ASK的波形示意图。

（2）多进制相移键控

在 M 进制相移键控中，载波相位有 M 种取值。*M*PSK 信号仅用不同的相位携带基带信号的数字信息，而幅度是相同的。*M*PSK 调制中最常用的是4PSK和8PSK。图2-13所示为8PSK的波形示意图。

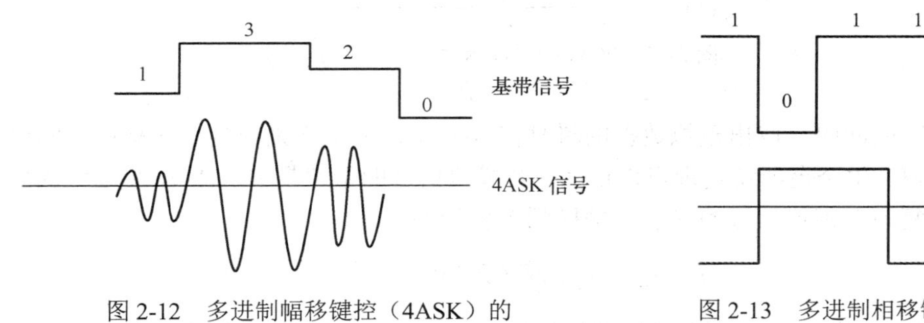

图2-12 多进制幅移键控（4ASK）的波形示意图

图2-13 多进制相移键控（8PSK）的波形示意图

（3）多进制频移键控

在 M 进制频移键控中，载波频率有 M 种取值。*M*FSK 信号仅用不同的频率携带基带信号的数字信息，而幅度是相同的。*M*FSK 调制可用频率选择法实现。

2.3.2 脉冲编码调制技术

在数字化的电话交换和传输系统中，通常需要将模拟的语音数据通过编码变成数字信号后，再进行传输。语音信号的编码称为语音编码，图像信号的编码称为图像编码，两者的基本原理是一致的。下面介绍在光纤通信、数字微波通信和卫星通信中常用的脉冲编码调制（Pulse Code Modulation，PCM）技术。PCM 基于奈奎斯特采样定理（Nyquist Sampling Theorem）：如果在规定的时间间隔内，以有效信号 $f(t)$ 最高频率的 2 倍或 2 倍以上的速率对该信号进行采样，则这些采样值包含了无混叠而又便于分离的全部原始信号信息，可以利用低通滤波器不失真地从这些采样值中重新构造出 $f(t)$ 。

信号数字化的转换过程如图 2-14 所示，包括采样、量化和编码 3 个步骤，还原过程则包括解码、逆量化和平滑 3 个相反的步骤。PCM 的原理如图 2-15 所示。

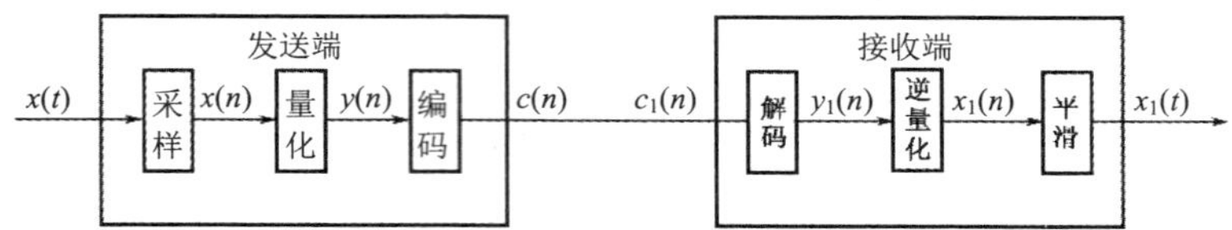

图 2-14 信号数字化的转换过程

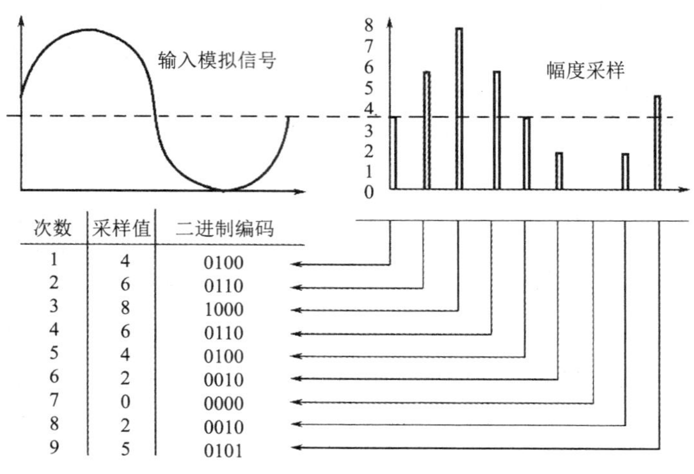

次数	采样值	二进制编码
1	4	0100
2	6	0110
3	8	1000
4	6	0110
5	4	0100
6	2	0010
7	0	0000
8	2	0010
9	5	0101

图 2-15 PCM 的原理示意图

（1）采样

每隔固定的时间间隔，取出模拟数据的瞬时值 $x(n)$，作为本次采样到下次采样之间该模拟数据的代表值。由奈奎斯特定理可以证明，若模拟信号的带宽是 W（Hz），则 $2W$ 的采样频率就足以恢复原有模拟信号的信息。采样频率表示为

$$f=\frac{1}{T}\geqslant f_{\max} \text{ 或 } f\geqslant 2W$$

式中，T 为采样周期，$f_{\max}$ 为原始模拟信号的最高频率，W 为原始模拟信号的带宽。

（2）量化

把采样取得的电平幅值按照一定的分级标度转换成对应的数字值，并取整数把连续的电平幅值转换成离散的数值 $y(n)$。例如，若模拟信号的最大幅值为 256，而将其分为 128 级，则幅值在[0, 2]中量化为 0，幅值在[2, 4)中量化为 1，…，幅值在[254, 256)中量化为 127

等；也可以分为 64 级，则幅值在[0, 4)中量化为 0，幅值在[4, 8)中量化为 1，…，幅值在[252, 256)中量化为 63 等。当分为 128 级时，量化后得到的整数值和实际幅值间的误差小于 2；当分为 64 级时，量化后得到的整数值和实际幅值间的误差小于 4。量化误差会造成信号还原时的失真。

（3）编码

编码是将量化后的整数值表示为一定位数的二进制数 $c(n)$。每个二进制数都可以用一个脉冲串来表示，也就是经过 PCM 编码的原模拟信号。

在发送方，经过信号数字化过程后，就可把模拟信号转换成二进制数字脉冲序列，然后经过信道进行传输。在接收方，将接收到的信号 $c_1(n)$解码成 $y_1(n)$，再通过逆量化获得信号 $x_1(n)$，最后经平滑后的信号 $x_1(t)$就是还原的模拟信号。$x_1(t)$与 $x(t)$之差就是量化的误差。

2.3.3 数字信号的编码技术

在数据通信中，由 DTE 产生的数字信号一般要经过编码才能送入信道。而二进制数字信息在传输过程中可以采用不同的代码，各种代码的抗噪声和编码性能不相同，实现费用（通信效率）也不一样。下面主要讨论几种常用的编码技术。

1. 不归零编码

不归零（Non Return to Zero，NRZ）编码的编码规则是：当 0 出现时电平翻转；当 1 出现时电平不翻转，如图 2-16 所示。就是说，二进制“0”和“1”的区别不是高、低电平，而是电平是否转换。

不归零编码的特点是：编码简单、最容易使用且费用低。位时钟包含在码流的“0”和“1”变化中。但是，当码流中有连续的“0”或“1”时，信道上就会出现不变的电平，此时位时钟信号就会丢失。因此，这种编码只能用在简单、低速的传输信道上，如异步串行通信（由终端到调制解调器）。

2. 曼彻斯特编码和差分曼彻斯特编码

（1）曼彻斯特编码

曼彻斯特（Manchester）编码是一种双相码，用高电平到低电平的转换边表示 1，用低电平到高电平的转换边表示 0，编码规则如图 2-16 所示。码元中间的电平转换边既表示了数据代码，也可作为定时信号使用。曼彻斯特编码常用在以太网中。

（2）差分曼彻斯特编码

差分曼彻斯特编码也是一种双相码。和曼彻斯特编码不同的是，这种编码的码元中间的电平转换边只作为定时信号，而不表示数据。数据表示为在每一位开始处是否有电平转换：有电平转换表示 0，无电平转换表示 1，编码规则如图 2-16 所示。差分曼彻斯特编码用在令牌环网中。

由曼彻斯特编码和差分曼彻斯特编码的波形可以看出，这两种双相码的每一个码元都要调制为两个不同的电平，因而调制速率是码元速率的两倍。这无疑对信道的带宽提出了更高的要求，所以实现起来更困难也更昂贵。但由于其良好的抗噪声特性和自定时能力，所以在局域网中仍被广泛应用。

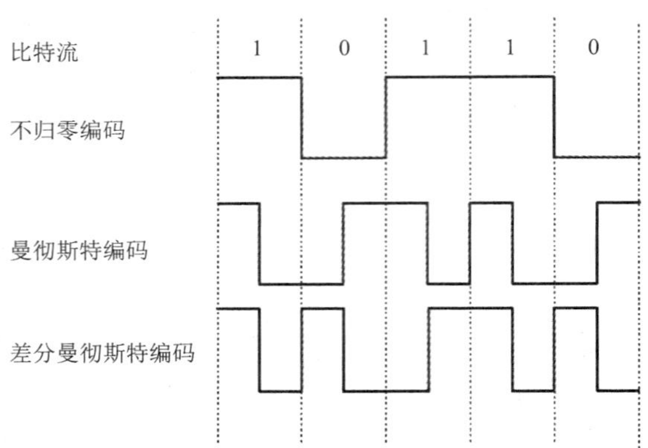

图 2-16　不归零编码、曼彻斯特编码和差分曼彻斯特编码的编码规则示意图

（3）差分曼彻斯特编码与曼彻斯特编码的区别

差分曼彻斯特编码比曼彻斯特编码的变化要小，因此更适合于传输高速的信息，被广泛用于宽带高速网中。然而，由于每个时钟位都必须有一次变化，所以这两种编码方式的缺点是，在每比特的持续时间内将可能出现多达两次的跳变。这意味着若要达到 10Mb/s 的数据传输速率，就会使线路上信号状态每秒变化 20M 次，即 20Mbaud。因此，这种编码技术的编码效率只有 50%。对于高速网络，如要达到 100Mb/s 的数据传输速率，则要求线路有 200Mbaud。这样，价格往往过于昂贵或者会受到技术上的限制。所以，人们又采取了各种编码效率更高的编码方法。

上面介绍了几种数字信号传输过程中的编码方式，实际上在计算机内部或者相邻设备之间近距离传输时，可以不经过调制就在信道上直接进行传输，这种方式称为基带传输，它通常用于局域网。数字基带传输就是在信道中直接传输数字信号，且传输介质的整个带宽都被基带信号占用，双向地传输信息。其最简单的方法是用两个高低电平来表示二进制数字，常用的编码方法有不归零编码和曼彻斯特编码。

用数字信号对特定频率的载波进行调制（数字调制），将其变成适合于传送的信号后再进行传输，这种传输方式称为频带传输。远距离传输或无线传输时数字信号必须用频带传输技术进行传输。利用频带传输，不仅解决了电话系统传输数字信号的问题，而且可以将实现多路复用，以提高信道的利用率。

借助频带传输，可以将链路容量分解成两个或多个信道，每个信道可以携带不同的信号，这就是宽带传输。宽带传输中所有的信道可以同时互不干扰地发送信号，链路容量大大增加。

2.4　信道复用技术

2.4.1　概述

为了有效地利用数据传输系统，人们希望通过同时携带多个信号来高效率地使用传输介质，这称为多路复用（Multiplexing，MUX）。多路复用连接器连接许多低速线路，并将它们各自所需的传输容量组合在一起后，在一条速度较高的线路上传输，如图 2-17 所示。

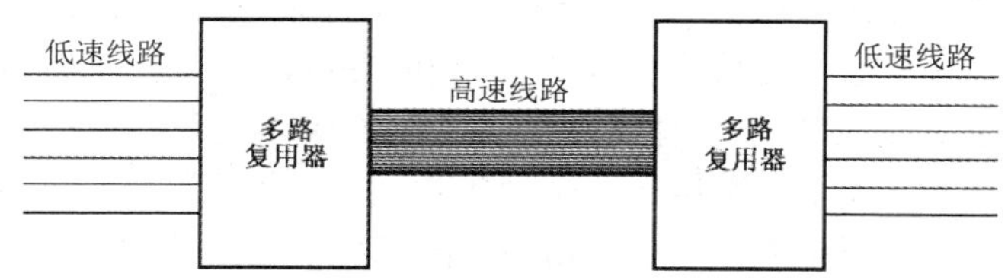

图 2-17 多路复用的原理示意图

常用的信道复用技术有频分多路复用（Frequency Division Multiplexing，FDM）、时分多路复用（Time Division Multiplexing，TDM）、波分多路复用（Wavelength Division Multiplexing，WDM）和码分多址（Code Division Multiple Access，CDMA）。

2.4.2 频分多路复用

频分多路复用是指，将一条物理信道可以传输的频带分割成若干较窄的子频带，每个子频带构成一个子通道，独立地传输一路信号。当一条通信线路总的可用带宽超过待传输多路信号所需的总带宽时，就可以使用 FDM 技术。多路的原始信号在频分复用前，首先要通过频谱搬移技术，将各路信号的频谱搬移到物理信道频谱的不同频段上，这可以通过在频率调制时采用不同的载波来实现。当然，每个子通道间通常还有一个 100Hz 左右的间隔，称为隔离带，以防止干扰。

频分多路复用的一般情况如图 2-18 所示。

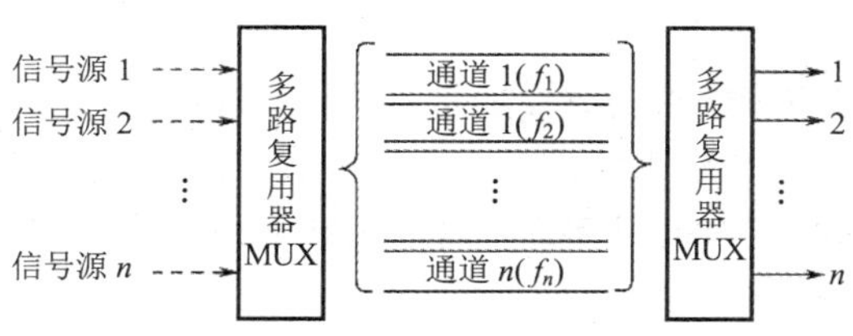

图 2-18 频分多路复用

2.4.3 时分多路复用

若介质能达到的数据传输速率超过传输所需的数据速率，便可以采用时分多路复用技术。采用 TDM 技术时，将一条传输信道按照一定的时间间隔，分割成多条独立的、速率较低的传输信道。每个时间间隔称为一个时间片，每个时间片由复用的一个信号占用，每个信号按时间片轮流交替地使用单一信道，从而使得多个数字信号在宏观上同时进行传输，如图 2-19 所示。

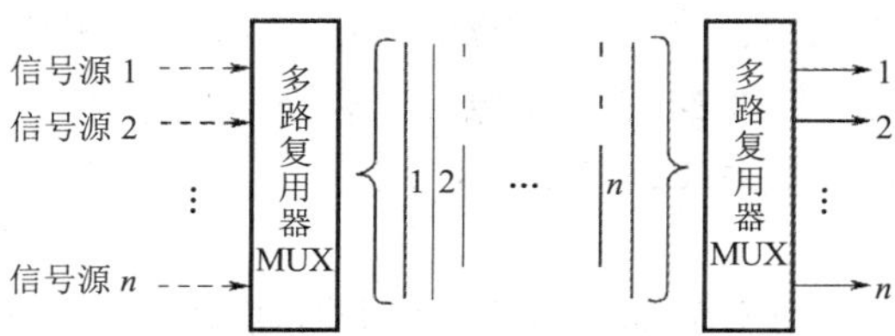

图 2-19 时分多路复用

对单一信道的交替传输可以按位、字节或块等单位来进行。在图 2-19 中，多路复用器有 *n* 路输入，假设每路输入的数据传输速率为 9600b/s，则具有 $n\times 9600$b/s 传输带宽的传输介质可以传输这 *n* 路信号。具体实现的方法是：规定传送一个数据单元所需要的时间为一个时间片，每个输入端一次传送一个数据单元，*n* 个时间片便可将 *n* 个输入端轮流输入一次，这 *n* 个时间片便构成一帧（frame）；若在某个时间片内，对应的输入端没有数据要发送，则在该时间片内发送空信号。所以，*n* 路输入信号是平均分配使用高速传输介质的。

时分多路复用又分为同步时分多路复用和异步时分多路复用。

（1）同步时分多路复用

同步时分多路复用（Synchronous TDM，STDM）将时间片预先分配给各个信道，并且时间片固定不变，因此各个信道的发送与接收必须是同步的。在 STDM 中，如果某个时间片对应的装置无数据发送，则该时间片便空闲不用，造成信道容量的浪费。

（2）异步时分多路复用

异步时分多路复用（Asynchronous TDM，ATDM）又称为统计时分多路复用。ATDM 允许动态地分配使用传输介质的时间。在 ATDM 中，时间片是按需动态分配的，即在输入端有数据要发送时才分配时间片；并且传输介质的传输带宽只要不低于各个信道上信号的平均数据传输速率即可，这样就提高了传输介质的利用率。同时，ATDM 中的时间片与输入装置之间没有一一对应的关系，任何一个时间片都可以被用于传输任何一路信号。这样在传输的数据单元中必须包含地址信息，以便寻址目的结点，因此在每个时间片里会增加一些额外的传输开销。

TDM 并不仅仅局限于传输数字信号，模拟信号也可以在时间片上交替传输。对于模拟信号，TDM 和 FDM 可以组合起来使用。一个传输系统可先将工作频率带分成许多 FDM 信道，每个信道再按 TDM 进行时分多路复用，在一些宽带局域网中已经使用了这种多路复用技术。

目前，应用最广泛的时分多路复用方法是 T1 和 E1 载波系统。T1 载波系统将 24 路语音信道复用在一条通信线路上。每路音频模拟信号在送到多路复用器之前，要通过一个 PCM 编码器，编码器每秒采样 8000 次。24 路 PCM 信号的每一路轮流将一个字节插入到帧中，其中 7 位是数据位，1 位用于信道控制。这样，每帧由 $24\times 8=192$ 位组成，附加 1 位作为帧的开始标志，所以每帧有 193 位。由于发送一帧需要 125μs，所以 T1 载波的数据传输速率为 1.544Mb/s。速率更高的标准有 T3（44.736Mb/s）、T4 等，统称 T 系列标准，在美国和日本应用广泛。

E1 载波是一种 2.048Mb/s 速率的 PCM 载波，采用同步时分复用技术将 30 个话音信道和两个控制信道复合在一条 2.048Mb/s 的高速信道上，每 125μs 为一个时间片，每个时间片分为 32 个通道（时隙），每个时隙可容纳 8bit。通道 0 用于同步，通道 16 用于信令，其他 30 个通道用于传输 30 个 PCM 话音数据。E1 载波的数据传输速率为$(32\times 8\text{bit})/125\text{us}=2.048$Mb/s。速率更高的标准有 E2～E5 等，统称 E 系列标准，在中国和欧洲等国家和地区应用广泛。

新的 TDM 标准是同步光网络（SONET）和 ITU-T 的同步数字系列（SDH）。常用的线路速率为（近似值）155Mb/s、622Mb/s、2.5Gb/s 和 10Gb/s。

2.4.4 波分多路复用

波分多路复用是一种光频分复用技术，它充分利用了光载波带宽极宽这一特点。也就是说，在不同信道的信号采用不同频率的光载波，多路光信号通过光学的方法复用后在同一条光纤中传输，在接收方同样采用光学的方法解复用来获得每一信道的信号。一般在WDM中，信道间的间隔较大（>100GHz）。图 2-20 所示为波分多路复用的基本工作原理。两束光波通过棱镜（或光栅）后，使用一条共享的光纤传输，当它们到达目的点后，再经过棱镜（或光栅）重新分成两束光波。

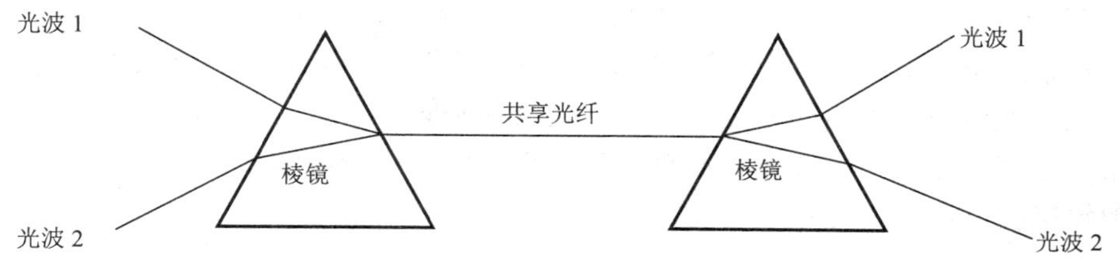

图 2-20 波分多路复用原理示意图

随着技术的发展，在一根光纤上复用的光载波信息路数越来越多。现在已经实现在一根光纤上复用 80 路或更多路的光载波信号，即所谓的密集波分复用（Dense Wavelength Division Multiplexing，DWDM）技术。

2.4.5 码分多路复用

码分多路复用技术也称为码分多址（CDMA）技术，是用于移动通信、无线计算机网络及移动性计算机连网通信的一种新的复用技术。

CDMA 技术是每个移动平台（或手机）使用经过特殊挑选的不同号码，并使用同样的频带进行通信的一种共享信道的方法。它最初用于军事通信，因为这种系统发送的信号有很强的抗干扰性，其频谱类似于白噪声而不易被敌人发现。随着技术的不断进步和产品价格的下降，现在 CDMA 已广泛应用在民用移动通信中，特别是无线局域网。

在 CDMA 中，每个比特时间再被划分成 m 个短的时间间隔，称为码片（chip），m 通常为 64 或 128。使用 CDMA 技术的每一个移动平台（或手机）被指派一个唯一的 m 比特码片序列。如果一个移动平台（或手机）要发送“1”，则发送它自己的 m 比特码片序列；如果要发送“0”，则发送该码片序列的二进制反码。CDMA 系统的另一个重要特性是，系统给每个移动平台（或手机）分配的码片序列不仅必须是各不相同的，而且还必须是互相正交的，即码片向量内积为 0。

因为靠不同的码片序列来区分不同的移动平台（或手机），所以这种复用技术称为“码分多址”技术。

2.5 传输介质

为了使连网的计算机能够互相通信，必须提供一条物理通道。在该通道上，信息是以电磁信号形式进行传输的，它可以是电磁频谱中某一段的一种信号，如电流、无线电、微波和光等形式。提供这种数据传输物理信道的介质多种多样，每一种介质都有自己的特性。因此，在选择和使用某种物理介质的时候，首先需要了解它的各种特性和性能指标。

通常，对于一种传输介质性能的评价指标主要包括以下几点：

① 物理特性——对传输介质物理结构的描述。

② 传输特性——传输介质允许传送数字或模拟信号，以及频率范围。

③ 连通特性——允许点到点或多点连接。

④ 地理范围——传输介质的最大传输距离。

⑤ 抗干扰性——传输介质防止噪声与电磁干扰对传输数据影响的能力。

⑥ 相对价格——器件、安装与维护的费用。

根据传输介质的形态可以把传输介质分为有线和无线（wireless）两大类。有线传输介质通过双绞线或电缆等为电信号提供导体，是一种坚固、成熟的方式，在一个典型局域网中它是第一选择。无线传输介质中没有导体存在，使用比较灵活、方便，在对象运动和一些不能敷设电缆的环境中有着重要的应用地位。

2.5.1 有线传输介质

有线传输介质技术很成熟，成本由低到高，各种档次都有，并且性能稳定，所以它是目前局域网中使用最多的介质。有线传输介质可以分为双绞线（twisted pair cable）、同轴电缆（coaxial cable）、光缆（optical fiber cable）3 大类。

1. 双绞线

双绞线是将两根相互绝缘的导体按一定规格相互缠绕而成的，在实际使用中通常是将这样的两对或四对线放在一起，每对线使用不同颜色以便于区分，并在外面包裹上塑料或胶皮。如果两根导体互相平行地靠在一起，就相当于一个天线的作用，信号会从一根导体进入另一根导体中，这称为串扰（cross talk）。为了避免串扰，如图 2-21 所示，将两根互相绝缘的铜导线并排放在一起，然后用规则的方法绞合起来，可以减少相邻导线间的电磁干扰。

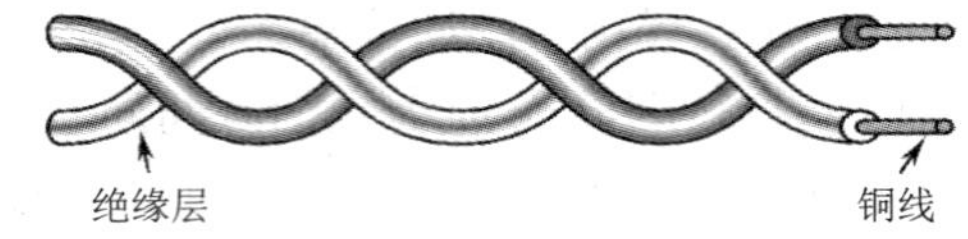

图 2-21 双绞线示意图

双绞线可分为无屏蔽双绞线（Unshielded Twisted Pair Cable，UTP）和屏蔽双绞线（Shielded Twisted Pair Cable，STP）两类。

（1）无屏蔽双绞线

无屏蔽双绞线是最常见的传输介质，自 1881 年就被广泛地使用。无屏蔽双绞线原先用于模拟语音通信，但同样支持数字信号传输。特殊的数据级 UTP 可用于局域网（LAN）领域，以便把终端与集线器、交换机和路由器连接起来。如果安装正确，在非常短的距离（通常是 100m 左右）上，5 类 UTP 的传输速率至少可以达到 100Mb/s。

无屏蔽双绞线价格低廉、容易安装及重新配置。但由于信号衰减等一些问题，电路长度有限，在频率较高时更是如此。UTP 还极易受电磁干扰的影响，电磁干扰是造成串扰及其他形式的噪声和信号失真的根源。

无屏蔽双绞线的结构如图 2-22 所示，每根导线的绝缘层上用不同的颜色进行标识，以便于布线时使用。

（2）屏蔽双绞线

屏蔽双绞线的每一对线都有一个铝箔屏蔽层，四对线合在一起还有一个公共的金属编织屏蔽层，这是 7 类线的标准结构。屏蔽双绞线的结构如图 2-23 所示。它适用于高速网络的应用，提供高度保密的传输，可以支持未来的新型应用，有助于统一当前网络应用的布线平台，使得从电子邮件到多媒体数据的各种信息都可以在同一套高速系统中传输。

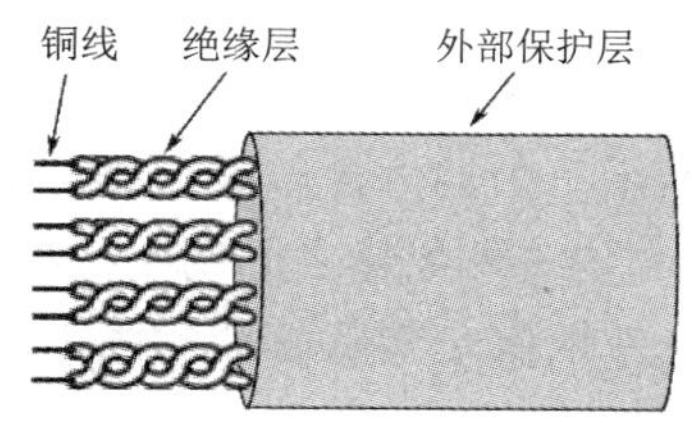

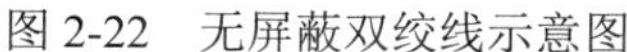

图 2-22　无屏蔽双绞线示意图

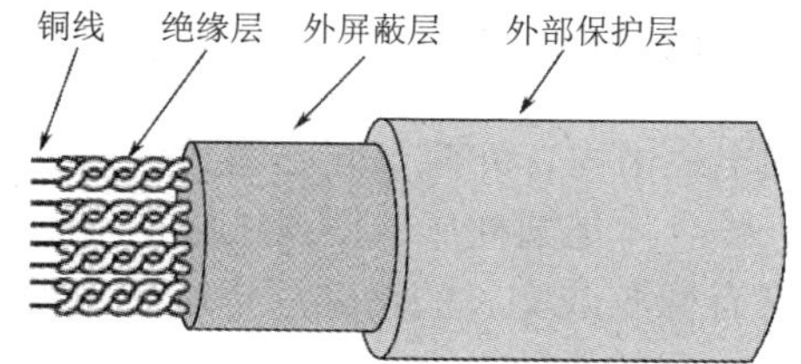

图 2-23　屏蔽双绞线示意图

屏蔽双绞线比无屏蔽双绞线增加了一层金属屏蔽层，这是两者的主要差别。屏蔽层的主要作用是增强抗干扰性，同时可以在一定程度上改善带宽特性。屏蔽双绞线的成本要高于无屏蔽双绞线，但比后面要讲到的粗缆和光纤要便宜。屏蔽双绞线使用的接头比较特殊，与无屏蔽双绞线使用的 RJ-45 或 RJ-12 接头不同，它需要提供屏蔽地，因而安装比较复杂和困难。另外，从理论上讲，屏蔽双绞线可以有较高的带宽，在 100m 的距离上带宽可达到 500Mb/s，但在实际中很少用到 155Mb/s 以上，目前最常用的传输速率是 16Mb/s。

（3）双绞线的主要特性

无论对于模拟信号还是数字信号，对于广域网还是局域网，双绞线都具有如下特性。

1）物理特性：双绞线由按规则螺旋结构排列的 2 根、4 根或 8 根绝缘导线组成。一对线可以作为一条通信线路，各个线对进行螺旋排列的目的是为了使各线对之间的电磁干扰达到最小。

2）传输特性：双绞线常用的有三类线、五类线和超五类线，以及六类线，前者线径细而后者线径粗。这几类线的具体型号如下。

① 三类线（CAT3）：指在 ANSI 和 EIA/TIA568 标准中指定的线缆，该线缆的传输频率为 16MHz，最高传输速率为 10Mb/s，主要应用于语音、10Mb/s 以太网（10Base-T）和 4Mb/s 令牌环，最大网段长度为 100m，采用 RJ 形式的连接器，已淡出市场。

② 五类线（CAT5）：该类线缆增加了绕线密度，外套一种高质量的绝缘材料，线缆最高频率带宽为 100MHz，最高传输率为 100Mb/s，用于语音传输及最高传输速率为 100Mb/s 的数据传输，主要用于 100Base-T 和 1000Base-T 网络，最大网段长为 100m，采用 RJ 形式的连接器，这是最常用的以太网线缆。

③ 超五类线（CAT5e）：超 5 类具有衰减小，串扰少，并且具有更高的衰减与串扰的比值和信噪比、更小的时延误差，性能得到很大提高。超 5 类线主要用于千兆位以太网（1000Mb/s）。

④ 六类线（CAT6）：该类线缆的传输频率为 1～250MHz，六类布线系统在 200MHz 时综合衰减串扰比有较大的余量，它提供两倍于超五类的带宽。六类布线的传输性能远远

高于超五类标准，最适用于传输速率高于 1Gb/s 的应用。六类与超五类的一个重要的不同点在于：改善了在串扰以及回波损耗方面的性能，对于新一代全双工的高速网络应用而言，优良的回波损耗性能是极重要的。布线标准采用星形的拓扑结构，要求的布线距离为：永久链路的长度不能超过 90m，信道长度不能超过 100m。

3）连通性：双绞线既可用于点到点的连接，也可用于多点连接。

在双绞线标准中应用最广的是 ANSI/EIA/TIA-568A 和 ANSI/EIA/TIA-568B。这两个标准最主要的不同就是芯线序列的不同。具体线序和使用方法见 10.4.3 节。

2. 同轴电缆

同轴电缆由内、外两个同心的导体组成，如图 2-24 所示。内导体是一根铜质导线或多股铜线，外导体是圆柱形铜箔或用细铜丝编织的圆柱形网，内、外导体之间用绝缘物充填，在最外层有橡胶或塑料的增强层。同轴电缆的组成由里往外依次是铜芯、塑胶绝缘层、细铜丝组成的网状导体（屏蔽层）和塑料保护膜。因为铜芯与网状导体同轴，所以称为同轴电缆。

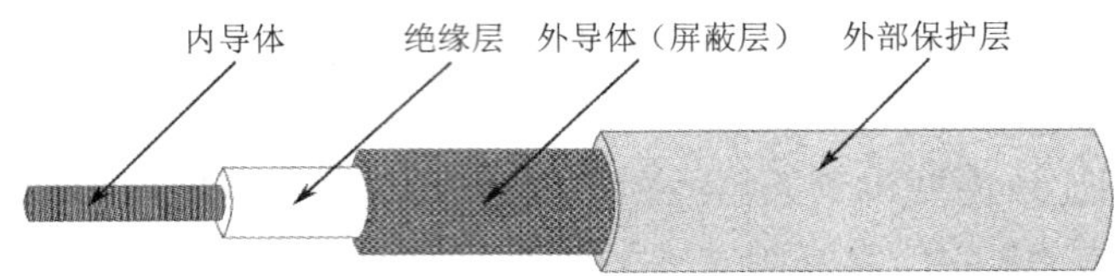

图 2-24 同轴电缆的结构示意图

（1）同轴电缆的种类

同轴电缆按其直径可分为粗缆和细缆两种。粗缆直径为 10mm，细缆直径为 5mm。除了按直径划分外，同轴电缆有多种规格，常用的有：

① RG-11，用于粗以太网中，阻抗为 50Ω，适于传送数字信号。

② RG-58，用于细以太网中，阻抗为 50Ω。

③ RG-59，是一种宽带传输的电线，常用于有线电视网中，数字或模拟信号都可以传输，带宽为 50MHz，阻抗为 75Ω。

④ RG-62，是专用于 ARCnet（Datapoint 公司 1977 年开发成功的一种局域网）的电缆，阻抗为 93Ω。

这里提到的阻抗是导体对电流阻碍的量度，表明了其中电流相位变化的程度。如果在使用中两段电缆的阻抗不匹配，那么电流传输时会在接头处产生反射，形成很强的噪声，所以必须使用阻抗相同的电缆互相连接。在网络两端也必须加上匹配的终端电阻来吸收电信号，否则，由于电缆同空气的阻抗不同，也会产生反射，从而使网络结点之间的数据传输不能完成。

同轴电缆是局域网常用的传输介质。局域网中常用到的同轴电缆有以下两种。

① 特性阻抗为 50Ω的同轴电缆：用于传送数字信号，分为粗缆和细缆两种。粗缆缆径较大，柔韧性差，造价高、安装难度大，但传输距离长、可靠性高，以前常用于大型局域网的主干部分。一般粗缆每段长 500m，最多可以通过 4 个中继器使得网络范围达到 2500m。网络设备通过专用收发器与粗缆相连，连接在粗缆上的收发器间的距离最小为 2.5m，收发器电缆最长为 50m，每段干线可连接的结点数最多为 100。

细缆是缆径较小的线缆，因其造价低、安装方便、可靠性差和抗干扰能力强，常用于中小型局域网。细缆每段最长 185m，最多可以通过 4 个中继器（或集线器）使得网络范围达到 925m。网络设备通过 T 形头连接在细缆上，两个 T 形头间的距离最小为 0.5m，每段可连接的结点数最多为 30。

② 特性阻抗为 75Ω的公用天线电视（Community Antenna Television，CATV）电缆：用于传送模拟信号，这种电缆也称为宽带（broad band）同轴电缆。

由于宽带同轴电缆的通频带宽，所以语音、图像、图形、数据能同时在一条电缆上传送。宽带同轴电缆的传输距离最长可达 10km（不加中继器）或 20km（加中继器）。同轴电缆的抗干扰能力强，可完全避开电磁干扰，可连接上千台设备。要把计算机产生的数字信号变成模拟信号通过 CATV 电缆传输，就要求在发送方和接收方加入调制解调器。对于带宽为 400MHz 的 CATV 电缆，其传输速率为 100～150Mb/s。

（2）同轴电缆的特性

同轴电缆的主要特性有以下几点。

① 物理特性：同轴电缆由内导体、绝缘层、屏蔽层及外部保护层组成，其特性参数由内、外导体及绝缘层的电参数与机械尺寸决定。

② 连通性：同轴电缆既支持点到点连接，也支持多点连接。基带同轴电缆可支持数百台设备的连接，而宽带同轴电缆可支持数千台设备的连接。

③ 地理范围：基带同轴电缆使用的最大距离限制在几千米范围内，宽带同轴电缆的最大距离可达几十千米。

④ 抗干扰性：同轴电缆的结构使得它的抗干扰能力较强。

⑤ 价格：同轴电缆的造价介于双绞线与光缆之间，使用与维护方便。

（3）同轴电缆的使用

制作同轴电缆网线的材料及工具主要包括：同轴电缆（粗缆或细缆）、中继器、收发器、收发器电缆、粗同轴电缆网线附件（N 系列接头、N 系列终端匹配器、N 系列端接器）、细同轴电缆附件（BNC 电缆连接器[1]、T 形接头、终端匹配器）、同轴电缆网线压线钳等。同轴电缆多用于总线结构的网络。

3. 光缆

光纤是能够传导光波的介质，它非常纤细，直径约为 125μm。能传导光波的石英、多种玻璃和塑料都可以用来制作光纤。用超纯熔硅制成的光纤已经可将光纤的损耗降至最低。

一条光缆由多条光纤组成。20 世纪 80 年代初期，光缆开始进入网络布线应用，随即被大量使用。与铜缆（双绞线和同轴电缆）相比，光缆适应了目前网络对长距离、大容量信息传输的要求，已经被广泛用于企业、校园主干网络及远距离传输网络中，成为传输介质中的佼佼者。

（1）光纤和光缆的结构

光纤通常由石英玻璃拉制而成，主要包括纤芯和包层两部分，如图 2-25 所示。纤芯很细，其直径只有 8～70μm。包层的折射率比纤芯的折射率低，所以光波在纤

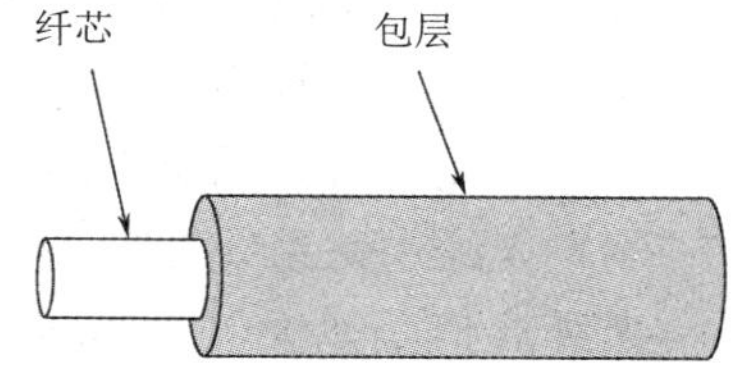

图 2-25 光纤的结构

[1] 全称为 Bayonet Nut Connector，又称为 British Naval Connector 或 Bayonet Neil Consulman，一种用于同轴电缆的连接器。

芯与包层的界面上可实现全反射。这样，当光波通过纤芯传导时，可保持在纤芯内。

由于光纤非常细，所以必须将光纤做成结实的光缆来使用。一根光缆一般包含一根或数十到数百根光纤，再配上加强芯、填充物和外保护套等部分，用以提高其机械强度，方便实际应用。

（2）光纤的分类

光纤通过纤芯内部的全反射来传输经过编码的光束（光信号）。光纤工作常用的 3 个频段的中心波长分别为 0.85μm、1.30μm 与 1.55μm。这 3 个频段的带宽都在 25 000～30 000 GHz 之间，因此光纤的通信容量是很大的。

光纤可以分为单模与多模两类。通俗地讲，单模光纤是指光纤中的光信号仅与光纤轴成单个可分辨角度的单光线传输，多模光纤是指光纤中的光信号与光纤轴成多个可分辨角度的多光线传输。单模光纤与多模光纤的比较如图 2-26 所示。单模光纤的芯很细，直径只有几微米，制造成本较高。同时，单模光纤的光源要使用昂贵的半导体激光器，而不能使用较便宜的发光二极管。但是，单模光纤的性能要优于多模光纤，它的传输损耗较小，在 2.5Gb/s 的传输速率下可传输数十千米而不必采用中继器。

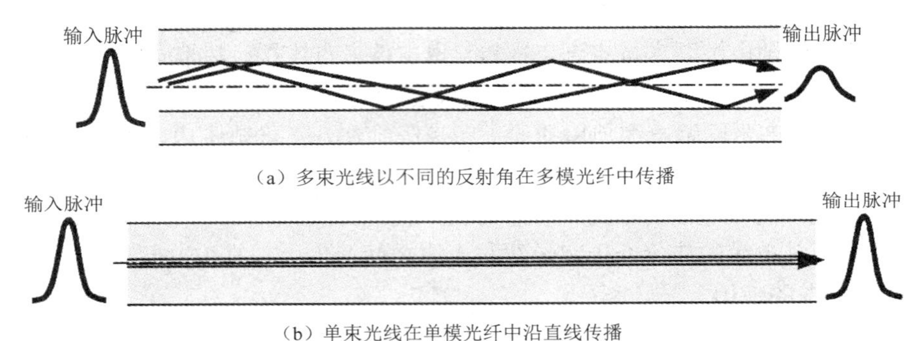

图 2-26 光线在多模光纤和单模光纤中的传输

（3）光缆的特性

多模光纤的传输速率低、传输距离短，整体的传输性能差，但成本低，一般用于建筑物内或地理位置相邻的环境中；单模光纤传输频带宽、容量大，传输距离长，但需要用激光源，成本较高，通常在建筑物之间或地域分散的环境中使用。

与同轴电缆比较，光纤可提供极宽的频带，且功率损耗小、传输距离长（2km 以上）、传输速率高（可达数千 Mb/s）、抗干扰性强（不会受到电子监听），是构建安全性网络的理想选择。

光纤也存在着一些缺点：纤芯质地脆，机械强度低；切断和连接中的技术要求较高，需要专用设备；分路、耦合较麻烦，所用的接口设备及接插器件比较昂贵。

随着用户和网络设计者越来越关注电磁干扰、带宽、链路距离、数据安全性和网络故障等问题，光缆成为满足上述要求的最佳传输介质。

（4）光纤通信系统

光纤通信是以光波为载波，光纤为传输介质的通信方式。当光纤中有光脉冲出现时表示数字“1”，反之为数字“0”。光纤通信的主要组成部分有光发送机、光接收机和光纤，当进行长距离信息传输时还需要中继器。如图 2-27 所示，在通信中，光发送机产生光束，将表示数字代码的电信号转换成光信号，并将光信号导入光纤，光信号在光纤中传播；另一端由光接收机负责接收光纤上传来的光信号，并进一步将其还原成为发送前的电信号。图 2-27 中仅示意了信号传播的单向情况。在实际应用中，每一路信号的传输包括两根光纤，一根接收，一根发送。

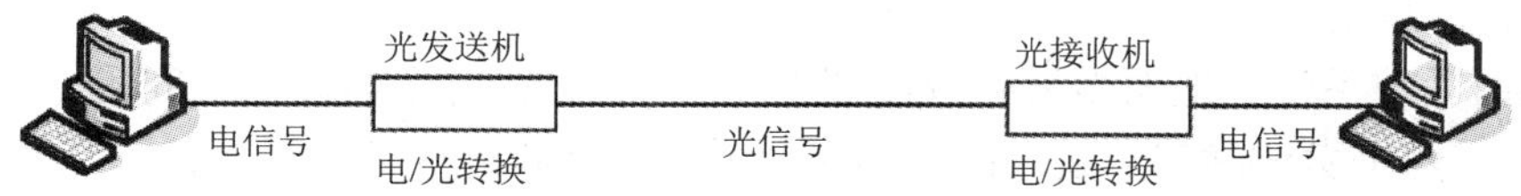

图 2-27 光纤中信号的转换原理

2.5.2 无线传输介质

传统的网络结构采用线缆（如双绞线、光纤等）将工作站连接在一起。但由于这些工作站可能位于不同地域或位于必须跨越的障碍物两侧，受到地形条件的限制，给施工造成困难，而且还要防雷击、防老鼠啃咬等。另外，传输的有线结构受到工作站位置的限制，布线后很难甚至无法任意移动工作站的位置，机动性较差。当遇到自然灾害，如台风、地震和洪水时，有线网络线缆断裂或损害的情况很多，会造成传输中断，使网络陷于瘫痪。为了克服有线传输介质的缺陷，有必要在计算机网络中利用空间传输无线信号，如红外线、微波等。它们的特点是利用在空间传播的电磁波来传送信息。

无线传输是指在自由空间（地球上大气的性质也类似于自由空间）中进行电磁波的传输，其传输方法包括：微波（microwave）传输、无线电（radio wave）传输、红外（infrared light）传输、激光（laser）和蓝牙（bluetooth）等传输。

1. 微波传输

微波是指频率大于 1GHz 的电磁波。采用较小的发射功率（约 1W），并配合定向高增益微波天线，每隔 16～80km 设置一个中继站，就可以构建起微波通信系统。数字微波设备接收与传送的是数字信号，数字微波信号采用正交调幅（QAM）或相移键控（PSK）等调制方式。

（1）微波传播的类型

① 自由空间传播（free space transmission）。自由空间传播假设微波传输的两点之间直线上没有物体阻挡，而且直线周围必须预留相当大的空间，即在直线附近的某一个范围内也必须避免存在物体才行。这是由于微波天线具有良好的指向性，发射信号的波面会逐渐扩大，如果遇到物体阻挡，就会经过反射路径到达接收点。因为反射路径与直线路径长度不等，所以到达接收点的相位不同，从而会形成“干扰”，这种干扰通常是有害的。

② 视线传播（line-of-sight transmission）。视线传播是指发射天线和接收天线之间能够互相“看见”。这种传播方式能够传播的距离不远，主要有两点原因：一是由于信号从发射点出发，其能量是以幂级数规律递减的；二是由于地球是圆的，在地球上任何一点发出的电磁波按直线前进的方向，最终将离开地球射向天空。一般地讲，地面上一个发射台发出的微波，只能传播到地面上 70km 远的接收站。如果双方的高度增加，那么这个距离还可以增加，但总是有限的。实际上，由于山脉、丘陵、房屋的阻挡和反射，这个距离还要大打折扣，一般可以估计的距离是 35km。

（2）微波系统

微波作为通信手段已经有几十年的历史。在使用通信卫星前，我国的电视信号就是靠大约每 50km 建立一个微波站，来一站一站传送的，这属于地面微波系统。在使用通信卫星后，电视信号先传送给同步卫星，再由卫星向地面上转发，覆盖极大的区域，这种系统属于星载微波系统。

① 地面微波系统。地面微波系统如图 2-28 所示，在各个微波站之间用抛物面天线进行互相通信。两个微波站在天线之间应该是可通视的（即两点之间无物体阻隔）。微波系统中各站之间不需要电线连接，因此在一些特殊场合具有不可替代性。例如，要通过一块荒无人烟的沼泽地，或者通信必须经过山区或一条高速公路，在这些情况下，采用微波系统不失为最佳选择。

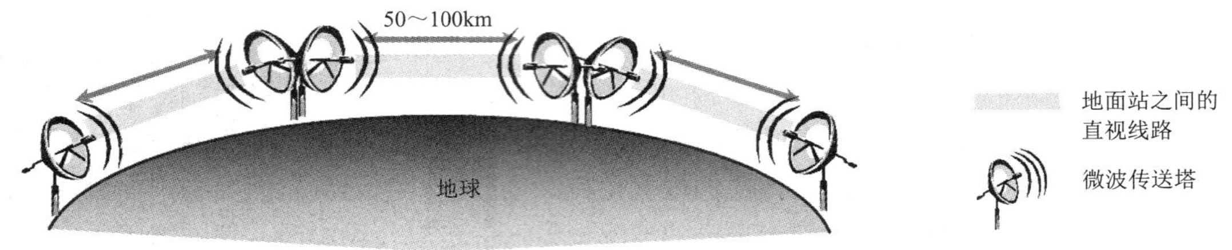

图 2-28 地面微波系统

② 星载微波系统。星载微波系统如图 2-29 所示，发射站和接收站设置在地面，卫星上放置转发器。首先由地面发射站向卫星发送微波信号，卫星在接收到该信号后，由转发器向地面转发，供各地面站接收。星载系统覆盖面积极大，一颗同步卫星大约能覆盖 1/3 的地球表面，所以 3 颗地球同步卫星就可以覆盖全球。用户的地面设备包括一个直径为 0.75～2.4m 的抛物面天线、接收机、电缆及网卡等。可以把一颗卫星看做一个集线器（只是这个集线器距地面大约有 36 000km），各地面接收站看做结点，这样就形成了一个星型网络。

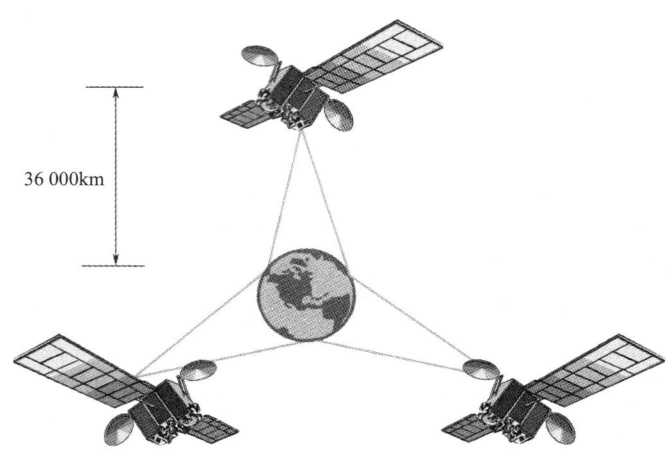

图 2-29 星载微波系统

卫星通信是一种特殊的微波通信，它利用位于 36 000km 高空的人造地球同步卫星作为中继器。卫星通信的最大特点是通信距离远，且通信费用与距离无关，目前常使用的频段为6.14GHz，即上行（从地球到卫星）频率为5.925～6.425GHz，下行频率为（从卫星到地球）3.7～4.2GHz，从发送站通过卫星转发到接收站的传播延迟约为270ms，且与两站点的距离无关。

（3）微波传输介质的性能指标

微波传输介质的性能指标包括以下几点。

① 频率范围：微波系统一般工作在较低的GHz频段，地面系统通常为4～6GHz或21～23GHz，星载系统通常为11～14GHz。

② 成本：微波系统中发射机天线等硬件的价格占很大比重。

③ 安装：地面微波系统的安装复杂、困难。

④ 带宽：微波系统常用的信号带宽为1～10Mb/s，高的可达几十Mb/s。

⑤ 衰减：微波的衰减性与其天线尺寸和信号频率有关，微波频率高、波长短，所以其衰减性还与大气状况有关，大雨或大雾都会影响长距离的微波传输。

⑥ 抗干扰性：由于开放电磁传输的共性，微波系统对外界干扰敏感，在微波系统中常采用数据加密技术来防止窃听。

2. 无线电传输

无线电传输采用无线电台或专门的发射机以广播方式来传送数据。如果电台功率足够大，通信距离可达几十千米，非常适合用于移动工作站或野外工作站之间的连网，但保密性差。个人通信服务主要依靠这种方式。

无线电频率分为管制和非管制的两部分。非管制频段是开放的，可以随意使用。管制频段中包含军用、警用、医用、救生等各种专用频段，不能随意使用，必须经专门部门审批。这种部门在美国是联邦通信委员会（FCC），在中国是国家无线电管理委员会。图2-30所示为无线电传输示意图。

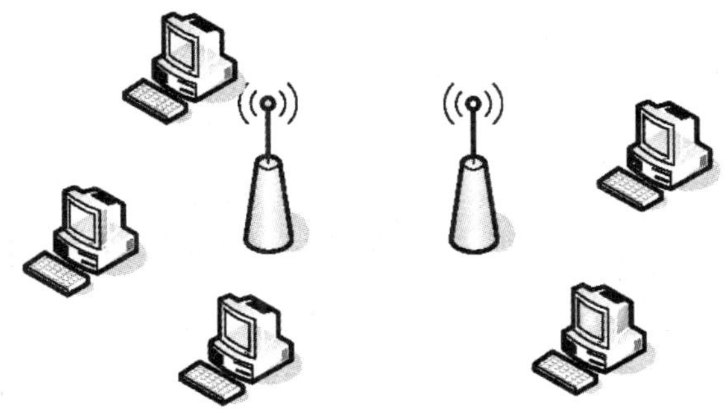

图2-30 无线电传输示意图

无线电传输通信有以下两种方式。

（1）单频通信（single frequency）

单频通信是指信号的载波频率单一，载波的可用频率范围遍及整个无线电频率。和有线传输方式相比，单频通信数据传输速率较低，若提高到与有线传输相似的传输速率，设备价格就会很高。例如，目前单频通信的数据传输速率可达到5.7Mb/s，但其有效距离仅为25m，可以通过提高发射功率来增加有效距离。单频通信的很多性能与其发射功率有关。单频通信的带宽通常为1～10Mb/s。

（2）扩展频谱通信（spread frequency）

扩展频谱通信简称扩频通信，这种方法将信号调制在很宽的频率范围上进行传输。在扩频通信中，由于信号能量分布在很宽的频率上，在信号能量不变的前提下，其幅度大大减小，甚至小于噪声的强度。这样，用普通接收机进行接收时就只能收到噪声而无法分离出信号。当使用扩频接收机时，它将原来展宽的频谱重新压缩，使得信号强度恢复，从而由噪声中分离出信号。

扩展频谱技术是近几年来发展很快的一种技术，不仅在军事通信中发挥出了不可取代的作用，而且广泛地渗漏到了通信的各个方面，如卫星通信、移动通信、微波通信、无线定位系统、无线局域网等。

3. 红外传输

红外传输是以红外线（infrared light）作为传输载体的一种通信方式。它以红外发光二极管（LED）或红外激光管（ILD）作为发射源，以光电二极管（photodiode）作为接收设备。

红外传输是目前另一种广泛采用的无线通信方式。它的成本低廉，但传输距离较近。红外线类似光线，有直线传输的性质，不能绕过不透明的物体。但这一点可以通过将红外线射到墙壁再反射的方法加以解决。另外，红外线不存在频率分配的问题，所以没有必要取得使用许可。在红外传输方式中，按照红外线是否有方向性可分成两类：点到点方式（point to point）和广播方式（broad cast）。

图 2-31 所示为点到点方式与广播方式的红外传输。在点到点方式中，红外发光管发出的红外线要经过透镜的作用聚集成一条细的光束，因而具有很强的方向性，接收设备必须在此光束中并与之对正才能接收到正确的信号。日常使用的红外遥控设备（如电视机、空调等的遥控器）就是采用点到点的红外传输方式。在广播方式中，红外线不经过聚集就向四面八方发出，没有方向性，接收设备只要与发射机足够近，在有效范围内即可接收到信号。

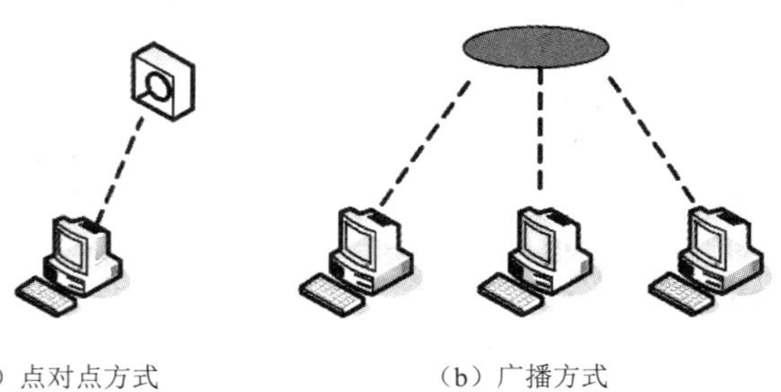

（a）点对点方式　　（b）广播方式

图 2-31　点到点方式与广播方式的红外传输

对于工作在点对点方式的红外传输，在 1km 的距离上，数据传输速率可以达到约 16Mb/s，而广播方式的红外传输相对较低，数据传输速率一般不高于 1Mb/s。

4. 激光传输

红外线通信和激光通信是把要传输的信号分别转换为红外光信号和激光信号，直接在空间传播。红外传输的工作频率为 10^{11}～10^{14}Hz，通信时其方向性非常强，且几乎不受干扰。激光传输的工作频率更高，一般为 10^{14}～10^{15} Hz，用调制解调的相干激光实现通信。

激光能直接在空气中传输而不需要通过有形的光导体，并有在很长的距离内保持聚焦

（即定向）的特点。它和微波在直线传输上有相似性，但是和红外传输一样，不必经过政府管理部门授权分配频率。激光同样不能被遮挡，而且对雨、雪和雾都比较敏感，这限制了它的应用。有时可用激光传输来连接不同建筑物中的局域网络。例如，当在建筑物之间要跨越公共空间（如通过公路），无法轻易地安放缆线时，激光传输特别有用。

5. 蓝牙传输

所谓蓝牙（Bluetooth）技术，是一种支持设备短距离通信（一般 10m 内）的无线电技术。在 1999 年 12 月发布的蓝牙 1.0 版标准中，已定义了包括使用 WAP 协议连接互联网的多种应用软件。蓝牙技术能在包括移动电话、PDA、无线耳机、笔记本电脑、相关外设等众多设备之间进行无线信息交换。利用“蓝牙”技术，能够有效地简化移动通信终端设备之间的通信，也能够成功地简化设备与 Internet 之间的通信，使数据传输变得更加迅速高效，为无线通信拓宽了道路。蓝牙采用分散式网络结构以及快跳频和短包技术，支持点对点及点对多点通信，工作在全球通用的 2.4GHz ISM（即工业、科学、医学）频段；其数据速率为 1Mb/s；采用时分双工传输方案实现全双工传输，使用 IEEE 802.15 协议。

“蓝牙”的形成背景是这样的：1998 年 5 月，爱立信、诺基亚、东芝、IBM 和英特尔公司等五家著名厂商，在联合开展短程无线通信技术的标准化活动时提出了蓝牙技术，其宗旨是提供一种短距离、低成本的无线传输应用技术。这五家厂商还成立了蓝牙特别兴趣组（Bluetooth Special Interest Group），以使蓝牙技术能够成为未来的无线通信标准。英特尔公司负责半导体芯片和传输软件的开发，爱立信负责无线射频和移动电话软件的开发，IBM 和东芝负责笔记本电脑接口规格的开发。1999 年下半年，著名的业界巨头微软、摩托罗拉、三康、朗讯与蓝牙特别小组的五家公司共同发起成立了蓝牙技术推广组织，从而在全球范围内掀起了一股“蓝牙”热潮，使蓝牙技术呈现出极其广阔的市场前景。

目前，蓝牙 4.0 的传输速率可达 24Mb/s，传输距离达到 100m，且不受电磁波干扰，不受障碍物限制，同时具备保密传输能力。

6. NFC

NFC（Near Field Communication）又称近距离无线通信，是一种短距离的高频无线通信技术，允许电子设备之间进行非接触式点对点数据传输，在 10cm 内交换数据。

NFC 由免接触式射频识别（RFID）演变而来，由飞利浦半导体（现恩智浦半导体）、诺基亚和索尼共同研制开发，其基础是 RFID 及互连技术。近场通信是一种短距高频的无线电技术，在 13.56MHz 频率运行于 20cm 距离内。其传输速率有 106Kb/s、212Kb/s 和 424Kb/s 三种。目前近场通信已成为 ISO/IEC IS 18092 国际标准、EMCA-340 标准与 ETSI TS 102 190 标准。NFC 采用主动和被动两种读取模式。

NFC 的工作模式包括如下 3 种。

① 卡模式（Card emulation）：这个模式其实就是相当于一张采用 RFID 技术的 IC 卡。可以替代现在大量的使用 IC 卡（包括信用卡）的场合，如商场刷卡、门禁卡、车票、门票等。此种方式下，卡片通过非接触读卡器的 RF 域来供电，即便是寄主设备（如手机）没电也可以工作。

② 点对点模式（P2P mode）：这个模式类似红外传输，可用于数据交换，其传输距离较短，传输速度较快，功耗低（蓝牙也类似）。将两个具备 NFC 功能的设备连接，能

实现数据点对点传输，如下载音乐、交换图片或者同步设备地址簿。因此通过 NFC，如数码相机、PDA、计算机和手机等多个设备之间都可以交换资料或者服务。

③ 读卡器模式（Reader/writer mode）：作为非接触读卡器使用，如从海报或者展览信息电子标签上读取相关信息。

2.6 物理层协议与接口标准

2.6.1 物理层特性

物理层考虑的是如何在连接各个计算机的传输介质上传输数据比特流，而不是具体的传输介质，其主要任务是确定与传输介质的接口有关的一些特性。因此，物理层的接口标准定义了物理层与物理传输介质之间的边界与接口，反映在物理层协议中的接口特性包括：机械特性、电气特性、功能特性和规程特性。

1. 机械特性

机械特性（mechanical characteristics）主要规定了物理连接时，插头和插座的几何尺寸、插针或插孔的芯数及排列方式、锁定装置形式等。常用的接口标准包括：

① ISO 2110，25 芯连接器，RS-232-C，RS-366-A。

② ISO 2593，34 芯连接器，V.35 宽带 Modem。

③ ISO 4902，37 芯和 9 芯连接器，RS-449。

④ ISO 4903，15 芯连接器，X.20，X.21，X.22。

2. 电气特性

电气特性（electrical characteristics）规定了在物理连接上，导线的电气连接及有关的电路特性，一般包括：接收器和发送器电路特性的说明、表示信号状态的电压/电流的识别、最大传输速率的说明、与互连电缆相关的规则等。

物理层的电气特性还规定了 DTE 与 DCE 之间接口线的信号电平、发送器的输出阻抗、接收器的输入阻抗等参数。

CCITT 标准化的电气特性标准包括：

① CCITT V.10/X.26，新的非平衡型电气特性，RS-423-A。

② CCITT V.11/X.27，新的平衡型电气特性，RS-422-A。

③ CCITT V.28，非平衡型电气特性，RS-232-C。

④ CCITT X.21/EIA RS-449。

3. 功能特性

有关功能特性（functional characteristics）的标准规定了 DTE 与 DCE 间包括数据传送、控制、定时和接地等几类引线的功能，如数据、控制、定时、接地等。通常的国际标准包括以下两个。

① CCITT V.24：数据终端设备（DTE）和数据电路设备（DCE）之间的接口定义，与

V.24 建议 100 系列接口相兼容的有 RS-232-C 和 RS-449，与 V.24 建议 200 系列接口相兼容的有 RS-366-A。我国与 V.24 建议等效的标准是 GB3454-82。

② CCITT X.24：公用数据网 DTE 和 DCE 之间的接口定义，用于公用数据网。

4. 规程特性

规程特性（procedural characteristics）主要定义了各物理线路的工作规程和时序关系，并规定了使用交换电路进行数据交换的控制步骤。这些控制步骤的应用使得比特流传输得以完成。

有关规程特性的标准规定了 DTE 与 DCE 之间接口电路所使用的规程，信号时序的应答关系和操作过程的规则。有关规程特性的标准包括：

① CCITT V.24，规定了某些接口电路之间相互动作的关系。

② CCITT V.25，规定了普通电话交换网上，使用自动呼叫应答设备的线路的接续控制规程。

③ CCITT V.54，规定了 Modem 环路测试规程。

④ CCITT X.20，规定了在公用数据网上，起止式传输业务的 DTE 与 DCE 之间的接口规程。

⑤ CCITT X.20 bis，规定了在公用数据网上，与异步 Modem 接口的 DTE 的操作规程。

⑥ CCITT X.21，规定了在公用数据网上，同步工作的 DTE 和 DCE 之间的接口规程。

⑦ CCITT X.21 bis，规定了在公用数据网上，与同步 Modem 接口的 DTE 的操作规程。

⑧ CCITT X.22，规定了在公用数据网上，多路时分复用的 DTE 和 DCE 之间的接口规程。

2.6.2 典型的物理层接口标准

下面介绍几个使用比较普遍而且重要的标准。

1. RS-232-C

RS-232-C 是由美国电子工业协会（EIA）在 1969 年提出的串行物理接口标准。RS（Recommended Standard）表示“推荐标准”，232 是标识号码，后缀“C”表示该推荐标准已被修改过的次数。RS-232-C 是目前使用最为广泛的一种串口标准。

RS-232-C 标准提供了一个利用公用电话网（PSTN）作为传输介质，并通过调制解调器将远程设备连接起来的技术规定。在发送方，调制解调器的作用是将数字信号转换成相应的模拟信号，以使其能通过 PSTN 传输；在接收方，调制解调器的作用是将模拟信号转换成相应的数字信号，从而实现比特流的传输。

图 2-32 所示为两台远程计算机通过公用电话网相连的结构示意图。从图中可看出，DTE 实际上是数据的信源或信宿，而 DCE 则完成数据由信源到信宿的传输任务。RS-232-C 接口标准只控制 DTE 与 DCE 之间的通信，与连接在两个 DCE 之间的电话网没有直接的关系。

（1）机械特性

RS-232-C 的机械特性规定使用一个 25 芯的标准连接器，并对该连接器的尺寸及针或孔芯的排列位置等都进行了详细说明。在实际使用中，并不一定需要用到 RS-232-C 标准的

图 2-32 通过公用电话网进行远程连接的结构示意图

全集，所以一些生产厂家对 RS-232-C 标准的机械特性进行了变通的简化，使用了一个 9 芯的标准连接器，而将不常用的信号线舍弃。

（2）电气特性

RS-232-C 的电气特性规定逻辑“1”的电平为–15～–5V，逻辑“0”的电平为+5～+15V。也就是说，RS-232-C 采用+15V 和–15V 的负逻辑电平，对+5V 和–5V 之间的过渡区域不做定义。

利用 RS-232-C 接口直接连接（即不使用调制解调器）的两个设备之间的最大距离大约为 15m。RS-232-C 接口的通信速率不超过 20Kb/s，标准速率有 150、300、600、1200、2400、4800、9600、19200b/s 等。

（3）功能特性

RS-232-C 的功能特性定义了 25 芯标准连接器中的 20 根信号线，包括 2 根地线、4 根数据线、11 根控制线、3 根定时信号线，剩下的 5 根线用于备用或未定义。表 2-1 所示为其中最常用的 10 根信号线的功能特性。

表 2-1 RS-232-C 接口标准中常用信号线的功能特性

引脚号	信号线	功能说明	信号线类型	连接方向
1	AA	保护地线（GND）	地线	
2	BA	发送数据（TD）	数据线	→DCE
3	BB	接收数据（RD）	数据线	→DTE
4	CA	请求发送（RTS）	控制线	→DCE
5	CB	清除发送（CTS）	控制线	→DTE
6	CC	数据设备就绪（DSR）	控制线	→DTE
7	AB	信号地线（Sig.GND）	地线	
8	CF	载波检测（CD）	控制线	→DTE
20	CD	数据终端就绪（DTR）	控制线	→DCE
22	CE	振铃指示（RI）	控制线	→DTE

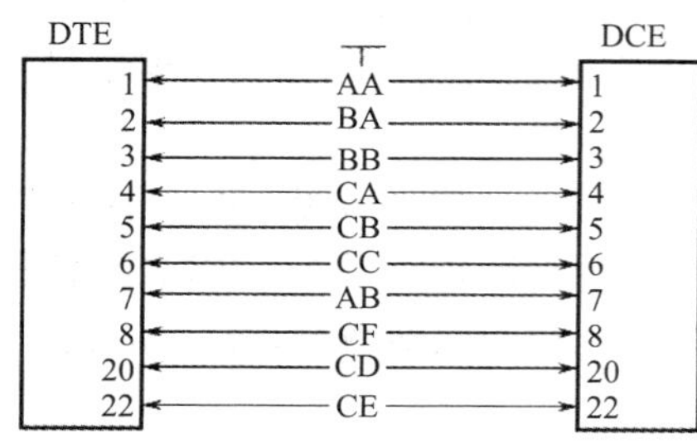

图 2-33 采用 RS-232-C 接口标准的 DTE 与 DCE 连接

采用 RS-232-C 接口标准的 DTE 与 DCE 的连接如图 2-33 所示。

若两台 DTE 设备（如两台计算机）在近距离直接连接，则可采用图 2-34 所示的方法。采用这两种连接方式的电缆也称为零调制解调器（null modem）。

（4）规程特性

RS-232-C 的工作过程是在各根控制信号线有序的“ON”（逻辑“0”）和“OFF”（逻辑“1”）状态的配合下进行的。在 DTE 与 DCE 连接的情况下，只

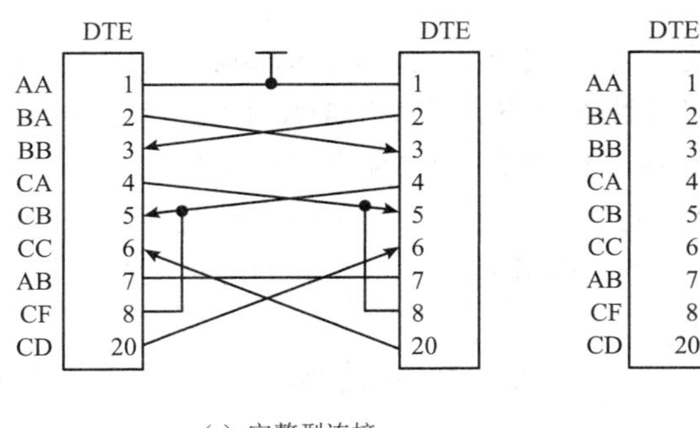

(a) 完整型连接

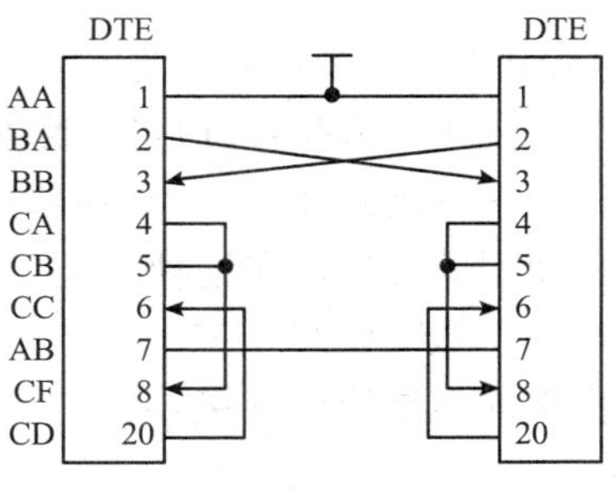

(b) 简单型连接

图 2-34 采用 RS-232C 接口标准的零调制解调器

有当 CD（数据终端就绪）和 CC（数据设备就绪）均为“ON”状态时，才具备操作的基本条件。此后，若 DTE 要发送数据，则须先将 CA（请求发送）置为“ON”状态，等待 CB（清除发送）应答信号为“ON”状态后，才能在 BA（发送数据）上发送数据。

2. RS-449/RS-422-A/RS-423-A

RS-232-C 接口标准有两个较大的弱点：

① 数据的传输速率最高为 20Kb/s。

② 连接电缆的最大长度不超过 15m。

因此，人们需要制定性能更好的接口标准。出于这种考虑，EIA 于 1977 年又制定了一个新的标准 RS-449，它规定了 DTE 和 DCE 之间的机械特性和电气特性。RS-449 是为了取代 RS-232-C 而开发的标准，但是几乎所有的数据通信设备厂家仍然采用原来的标准，所以 RS-232-C 仍然是目前最受欢迎的接口标准之一。

实际上，RS-449 由以下 3 个标准组成。

① RS-449：规定接口的机械特性、功能特性和电气特性。RS-449 采用 37 根引脚的插头座。在 CCITT 的建议书中，RS-449 相当于 V.35。V.35 主要用于宽带电路（一般都是租用电路，如 DDN 专线），其典型的传输速率为 48～168Kb/s，都是用于点到点的同步传输。

② RS-423-A：规定在采用非平衡传输时（即所有的电路共用一个公共地）的电气特性。当连接电缆长度为 10m 时，数据的传输速率可达 300Kb/s。

③ RS-422-A：规定在采用平衡传输时（即所有的电路没有公共地）的电气特性。它可将传输速率提高到 2Mb/s，而连接电缆长度可超过 60m。当连接电缆长度更短（如 10m）时，则传输速率还可以更高些（如达到 10Mb/s）。

这些标准在保持与 RS-232-C 兼容的前提下重新定义了信号电平，并改进了电路方式，以达到较高的传输速率和较长的传输距离。

3. CCITT X.21 和 X.21bis 建议

X.21 是 CCITT 于 1976 年提出的，它是一个关于用户计算机的 DTE 如何与数字化的 DCE 交换信号的数字接口标准，称为 X.21 的数字信号接口建议。这个标准分为两个部分：

① 对电气特性、连接器形状、相互连接电路的功能特性等物理层特性进行了规定。

② 对电路交换业务的呼叫控制过程进行了规定，这一部分有些内容涉及数据链路层和

网络层的功能。

如图 2-35 所示，连接到公共数据网络（Public Data Network，PDN）的设备或终端是数据终端设备（DTE），网络入口点是数据电路设备（DCE），DCE 再连接到公共数据网络的数据交换设备（DSE）。X.21 建议所描述的是在 PDN 上以同步方式运行一个终端（如一台计算机）所使用的接口。在这种情况下，PDN 是一个数字电路交换网络。该建议说明一个终端如何与这个数字网络一道工作，其服务基本上与今天的电话网络类似，在终端之间为数据传输提供通信通道或连接。

图 2-36 所示为采用 X.21 接口标准的 DTE 与 DCE 的物理连接，图中标出了所使用的 8 条引线的名字和功能。

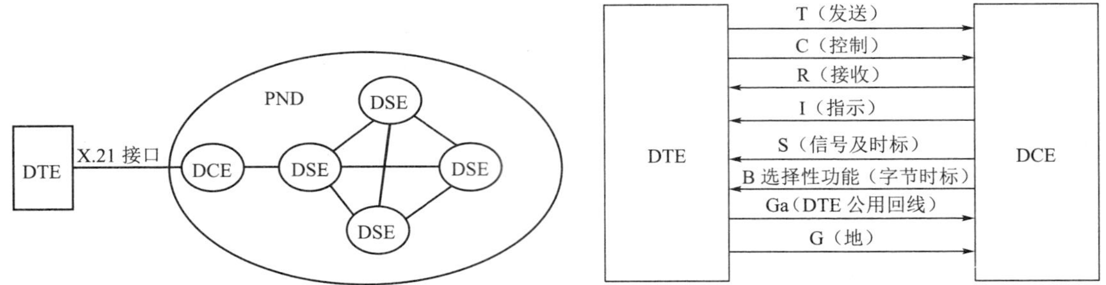

图 2-35 X.21 物理接口示意图　　图 2-36 采用 X.21 接口标准的 DTE 与 DCE 的物理连接

X.21 的设计目标之一是要减少信号线的数目，其机械特性采用 15 芯标准连接器代替熟悉的 25 芯连接器，而且其中仅定义了 8 条接口线。

X.21 的另外一个设计目标是允许接口在比 RS-232-C 更长的距离上进行更高速率的数据传送，其电气特性类似于 RS-422 的平衡接口，支持最大的 DTE-DCE 电缆距离是 300m。X.21 可以按同步传输的半双工或全双工方式运行，传输速率最大可达 10Mb/s。X.21 接口适用于由数字线路（而不是模拟线路）访问 PDN 的地区。欧洲的网络大多使用 X.21 接口。

X.21 bis 标准指定使用 V.24/V.28 接口，它们与 RS-232-D 非常类似。美国的大多数公共数据网应用实际上都使用 RS-232-D（或更早的 RS-232-C）作为物理层接口。可以认为，X.21bis 是 X.21 的一个暂时过渡版本，它是对 X.21 的补充并保持了 V.24 的物理接口。X.25 标准允许采用 X.21 bis 作为其物理层的规程。

X.21 和 X.21bis 为 3 种类型的服务定义了物理电路，这 3 种电路是租用电路（专用线）服务、直接呼叫服务和设备地址呼叫服务。租用电路设计成在两个终端之间的连续连接；直接呼叫像“热线”电话，可使用户在任何时间直接连接指定的目标；设备地址呼叫则像“拨号”电话，每次连接需由用户呼叫指定的目标。

X.21 bis 的接口与 X.21 相同，但数据网使用的是模拟信道，而 DCE 是同步工作的调制解调器。X.21 是一个相当复杂的接口标准，更具体的说明请参阅有关标准的文本。

习题 2

1．物理层要解决哪些问题？物理层的主要特点是什么？

2．试描述通信系统的模型，并说明信源编码、信道编码的作用是什么。

3．某调制解调器以 64 个调制状态在带宽为 4kHz 的信道上传输数据。该调制解调器的数据传输速率是多少？如果按照奈奎斯特定理，该调制解调器的极限传输速率是多大？

4．试按香农定理计算，在带宽为 8MHz、信噪比为 30dB 的信道上，数据的理论极限传输速率是多少？

5．电视频道的带宽为 6MHz，假定没有热噪声，如果数字信号取 4 种离散值，那么可获得的最大数据传输速率是多少？

6．设信道带宽为 3kHz，信噪比为 20dB，若传送二进制信号，则可达到的最大数据传输速率是多少？

7．已知某信道的信号传输速率为 64Kb/s，一个载波信号码元有 4 个有效离散值，则该信道的波特率是多少？

8．常用的传输介质有哪些？它们各有什么特点？

9．为什么要进行调制和解调？调制的方法有哪些？

10．求比特流 101101111 的曼彻斯特编码和差分曼彻斯特编码的波形。

11．简述各种多路复用技术的原理。

12. 传输介质与物理层的区别是什么？

13．物理层的接口有哪几个方面的特性？它们各包含什么内容？

14．RS-232 和 RS-449 接口标准各用在什么场合？

第 3 章　数据链路层

数据链路层是 OSI 参考模型中的第二层，介于物理层和网络层之间，它在物理层提供服务的基础上向网络层提供服务。数据链路层的作用是加强物理层传输原始位流的功能，并将物理层提供的可能出错的物理连接改造成逻辑上无差错的数据链路。数据链路层的基本功能是向网络层提供透明和可靠的数据传输服务。

本章主要介绍数据链路层控制的目的及功能、帧的装配和识别、差错控制、数据链路层协议、HDLC 协议、SLIP/PPP 协议等。

3.1　数据链路层的基本概念

3.1.1　设计数据链路层的原因

数据从一台计算机传送到另一台计算机是通过物理通信线路进行的，但要实现计算机间可靠有效的数据传输，有很多问题需要解决，主要有以下几个方面：

① 在原始的物理线路上传输数据信号的差错问题。传输线路上突发噪声及热噪声的干扰，在数据传输时会造成数据出错或丢失等传输差错。

② 通信双方数据传送的速率问题。通信双方对数据的发送和接收速率不同，有可能出现发送方发送数据的速率过快而接收方来不及接收，从而造成数据丢失。

③ 数据的寻址问题。在多点线路中，必须使连接到线路上的计算机知道，线路上所传输的数据应该由哪台计算机接收，即要解决数据的寻址问题。

④ 数据传输的同步问题。要使接收方能从接收到的位流中识别出传输的有效数据。

⑤ 链路管理问题。在进行数据传输时，通信的双方都需要使用一定的资源，如用于存放数据的缓冲区及传输变量等。因此，在进行实际的数据通信前，要以适当的方式通知对方，以做好相应的准备；在数据传输完毕后，也要通知对方，以释放相应的资源。

由于物理层仅仅接收和传输位流，并不关心它的意义和结构，也不能对数据的传输进行相应的控制和管理。因此，为将易出错的物理线路改变成无差错的逻辑链路，实现高效无差错的数据传输，必须在两个通信实体间建立一组双方共同遵守的规定，称为数据链路控制或数据链路控制协议。在设置了数据链路控制后，源机器和目的机器上通信实体间的通信线路称为数据链路。

3.1.2　数据链路层的模型及其功能

1．数据链路层的模型

数据链路层是 OSI 参考模型的第二层，介于物理层与网络层之间。设立数据链路层的主要目的是将一个原始的、有差错的物理线路变为对网络层无差错的数据链路。数据链路层的模型如图 3-1 所示。

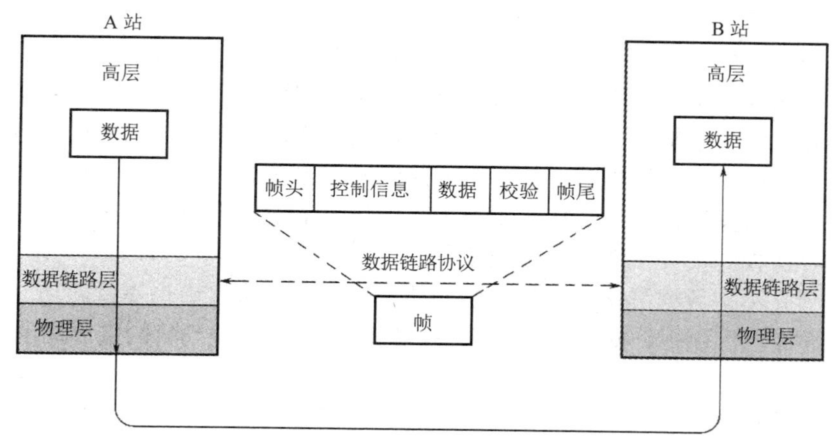

图 3-1 数据链路层的模型

数据链路层的协议不同，它所提供的服务也可以不相同。数据链路层的服务功能主要分为以下 3 类。

（1）面向连接确认服务（acknowledged connection-oriented service）

大多数数据链路层都向网络层提供面向连接确认服务。这种服务类型存在 3 个阶段，即建立数据链路、传输和释放数据链路。在大多数广域网的通信子网的数据链路层，采用面向连接确认服务。

（2）无连接确认服务（acknowledged connectionless service）

在无连接确认服务中，源主机数据链路层必须对每个发送的数据帧进行编号，目的主机数据链路层也必须对每个接收的数据帧进行确认。如果数据在传输过程中丢失或出错，那么需要重发该帧。

（3）无连接不确认服务（unacknowledged connectionless service）

无连接不确认服务是大多数局域网在数据链路层采用的服务。源主机和目的主机之间的数据传输不需要实现建立连接并确认，传输出现的错误由高层进行检查与纠正。这类服务适用于误码率低、实时性要求较高的数据传输环境。

2. 数据链路层的功能

数据链路层的主要功能有以下几点。

（1）链路管理

当网络中的两个结点要进行通信时，发送方必须确知接收方是处在准备接收数据的状态。为此，通信的双方必须先要交换一些必要的信息，建立链路连接，同时在传输数据时要维持数据链路，在通信完毕时要释放数据链路。数据链路的建立、维持和释放称为链路管理，它主要用于面向连接的服务。

（2）帧同步

在数据链路层，相邻结点之间的数据传输以帧为单位传送。将一段数据的前后分别添加首部和尾部，就构成了帧。为了使传输中发生差错后只将出错的有限数据进行重发，帧的组织结构必须使接收方能够明确地从物理层收到的位流中区别出帧的起始与终止，即接收方应当能从接收到的位流中准确地识别一个帧的开始和结束，即帧同步。

（3）流量控制

为防止接收方缓存能力不足而造成数据丢失，发送方发送数据的速率必须让接收方来得及处理。当接收方来不及接收时，接收方必须及时控制发送方发送数据的速率。因此，流量控制实际上就是限制发送方的数据流量，使其发送速率不致超过接收方的接收能力。这个过程需要通过某种反馈机制，使发送方能够知道接收方是否能来得及处理，也就是需要有一些规则使得发送方知道在什么情况下可以接着发送下一帧，而在什么情况下必须暂停发送，以等待收到某种反馈信息后继续发送。

流量控制并不是数据链路层所特有的功能，许多高层协议中也提供此功能，只不过控制的对象不同而已。例如，对于运输层来说，控制的是从源端到目的端之间的流量。

（4）差错控制

由于信道噪声等各种原因，帧在传输过程中可能会出现错误。用以使发送方确定接收方是否正确收到了由它发送的数据的方法称为差错控制。通信系统必须具备发现（即检测）差错的能力，并采取措施加以纠正，使差错控制在尽可能小的范围内，这就是差错控制过程。一般地，帧传输中出现的错误包括位错和帧错。位错是指帧在传输过程中某些位出现差错，通常采用奇偶校验、循环冗余校验等方法发现位错，而对于帧错主要采用自动重传请求方式来重传出错的帧。

（5）透明传输

透明传输是指因数据组合的随机性，它可能和某个控制信息完全一样而被接收方误解，必须有措施使接收方不至于将这样的数据当成某种控制信息。

（6）寻址

必须保证每一帧能够正确地送达目的地，同时又要使接收方知道该帧是由哪个机器发送的。

3.2 差错检测方法

3.2.1 差错的起因和检测

1. *差错的起因*

通过通信信道后，接收的数据与发送的数据不一致的现象称为传输差错，简称为差错。通信过程中出现的差错可大致分为两类：

① 信道固有的、持续存在的随机热噪声。

② 由外界特定的短暂原因造成的冲击噪声。

热噪声引起的差错称为随机错误，冲击噪声引起的差错称为突发错误。

通信线路中的热噪声是由电子的热运动产生的，香农关于有噪声信道传输速率的结论就是针对这种噪声提出的。热噪声造成的某些码元的差错是孤立的，与前后码元没有关系。由于在物理信道设计时，总要保证达到相当大的信噪比，以尽可能减少热噪声的影响，因此由热噪声导致的随机错误通常较少。

冲击噪声源是外界的电磁干扰。与热噪声相比，冲击噪声的幅度较大，是引起传输差错的主要原因。例如，一个冲击噪声（如一次电火花）的持续时间为 10ms，则对于 4 800 b/s 的数据传输速率来说，就可能对连续的 48 位数据造成影响，使它们发生差错。从突发错误发生的第一个码元到有错的最后一个码元间所有码元的个数，称为该突发错误的突发长度。

2. 差错检测

目前，最常用的差错检测方法是差错检测编码，包括以下两个基本策略：

① 纠错码（error-correcting code），在每一个被发送的数据块中包含足够多的冗余信息，可以使接收方发现并纠正传输中出现的错误。

② 检错码（error-detecting code），在每一个被发送的数据块中也包含一些冗余信息，但是这些信息只能让接收方推断出发生了错误，但推断不出发生了哪个错误，然后接收方可以请求重传。

使用纠错码的技术通常也称为前向纠错（Forward Error Correction，FEC）。纠错码方法虽然有优越之处，但实现困难，在一般的通信场合不宜采用。检错码方法虽然需要通过重传机制达到纠错的目的，但原理简单，实现容易，编码与解码速度快，得到了广泛的应用。

衡量编码性能好坏的一个重要参数是编码效率 R，它是指码字中信息位所占的比例。若码字中信息位为 k 位，编码时外加冗余位为 r 位，则编码后得到的码字长为 $n=k+r$，编码效率为

$$R=\frac{k}{n}=\frac{k}{k+r}$$

显然，编码效率越高，即 R 越大，则信道中用来传送信息码元的有效利用率就越高。

3.2.2 常用的简单差错检测编码

本节介绍数据链路层差错检测常用的两种编码：奇偶校验码和循环冗余码。

1. 奇偶校验码

奇偶校验是常用的编码检错方法。其原理是在 7 位 ASCII 代码后增加一位，使得码字中“1”的个数恒为奇数或偶数。经过传输后，如果其中一位出错，则接收方按同样的规则（奇校验或偶校验）就能发现错误。在实际使用时，该方法又可分为垂直奇偶校验、水平奇偶校验和水平垂直奇偶校验等。

（1）垂直奇偶校验（纵向奇偶校验）

垂直奇偶校验是指，将要发送的整个信息块分成 p 位固定长度的若干段（如 q 段），每段后面按“1”的个数为奇数或偶数的规律加上一位奇偶位，如图 3-2 所示。在 pq 位信息中，每 p 位构成一段（即图中的一列），共有 q 段（即共有 q 列）。每段加上一位奇偶校验冗余位，即图中的 r_i。

编码规律如下。

偶校验：　$r_i=I_{1i}\oplus I_{2i}\oplus\cdots\oplus I_{pi}\qquad(i=1,2,\cdots,q)$

奇校验：　$r_i=I_{1i}\oplus I_{2i}\oplus\cdots I_{pi}\oplus 1\qquad(i=1,2,\cdots,q)$

上式中，⊕表示模 2 加法运算（或称为半加运算），是一种不考虑加法进位的运算，即

异或运算。

在图 3-2 中，箭头给出了串行发送的顺序，即逐位先后次序为$I_{11},I_{21},\cdots,I_{p1},r_1,I_{12},\cdots,I_{p2},r_2,I_{1q},\cdots,I_{pq},r_q$。在编码和校验过程中，用硬件方法或软件方法很容易实现上述连续半加运算，而且可以边发送边产生冗余位。同样，接收方也可以边接收边进行校验后去掉校验位。

垂直奇偶校验方法的编码效率为$R=p(p+1)$。通常，取一个字符的代码为一个信息段，所以这种垂直奇偶校验有时也称为字符奇偶校验。例如，在 8 位字符代码（即用 8 位二进制数表示一个字符）中，$p=8$，则编码效率为 8/9。

垂直奇偶校验方法能检测出每列中所有奇数位错，但检测不出偶数位错。对于突发错误来说，奇数位错与偶数位错的发生概率接近相等，因而该方法对差错的漏检率接近于 1/2。

（2）水平奇偶校验

为了降低对突发错误的漏检率，可以采用水平奇偶校验方法。水平奇偶校验又称为横向奇偶校验，它是对各个信息段的相应位进行横向编码，产生一个奇偶校验冗余位，如图 3-3 所示。

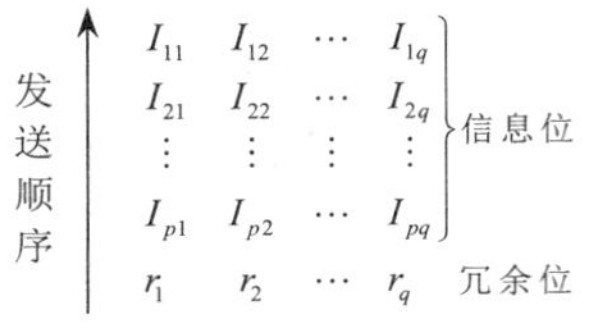

发送顺序

$$\begin{array}{cccc|l} I_{11} & I_{12} & \cdots & I_{1q} & \\ I_{21} & I_{22} & \cdots & I_{2q} & \text{信息位} \\ \vdots & \vdots & \vdots & \vdots & \\ I_{p1} & I_{p2} & \cdots & I_{pq} & \\ r_1 & r_2 & \cdots & r_q & \text{冗余位} \end{array}$$

图 3-2　垂直奇偶校验

发送顺序

$$\begin{array}{cccc|c} I_{11} & I_{12} & \cdots & I_{1q} & r_1 \\ I_{21} & I_{22} & \cdots & I_{2q} & r_2 \\ \vdots & \vdots & \vdots & \vdots & \vdots \\ I_{p1} & I_{p2} & \cdots & I_{pq} & r_p \\ \multicolumn{4}{c|}{\text{信息位}} & \text{冗余位} \end{array}$$

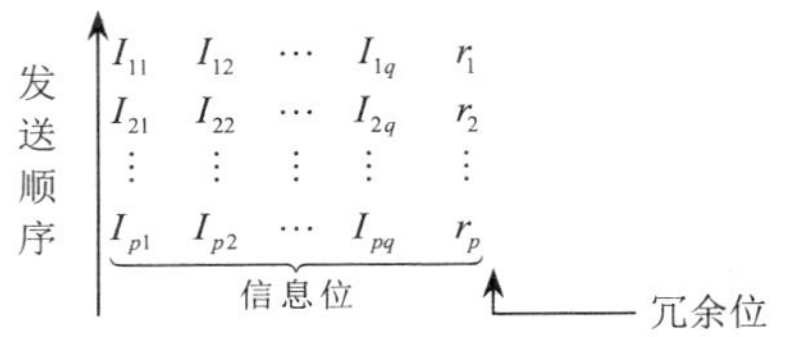

图 3-3　水平奇偶校验

编码规则如下。

偶校验：$r_i = I_{1i} \oplus I_{2i} \oplus \cdots \oplus I_{ia} \qquad (i=1,2,\cdots,p)$

奇校验：$r_i = I_{i1} \oplus I_{i2} \oplus \cdots I_{ia} \oplus 1 \qquad (i=1,2,\cdots,p)$

若每个信息段就是一个字符的话，则 q 就是发送的信息块中的字符数。水平奇偶校验的编码效率为$R=q(q+1)$。

水平奇偶校验不但可以检测出各段同一位上的奇数位错，而且还能检测出突发长度≤p的所有突发错误。在图 3-3 中，若按发送顺序发送每个信息，则突发长度≤p 的突发错误必然分布在不同的行中，且每行一位，所以可以检出差错，它的漏检率要比垂直奇偶校验方法低。但是在实现水平奇偶校验时，不论采用硬件方法还是软件方法，都不能在发送过程中边产生奇偶校验冗余位边插入发送，而必须等待要发送的全部信息块到齐后，才能计算冗余位。也就是说，一定要使用数据缓冲器，因此这种方法的编码和检测实现起来都要复杂一些。

（3）水平垂直奇偶校验

同时进行水平奇偶校验和垂直奇偶校验就构成水平垂直奇偶校验，也称为纵横奇偶校验，如图 3-4 所示。若水平垂直都采用偶校验，则：

$$r_{i,q+1} = I_{i1} \oplus I_{i2} \oplus \cdots \oplus I_{iq} \qquad (i=1,2,\cdots,p)$$

$$r_{p+1,j} = I_{1j} \oplus I_{2j} \oplus \cdots \oplus I_{pj} \qquad (j=1,2,\cdots,p)$$

$$r_{p+1,q+1} = r_{p+1,1} \oplus r_{p+1,2} \oplus \cdots \oplus r_{p+1,q} = r_{1,q+1} \oplus r_{2,q+1} \oplus \cdots \oplus r_{p,q+1}$$

$$\text{发送顺序}\uparrow\begin{array}{ccccc} I_{11} & I_{12} & \cdots & I_{1q} & r_{1,q+1} \\ I_{21} & I_{22} & \cdots & I_{2q} & r_{2,q+1} \\ \vdots & \vdots & \vdots & \vdots & \vdots \\ I_{p1} & I_{p2} & \cdots & I_{pq} & r_{p,q+1} \\ r_{p+1,1} & r_{p+1,2} & \cdots & r_{p+1,q} & r_{p+1,q+1} \end{array}$$

图 3-4　水平垂直奇偶校验

水平垂直奇偶校验的编码效率为 $R=pq/[(p+1)(q+1)]$。

水平垂直奇偶校验能检测出所有 3 位或 3 位以下的错误（因为此时至少在某一行或某一列上有一位错）、奇数位错、突发长度≤$p+1$ 的突发错误，以及很大一部分偶数位错。实验表明，这种编码方法可使误码率降至原误码率的百分之一到万分之一。

水平垂直奇偶校验不仅可检错，还可用来纠正部分差错。例如，当数据块中仅存在一位错时，便能确定错码的位置在某一行和某一列的交叉处，从而可以纠正它。

2. *循环冗余码*

奇偶校验码作为一种检错码虽然简单，但是漏检率太高。在计算机网络和数据通信中，应用最广泛的检错码是循环冗余码（Cyclic Redundancy Code，CRC），CRC 码又称为多项式码，它的漏检率低得多且便于实现。

任何一个由二进制数位串组成的代码，都可以唯一地与一个只含有 0 和 1 两个系数的多项式建立一一对应关系。例如，代码 1010111 对应的多项式为 $X^6+X^4+X^2+X+1$，同样地，多项式 $X^5+X^3+X^2+X+1$ 对应的代码为 101111。

在发送方编码和接收方校验时，都可以利用事先约定的生成多项式 $G(X)$来得到 CRC 码。k 位待发送信息位对应于一个 k–1 次多项式 $K(X)$，r 位冗余位则对应于一个 r–1 次多项式 $R(X)$，由 k 位信息位后面加上 r 位冗余位组成的 $n=k+r$ 位码字则对应于一个 n–1 次多项式 $T(X)=X^rK(X)+R(X)$。

【例 3-1】

信息位：1011001　　$K(X)=X^6+X^4+X^3+1$

冗余位：1010　　$\rightarrow R(X)=X^3+X$

码字：　10110011010　　$\rightarrow T(X)=X^4K(X)+R(X)\rightarrow T(X)=X^4K(X)+P(X)$

$$=X^{10}+X^8+X^7+X^4+X^3+X$$

由信息位产生冗余位的编码过程，就是已知 $K(X)$求 $R(X)$的过程。先找到一个特定的 r 次多项式 $G(X)$，其最高项 X^r 的系数恒为 1，然后用 $X^rK(X)$ 除以 $G(X)$，得到的余式就是 $R(X)$。需要注意的是，这些多项式中的“+”都是模 2 加法运算，即异或运算，运算过程中的除法也是模 2 除法。也就是说，除法过程中用到的减法是模 2 减法，它和模 2 加法的运算规则一样，都是异或运算，这是一种不考虑加法进位和减法借位的运算。运算规则为

$$0+0=0,\ 0+1=1,\ 1+0=1,\ 1+1=0$$

$$0-0=0,\ 0-1=1,\ 1-0=1,\ 1-1=0$$

在进行基于模 2 运算的多项式除法时，只要部分余数的首位为 1，便可上商 1，否则上商 0，然后按模 2 加法求得余数。除法运算结束后，得到比除数少一位的余数。此余数就是冗余位，将其添加在信息位后便构成 CRC 码字。

仍以 $K(X)=X^6+X^4+X^3+1$（信息位为 1011001）为例，若 $G(X)=X^4+X^3+1$（对

应代码为 11001），则 $r=4$， $X^4K(X)=X^{10}+X^8+X^7+X^4$（对应代码为 10110010000）。由模 2 除法求余式 $R(X)$的过程如图 3-5 所示。

最后得到的余数为 1010，就是冗余位，对应于 $R(X)=X^3+X$。

由于 $R(X)$ 是 $X^rK(X)$除以 $G(X)$的余式，那么必然满足：

$$X^rK(X)=G(X)O(X)+R(X)$$

式中，$Q(X)$为商式。根据模 2 运算规则，$R(X)+R(X)=0$，所以可将上式改记为

$$\frac{X^rK(X)+R(X)}{G(X)}=Q(X)$$

即

$$\frac{T(X)}{G(X)}=Q(X)$$

由此可见，信道上发送的码字多项式 $T(X)=X^rK(X)+R(X)$，若传输过程无错，则接收方收到的码字也对应于此多项式，也就是接收到的码字多项式能被 $G(X)$整除。因此，接收方的校验过程就是将接收到的码字多项式除以 $G(X)$的过程，若余式为 0 则认为传输无差错，若余式不为 0 则传输有差错。

【例 3-2】 在前述例子中，若码字 10110011010 经传输后，由于受噪声的干扰，在接收方变成 10110011100，则求余式的除法过程如图 3-6 所示。

求得的余式不为 0，相当于在码字上面模 2 运算差错模式 00000000110。差错模式对应的多项式记为 $E(X)$，上例中 $E(X)=X^2+X$。当有差错时，接收方收到的不再是 $T(X)$，而是 $T(X)$与 $E(X)$的模 2 加法之和，即

$$\frac{T(X)+E(X)}{G(X)}=\frac{T(X)}{G(X)}+\frac{E(X)}{G(X)}$$

图 3-5 由模 2 除法求余式 $R(X)$的过程

图 3-6 求余式的过程

若 $E(X)/G(X)\neq 0$，则这种差错就能检测出来；若 $E(X)/G(X)=0$，那么由于接收到的码字多项式仍然可被 $G(X)$整除，错误就检测不出来，即发生了漏检。

理论上可以证明，循环冗余校验码的检错能力有以下特点：

① 可检测出所有奇数位错。

② 可检测出所有双位错。

③ 可检测出所有小于或等于校验位长度的突发错误。

CRC 码是由 $X^rK(X)$除以某个选定的多项式后产生的，所以该多项式称为生成多项式。一般来说，生成多项式位数越多则校验能力越强。但并不是任何一个 $r+1$ 位的二进制数都可以作为生成多项式。目前广泛使用的生成多项式主要有以下几种：

① $CRC_{12} = X^{12} + X^{11} + X^3 + X^2 + 1$。

② $CRC_{16} = X^{16} + X^{15} + X^2 + 1$（IBM 公司）。

③ $CRC_{16} = X^{16} + X^{12} + X^5 + 1$（CCITT）。

④ $CRC_{32} = X^{32} + X^{26} + X^{23} + X^{22} + X^{16} + X^{11} + X^{10} + X^8 + X^7 + X^5 + X^4 + X^2 + X + 1$。

3.3 停止等待协议

3.3.1 差错控制与流量控制

对数据传输进行差错控制和流量控制是数据链路层的关键功能。目前，进行差错控制和流量控制的基本策略是反馈机制，即发送方通过接收方反馈回来的能否继续接收或是否正确收到帧等信息来进行下一步的操作。

差错控制的基本思想是：差错检测、接收确认和出错重传。流量控制的基本思想是使接收方能够控制发送方发送帧的速率。

下面将由简单到复杂介绍 3 个数据链路层协议：停止等待协议，连续 ARQ（Automatic Repeat reQuest）协议和选择重传 ARQ 协议。

3.3.2 理想化的数据传输

停止等待（stop-and-wait）协议（简称停等协议）是最简单的也是最基本的数据链路层协议，它虽简单却涉及许多有关协议的基本概念。为了便于理解，从最理想的情况开始讨论。

首先，假设通信条件是理想的，即满足如下两方面的要求：

① 链路是理想的传输信道，所传输的任何数据既不出差错也不会丢失。

② 不论发送方的发送速率快或慢，接收方均能及时收下数据，并及时上交主机。

第一个条件表明没有差错，不需要差错控制。第二个条件表明接收方的链路层接收、处理数据的速率永远大于发送方发送数据的速率，不存在缓冲溢出而造成数据帧丢失的可能，不需要流量控制。在这种理想环境下，数据传输非常简单，不需要流量控制，也不需要差错控制。

3.3.3 具有简单流量控制的数据链路层协议

假定信道是一个无差错的理想信道，但接收方接收数据的速率跟不上发送方发送数据的速率。在这种情况下，为了保证接收方的接收缓冲区在任何情况下都不溢出，最简单的办法是，发送方每发送一帧数据就停下来等待接收方的应答，接收方收到数据帧并交给主机后，发一个肯定应答（ACK）给发送方，发送方只有在得到这一应答后，才发送下一帧数据。这种方法的实质是使接收方控制发送方的发送速率，即流量控制。

由于假设数据在传输中不会出错，因此严格地讲，接收方将收到的数据帧交给主机 B 后，向发送方主机 A 发送的应答不需要说明所收到的数据是否正确，只要发回一个没有内容的应答就能起到流量控制作用。这种用停等方式实现的数据链路层协议称为简单的停等协议。

上面介绍的两种简单情况下的数据链路层协议的对比如图 3-7 所示。

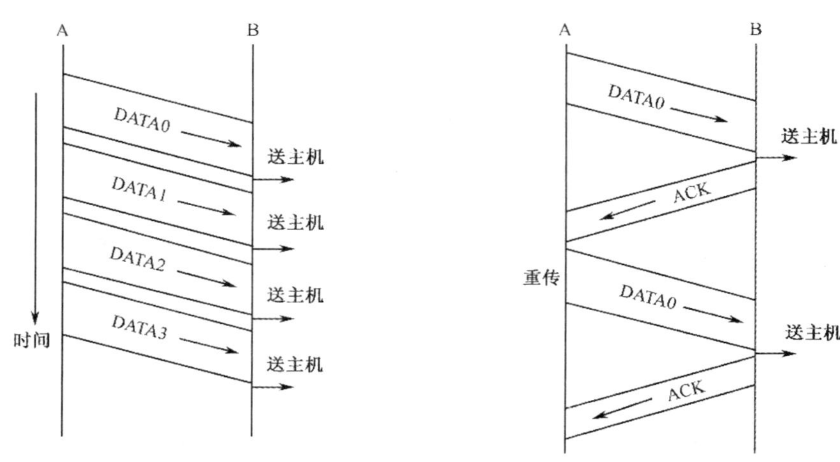

（a）不需要任何数据链路层协议的数据传输　　（b）具有简单流量控制的数据链路层协议

图 3-7　简单情况下的数据链路层协议

3.3.4　实用的停等协议

下面去掉前面的两个假设条件，讨论实用的停等协议，即传输数据的信道不能保证所传的数据不产生差错，并且需要对数据的发送方进行流量控制。

图 3-8 所示为数据在链路传输过程中可能出现的 4 种情况。图 3-8（a）所示为正常的传输过程。接收方在收到一个正确的数据帧后，即交给主机 B，同时向主机 A 发送一个确认帧 ACK。当主机 A 收到确认帧 ACK 后才能发送一个新的数据帧。这样就实现了接收方对发送方的流量控制。

图 3-8（b）所示为出现差错的情形。当发现差错时，结点 B 就向 A 发送一个否认帧 NAK（Negative Acknowledgement），以表示主机 A 应当重传出现差错的那个数据帧。为此，发送方必须暂时保存已发送过但是还没有得到确认的数据帧的副本。

在有些情况下，由于链路干扰严重或其他的原因，结点 A 发给 B 的数据帧丢失了，如图 3-8（c）所示。由于主机 A 发送给 B 的帧丢失了，结点 B 当然不会给 A 任何确认帧。同理，如图 3-8（d）所示，结点 B 发给 A 的确认帧也可能会丢失。当有数据帧或确认帧丢

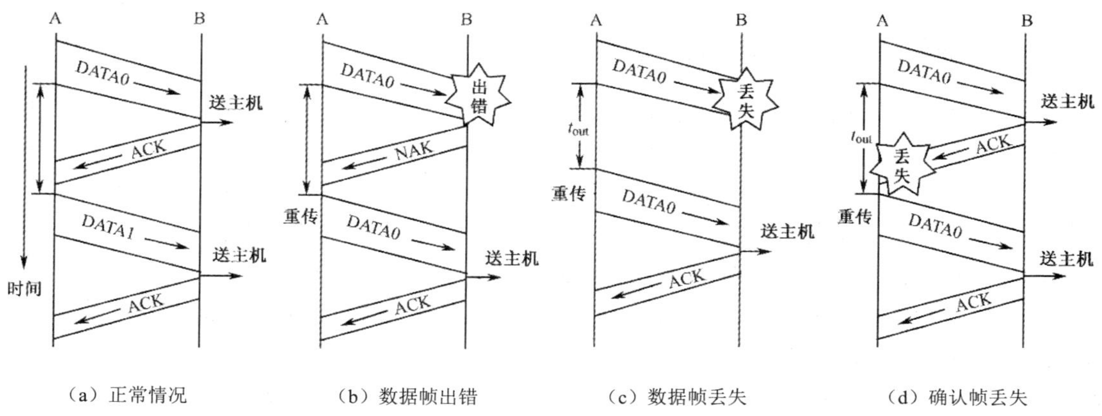

（a）正常情况　（b）数据帧出错　（c）数据帧丢失　（d）确认帧丢失

图 3-8　数据在链路传输过程中可能出现的情况

失时，发送方就将永远等待下去，于是就出现了死锁现象。

针对数据帧在链路传输过程中出现的各种错误情形，数据链路层协议通过有效的检错重传、超时计时器（timeout timer）、帧编号等机制，保证了收、发双方之间数据的可靠传输。

1. 检错重传

虽然物理层在传输比特时会出现差错，但由于数据链路层的停止等待协议采用了有效的差错编码技术，数据链路层对上面的网络层就可以提供可靠的传输服务。在数据链路层传送的帧中，广泛使用了循环冗余码（CRC）的检错技术。实用的 CRC 校验器都是用硬件完成的，CRC 校验器能够自动丢弃检测到的出错帧。

2. 超时计时器

结点 A 发送完一个数据帧时，就启动一个超时计时器，计时器又称为定时器。若到了超时计时器所设置的重传时间 t_{out} 而仍收不到来自结点 B 的任何确认帧，则结点 A 就重传前面所发送的这一数据帧。

t_{out} 值的选择应恰当，若选得太长，则浪费时间；若选得太短，则发送方有可能在重发了数据帧后，才收到对方为前一个接收数据帧所回送的确认帧，这样就会造成混乱。一般将定时时间选为略大于“从数据帧发送完毕到收到确认帧所需的平均时间”。

3. 帧编号

当出现数据帧丢失时，超时重传可以解决问题。但是若确认帧丢失后，超时重传将使结点 B 收到两个同样的数据帧。要解决重复帧的问题，就必须使每一个数据帧带上不同的发送序号，每发送一个新的数据帧就把它的发送序号加 1。若结点 B 收到发送序号相同的数据帧，就表明出现了重复帧。这时应丢弃重复帧，因为已经收到过同样的数据帧并且也交给了主机 B。但此时结点 B 还必须向 A 发送确认帧，因为 B 已经知道 A 还没有收到上一次发过去的确认帧。

任何一个编号系统的序号所占用的比特数一定是有限的。因此，经过一段时间后，发送序号就会重复。序号占用的比特数越少，数据传输的额外开销就越小。对于停止等待协议，由于每发送一个数据帧就停止等待，因此用一个比特来编号就够了。

每发送一个新的数据帧，发送序号就和上次发送的不一样。用这样的方法可以使接收方能够区分开新的数据帧和重传的数据帧。

3.4 滑动窗口协议

停等协议在发送一帧后，必须等待确认帧的到来，然后才可以继续发送下一帧，这在通信线路较长，传输速率较快的情况下将浪费大量的带宽。为了改善这种状况，提高数据传输效率，提出了连续发送的传输方式。其基本思想是：发送方发送完一帧后，不是停下来等待确认帧，而是可以接着发送数据帧。由于减少了等待时间，整个通信的吞吐量就提高了。

但是，与停等协议一样，连续发送的这种方式同样需要进行差错控制和流量控制。为了解决这些问题，本节将引入“滑动窗口”（sliding window）协议。

在滑动窗口协议中，每个要发送的帧都有一个序号，用 n 个二进制位来表示，其范围为 0～2^n–1。假如 n=3，则帧序号为 0～7，要发送的帧循环使用 0～7 依次编号。发送方任何时候都要维持一组连续的允许发送的帧的序号表，称为发送窗口。发送窗口用来对发送方进行流量控制，而发送窗口的大小代表在还没有收到对方确认帧的情况下发送方最多可以发送多少个数据帧。同样，接收方也保持一个可接收帧的连续序号表，称为接收窗口。接收窗口中的帧序号为接收方当前可接收的帧序号，即在接收方只有当收到的数据帧的发送序号落入接收窗口内才允许将该数据帧收下。

一般帧号只取有限位的二进制数，到一定时间后就反复循环。若帧号为 3 位二进制数，则帧号在 0～7 间循环。如果发送窗口尺寸取值为 2，则发送过程如图 3-9 所示。图中发送方阴影部分表示打开的发送窗口，接收方阴影部分表示打开的接收窗口。当传送过程进行时，打开的窗口位置一直在滑动，所以也称为滑动窗口，或简称为滑窗。

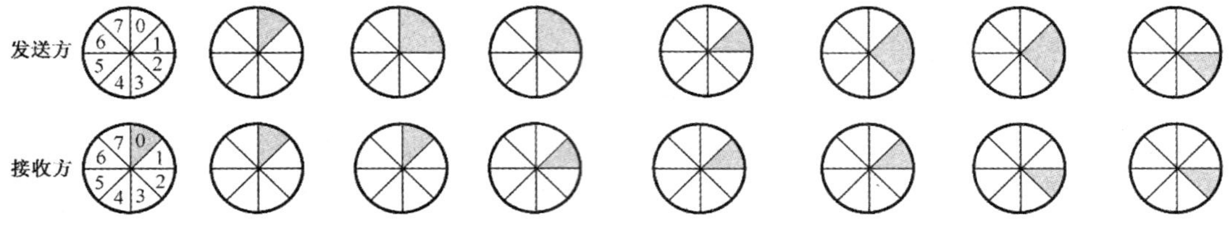

图 3-9 滑动窗口协议的发送过程

在图 3-9 中，发送窗口尺寸为 2，接收窗口尺寸为 1，滑动窗口的状态变化过程如下：

① 初态，发送方没有帧发出，发送窗口前后沿重合。接收方 0 号窗口打开，表示等待接收 0 号帧。

② 发送方已发送 0 号帧。此时，发送方打开 0 号窗口，表示已发出 0 号帧但尚未收到确认返回信息；接收窗口状态同前，仍等待接收 0 号帧。

③ 发送方在未收到 0 号帧的确认返回信息前，继续发送 1 号帧。此时，1 号窗口打开，表示 1 号帧也在等待确认之列。至此，发送方打开的窗口数已达到规定限度，在未收到新的确认帧之前，发送方将暂停发送新的数据帧。接收窗口此时状态仍未变。

④ 接收方已收到 0 号帧，0 号窗口关闭，1 号窗口打开，表示准备接收 1 号帧。此时发送窗口状态不变。

⑤ 发送方收到接收方发来的 0 号帧确认返回信息，关闭 0 号窗口，表示从重发表中删除 0 号帧。此时接收窗口状态仍不变。

⑥ 发送方继续发送 2 号帧，2 号窗口打开，表示 2 号帧也在等待确认之列。至此，发送方打开的窗口数又达到规定限度，在未收到新的确认帧返回之前，发送方将暂停发送新的数据帧。此时接收窗口状态仍不变。

⑦ 接收方已收到 1 号帧，1 号窗口关闭，2 号窗口打开，表示准备接收 2 号帧。此时发送窗口状态不变。

⑧ 发送方收到接收方发来的 1 号帧的确认返回信息，关闭 1 号窗口，表示从重发表中删除 1 号帧。此时接收窗口状态仍不变。

从上述滑动窗口的状态变化过程中可以看出，只有接收窗口向前滑动且接收方发送了确认帧后，当发送方收到确认帧时，发送窗口才能向前滑动。

3.5　连续 ARQ 协议

连续 ARQ 协议的基本思想是，在发送完一个数据帧后，不是停下来等待确认帧，而是可以连续再发送若干个数据帧。如果这时收到了接收方发来的确认帧，那么还可以接着发送数据帧。由于减少了等待时间，整个通信的吞吐量就提高了。

连续 ARQ 协议的工作原理如图 3-10 所示。

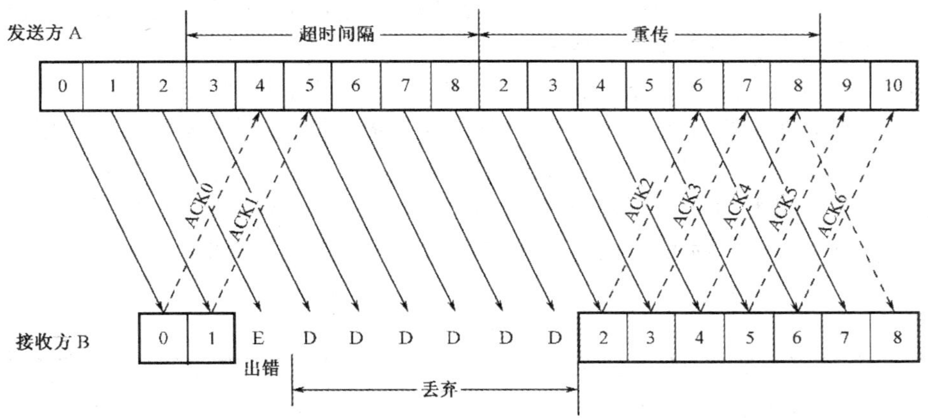

图 3-10　连续 ARQ 协议的工作原理

在图 3-10 中，结点 A 向结点 B 发送数据帧。当结点 A 发完 0 号帧后，不是停止等待，而是继续发送后续的 1 号帧、2 号帧等。A 每发送完一帧就要为该帧设置超时计时器。由于连续发送了许多帧，所以确认帧必须要指明是对哪一帧进行确认。当结点 B 收到 2 号帧，发现有错误时，随后的 3、4、5、6、7、8 号帧即使被正确接收了，也要丢弃。当发送结点 A 收到 NAK2 或 2 号帧超时时间到时，将从第 2 号帧开始重发。

显然，在连续 ARQ 协议中，接收方只允许顺序接收，当发送方发现未收到前面已发送出去的帧的确认信息，计时器已经超时或收到了否定应答信息，则不得不重发后 N 帧。因此，这种方法又称为“回退 N 帧 ARQ 协议”。

同时，凡是被发送出去尚未被确认的帧，都可能出错或丢失而要求重发，因而都要保留下来。这就要求发送方有较大的发送缓冲区保留准备重发的帧。

需要注意，若采用 n 位二进制编码来给出帧编号，则发送窗口最大只能为 2^n-1，即任何时候最多允许有 2^n-1 个帧未被确认。例如，当 $n=3$ 时，发送窗口尺寸为 8（显然不能大于 8）。当窗口推进到后沿为 1、前沿为 0 的位置，即发送窗口现在包含的帧号为 1、2、3、4、5、6、7、0 时，如果又收到一个捎带回的 ACK1，发送器如何动作呢？这个 ACK1 可能表示窗口中的所有帧都未曾接收，也可能意味着窗口中的帧都已正确接收。然而，如果规定窗口大小为 7，则就可以很容易避免这种两难处境。因此，在连续 ARQ 协议中，规定发送窗口大小 $W_T \leqslant 2^n-1$，n 是编号字段的位长。

3.6 选择重传 ARQ 协议

在连续 ARQ 协议中，接收方的窗口大小总是 1，因此浪费了很多线路带宽。如果接收方的窗口也可以开到 W 那么大，且允许不按顺序地接收，只是选择性地重传出错或丢失的帧，那么就可以得到一种更有效的协议——选择重传 ARQ 协议。

选择重传 ARQ 协议的基本原理是，当接收方发现某帧出错后，其后继续送来的正确的帧虽然不能立即递交给接收方的高层，但接收方仍可收下来，存放在一个缓冲区中，同时要求发送方重新传送出错的那一帧。一旦收到重新传来的帧后，就可与原已存放在缓冲区中的其余帧一起按正确的顺序递交给高层。

图 3-11 所示为在全双工线路上选择重传 ARQ 协议的工作原理。假定与图 3-10 中一样，仍在 2 号帧出错，那么选择重传 ARQ 协议比连续 ARQ 协议传输同样数量帧的用时要少得多。需要注意的是，虽然在选择性重发的情况下，接收方可以不按顺序接收，但接收方的链路层向网络层仍是按顺序提供帧的。接收缓冲区中保存着不按顺序正确接收到的帧，仅当 2 号帧被正确接收时，才把一批正确接收的帧顺序地提交给网络层。

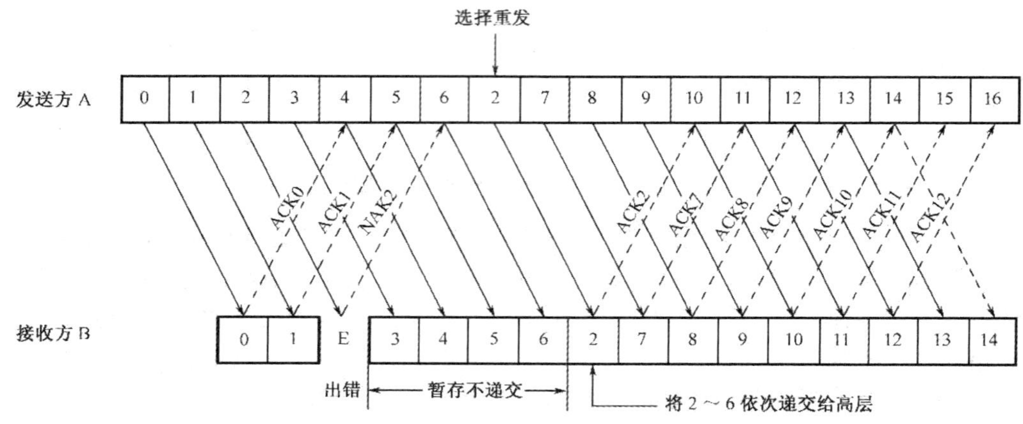

图 3-11 选择重传 ARQ 协议的工作原理

对于选择重传 ARQ 协议，窗口的大小会受到更多的限制。

【例 3-3】 假设帧编号为 3 位，发送和接收窗口的大小都是 7，考虑下面的情况。

① 发送窗口和接收窗口中的帧编号都是 0～6。

② 发送方发出 0～6 号帧，但尚未得到肯定应答，窗口不能向前滑动。

③ 接收方正确地收到了 0～6 号帧，发出了肯定应答 ACK7（注意，这个应答信号表示 0～6 号帧已收到，下面期望收到 7 号帧及其以后的帧），因而接收窗口向前滑动，新窗口中的帧编号为 7、0、1、2、3、4、5。

④ ACK7 丢失，发送方定时器超时，重发第 0 帧。

⑤ 接收方收到 0 号帧，同时看到该帧编号落在接收窗口内，以为是新的 0 号帧而保存起来。同时，认为 7 号帧丢失了（其实发送方从未发出过），并继续接收重复发来的 1、2、3、4、5 号帧。

协议失败的原因是，发送窗口没有向前滑动（因为没有收到肯定应答），而接收窗口向前滑动了最大的距离（因为原窗口中的帧已经全部接收）。这时，在新的接收窗口和原来的发送窗口中仍有相同的帧编号，从而造成了接收方误把重发的旧帧当成新帧的错误。避免这种错误的办法就是缩小窗口，使得接收窗口向前滑动最大的距离后不再与旧的接收窗口重叠。显然，当接收窗口大小为帧编号数的一半时就可达到这个效果，所以，采用选择重传 ARQ 协议时，接收窗口长度的最大值应为帧编号数的一半。

一般来说，凡是在一定范围内到达的帧，即使它们不按顺序，接收方也要接收下来。若把这个范围看成接收窗口的话，则接收窗口的大小也应该是大于 1 的。而连续 ARQ 协议正是接收窗口等于 1 的一个特例，选择重传 ARQ 协议也可以看做一种滑动窗口协议，只不过其发送、接收窗口均大于 1。若从滑动窗口的观点来统一看待停等协议、连续 ARQ 和选择重传 ARQ 三种协议，那么它们的区别仅在于各自窗口尺寸的大小不同，如表 3-1 所示。

表 3-1　3 种协议的区别

协　　议	发 送 窗 口	接 收 窗 口
停止等待	1	1
连续 ARQ	>1	1
选择重传 ARQ	>1	>1

3.7　协议的效率分析

3.7.1　停等协议的效率

如图 3-12 所示，假设在半双工点对点链路上，结点 A 向结点 B 发送数据，结点 B 只发送应答信息而不发送数据帧。设数据帧的长度为 L_f 位（bit），数据发送速率为 c b/s，物

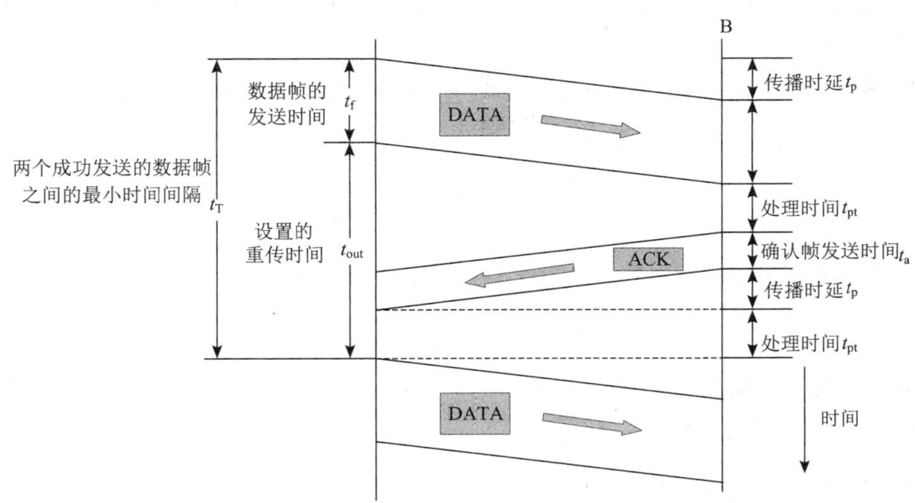

图 3-12　停等 ARQ 协议中数据帧和确认帧的时间关系

理链路长为 d km，信号传播速率为 v km/s，则一个数据帧的发送时间 t_f 和电信号在物理链路上的传播时延 t_p 分别为

$$t_f=\frac{L_f}{c} \quad t_p=\frac{d}{v} \tag{3.1}$$

若结点的处理时间和确认帧 ACK 的发送时延可以忽略不计，那么超时时间 t_{out} 为结点 A 发送数据帧后到收到结点 B 发回的确认帧 ACK 所经过的时间，即

$$t_{out}=2t_p \tag{3.2}$$

如果不发生差错，则完成一个数据帧传输和应答的时间间隔 t_T 为

$$t_T=t_f+t_{out}=t_f+2t_p \tag{3.3}$$

如果发生差错，则成功发送一个数据帧所需的时间将超过 t_T。

设数据帧出现差错（包括丢失数据帧）的概率为 P，允许重发的次数不受限制，则成功传送一帧所需的平均时间为

$$t_{AV}=t_T+(1-P)\sum_{i=1}^{\infty} iP^i t_T=\frac{t_T}{1-P} \tag{3.4}$$

最大吞吐量为每秒成功发送的最大帧数，可表示为

$$\lambda_{max}=\frac{1}{t_{AV}}=\frac{1-P}{t_T} \tag{3.5}$$

在发送方，数据帧的实际到达率 λ 应该不超过 λ_{max}，即

$$\lambda\leqslant\frac{1-P}{t_T} \tag{3.6}$$

物理链路的利用率（或效率）为

$$E=\frac{t_f}{t_{AV}}=\frac{t_f}{t_T}(1-P)=\frac{1-P}{a} \tag{3.7}$$

式中，a 是 t_T 的归一化时间，表示为

$$a=\frac{t_T}{t_f}\geqslant 1 \tag{3.8}$$

当传播时延远小于发送时延时，$a\approx 1$，$E\approx 1-P$，停等协议的效率比较高，否则链路的利用率就迅速降低。

【例 3-4】 卫星信道的传播时延是 270ms，数据速率为 64Kb/s，帧长为 4000bit，则

$$t_f=\frac{4000\text{bit}}{64\text{Kb/s}}=62.5(\text{ms})$$

$$a=\frac{62.5+270\times 2}{62.5}=9.64>1$$

在传输不出差错的情况（$P=0$）下，卫星链路的利用率为

$$E=\frac{1}{a}=\frac{1}{9.64}\approx 0.104$$

即链路的利用率仅为 1/10 左右，大量的时间用于等待应答信号。由此可见，尽管停等协议比较简单，但信道的利用率不高。

3.7.2 连续 ARQ 协议的效率

连续 ARQ 协议从出错处重发已发出的 N 个帧，所以其效率很低。通常提高连续 ARQ

协议的效率可以从以下两点出发。

①连续 ARQ 协议还规定了接收方可以在收到几个正确数据帧后，才对最后一个数据帧发回一个确认帧。换句话讲，对某一帧的确认表示了对该帧及其以前的所有数据帧的确认，从而减少了应答开销。

②影响信道利用率的另一个因素是每一帧的长度。由于各帧都包含确定长度的控制信息，因此，帧的总长度越短，携带有效数据的效率就越低，信道的利用率也越低。反之，帧的总长度过长，就会导致出错率上升，同样不利于提高信道的利用率。

若发送方工作在饱和状态的发送速率为每秒 λ_{max} 帧，每帧的数据为 l_d 位，控制信息为 l_h 位，则平均有效数据率为

$$D = \lambda_{max} l_d = \frac{(1-P)l_d}{t_f[1+(a-1)P]} \tag{3.9}$$

令 $t_f = l_f / C = (l_d + l_h)/C$，其中 C 为链路容量，则可得出连续 ARQ 协议的归一化平均有效数据率，即信道利用率为

$$U = \frac{D}{C} = \frac{l_d}{l_d + l_h} \times \frac{1-P}{1+(a-1)P} \leqslant 1 \tag{3.10}$$

上式清楚地表明了帧长对信道利用率的影响。

3.7.3　基于滑动窗口的协议的效率

基于滑动窗口的数据链路协议，可以连续发送多个信息帧，其可连续发送的信息帧的个数等于发送窗口 W 的大小。在传输无差错时，连续 ARQ 协议和选择重传 ARQ 协议的发送方式是相同的。若发送一个信息帧所需的时间为 t_f，通信线路的传播时延为 t_p，且仍然认为发送方和接收方对帧的处理时间及确认帧的发送时间很小，可以忽略不计，则第一个确认帧在开始发送后的 $t_f + 2t_p$ 时刻到达接收方。

若 $Wt_f \geqslant t_f + 2t_p$，即 $W \geqslant 1 + 2t_p / t_f = 1 + 2a$，在发送方尚未发送完 W 个帧时，第一个确认帧已到达接收方，则发送方可连续不断地进行发送，这样链路的利用率为 100%。若 $Wt_f < t_f + 2t_p$，即 $W < 1 + 2t_p / t_f = 1 + 2a$，在发送方发送完 W 帧后，第一个确认帧未能到达接收方，发送方只能停止发送，等待确认帧的到达，则链路的利用率为

$$U_W = \frac{Wt_f}{t_f + 2t_p} = \frac{W}{1 + 2t_p / t_f} = \frac{W}{1+2a}$$

可见链路的利用率是停等协议的 W 倍。因此在传输无差错时，基于滑动窗口的数据链路协议的链路利用率为

$$UW \begin{cases} 1 & W \geqslant 1+2a \\ \dfrac{W}{1+2a} & W < 1+2a \end{cases}$$

【例 3-5】 使用基于滑动窗口的数据链路协议，求下列线路的利用率，忽略位差错率。

① 双绞线电缆长度 D=2km，帧长 1000bit，链路的数据发送速率为 9600b/s，链路传输速度 $v = 2 \times 10^8$ m/s，发送窗口 W=2。

② 卫星信道，传播时延为 270ms，帧长 4000bit，链路的数据发送速率为 64Kb/s，发送窗口 W=7。

解：

① 对于 2 km 双绞线电缆

$$t_f = \frac{帧长(b/s)}{数据发送速率(b/s)} = \frac{1000}{9600} \approx 0.204(s)$$

$$t_p = \frac{D}{v} = \frac{2\times10^3}{2\times10^8} = 1\times10^{-5}(s)$$

$$a = \frac{t_p}{t_f} = \frac{1\times10^{-5}}{0.104} = 9.6\times10^{-5}$$

因为$1+2a=1+2\times9.6\times10^{-5}<W=2$，所以链路的利用率为 100%。

② 对于卫星链路

$$t_f = \frac{帧长(b/s)}{数据发送速率(b/s)} = \frac{4\times10^3}{64\times10^3} \approx 62.5(s)$$

$$a = \frac{t_p}{t_f} = \frac{270}{62.5} = 4.32$$

因为$1+2a=1+2\times4.32>W=7$，所以

$$U + \frac{7}{1+2\times4.32} \approx 0.726$$

上面讨论的是在传输无差错时两种协议的链路利用率。在传输有差错时，需重传一些帧，链路的利用率将下降。需要重传的帧数同所采用的重发策略、发送窗口的大小与$1+2a$之间的关系、帧出错概率、所采取的应答方式、超时时间的长度等多种因素有关。限于篇幅，不再进行详细分析。

3.8 面向比特的数据链路层控制规程 HDLC

3.8.1 HDLC 协议概述

数据链路控制规程分为面向字符和面向比特两类，前者以字符作为传输单位，后者以位作为传输单位，后者传输效率高，广泛用于计算机网络。本节介绍一种高级数据链路控制规程 HDLC。

1974 年，IBM 公司推出了面向比特的规程 SDLC（Synchronous Data Link Control）。后来 ISO 把 SDLC 修改后称为高级数据链路控制（High-level Data Link Control，HDLC），作为国际标准 ISO 3309。CCITT 则将 HDLC 再修改后称为链路接入规程（Link Access Procedure，LAP）。不久，HDLC 的新版本又把 LAP 修改为 LAPB，“B”表示平衡型（Balanced），所以 LAPB 称为链路接入规程（平衡型）。

为了适应不同配置和不同数据传送模式，HDLC 定义了 3 种类型的站、两种链路配置和三种数据传输方式。

1. 3 种类型的站

① 主站：对整个链路功能进行控制的站，主站发出的帧称为命令。

② 从站：是受主站控制的站，从站发出的帧称为响应。在多点线路中，主站与每一个从站维持一条逻辑链路。

③ 复合站：具有主站和从站的双重功能，复合站既可发送命令，也可做出响应。

2. 两种链路配置

① 非平衡配置：适用于点对点或多点链路，由一个主站与一个或多个从站组成，支持半双工或全双工通信。在多点链路中，主站与每个从站之间都有一个分开的逻辑链路。

② 平衡配置：只适用于点对点链路，由两个复合站组成，复合站同时具有主站和从站的功能，支持半双工和全双工通信。

3. 3 种数据传输方式

非平衡配置有两种数据传输方式，平衡配置有一种数据传输方式。

① 非平衡配置正常响应方式（NRM）：只有主站才能启动数据传输，仅当收到主站的询问命令后，从站才能发送数据。用“置正常响应方式”（SNRM）命令设置这一操作模式。正常响应方式可用于计算机与多个终端相连的多点线路上，计算机对各终端轮流询问以实现数据输入，也可用于点对点的链路上，如计算机和一个外设相连的情况。

② 非平衡配置异步响应方式（ARM）：从站不必等待主站询问就可以发送信息，启动数据传输。但主站仍负责链路管理，如初始化、链路建立、释放和差错恢复等。用“置异步响应方式”（SARM）命令设置这一操作模式。该方式的特点是通过各个从站轮流询问中心站，但这种传输方式很少被采用。

③ 平衡配置异步平衡方式（ABM）：任何一个复合站不需要得到另一个复合站的允许便可启动数据传输。用“置异步平衡方式”（SABM）命令设置这种操作模式。这种传输方式因为没有轮流询问的开销，所以能有效地利用点对点全双工链路的带宽。

3.8.2 HDLC 的帧结构

数据链路层以帧为单位进行数据传输，这里的“帧”就是数据链路协议数据单元。HDLC 采用同步传输方式，其帧结构具有固定的格式，如图 3-13 所示。

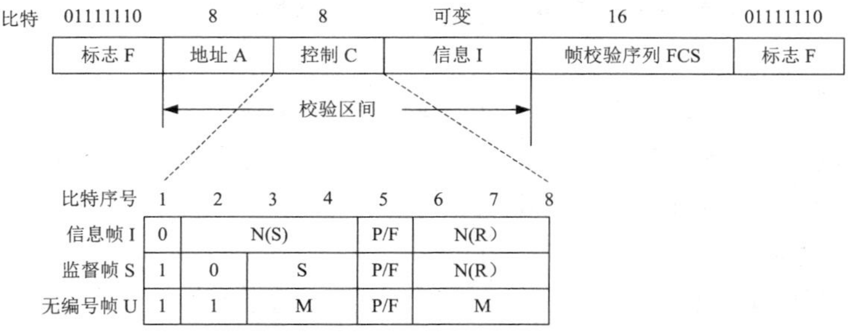

图 3-13　HDLC 的帧结构

从网络层交下来的分组成为数据链路层的数据，放在帧的信息字段中，信息字段的长度没有具体规定，数据链路层在信息字段的首尾各加上 24 位的控制信息构成一个帧。加这些控制信息的目的是解决同步、透明传输、寻址、流量控制、顺序控制、差错控制、数据与控制信息的识别和链路管理等问题。

HDLC 帧结构中各字段的含义如下。

（1）标志字段 F

物理层向数据链路层交付的是所收到的一连串的位流，在一个帧的开头和结尾各放入一个字节的特殊标记“01111110”作为一个帧的边界，这个标记称为标志字段 F（Flag），共 8 位。在接收方，只要找到两个标志字段，那么在这两个标志字段之间的位流就是一个帧的信息。

如果在两个标志字段之间的位流中出现与标志字段 F 相同的比特模式时，就会被误认为是帧的边界，从而破坏帧的同步。为避免这种情况，采用 0 比特填充技术，即发送方在比特流中一旦发现 5 个连续的 1，就在其后填入一个 0，从而保证在传输的比特流中不会出现 F 标志。在接收一个帧时，在 F 字段确定的帧的边界之间，若比特流中有 5 个连续 1，则将这 5 个连续 1 后的一个 0 删除，将比特流还原。这样，不管出现什么样的比特组合，都不会引起对帧边界的错误判断。具有这种特点的传输称为透明传输。

（2）地址字段 A

为解决寻址问题，在帧中设置 8 位地址字段 A。全 1 地址是广播方式，全 0 地址是无效地址。因此，一条链路上最多可以连接 254 个从站。在某些情况（如分组无线电）下，用户可能很多，所以地址字段应可以扩展。这时，地址字段的第一位为扩展位，其余 7 位为地址位。若扩展位为 1 则表示本字段是最后的 8 位组，若为 0 则表示下一个地址字段的后 7 位也是地址，如图 3-14 所示。

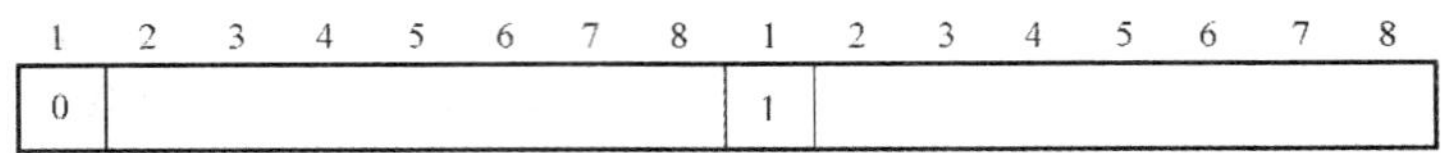

图 3-14 HDLC 地址字段的扩展结构

（3）帧校验序列 FCS

差错控制采用检测和纠正传输错误的机制。对于检错，HDLC 设置帧校验序列（Frame Check Sequence，FCS）字段，共 16 位，采用循环冗余校验，生成多项式为

$$G(x)=x^{16}+x^{12}+x^{5}+1$$

校验范围为 A、C、Info 共 3 个字段。

差错控制过程中的纠错采用重发机制，对确认无误的数据帧送回肯定应答信号；若经校验发现错误，则送回否定应答信号并要求发送方重发。对帧丢失问题也通过超时重发加以解决。

（4）控制字段 C

控制字段 C 共 8 位，HDLC 的许多重要功能都要靠控制字段来实现。根据控制字段最前面两个位的取值，可将 HDLC 帧划分为 3 大类，即信息帧 I（Information）、监督帧 S（Supervisory）和无编号帧 U（Unnumbered）。

（5）信息字段 Info

只有 I 帧和某些 U 帧会有信息字段，这个字段表示用户数据的任何序列，其长度没有规定，但具体实现却限制了帧的最大长度。

3.8.3 工作过程

1. 信息帧

若控制字段第 1 位的值为 0，则该帧为信息帧（I 帧），控制字段的第 2～4 位为发送序号 N(S)，即当前发送的信息帧的序号，控制字段的第 6～8 位为接收序号 N(R)，即本站期望收到对方发来下一个帧的发送序号。其中捎带确认的意思，表示序号为 N(R)–1 的帧及其以前的各帧都已正确无误地被接收，所以才期望收到下一个帧的序号为 N(R)。因此，当本站有信息帧发送时，可以将确认信息放在接收序号 N(R)中捎带过去，N(S)和 N(R)主要用于监视所传送的信息帧是否丢失或重复。这样，在全双工通信的收、发双方各需要设置两个状态变量 *V*(S)和 *V*(R)，以跟踪记录发送序号 N(S)和接收序号 N(R)的值，便于核对。控制字段的第 5 位是询问/终止（Poll/Final）位，记为 P/F。当主站或复合站要询问从站或对应的复合站时，将 P 置 1，表示询问，并要求对方回答；当从站或复合站发送最后一个信息帧时，将 F 置 1，表示终止；其他情况，该位置为 0。

2. 监督帧

若控制字段的第 1、2 位分别为 1 和 0，则该帧为监督帧（S 帧）。监督帧共有 4 种，由第 3、4 位（S 位）的取值决定。表 3-2 列出了这 4 种监督帧的名称和功能。可以看出，RR 帧和 RNR 帧还具有流量控制的作用，RR 帧表示已做好接收帧的准备，希望对方继续发送，而 RNR 则表示尚未做好准备（可能是缓冲区已存满或来不及处理到达的帧），希望对方暂停发送。REJ 帧和 SREJ 帧则用于差错控制，可能是数据帧未通过差错校验或要求对方重发。所有的监督帧都没有信息字段。因此，它只有 48 位长，也不需要有发送序号 N(S)，但接收序号 N(R)却非常重要。

监督帧的第 5 位，也是 P/F 位。若 P/F 位的值为 0，则该位无任何意义，只有 P/F 位的值为 1 时才有意义。但在不同的传输方式中，P/F 位有不同的用法。

在非平衡配置的正常响应方式（NRM）中，由于从站不能主动向主站发送信息，因此，从站只有收到主站发来的 P 位为 1（表示询问）的命令帧（S 帧或 I 帧）以后才能发送响应帧。若从站有数据发送，则以信息帧响应；如果从站没有数据发送，则应回答 S 帧，并将其中的 F 位置 1，以表示终止。

在非平衡配置的异步响应方式（ARM）或在平衡配置的异步平衡方式（ABM）中，任何一个站都可以主动发送 S 帧和 I 帧，因此应在主动发送的 S 帧和 I 帧中将其 P 位置 1，以表示询问。对方收到 P 为 1 的帧以后，应尽早回答本站的状态（就绪或未就绪），并将 F 位置 1。

表 3-2　4 种监督帧的名称和功能

S 位	名　称	功　能	说　明
00	RR（receive ready） 接收准备就绪	准备接收下一帧，确认序号为 N(R)–1 的帧及其以前的各帧均正确接收	相当于确认帧 ACK，用于流量控制
10	RNR（receive not ready） 接收未就绪	暂停接收下一帧（N(R)帧），确认序号为 N(R)–1 及其以前各帧均正确收到	相当于确认帧 ACK，用于流量控制
01	REJ（reject） 拒绝	拒绝接收（否认）从 N(R) 起的所有帧，但确认序号为 N(R)–1 的帧及其以前的各帧均正确收到	相当于否认帧 NAK，用于连续 ARQ 协议的差错控制
11	SREJ（selective reject） 选择拒绝	只否认序号为 N(R)的帧，请求重发序号 N(R)的帧，但确认序号为 N(R)–1 的帧及其以前的各帧均正确收到	用于选择重传 ARQ 协议的差错控制

3. 无编号帧

无编号帧（U 帧）控制字段的第 1、2 位的值均为 1。因为它不带编号 N(S)和 N(R)，故称为无编号帧。它用标有 M 的第 3、4、6、7、8 位表示不同的无编号帧，共有 32 种不同组合，但目前只定义了15个无编号帧，主要用于链路管理（包括对数据链路建立、释放、恢复的命令和响应）。无编号帧可以在需要时随即发出，不影响信息帧的交换顺序。

【例 3-6】 图 3-15 所示为非平衡配置的多点线路，它的链路建立与释放的过程如图 3-16 所示。

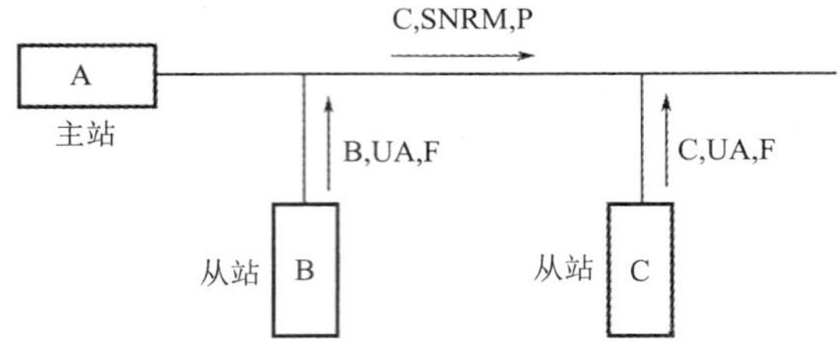

图 3-15 非平衡配置的多点线路

首先，主站 A 向从站 B 发送“置正常响应方式”（SNRM）命令，并将 P 置 1，要求 B 站做出响应，这样的帧记为“B, SNRM, P”，同时将与 B 通信用的发送状态变量 $V_1(S)$置 0。若 B 站同意建立链路，就发送无编号确认帧 UA（Unnumbered Acknowledgement）记为“B, UA, F”，以表示响应，并将其 F 置 1，同时将自己的状态变量 $V(R)$、$V(S)$置 0。当 A 站接收到对方发来的 UA 后，再将其接收状态变量 $V_1(R)$置 0。至此，A 站和 B 站完成了状态变量的初始化和链路的建立过程，如图 3-16 所示。接着，A 站开始建立与 C 站的链路连接。为此，A 站再设置一套状态变量 $V_2(S)$和 $V_2(R)$。同理，C 站也要将自己的状态变量置 0，待双方的状态变量都已初始化后，数据传送开始。如果某一响应的从站不同意建立指定的传输方式，就发送非连接模式帧 DM，拒绝建立连接。

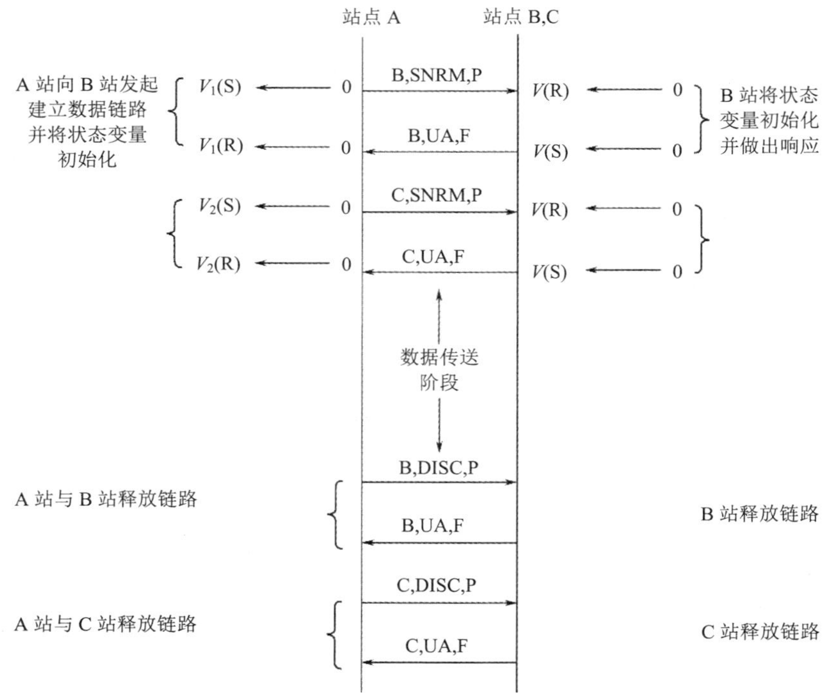

图 3-16 多点链路的建立和释放

当数据通信完毕，A 站应分别向 B 站和 C 站发送“断开连接”（DISC）命令，当 B、C 站用无编号帧 UA 响应后，数据链路的释放阶段结束。这里数据链路的释放（拆除或断连）是指逻辑链路而不是指物理链路。

对于点对点链路的平衡配置（即两个站都是复合站）情况，由于两方都是复合站，双方是平等的，又采用异步平衡方式，因此，任意一个站都可以先发出“置异步平衡方式”（SABM）命令，待对方回答无编号确认帧 UA 后，完成链路建立阶段，数据传输即可开始。数据传输完毕，任何一个站均可发送 DISC 命令，提出释放链路的要求，当对方用无编号帧 UA 回答后，链路的释放阶段结束。要注意的是，命令帧中的地址应写对方站的地址，而响应帧中的地址则写响应站的地址。复合站链路的建立和释放过程如图 3-17 所示。

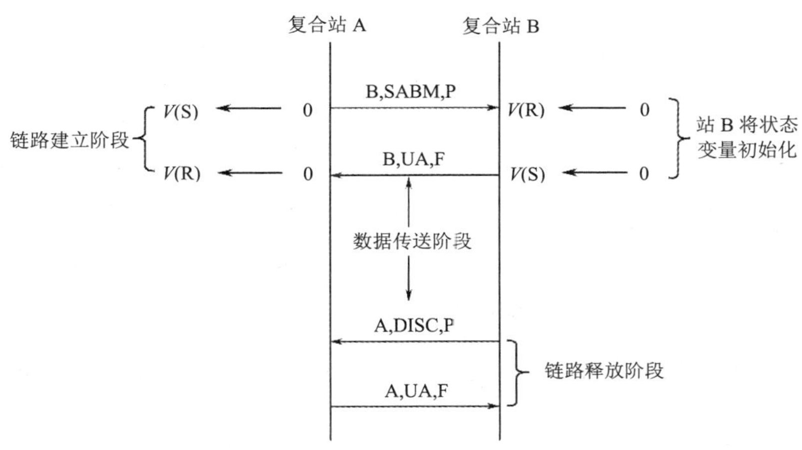

图 3-17　复合站链路的建立和释放

3.9　Internet 的数据链路层协议

虽然 HDLC 协议在历史上曾起过很大作用，但现在全世界使用最多的数据链路层协议是点对点协议（Point-to-Point Protocol，PPP）。

早在 1984 年，Internet 就已经开始使用一个简单的面向字符协议 SLIP （Serial Line Internet Protocol），它是指用调制解调器通过串行线或电话线运行 IP 的协议。SLIP 协议的缺点很多，如 SLIP 没有差错检测的功能、通信的每一方必须事先知道对方的 IP 地址、SLIP 仅支持 IP 协议而不支持其他的协议、SLIP 并未成为 Internet 的标准协议等。为了克服 SLIP 的这些缺点，1992 年制定了 PPP 协议。经过 1993 年和 1994 年的修订，现在的 PPP 协议已成为 Internet 的正式标准 RFC 1661。

PPP 协议有 3 个组成部分，即将 IP 数据报封装到串行链路的方法、链路控制协议（Link Control Protocol，LCP）、网络控制协议（Network Control Protocol，NCP）。

① 将 IP 数据报封装到串行链路时，PPP 既支持异步链路（无奇偶检验的 8 位数据），也支持面向比特的同步链路，IP 数据报在 PPP 帧中就是其信息部分。这个信息部分的长度受最大接收单元（Maximum Receive Unit，MRU）的限制。MRU 的默认值是 1500

字节。

② 链路控制协议（LCP）用来建立、配置和测试数据链路连接。通信的双方可协商一些选项。在 RFC 1661 中定义了 11 种类型的 LCP 分组。

③ 网络控制协议（NCP）允许同时采用多种网络层协议，每个不同的网络层协议要用一个相应的 NCP 来配置其选项，为网络层建立和配置逻辑连接。在单个 PPP 链路上，可以支持同时运行多种网络协议，即有多个 NCP 数据流。其中的每个协议支持不同的网络层协议，如 IP、OSI 的网络层、DECNet（一个由 DEC 公司提出的网络架构）和 AppleTalk 等。

目前，PPP 不仅适用于拨号用户，而且适用于租用的路由器对路由器线路。

3.9.1 PPP 协议的帧格式

PPP 协议的帧格式与 HDLC 协议相似，它是由帧头、信息字段和帧尾 3 部分组成的，如图 3-18 所示。

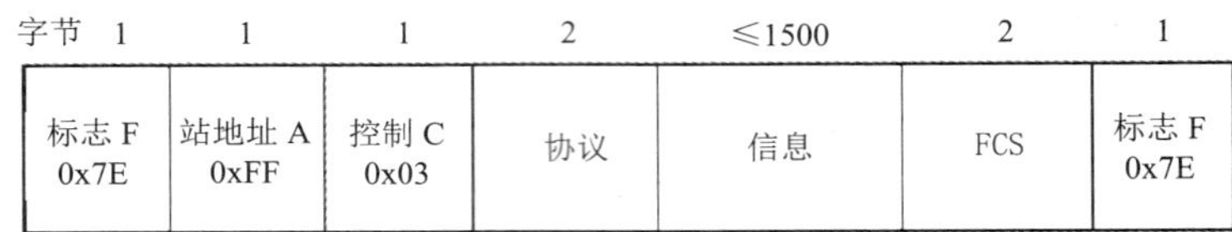

图 3-18 PPP 协议的帧格式

PPP 协议是面向字节的，所有的 PPP 帧的长度都是整数字节。PPP 帧中各字段的意义如下。

（1）标志字段 F

标志字段 F 用于同步，用于标识一帧的开始和结束，其值为 0x7E（二进制表示为 01111110）。

（2）地址字段 A

固定为 0xFF（二进制表示为 11111111），表示所有站点均可接收该帧。由于通常为点到点链路，所以地址字段通常为默认值 11111111。

（3）控制字段 C

同 HDLC 的控制字段，用来定义帧的类型。默认值为 0x03，表示是一个无编号帧，即在默认情况下 PPP 不使用带序号的帧和确认帧来提供可靠的数据传输。

（4）协议字段

协议字段长度为 2 字节，用来标识封装在帧中的信息字段的协议类型。针对 LCP、NCP、IP、IPX（Internet Packet Exchange，网间分组交换）、AppleTalk、PAP（Password Authentication Protocol，口令授权协议）、CHAP（Challenge-Handshake Authentication Protocol，询问握手授权协议）等协议定义了相应的代码。当第一位为 0 时，信息字段中为某个网络层协议；当第一位为 1 时，信息字段中为 LCP 或 NCP 协议数据。例如，当协议字段的值为 0x0021 时，PPP 帧的信息字段为 IP 数据报；若为 0xC021，则信息字段是 PPP 链路控制数据；若为 0x8021，则表示信息字段是网络控制数据。

（5）帧校验序列字段 FCS

帧校验序列字段的长度为 2 字节，它的作用是保证数据的完整性。

3.9.2　PPP 协议的链路控制

1. 透明传输

当 PPP 协议用在同步传输链路时，协议规定采用硬件来完成比特填充（和 HDLC 协议的做法一样）。当 PPP 协议用在异步传输时，使用一种特殊的字符填充法，将信息字段中出现的每一个 0x7E 字节转变成 2 字节序列（0x7D，0x5E）。若信息字段中出现一个 0x7D 的字节，则将其转变成 2 字节序列（0x7D，0x5D）。若信息字段中出现 ASCII 码的控制字符（即数值小于 0x20 的字符），则在该字符前面加入一个 0x7D 字节，同时将该字符的编码加以改变。

2. PPP 协议的工作状态

PPP 协议的工作过程包括以下几步：

① 当用户拨号接入 ISP 时，路由器的调制解调器对拨号做出确认，并建立一条物理连接。

② 建立物理连接后，PPP 就进入链路的“建立状态”，PC 机向路由器发送一系列 LCP 分组（封装成多个 PPP 帧）。这些分组及其响应选择一些 PPP 参数（如链路上的最大帧长、所使用的身份鉴别协议等）。

③ 若通信双方的链路配置及身份鉴别成功，则进入“网络状态”。链路的两端交换网络控制分组 NCP，进行网络层配置。NCP 给新接入的 PC 机分配一个临时的 IP 地址，使 PC 机成为 Internet 上的一个主机，然后就可以开始进行数据的传输。

④ 通信完毕时，NCP 释放网络层连接，收回原来分配出去的 IP 地址。接着，LCP 释放数据链路层连接。最后释放的是物理层的连接。

PPP 协议提供差错检测但不提供纠错功能，只保证无差错接收。它是不可靠的传输协议，因此不使用序号和确认机制。

图 3-19 给出了 PPP 链路建立、使用、撤销所经历的状态图。当线路处于静止状态时，不存在物理连接。当线路检测到有载波信号时，建立物理连接，线路变为建立状态。此时，

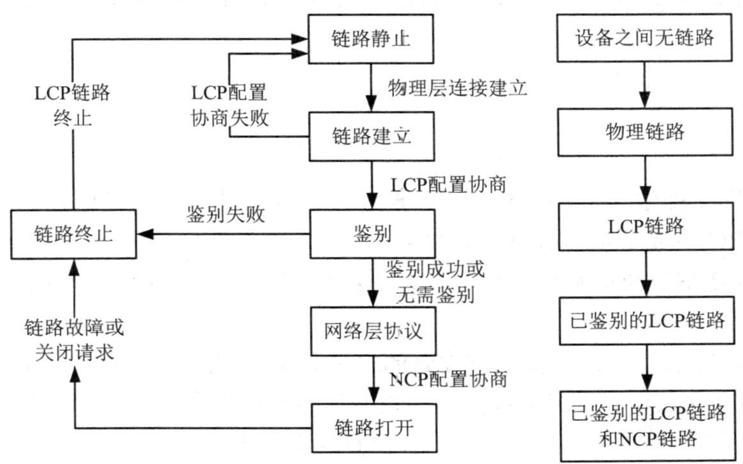

图 3-19　PPP 协议的状态图

LCP 开始选项协商。协商成功后进入身份验证状态。通信双方身份验证通过后，进入网络状态。这时，采用 NCP 配置网络层，配置成功后，进入打开状态，然后就可以进行数据传输了。当数据传输完成后，线路转为终止状态。载波停止后则回到静止状态。

3.9.3 PPP 协议的应用

早期的用户接入 Internet 一般采用 Modem 通过公用电话网络拨号连接。但是随着以太网（Ethernet）技术的发展和普及，用户可以直接通过以太网接入 Internet。1999 年公布的 PPPoE（PPP over Ethernet）[RFC 2516]，将以太网技术与点对点的 PPP 协议结合在一起，在以太网上承载 PPP 协议，利用以太网将大量主机组成网络，通过一个远端接入设备连入 Internet，并对接入的每一个主机实现控制、计费功能。PPPoE 协议将 PPP 帧再封装在以太网帧中，完成链路层功能。

PPPoE 使用 Client/Server 模型，PPPoE 客户端向 PPPoE 服务器发起连接请求，两者之间会话协商通过后，PPPoE 服务器向 PPPoE 客户提供接入控制、认证等功能。典型的 PPPoE 组网结构如图 3-20 所示。

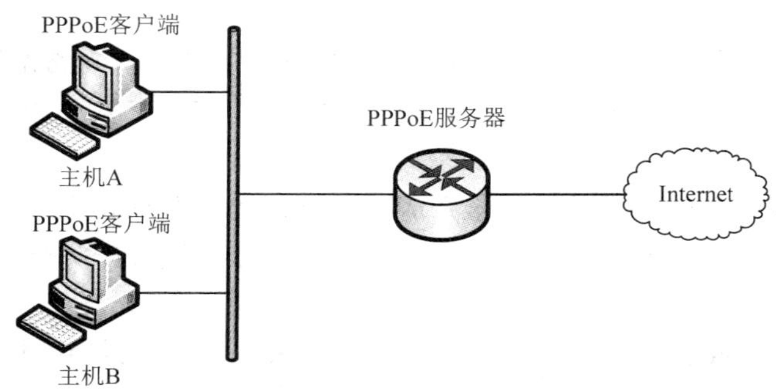

图 3-20　PPPoE 组网结构图

PPP 会话建立在用户计算机和运营商（Internet Service Provider，ISP）的路由器之间，为每用户建立一个 PPP 会话，每个用户都是 PPPoE Client，每个用户一个账号，方便运营商对用户进行计费和控制。用户计算机上必须安装 PPPoE 客户端拨号软件。

习题 3

1．数据链路（即逻辑链路）与链路（即物理链路）的概念有何区别？

2．已知 CRC 生成多项式 $G(X)=X^4+X+1$，信息位为 1111100，产生的循环冗余码是多少？将其加在信息位的后面形成码字，再经比特填充后从左向右发送，求发送时的比特流。

3．在数据传输过程中，若接收方收到的二进制比特序列为 10110011010，接收双方采用的生成多项式为 $G(x)=x^4+x^3+1$，则该二进制比特序列在传输中是否出错?如果未出现差错，发送数据的比特序列和 CRC 检验码的比特序列分别是什么？

4．在停止等待协议中，确认帧为什么不需要序号（如用 ACK0 和 ACK1）？

5．试写（画）出停等协议收发数据的一般流程。

6．一个信道的数据传输速率为 4Kb/s，双向传播延迟时间为 20ms，问帧长在什么范围内才能使停等协议的效率至少为 50%？

7．在选择重传 ARQ 协议中，设编号位为 3bit，发送窗口 $W_T=6$，接收窗口 $W_R=3$。试找出一种情况，使得在此情况下协议不能正确工作。

8．流量控制是数据链路层的功能之一，在连续 ARQ 协议中如何实现该功能？该功能的目标是否仅仅是为了防止接收方被“淹没”，为什么？

9．简述 HDLC 协议中帧各字段的意义。HDLC 协议用什么方法保证数据的透明传输？

10．HDLC 协议的帧可分为哪几大类？简述各类帧的作用。

11．PPP 协议的主要特点是什么？它适用在什么情况下？

第4章　局　域　网

局域网（Local Area Network，LAN）是计算机网络的重要组成部分，通过LAN技术可以将物理位置上邻近的计算机通过传输介质连接起来。本章主要介绍局域网的基本特点和技术、局域网的参考模型、局域网的标准、以太网与 CSMA/CD、令牌环网，以太网技术、无线局域网和局域网互连技术。

4.1　局域网概述

4.1.1　概述

局域网是当前计算机网络研究与应用的一个热点，也是目前发展和应用最快的领域之一，其主要技术特点体现在以下几个方面：

① 局域网覆盖有限的地理范围。局域网设计的主要目标是覆盖一个公司、一所大学、一幢办公大楼的“有限地理范围”。

② 局域网通常由某个组织单独拥有，也就是该组织拥有组成某个局域网的所有互连设备。

③ 局域网的数据传输速率比较高（10～1000Mb/s）、误码率低（$<10^{-8}$）。

传统的LAN使用广播网络技术而非交换技术。在一个广播网络中，所有站点共享同一个传输介质，从任一站点来的信息通过广播方式被其他所有站点接收。然而随着网络技术的发展，交换局域网技术得到了广泛的应用。在交换局域网中，站点通过局域网交换机来进行连接，与传统的局域网相比具有更高的吞吐率。

目前，传输速率为100Mb/s与1Gb/s的高速以太网已进入了广泛使用阶段，基于光纤介质的10Gb/s以太网也已经进入实用阶段。

4.1.2　基本技术

局域网的特性主要由三个技术因素决定：网络拓扑结构、传输介质和介质访问控制方法。

1. 拓扑结构

局域网的基本拓扑结构有总线型、环型和星型 3 种，还有基于这几种基本结构的混合型拓扑结构。

（1）总线型拓扑结构

总线型拓扑结构是局域网的主要拓扑结构之一，如图 4-1 所示。总线型拓扑结构的优点是：结构简单、实现容易、易于扩展、可靠性好。

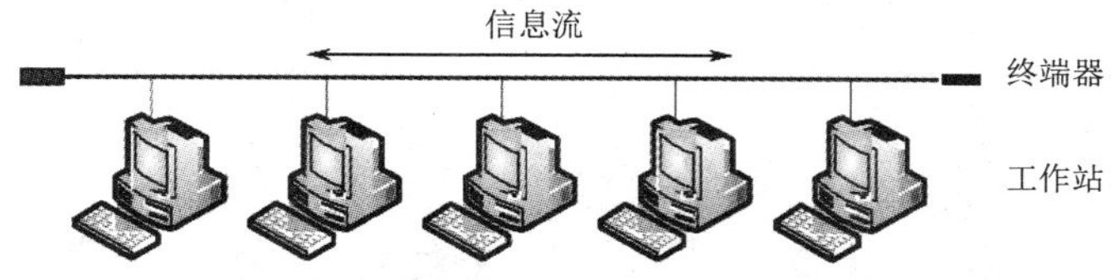

图 4-1　总线型局域网拓扑结构

（2）环型拓扑结构

如图 4-2 所示，在环型拓扑结构中，结点通过转发器，使用点对点链路连接，构成闭合的环形。转发器是相对简单的设备，以位为单位将从链路上接收的信息立刻转发到其他的链路上。这种链路是单向的，即数据只能沿着一个方向（顺时针或逆时针）绕环逐站传送。

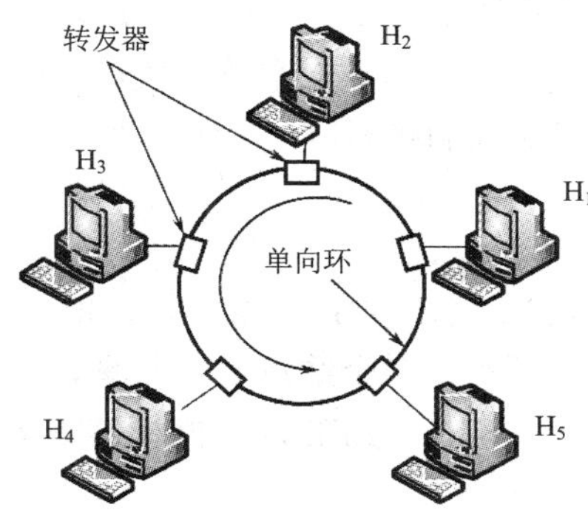

图 4-2　环型局域网拓扑结构

在环型拓扑结构中，每个站点通过转发器与网络连接和进行数据传送，多个站点共享一条环通路。与总线型拓扑结构一样，环型拓扑结构也要解决介质访问控制问题。

（3）星型拓扑结构

如图 4-3 所示，在星型拓扑结构中，存在一个中心结点，每个结点通过点对点链路与中心结点连接，任何两个结点之间的通信都要通过中心结点转发，每条链路按不同的两个方向传输信息。

通常中心结点有两种工作方式可供选择。一种是广播方式，当一个站点发出的数据到达中心结点后，中心结点将此数据包重新传输到每个输出链路上。在这种情况下，虽然物理结构上是星型的，但从逻辑结构上看它是总线型的，如图 4-3（a）所示。另一种工作方式是中心结点按交换方式工作，到达中心结点的数据被储存在缓冲区中，然后再转发到目的结点的输出链路上，如图 4-3（b）所示。

目前，随着交换局域网技术的出现，星型拓扑结构的局域网中心结点采用局域网交换机，结点通过点对点链路与局域网交换机连接。局域网交换机可以在多对通信结点之间建立并发的逻辑连接。

2. 传输介质的类型与特点

有关传输介质的讨论已经在第 2 章中有详细的说明，所以下面主要从应用的角度对传输介质在不同网络拓扑结构中的使用进行说明。

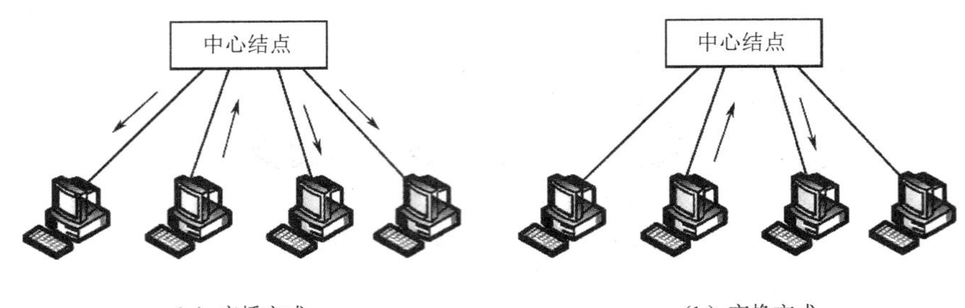

（a）广播方式　　（b）交换方式

图 4-3　星型局域网拓扑结构

局域网常用的传输介质有同轴电缆、双绞线、光纤与无线通信信道。

早期应用最多的是同轴电缆。随着技术的发展，双绞线与光纤的应用发展十分迅速。尤其是双绞线，目前已能用于数据传输速率为 100～1000Mb/s 的高速局域网中，因此引起了人们普遍的关注。目前，在中、高速局域网中普遍使用双绞线，在远距离的应用中使用光纤。近些年，无线局域网也引起人们越来越广泛的重视，在 4.6 节中将专门讨论。

3. 介质访问控制方法

在传统局域网中，数据传输的基本特点是共享广播信道，即多个站点共享同一个信道，并以广播方式进行数据传输。为了实现多个结点使用共享介质发送和接收数据的控制，人们提出了多种介质访问控制方法。其中，IEEE 局域网标准委员会（IEEE 802 委员会）提出了 3 类方法：

① 带有冲突检测的载波侦听多路访问（CSMA/CD）方法，适用于总线型局域网。

② 令牌总线（token bus）方法，适用于令牌总线局域网。

③ 令牌环（token ring）方法，适用于令牌环局域网。

在局域网技术的发展和演变过程中，令牌总线局域网已经退出了历史舞台，所以下面主要结合以太网和令牌环网分别介绍 CSMA/CD 和令牌环两种介质访问控制技术。

4.2　局域网体系结构

4.2.1　局域网模型

1. 局域网参考模型

1980 年 2 月，IEEE 成立了局域网标准委员会，即 IEEE 802 委员会，专门从事局域网标准化工作，并制定了 IEEE 802 标准。

IEEE 802 委员会在 IEEE 802.1 标准中定义了关于局域网的参考模型。局域网参考模型和 OSI 参考模型的关系如图 4-4 所示。局域网参考模型只对应于 OSI 参考模型的数据链路层与物理层，它将数据链路层划分为两个子层：逻辑链路控制（Logical Link Control，LLC）子层和介质访问控制（Medium Access Control，MAC）子层。

局域网参考模型的最低层对应于 OSI 参考模型的物理层，功能包括：①信号的调制和解调；②前缀的生成与去除（用于同步）；③位传输和接收。

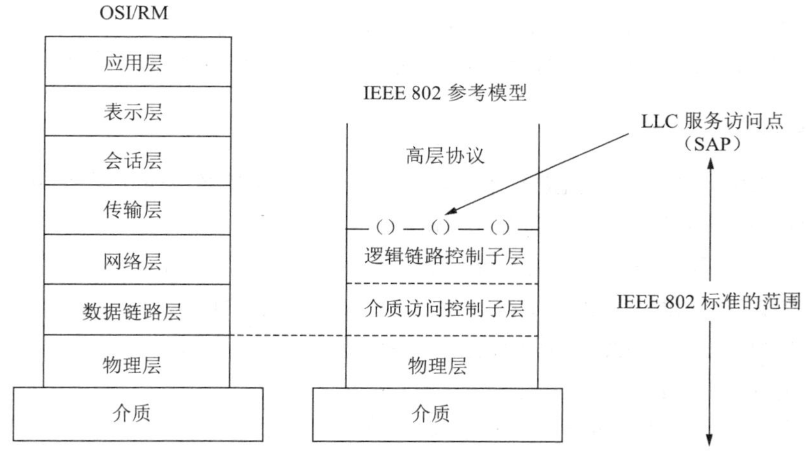

图 4-4　IEEE 802 局域网参考模型和 OSI 参考模型的对应关系

另外，局域网参考模型的物理层还包括传输介质的说明。一般而言，传输介质被认为是位于 OSI 参考模型最低层的下面。但是由于传输介质的选择是局域网设计的关键技术因素之一，所以局域网参考模型中的物理层也包括了有关传输介质的说明。

在物理层之上的层次主要用于为局域网用户提供相应服务，服务内容主要包括：提供一个或多个服务访问点（SAP）；传输时，将数据组成帧并加上地址和错误识别字段；接收时，将数据拆包并实现地址识别和错误识别；管理局域网传输介质访问。

这些功能与 OSI 参考模型第 2 层对应。第 1 种功能及相关功能被组合于 LLC 子层中，而后 3 种功能被作为 1 个单独的层看待，即 MAC 子层。将与 OSI 参考模型第 2 层对应的功能分为两个子层出于如下考虑：逻辑上要求的对共享介质的访问控制并没有在传统的第 2 层数据链路层中定义；对于同一个 LLC，应当提供几种不同的 MAC 选择。

2. 局域网实现模型

IEEE 802 委员会除了给出一个参考模型外，还给出了一个实现模型来指导各个专用标准的发展。图 4-5 所示为这两个模型的比较，两者的不同点在于，实现模型更注重于物理层标准的细化。对于一个给定的 MAC 层，可以采用好几种不同的物理介质。在大多数情况下，物理层定义中有一部分是独立于介质的，这一部分处理信号编码、同步及许多介质

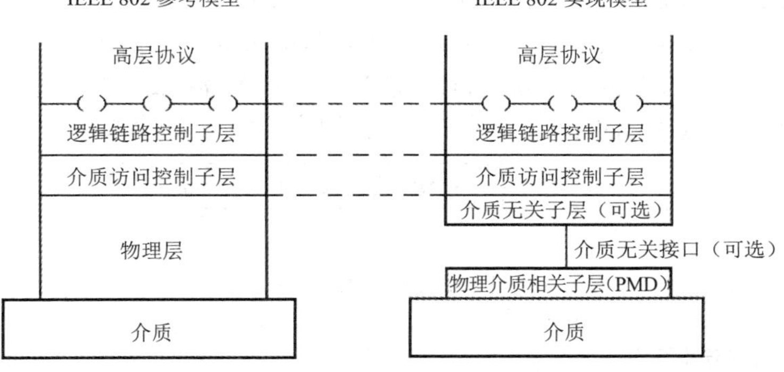

图 4-5　IEEE 802 参考模型和实现模型

中常见的设计问题。另外还有一部分是介质相关的，如特定介质的电子和机械方面的规定。根据具体的实现方式，这两部分功能分开实现，中间通过相应的接口连接。

4.2.2 逻辑链路控制子层

局域网的逻辑链路控制（LLC）子层涉及两个站点间链路级协议数据单元的传输，不必有中间转换站点的参与。LLC 子层的主要功能有：

① 提供一个或多个服务访问点（SAP）。

② 发送数据时将数据组装成带有地址和差错检测段的帧。

③ 接收数据时拆帧，执行地址识别和差错检测。

④ 管理链路上的通信。

LLC 子层有两个与其他大多数链路控制协议不同的特点：

① 它必须支持链路的多路访问、介质共享的自然特性（因其无主站点而区别于多端链路）。

② 它从 MAC 层中接管了一些链路访问的具体功能。

1. LLC 服务

LLC 协议是基于 HDLC 协议的（它们之间的定义与区别请参考有关文献），LLC 子层为上层用户提供 3 种类型的服务以供选择。

① 无确认无连接服务。这是一种数据报形式的服务，这种服务相当简单，它可以用来发送和接收 LLC 协议数据单元（Protocol Data Unit，PDU）。对于 PDU 的传送，不需要任何形式的确认，也不需要流量控制和差错控制机制。对于信息的传递是否正确提交，一般由高层协议提供确认机制。

② 有连接服务。这种服务在两个用户交换数据前必须建立一条逻辑连接，并且要提供相应的流量控制、排序和差错控制机制，同时提供连接释放功能。

③ 有确认无连接服务。这种服务提供了对数据报的确认机制，同时在进行数据传输前不需要建立逻辑连接。

另外，LLC 子层必须提供组播和广播功能，利用局域网的共享访问特性，使得站点可以向多个站点甚至全部站点发送信息。

2. LLC PDU 的格式

LLC 为高层用户提供相应的机制来为每个站点编址，并且为两个用户间交换数据提供相应的控制。LLC 的编址机制实际上就是对源和目的 LLC 用户进行表示。

LLC PDU 的格式如图 4-6 所示，目的 SAP（DSAP）、源 SAP（SSAP）和站点地址（在 MAC 帧的头部）一起表示正在进行通信的两个用户，Control 字段用于表示 PDU 的类型。

DSAP	SSAP	Control	Info
8 位	8 位	8 位	

图 4-6 LLC PDU 的格式

4.2.3 介质访问控制子层

网络中链路主要包括两种类型，即点到点链路和广播链路。对于点到点链路，链路的两端各有一个单一的发送者和接收者，因此不考虑流量控制的影响，结点想要发送就可以发送。PPP 和 HDLC 协议是比较常用的点到点链路上的数据链路层协议。

对于广播链路，多个发送和接收站点连接到同样的、单一的、共享的广播信道上，为了有效、公平、简单和分散地利用这种广播信道进行数据传输，必须采用一些对传输介质访问的控制方法，这就是介质访问控制（MAC）协议提供的功能。这里的“广播”是指当任何一个结点传输一帧时，信道广播该帧，从而其他每个结点都可以收到一个拷贝。以太网和无线局域网都是采用广播链路技术的例子。

1. MAC 技术

在所有的 MAC 技术中，需要考虑两个问题：一个问题是对共享介质的访问控制是采用集中式还是分布式，即在哪里控制；另一个问题是怎样控制对共享介质的访问，即如何控制。

在集中式网络中，一个控制器被设计用来控制和授予各个站点利用共享介质传输数据；在分布式网络中，所有站点共同使用相应的介质访问控制机制来决定站点传输的次序。集中式的优点是访问控制逻辑简单，避免了各站点分布合作可能产生的问题，同时还可以提供优先级别和可靠性控制等功能。但是缺点也很明显，控制器会成为瓶颈，而且控制器的故障会导致整个网络的瘫痪。分布式的优缺点正好与集中式相反。

对于如何控制对共享介质的访问，它受到拓扑结构、花费、效率和复杂性等因素的影响。在局域网中，一般采用如下 3 种方式。

（1）时间片轮转

在这种方法中，每个站点按照一定的顺序得到传输时间片。在时间片中，站点可以不传输数据，也可以传输数据。如果要进行传输，站点传输数据的时间不能超过该时间片。这种方法适用于在一段时间内有多个结点需要传输数据的情况。

（2）预留

对连续的数据传输，预留技术非常合适。一般而言，在这种技术中，时间被分成时隙，很像同步时分多路复用（TDM）。一个站点要想传输，则预留将来的一些时隙或是一段不定长的时间，如语音、长文件的传输。

（3）争用

对突发性的数据传输，争用是常用的策略。在这种方式中，所有的工作站自由竞争发送机会。

2. MAC 帧的格式

MAC 子层收到 LLC 子层送来的 LLC PDU，并负责实施介质访问的相关功能来传输数据。与其他协议层一样，MAC 子层通过形成本层的协议数据单元来实现这些功能。

MAC 帧的格式因不同的 MAC 协议而不同，一般的格式如图 4-7 所示。

MAC 控制	目标 MAC 地址	源 MAC 地址	LLC PDU	CRC

图 4-7　MAC PDU 的格式

① MAC 控制字段：包括所有实现 MAC 协议功能的控制信息。例如，优先级的层次

需要在这里说明。

② 目标 MAC 地址：局域网上与该帧相关的目标站点的物理地址。

③ 源 MAC 地址：局域网上发送该帧的源站点的物理地址。

④ LLC PDU：来源于更高层的 LLC 数据，它包括用户数据加上源和目的服务访问点（SAP），SAP 用于说明用户的 LLC。

⑤ CRC：循环冗余码（FCS，帧校验序列），用于 MAC 帧中控制字段、地址字段和 LLC PDU 内容的校验。

4.2.4 IEEE 802 标准

IEEE 802 委员会为局域网制定了一系列标准，它们统称为 IEEE 802 标准，如表 4-1 所示。IEEE 802 系列标准之间的关系如图 4-8 所示。

表 4-1 IEEE 802 标准

工作组名称	研究内容
IEEE 802.1	概述、体系结构和网络互连，以及网络管理与性能测试
IEEE 802.2	逻辑链路控制（LLC）子层功能与服务
IEEE 802.3	载波侦听多路访问/冲突检测（CSMA/CD）总线 MAC 子层与物理层规范
IEEE 802.4	令牌总线 MAC 子层与物理层规范
IEEE 802.5	令牌环 MAC 子层与物理层规范
IEEE 802.6	城域网（MAN）MAC 子层与物理层规范
IEEE 802.7	宽带网络规范
IEEE 802.8	光纤传输规范
IEEE 802.9	综合语音与数据局域网规范
IEEE 802.10	可互操作的局域网安全性规范
IEEE 802.11	无线局域网（WLAN）规范
IEEE 802.12	100VG-AnyLAN 规范
IEEE 802.13	基于有线电视的广域通信网标准
IEEE 802.14	电缆调制解调器（cable modem）标准
IEEE 802.15	近距离个人无线网络标准
IEEE 802.16	宽带无线局域网标准

图 4-8 IEEE 802 系列标准的关系

4.3 以太网与 CSMA/CD

总线型网是一种传送信息最简单、最直接、最流行的局域网。这种网络的典型代表是 1975 年由美国施乐（Xerox）公司研制成功的、采用无源电缆作为总线来传输信息的以太网（Ethernet）。它是以历史上表示传播电磁波的以太（Ether）命名的。

1980 年 9 月，DEC 公司、英特尔（Intel）公司和施乐公司（Xerox）联合提出了 10 Mb/s 以太网规约的第一个版本 DIX V1。1982 年又修改为第二个版本规约，即 DIX 以太网 V2，成为世界上第一个局域网产品的规约。在此基础上，IEEE 802 委员会的 802 工作组于 1983 年制定了第一个 IEEE 的以太网标准，其编号为 802.3，数据传输速率为 10Mb/s。

以太网采用的介质访问控制方法就是后来成为 IEEE 802.3 标准的载波侦听多路访问/冲突检测（Carrier Sense Multiple Access/Collision Detection，CSMA/CD）技术。在 IEEE 802.3 标准中规定了总线型网的 CSMA/CD 访问方法和物理层技术规范。

在局域网中，计算机与局域网的连接是通过在主机机箱内插入一块网络接口卡实现的。网络接口卡（Network Interface Card，NIC）又称为通信适配器（adapter）或网卡。网卡的功能主要包括：串行/并行转换、对数据进行缓存、实现以太网协议等。

目前，基于以太网技术的局域网得到了最广泛的应用，并已由 IEEE 802.3 委员会标准化。以太网是应用最为广泛的局域网，主要包括标准的以太网（10Mb/s），100M（100Mb/s）、1000M（1000Mb/s）和 10G（10Gb/s）以太网，它们都符合 IEEE 802.3 标准。

4.3.1 CSMA/CD

总线型网通过一条公用信道将所有的用户连接起来，各站利用这条公用信道发送或接收数据。但要保证发送成功，就必须做到在任一时刻只有一个用户在总线上传输信息。否则，当有两个或两个以上站点在同一时刻发送信息时，总线上的信息便会混淆不清、无法辨认，造成发送失败。这种因信息在总线上重叠而出错的现象称为冲突。

要解决冲突问题，有很多种方法，但在总线型网中最常用的方法是 CSMA/CD，即载波侦听多路访问/冲突检测方法。这种介质访问控制方法属于一种随机访问控制方法，它不是采用集中控制的方式解决用户发送信息的顺序，而是各站根据自己的需要随机地发送信息，通过竞争获得发送权，它是 ALOHA 协议的一种改进型。

CSMA/CD 及其以前出现的 ALOHA 协议都可被认为是随机访问或竞争的技术。每个站点的数据传输都没有预先安排的时间，而且不可预测。在此意义上说，工作方式是随机访问，也就是各站点的传输随机排序，每个站点都为占用介质上的时间而竞争。

1. ALOHA 协议

ALOHA 网是 1968 年由美国夏威夷大学开发的一个以无线广播方式工作的分组交换网。ALOHA 网最早使用的协议称为纯 ALOHA 协议，后来对其进行了改进，称为分槽 ALOHA 协议。

纯 ALOHA 协议的基本思想非常简单，网上的各站点在任何时刻只要需要，就可以自由地发送信息帧；信息帧发送完毕，然后侦听一段时间，如果在信息帧来回传播的最大延迟时间（两倍于两个间隔最大的站点之间传递信息的时间）再加上一小段固定时间内收到了确认，则说明传输成功；否则，传输站点重发信息帧。若多次重发都失败，则放弃发送该帧。

对于这种纯 ALOHA 协议，在发送信息的站点数量增加或各站点发送信息帧的频率增大时，信道的吞吐量会迅速下降，甚至趋于 0。纯 ALOHA 协议的信道利用率最大只有 18%。

为了提高纯 ALOHA 协议的吞吐量，人们尝试了几种改进方法，其中分槽 ALOHA 协议是通过限制信息帧发送的时刻来改进的。分槽 ALOHA 协议将时间划分为等长的时槽，每个时槽的长度正好等于一个定长分组的传输时间，各站只能在时槽的起始时刻才能开始发送信息，因此那些冲突的帧完全重叠。这样，系统的最大效率可以提高到 37%。

纯 ALOHA 协议与分槽 ALOHA 协议的冲突危险周期比较如图 4-9 所示。

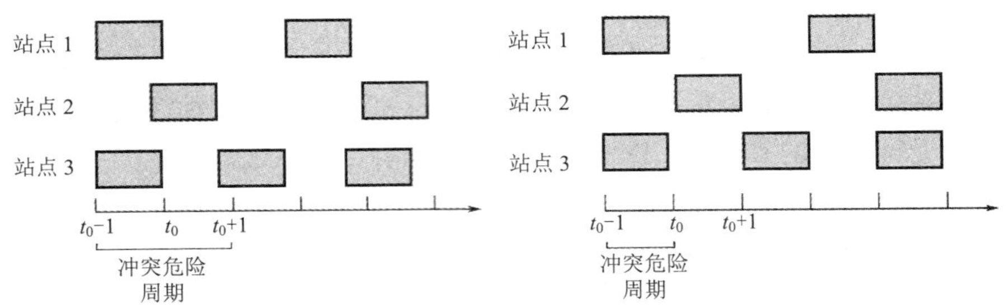

图 4-9　纯 ALOHA 协议与分槽 ALOHA 协议的冲突危险周期比较

在纯 ALOHA 协议和分槽 ALOHA 协议中，一个站点在做出是否发送数据的判断时，从不考虑其他站点当时在干什么，每个站点都可以任意发送，因而冲突的可能性非常高，信道利用率都非常低。主要原因在于纯 ALOHA 协议和分槽 ALOHA 协议中，没有考虑传播时间 t_p 和传输时间 t_f 之间的关系对效率的影响，也就是说，没有考虑到无线分组网和局域网的一个主要特性：与帧的 t_f 相比，t_p 很短。

① 当 $t_f<t_p$ 时，一个站点开始传输，其他站点可能要隔很长一段时间才会知道该帧的传输。在此段时间里，其他站点可能会传输，易发生冲突。

② 当 $t_f>t_p$ 时，当一个站点开始传输后，其他站点立刻会知道，因此可以等待。

传播延迟越短，站点越能更快地了解到网络的状态，有助于提高效率。

上述问题导致了 CSMA 协议的产生。

2. CSMA 协议

在 CSMA 协议的机制中，想要传输的站点首先侦听信道上有无其他站点正在发送信息（载波侦听）。如果没有（即信道空闲），则发送数据；如果信道忙，则暂不发送，退避一段时间后再尝试。这种 CSMA 方法又称为“先听后说”方法。

当然，可能有两个或更多的站点要同时传输，这时会发生冲突，双方的数据相互干扰而不能被成功地接收。因此，传输站点在传输后等待一段时间（来回传播的最大时间和发送确认的站点竞争信道的时间考虑在内）以接收确认。如果没有收到确认，传输站点就认为冲突发生了，并且会重发。

显而易见，当平均传输时间比传播时间长许多时，这种策略很有效。只有当多于一个的站点在很短时间（传播延迟时间）内准备传输时才会发生冲突。如果一个站点发出的帧的头部，在传播到离它最远的站点的过程中没有遇到冲突，则该帧以后也不会遇到冲突，因为这时其他所有站点都知道信道已经被占用。

在 CSMA 协议中，当发现信道忙时，需要用一个算法来决定该怎么办。常用的有以下 3 种算法。

（1）非坚持 CSMA 协议

当一个站点要发送数据时，首先侦听信道，如果信道空闲就立即发送数据。一旦侦听到信道忙就不再坚持听下去，延迟一段随机时间后再重新侦听。非坚持 CSMA 减少了发送数据的盲目性，减小了冲突出现的概率。非坚持 CSMA 协议在侦听到信道忙后就放弃侦听，这样就减少了多个结点等待信道空闲后同时发送数据导致冲突的概率，但这也使得数据在网络中的平均延迟增加了。但由于一旦侦听到信道忙就延迟一段随机时间后再重新侦听，很可能在重新侦听前信道就已经空闲，所以非坚持 CSMA 的信道利用率不是很高。

（2）1 坚持 CSMA 协议

当一个站点要发送数据时，首先侦听信道，如果信道空闲就立即发送数据。当侦听到信道忙时，仍然坚持听下去，直至信道空闲为止，一旦听到信道空闲就立即发送数据。如果有冲突（在规定的时间内未得到应答），则等待一段随机时间后再重新开始侦听信道。

“1 坚持”的含义是指：当侦听到信道忙时，继续坚持侦听信道，当侦听到信道空闲时，发送帧的概率为 1，即立即发送数据。

这种方法可以充分利用信道，但冲突的可能性也可能会增大。这是因为总线有一定的长度，且信号在信道上以有限的速度传输，所以当一个站点发送数据时，另一个站点要经过一段传播延迟时间后才能检测到载波。也就是说，当某站点侦听到信道空闲时，信道并非真正空闲，如果此时发送数据，肯定会产生冲突。

（3）P 坚持 CSMA 协议

当一个站点要发送数据时，首先侦听信道，当侦听到信道忙时，仍然坚持听下去，直至信道空闲为止。当听到信道空闲时，以概率 P 发送数据，并在概率 $1-P$ 延迟时间 τ（端到端的传输时延）后再重新侦听信道。如果在下一个时隙 τ 信道仍然空闲，则仍以概率 P 发送数据，以概率 $1-P$ 推迟到下一个时隙 τ。这个过程一直持续到数据发送成功或者因其他站点发送数据而侦听到信道忙为止，若是后者，则等待一个随机的时间后再重新开始侦听。

P 坚持 CSMA 协议在侦听到信道空闲后，以概率 P 发送数据，以概率 $1-P$ 推迟到下一个时隙 τ，其目的是降低 1 坚持 CSMA 协议中多个站点侦听到信道空闲后同时发送数据的冲突概率；采用坚持“侦听”，是试图克服非坚持 CSMA 协议中由于随机等待造成延迟时间较长的缺点。所以 P 坚持 CSMA 协议是非坚持 CSMA 协议和 1 坚持 CSMA 协议的折中方案。

3. CSMA/CD 协议

虽然 CSMA 协议比纯 ALOHA 协议和分槽 ALOHA 协议有效，但是它仍然存在一个明显的低效情况：一旦有两个帧发生冲突，则在这两个坏帧传输的时间内，其他站点都不能传输。如果帧较长，则相对于传播时间来说，被浪费掉的容量是相当可观的。

如果站点在传输的同时继续侦听，则这种浪费可以减少，这就是 CSMA/CD 协议对于 CSMA 协议的改进之处。因此，CSMA/CD 又称为“边说边听”，即为了能及时发现冲突，采取边发送边侦听的方式，一旦侦听到冲突，冲突双方就立即停止发送。

载波侦听多路访问/冲突检测（CSMA/CD）协议的工作原理是：先听后发，边听边发，冲突停发，随机重发。其具体流程介绍如下。

1）网络适配器从它的父结点获得一个网络层数据报，准备一个以太网帧，并把该帧放到适配器缓冲区中。

2）如果适配器侦听到信道空闲，它开始传输该帧。如果适配器侦听到信道忙，它将等待直至侦听到没有信号能量，然后开始传输该帧。

3）在传输过程中，适配器检测是否有来自其他适配器的信号出现。如果这个适配器传输了整个帧，而没有检测到来自其他适配器的信号，这个适配器完成该帧的传输。否则，适配器就必须停止传输它的帧，取而代之传输一个 48bit 的阻塞（jam）信号。

4）在中止（即传输阻塞信号）以后，适配器采用二进制指数退避算法来等待一段随机时间后返回到第 2）步。

与 CSMA 协议一样，CSMA/CD 协议可分为非坚持、1 坚持和 *P* 坚持 3 种。在实际的网络中，常采用非时隙 1 坚持 CSMA/CD 协议。图 4-10 所示为在 a=0.01 时，CSMA/CD 协议、CSMA 协议及 ALOHA 协议的吞吐量 *S* 与网络负载 *G* 的关系。由图 4-10 中各曲线可以得出以下结论。这里，参数 a 是总线的单程传播时间 t_p 与帧的传输时间 t_f 之比，即 $a=t_p/t_f$。

① CSMA/CD 协议吞吐量的最大值最大。

② 当 *G* 在相当大的范围内变化时，CSMA/CD 协议的吞吐量 *S* 都比较接近其最大值，这说明 CSMA/CD 协议比其他几种协议更稳定。

③ 在轻负载时，各种协议的性能都差不多。

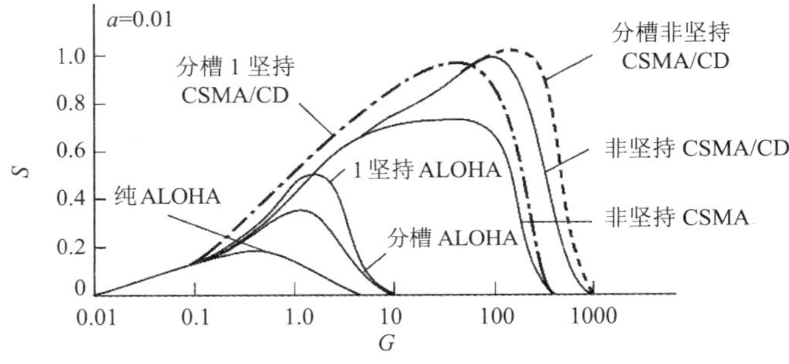

图 4-10 CSMA/CD 协议、CSMA 协议和 ALOHA 协议的吞吐量与网络负载的关系

4. 二进制指数退避算法

在 CSMA/CD 协议中，总线的传播时延对其影响很大。如图 4-11 所示，设 τ 为单程传播时延。

在 $t=0$ 时，A 发送数据，B 检测到信道空闲。在 $t=\tau-\delta$ 时，A 发送的数据还未到达 B，由于 B 检测到信道空闲而发送数据。经过时间 $\delta/2$ 后，即在 $t=\tau-\delta/2$ 时，A 发送的数据和 B 发送的数据发生了碰撞，但这时 A 和 B 都不知道。在 $t=\tau$ 时，B 检测到了碰撞，于是停止发送数据。在 $t=2\tau-\delta$ 时，A 也检测到了碰撞，也停止发送数据。显然，CSMA/CD 中的站不可能同时进行发送和接收，因此 CSMA/CD 的以太网不可能进行全双工通信，而只能进行半双工通信。

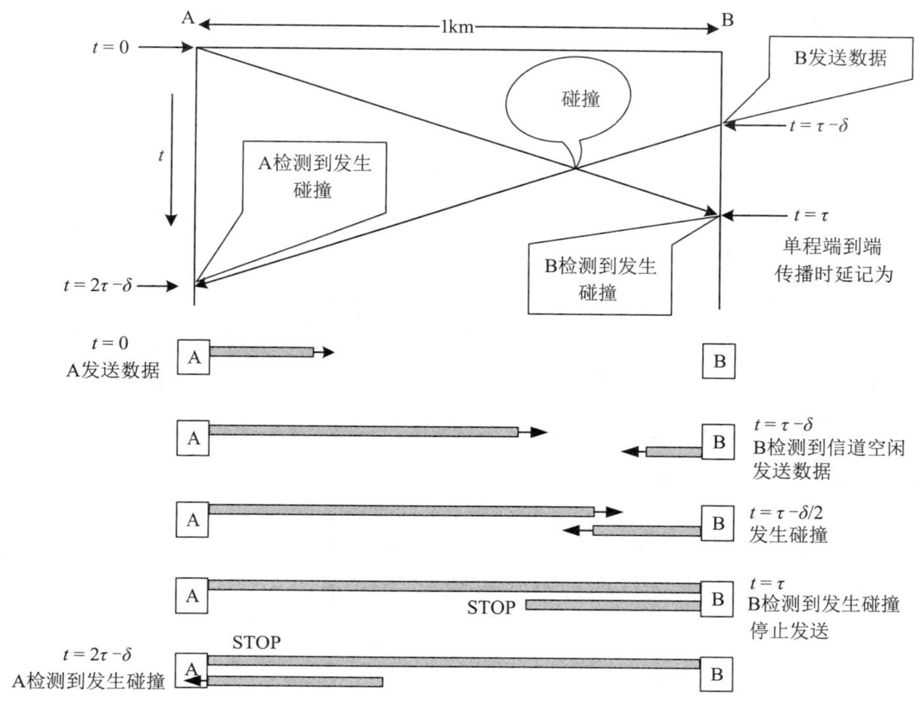

图 4-11 传播时延对载波侦听的影响

由图 4-11 可知，站 A 在发送帧后至多经过时间 2τ 就可知道所发送的帧是否遭到了碰撞（当 $\delta\to 0$ 时）。因此把以太网端到端往返时间 2τ 称为争用期（或碰撞窗口）。每一个站在自己发送数据之后的一小段时间内，存在着遭遇冲突的可能性，只有经过争用期这段时间还没有检测到冲突，才能确定这次发送不会发生冲突。

为了确保发送站在发送数据的同时能检测到可能存在的冲突，需要在发送完帧之前就能收到自己发送出去的数据，即帧的传输时延至少要两倍于信号在总线中的传播时延，所以 CSMA/CD 总线网中的所有数据帧都必须要大于一个最小帧长。任何站点收到帧长小于最小帧长的帧就把它当做无效帧立即丢弃。最小帧长的计算公式为

$$最小帧长＝总线传播时延\times数据传输速率\times 2$$

例如，以太网规定取 51.2μs 为争用期的长度。对于 10Mb/s 以太网，在争用期内可发送 512bit，即 64B。在以太网发送数据时，如果前 64B 没有发生冲突，那么后续的数据就也不会发生冲突（表示已成功抢占信道）。换句话说，如果发生冲突，就一定在前 64B。由于一旦检测到冲突就立即停止发送，这时发送出去的数据一定小于 64B。因此，以太网规定最短帧长为 64B，凡长度小于 64B 的都是由于冲突而异常终止的无效帧。

除了检测冲突，CSMA/CD 还能从冲突中恢复。如果站点在发送数据的同时侦听到了冲突，就应立即停止本次发送，延迟一段时间后再重新发送，但重发时又有可能再次出现冲突。因此，如何控制退避时间，以尽可能避免重发失败，这就是延迟重发退避算法要解决的问题。退避算法有很多种，但在总线局域网中，为了保证系统的稳定性，常采用二进制指数退避算法，其基本思想如下：

① 确定基本退避时间，一般取两倍的总线端到端传播时延 2τ（即争用期）。

② 定义参数 k，它等于重传次数，但 k 不超过 10。即 k=min[重传次数，10]。

③ 从离散的整数集合[0,1,…,2^k-1]中随机取出一个数 r，重传所需要退避的时间就是 r 倍的基本退避时间。

④ 当重传达 16 次仍不能成功时，认为此帧永远无法正确发出，站点放弃传输，并向上一层报告一个错误。

例如，假设一个适配器首次试图传输一帧，当传输时，它检测到碰撞：第 1 次重传时，$k=1$，随机数 r 从整数[0,1]中选择，因此适配器可选的重传推迟时间是 0 或 2τ。若再次发生碰撞，则在第 2 次重传时，随机数 r 从整数[0,1,2,3]中选择，因此重传推迟时间是在 0、2τ、4τ、6τ 这 4 个时间中随机地选取一个，依次类推。使用二进制指数退避算法可使重传需要推迟的平均时间随重传次数的增大而增大（这也称为动态退避），因而减小发生碰撞的概率，有利于整个系统的稳定。

4.3.2 以太网与 IEEE 802.3

常用的以太网 MAC 帧的格式有两种标准：一种是 IEEE 802.3 标准；另一种是 DIX 以太网 V2 标准。图 4-12 所示为这两种不同的 MAC 帧格式。

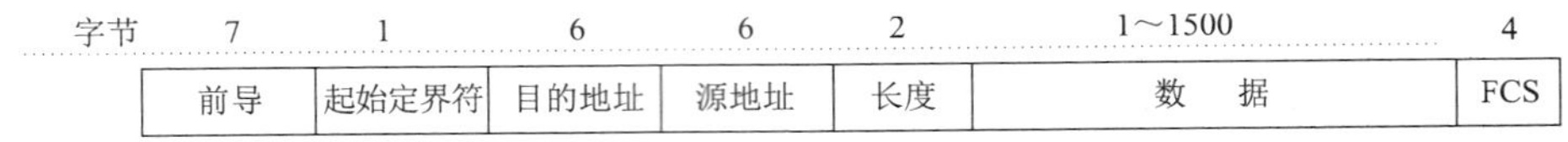

（a）IEEE 802.3 帧格式

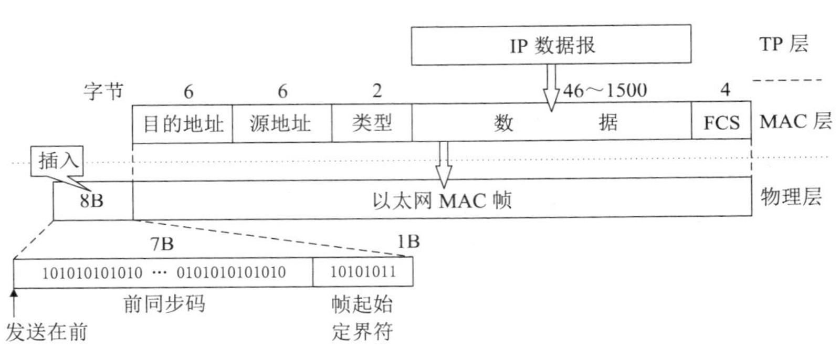

（b）DIX 以太网 V2 帧格式

图 4-12 MAC 帧格式

① 前导（Preamble）：由 7 个字节的位串 10101010 组成，被接收站用来建立位同步。

② 帧起始定界符（Start Frame Delimiter，SFD）：这个 10101011 的序列指明了帧本身的起始位置。

③ 目的地址（DA）和源地址（SA）：分别表示帧的接收结点与发送结点的硬件地址。

④ 类型/长度：在以太网 DIX 规范中，此字段为以太网类型字段，它告知接收方应该如何处理这一帧，即表示接收结点应该将此帧交给哪个网络层协议处理。

在 IEEE 802.3 标准中，该字段为长度字段，IEEE 802.3 标准规定 MAC 帧数据字段长度的最小值为 46 字节。当 LLC 帧的长度小于 46 字节时，应填充内容使其长度等于最小值。这样做的目的是为了区分接收到的帧是发送的有效数据帧，还是因冲突而中断发送所出现的短帧。对于长度不够最小值的帧，IEEE 802.3 标准都作为无效帧来处理。

⑤ 填充（Pad）：0～46 字节，当帧长太短时填充帧，使之达到 64 字节最小长度，以满足适当的碰撞检测操作而增加的位。

⑥ 帧校验序列（FCS）：采用 32 位的循环冗余码，校验范围从目的地址段到数据段的末尾。

4.3.3　以太网地址

地址与寻址是网络通信中的一个基本问题。网络中任何通信实体都需要唯一地被标识出来，这种标识需要使用地址。局域网的物理地址是一个重要的概念。最简单的情况是，一台计算机通过一个网卡接入一个局域网，成为局域网的一个结点。

LAN 中的结点在广播信道上相互发送帧。这意味着当 LAN 中一个结点传输一帧时，每个连接到 LAN 的其他结点都会收到该帧。但是，通常 LAN 中结点不想向其他所有结点发送帧，而是向某个特定的结点发送。所以为了实现这种功能，当发送帧时，LAN 上的结点必须能够互相寻址。也就是说，结点需要 LAN 地址，且链路层帧需要一个字段来包含这样的目的地址。采用这种方式，当一个结点收到一个帧时，它能够判定该帧是发给它的，还是发给 LAN 中其他结点的：

① 如果该帧的目的地址和一个接收站点的 LAN 地址相配，则这个结点将从链路层帧中提取出网络层数据报，并将数据报传递给上层协议栈。

② 如果目的地址和接收站点的地址不匹配，则结点丢弃该帧。

实际上，不是结点具有 LAN 地址，而是结点的适配器具有 LAN 地址，如图 4-13 所示。LAN 地址通常也称为物理地址、以太网地址或者介质访问控制（MAC）地址。对于大多数的 LAN（包括以太网和令牌传递 LAN），LAN 地址的长度为 6 字节，共有 2^{48} 个可能的 LAN 地址。

IEEE 的注册管理委员会（Registration Authority Committee，RAC）是局域网全球地址的法定管理机构，它负责分配地址字段的 6 个字节中的前 3 个字节（即高位 24bit）。世界上所有生产局域网网卡的厂家，都必须向 IEEE RAC 购买由这 3 个字节构成的一个号码（即地址块），而后 3 个字节为厂商自行分配的网络适配器序列号。

如图 4-13 所示，这 6 个字节的地址通常用十六进制数表示，地址的每个字节被表示为一对十六进制数。每个站点中的适配器都有一个 LAN 地址，路由器的两个接口 e0 和 e1 也分别有 LAN 地址。当生产适配器时，LAN 地址就被刻进了该适配器的 ROM 里，所以这些 LAN 地址是永久的，而且任意两个适配器不会具有相同的地址（即每块适配器都有一个全球唯一的地址）。

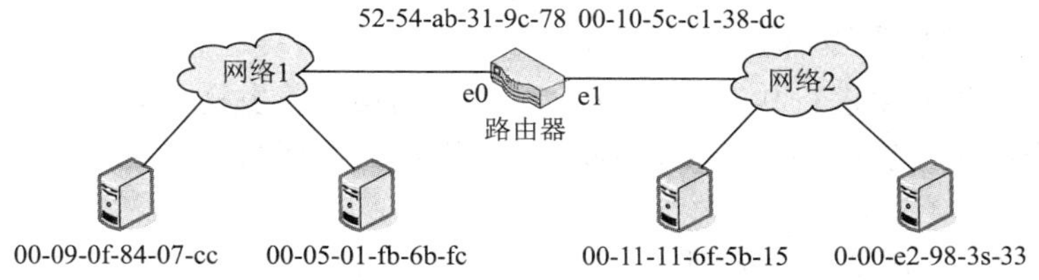

图 4-13　LAN 中站点的 MAC 地址

4.4 令牌环网

尽管令牌环网不像以太网那样流行，但也得到了广泛的应用。令牌环控制技术最早出现在1969年贝尔实验室的Newhall环网中，最有影响的令牌环网是IBM公司的Token Ring。IEEE 802.5标准是在IBM公司的Token Ring协议的基础上发展起来的。

4.4.1 令牌环的工作原理

令牌环由一组用传输介质串联而成的多个工作站组成，每个站点通过电缆、介质接口连接器与转发器连接到环上。在令牌环上，所有的工作站都通过一条公用的环形信道进行通信，因此必须解决各站点对环形信道的访问规则，即介质访问控制方法。对此，令牌环是通过令牌传递方式来控制各站点的发送权的。网中设有一张令牌，只有获得令牌的站点才有权力发送数据。所谓令牌就是一个具有特殊格式的帧，它平时不停地在环路上流动，如果各站点都没有数据发送，则此时的令牌为空闲令牌。令牌的工作原理如图4-14所示。

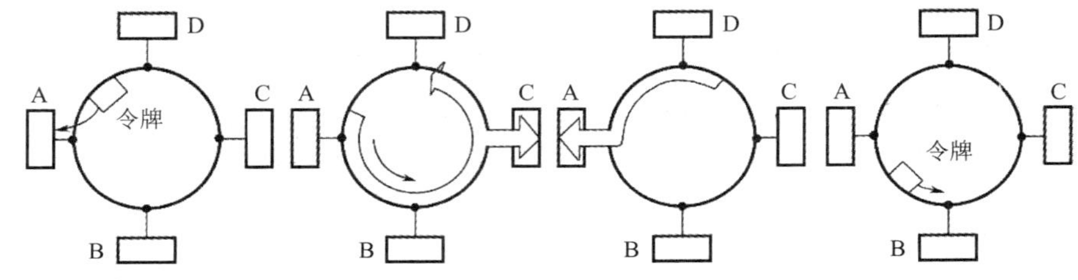

（a）令牌在环路中流动，A站截获了令牌　（b）A站发送数据给C站，C站接收并转发数据　（c）A站收回所发的数据　（d）A站收完所发数据后，重新发生令牌

图4-14　令牌的工作原理

令牌环工作时主要有以下3个操作：

① 截获令牌与发送帧。当一个站点要发送数据时，必须先截获令牌。截获令牌是指，当空闲令牌传送到正准备发送数据的工作站时，该站点便将空闲令牌截获下来，并将其标志变成信息帧的标志，此时的令牌变为忙令牌，接着将数据等字段加上去，构成要发送的非令牌帧送到环上。

② 接收帧与转发帧。当非令牌帧在环路上传送时，每经过一站，该站的转发器便将帧内的目的地址与本站地址相比较。如果两个地址相符，则复制该帧，送入本站，并在该帧中置入已复制标志。如果帧中的目的地址不是本站地址，则转发器只将帧向下转发。

③ 撤销帧与重新发令牌。当非令牌帧沿环路返回到发送方时，源站不再进行转发，而是对返回的非令牌帧进行检查，判断发送是否成功。若发送成功，则撤销所发送的数据帧，并立即生成一个新的令牌发送到环上。若源站发现目的站并没有复制该帧，则重新发送该帧。

需要说明的是，在单令牌体制下，整个环路上可能只有一个站处于发送状态。这是因为令牌一旦被某站截获，环路上便暂时没有令牌了。此时，其他各站都不能发送数据，只能将要发送的数据形成信息帧后存放在发送缓冲区中，同时将接收到的位流转发给下一站。

4.4.2 MAC 帧

1. 令牌帧

令牌帧的格式如图 4-15 所示，由起始字段、访问控制字段和结束字段组成，共占 3 字节。

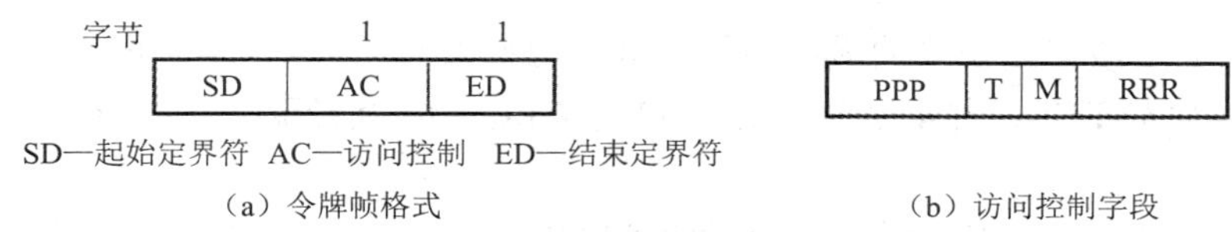

字节		1	1
	SD	AC	ED

SD—起始定界符 AC—访问控制 ED—结束定界符

（a）令牌帧格式

PPP	T	M	RRR

（b）访问控制字段

图 4-15 令牌帧的格式

起始字段 SD 和结束字段 ED 表示帧的开始和结束，各占 1 字节，其中每个字段都有 4 位“特殊位”。在 IEEE 802.5 标准中，信号采用基带曼彻斯特编码。这种编码的规律是，在每一位的正中间肯定有一个正向或负向的跳变，用以表示二进制数的 0 或 1。而“特殊位”却违反了这一规律，在每个位的中间没有跳变，要么全是高电平，要么全是低电平，它既非二进制数 0 也非二进制数 1。起始字段的格式为 JK0JK000，其中的 J、K 位就是这样的“特殊位”。令牌环利用这些特殊位来表示令牌帧的开始和结束。

访问控制字段 AC 占 1 字节，各个位的含义如下。

① 3 个优先级位 PPP：表示优先权等级，共分 8 级，000 为最低优先级，111 为最高优先级，当不使用优先级时，PPP＝000。只有优先级高于令牌优先级的站，才允许截获该令牌，这样可以保证高优先级的站有更多的发送机会。

② 令牌位 T：这是一个关键的位。若 T＝0，则表示令牌帧；若 T＝1，则表示非令牌帧。当等待发送数据的工作站检测到一个令牌的优先级等于或小于待发送数据的优先级时，便将空闲令牌截获下来，并把空闲令牌的令牌位 T 从 0 改为 1，然后丢弃该令牌的结束字段，再将非令牌帧的第 3 字节以后的字段都加上去，构成一个要发送的非令牌帧，发送到环上。这就是截获令牌与发送帧的具体实现过程。

③ 监督位 M：用来防止忙令牌在环上无限循环，具体的实现方法将在后面介绍。

④ 3 个预约位 RRR：用来预约发送权，它允许希望发送较高优先级的帧的站点申请下一个令牌。当一个站点要发送数据时，可以通过将本站的优先级写入经过本站的数据帧的预约位 RRR 进行预约。在这之前，如果已经有一个优先级更高的站预约了，则本站就不能预约了。这样，可以保证发送较高优先级的帧的站点申请下一个令牌，及时得到发送权，实现快速发送。

2. 非令牌帧

在 IEEE 802.5 标准中，非令牌帧的格式如图 4-16 所示。其中，起始字段、访问控制字段和结束字段与令牌帧相同，余下字段的作用介绍如下。

字节	1	1	1	2 或 6	2 或 6	无限制	4	4	4
	SD	AC	FC	DA	SA	DATA	FCS	ED	FS

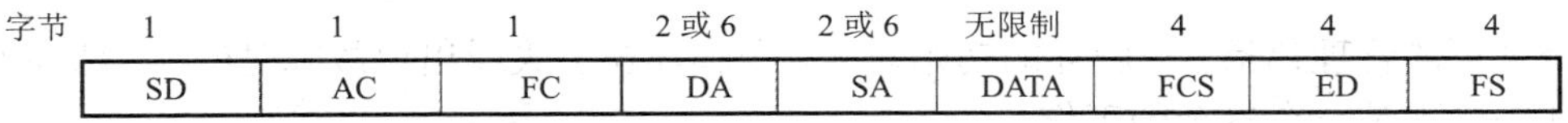

图 4-16 IEEE 802.5 帧格式

① 帧控制字段 FC：占 1 字节，前两位 FF 为类型位，表示帧的类型；后 6 位 ZZZZZZ 为控制位，表示控制帧的种类。若 FF＝00，则表示该帧为 MAC 控制帧，控制帧中没有数

据字段，环上的所有站都将对控制位进行解释，并根据其含义执行相应的操作；若 FF=01，则表示该帧为一般的信息帧，即该帧的数据字段是从上一层传下来的 LLC 帧，它只发给地址字段所表示的目的站。FF=11 或 10 未定义。

② 目的地址 DA 和源地址 SA：其含义和 IEEE 802.3 标准相同，两者的位数必须相同，占 2 字节或 6 字节。

③ 数据字段：该字段长度的最小值等于 0，其最大值受令牌轮转一周的最长时间限制。

④ 帧校验序列 FCS：占 4 字节，采用 32 位 CRC 码，其校验范围是从帧控制字段到数据字段。

⑤ 结束字段 ED：J、K 的意义与令牌帧起始字段中的 J、K 相同。I 为后继帧位，I=1 则表示此帧后还有待发的帧，I=0 表示该帧为最后一帧或单帧。E 为差错位，发送方把 E 置为 0，则环上所有站对经过的帧都进行校验。若检测到数据帧有错或令牌帧中的 J、K 有错，则将 E 置为 1。

⑥ 帧状态字段 FS：是帧的最后一个字节，其格式为 ACrrACrr。其中，A 为地址识别指示位，C 为帧已复制指示位，r 位未作规定。发送方发送帧时将 A、C 都置成 0。若接收方检测到帧的目的地址与本站地址相同，则将 A 置为 1；若该站点有足够的存储空间，则将该帧复制，并将 C 置成 1。这样，当该帧返回到发送站时，源站依据 A 和 C 的值就可以判断发送是否成功。

3. 优先级操作

在 IEEE 802.5 标准中，令牌环提供了优先级操作，并允许优先级的嵌套操作。在访问控制字段中，PPP 表示优先级，RRR 表示预约的优先级。现行环上数据帧的优先级在访问控制字段的 PPP 中，用 P_m 表示，其预约的优先级在 RRR 中，用 P_r 表示。

当站点收到令牌帧的优先级为 P_m，且待发数据帧的优先级为 P_t 时，该站点将比较 P_m 和 P_t。若 $P_t \geqslant P_m$，该站点就可以发送数据帧了；否则不能发送，应将令牌帧转到下一站。

如果某站点的待发数据帧的优先级 P_t 大于经过该站的数据帧的 P_m，则该站点将 P_t 的值置入环路上数据帧的 RRR 中进行预约，以期下一次获得发送权。当该帧返回源发送方时，由于预约的优先级 RRR（即 $P_r=P_t$）大于现行环路上数据帧的优先级，所以源发送方就必须暂停数据帧的发送，而发送一个令牌优先级等于 P_r 的新令牌帧，并在 RRR 中保存 P_m 值。当新令牌发出后，低优先级的站点不能得到该令牌，原来预约的站点很快得到该令牌，就可以发送数据了。如果在数据帧传送中还有更高优先级的站预约，则令牌将很快被更高优先级的站点获得来传送数据帧。如果没有比现行环上数据帧的优先级更高的站点预约，且数据帧已传送完毕，则发出一个当前优先级（即保存的 P_m 值）的令牌帧。这样，该令牌就可以由源发送方（以优先级 P_m 发送数据帧的站点）获得。该源发送方在发送数据帧完毕后，还要负责将令牌的优先级降下来，以便低优先级的站点有获得令牌的机会。

4.4.3 令牌环的管理

令牌环的管理包括：令牌环的初始建立，令牌环在丢失或出现故障时的初始状态恢复。令牌环的管理是一个复杂的工作。

1. 初始化

当令牌环网开始启动，或一个站点接通电源或经复位后要成为令牌环中的一个成员时，都必须进行初始化。所谓初始化就是要保证本站的地址与环路上其他各站点的地址都不相同，并通知其下游站，本站已加入到了环路中。初始化过程的具体实现方法如下。

（1）发“重复地址测试帧”（DAT）

要初始化的站点先将自己的地址填入 DAT 帧的目的地址字段中，然后发送 DAT 帧。每个收到 DAT 帧的站都要将本站地址与 DAT 帧中的目的地址进行比较。若两者相符，则先将其帧状态字段的 A 位置为 1，再转发 DAT 帧给下一站；若两者不相同，则直接将 DAT 帧转发给下一站。

（2）分析帧状态字段的 A 位

当 DAT 帧返回源站时，要初始化的站点分析帧状态字段的 A 位。若 A＝1，则表明本站地址与环上某站地址重复，便立即报告网络管理子层，并将本站转成旁路状态，由网络管理子层决定是否进行重新测试。若 A=0，则表示环路上不存在重复地址站。这时，要初始化的站点发送一个“备用监控站存在帧”（SMP），目的是使环路上的各站能识别其上游邻站，并及时更新上游邻站地址的记录。

（3）识别与更新上游邻站

当环路上某一站点收到 SMP 帧时，它要检查该帧状态字段的 A、C 值。若 A＝C＝0，则说明该帧是从上游邻站发来的，于是记下 SMP 帧中的上游邻站地址，并将其 A、C 位都置为 1 后再转发，然后发送自己的 SMP 帧。这样，就可以使环路上所有站点都能识别自己的上游邻站，并及时更新上游邻站的地址。

2. 监控站

（1）监控站的产生

在一个正常工作的令牌环网中，监控站要定期发送“工作监控站存在帧”（AMP），其他各站点要不断地监视环路上是否有令牌和 AMP 帧。如果有 AMP 帧，则说明环路上已有一个监控站，其他各站点不再申请充当监控站。若某个备用监控站没有检测到令牌或 AMP 帧，则表明正在工作的监控站出现故障，于是就连续地发送“申请令牌帧”（CT）来争当新的监控站。此时可能有几个站同时发出 CT 帧，这就需要通过竞争产生一个新的监控站。竞争的结果是具有最高地址的站成为新的监控站。

竞争的过程是：凡发送 CT 帧的站点都要检查所收到的源地址和上游邻站地址。若 CT 帧中的源地址等于本站地址，且 CT 帧中的上游邻站地址也等于本站记录的上游邻站地址，则说明本站所发的 CT 帧已成功绕环一周，本站就是新的监控站。若 CT 帧中的源地址小于本站地址，则不转发这个 CT 帧，继续发送自己的 CT 帧。若 CT 帧中的源地址大于本站地址，则转发这个 CT 帧，让发出该 CT 帧的站成为新的监控站，而本站作为备用监控站。实际上，环路刚接通时，就是通过这种竞争来产生监控站的。

（2）监控站的作用

监控站负责网络的管理和维护，其主要功能有如下 4 点：

① 防止令牌丢失。当环路正常工作时，绝不会出现长时间的空闲状态，即使各站都没有信息发送，但总会有令牌在不断地从一个站传送到另一个站，因此环路的空闲时间不会超过某一规定值。监控站正是利用这一特性，设置了一个有效帧定时器来检测令牌是否丢失。定时器的值稍大于该规定值，而该规定值是根据令牌绕环路一周所需的最长时间来设置的，即每个站点都截获令牌并发送最大长度的数据帧。当有效的令牌或数据帧到来时，定时器复位一

次。若定时器的值超过规定值，则认为令牌丢失，这时监控站重新向环路发出一个新令牌。

② 防止无效帧在环中死循环。如果一个站发送数据后便出现故障，则它就没有能力收回所发出的数据帧，而这些数据帧又不会自动消失。为了防止这种帧在环路上无休止地循环，监控站通过分析有效帧中访问控制字段的监督位 M 来判断。具体实现方法是：发送方刚发送数据时，将其访问控制字段中的监督位 M 置为 0。当该帧第一次经过监控站时，监控站将该有效帧中的监督位 M 置为 1。当 M＝1 的帧再次经过监控站时，监控站就将该帧清除掉，从而避免了无效帧在环路上死循环。

③ 保证环路有最小时延。假定环路上每个站点产生的延迟只有 1 位，那么当环路上的站点数不到 24 时，由于总的时延小于 24 位，就会出现令牌在环路上无法运转的现象。为此，令牌环上的每个站点都设置了一个固定的 24 位缓冲器。当一个站点成为监控站时，它负责把自己的 24 位缓冲器接入环路中。这样就可以保证在任何情况下令牌都能在环路上正常运转。

④ 及时发现环路故障。监控站的另一个主要任务是随时了解环路上的各站是否处于正常工作状态，环路是否出现故障（如环路断开）等。当监控站发现环路出故障时，要向环上所有站点发出警告，通知每个站点暂时停止执行令牌环协议，直到恢复正常为止。

4.5 以太网技术

在以太网的发展过程中，随着技术的不断进步，数据传输速率在逐步提高，主要的技术类型有 10Base2、10Base5、10Base-T、100Base-T、吉比特以太网和 10 吉比特以太网。不论哪种以太网，它们都具有如下的一些共同特点：

① 相同的以太网的帧结构。

② 不可靠的无连接服务。所有的以太网技术都向网络层提供无连接服务。也就是说，当结点 A 的网络适配器向另一个结点 B 的网络适配器发送一个数据报时，适配器 A 在一个以太网帧中封装这个数据报，并且把该帧发送到网上，而不需要和适配器 B 先“握手”。

③ 基带传输和曼彻斯特编码。以太网使用基带传输，适配器直接通过广播信道发送数字信号。同时，以太网采用曼彻斯特编码。

4.5.1 10Base2、10Base5 和 10Base-T

在 20 世纪 90 年代，10Base2 和 10Base5 是很流行的以太网技术，它采用总线结构、同轴电缆，传输速率为 10Mb/s。

10Base2 采用细同轴电缆。这里的“10”代表“10Mb/s”，“2”代表“200m”，这是两个站点之间的近似最大距离（中间无转发器），实际值是 185m。10Base2 以太网如图 4-17 所示。

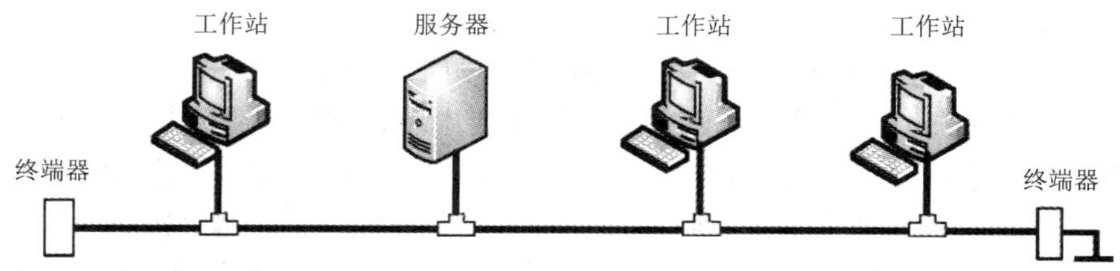

图 4-17 10Base2 以太网示意图

10Base5 采用粗同轴电缆。这里的“5”代表“500m”，这是两个站点之间的近似最大距离（中间无转发器）。对于粗缆，不需要切开电缆，使用一个针状的插针（tap）刺入电缆中并接触到电缆中心的导体。粗缆还需要使用外部收发器，将信号传入计算机或发向网络，如图 4-18 所示。

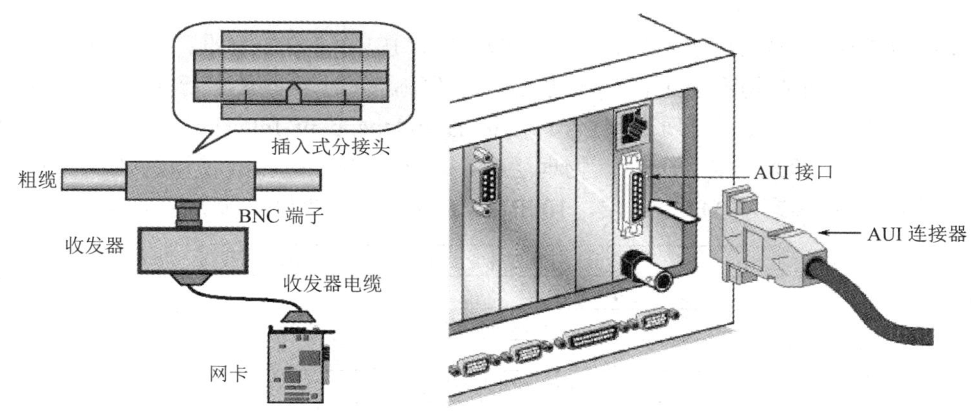

图 4-18 粗缆的连接方式

10Base-T 以太网采用双绞线（对应于“T”）将站点与集线器或交换机互连在一起，多采用星型结构，其传输速率为 10Mb/s。连接集线器与站点的双绞线最长只能为 100m，如果使用高质量的 5 类双绞线，则距离能够达到 200 m。10Base-T 以太网如图 4-19 所示。

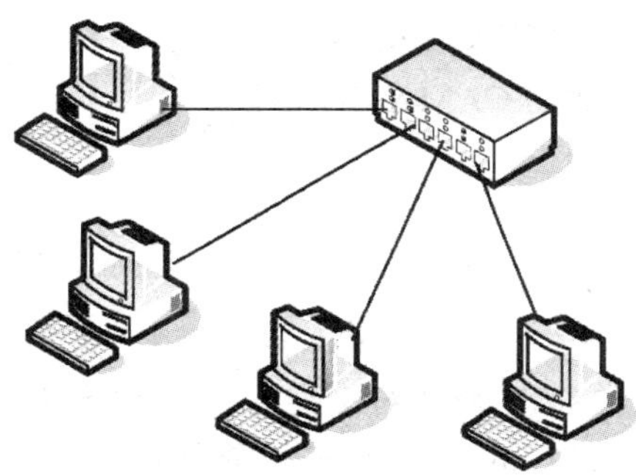

图 4-19 10Base-T 以太网示意图

4.5.2 100Base-T

数据传输速率为 100Mb/s 的以太网能够为桌面用户提供较高的网络传输速率。

100Base-T 是 IEEE 正式接受的 100Mb/s 以太网规范，它采用非屏蔽双绞线（UTP）或屏蔽双绞线（STP）作为网络介质，MAC 层与 IEEE 802.3 标准所规定的 MAC 层兼容，被 IEEE 作为 802.3 标准的补充标准 802.3u 公布。

100Base-T 沿用了 IEEE 802.3 标准所采用的 CSMA/CD 技术，支持所有能够在 IEEE 802.3 网络环境下运行的软件和应用。同时，100Base-T 提供了 10Mb/s 和 100Mb/s 两种网络传输速率的自适应功能，网络设备之间可以通过发送快速链路脉冲进行自动协商，从而实现 10Base-T 和 100Base-T 两种不同网络环境的共存和平滑过渡。

1. 100Base-T 以太网的协议结构

100Base-T 以太网基本上保留着传统的 10Mb/s 以太网的基本特征，即相同的帧格式、介质访问控制方法与组网方法，只是将 10Mb/s 以太网每个位的发送时间由 100ns 降低到了 10ns。

IEEE 802.3u 标准的特点是，在 LLC 子层使用 IEEE 802.2 标准，在 MAC 子层使用 CSMA/CD 方法，并在物理层进行了一些必要的调整，同时又定义了新的物理层标准。

100Base-T 标准定义了介质专用接口（Media Independent Interface，MII），它将 MAC 子层与物理层分隔开来。其目的是，物理层在实现 100Mb/s 速率时使用的传输介质和信号编码方式的变化不会影响 MAC 子层。100Base-T 以太网的协议结构如图 4-20 所示。

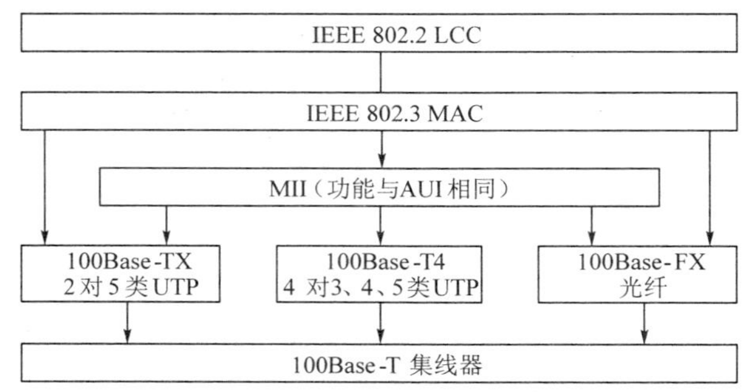

图 4-20 100Base-T 以太网的协议结构

100Base-T 以太网既支持全双工又支持半双工方式，可在全双工方式下工作而无冲突发生，因此，在全双工方式下不适用 CAMA/CD 协议。

2. 100Base-T 传输介质的标准

100Base-T 传输介质的标准有 3 种。

（1）100Base-TX

100Base-TX 支持 2 对 5 类 UTP 或 2 对 1 类 STP。1 对 5 类 UTP 或 1 对 STP 用于发送，另一对双绞线用于接收。因此，100Base-TX 是一个全双工系统，每个结点可以同时以 100 Mb/s 的速率发送与接收数据。

（2）100Base-T4

100Base-T4 支持 4 对 3 类 UTP，其中 3 对用于数据传输，1 对用于冲突检测。

（3）100Base-FX

100Base-FX 支持 2 芯的多模或单模光纤，一根用于发送，另一根用于接收。100Base-FX 主要用于高速主干网，从结点到集线器的距离可以达到 2km，它是一种全双工系统。

4.5.3 千兆位以太网

千兆位以太网又称为吉比特以太网，它具有 Gb/s 量级的数据传输速率，是建立在以太网标准基础上的技术，允许以全双工和半双工两种方式工作（全双工方式不需要使用 CSMA/CD 协议）。千兆位以太网和大量使用的以太网与快速以太网完全兼容，并利用了原以太网标准所规定的全部技术规范，其中包括 CSMA/CD 协议、以太网帧、全双工、流量控制及 IEEE 802.3 标准中定义的管理对象。作为以太网的一个组成部分，千兆位以太网也支持流量管理技术，它保证在以太网上的服务质量，这些技术包括 IEEE 802.1P 第二层优先级、第三层优先级的 QoS 编码位、特别服务和资源预留协议（RSVP）。

千兆位以太网还利用IEEE 802.1Q VLAN技术支持第四层过滤及千兆位的第三层交换。千兆位以太网原先是作为一种交换技术设计的，采用光纤作为上行链路，用于楼宇之间的连接。之后，在服务器的连接和骨干网中，千兆位以太网获得广泛应用。由于 IEEE 802.3ab 标准（采用 5 类及以上非屏蔽双绞线的千兆位以太网标准）的出台，千兆位以太网可适用于任何大中小型的单位。

目前，千兆位以太网已经发展成为主流网络技术。大到上万人的大型企业，小到几十人的中小型企业，在建设企业局域网时都会把千兆位以太网技术作为首选的高速网络技术。

IEEE 对于千兆位以太网有两个标准，分别是基于光纤（单模或多模）或铜缆的全双工链路标准 1000Base-X（IEEE 802.3z）和基于非屏蔽双绞线的半双工链路标准 1000Base-T（IEEE 802.3ab）。

1. 千兆位以太网的特点

千兆位以太网允许在 1Gb/s 的传输速率下以全双工和半双工两种方式工作，使用 IEEE 802.3 标准规定的帧格式，在半双工方式下使用 CSMA/CD 协议（全双工方式不需要使用 CSMA/CD 协议），与 10Base-T 和 100Base-T 技术向后兼容。

2. 千兆位以太网的协议结构

IEEE 802.3z 标准在 LLC 子层使用 IEEE 802.2 标准，在 MAC 子层使用 CSMA/CD 方法，在物理层进行了一些调整，定义了新的物理层标准（1000Base-T），1000Base-T 标准定义了千兆位介质专用接口（Giga Media Independent Interface，GMII），它将 MAC 子层与物理层分隔开来。这样，物理层在实现 1000Mb/s 速率时使用的传输介质和信号编码方式的变换不会影响 MAC 子层，如 8B/10B、脉冲振幅调制（Pulse Amplitude Modulation 5，PAM5）编码。千兆位以太网的协议结构如图 4-21 所示。

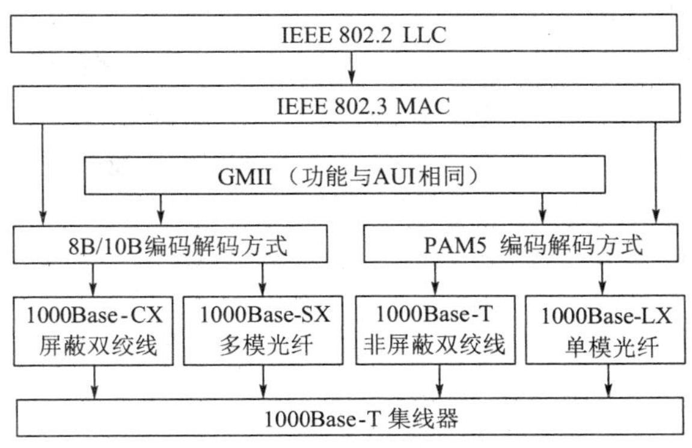

图 4-21 千兆位以太网的协议结构

3. 1000Base-T 传输介质的标准

1000Base-T 传输介质的标准有以下 4 种。

① 1000Base-T：使用 5 类非屏蔽双绞线，双绞线长度可以达到 100m。

② 1000Base-CX：使用屏蔽双绞线，双绞线长度可以达到 25m。

③ 1000Base-LX：使用工作波长为 1 300 nm 的单模光纤，光纤长度可以达到 3 000m。

④ 1000Base-SX：使用工作波长为 850 nm 的多模光纤，光纤长度可以达到 300～550 m。

4.5.4 10 吉比特以太网

在千兆位以太网标准 IEEE 802.3z 通过不久，1999 年 3 月 IEEE 成立了高速研究组（High Speed Study Group，HSSG），其任务是致力于 10Gb/s 以太网的研究。10Gb/s 以太网的标准由 IEEE 802.3ae 委员会制定，正式标准在 2002 年完成。10 吉比特以太网就是万兆位以太网。在当今广泛应用于 LAN 的以太网技术的基础上，10 吉比特以太网与上述的各种以太网标准具有相似的有利特点，即主要用于提高局域网（LAN）、广域网（WAN）及城域网（MAN）的相互连接的能力。它采用以太网介质访问控制协议及其帧格式和帧大小。由于 10 吉比特以太网支持全双工，而不支持半双工工作模式，并且只采用光纤连接方式，因此它不支持适用于其他以太网标准的载波侦听多路访问/冲突检测（CSMA/CD）协议。

10 吉比特以太网具有以下特点：

① 10 吉比特以太网的帧格式与 10Mb/s、100Mb/s 和 1Gb/s 以太网的帧格式完全相同。

② 10 吉比特以太网仍然保留了 802.3 标准对以太网最小帧长度和最大帧长度的规定。

③ 由于数据传输速率高达 10Gb/s，因此 10 吉比特以太网的传输介质不再使用铜质的双绞线，而只使用光纤。它也可以使用较便宜的多模光纤，但传输距离限制为 65～300m。

④ 10 吉比特以太网只工作在全双工方式，因此不存在争用问题。

由于 10 吉比特以太网的物理层使用光纤通道技术，因此需要改进它的物理层协议。目前，10 吉比特以太网有两种不同的物理层标准。

① 局域网物理层（LAN PHY）标准。局域网物理层的数据传输速率是 10Gb/s，一个 10 吉比特以太网交换机可以支持 10 个千兆位以太网的端口。

② 可选的广域网物理层（WAN PHY）标准。对于广域网应用，10 吉比特以太网使用了光纤通道技术，因此，10 吉比特以太网的广域网物理层应该符合通道技术速率体系 SONET/SDH 的 OC-192/STM-64 标准。OC-192/STM-64 的标准速率是 9.95328Gb/s，而不是精确的 10Gb/s。在这种情况下，10 吉比特以太网的帧将插入到 OC-192/STM-64 帧的有效载荷中，与光纤通道传输系统连接。此时，以太网帧的数据传输速率是 9.95328Gb/s。

通过上述对几种高速以太网技术的介绍可以看出，以太网技术的特点有：可扩展性强（10Mb/s～10Gb/s），灵活性好（多种介质、全/半双工、共享/交换），易于安装，稳定性好。

4.6 无线局域网

最近几年，无线局域网（Wireless LAN，WLAN）的发展与应用令人瞩目，已经成为传统有线局域网的必要补充，在移动、重定位、特殊网络和一些有线网络难以涉及的范围发挥着重要作用，成为目前应用的一个热点。

4.6.1 无线局域网的应用

无线局域网是使用无线传输介质来构建的局域网络，其主要的应用领域有以下几个方面。

1. 作为局域网的扩充

在大多数情况下，传统的局域网用来连接服务器和一些固定的工作站，而移动和不易于布线的结点可以通过无线局域网接入，然后与有线局域网连接，如图 4-22 所示。

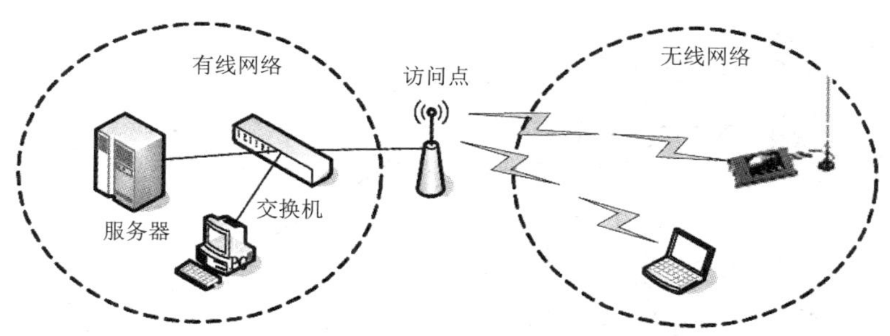

图 4-22 无线网络连接示意图

2. 建筑物之间的互连

无线局域网的另一个用途是连接邻近的建筑物中的局域网。在这种情况下，两座建筑物使用一条点对点无线链路，连接的典型设备是无线网桥或路由器。

3. 漫游访问

漫游访问（nomadic access）使用户能通过无线访问点（Access Point，AP）和无线移动设备（如带有无线网卡的笔记本计算机）之间的无线链路来访问网络。

4. 特殊网络

特殊网络（Ad Hoc Network）是一个用于临时需要的对等网络（无服务器）。例如，一群工作人员每人有一个带有无线网卡的笔记本电脑，他们被召集到一个会议室中开会，他们的电脑可以连到一个暂时的网络上，会议完毕后网络将不再存在。图 4-23 所示为采用 IEEE 802.11 协议的特殊网络的示意图。

图 4-23 采用 IEEE 802.11 协议的特殊网络示意图

4.6.2 IEEE 802.11 局域网体系结构

IEEE 802.11 工作组开发的无线局域网模型如图 4-24 所示。无线局域网的最小构成单元是基本服务集（Basic Service Set，BSS），包括一些使用相同 MAC 协议和竞争共享介质的站点，一个 BSS 通常包含一个或多个无线站点和一个基站。基站通常称为无线访问点，其作用和网桥相似。无线站点与无线访问点（固定的或移动的）之间用 IEEE 802.11 无线 MAC 协议来互相通信。MAC 协议可以是完全分布式的，或者由装在访问点处的中央协调功能来控制。

一个基本访问集可以是独立的，也可以通过一个访问点连接到主干分配系统（Distribution System，DS），然后再接入到另一个基本服务集，这样就构成了一个扩展服务集（Extended Service Set，ESS）。分配系统的作用就是使扩展服务集对上层的表现像一个基本服务集一样。分配系统可以使用以太网、点对点链路或其他无线网络。扩展服务集可以为无线用户提供到非 802.11 无线局域网的接入。

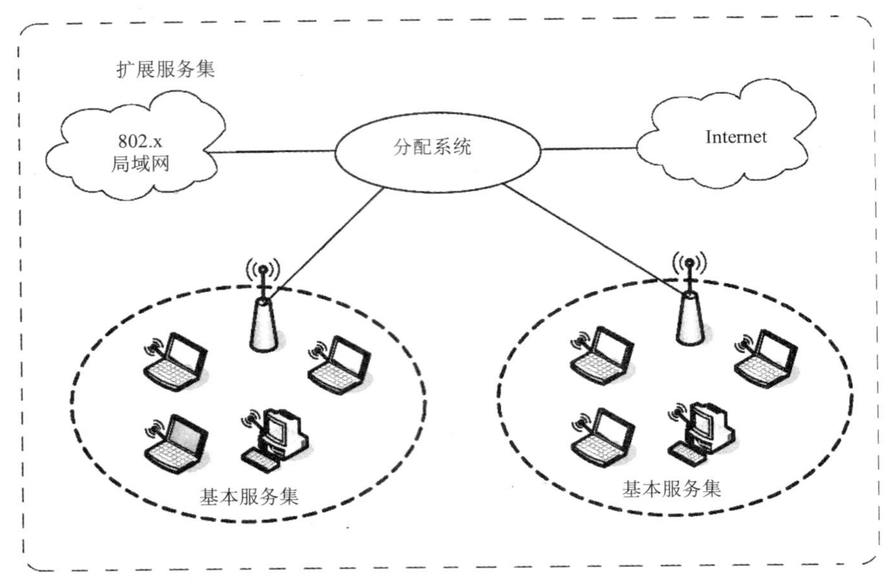

图 4-24　IEEE 802.11 局域网体系结构

4.6.3　IEEE 802.11 介质访问控制协议

与以太网一样，IEEE 802.11 无线局域网中的站点也必须协调好对共享介质（无线电频率）的访问和使用。IEEE 802.11 介质访问控制（MAC）协议是一种可以避免冲突的载波侦听多路访问协议（CSMA/CA）。与 IEEE 802.3 标准不同，这里采用的是冲突避免（Collision Avoidance，CA）。冲突避免要求每个发送站点在发送帧之前需要先侦听信道。

在前面讨论过的 CSMA 协议中，首先侦听信道来确定信道是否正在“忙于”传输从其他站点来的帧。在 IEEE 802.11 标准中，物理层监控无线电频率的能量等级来判断是否有其他的站点正在传输，并把这个载波侦听的信息提供给 MAC 协议。

如图 4-25 所示，如果站点在等于或大于一个分布帧间间隔（DIFS）内侦听到信道是空闲的，则站点就可以发送帧。当没有其他站点干扰该帧的传输时，目的站将成功接收该帧。当一个接收站正确接收到该帧后，会等待一个较短帧间间隔（SIFS），然后发送一个确认帧给发送站。

在这两个站点之间进行数据传输的过程中，其他站点侦听到信道忙，将推迟数据的传输，直到后来侦听到信道是空闲的。一旦在一个 DIFS 时间内信道被侦听到是空闲的（信息从忙状态转到空闲），各站点还必须执行退避算法进行信道争用，以进一步减小发生冲突情况的可能。

IEEE 802.11 标准采用的也是二进制指数退避算法。但是它与 IEEE 802.3 标准不同的是，第 i 次退避在 2^{2+i} 个时间片中随机选择。例如，第 1 次退避是在 8 个时间片中随机选择 1 个。当一个站点使用退避算法时，它将启动一个后退计时器（backoff timer）。当后退计时器的时间减为 0 时，站点开始发送数据。与 IEEE 802.3 标准一样，每当传输帧遇到了冲突，后退计时器便将随机时间间隔翻一倍。

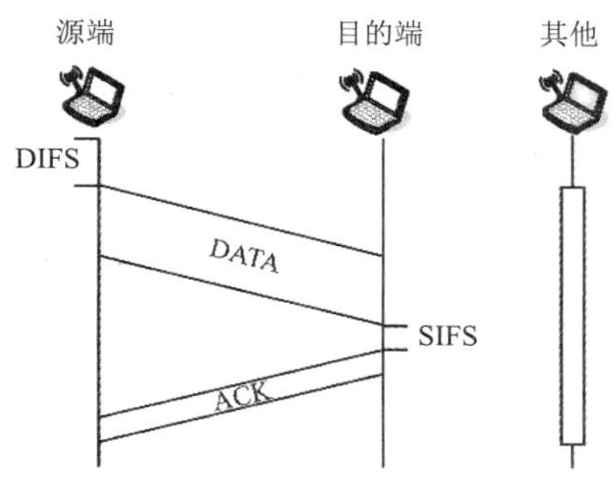

图 4-25　IEEE 802.11 协议中的数据传输与确认

从上面的描述中可以看出，在 IEEE 802.11 协议中，没有采用冲突检测机制，而是采用冲突避免机制。这样至少会带来以下两个方面的问题。

（1）隐藏站问题

环境的物理阻挡（如建筑物）会影响部分站点对信道空闲状态的侦听。例如，在图 4-26 中，假设站点 A 正在向站点 B 传输；当站点 C 再向站点 B 传输时，由于建筑物的阻挡，使得 A 和 C 互相没有听到对方的传输，可能会同时向 B 发送数据，最终在 B 处引起冲突。

（2）衰减问题

由于在无线介质中传播时信号强度的衰减，站点不能侦听到正在进行的传输，可能会产生冲突。例如，在图 4-27 中，假设站点 A 和 C 所处的位置使得它们的信号强度不足以使彼此检测到对方的传输，那么它们的传输会在站点 B 处相互干扰，发生冲突。

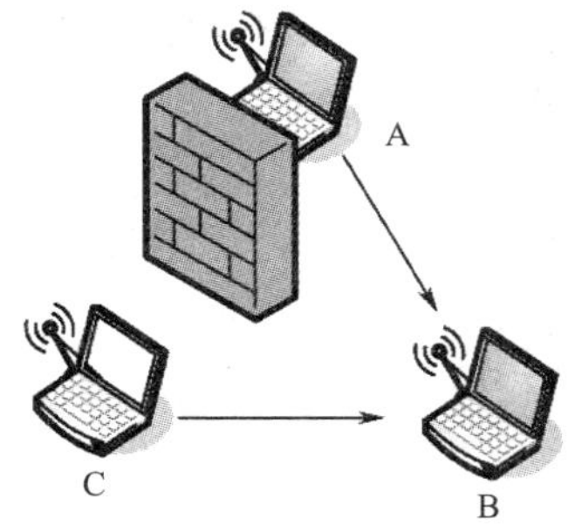

图 4-26　隐藏站问题

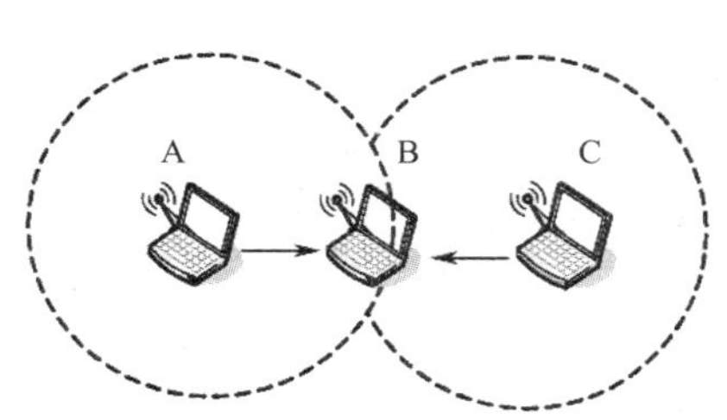

图 4-27　衰减问题

考虑到上述一些问题，IEEE 802.11 的 CSMA/CA 协议帧中包含了一个持续时间字段。在这个字段中，发送站点明确地指出了该帧在信道上传输的时间长度。这个值允许其他站点来判断它们应该推迟访问的最小时间量 NAV（Network Allocation Vector），即网络分配向量。

同时，IEEE 802.11 协议还采用信道预留机制，来避免上述问题的发生。当发送方要发送一个帧时，它能够首先给接收方发送一个 RTS（Request to Send）帧，指出数据分组和 ACK 分组的持续时间。收到 RTS 帧的接收方用一个 CTS（Clear to Send）帧来响应，显式地指出允许发送方发送。那么，所有听到 RTS 帧和 CTS 帧的其他站点就知道了这个即将发生的数据传输，并避免和它们的传输冲突。

RTS 帧和 CTS 帧机制的使用，可以在以下两个方面避免冲突的发生。

① 由于接收方传输的 CTS 帧将被所有在接收方附近的站点侦听到，CTS 帧有利于避免隐藏站问题和衰减问题。

② 由于 RTS 帧和 CTS 帧很短，所以 RTS 帧或 CTS 帧的传输造成冲突的可能，只存在于整个 RTS 帧或 CTS 帧持续的时间内。

4.6.4 IEEE 802.11 协议栈

IEEE 802.11 是 IEEE 最初制定的一个无线局域网标准，主要用于解决办公室局域网和校园网中用户与用户终端的无线接入，业务主要限于数据存取，速率最高只能达到 2Mb/s。由于它在速率和传输距离上都不能满足人们的需要，因此，IEEE 小组又相继推出了 802.11a、802.11b、802.11g、802.11n、802.11ac 等一系列标准。目前，使用最多的是 802.11n 标准，工作在 2.4GHz 频段，速率可达 600Mb/s（理论值）。802.11ac 工作在 5GHz 频段，可达 1Gb/s 的传输速率。

4.7 局域网互连

在许多实际应用中，需要将多个局域网互连起来，如一个单位的很多部门，一个大型的企业或校园等。这时就需要使用一些中间设备将这些局域网连接起来。本节将介绍物理层和数据链路层的一些互连设备。

4.7.1 中继器

在物理层进行局域网互连一般使用中继器和集线器。中继器是连接网络线路的一种装置，常用于两个网络结点之间物理信号的双向转发工作。中继器是最简单的网络互连设备，用于连接同一个网络的两个或多个网段。

中继器主要完成物理层的功能，负责在两个结点的物理层上按位传递信息，完成信号的复制、调整和放大功能，以此来延长网络的长度。由于信号在网络传输介质中有衰减和噪声，所以有用的数据信号会变得越来越弱，衰减到一定程度时将造成信号失真，从而导致接收错误。中继器就是为解决这一问题而设计的。

在一般情况下，中继器两端连接的是相同的介质，但有的中继器也可以完成不同介质的转接工作。从理论上讲，中继器的使用是无限的，网络也因此可以无限延长。但事实上，这是不可能的，因为网络标准中都对信号的延迟范围作了具体的规定，中继器只能在此规定范围内进行有效的工作，否则会引起网络故障。在以太网标准中，规定了一个以太网上只允许出现 5 个网段，最多使用 4 个中继器，而且其中只有 3 个网段可以挂接计算机终端。

4.7.2 集线器

传统的以太网最初使用的是同轴电缆，随着 10Base-T 标准的制定，双绞线得到了广泛使用，形成了以集线器为中心的星型结构的以太网。集线器是一种特殊的中继器，也称为多端口中继器。集线器作为网络传输介质间的中央结点，它克服了介质单一通道的缺陷。使用集线器的以太网在逻辑上仍是一个总线网，各站共享逻辑上的总线，使用的还是CSMA/CD 协议。以集线器为中心的优点是：当网络系统中某条线路或某个结点出现故障时，不会影响网上其他结点的正常工作。集线器可分为无源（passive）集线器、有源（active）集线器和智能（intelligent）集线器 3 类。无源集线器只负责把多段介质连接在一起，不对信号进行任何处理，每一种介质段只允许扩展到最大有效距离的一半。有源集线器类似于无源集线器，但它具有对传输信号进行再生和放大的功能，从而扩展介质传输长度。智能集线器除具有有源集线器的功能外，还可将网络的部分功能集成到集线器中，如网络管理、选择网络传输线路等。

目前，在局域网尤其是一些大中型局域网中，集线器已逐渐退出应用，而被交换机代替。

4.7.3 网桥

1. 概述

网桥负责在相同或相似的网络之间存储和转发帧，提供链路层上的协议转换。网桥是数据链路层设备，由于不同局域网的 LLC 子层的功能是一致的，差异主要体现在 MAC 子层，因此网桥实质上是在 MAC 子层进行互连。利用网桥实现网络之间透明访问的方法称为网桥互连方式，其功能是把多个 LAN 互连成一个逻辑上单一的网络。

网桥是一个局域网与另一个局域网之间建立连接的桥梁。网桥的作用是扩展网络和通信手段，在各种传输介质中转发数据信号，扩展网络的距离，同时有选择地将有地址的信号从一个传输介质发送到另一个传输介质。因此，网桥应该有足够的缓冲空间，必须具备寻址和路由选择的逻辑功能。

网桥可分为本地网桥和远程网桥。本地网桥是指在传输介质允许长度范围内互连网络的网桥；远程网桥是指连接距离超过网络的常规范围时使用的网桥，通过远程网桥互连的局域网将成为城域网或广域网。如果使用远程网桥，则远程网桥必须成对出现。

网桥可以是专门的硬件设备，也可以由计算机加装的网桥软件来实现，这时计算机上会安装多个网络适配器（网卡）。

网桥扩大了网络的规模，提高了网络的性能，给网络应用带来了方便。但网桥互连也带来一些问题，如广播风暴（broadcasting storm）。网桥不阻挡网络中的广播消息，当网络的规模较大时（几个网桥，多个以太网段），有可能引起广播风暴，导致整个网络充满广播信息，直至完全瘫痪。另外一个问题是，当与外部网络互连时，网桥会把内部和外部网络合二为一，成为一个网，双方都自动向对方完全开放自己的网络资源。这种互连方式在与外部网络互连时显然是难以接受的。

2. 透明网桥

现在关于网桥的标准有两种：透明网桥（transparent bridge）和源路由网桥（source routing bridge）。

透明网桥又称为生成树网桥（spanning tree bridge）。IEEE 802.1 委员会制定的透明网桥标准具有如下特性：

① 透明网桥的设计不仅仅是为了采用同种 MAC 协议的局域网之间互连，同时也是为了把那些采用任何 MAC 标准的不同类型的局域网互连。

② 透明网桥的目标是把几个局域网连接到网桥上后就可以运行，不需要改动硬件和软件，不用设置地址开关，无需由用户装入路由表或设置参数，这也是术语“透明”的含义。这种网桥插入电缆就可自动完成路由选择的功能，网桥的功能是自己学习获得的。

③ 路由机制采用一种称为生成树（spanning tree）算法的技术。

透明网桥的基本功能有过滤、帧转发、地址学习和生成树算法。

（1）过滤

过滤功能涉及帧的原发站 MAC 地址、转发地址表（过滤数据库）。

网桥接收连接它的所有 LAN 传送的每一帧，透明网桥通过接收帧中的 MAC 地址，了解工作站与互连网段的对应关系，保存在地址转发表中，表中包含目的地址及对应的输出线路，并按此对应关系判定接收帧是否属于同段网络上的通信，过滤掉同段 LAN 上送到网桥的帧，以避免其他互联网收到不必要的信息。

当转发信息时，要利用地址转发表，按表中学习到的 MAC 地址和网络对应关系，将包准确转发到该网络。

地址转发表中的项是有时效的，每当网络拓扑结构发生变化时，要更新地址转发表，以适应网络可能的变动。但如果在网桥未学习到 MAC 地址时便将帧发向除接收口之外的所有接口，那么将在网桥刚启动工作时造成大量的广播帧，称为广播风暴。

（2）帧转发

透明网桥以混杂方式工作，它接收与之连接的所有 LAN 传送的每一帧。当一帧到达时，网桥必须决定将其丢弃还是转发。如果要转发，则必须决定发往哪个 LAN。这需要通过查询网桥中转发地址表来做出决定。在插入网桥之初，所有的过滤数据库均为空。由于网桥不知道任何目的地的位置，因而采用扩散算法（flooding algorithm），把每个目的地不明的帧输出到连在此网桥的所有 LAN 中，发送该帧的 LAN 除外。随着时间的推移，网桥将了解每个目的地的位置。一旦知道了目的地位置，发往该处的帧就只放到适当的 LAN 上，而不再散发。

（3）地址学习

透明网桥采用的算法是逆向学习法（backward learning）。网桥按混杂方式工作，故能看见其连接的任一 LAN 上传送的帧。查看源地址即可知道在哪个 LAN 上可访问哪台机器，于是在过滤数据库中添上一项。

当计算机和网桥加电、断电或迁移时，网络的拓扑结构会随之改变。为了处理动态拓扑问题，每当增加转发表记录项时，均在该项中注明帧的到达时间。每当目的地已在表中的帧到达时，将用当前时间更新该项。这样，从表中每项的时间即可知道最后帧到来的时间。网桥中有一个进程定期地扫描转发表，清除时间早于当前时间若干分钟的全部表项。

（4）生成树算法

为了提高可靠性，在实际的 LAN 互连中，LAN 之间可能会存在并行的两个或多个网桥，这种配置会在网络中产生回路，可能引发无限循环。例如，在图 4-28 所示的配置中，假设网桥都已经知道站点 A 和站点 B 的信息。站点 B 传输一个到站点 A 的帧，那么网桥 1 和网桥 2 都会收到这个帧。每个网桥都会更新自己的转发表中有关 B 的表项，认为 B 在

LAN2 的一方，并且把该帧转发到 LAN1 中。这样，站点 A 会收到这个帧的两个拷贝。由于网桥接收它所连的 LAN 上的所有帧，故网桥 1 转发的帧会被网桥 2 收到，网桥 2 转发的帧会被网桥 1 收到。而且这些帧的源地址为 B、目的地址为 A。因此，每个网桥都会更新它的过滤数据，认为站点 B 在 LAN1 的一方。这时，两个网桥都不能转发目的地址为 A 的帧。在两个网桥都还不了解站点 A 的存在时，站点 B 传输一个到站点 A 的帧，会引起另外一个无限循环的问题，读者可以自行分析。

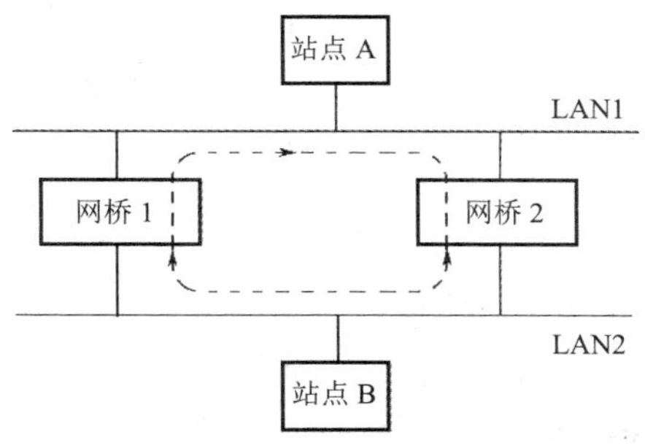

图 4-28　网桥的回路

解决上述无限循环问题的方法是让网桥相互通信，并用一棵到达每个 LAN 的生成树来覆盖实际的拓扑结构，即生成树算法。使用生成树，可以确保任意两个 LAN 之间只有唯一一条路径。一旦网桥商定好生成树，LAN 间的所有传送都遵从此生成树。由于从每个源到每个目的地只有唯一的路径，故不可能再有循环。

生成树算法利用了一个来自图论的基本结论：对于那些由许多结点及连接结点的边组成的连通图，存在一棵生成树，它保证了图的连通性，同时又没有一个闭合环。因此，透明网桥运行的关键是要有一个简单、动态的算法，只要互连的网络中网桥之间交换足够的信息，通过该算法就可以自动产生一棵生成树，而且当网络拓扑结构改变时，网桥能够自动发现并自动生成新的生成树。

为了建造生成树，首先必须选出一个网桥作为生成树的根。实现的方法是每个网桥广播其序列号（该序列号由厂家设置并保证全球唯一），选序列号最小的网桥作为根。接着，按根到每个网桥的最短路径来构造生成树。如果某个网桥或 LAN 故障，则重新计算。

网桥通过 BPDU（Bridge Protocol Data Unit）互相通信，在网桥做出配置自己的决定前，每个网桥和每个端口需要下列配置数据：网桥 ID（唯一的标识）、端口 ID（唯一的标识）、端口相对优先权、各端口的花费（高带宽意味着低花费）。

配置好各个网桥后，网桥将根据配置参数自动确定生成树，这一过程有 3 个阶段。

① 选择根网桥。具有最小网桥 ID 的网桥被选为根网桥。网桥 ID 应是唯一的，但若两个网桥具有相同的最小 ID，则 MAC 地址小的网桥被选为根。

② 在其他所有网桥上选择根端口。除根网桥外的各个网桥需要选定一个根端口，它应该是最适合与根网桥通信的端口。通过计算各个端口到根网桥的花费，取最小者作为根端口。

③ 选择每个 LAN 的指定网桥和指定端口。如果只有一个网桥连到某 LAN，则它必然是该 LAN 的指定（designated）网桥；如果有多于一个网桥连接到同一个 LAN 上，则到根网桥花费最小的网桥被选为该 LAN 的指定网桥。如果指定网桥有多个端口连接在 LAN 上，

则选取标识最小的端口为指定端口。

按照上面的算法，直接连接两个 LAN 的网桥中只能有一个作为指定网桥，其他都删除了。这样就可以排除两个或多个 LAN 之间的环路。

为了实现上述算法，在开始时，每个网桥都申明自己是根网桥，发送出一个 CBPDU（Configuration Bridge Protocol Data Unit），告知它认为的根网桥 ID。当一个网桥收到一个根网桥 ID 小于其所知 ID 的 CBPDU 时，它将更新自己的表。如果该帧从根端口（上传）到达，则向所有指定端口（下传）分发。当一个网桥收到一个根网桥 ID 大于其所知 ID 的 CBPDU 时，该信息被丢弃。如果该帧从指定端口到达，则回送一个帧告知真实根网桥的较低 ID。很显然，这个过程要求网桥之间多次交换信息。

3. 源路由网桥

透明网桥的优点是易于安装，只需插进电缆即大功告成。但是从另一方面来说，这种网桥并没有最佳地利用带宽，因为它们仅仅用到了拓扑结构的一个子集（生成树）。这些因素的相对重要性导致了 IEEE 802 委员会内部的分裂。支持 CSMA/CD 和令牌总线的人选择了透明网桥，而令牌环的支持者则选择了源路由网桥（Source Routing Bridge，SRB）。

源路由网桥的优点是扩展 LAN 不需要高层协议，这就提高了网络总体性能。工作站可以自由移动，重新配置本地网络不需要人工干涉，支持多路由传送和使用平行桥，并且网桥能帮助跟踪和诊断问题。在多协议环境下，这种管理是 SRB 的优点。

源路由是指路径的选择由每个帧的发送者来完成。每个帧的发送者在帧中指定从源到目的所要经过的路径。在发送一个帧到不同的局域网上时，则把目的地址第一个字节的最高位置 1，并且在帧头中含有到目的地的确切路径。

在使用源路由网桥时，每个局域网有一个 12 位长的标识符，在每个局域网的网桥也被编号，编号为 4 位长。这样一个局域网上最多可以有 16 个网桥。局域网号和网桥编号唯一地确定一个网桥。在同一个局域网上的网桥编号是不一样的，但在不同的局域网上的网桥可以同时具有相同的编号。在帧头中的路径是一个网桥、局域网、网桥、局域网、网桥……的序列。

源路由网桥在收到一个源地址最高位为 1 的帧后，就会在帧头的路径表中检查接收到该帧的局域网的编号。如果在该编号后紧跟着该网桥的编号，则网桥把该帧发送到紧跟着的编号的局域网上。如果网桥号不匹配，或者找不到下一个相应的局域网，则该网桥不进行转发。

下面讨论源端如何得到目的站点的确切路径。

（1）路由选择策略

源端获得目的站点的确切路径，有 3 种策略可以使用。

① 把信息手工加载进每个站点，这种方法简单、高效。但是当每次配置变化时，每个站点的路由信息都必须更新，而且这种方法在网桥或 LAN 出现故障时不能提供自动调整支持。

② LAN 中的站点可以向同一个 LAN 上的其他站点查询远程站点的路由信息。

③ 当一个站点需要了解到一个目的站点的路由时，它开始使用一个动态路由发现过程。

基本思想是：如果不知道目的地地址的位置，则源机器就发布一个广播帧，询问它在哪里。每个网桥都转发该查找帧，这样该帧就可到达互联网中的每一个 LAN。当答复回来时，途经的网桥将它们自己的标识记录在答复帧中，于是，广播帧的发送者就可以得到确切的路由，并可从中选取最佳路由。

由 IEEE 802.5 委员会设计的源路由机制包括 4 种不同类型的路由指示。传输的每一个帧都包含所使用的路由类型指示。

① 空：不指示路由选择方式。所有网桥不转发这种帧，只能在同一个 LAN 上的源和目标站之间传递。

② 非广播：这种帧包含了 LAN 标识符和网桥地址的序列。帧会沿着预定路径经过各网桥转发到目标站。

③ 全路由广播：这种帧通过所有可能的路径到达所有的 LAN，目标站会收到来自不同路径的多个拷贝。

④ 单一路由广播：这种帧在所有 LAN 上出现一次并且只出现一次，目标站只收到一个拷贝。

源路由网桥的路由发现过程，使用了全路由广播和单一路由广播帧，来发现到目的站点的路由。具体的路由发现方法有以下两个。

① 源站点发送全路由请求帧发现到目的站点的所有可能路由，目的站点在每个发现的路由上发送一个非广播响应。

② 源站点发送一个单一路由请求帧，只有一个帧的拷贝到达目标站，目的站点回应一个全路由响应帧，产生所有可能到源的路由。

源站点在了解到目的站点的所有路由之后，可以从中选取一条最佳路由，如跳段最少的路由。如果按照最佳路由的标准，有两条或两条以上的路由可供选择，那么可以有两种选择方法：选择与其中最先到达的答复帧对应的路由，或是随机选取。

虽然此算法可以找到最佳路由（它找到了所有的路由），但同时也面临着帧爆炸的问题。透明网桥中帧的扩散是按生成树进行的，所以传送的总帧数是网络大小的线性函数，而不像源路由网桥中，规律是指数函数。

（2）透明网桥与源路由网桥的比较

源路由网桥主要用于令牌环。透明网桥的缺点在于不能选择最佳路径，因而无法充分利用冗余的网桥来分担负载。但在一个规模不大的网络中，透明网桥的缺点并不严重，而其优点却很明显，所以目前市场上大多数网桥为透明网桥。源路由网桥要求主机参与选径，从理论上说，它可以选择最佳路径，因而可以充分利用冗余网桥来分担负载，但实现起来并不容易。

4.7.4 交换机

1. 交换机的类型

网络交换机和网桥属于同一类设备，工作在数据链路层上。但网络交换机的端口数多，并且速度快。在这个意义上，网络交换机又称为多端口的高速网桥。

交换机的传输模式有全双工、半双工、全双工/半双工自适应等三种工作方式。其中，交换机的全双工是指交换机在发送数据的同时也能够接收数据，两者同步进行，交换机都支持全双工。全双工的好处在于延迟小，速度快。

半双工就是指一个时间段内只能单向传输，随着技术的不断进步，半双工将逐渐退出历史舞台。

从广义上来看，网络交换机分为两种：广域网交换机和局域网交换机。广域网交换机主要应用于电信领域，提供通信用的基础平台。而局域网交换机则应用于局域网络，用于连接终端设备，如计算机及网络打印机等。

2. 交换机的组成及工作原理

交换机的内部一般包括一条高带宽的背板总线和内部交换矩阵。交换机的所有的端口都挂接在这条背板总线上，控制电路收到数据包以后，处理端口会查找内存中的地址对照表以确定目的 MAC 地址（网卡的硬件地址）的网卡连接在哪个端口上，通过内部交换矩阵迅速将数据包传送到目的端口，目的 MAC 地址若不存在，广播到所有的端口，接收端口回应后交换机会“学习”新的 MAC 地址，并把它添加入内部 MAC 地址表中。

使用交换机也可以把网络“分段”，通过对照 IP 地址表，交换机只允许必要的网络流量通过交换机。通过交换机的过滤和转发，可以有效地减少冲突域，但它不能划分网络层广播，即广播域。交换机在同一时刻可进行多个端口对之间的数据传输。每一个端口都可视为独立的物理网段，连接在其上的网络设备独自享有全部的带宽，无须同其他设备竞争使用。例如，当结点 A 向结点 D 发送数据时，结点 B 可同时向结点 C 发送数据，而且这两个传输都享有网络的全部带宽，都有着自己的虚拟连接。总之，交换机是一种基于 MAC 地址识别，能完成封装转发数据帧功能的网络设备。交换机可以“学习”MAC 地址，并将其存放在内部地址表中，通过在数据帧的始发者和目标接收者之间建立临时的交换路径，使数据帧直接由源地址到达目的地址。

目前交换机对数据帧的转发有以下 3 种方式。

① 存储转发（store and forward）：整个帧完整接收并存储到缓冲区，对整个帧进行差错检验，然后再查表找出目的端口并转发。优点是进行差错校验，错误不会扩散到目的网段；缺点是交换延迟比较大。

② 直通转发（cut-through）：因为转发仅依赖于目的地址，所以只要收到帧的前 6 个字节（目的地址字段），就可查表找出目的端口并转发。优点是交换延迟小；缺点是无法进行差错校验，帧错误会扩散到目的网段。

③ 无碎片穿通（fragment free cut-through）：以上两种方案的折中，接收到一帧的前 64 个字节后，再查表找出目的端口并转发。帧出错的主要原因是冲突，而以太网的帧至少为 64 个字节，因此，小于 64 个字节的帧必然是冲突造成的帧碎片（错误帧）。优点是交换速度较快，并且降低了错误帧转发的概率；缺点是长度大于 64 个字节的错误帧仍会转发，转发延时高于直通转发方式。

使用网络交换机的好处有以下几点：

① 分割冲突（碰撞）域，减少了冲突，但是不能隔离广播域（如图 4-29 所示）。

② 允许全双工连接，并允许建立多个连接，提高了网络总体带宽。

③ 减少每个网段中的站点数，提高了站点平均拥有带宽。

目前，网络交换机已经成为局域网构建的基本设备，从桌面接入、楼宇汇聚到核心交换、数据中心等不同层次发挥着必不可少的重要作用。

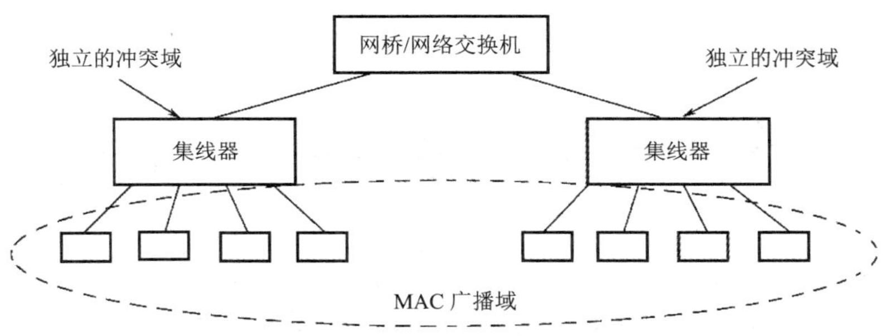

图 4-29 利用网络交换机分割网段以减少冲突

习题 4

1．什么是局域网？它有哪些特点？

2．局域网中常用哪几种拓扑结构？

3．IEEE 802 局域网参考模型与 OSI 参考模型有何差异？

4．局域网为何设置介质访问控制子层？

5．局域网 LLC 帧格式和 HDLC 帧格式有何差异？

6．在纯 ALOHA 协议和分槽 ALOHA 协议中，哪一种协议的延迟更短些？请说明原因。

7．何为冲突？在 CSMA/CD 协议中，如何解决冲突？

8．在一个以太网中，连网的各计算机如何共享总线介质来正确发送和接收数据帧？

9．标准的 10Mb/s 局域网的波特率是多少？

10．一个长度为 1km 的 10Mb/s 的 CSMA/CD 局域网，传播速度为 2×10^8m/s，数据帧长为 256 位，包括 32 位头部、校验及其他开销；传输成功后的第一个时槽保留给接收站用以发送一个 32 位的确认帧。假定没有冲突，那么不包括开销的有效数据传输速率为多少？

11．简述令牌环网中数据帧的发送和接收过程。

12．简述 10Mb/s、100Mb/s、千兆位以太网和 10 吉比特以太网的特点。

13．无线局域网的 MAC 协议有哪些特点？为什么在无线局域网中不能使用 CSMA/CD 协议，而必须使用 CSMA/CA 协议？结合隐藏站问题和衰减问题说明 RTS 帧和 CTS 帧的作用。

14．长度为 1km、数据传输率为 10Mb/s 的 CSMA/CD 以太网，信号在电缆中的传播速度为 200 000km/s。试求能够使该网络正常运行的最小帧长。

15．比较透明网桥与源路由网桥的异同点。

第5章 广 域 网

广域网是在广阔的地理范围内建立的跨地区的计算机通信网。它通过专线或电信运营商提供的通信网络，将距离较远的局域网彼此连接起来，在网络通信协议和网络操作管理软件的控制下，实现网络之间互相通信、资源共享和分布处理。本章介绍广域网的基本概念、数据通信技术和 X.25、帧中继、ATM、MPLS 等广域网技术。

5.1 广域网的基本概念

广域网（Wide Area Network，WAN）是覆盖地理范围相对较广的数据通信网络。它常利用公共网络系统作为信息传输平台，将距离较远的局域网（LAN）彼此连接起来。广域网可以分布在一个城市或一个国家中，甚至跨过许多国家分布到全球。

广域网一般由资源子网和通信子网组成，如图 5-1 所示。资源子网一般指局域网，包括各用户机和终端机，以及打印机、绘图仪、磁带机等外围设备。通信子网用于在各个局域网之间传递信息，在许多 WAN 中，一般由公共网络充当通信子网。

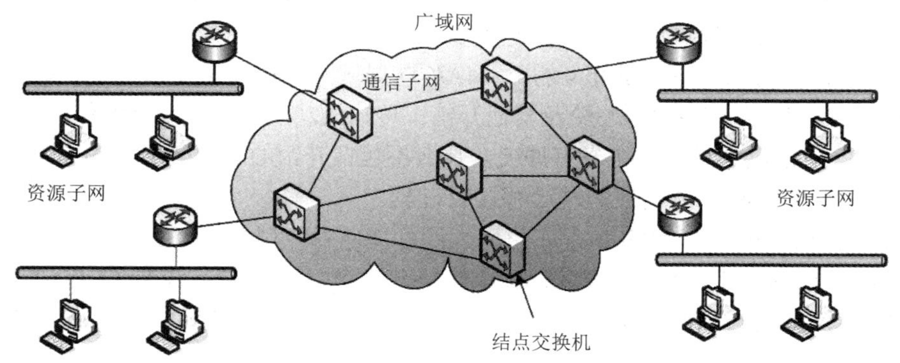

图 5-1 广域网示意图

广域网可以不断扩展，以满足跨越广阔地域的多个地点的多个计算机之间连网的需要。一般可通过 4 种网络特性——通信介质、协议、拓扑及私有网和公共网间的边界点来确定网络的类型。

5.2 数据通信技术

数据通信网是为提供数据通信业务而组成的电信网。数据通信的目的是完成计算机之间、计算机与各种数据终端之间的信息传递。被传递的数据信息的类型是多种多样的，典型的应用有文件传送、电子邮件、可视图文、文件检索、远程医疗诊断等。随着数据通信技术的发展和演变，其网络交换技术有电路方式、分组方式、帧方式和信元方式。

5.2.1　电路方式

电路方式是基于电话网电路交换的原理，即当用户要求发送数据时，交换机就在主叫用户终端和被叫用户终端之间接续一条物理的数据传输通路，电路资源被预先分配给这一对用户固定使用，不管在这条电路上有无数据传输，电路一直被占用，直到双方通信完毕拆除连接为止。公用电话网（PSTN）、综合业务数字网（ISDN）和数字数据网（DDN）就是采用电路方式进行数据通信的。

电路交换网络示意图如图 5-2 所示，如果主机 A 要向主机 B 传输数据，那么首先要通过通信子网在主机 A 和主机 B 之间建立一个通路。A 首先发出呼叫请求包，其中包含需要建立连接的源主机地址与目的主机地址，经过通信子网中交换结点选择合适的路径，到达主机 B。主机 B 如果接受主机 A 的呼叫连接请求，则通过已经建立的传输通路 A-3-4-2-B，向主机 A 发送呼叫应答包。这样，A 和 B 之间就建立了一条通路，可以进行数据传输。数据传输结束后，A 和 B 之间通过释放请求和应答过程释放传输通路。

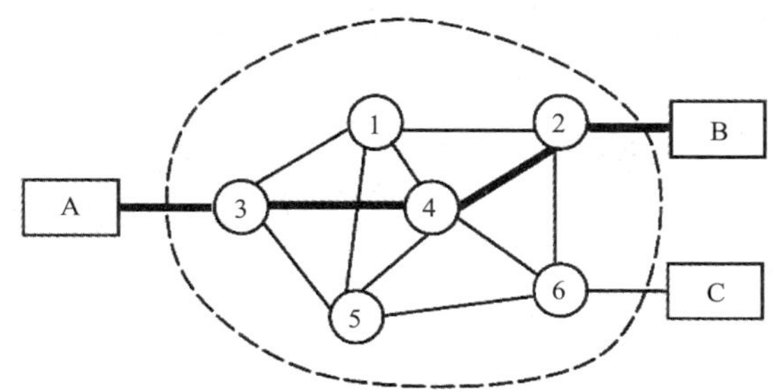

图 5-2　电路交换网络示意图

电路方式的优点有：信息传输时延小、电路对用户是“透明”的、信息传送的吞吐量大。缺点有：占用的带宽是固定的，网络资源的利用率较低；用户在租用数字专线传递数据信息时，经济代价较高。因此，电路交换一般适用于需要大流量、高质量、高可靠性的传输线路的情况。

5.2.2　分组方式

分组交换也称为包交换，它是将用户传送的数据划分成一定长度的多个部分，每个部分称为一个分组。在每个分组的前面加上一个分组头，用以指明该分组发往哪个地址，然后由交换机根据每个分组的地址标志，将它们转发至目的地，这一过程称为分组交换。

进行分组交换的通信网称为分组交换网，一条实际的电路上能够传输许多对用户终端间的数据而不互相混淆。它的基本原理是把一条电路分成若干条逻辑信道，对应每一条逻辑信道有一个编号，称为逻辑信道号，将两个用户终端之间的若干段逻辑信道经交换机连接起来构成虚电路。每个分组信息都载有接收地址和发送地址的标识。在传送数据分组之前，必须首先建立虚电路，然后按顺序传送。

分组方式是一种存储—转发的交换方式，每个分组的长度有一个上限，有限长度的分组使得每个结点所需的存储能力降低了，分组可以存储到内存中，提高了交换速度。X.25和帧中继都属于分组交换网技术。

分组方式在线路上采用动态复用的技术来传送各个分组，带宽可以动态复用。局域网用户可以通过分组装拆设备（PAD，Packet Assembler Disassembler）接入分组交换网。PAD设备的主要功能是把普通字符终端的非分组格式转换成分组格式，即把各终端的字符数据流组成分组，在集合信道上以分组交换复用，使多个用户可以共享一个分组连接。

分组方式的优点有：信道利用率大大提高，经济性能好，能与公用电话网、用户电报及低速数据网、其他专用网互连。缺点有：①由于采用存储—转发方式工作，所以每个分组的传送延迟可达几百毫秒，而且在传送分组时需要交换机有一定的开销，故分组交换不适宜在实时性要求高、信息量大的场合使用；②由于技术比较复杂、网络管理功能强等原因，分组交换网的投资较大。

5.2.3 帧方式

帧方式是在OSI参考模型第二层（即数据链路层）上使用简化的方式传送和交换数据的一种方式。由于在数据链路层的数据单元一般称为帧（Frame），故这种方式称为帧方式。它的重要特点之一是简化了转发结点上的差错恢复、流量控制等机制，从而简化了结点的处理过程，缩短了处理时间，提高了数据传输的速度。帧方式连接示意图如图5-3所示。

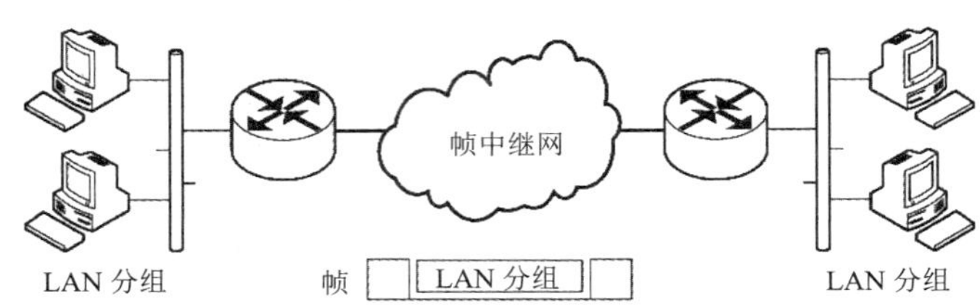

图5-3 帧方式连接示意图

实现帧方式进行数据通信有两个最基本的条件：保证数字传输系统有优良的性能，计算机端系统具有差错恢复能力。

现代光纤数字传输系统的比特差错率小于10^{-9}，同时现代通信网的纠错能力不再是评价网络性能的主要指标，所以上述两个条件早已不成为障碍。昔日X.25分组交换技术的某些优点在光纤数字传输系统的环境里已不再突出，有些功能甚至是多余的，所以简化网络功能、提高网络效率成为帧方式的重要内容之一。高智能、高处理速度的用户设备可以实现纠错、流量控制等功能，一旦网络出现错误（概率很小），可以由端对端的用户设备实现纠错。

帧方式是一种快速分组技术，它采用动态分配传输带宽和可变长度帧的技术，适用于处理突发性信息和可变长度帧的信息，是局域网互连的常用方式。

5.2.4 信元方式

信元方式（Cell Model）是将信息以信元为单位进行传送的一种技术。信元主要由两部分构成，即信元头和信元净荷。信元头包含地址和控制信息，信元净荷包含用户数据。信元的长度是固定的。采用信元方式时，网络不对信元的用户数据进行检查，但是信元头中的CRC位将指示信元地址信息的完整性。

信元方式也是一种快速分组技术，它将信息通过适配层切割成固定长度的信元。通常传递信元的网络称为信元中继网络。信元方式适用于各种类型信息的传输，是提供综合业务的网络的技术基础，采用信元方式的信息传送过程如图 5-4 所示。

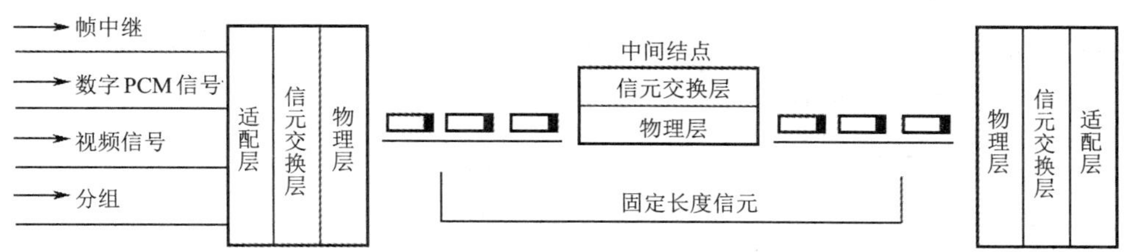

图 5-4　采用信元方式的信息传送示意图

5.3　X.25 分组交换网

5.3.1　概述

国际电信联盟下属的远程通信标准委员会（ITU-T）于 1974 年提出了公共分组交换网的标准访问协议，即 X.25 建议，并在 1984、1988、1992 和 1993 年进行了多次修改。它定义了用户设备和网络设备之间的接口标准。

X.25 分组交换网的各结点由交换机组成，交换机间用存储—转发的方式交换分组。X.25 协议是数据终端设备（DTE，Data Terminal Equipment）和数据通信设备（DCE，Data Communication Equipment）之间的接口规范。它描述了如何在 DTE 和 DCE 之间建立虚电路、传输分组、建立链路、传输数据、拆除链路、拆除虚电路，同时进行差错控制、流量控制、情况统计等，并且为用户提供了可选的业务功能和配置功能。X.25 协议可以通过虚电路传送多种上层协议数据，如 IP 等，X.25 网络模型如图 5-5 所示。

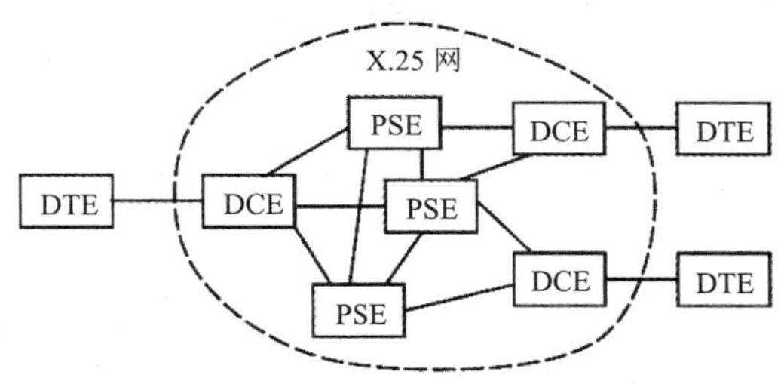

图 5-5　X.25 网络模型

DTE 通常指用户一方的主机或终端等用户设备；DCE 指与 DTE 直接连接的网络设备，如同步调制解调器等，路由器既可以作为 DTE，也可以作为 DCE 使用；PSE 是分组交换设备（Packet Switching Equipment）。DTE 与 DCE 直接连接，DCE 连接到 PSE 的某个端口，PSE 之间建立若干连接，这样便形成了两个不同位置的 DTE 和 DTE 之间的通路。

在实际应用中，有很多不支持 X.25 协议的终端设备，为了能够通过分组交换网进行通信，就必须进行协议转换，将各种用户规范转换成 X.25 接口规范。这个转换可以在用户终端设备中完成，也可以在分组交换网设备中完成，这种转换设备通常称为分组装配和拆卸设备 PAD，它可以是一个单独的设备，也可以将 PAD 功能集成到分组交换机上。

5.3.2 X.25 层次结构

X.25 协议定义了底下的三层协议：物理层、数据链路层和分组层协议。这三层协议的功能恰好是通信子网的全部功能，如图 5-6 所示。

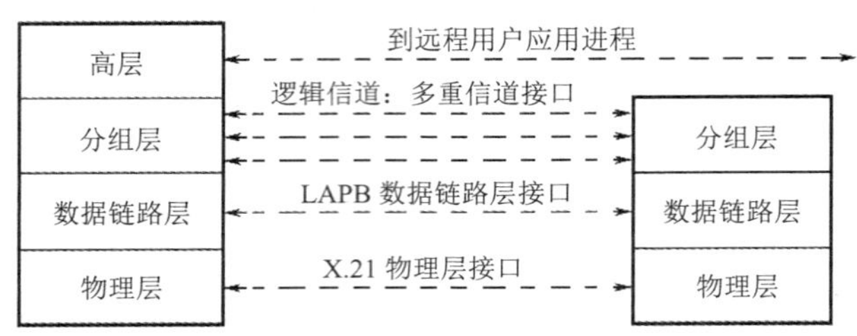

图 5-6 X.25 协议的分层结构

物理层定义了 DTE 和 DCE 之间的电气接口，以及二进制流传送的机械、电气功能和操作过程等特性，CCITT 的 X.21 建议定义了 DTE 和 DCE 之间的数字同步传送方式。

数据链路层采用平衡型链路访问规程（Link Access Procedure Balanced，LAPB），允许连接的任一端（DTE 和 DCE）发起初始化，主叫另一端。LAPB 仅适用于点对点连接的场合，它和 HDLC 有相同的帧格式。帧内所含的 FCS（Frame Check Sequence）校验字段采用循环冗余码进行检错，具有确认应答机制，保证帧序列的无差错传输。

分组层定义了分组的格式和在分组层实体之间交换分组的过程，同时定义了如何进行流量控制、差错处理等规范。链路层和分组层都有窗口机制，保证了信息传输的正确性，并有效地进行流量控制。

5.3.3 X.25 的发展

分组交换技术从 20 世纪 70 年代开始普及，到了 20 世纪 80 年代末期，世界上几乎所有的数据通信网都采用了这一技术。其根本原因是分组交换技术在降低通信成本、提高通信可靠性和灵活性等方面取得了巨大成功。但是，在 X.25 协议制定时，由于技术条件的限制，终端和网络结点没有很强的智能性、数据线路传输速率低、误码率高，因此 X.25 协议必须执行很繁重的任务处理。

随着分组交换技术进一步发展，分组交换网的性能不断提高、功能不断完善，分组交换机的分组处理能力、交换机间的中继线速率不断提高，分组交换机时延也不断缩短，现有 X.25 分组交换网的能力几乎达到了极限。随着低误码率的光纤网和高智能终端的出现，帧中继、ATM 等快速分组交换技术便应运而生，为用户提供高速的传输能力。

5.4 帧中继

5.4.1 概述

帧中继（Frame Relay，FR）是 20 世纪 80 年代初发展起来的一种数据通信技术，它是从 X.25 分组通信技术演变而来的。随着传输技术的发展，数据传输误码率大大降低。帧中继将 X.25 分组网中分组交换机之间的差错恢复、防止拥塞的处理过程进行了简化，将分组通信的三层协议简化为两层，并以链路层的帧为基础实现了多条逻辑链路的统计复用和转换，所以这种技术称为"帧中继"。由于省略了分组层，所以避免了分组层的报文分组和重组的消耗，而且帧的长度是可变的，允许最大帧长在 1000 字节以上，因此没有分组层的固定组长度的限制，从而保证了网络的吞吐量。

帧中继的原理很简单。当帧中继交换机收到一个帧的头部时，只要一查出帧的目的地址就立即开始转发该帧。因此在帧中继网络中，一个帧的处理时间比 X.25 网络约减少一个数量级，帧中继网络的吞吐量比 X.25 网络提高一个数量级以上，向用户提供的发送速率有低速到高速多种选择，而且帧长度可变，非常适合大容量突发型数据业务，是局域网间互连的理想选择。

帧中继网络的特点包括以下几点：

① 帧中继技术主要用于传递数据业务，它使用一组规程将数据信息以帧的形式（简称为帧中继协议）有效地进行传送。

② 帧中继所使用的连接是逻辑连接，而不是物理连接，在一个物理连接上可复用多个逻辑连接（即建立多条逻辑信道），可实现带宽的复用和动态分配。

③ 帧中继协议的网络吞吐量高，通信时延小，帧中继用户的接入速率范围为 56Kb/s～1.544Mb/s，通过线路复用技术可达到 44.6Mb/s。

④ 帧中继的最大帧长度可达 1600 字节，适合于封装局域网的数据单元，适合传送突发业务（如压缩视频业务、WWW 业务等）。

5.4.2 帧中继的层次结构

帧中继是一种高性能的广域网协议，运行在 OSI 参考模型的物理层和数据链路层。如图 5-7 所示，帧中继仅完成 OSI 物理层和数据链路层的核心功能，将流量控制、纠错等留给智能终端完成，大大简化了结点机之间的协议；同时帧中继采用虚电路技术，能充分利用网络资源。采用现代的物理层设备，如光纤和数字传输线路，帧中继可以提供高速的广域网连接。因为工作在数据链路层，帧中继封装 OSI 协议栈中的上层信息。

图 5-7 帧中继协议与 X.25 协议对比

5.4.3 帧中继网络构成

帧中继网由三要素组成：帧中继接入设备、帧中继交换设备和公用帧中继业务。

① 帧中继接入设备（Frame Relay Access Device，FRAD）属于用户住宅设备（Customer Premise Equipment，CPE），包括主机、桥接器/路由器、分组交换机、特殊的帧中继 PAD。

② 帧中继交换设备有 T1/El（1.544/2.048Mb/s）一次群复用器、分组交换机、专用帧中继交换设备等，为用户提供标准帧中继接口。

③ 帧中继接入设备和专用帧中继设备可通过标准帧中继接口与公用帧中继网络相连，通过公用帧中继网络提供业务。

帧中继网络是由许多帧中继交换机通过中继电路连接组成的。帧中继路由器或帧中继接入设备 FRAD，放在离局域网较近的地方，路由器可以通过专线电路接到通信局的交换机。用户只要购买一个带帧中继封装功能的路由器（一般的路由器都支持），再申请一条接到通信局帧中继交换机的 DDN 专线电路，就具备开通长途帧中继电路的条件。

如图 5-8 所示，LAN1 和 LAN2 代表两个要通过帧中继网络互连的局域网。路由器 1 或 FRAD1 的作用是将 LAN 1 的帧（如以太网帧、令牌环帧等）封装打包成帧中继的帧，送入帧中继网络进行传输。路由器 2 或 FRAD2 将从帧中继网络接收到的帧解包，并转换为以太网帧送给 LAN 2。帧中继路由器或 FRAD 与帧中继网络间的接口称为 FR-UNI（Frame Relay User-Network Interface 帧中继用户—网络接口）。帧中继网络内部交换机与交换机之间，或一个帧中继网络与另外一个帧中继网络之间的接口称为 FR-NNI（Frame Relay Network-Network Interface，帧中继网络—网络接口）。以上两个接口的标准协议由 ITU-T、帧中继论坛、美国国家标准委员会（ANSI）等组织制定。

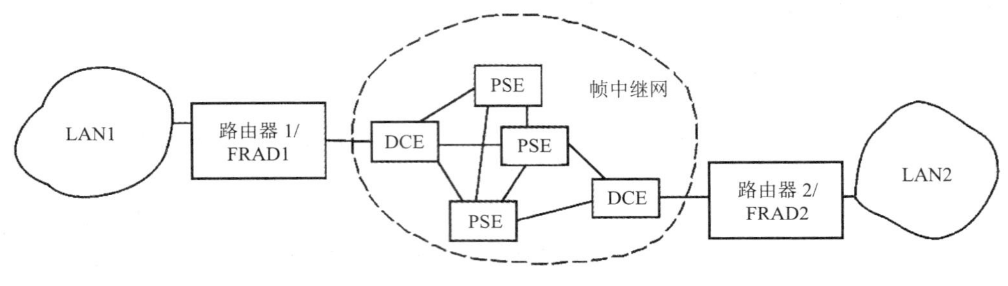

图 5-8 帧中继网络

5.4.4 帧中继的发展

利用帧中继网络进行局域网互连是帧中继业务中最典型的一种业务。帧中继网络可以将网络中的若干个结点划分为一个分区，并设置相对独立的管理机构，对分区内的数据流量及各种资源进行管理。分区内各个结点共享分区内的网络资源，分区之间相对独立，这种分区结构就是虚拟专用网。采用虚拟专用网比建立一个实际的专用网要经济合算，尤其适合于大企业用户。

综上所述，帧中继是简化的分组交换技术，其设计目标是传送面向协议的用户数据。经过简化的技术在保留了传统分组交换技术的优点（如带宽和设备利用率）的同时，大幅度提高了网络的吞吐量，减少了传输设备与设施的费用，提供了更高的性能与可靠性，缩短了响应时间。随着技术的发展，帧中继已被更快的技术所取代。

5.5 ATM

异步传输模式（Asynchronous Transfer Mode，ATM）是建立在电路交换和分组交换基础上的一种面向连接的快速分组交换技术。它采用固定长度为53字节的协议数据单元，这种定长分组称为信元（Cell）。在ATM中，数据传输速率可达155Mb/s或622Mb/s，误码率在10^{-7}以下。ATM技术的研究开始于20世纪80年代后期，到90年代中期ATM技术已基本成熟，由ITU-T和ATM论坛制定的相关国际标准也基本齐全，并有多个电信设备厂商和计算机网络设备厂商推出了商用化的ATM设备。ATM技术成为一种被广大通信运营商采用的宽带骨干技术。

ATM的主要优点如下：

① 选择固定长度的短信元作为信息传输的单位，只用硬件电路就可以处理，缩短了信元处理时间，有利于综合业务传输和高速交换。

② 所有信息在最底层是以面向连接的方式传送的，保持了电路交换在保证实时性和服务质量方面的优点。

③ ATM支持语音、数据、图像等综合业务。ATM充分综合了电路交换和分组交换的优点，具有电路交换处理简单的特点，支持实时业务、数据透明传输，在网络内部不对数据进行复杂处理，采用端—端通信协议。

④ ATM 使用光纤信道传输。由于光纤信道的误码率极低，且容量很大，因此无需在数据链路层进行差错控制和流量控制，明显提高了信元传输速率。

5.5.1 ATM基本概念

1. 信元交换

在ATM通信子网中，数据交换单元是信元（Cell）。ATM主机在传输数据前，首先将数据组织成若干个信元，每个信元长度为53字节。由于信元长度与格式固定，所以减少了交换机的处理负荷，这就为交换机的高速交换创造了有利条件。

在ATM网中，ATM主机也称为ATM端用户。ATM端用户与ATM交换机统称为ATM设备。ATM信元交换是面向连接的。源ATM端主机在收到请求后，将根据网络状况选择从源ATM端主机、经过ATM网、到达目的ATM端主机的路径，构造出相应的路由表，从而建立源与目的ATM主机的虚拟连接。

2. 虚通路与虚通道

ATM网的虚拟连接分为两级：虚通道（Virtual Path，VP）连接与虚通路（Virtual Channel，VC）连接，分别用虚通道标识符VPI（Virtual Path Identifier）和虚通路标识VCI（Virtual Channel Identifier）来识别。

虚通道与虚通路之间的关系如图5-9所示。一个虚通路VC在两个或两个以上端点之间运送ATM信元。一个虚通道VP包含有许多相同端点的虚通路VC，用VCI来识别，并使用同一个虚通道标识符VPI。

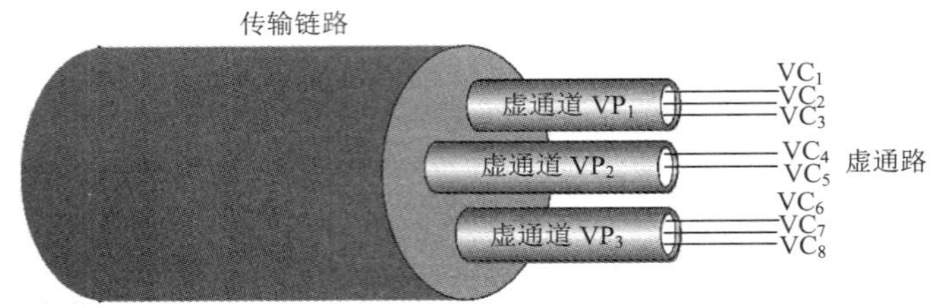

图 5-9　虚通道与虚通路之间的关系

5.5.2　ATM 参考模型

ATM 参考模型的协议栈包括三层：ATM 物理层、ATM 层和 ATM 适配层，如图 5-10 所示。

1. ATM 物理层

ATM 物理层（ATM Physical Layer）处理物理介质上的电压、比特定时和成帧。物理层有两个子层：物理介质相关（Physical Medium Dependent，PMD）子层和传输会聚（Transmission Convergence，TC）子层。

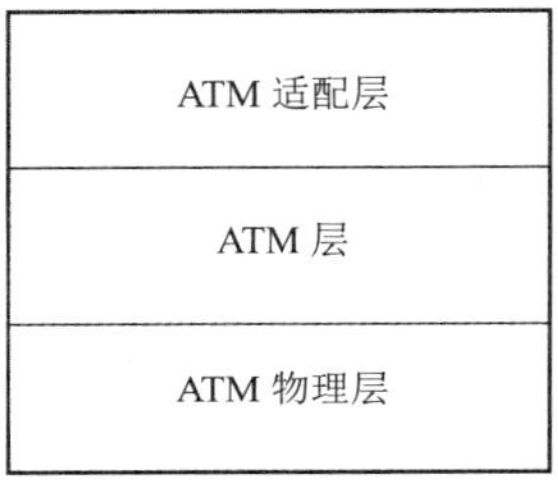

ATM 适配层
ATM 层
ATM 物理层

图 5-10　ATM 参考模型

PMD 子层负责在物理介质上正确地接收比特流。它完成和介质相关的功能，如线路编码与解码、比特定时及光电转换等。对不同的传输介质，PMD 子层是不同的。可供使用的传输介质有：铜线（UTP 或 STP）、同轴电缆、光纤（单模或多模）和无线信道等。

TC 子层实现信元流和比特流的转换，包括速率适配（空闲信元的插入）、信元定界与同步、传输帧的产生与恢复等。

2. ATM 层

ATM 层（ATM Layer）是 ATM 标准的核心，它定义了 ATM 信元的结构。当 IP 在 ATM 之上运行时，ATM 信元充当链路层帧。ATM 层定义了 ATM 信元结构和该结构中各字段的意义。该信元的前 5 个字节构成 ATM 头部，剩下的 48 个字节构成 ATM 有效载荷，如图 5-11 所示。

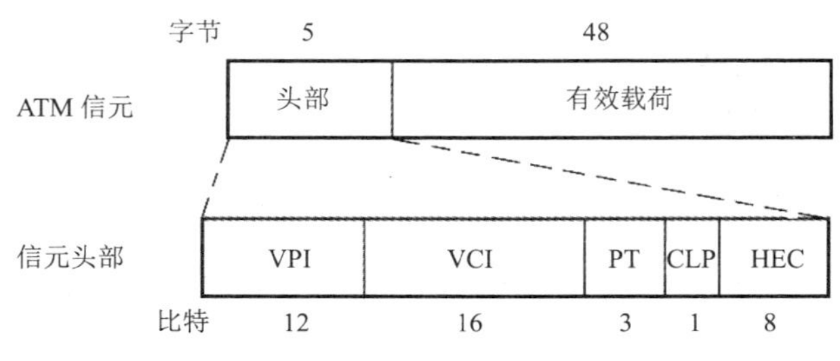

图 5-11　ATM 信元头部的结构

ATM 信元各字段的作用介绍如下。

① VPI/VCI：指明了信元所属的 VP 和 VC。在大多数使用了虚电路的网络技术中，从

一个链路到另一个链路的过程中，信元的 VPI/VCI 都会发生相应的变化。

② 负载类型（Payload Type，PT）：用来区分该信元是用户信息还是非用户信息。第一个比特为 0 表示是用户数据信元；第二个比特标识有无遭受拥塞，该比特由网络中的 ATM 交换机填写；第三个比特用来区分信元所携带的数据的协议类型。

③ 信元丢失优先级（Cell Loss Priority，CLP）：指示信元的丢失优先级。当网络负荷很重时，ATM 交换机首先丢弃 CLP＝1 的信元以缓解网络可能出现的拥塞。

④ 头部差错控制（Header Error Control，HEC）：仅对信元头部的前 4 个字节进行 CRC 校验，并把校验的结果放到 HEC 字段中。

3. AAL 层

ATM 适配层（ATM Adaptation Layer，AAL）近似于 Internet 协议栈的运输层，包括几种不同类型的 AAL 来支持不同类型的服务。AAL 层的目的是允许现有的协议（如 IP）和应用（如恒定比特率视频）在 ATM 的顶层运行，只在 ATM 网络的端系统中出现，如图 5-12 所示。

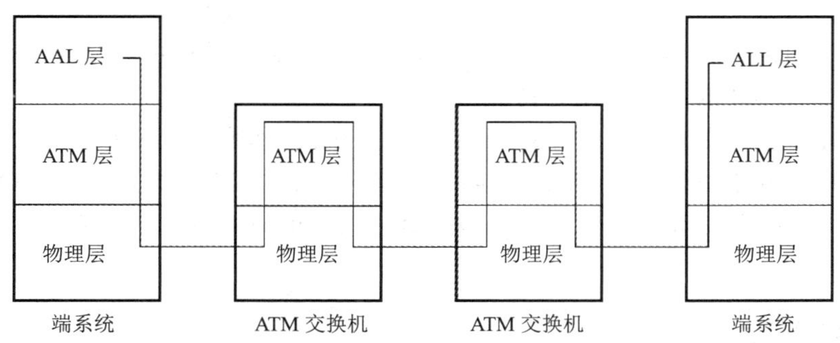

图 5-12　AAL 层仅在 ATM 网络端系统中出现

AAL 层又划分为两个子层：会聚子层（Convergence Sublayer，CS）和分段与重组子层（Segmentation and Reassembly，SAR）。如图 5-13 所示，SAR 子层位于 ATM 层之上，CS 子层位于用户应用程序和 SAR 子层之间。高层数据（如 IP 分组）在 CS 子层中首先被封装在一个通用部分会聚子层（Common Part Convergence Sublayer，CPCS）的 PDU（Protocol Data Unit，协议数据单元）中，包含有一个 CS 头部和一个尾部。通常由于一个 CS-PDU 太大，以至于无法装入一个 ATM 信元的载荷中，因此，需要 SAR 子层将 CS-PDU 分段，并加入

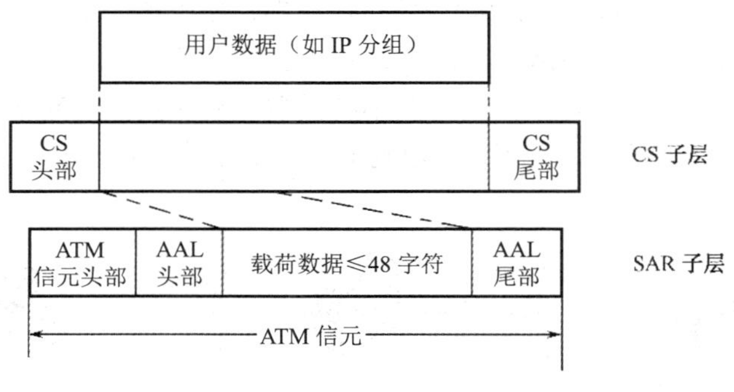

图 5-13　AAL 子层结构

AAL 头部和尾部，形成 ATM 信元的载荷字段。在不同的 AAL 中，CPCS 和 AAL 的头部和尾部可能是空的。

AAL 层用于增强 ATM 层的能力，以适合各种特定业务的需要。这些业务可能是用户业务，也可能是控制和管理所需的功能业务。在 ATM 层上传送的业务可能有很多种，但根据 3 个基本参数可分为 4 类业务。3 个参数是：源和目的之间的定时要求、比特率要求和连接方式。4 类业务介绍如下。

A 类：固定比特率（CBR）业务，ATM 适配层 1（AAL1）。支持面向连接的业务，其比特率固定。常见业务为 64Kb/s 语音业务，固定码率非压缩的视频通信及专用数据网的租用电路。

B 类：可变比特率（VBR）业务，ATM 适配层 2（AAL2）。支持面向连接的业务，其比特率是可变的。常见业务为压缩的分组语音通信和压缩的视频传输。该业务具有传递延迟特性，原因是接收器需要重新组装原来的非压缩语音和视频信息。

C 类：面向连接的数据服务，AAL3/4。该业务为面向连接的业务，适用于文件传递和数据网业务，其连接是在数据被传送之前建立的。比特率是可变的，但是没有传递延迟。

D 类：无连接数据业务。常见业务为数据报业务和数据网业务。在传递数据之前，不会建立连接。AAL3/4 或 AAL5 均支持此业务。

目前 ATM 常被用做 Internet 局部区域的链路层协议，利用 AAL5 来实现 ATM 与 TCP/IP 的接口。在 IP 到 ATM 接口上，AAL5 准备好 ATM 传输的 IP 数据报；在 ATM 到 IP 的接口上，AAL5 将 ATM 信元重新组装到 IP 数据块中。Internet 网络层将 ATM 视为一个链路层协议。

5.5.3 IP over ATM

在过去十来年中，ATM 成为下一代网络的重要技术。它可以提供空前的可伸缩性和性价比，以及对实时业务、多媒体业务等的支持。但是，目前的信息网络体系（即 LAN 和 WAN）建立在网络层协议（如 IP、IPX、AppleTalk 等）的基础上，因此，ATM 的成功及 Internet 发展的关键是现有的网络技术和 ATM 的互操作。实现这一目标的关键是，相同的网络层协议（如 IP 和 IPX）同时应用于现有的网络和 ATM 网上，因为给高层协议和应用提供统一的网络视角是网络层的任务。目前已有多种在 ATM 网上运行 IP 的方法，最常见的是 LANE。

LANE（LAN Emulation over ATM），是指在 ATM 网上进行 LAN 的模拟，如图 5-14 所示。目前，大多数数据都是在 LAN（如以太网、令牌环网等）上传送的。在 ATM 网上应用 LANE 技术，就可以把分布在不同区域的不同类型的局域网互连起来。在广域网上实现局域网的功能。对于用户来讲，他们所接触到的仍然是传统局域网的范畴，根本感觉不到 LANE 的存在。

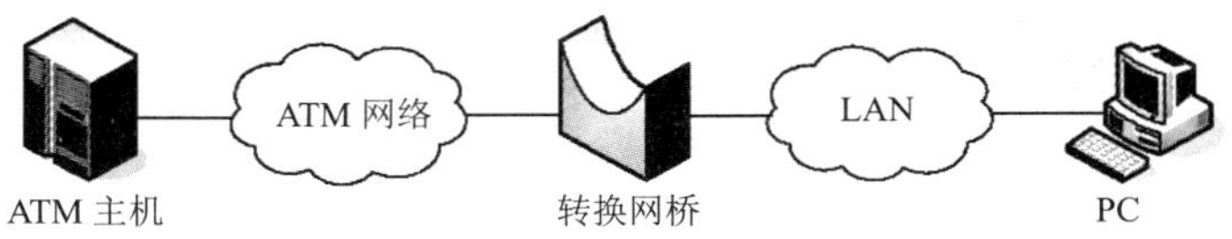

图 5-14 LANE 模型示意图

LANE 技术主要用到了 LANE Server（LES），它可以存在于一个或多个交换机内，也可以放在一台单独的工作站中。LES 的主要功能就是进行 MAC 到 ATM 的地址转换。因为以太网用的是 MAC 地址，ATM 网用的是自己的地址方案。通过 LES 地址转换可以把分布在 ATM 边缘的 LANE Client 连接起来。LANE 的协议架构如图 5-15 所示，图中的 ATM-LAN 转换器就是 LES 设备。

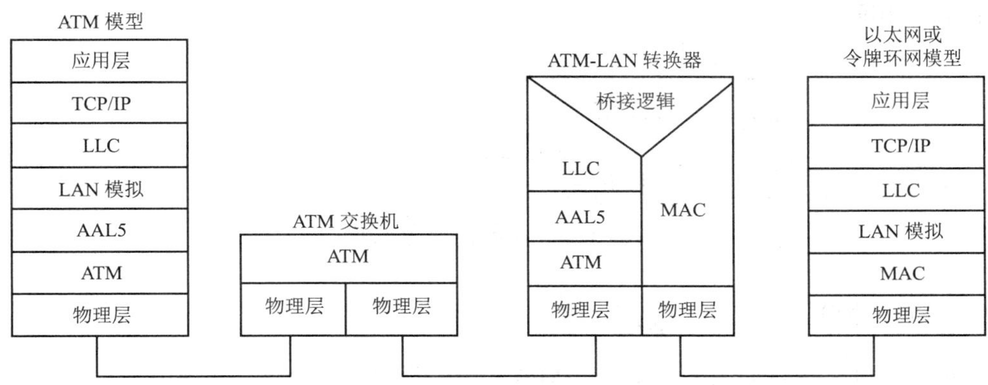

图 5-15　LANE 的协议架构

5.6　MPLS

MPLS（Multiprotocol Label Switching，多协议标签交换）吸收了 ATM 的 VPI/VCI 交换思想，无缝地集成了 IP 路由技术的灵活性和二层交换的简捷性。所谓多协议是指 MPLS 能承载任意协议数据，IPv4/IPv6、IPX、ATM、AppleTalk 等，能工作在任何链路协议之上，如 Ethernet、ATM、帧中继、PPP 等，能提供优质 QoS 保证，支撑更大规模的网络应用，可以替代 IP 寻址转发的协议载体。所谓标签交换就在传输报文时，先对报文附上标签，根据标签进行转发。MPLS 协议在 OSI 中的位置如图 5-16 所示，有人称之为 2.5 层协议，因为它通常工作在链路层协议之上，网络层 IP 协议之下。

<table>
<tr><td colspan="5">Payload 数据载荷</td></tr>
<tr><td colspan="4">IP 头部</td><td>第三层封装
（IPv4 / IPv6）</td></tr>
<tr><td colspan="5">MPLS 封装</td></tr>
<tr><td>VCI / VPI</td><td>DLCI</td><td>VLAN</td><td rowspan="2">PPP</td><td rowspan="2">第二层封装
（链路协议）</td></tr>
<tr><td>ATM</td><td>Frame Relay</td><td>Ethernet</td></tr>
</table>

图 5-16　MPLS 协议的层次

5.6.1　MPLS 标签结构

MPLS 标签结构总长度为 32bit，如图 5-17 所示，分为以下 4 个域段。

Label：长度 20bit，标识一组报文的转发行为。类似于 IP 地址，标签只是局部有效。

Exp：长度 3bit，实现 MPLS 的 QoS，可以实现 8 种优先级，支持语音、视频、数据的不同服务类型，类似于 IP 的 TOS 域段。

S：长度 1bit，标识当前标签是否属于标签栈底。

TTL：长度 8bit，表示生存期 Time-To-Live，用于防止报文传输时形成环路，和 IP 协议中的 TTL 相同。

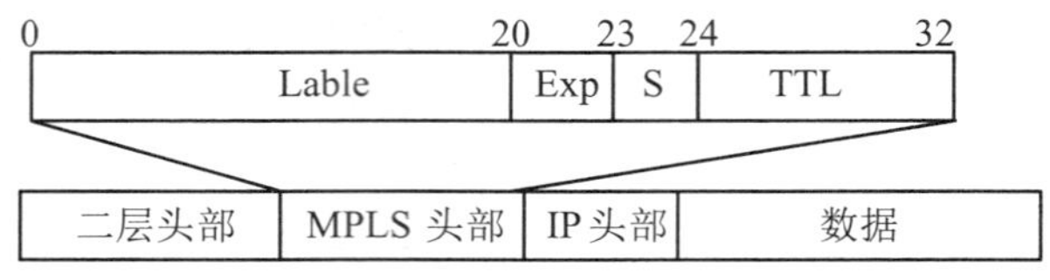

图 5-17 MPLS 标签结构

5.6.2 MPLS 分组转发

基本的 MPLS 网络如图 5-18 所示。MPLS 域的数据以标签进行高速交换。LER（Label Switching Edge Router，标记交换的边界路由器）负责链接局域网或子网。从不同的 LER 到 LER，为不同的 IPv4 域和 IPv6 域提供快速优质的 LSP（Label Switched Path，标签交换通路）。LER 负责将 IP 或 ATM 报文压入标签，封装成 MPLS 报文，然后将其投入 MPLS 隧道。同时 LER 还负责将 MPLS 报文的标签弹出，让其转发入 IP 或 ATM 域。处于中间位置的 LSR（Label Switching Router）是 MPLS 的网络的核心交换机，它提供标签交换和标签分发功能，同时是一个有能力转发原始的三层报文（如 IP 报文或者 IPv6 报文等）的 MPLS 节点。

标签的分配，是根据输出端口和下一跳相同的 IP 路由的选路信息，划分为一个转发等价类 FEC（Forwarding Equivalence Class）。然后从 MPLS 标签资源池中，取一个标签（邮票标记），分配给这个转发等价类。同时，节点主机应记录下此标签和这个 IP 转发等价类的对应关系。最后将这个对应关系封装成消息报文，通告身边的节点主机，也称之为标签的分发。

MPLS 标签分组，是将 IP 分组报文（或其他），封装上定长而具有特定意义的标签，以标签标识此报文为 MPLS 分组报文。封装标签的方式按照协议栈结构的层次进行，封装的标签应置于分组报文协议栈的栈头。封装了标签的分组报文，就好像贴了邮票的信件一样，它能邮到它的目的地。

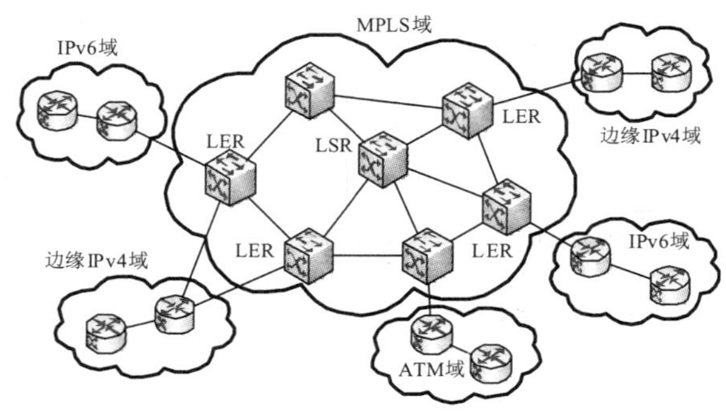

图 5-18 基本的 MPLS 网络

MPLS 分组转发分为三个过程：进入 LSP，在 LSP 中传输，脱离 LSP。

1. 进入 LSP

MPLS 分组进入 LSP 后，根据 IP 分组报文的目的 IP 地址查 IP 选路表（FIB，Forwarding Information Base），此时查到的 IP 选路表已经和下一跳标签转发表关联。接着从下一跳标签转发表中可以得到，这个 IP 分组所分配的标签和下一跳地址等，一般输出端口信息是在 IP 选路表（FIB）中得到。然后将得到的标签封装 IP 分组报文为 MPLS 标签分组报文，再根据 QoS 策略处理 EXP，同时处理 TTL，最后将封装好的报文送给下一跳。这样 IP 分组报文就进入了 LSP 隧道。

2. 在 LSP 中传输

逐跳使用 MPLS 分组报文中的协议栈顶的标签（入标签），直接以标签 Index 方式，查询入标签映射表，得到输出端口信息和下一跳标签转发表的索引，使用其索引查询下一跳标签转发表，可以从中得到标签操作的动作，欲交换的标签和下一跳地址等。如果 MPLS 分组报文未到达 LSP 终点，查表得到的标签操作动作一定为 SWAP。接着使用查表得到的新标签，替换 MPLS 分组报文中的旧标签，同时处理 TTL 和 EXP 等。最后将替换完标签的 MPLS 分组报文发送给下一跳。

3. 脱离 LSP

这是 MPLS 分组转发的最后一站。使用 MPLS 分组报文中的协议栈顶的标签（即入标签），以标签 Index 方式，直接查询入标签映射表，得到输出端口信息和下一条标签转发表的索引。接着用查到的索引继续查询下一跳标签转发表，从中可以得到标签操作动作 PHP（Penultimate Hop Popping，倒数第二跳弹出），或者动作 POP 和下一跳地址等。具体是 PHP，还是 POP，主要取决于下一跳标签分发协议是否使能 PHP 功能。PHP 和 POP 动作，在实现上流程差不多。两个动作都应该删除 MPLS 分组报文中的标签，同时处理 TTL 和 EXP 这两个字段，接着封装下一跳链路协议，最后将封装好的 IP 分组报文发给下一跳。

5.6.3 典型组网应用

最初，MPLS 技术结合了二层交换技术和三层路由技术，提高了分组的转发速度。但是，随着 ASIC 技术的发展，分组转发速度不再是阻碍网络发展的瓶颈。这使得 MPLS 在提高转发速度方面不具备明显的优势。但由于 MPLS 结合了 IP 网络强大的三层路由功能和二层网络高效的转发机制，在转发平面采用面向连接方式，与现有二层网络转发方式非常相似，这些特点使得 MPLS 能够很容易地实现 IP 与 ATM、帧中继等二层网络的无缝融合，并为 VPN、TE 和 QoS 等应用提供更好的解决方案。

1. 基于 MPLS 的 VPN

传统的 VPN（Virtual Private Network，虚拟专用网络），一般是通过 GRE（Generic Routing Encapsulation，通用路由封装协议）、L2TP（Layer 2 Tunneling Protocol，第二层隧道协议）、PPTP（Point-to-Point Tunneling Protocol，点对点隧道协议）等，来实现私有网络间数据流

在公网上的传送。而MPLS中的LSP（Label Switched Path，标签交换路径），是通过标签交换形成的隧道，因此，用MPLS实现VPN具有天然的优势。基于MPLS的VPN就是通过LSP将私有网络的不同分支连接起来，形成一个统一的私有网络。MPLS VPN分为以下两种。

① MPLS L3VPN：是服务提供商VPN解决方案中一种基于PE的三层VPN技术，它利用BGP在服务提供商骨干网上发布VPN路由，通过MPLS在服务提供商骨干网上转发VPN报文。

② MPLS L2VPN：是基于MPLS网络的二层VPN服务，使运营商可以在MPLS网络上透明地传输用户二层数据。从用户的角度来看，MPLS 网络是一个二层交换网络，可以在不同结点间建立二层连接。

2. 基于MPLS的流量工程

网络拥塞是影响骨干网络性能的主要问题。拥塞的原因可能是网络资源不足，也可能网络资源负载不均衡，导致局部拥塞。流量工程（Traffic Engineering）可以解决负载不均衡导致的拥塞。流量工程通过动态监控网络的流量和网络单元的负载，实时调整流量管理参数、路由参数和资源约束参数等，使网络运行状态迁移到理想状态，优化网络资源的使用，避免负载不均衡导致的拥塞。MPLS本身具有一些不同于IGP的特性，其中就有实现流量工程所需要的，例如：MPLS支持显式指定LSP所经过的路径；标签转发比传统IP转发更便于管理和维护；基于MPLS的流量工程的资源消耗较其他实现方式更低。

3. 基于MPLS的QoS

如果希望IP网络能够为语音、视频等数据流提供有带宽保证的低延时、低丢包率的服务，就要求在IP网络上实现一定的QoS（Quality of Service，服务质量）保证。Diff-Serv（Differentiated Services，差异化服务）是IP网络上常用的QoS机制。Diff-Serv的基本思想是在网络边缘，根据业务的服务质量要求将该业务映射到一定的业务类别中，利用IP分组中的DSCP（Differentiated Services Code Point）字段唯一地标记该类业务。骨干网络中的各结点根据该字段对各种业务采取预先设定的服务策略，保证相应的服务质量。Diff-Serv的这种对服务质量的分类和MPLS的标签分配机制十分相似，将DSCP分配与MPLS标签分配过程结合可以实现基于MPLS的Diff-Serv。MPLS标签结构中的EXP域用来携带DSCP信息。

4. 基于MPLS的6PE

6PE是一种IPv4向IPv6过渡的技术，ISP只需要升级PE路由器，就可以利用已有的IPv4骨干网为分散的IPv6网络提供接入能力，使得IPv6孤岛的CE（Customer Edge，用户的边界）路由器穿过当前已存在的IPv4 PE（Provider Edge，提供商的边界）路由器进行通信。PE和CE之间利用IPv6路由协议交换IPv6路由信息。PE之间利用MP-BGP交换IPv6路由信息，并为IPv6前缀分配MPLS标签。IPv4骨干网络中的路由器PE和P之间利用IPv4路由协议交换路由信息，并利用MPLS在PE之间建立LSP，如图5-19所示。

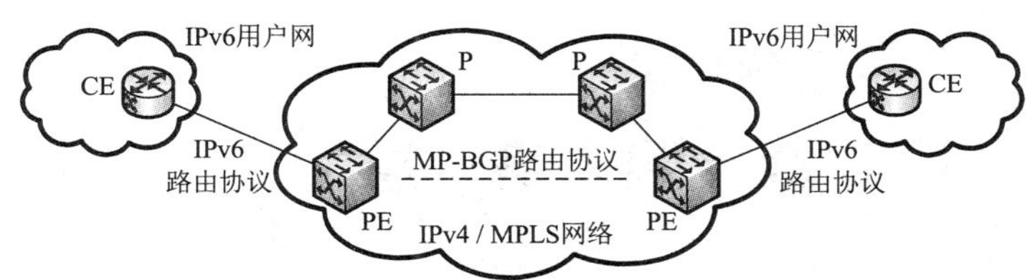

图 5-19　基于 MPLS 的 IPv6 通讯网络

习题 5

1．数据通信技术有哪几种方式，各自的代表技术是什么？
2．简述 X.25 协议的分层结构及各层作用。
3．为什么 X.25 网络会发展为帧中继网络？帧中继网络有什么特点？
4．简述帧中继网络的拥塞控制机制。
5．ATM 网络的主要特点有哪些？
6．试说明 ATM 协议的分层结构及各层作用。
7．简述 ATM 信元结构及各字段作用。
8．什么是 ATM 的 VP 和 VC？
9．MPLS 的标签格式是什么？每个字段有何含义？

第6章　网　络　层

网络层是 OSI 参考模型中的第三层，介于运输层和数据链路层之间，它在数据链路层提供的两个相邻结点之间的数据帧的传送功能上，进一步管理网络中的数据通信，将数据设法从源端经过若干个中间结点传送到目的端，从而向运输层提供最基本的主机到主机的数据传送服务。

本章首先介绍网络层及网络互连的基本概念和一些互连设备，然后重点讨论网络互连的核心内容——IP 协议。只有掌握了 IP 协议的主要内容，才能理解 Internet 的工作原理。在介绍 IP 协议后，讨论路由原理及协议、IP 多播技术和 Internet 组管理协议 IGMP。最后简要介绍下一代的网际协议 IPv6 的主要内容。

6.1　网络层服务与网络互连

6.1.1　网络层服务模型

网络层是 OSI 参考模型中的第三层，它介于运输层和数据链路层之间，在数据链路层提供的在两个相邻结点之间传送数据帧的功能上，进一步管理网络中的数据通信，将数据设法从源端经过若干个中间结点传送到目的端，从而向运输层提供最基本的主机到主机的数据传送服务。如图 6-1 所示，网络层在通信子网内把报文分组从源结点（主机 2）送到目的结点（主机 4），而数据链路层仅关心通信子网中某相邻结点之间的数据传送，如结点 E 和 D 之间的数据传送。

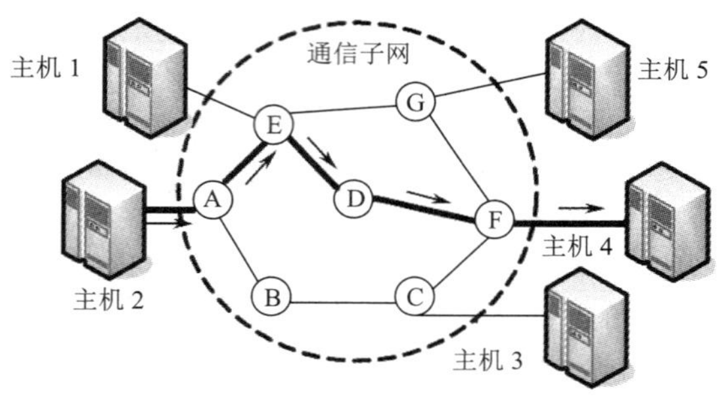

图 6-1　网络层运行的环境

网络层关系到通信子网的运行控制，体现了网络应用环境中资源子网访问通信子网的方式，是 OSI 参考模型中面向数据通信的底下三层（即通信子网）中最为复杂和关键的一层。网络层的主要功能就是实现整个网络系统的连接，为运输层提供整个网络范围内两个终端用户之间数据传输的通路，实现两个端系统之间的数据透明传送。

6.1.2 网络互连的基本概念

1. 基本概念

本章讨论的网络互连问题是基于同种或异种网络之间的连接，重点考虑的是不同网络之间的互连问题，如图 6-2 所示。

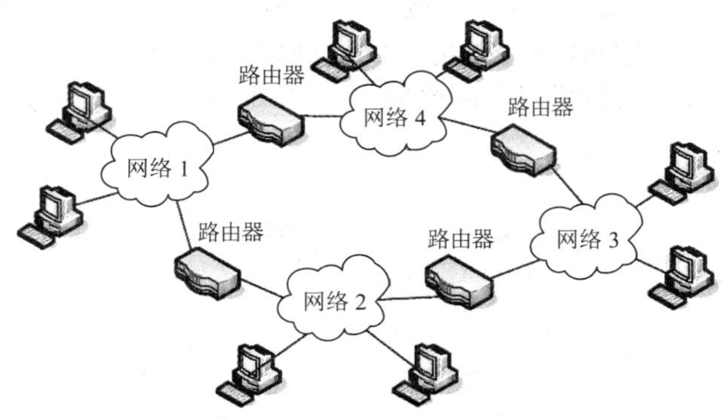

图 6-2 不同网络之间的连接

网络互连包含两个方面的含义：

① 指采用各种网络互连设备将同一类型的网络或不同类型的网络及其产品相互连接起来，组成地理覆盖范围更大、功能更强大的网络，以实现在更大范围内的资源共享、信息交换和协同工作。

② 也可以理解为将一个大的网络分解为若干个子网，以利于更有效地管理和使用网络资源。

2. 网络互连的基本原理

网络互连的目的是为网络用户建立一个统一的平台，使一个网络上的用户能访问其他网络上的资源，使不同网络上的用户能互相通信和交换信息。这不仅有利于资源共享，也可以从整体上提高网络的可靠性。

互连的网络在体系结构、层次协议及服务等方面或多或少存在着差异，对于异构网络来说（如各种类型的局域网）差异就更大。这种差异主要表现在：寻址方式，路由选择，允许通过分组的最大长度，网络接入机制，用户接入控制，超时控制，差错恢复方法，服务和管理方式等。

要实现网络互连，就必须消除网络间的差异，这些都是网络互连要解决的问题。将网络互相连接起来要使用一些中间设备（或中间系统），在 ISO 的术语中称为中继（relay）系统，用于网络之间互连的中继设备称为网络互连设备。

网络互连可以有多种方法，其中最重要的方法是以 ISO/OSI 互连参考模型的层次设计理论来进行网络互连。也就是说，从不同的网络体系结构上选定一个相应的协议层次，使得在互连网络设备中该层及位于其上的高层协议都是相同的，其底层和硬件的差异可通过该层屏蔽掉，从而使网络得以互通。如果两个网络第 *N* 层以上的协议都相同，网络互连设备在这一层上互连，则称该设备为第 *N* 层网络互连设备。这些设备按它们对不同层次的协议和功能转换，可以分为中继器（repeater）、网桥（bridge）、路由器（router）和网关（gateway）。

在 TCP/IP 参考模型中，网络互连做法是在 IP 层采用标准化协议，但相互连接的网络则可以是异构的。图 6-3（a）表示许多计算机网络通过一些路由器互连。由于参加互连的计算机网络都是用相同的网际协议（Internet Protocol，IP），因此可以把互连以后的计算机网络看成一个虚拟互连网络，如图 6-3（b）所示。所谓虚拟互连网络也就是逻辑互连网络，是指互连起来的各种物理网络的异构性本来是客观存在的，但是通过使用 IP 协议就可以使性能各异的网络在网络层上看起来是一个统一的网络。这种使用 IP 协议的虚拟互连网络简称为 IP 网络。使用虚拟互连网络的好处是：当互联网上的主机进行通信时，就好像是在一个网络上通信一样，而看不见互连的具体网络异构细节（如具体的编址方案、路由选择协议等）。

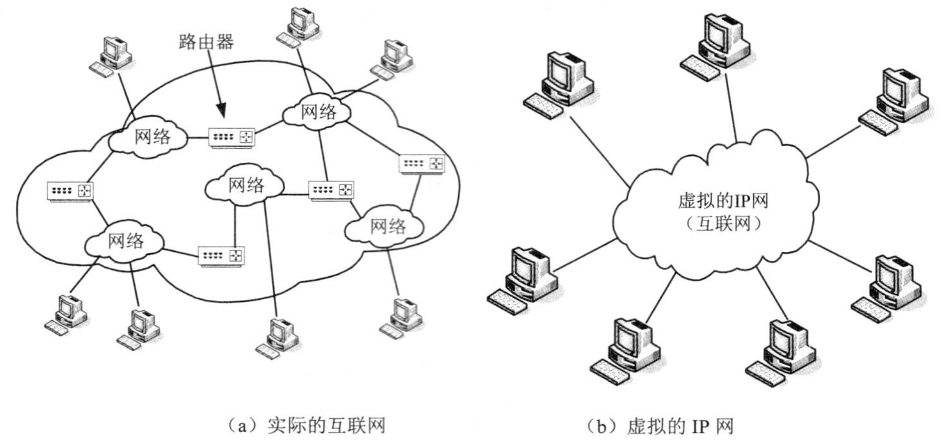

（a）实际的互联网　　（b）虚拟的 IP 网

图 6-3　IP 网的概念

3. 网络互连设备

路由器用于连接多个逻辑上分开的网络。逻辑网络是指一个单独的网络或一个子网。路由器是属于网络层的一种互连设备，只接收源站或其他路由器的信息，它不关心各子网使用的硬件设备，但要求运行与网络层协议相一致的软件。

为了管理网络，一般要利用路由器将大型的网络划分成多个子网。Internet 由各种各样的网络构成，路由器是一种非常重要的组成部分，整个 Internet 上的路由器不计其数。

基于路由器的网络，支持任何拓扑形状和采用多种网络协议的网络结构，更易于适应网络规模的增长和复杂性的提高。路由器保存每个网段的路径标识（网络地址），因此一个基于路由器的互连网络可以由许多不同的逻辑子网构成，每个子网是独立管理的域。

路由器能根据费用、线速、线路延迟等因素在多条路径中做出数据传输路径的较佳选择，并可通过配置等价路径来分散负载，实现数据链路上的流量控制。路由器提供了冗余的网络路径，以分散负荷，充分利用网络的带宽。

路由器的功能可大致分为以下几方面。

（1）互连不同类型的网络

不同类型网络之间的互连主要由路由器来实现。路由器还能动态选择路径绕过失败的网段进行连接，并在局域网协议和广域网协议（如帧中继、点到点协议）之间进行翻译。

（2）隔离广播风暴

一些局域网（如以太网和令牌环网）中的站点具有广播能力。一般而言，连接到同一个子网上的站点越多，产生的广播通信量就越大，容易形成广播风暴（Broadcast Storm）。对于通过网桥或交换机连接多个局域网段而形成的大型局域网，这种情况更严重。

如图 6-4 所示，路由器能够阻止从一个子网到另外一个子网的广播，从而减少了整个网络的广播流量，避免了广播风暴的形成。

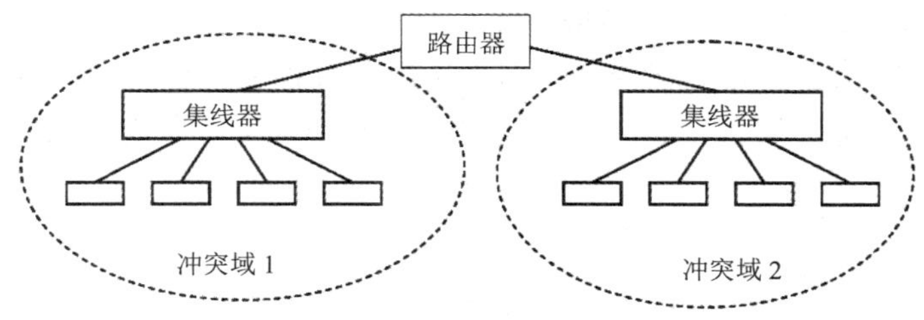

图 6-4 路由器用于分隔冲突域和广播域

（3）建立并维护路由表

每个路由器中都有一个路由表数据库与一个网络路由状态数据库。路由表数据库存储路由器每个端口对应连接的结点地址和其他路由器地址信息。路由表数据库的记录根据不同的算法或策略进行定期更新。路由器或其他网络结点之间定期交换的网络通信量、网络拓扑等状态信息保存在网络路由状态数据库中。

（4）子网间分组的传输

路由器对于流经的任何分组都要检查分组的源 IP 地址与目的 IP 地址，然后根据路由表确定该分组流向。路由器可为跨越不同网络的流量在网络上选择最合适的路径。另外，为了实现网络负载均衡，路由器还允许流量在源站点和目的站点之间的冗余线路上传送。

（5）提供安全访问的机制

通过设置路由器提供的过滤规则、流量、分组监控等机制，可以监视来自每个用户的业务流，保证网络的安全性，只有被授权的用户才能拥有相应的数据链路。

大多数路由器提供一系列的逻辑规则（如网络地址、套接字号、协议类型等），可用来创建适当的过滤器。这些规则使用户能灵活地实现安全功能。但是，路由器在接收到每个包后才运用过滤规则进行处理，所以这可能对路由器的吞吐率和包延迟有较严重的影响。

（6）提供第三层的网络服务

第三层的特殊服务包括优先权控制，即路由器可按预先设定的优先权方案，给不同协议、不同应用的流量分配不同的执行优先权。因此，合理配置路由器（如网络带宽的预约保留等）可调整网络的性能。

当局域网连接到广域网上时，路由器承担了许多协议的转换工作，如从局域网协议到针对专用线路或电话线路连接的点到点（PPP）、帧中继、X.25、ATM 等协议的转换工作。

6.1.3 路由器的组成与功能

路由器是一种具有多个输入输出端口的专用计算机，其任务是连接不同的网络（连接异构网络）并完成路由转发。在多个逻辑网络（即多个广播域）互连时必须使用路由器。路由器也可以作为最基础的包过滤防火墙应用。

当源主机要向目标主机发送数据报时，路由器先检查源主机与目标主机是否连接在同一个网络上。如果源主机和目标主机在同一个网络上，则直接交付而无需通过路由器。但如果源主机和目标主机不在同一个网络上，则路由器按照转发表（路由表）指出的路由将数据报转发给下一个路由器，称为间接交付。

可见，在同一个网络中传递数据无需路由器的参与，而跨网络通信必须通过路由器进行转发。例如，路由器可以连接不同的 LAN，连接不同的 VLAN，连接不同的 WAN，或者把 LAN 和 WAN 互连起来。路由器隔离了广播域。

从结构上看，路由器由路由选择和分组转发两部分构成，如图 6-5 所示。而从模型的角度看，路由器是网络层设备，它实现了网络模型的下三层，即物理层、数据链路层和网络层。

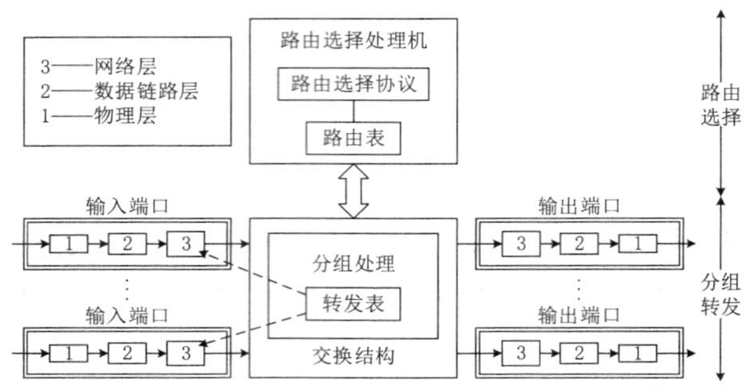

图 6-5 路由器的结构

路由选择部分也叫做控制部分，其核心构件是路由选择处理机。路由选择处理机的任务是根据所选定的路由选择协议构造出路由表，同时经常或定期地和其他相邻路由器交换路由信息而不断更新和维护路由表。

分组转发部分由 3 部分组成：交换结构、一组输入端口和一组输出端口。输入端口在从物理层接收到的比特流中提取出链路层帧，进而从帧中提取出网络层数据报，输出端口则执行恰好相反的操作。交换结构是路由器的关键部件，它根据转发表对分组进行处理，将某个输入端口进入的分组从一个合适的输出端口转发出去。有 3 种常用的交换方法：通过存储器进行交换、通过总线进行交换以及通过互联网络进行交换。交换结构本身就是一个网络。

路由器主要完成两个功能：一个是分组转发；另一个是路由计算。前者处理通过路由器的数据流，关键操作是转发表查询、转发以及相关的队列管理和任务调度等；后者通过和其他路由器进行基于路由协议的交互，完成路由表的计算。

路由器和网桥的重要区别是：网桥与高层协议无关，而路由器是面向协议的，它依据网络地址进行操作，并需要进行路径选择、分段、帧格式转换、对数据报的生存时间和流量进行控制等。

6.2 IP 协议

6.2.1 IP 协议的原理

IP 协议最基本的功能是提供一个不可靠的、尽最大努力（best effort）去完成的、无连接的分组传递服务。

该服务是不可靠的，是因为它不保证每个分组都能够正确地送到，分组可能丢失、投递无序或重复投递。而 IP 层并不检测这些情况，在发生这些情况时也不通知发送者或接收者，可靠性要由运输层等上层协议来提供。

该服务是无连接的，是因为每一个分组的处理都独立于其他分组。一串分组从一台计算机发出后，可以经由不同的路径到达另一台计算机。在分组传递过程中，可能会丢失部分分组，而其余的仍被投递。

该服务是尽最大努力去完成的，是因为 IP 协议尽最大努力去传递分组，并不轻易地抛弃分组，仅当缓冲器的资源用尽或下层的物理连接失效时才会发生不可靠的现象。同时，IP 层协议只对 20 字节的 IP 头部进行计算并检查校验和，所以接收方一旦发现报文头有错就丢弃，并由上层协议负责处理重传工作。

IP 协议定义了数据传送的基本单元（即 IP 分组）及其确切的数据格式。IP 协议还指明了如何处理分组，怎样控制错误。特别是，IP 协议还包含了不可靠投递的思想，以及与此关联的分组路由选择的思想。

IP 协议是 TCP/IP 技术的核心，TCP/IP 协议族现有两种 IP 版本：版本 4（IPv4）和版本 6（IPv6）。

6.2.2　IP 地址

IPv4 协议规定每台主机（严格地说是每个 Internet 接口）都通过一个 32 位全局唯一的 Internet 地址来标识。

1. IP 地址的格式与分类

在 IPv4 标准中，每个 32 位 IP 地址包含两个部分：网络号（net ID）和主机号（host ID）。其中，网络号用来标识一个网络，主机号用来标识网络中的某一台主机。没有两个网络能够分配同一个网络号，同一网络上的两台计算机也不可能分配同一个主机号。IANA（Internet Assigned Numbers Authority）负责分配网络号，以确保网络号的唯一性。Internet 服务提供商（Internet Service Provider，ISP）或网络管理员负责维护同一网络上主机号的唯一性等。网络号和主机号的边界由 IP 地址的类别来确定，不同类别的 IP 地址能够满足不同规模网络的组网需要。

IP 地址的长度为 32 位，为了方便用户理解和记忆，通常采用“x.x.x.x”的格式来表示，每个 x 的取值为 0～255，如 202.202.100.100。这种格式的地址通常称为点分十进制数地址。

根据不同的取值范围，IP 地址分为 5 类：A 类、B 类、C 类、D 类和 E 类。这 5 类地址的区别如图 6-6 所示。

（1）A 类地址

第一位为“0”，其网络号长度为 7 位，主机号长度为 24 位。A 类地址范围是 1.0.0.0～127.255.255.255。由于网络号长度为 7 位，所以理论上可以有 2^7＝128 个网络。但由于网络号全 0 和全 1（用十进制数表示为 0 和 127）的两个网络有特殊用途，因此一个 A 类 IP 地址实际上允许有 126 个不同的 A 类网络。由于主机号长度为 24 位，因此每个 A 类网络的主机号理论上为 2^{24}＝16 777 216 个。其中，主机号全为 0 和全为 1 的两个地址保留用于特殊目的，因此实际上一个 A 类网络的主机号为 16 777 214 个。

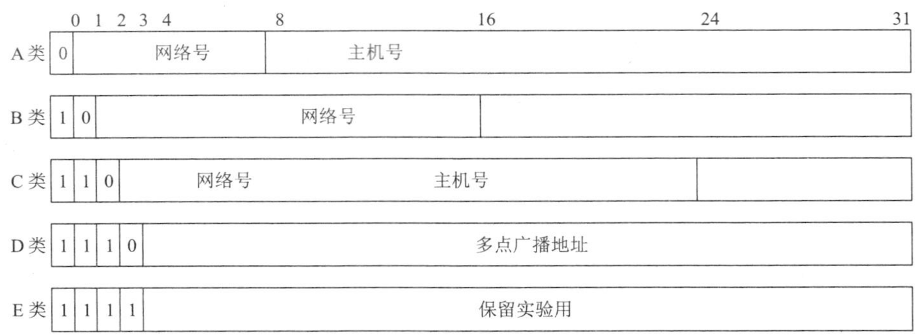

图 6-6 IP 地址的类别

（2）B 类地址

前两位是“10”，其网络号长度为 14 位，主机号长度为 16 位。B 类地址范围是 128.0.0.0～191.255.255.255。由于网络号长度为 14 位，所以可以有 2^{14}＝16 384 个 B 类网络。需要注意的是，由于 B 类地址的前两位为“10”，所以后面的 14 位无论怎么排列也不可能使整个网络号成为全 0 或全 1，故不存在减 2 的问题。由于主机号长度为 16 位，所以每个 B 类网络的主机号实际为 $2^{16}-2$＝65 534 个。

（3）C 类地址

前三位是“110”，其网络号长度为 21 位，主机号长度为 8 位。C 类地址范围是 192.0.0.0～223.255.255.255。由于网络号长度为 21 位，所以可以有 2^{21}＝2 097 152 个 C 类网络（这里也不需要减 2）。由于主机号长度为 8 位，所以每个 C 类网络的主机号实际为 $2^{8}-2$＝254 个。

（4）D 类地址

最高位是“1110”，不标识网络，其范围是 224.0.0.0～239.255.255.255。D 类地址用于其他特殊的用途，如作为多播（multicasting）地址。

（5）E 类地址

最高位为“1111”，是一个通常不用的实验性地址，保留作为以后使用。地址范围是 240.0.0.0～255.255.255.255。

这样，可以得出表 6-1 所示的 IP 地址范围和数目。

表 6-1 IP 地址范围、网络及主机数目

类别	地址范围	网络数目	主机数目
A	1.0.0.0～127.255.255.255	126	16 777 214
B	128.0.0.0～191.255.255.255	16 834	65 534
C	192.0.0.0～223.255.255.255	2 097 152	254

在 IP 地址的使用中应该注意，IP 地址既对应一个网络号，也对应那个网络上的一台主机号，因此，一个 IP 地址并不是标识一台主机（或路由器），而是标识一台主机（或路由器）与一条链路的接口。

2. 特殊用途的 IP 地址

IP 地址除了一般用于标识一台主机外，还有几种特殊的用途，相应的特殊形式如图 6-7 所示。

地址格式		含义
全 0		本地网上的本主机
网络号全 0	主机号	本地网上的主机
网络号	主机号全 0	网络的伯克利广播
全 1		本地网的有限广播
网络号	主机号全 1	网络的直接广播
127	任意	本地环路

图 6-7 特殊用途的 IP 地址格式

在每一个网络中，主机地址号全 0 或全 1 的地址称为直接广播地址（direct broadcast address）。使用直接广播地址，主机可以向任何网络直接广播数据。例如，A.255.255.255、B.B.255.255、C.C.C.255 分别是 A、B、C 三类网络的广播地址。在这里有个历史遗留问题，在伯克利软件分发（Berkeley Software Distribution，BSD）的 TCP/IP 协议实现中，用主机号所有位全为 0（而不是全 1）来表示直接广播地址，这种地址格式非正式地称为伯克利广播（Berkeley broadcast）地址。以上这些特殊的 IP 地址只能当做目的地址使用。

32 位全 1 的 IP 地址 255.255.255.255 用于本网广播，该地址称为有限广播地址或本地网络广播地址。使用有限广播地址，主机可以向本网所有的主机发送信息。

IP 协议保留主机号为 0 的地址，用它来表示一个网络。例如，地址 205.187.251.0 表示 C 类网络，该网络的网络号是 205.187.251。

当不知道网络号时，主机地址可以用网络号为全 0 的 IP 地址来代替。例如，特殊地址 0.0.0.0 表示本网络的主机，它被应用在启动协议中；特殊地址 0.X.Y.Z 表示本网络的主机 X.Y.Z。这些特殊的 IP 地址只能当做源地址使用。

A 类网络地址 127 是一个保留地址，用于网络软件测试和本地机进程间通信，称为回送地址（loopback address）。在主机上对应于地址 127.0.0.1 有一个接口，称为回送接口（loopback interface）。TCP/IP 协议规定，含网络号 127 的分组不能出现在任何网络上，主机和网关不能为该地址广播任何寻径信息。当主机往 127.X.Y.Z 形式的地址发送信息时，数据包经过协议栈的处理，又回到本主机上。127.0.0.1 是最普遍的本地环路地址，也可以用 localhost 来表示。

3. 专用地址

有些机构内部有很多主机，这些机器的主要工作是进行内部数据处理和数据通信，即使采用 TCP/IP 协议，单独访问国际互联网的机会也不多。因此，考虑到网络管理与安全隐私，这些机构没有必要向 Internet 管理机构申请全球唯一性的 IP 地址。

在 IP 地址的管理与使用中，IP 地址被分成两类，对于采用 TCP/IP 协议的机构内部网或园区网，网内的 IP 地址自行分配，这些地址称为内网地址、本地地址、内部 IP 或私有地址，而向 Internet 管理机构申请的 IP 地址称为全球地址、公网 IP 或外部地址。

IETF（Internet Engineering Task Force）在 RFC 1918 中指定了一些仅供机构内部使用的网络地址段，如表 6-2 所示。

表 6-2　内部 IP 地址的类型及范围

地 址 类 别	地 址 范 围
A 类	10.0.0.0～10.255.255.255
B 类	172.16.0.0～172.31.255.255
C 类	192.168.0.0～192.168.255.255

6.2.3　IP 分组

1. IP 分组的格式

IP 分组（IP datagram）包含一个分组头和一个数据区，头部包括一个 20 字节的固定部分和一个可选部分。图 6-8 所示为 IP 分组的详细格式。

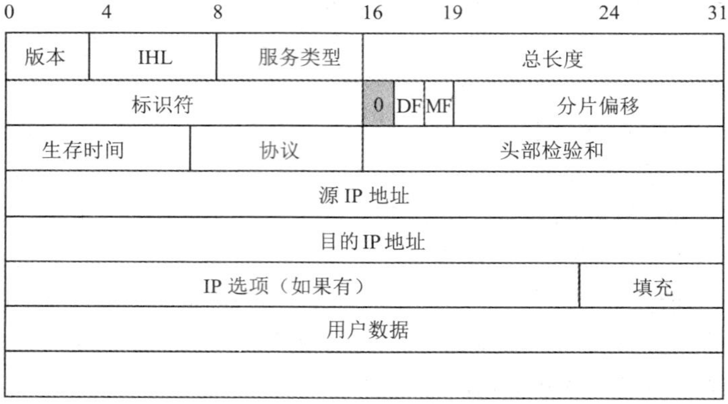

0　4　8　16　19　24　31

版本	IHL	服务类型	总长度
标识符		0 DF MF	分片偏移
生存时间	协议	头部检验和	
源 IP 地址			
目的 IP 地址			
IP 选项（如果有）			填充
用户数据			

图 6-8　IP 分组的详细格式

（1）版本号

IP 分组中的第一个字段是 4 位的版本号（version）。当前的 IP 协议版本号为 4，故常称为 IPv4。下一代互联网 IP 协议的版本号是 6，称为 IPv6。

（2）分组长度和填充字段

在 IP 分组头中有两个长度字段。

① IP 分组头长度（Internet Header Length，IHL）。分组头长度字段占用 4 位，以 4 字节为单位表示长度，因此 IP 分组头的字节数应该是头长度值×4。例如，头长度值为 8，表示 IP 分组头的长度为 32 个字节。IP 分组头分为固定部分和可选部分。固定部分正好是 20 个字节，而可选部分为变长。如果可选部分的长度不为 4 的倍数，则需要填充（padding）到 4 字节的整倍数。

② IP 分组的总长度。总长字段表示整个 IP 分组的长度，以字节为单位。它占用 16 位，所以 IP 分组最长为 65 535（$2^{16}-1$）个字节。

（3）服务类型和优先权

8 位长的服务类型（Type of Service，TOS）规定本分组的处理方式，并分成 5 个子字段。子字段的结构如图 6-9 所示。

3 位的优先级（precedence）子字段指明本分组的优先级，允许发送方表示本分组的重要程度。优先级的取值为 0～7，0 表示普通优先级。优先级是由用户指定的，虽然大多数主机和路由器软件都没有使用这一功能，但它毕竟提供了一种手段，允许控制信息享受比一般数据更高的优先级。例如，如果主机和路由器都服从优先级，则可以给拥塞控制信息赋予更高的优先级，从而实现不受拥塞影响的拥塞控制算法。

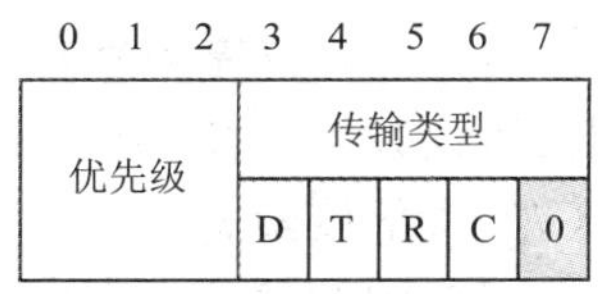

图 6-9　服务类型字段的 5 个子字段

D、T、R 和 C 位表示 IP 分组所期望的传输类型。D 代表低时延（delay），T 代表高吞吐量（throughput），R 代表高可靠性（reliability），C 代表低开销（cost）。4 个位中只能同时将 1 位设为“1”，如果所有 4 位均为“0”，则认为是一般服务。

最后一位未用，置为“0”。

（4）标识符、分片标志和分片偏移

不同的物理网络由于采用不同的传输技术或具有不同的参数，其允许通过的最大帧长度是不一样的。这个帧尺寸称为最大传输单元（Maximum Transfer Unit，MTU）。例如，10 Mb/s 以太网每帧最多可承载 1 500 个字节。

当分组从一个 MTU 较大的网络经路由器转发到一个 MTU 较小的网络上时，由于分组过长，路由器就会拒绝转发，或将分组分片后再传送。分片的过程通常在路由器中完成，而分片重组由主机中的 IP 协议软件完成。IP 分组头中的标识符（ID）、分片标志（frag flag）和分片偏移量（fragment offset）3 个字段完成分片和重组控制。

① 标识符标识分组发送时的先后顺序，每产生一个新分组，标识符的值增加 1，目的主机用它来重编分片分组。同一个 IP 分组分片后，标识符字段不变。

② 分片偏移量指在完整的分组内该分片的偏移量，偏移量以 8 个字节为单位计算。

③ 分片标志由 3 位组成，第 1 位保留为 0。第 2 位 DF（Don’t Fragments）位表示分组禁止被分片。如果 DF 位为“1”，则路由器就会不加考虑地废弃超长分组，同时还会发送一个 ICMP（Internet 控制报文协议）错误信息给这个分组的源站点。第 3 位 MF（More Fragments）位表示分组分片未完。如果 MF 位为“0”，则表示此分片是 IP 分组的最后一片。

（5）生存时间

生存时间（Time to Live，TTL）设置了该分组在 Internet 中允许存在的最大生存时间，以秒为单位。每当产生一个新的分组时，就为它设置一个最大的生存时间。当分组通过主机和路由器时，减去所花费的时间。一旦生存时间小于等于 0，便将该分组从 Internet 中删除，并向源主机发回出错信息。

路由器通常不知道物理网络上的传送时间，生存时间也只是一个数量级的概念，并不要求精确。因此有一些办法可以简化处理分组且不需要同步时钟：

① 路由上的每个路由器在处理分组头时，从生存时间中减去一。

② 如果分组在路由器中因等待服务被延迟，则从生存时间中减去等待的时间。

RFC 建议生存时间的默认值为 64，而 Windows XP 和 Windows 2003 的用户使用的生存时间默认值为 128。

（6）协议

8 位的协议字段通过填充不同的标识号来表示哪一个高层协议将用于接收 IP 分组中的

数据。常见的协议序列号有：1 对应 ICMP，6 对应传输控制协议（TCP），8 对应 EGP（外部网关协议），17 对应用户数据报协议（UDP），29 对应 ISO 运输层协议第 4 类（ISO-TP4）。

（7）头部校验和

分组头中的任何一个字段发生传输错误都会产生很多无法预料的结果。例如，如果发送地址错误，就可能无法删除一个已经过期的分组或重组不属于同一报文的分片。分组头校验和（header checksum）可以保护 IP 分组不产生这类错误，确保分组头的完整性。IP 协议没有提供对数据部分的校验。

IP 分组头校验和的计算过程是，先将校验和字段置 0，把分组头看成一个 16 位的整数序列，对每个整数分别计算其二进制反码，相加后再对结果计算一次二进制反码即可求得。

（8）源 IP 地址和目的 IP 地址

源 IP 地址（source IP）和目的 IP 地址（destination IP）字段包含了分组的原始发送方和最终接收方的 32 位 IP 地址。分组可能经过许多中间路由器，但是这两个地址始终不变。

（9）IP 选项

目的 IP 地址后面的 IP 选项字段是任选字段，它的主要目的是装载特定的功能以便于网络测试和调试。在 IP 分组中，选项是连续出现的，中间没有任何分隔符。每个选项包含一个选项码字节，后面可能跟有一个长度字节和该选项的一组字节数据。

2. IP 分组的分片和重组

不同的物理网络，使用的帧格式及允许的帧长度都是不一样的。物理网络允许的 MTU 值由物理网络的硬件和算法所确定，不能更改。IP 分组的最大长度可以为 64KB，远大于大多数物理网络的 MTU 值。当一个较长的 IP 分组在经过一个 MTU 较小的物理网络时，IP 协议将采用分片机制，把一个大的 IP 分组，分成若干个小的分片进行传输。

如前所述，分组的分片和重组是通过 IP 分组头中的 3 个字段（标识符、分片标志和分片偏移）来实现的。IP 协议组装的 IP 分组要放在物理帧中进行传输，其过程如图 6-10 所示。

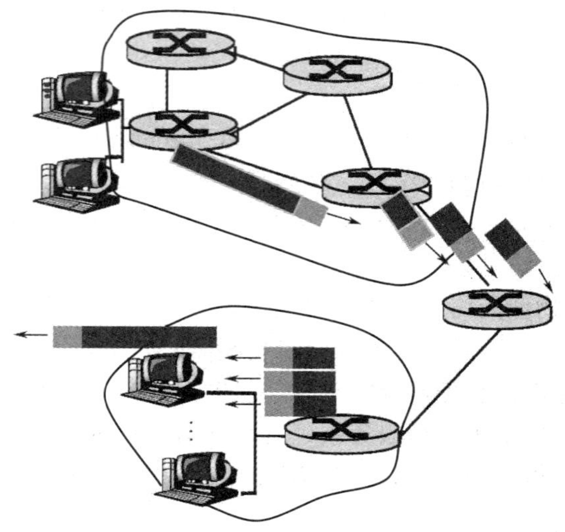

图 6-10　IP 分组的分片和重组过程

IP协议规定分片可以在任何需要的中间路由器上进行，而重组仅在目的主机上进行。这种方案的优点是：这些分片可以走不同的路径，减少路由器中保存的信息量和路由器的工作量。

假设路由器接收了一个分组，并确定该分组必须通过MTU比其长度小的网络。那么，路由器将分组分片，每个片包含一部分数据。另外，每个片中有一个几乎与分组头一样的片头（fragment header），以便让每个片都能执行路由。片头中的许多字段与分组头中的字段执行一样的功能。

图6-11所示为一个分组被分为3个小片的情况。假设网络的MTU允许最多1500字节的数据，则路由器将一个4000字节的输入分组分为3个片，前两个片的长度为1500字节。第1个片的分片偏移字段是0，表示它的数据在分组中的偏移是0。第2个片的分片偏移字段是185（1480/8），表示它的数据部分开始于原分组中数据部分的第1480字节。第3个片的长度为1040字节，偏移量是370（2960/8）。前两个片的fragflag是1，说明它们还有后续片；最后一个片的fragflag是0，说明它是某个分组的最后一个分片。

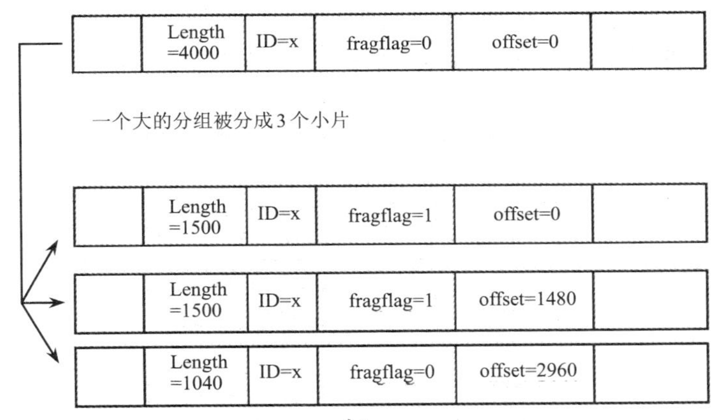

图6-11 分组被分片的情况示例

当目的IP发现两个不同的片有相同的标识符、源地址和目的地址时，就知道它们来自同一个分组。根据这些分组中分片偏移字段的值重装它们。若发现fragflag=0，且分片偏移不为0，则该分片是最后一片。作为重装过程的一部分，路由器在收到第1个片时还设置一个重装定时器（reassembly timer）。如果它不能在定时器到期之前收到全部分片，则认为一个或多个片丢失了。这时，路由器会删除所有当前存放的分片，并向发送站发送一个错误信息。因此，接收规则是，要么收到所有分片，要么就全都不收。

6.2.4 IP地址的动态分配

在Internet早期，每个组织机构的网络都很简单。当时的研究者在设计Internet编址方案时，主要是针对大型机互连的网络结构，所以只需要网络号和主机号这两级结构的IP地址就可以唯一确定地识别一个物理网络和一台主机。但是，随着Internet的迅速发展，这种两级结构很难满足日益增长的网络需求，并日益显现出如下的缺点。

（1）IP地址浪费

由于目前的IP地址分类方案有不合理之处，因而造成许多地址的浪费。例如，A类地址网络空间太大，每个A类或B类网络的主机号大大超过一般网络的需要量，而主机号仅有 254 个的 C 类网络又偏小。这样就造成了许多单位在申请和使用 IP 地址上的浪费。

（2）路由器效率低下

在解决 IP 地址浪费所带来的问题的同时，又会产生另一个问题，就是路由表会急剧膨胀。由于路由表指出了到每一个目的网络（不是每一个主机）的路径，所以若 C 类网络数超过 50 万个，那么路由表中的表项数将大到无法存储、管理和维护。

为了解决这些问题，人们提出了子网（subnet）和超网（supernet）的概念。划分子网就是将一个大的网络划分成几个较小的网络，而每个子网络都有其自己的子网地址。构建超网则是将一个组织所属的几个 C 类网络合成为一个地址范围更大的逻辑网络，其中一个比较好的方法是无分类域间路由选择（Classless Inter-Domain Routing，CIDR）（RFC 1519）。

1. 子网与子网掩码

（1）子网

子网编址（subnet addressing）技术又称为子网划分（subnetting），是最广泛使用的 IP 网络地址复用方式，目前已经标准化，并成为 IP 地址模式的一部分。

一般地，32 位的 IP 地址分为两部分，即网络号和主机号，分别称为 IP 地址的“网络号”和“主机号”。子网划分技术就是将主机部分进一步划分为“子网号”和“主机号”，其中“子网号”用于标识同一 IP 网络地址下的不同物理网络，即“子网”。三级 IP 地址格式如图 6-12 所示。

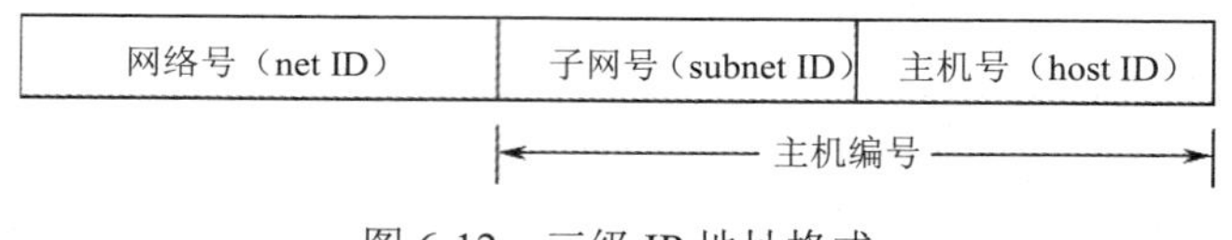

图 6-12 三级 IP 地址格式

（2）子网掩码

IP 协议规定：每一个使用子网技术的网络都需要选择一个 32 位的位模式，若位模式中的某位为 1，则对应 IP 地址中的某位为网络地址（包括网络号和子网号）中的一位；若位模式中的某位为 0，则对应 IP 地址中的某位为主机地址中的一位。例如，在 32 位模式 11111111 11111111 11111111 00000000 中，前 24 位全为 1，则对应 IP 地址中最高的 24 位为网络地址；后 8 位全为 0，则对应 IP 地址中最后的 8 位为主机地址。这种位模式称为子网掩码（subnet mask）或子网屏蔽码。

为了使用方便，常常使用“点分十进制数”来表示一个 IP 地址和子网掩码。网络掩码用来把网络信息和主机信息分开。每个 A、B 或 C 类地址实际上都有一个默认掩码。A 类地址的默认掩码是 255.0.0.0，B 类地址的默认掩码是 255.255.0.0，C 类地址的默认掩码是 255.255.255.0。使用了掩码，网络就可以分化成子网，并把地址的网络部分延伸到主机部分。子网划分技术增加了子网的数量，减少了主机的数量。

需要注意的是，虽然 IP 协议关于子网掩码的定义允许子网掩码中的“0”和“1”位不连续，但是由于在子网掩码中使用低序或无序的位，会给分配主机地址和理解路由表带来一定困难，并且只有极少的路由器支持在子网中使用低序或无序的位，因此在实际应用中通常采用连续方式的子网掩码。

（3）子网掩码与 IP 地址

子网掩码与 IP 地址结合使用，可以区分出一个网络地址的网络号和主机号。

【例 6-1】 有一个 C 类地址为 192.168.1.1，其默认子网掩码为 255.255.255.0，则它的网络号 192.168.1.0 和主机号 1 可以通过下面的掩码运算方法得到。

① 将 IP 地址 192.168.1.1 转换为二进制：

11000000 10101000 00000001 00000001

② 将子网掩码 255.255.255.0 转换为二进制：

11111111 11111111 11111111 00000000

③ 将两个二进制数进行逻辑与（AND）运算后，得到的结果即为网络号：

IP 地址：192.168.1.1	11000000 10101000 00000001 00000001
掩码：255.255.255.0	11111111 11111111 11111111 00000000
网络号：192.168.1.0	11000000 10101000 00000001 00000000

④ 将子网掩码取反再与 IP 地址进行逻辑与（AND）运算后，得到的结果即为主机号：

IP 地址：192.168.1.1	11000000 10101000 00000001 00000001
掩码取反：0.0.0.255	00000000 00000000 00000000 11111111
结果：0.0.0.1	00000000 00000000 00000000 00000001
主机号：1	

（4）子网划分实例

对于使用 A 类、B 类、C 类 IP 地址的单位，可以把它们的网络划分成几个部分，每个部分称为一个子网。每个子网对应于一个下属部门或一个地理范围（如一座或几座办公楼），或者对应于一种物理通信介质（如以太网、点到点连接线路或 X.25 网）。

在子网构建过程中，首先要确定需要划分的子网数量、每个子网最多可包含的主机数量，然后根据子网数量确定子网部分所需的位数。假定需要划分的子网数量为 m，则所需的子网部分位数 n 为满足不等式 $2^n \geqslant m+2$ 时的最小值。最后计算子网掩码，确定每个子网的地址范围。

【例 6-2】 一个企业使用一个 B 类地址 172.18.0.0 构建企业内部网络，内部有 60 个物理网络。那么，网络设计者就必须对这个 B 类地址进行子网划分。

① 根据所要构建的物理网络的数量确定子网号。由于 $2^5<60<2^6$，所以从 B 类地址的主机号（16 位）中取出 6 位（最小取 6 位）作为子网号。

② 确定子网掩码。如图 6-13 所示，根据上一步确定的子网号，将其 IP 地址的网络部分 16 位和主机部分的高 6 位全部置为 1，主机部分的低 10 位全部置为 0，即确定子网掩码为 255.255.252.0。

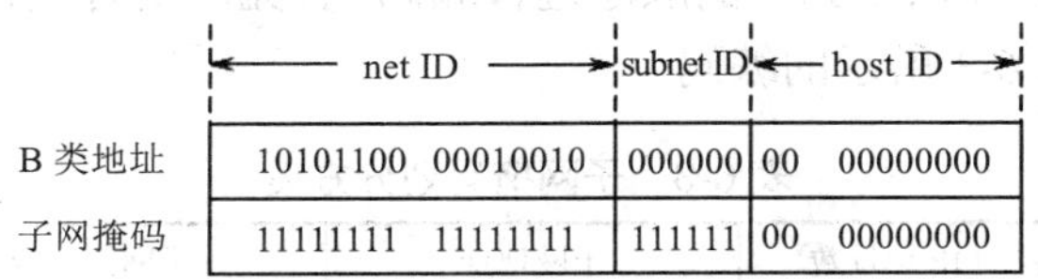

图 6-13 子网划分示例

③ 确定每个子网主机数量和子网地址的范围。由于主机号为 10 位，所以每个子网可容纳的主机数量为 $2^{10}-2=1\ 022$，子网掩码为 255.255.252.0。具体划分如下。

特殊地址：172.18.0.0～172.18.3.255

子网 1：172.18.4.0～172.18.7.255

子网 2：172.18.8.0～172.18.11.255

……

子网 62：172.18.248.0～172.18.251.255

特殊地址：172.18.252.0～172.18.255.255

注意：

① 在 RFC950 标准中，不建议使用全 0 和全 1 的子网 ID，但这一点在 RFC1878 中被废止了。主机号为全 0，用来表示子网地址；主机号为全 1，用来表示子网广播地址。因此，上面的特殊地址和每个子网中的第 1 个地址与最后 1 个地址需要保留，不分配给主机使用。

② 在确定子网号长度时，应考虑子网数与每个子网中主机和路由器数（即所有需要分配 IP 地址的网络接口数）这两方面的因素。例如，在上面的例子中，子网号取主机号 16 位中的 6 位，也可以根据每个物理网络实际需要的 IP 地址数，取大于 6 的位数。当取 7 位时，可用子网数为 $2^7-2=126$，每个子网的 IP 地址数为 $2^{(16-7)}-2=510$。

上面的例子是一种定长子网掩码划分的方法，下面我们再举一个变长子网掩码的例子。

【例 6-3】 某机构网络互连的拓扑结构如图 6-14 所示，其申请到一个 C 类地址 202.200.100.0，那么该如何使用这一地址进行网络构建呢？

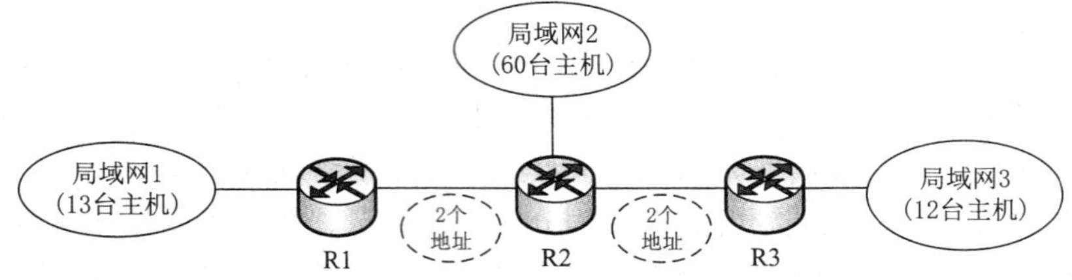

图 6-14 某机构网络互连拓扑结构示意图

根据图 6-14 所示，该机构需要划分为 3 个子网，每个子网包含的主机数分别为 13、60 和 12。另外，路由器 R1 和 R2、R2 和 R3 之间需要 2 个通过点对点链路连接（即 2 个 IP 地址）的子网。具体的划分步骤如下。

① 按每个子网所含主机地址数从小到大排列，得到 2、2、12+1（路由器接口需要 1 个 IP 地址）、13+1 和 60+1。

② 计算每个子网所需主机部分位数，分别得到 2、2、4、4 和 6，则对应子网位数分别为 6、6、4、4 和 2。

③ 对主机部分位数以从小到大的顺序进行编码，首先对所含主机部分位数为 2 的子网号进行编码，得到如表 6-3 所示的编码。

表 6-3 子网掩码划分方案

网络名称	需要的 IP 地址数	子网地址	子网掩码	子网号
R1 和 R2 之间	2	202.200.100.4	255.255.255.252	000001
R2 和 R3 之间	2	202.200.100.8	255.255.255.252	000010
局域网 3	13	202.200.100.16	255.255.255.240	0001
局域网 1	14	202.200.100.32	255.255.255.240	0010
局域网 2	61	202.200.100.64	255.255.255.192	01

2. CIDR

为了更加有效地分配和利用 IP 地址空间，很好地解决 IP 地址空间既紧张又浪费的问题，IETF 在 1993 年提出了无分类编址的方法 CIDR，即无分类域间路由选择。

CIDR 不再按网络规模对地址进行分类，也不再划分子网，而使用网络前缀代替网络号和子网号，网络中的 IP 地址由网络前缀和主机号构成，这使 IP 地址从三级编址（使用子网掩码）又回到了两级编址。

CIDR 使用“斜线记法”（slash notation），又称为 CIDR 记法，即在 IP 地址后面加上一个斜线“/”，然后写上网络前缀所占的比特数。例如，166.100.20.82/20 表示在这个 32 位的 IP 地址中，前 20 位表示网络前缀，而后面的 12 位为主机号。

网络前缀相同的 IP 地址空间组成了 CIDR 地址块，地址块的大小为 2^{32-N}（N 为网络前缀位数），CIDR 地址块就用该地址块的起始地址和地址块大小（地址块中的地址数）表示。例如，200.100.160.0/20 表示起始地址是 202.100.160.0，最大地址是 202.100.175.255，地址数是 2^{12}。

CIDR 取消了子网概念，不进行子网划分，但是还使用掩码。对一个有 N 位网络前缀的 IP 地址，其掩码就是高位 N 个连续的 1，余下的是 32–N 个 0。

CIDR 的用途之一就是构造超网。使用 CIDR 地址块后，网络路由器中的路由表项可以表示很多个传统 IP 地址的路由信息，相当于把若干个网络合并为一个超网来进行路由，这种地址的聚合称为路由聚合，也称为构造超网。

【例 6-4】 图 6-15 所示为一个企业拥有 4 个 C 类网络，地址分别为 202.0.44.*、202.0.45.*、202.0.46.*和 202.0.47.*，将这 4 个 C 类网络地址按照 CIDR 方法进行路由聚合处理。

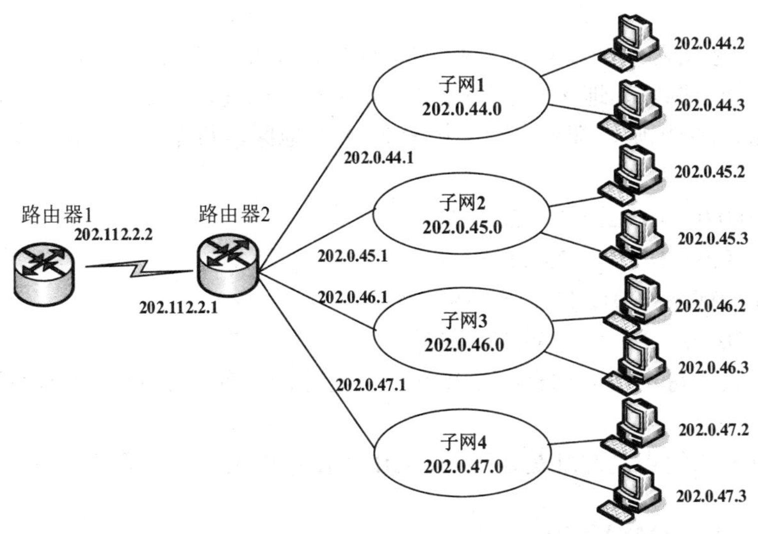

图 6-15　具有 4 个 C 类地址的企业网络结构

路由聚合的过程如下。

① 将各网络的网络号转化为二进制。

网络 1 的网络号：202.0.44.0　11001010 00000000 00101100 00000000

网络 2 的网络号：202.0.45.0　11001010 00000000 00101101 00000000

网络 3 的网络号：202.0.46.0 11001010 00000000 00101110 00000000

网络 4 的网络号：202.0.47.0 11001010 00000000 00101111 00000000

② 找出各网络的公共前缀为前面的 24 位，即 202.0.44，所以子网掩码为 11111111 11111111 11111100 00000000，即 255.255.252.0。

③ 对于位于 Internet 上的路由器 1，如果有一个到此企业的分组，那么它的路由表中关于此企业的记录由原来的 4 项（见表 6-4）压缩为 1 项（见表 6-5），这个分组只要送到企业的网关（路由器 2）即可。

表 6-4 路由聚合前路由器 1 中有关此企业的路由记录

目的网络地址	子 网 掩 码	下一个转发结点地址
202.0.44.0	255.255.255.0	202.112.2.1
202.0.45.0	255.255.255.0	202.112.2.1
202.0.46.0	255.255.255.0	202.112.2.1
202.0.47.0	255.255.255.0	202.112.2.1

表 6-5 路由聚合后路由器 1 中有关此企业的路由记录

目的网络地址	子 网 掩 码	下一个转发结点地址
202.0.44.0	255.255.252.0	202.112.2.1

要使用这种归并，必须满足以下 3 种特性：

① 当对多个 IP 地址进行归并时，这些 IP 地址必须具有相同的高位地址位；

② 路由表和路由选择算法必须扩展成根据 32 位 IP 地址和 32 位掩码做出选路决策的算法；

③ 必须扩展选路协议，使其除了 32 位地址外，还要有 32 位掩码。

显然，对于一个国家、地区、组织来说，分配到的地址最好是连续的。RFC 1519 中规定了 C 类地址的分配规则，即整个世界被分为 4 个地区，每个地区分配一段连续的 C 类地址。

欧洲：194.0.0.0～195.255.255.255

北美：198.0.0.0～199.255.255.255

中南美：200.0.0.0～201.255.255.255

亚太地区：202.0.0.0～203.255.255.255

通过这种方式，每个地区拥有约 3200 万个地址，另有约 3200 万个地址 204.0.0.0～223.255.255.255 保留备用。

这种分配方式的优点是地址是连续的，CIDR 使路由表的设置更为容易。

6.3 ARP 和 RARP 协议

6.3.1 ARP 协议

由于 IP 协议使用了下一层（即数据链路层）的协议进行实际数据的传输，所以在 IP

协议中，当实际发送数据时，发送方必须知道数据链路层的物理硬件地址（也称为 MAC 地址）。地址解析协议（Address Resolution Protocol，ARP）实现 IP 地址与 MAC 地址之间的转换。位于网络中的每台主机都要维护一个 IP 地址到 MAC 地址的转换表，称为 ARP 缓存表。在主机启动时，ARP 表为空。

ARP 协议中所使用的 ARP 包的格式如图 6-16 所示。

<table>
<tr><td colspan="3">硬件类型</td><td colspan="3">协议类型</td></tr>
<tr><td colspan="2">MAC 地址长度</td><td colspan="2">协议地址长度</td><td colspan="2">操作域</td></tr>
<tr><td colspan="6">发送方 MAC 地址（8 位组 0～3）</td></tr>
<tr><td colspan="3">发送方 MC 地址（8 位组 4～5）</td><td colspan="3">发送方 IP 地址（8 位组 0～3）</td></tr>
<tr><td colspan="3">发送方 IP 地址（8 位组 2～3）</td><td colspan="3">目标 MAC 地址（8 位组 0～1）</td></tr>
<tr><td colspan="6">目标 MAC 地址（8 位组 2～5）</td></tr>
<tr><td colspan="6">目标 IP 地址（8 位组 0～3）</td></tr>
</table>

图 6-16　ARP 包的格式

各字段意义分别介绍如下。

① 硬件类型：表示数据链路层所使用的硬件的种类。

② 协议类型：在上层协议为 IP 协议的情况下，其值为 0800（十六进制）。

③ MAC 地址长度（HLEN）和协议地址长度（PLEN）：分别表示数据链路层和上层的地址长度。在以太网和 IP 协议组合使用的情况下，它们的长度分别为 48 位和 32 位。

④ 操作域（operation）：表示请求应答的种类。

⑤ 发送方 MAC 地址（sender HA）和发送方 IP 地址（sender IP）：分别表示发送方的 MAC 地址和 IP 地址。

⑥ 目标 MAC 地址（target HA）和目标 IP 地址（target IP）：分别表示目标的 MAC 地址和 IP 地址。在发送 ARP 包请求的情况下，target HA 域为空。

ARP 协议的执行过程如下：

① 在发送一个分组之前，首先根据目的 IP 地址，在本地 ARP 缓存表中查找与之对应的目的 MAC 地址。如果找到，则不进行地址解析；否则，利用 ARP 协议进行地址解析。

② 产生 ARP 请求分组，填充发送方 MAC 地址、发送方 IP 地址和目标 IP 地址。

③ 将 ARP 分组组装成本地链路层帧，进行广播发送。

④ 在接收到 ARP 请求分组的主机中，已成为目标 IP 地址的主机将记录有其 IP 地址和 MAC 地址的 ARP 分组并通过链路层发送出去。

⑤ 接收到 ARP 应答分组的主机，将 IP 地址和 MAC 地址的对应关系加入到 ARP 缓存表中。

6.3.2　RARP 协议

反向地址解析协议（Reverse Address Resolution Protocol，RARP）用于物理地址到 IP 地址的映射。RARP 协议的一个主要应用是无盘工作站的初始化。当无盘工作站在启动时，只知道自己网络接口的 MAC 地址，而不知道自己的 IP 地址。因此，它首先要使用 RARP 协议得到自己的 IP 地址后，才能和其他服务器通信。

具体过程如下：

① 当一台无盘工作站启动时，工作站首先以广播方式发出 RARP 请求。

② 本地网络上的RARP服务器根据收到的RARP请求中的MAC地址为该工作站分配一个IP地址，然后以RARP响应包的形式发送回去。

RARP包和ARP包的格式完全一样。唯一的差别在于，RARP请求包中是发送者填充源端MAC地址，而源端IP地址为空。在同一个子网上，RARP服务器接收到请求后，填入分配的IP地址，然后发送回源端。

6.3.3 IP层处理分组的流程

IP层对分组的处理分为以下两种情况。

① 如果源主机和目的主机位于相同子网中，则主机之间不通过路由器可以直接进行分组传递。

② 如果源主机和目的主机位于不同子网中，则主机之间的数据传递就需要通过一个或多个路由器转发。在这种情况下，每一个收到分组的路由器都要提取分组中目的IP地址的网络号，查找自身的路由表，找出下一个转发路由器的IP地址（一般称为下一跳地址），然后把分组传送给下一个路由器进行转发。当IP分组到达与目的主机所在子网连接的路由器时，分组将被直接交给目的主机。

应该注意的是，在IP分组中始终不出现下一站路由器的IP地址。在IP分组头部写上的地址是源站和目的站的IP地址。在IP分组的转发过程中，IP软件中的路由选择算法根据路由表得出下一站路由器的IP地址后，不将此IP地址填入IP分组，而是送交下层的网络接口软件。网络接口软件负责将下一站路由器的IP地址转换成物理地址，并将此物理地址放在链路层MAC帧的头部，然后用这个物理地址找到下一站路由器。由此可见，当发送一连串的分组时，上述这种查找路由表、计算物理地址、写入MAC帧的头部等过程，将不断地重复进行，造成了一定的开销。

例如，如图6-17所示，有4个A类网络通过3个路由器（R1，R2，R3）连接在一起。如果在主机A和主机B之间进行数据传递，由于位于相同的子网，所以可以直接交付。如果主机A与主机C之间进行数据传递，那么由于它们位于不同的子网，所以必须经过路由器R1、R2和R3的转发。

下面讨论在IP分组转发中，路由结点中路由表的构成。在图6-17中，每个网络上都可能有许多主机。可以想象，若按这些主机的完整IP地址来制作路由表，则路由表将很复杂。但若按主机所在的网络号来制作路由表，那么每个路由器中的路由表就只包含4个要查找的网络。以路由器R2的路由表为例，由于R2同时连接在网络2和网络3上，因此只

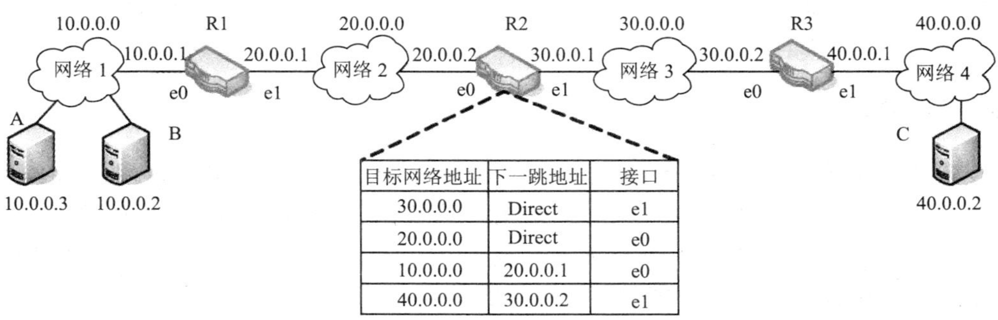

目标网络地址	下一跳地址	接口
30.0.0.0	Direct	e1
20.0.0.0	Direct	e0
10.0.0.0	20.0.0.1	e0
40.0.0.0	30.0.0.2	e1

图6-17 路由器中的路由表构成示例

要目的站在这两个网络上，都可由路由器 R2 进行转发。当然，转发过程可能要利用地址转换协议（ARP）才能找到这些主机相应的物理地址。若目的站在网络 1 中，则下一站路由器应为 R1，其 IP 地址为 20.0.0.1。路由器 R2 和 R1 由于同时连接在网络 2 上，因此从路由器 R2 转发分组到路由器 R1 是很容易的。同理，若目的站在网络 4 中，则路由器 R2 应将分组转发给 IP 地址为 30.0.0.2 的路由器 R3。

6.4 ICMP 协议

1. 基本格式

IP 协议只负责传送 IP 分组，无法监视和控制网络中出现的一些问题。这些问题由 Internet 的控制协议来解决。

ICMP（Internet Control Message Protocol）是 Internet 中一个差错和控制报文协议。IP 协议的目的比较明确，它只是尽力地、最快地传递数据到目的站点，因此它很难诊断错误情况，必须通过另外的协议返回相应的信息。针对网络层的错误诊断、拥塞控制、路径控制和查询服务 4 大功能，ICMP 提供相应的报文。RFC 792 中定义了 ICMP 协议。

如图 6-18 所示，ICMP 报文是封装在 IP 分组的数据区中发送的，因此并不能保证它的可靠性。

ICMP 报文分成报文头和数据区两部分，其中报文头包含类型、代码与校验和 3 个字段。ICMP 报文的格式如图 6-19 所示。

ICMP 头 | ICMP 数据区 — ICMP 报文

IP 头 | IP 数据区 — IP 分组

图 6-18 ICMP 报文的封装

图 6-19 ICMP 报文的格式

ICMP 报文的类型字段占一个字节，它指出了报文的类型。类型字段的值与 ICMP 报文类型的关系如表 6-6 所示。

表 6-6 类型字段与 ICMP 报文类型

类型字段	报文类型	类型字段	报文类型
0	回应应答	12	分组参数错
3	目的站点不可达	13	时间戳请求
4	源抑制	14	时间戳应答
5	重定向	15	信息请求
8	回应请求	16	信息应答
9	路由器通告	17	地址掩码请求
10	路由器询问	18	地址掩码应答
11	分组超时	—	—

计算校验和的算法与 IP 分组头校验和的算法相同，也是 16 位二进制反码和的反码。但需要注意的是，它是整个 ICMP 报文的校验和，而不仅仅是分组头的校验和。同时，类

型字段是一个单字节整数，它指出报文的类型；代码字段也是一个单字节整数，它提供关于报文类型更进一步的信息。

ICMP 协议的报文可以分为差错报文、控制报文和请求/应答报文 3 大类，它们都与相应的 ICMP 协议相关。

2. 差错报文

ICMP 差错报文包括目的不可达、超时报告、参数出错报告等，其最根本的功能是提供差错报告。ICMP 协议并不严格规定对某种差错应该采取什么方式处理，只是定义了 ICMP 差错报文的各种使用方式。

路由器或目的端在处理 IP 分组时，如果发现错误，就向源端主机发送 ICMP 差错控制报文。

在 ICMP 差错报文的数据区，除了包含出现错误的 IP 分组头部外，还包含出错 IP 分组数据区的前 64 个比特，这样可使接收者进行错误判断和处理。

3. 控制报文

ICMP 控制报文主要用于拥塞控制和路径控制。

当大量的分组涌入路由器时，路由器可能因为处理能力和网络带宽的问题而处理不及，造成大量分组处于发送等待队列中，占用大量的缓冲区，导致所谓的拥塞情况。

IP 协议采用源抑制（source quench）控制源端发送报文的速率，以此来缓解网络拥塞。源抑制的过程如下。

1）路由器周期性地检查每条输出端口，一旦发现某端口发生拥塞就向源主机发送 ICMP 源抑制报文。发送方式有 3 种：

① 如果输出缓冲区已满，则丢弃新来的分组，同时向源主机发送源抑制报文。

② 为输出缓冲区设置一个界限，当分组达到该界限时，则每当有新分组到来时，就向源主机发送源抑制报文。

③ 监视网络上报文传输速率高的源主机，在发现拥塞时，只向这些源主机发送源抑制报文。

2）源主机在接收到源抑制报文后，按一定的比例降低报文的传输速率。在一定的时间间隔内，源主机可以多次降低发送速率。如果源主机在一定的时间间隔后又收到新的源抑制报文，就再次降低发送速率，以使路由器摆脱拥塞。

3）在拥塞解除后，如果在一定的时间间隔内没有收到新的源抑制报文，源主机可缓慢地逐渐恢复分组发送速率。

4. 请求/应答报文

请求/应答报文是 ICMP 的双向传输协议，用于对网络状态的测试和控制。报文对有以下 3 种：

① 回应请求与应答报文对。该报文对用于测试目的主机的可达性。请求者向目的主机发送请求对方回答的报文，如果成功地收到对方的应答报文，则说明对方工作正常。

② 时间戳请求与应答报文对。该报文对用于时钟同步或测试两主机间的传输延迟。

③ 地址模式请求与应答报文对。该报文对用于取得对方的子网掩码，以正确区分子网

地址。

ICMP 常见的应用是分组网间探测 Ping(用来测试两个主机之间的连通性)和 Traceroute（UNIX 中的名字，在 Windows 中是 Tracert）。其中，Ping 使用了 ICMP 的回应请求与应答报文，Traceroute/Tracert 使用了 ICMP 差错控制报文中的超时报告报文。

6.5 路由选择算法

路由选择（routing）是指选择互连网络从源结点向目的结点传输信息的行为，并且信息至少通过一个中间结点。

6.5.1 理想路由选择算法的特性

路由算法在路由协议中起着至关重要的作用，采用何种算法往往决定了最终的寻径结果。因此，在选择和评价路由算法时通常需要综合考虑以下几点特性：

① 正确性（correctness)，指路由算法不仅本身是正确的，而且应该达到数据通信所要求的目标，以满足用户的业务要求。

② 简单性（simplicity)，要求路由算法不能太复杂，不能给各个结点带来过重的负担，算法处理和传输上的开销会影响网络的通信效率。算法设计应该简洁，利用最少的软件和开销，提供最有效的功能。

③ 鲁棒性/健壮性（robustness)，算法应该能够适应网络状态（如网络负载等）和网络拓扑的变化，以及在路由器失效时及时计算出新的路由。路由选择算法必须具有健壮性，在出现异常或非预见性情况时（如硬件故障、高负荷状态和不正确的操作等）也能正常运行。

④ 稳定性（stability)，当网络负载和网络拓扑发生变化时，路由算法应在一个合理的时间内收敛于一个可以接受的解，而不产生过多的振荡。

⑤ 公平性（fairness)，路由算法应对所有用户（除极少数高优先级的用户外）都是平等的。

⑥ 最优性（optimality)，指路由算法选择最佳路径的能力，即以最低的费用来实现路由选择。

6.5.2 路由选择策略

通信子网为网络源结点和目的结点提供了多条传输路径的可能性。网络结点在收到一个分组后，要确定向下一个结点传送的路径，这就是路由选择。在数据报方式中，网络结点要为每个分组路由做出选择；而在虚电路方式中，只需在连接建立时确定路由。

设计路由算法时要考虑诸多技术要素：

① 选择最短路由还是选择最佳路由。

② 通信子网是采用虚电路还是采用数据报操作方式。

③ 采用分布式路由算法还是采用集中式路由算法。

④ 网络拓扑、流量和延迟等网络信息的来源。

⑤ 采用静态路由选择策略，还是动态路由选择策略。

从路由选择算法对网络拓扑和通信量变化的自适应能力的角度划分，路由选择策略可以分为静态和动态两大类。

1. 静态路由选择策略

当采用静态路由选择策略时，网络管理员在路由选择开始前就将到达每一个目的结点的路径输入到路由表中。当网络结构发生变化时，需要管理人员重新手工配置路由表。因此，静态路由选择算法下的网络信息流相对可以预见，网络拓扑结构不经常变化，它在网络设计相对简单的环境里运行较好。例如，在一般的局域网系统中，路由结点少，网络结构简单，可以采用这种方法。

静态路由选择策略是按照某种固定规则进行路由选择，其中还可分为洪泛路由选择、固定路由选择和随机路由选择 3 种方法。

（1）洪泛路由选择法

这是一种最简单的路由算法，基本思想是：源结点把分组发送给每个相邻结点，每个中间结点接收到分组后复制若干拷贝，转发给除了输入链路外的其他各个相邻结点，这样同一分组的拷贝会扩散到全网，最先到达目的结点的一个或若干个分组肯定经过了最短的路径，而且所有可能的路径都被尝试过。这种方法用于诸如军事网络等健壮性要求很高的场合，即使有的网络结点遭到破坏，只要源结点和目的结点之间有一条路径存在，则洪泛路由选择仍能保证数据的可靠传送。另外，这种方法也被用来进行网络的最短路径及最短传输延迟的测试。

（2）固定路由选择法

这是一种使用较多的简单算法。每一对源结点和目的结点之间的路径都是按照某种最小费用准则预先选择好的。每个网络结点存储一张表格，表格中每一项记录着对应某个目的结点的下一结点或链路。当一个分组到达某结点时，该结点只要根据分组中的地址信息，便可从固定路由表中查出对应的目的结点及应选择的下一结点。一般地，网络中都有一个网络控制中心，由它按照最佳路由算法求出每对源、目的结点之间的最佳路由，然后为每一结点构造一个固定路由表并分发给各个结点。固定路由选择法的优点是简便易行，在负载稳定、拓扑结构变化不大的网络中运行效果很好。它的缺点是灵活性差，无法应付网络中发生的拥塞和故障。

（3）随机路由选择法

这种方法的基本思想是：收到分组的结点，在所有与之相邻的结点中为分组随机地选择一个转发结点。这种方法虽然简单，但实际路由不是最佳路由，这会增加不必要的负担，而且分组传输延迟也不可预测，故这种方法只在特殊情况下使用。

2. 动态路由选择策略

由于静态路由选择算法不能对网络的变化做出反应，所以它不能适应当今大型、易变的网络环境。20 世纪 90 年代以来，绝大多数优秀的路由选择算法都是动态的。路由选择软件接收到网络发生变化的消息后，就会重新计算路由，并发出新的路由更新消息到网络中，路由器接收到这些消息后，便重新进行计算，并改变其路由表。因此，结点的路由选择要依靠网络当前的状态信息来决定，这种策略称为动态路由选择策略。这种策略能较好地适应网络流量、拓扑结构的变化，有利于改善网络的性能。但由于算法复杂，该类方法会增加网络的负担。

通常根据路由信息的来源和进行路由决策的地点，把动态路由选择策略分为以下 3 类。

（1）孤立路由选择法

一种简单的孤立路由选择算法是 Baran 在 1964 年提出的热土豆（hot potato）算法：每个转发结点把每一个收到的分组发送给等待队列长度最短的输出链路。对热土豆算法的一个改进方法是：在为某个分组选择路由时，把某条链路上的队列长度和该链路的权值加起来，选择具有最小和的那条链路，把分组转发出去。在这类路由选择算法中，结点仅仅根据自己收集到的有关信息做出路由选择的决定，并不利用来自其他结点的网络信息。这类算法虽然不能正确地确定距离本结点较远的路由选择，但能较好地适应网络流量和拓扑结构的变化。

（2）集中路由选择法

集中路由选择也像固定路由选择一样，在每个结点上存储一张路由表。不同的是，固定路由选择算法中的结点路由表由人工设置，而在集中路由选择算法中结点路由表由路由控制中心（Routing Control Center，RCC）定时根据网络状态计算、生成并分送到各相应结点。由于 RCC 利用了整个网络的信息，所以得到的路由选择是完美的，同时也减轻了各结点计算路由选择的负担。但是其缺点是计算量大，并且结点与 RCC 的信息交换会加重网络负担，所以这种方法适应于网络拓扑结构变化不大的场合。

（3）分布路由选择法

在采用分布路由选择算法的网络中，每个结点根据来自相邻结点的信息，通过最小费用路由选择算法计算出到每个目的结点的路由。目前广为流行的分布式路由选择算法有距离向量路由选择算法和链路状态路由选择算法。

6.5.3 路由算法

路由选择算法是网络层软件的主要部分，它驻留在每台路由器（或三层交换机）中，负责告诉路由器收到的分组应传送的外出路线。最常用的路由算法是最短路径算法、距离向量算法和链路状态算法。

1. 最短路径算法

最短路径路由选择算法属于静态路由选择方法。这里所指的“最短”可以是经过的站点数最少，也可以是真正物理距离最短或时延最小。这种算法的基本思想是：把网络看成一个加权图，图中的每个结点代表一个路由器，每条边表示一条通信链路，边的权值为这条边的长度，它可以是真正的物理距离，也可以是信道的带宽、平均通信量等其他度量。这样，网络中将源主机发出的分组经最短路径送到目的主机的工作，就转化为在一个加权图中的两个结点之间找到一条最短路径。

计算加权图中两个结点之间最短路径的算法有多种。下面介绍的是 Dijkstra（1959）提出的算法。该算法用边的权值作为距离的度量来计算最短路径。

Dijkstra 算法是一个逐步搜索的过程。假定在 K 步，得到了 K 个最接近源结点的最短路径，这 K 个结点组成了结点集合 N。在第 K+1 步，找出一个不属于 N 的距离源结点最近的结点，并把该结点也加入 N。

设：

① $c(i, j)$为从结点 i 到 j 的链路费用。如果 i 与 j 不直接相连，那么链路费用为∞。为

了简单，假设 $c(i, j) = c(j, i)$。

② $D(v)$为当前从源结点到目标结点 v 沿着最短路径的最小费用，$v \in N$。

③ $p(v)$为从源结点到目标结点 v 的当前最小费用路径上的前导结点，其下一个结点是 v。

④ N 为最短路径上的结点集合。

算法：

如图 6-20 所示，假定结点 A 为源结点，则：

① 初始化：置 $N=\{A\}$，对每一个 v 不属于 N，置 $D(v)=c(A, v)$；

② 重复：找出一个结点 w 不属于 N，且 $D(w)$是最小的，把 w 加入 N，然后对所有不属于 N 的结点 v 将 $D(v)$更新为

$$D(v)=\mathrm{MIN}[D(v), D(w)+c(w, v))$$

对图 6-20 应用上述算法，可以得到表 6-7。

表 6-7 图 6-20 所示网络中结点 A 到其他结点的最短路径计算过程

步骤	集合 N	D(B)，p(B)	D(C)，p(C)	D(D)，p(D)	D(E)，p(E)	D(F)，p(F)
0	A	3，A	7，A	1，A	∞	∞
1	A，D	3，A	6，D		3，D	6，D
2	A，D，B		6，D		3，D	5，B
3	A，D，B，E		6，D			4，E
4	A，D，B，E，F		6，D			
5	A，D，B，E，F，C					

从表 6-7 中可以得到结点 A 到其他结点的最短通路树（见图 6-21）和最短路径（见表 6-8）。

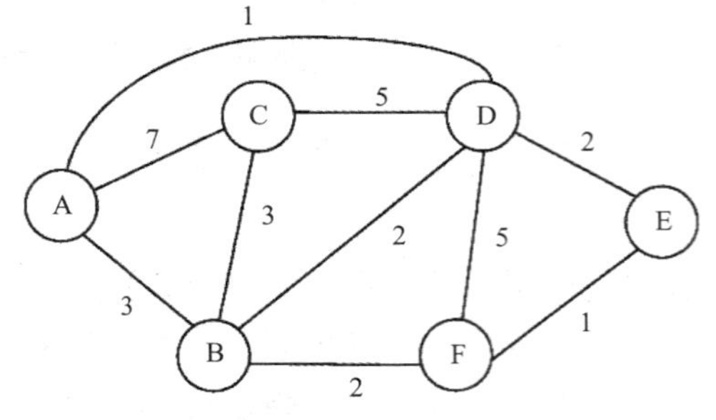

图 6-20 网络的加权图表示

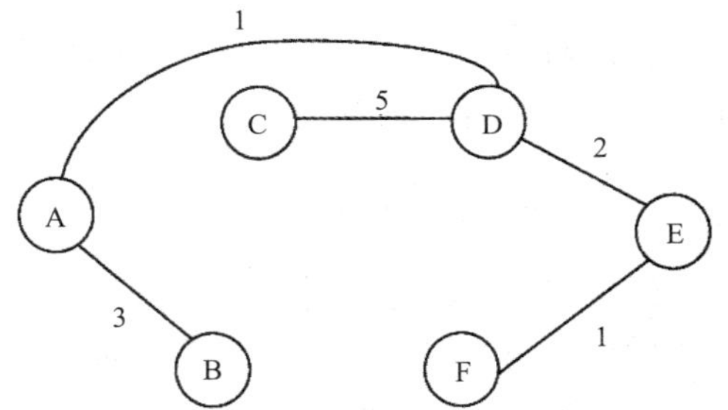

图 6-21 结点 A 到其他结点的最短通路树

表 6-8 结点 A 到其他结点的最短路径

目的结点	路径	长度
B	A-B	3
C	A-D-C	6
D	A-D	1
E	A-D-E	3
F	A-D-E-F	4

2. 距离向量算法

距离向量路由选择算法（distance vector routing）是由 Bellman、Ford 和 Fulkerson 等人提出的，因此又称为 Bellman-Ford 或 Ford-Fulkerson 路由选择算法。它最初用于 ARPANET 中的路由选择，后来用于 Internet 和早期版本的 DECNet 及 Novell 的 IPX（Internet Packet Exchange，网间分组交换）协议中，即路由信息协议（Routing Information Protocol，RIP）。

在距离向量路由选择算法中，每个结点都保存一张路由表，表中的每一个表项包括两部分，即到达目的网络的下一跳地址（下一站路由器地址）和到达目的网络所需距离的度量值（metric）。所用度量标准可为站点数、估计的时间延迟（ms）、该路由排队的分组估计总数或类似的值。

在距离向量路由选择算法中，如图 6-22 所示，相邻路由器之间周期性地相互交换各自的路由表备份。当网络拓扑结构发生变化时，路由器之间也将及时地相互通知有关的变更信息。

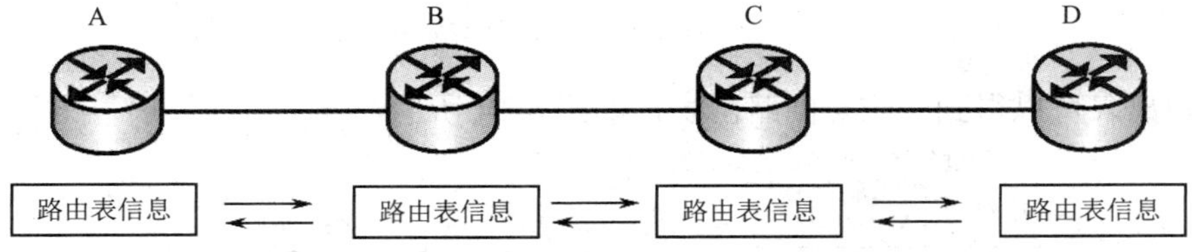

图 6-22 相邻路由器之间交换路由表信息示意图

在图 6-22 中，每个路由器从与之直接相邻的路由器处获得对方的路由表。例如，路由器 B 从路由器 A 和 C 获得路由信息后，对自己的路由表进行变更，变化后的路由表再传送给路由器 A 和 C。路由器通过这种方法不断地积累路由信息，直到最终收敛为止。

距离向量路由算法的名称来自更新消息中所包含的信息。更新消息由一系列二元组 (V, D) 组成，其中 V 标识目的网络，称为向量，D 是到该目的网络的距离。在距离向量算法中，其数据结构是每个结点上保留的距离表。在每个结点上的距离表中，每一行对应网络中的一个目的结点，每一列对应着其直接邻结点。

设：

① $D^X(Y, Z)$表示结点 X 经过结点 Z 到结点 Y 的距离。

② $c(X, Z)$表示结点 X 与其邻接结点 Z 之间的距离。

③ $\mathrm{MIN}_w[D^Z(Y, w)]$表示结点 Z 经过某一组中间结点到达结点 Y 的距离中最短的距离，w 是这组结点位于最短费用路径上的结点。

④ $D^X(Y, Z)=c(X, Z)+\mathrm{MIN}_w[D^Z(Y, w)]$表示结点 X 的距离表项 $D^X(Y, Z)$是 X 和 Z 之间直接链路的代价 $c(X, Z)$与邻接结点 Z 目前已知的从 Z 到 Y 的最小费用路径的和。

算法：对于结点 X 有：

① 初始化：结点 X 经过结点 v 到其他所有结点的距离为 $D^X(*, v)=\infty$；对于结点 X 的所有邻接结点 v，$D^X(v, v)=c(X, v)$。

② 重复：对每一个非目标结点 v 用下式更新 $D(v)$。

$$D^X(Y, v)=c(X, v)+\mathrm{MIN}_w[D^v(Y, w)]$$

其中，结点 w 为 v 的邻接结点。上式对结点 v 的所有邻接结点 w 进行计算，然后取最小者。这是一个迭代计算的过程。图 6-23 所示为采用距离向量算法的示例。需要注意的是，对于 D^E(A,D)的值（即从 E 到 A 的最小费用），路径上的第 1 步是 D，那么距离表中对应表项就是从 E 到 D 的费用加上从 D 到 A 的最小费用，而从 D 到 A 的最小费用是返回来通过 E 到 A 的最小费用，即 2＋3＝5。类似地，D^E(A，B)＝14。

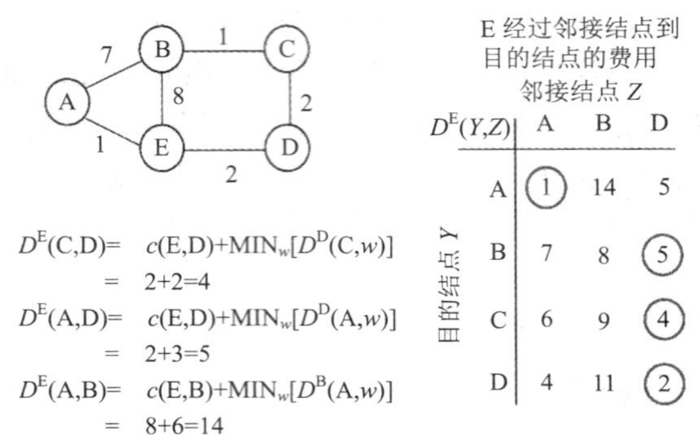

图 6-23　距离向量算法计算示例

根据距离表可以得到源结点的路由表，如图 6-24 所示。

E 经过邻接结点到目的结点的费用

邻接结点 Z

目的结点 Y $D^E(Y,Z)$	A	B	D
A	(1)	14	5
B	7	8	(5)
C	6	9	(4)
D	4	11	(2)

距离表 ——→ 路由表

目标	下一跳	费用
A	A	1
B	D	5
C	D	4
D	D	2

图 6-24　路由表的形成

概括地说，距离向量算法要求每一个路由器把它的整个路由表发送给与它直接连接的其他路由器。路由表中的每一条记录都包括目标逻辑地址、相应的网络接口和该条路由的向量距离。当一个路由器从它的邻居处收到更新信息时，它会将更新信息与自身的路由表相比。如果该路由器比较出一条新路由或是找到一条比当前路由更好的路由时，它会对路由表进行更新。该算法要求每个结点在每次更新中都将它的全部路由表发送给所有相邻结点。显然，更新报文的大小与通信子网内结点的个数成正比，大的通信子网将导致很大的更新报文。由于更新报文发给直接邻接的结点，故所有的结点都将参与路由信息交换。

在完全静态的环境里，距离向量算法将路由传播到所有目的地。然而当路由迅速改变时，计算是不可能平稳的。当一条路径（如一条新的连接出现或一条老的连接断开）出现故障时，有关信息将缓慢地从一个结点传播到另一个结点。在这期间，某些结点就可能拥有不正确的路由选择信息。事实上，如果路径变化了的信息不是很快地传播到所有结点，那就会产生所谓的慢收敛（slow convergence），又称为无穷计数问题（count-to-infinite）。在某些情况下，通信子网内路由选择信息的不一致将会持续一个相对长的时间。

下面举一个例子来说明无穷计数问题。在图 6-25（a）所示的网络结构中，算法使用的距离度量为站点数。在稳定状态下，结点 A 直接连到一个网络 X，它向邻接结点通告一条到达网络 X 距离为 1 的路径。结点 B 向邻接结点通告一条到达网络 X 距离为 2 的路径。假设结点 A 和网络 X 之间的链路失效，那么结点 A 和 B 中的路由变化过程如下。

① A 将其到达网络 X 的距离更新为无穷大，A 和 B 结点交换路由表信息，A 获知通过 B 到网络 X 的一条新路由。此时，结点 B 到网络 X 的距离为 2，结点 A 到网络 X 的距离更新为 2＋1＝3。

② A 和 B 结点之间第 2 次交换路由信息，B 从所有邻居处获知到达网络 X 的最新最短路径是通过 A 到达网络 X。此时，结点 A 到网络 X 的距离为 3，所以结点 B 到网络 X 的距离更新为 3＋1＝4。

③ A 和 B 互相通告路由表，增加到达网络 X 的代价，直至两个路由表都达到表示无穷大的有限极值（如 16）。

在这个例子中，如果 A 和 B 收到一个目的为网络 X 的分组，那么它们就会把该分组来回转发，直到无穷次（网络允许的最大值）。如图 6-25（b）所示，在结点 A 和 B 之间形成了路由选择回路。

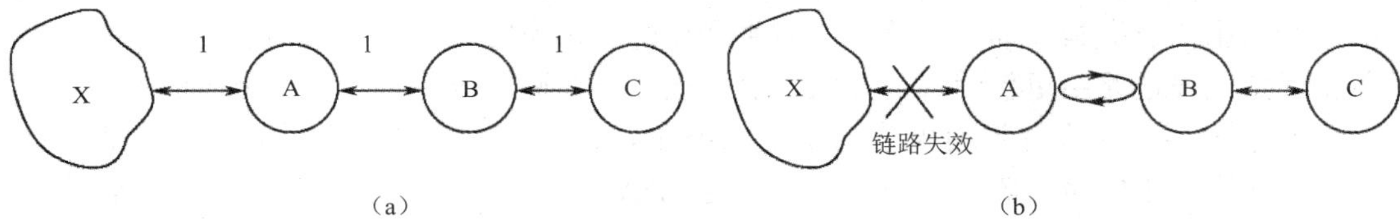

图 6-25 无穷计数问题示例

一般地，可以采用下面 4 种方法解决无穷计数问题。

（1）水平分割

水平分割（split horizon）方法的基本思想是，在发送路由更新信息时进行限制，即路由结点不要把从其相邻结点处获得的到某个网络的路由信息再传递给该邻居。具体地说，即一条路由信息不会被发送给该信息的来源方向。这里仍以图 6-25 为例，如果结点 B 从结点 A 获得到目的网络 X 的路由，那么结点 B 再向结点 A 报告这条到 X 的路由是不必要的。因此，在水平分割算法中，结点不向相邻结点报告那些从该相邻结点得到的路由信息。在图 6-25（b）中，A 向 B 报告到达 X 的距离，但是 B 不会向 A 报告从 A 获取的到达 X 的有关路由。

（2）毒性反转的水平分割

对水平分割方法进行改进得到毒性反转的水平分割（split horizon with poisoned reverse）方法。路由结点并不是不给邻居结点发送通过该相邻结点得到的路由信息，而是和往常一样给邻居结点发送路由信息，只是那些从该邻居了解到的路由信息的距离被设置为无穷大，即到目的网络是不可达的。毒性反转的水平分割方法的优点是，如果两个结点之间产生了路由回路，那么通过通知对方到目的网络的路由距离为无穷大，可以迅速解除这个回路。

值得注意的是，水平分割方法虽然被广泛使用，有时候也会失败。如图 6-26 所示，可以考虑这样一个 4 结点子网。在初始化时，A 和 B 到 D 的距离都为 2，C 到 D 的距离为 1。假设 CD 链路出现故障，那么使用水平分割法就会出现问题。

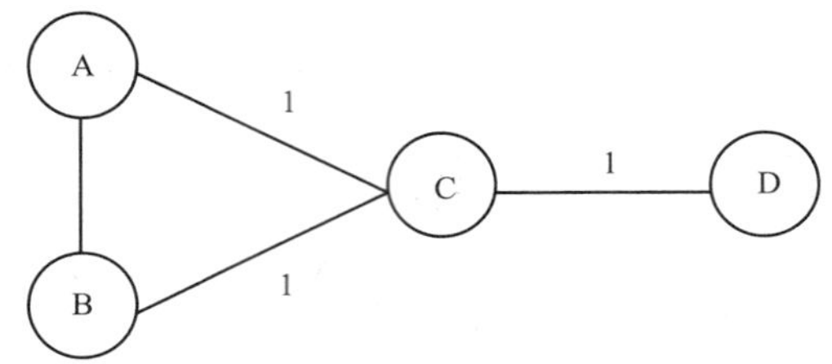

图 6-26 一个导致水平分割法失败的例子

（3）抑制规则

抑制规则（hold-down）的基本思想是，如果路由结点了解到某个网络不可达（距离为无穷大），就会在一段时间（抑制期）内忽略所有有关那个网络的路由信息。当然，抑制时间的设定应该合理，使得网络的不可达信息能够在这段时间内传播给其他的路由器，一般设为 60s。这种方法的缺点是，当产生路由回路时，在抑制期内路由回路不会被解除。

（4）触发更新

简单地说，触发更新（triggered updates）是指路由结点之间不单纯地按照预定的时间周期进行路由信息交换，而是在路由表发生变化的时候及时地进行路由信息交换，并不管是否到了定期发送路由更新消息的时候。触发式更新普遍地应用在各种路由协议中。

一般来说，路由表在没有发生变化的情况下，将按照预定的时间周期进行交换。例如，IP RIP 协议规定路由器之间每隔 30s 交换一次路由信息，IPX RIP 协议则规定为 60s。但是当路由表由于某种原因发生变化时，路由结点立刻将路由表的变化情况通知相邻的路由结点，再由它们去通知其他的路由结点。这样一波接一波，在不发生意外的情况下就可以将该路由的变化通知到网络中所有的路由结点。

但是在实践中，可能会遇到这样的情况，当发送触发更新消息时，正常的路由更新消息可能同时在发送，那些还没有收到触发更新的路由结点将会根据不再存在的路由发送信息，而收到触发更新并刚刚传播出去的路由结点可能收到这个路由消息，从而重新建立一条错误的路由。

3. 链路状态算法

链路状态算法也称为最短路径优先算法（Shortest Path First，SPF）。与距离向量算法不同的是，这种算法要求每个路由结点都保存一份最新的整个网络的拓扑信息。根据这些信息，路由结点可以清楚地知道从本路由结点出发能否到达某一指定网络，而且在能够到达的情况下，还可以选择出最短的路径及采用该路径将经过的路由结点。使用链路状态算法的路由协议有 NetWare 链路服务协议（NetWare Link Services Protocol，NLSP）、开放最短路径优先协议（Open Shortest Path First，OSPF）等。

链路状态路由的思想十分简单，可以分为 5 个步骤。每个路由结点必须：

① 发现它的邻居结点，并知道其网络地址。

② 测量它到各邻接结点的延迟或开销。

③ 组装一个分组以告知它刚知道的到所有邻接结点的延迟或开销。

④ 将这个分组发给所有其他路由结点。

⑤ 在收到了所有其他路由结点发来的消息后，用最短路径优先算法计算到其他每个

路由结点的最短路径。

在具体实践中，链路状态算法使用链路状态数据包（Link State Packets，LSP）、网络拓扑数据库、SPF 路径选择算法和 SPF 树，最终计算出从该路由结点到其他目标网络的最短路径，这些路径就构成了路由表。显然，在采用该算法时，网络中的每个路由结点都应该有唯一的名字或标识。

SPF 算法要求每个路由结点都有整个网络的拓扑信息，其具体工作过程如下：

① 每个路由结点都必须知道它的邻居是谁，这一点需要相邻路由结点之间互相通知。

② 每个路由结点都将 LSP 发送给网络上其他的路由结点，LSP 的内容包括该路由结点通过哪些网络与哪些路由结点直接连接，以及相应连接的传输代价。以图 6-27 所示的网络为例，路由结点 B 向外发送的 LSP 包括((B，A，BA，1)，(B，C，BC，1))。这表示结点 B 通过网络 BA 与 A 连接，通过网络 BC 与 C 连接，相邻路由结点之间的传输代价为 1。

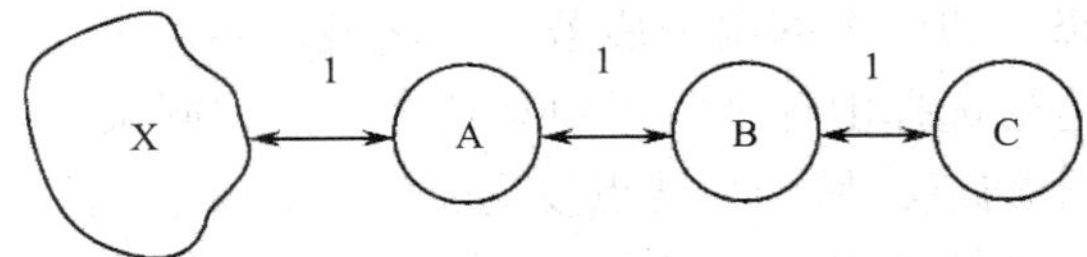

图 6-27　SPF 算法中链路状态信息的通告示例

③ 路由结点根据收到的 LSP 逐步地构建起网络的拓扑数据库，利用 Dijkstra 算法计算出到所有目标结点的最短路径（以该路由结点为根）。

④ 路由结点根据第③步计算出的最短路径生成路由表。

⑤ 当链路状态发生变化时，最先检测到这一变化的路由结点需要将变化的情况发送给其他的路由结点。每当路由结点收到新的 LSP，它都会利用 Dijkstra 算法重新计算最短路径并更新路由表，以保证各路由结点在网络拓扑结构方面重新达成一致。

应该注意的是，网络中的路由结点在建立网络拓扑数据库的最初阶段，由于有大量 LSP 需要通过网络传输，因此需要较高的网络带宽。同时，由于每个路由结点都要存储全网的网络拓扑信息，所以每个结点需要比较大的存储空间和很强的处理能力。

4. 距离向量与链路状态路由选择算法的比较

距离向量路由选择算法要求每个路由结点将路由选择表的全部或部分传送到与其相邻的路由结点中，而链路状态路由选择算法将路由选择信息发送至互连网络的所有结点。实际上，距离向量路由选择算法将大部分或全部的更新消息传送到与其相邻的路由结点中，而链路状态路由选择算法只传送小部分的更新消息。

由于链路状态路由选择算法收敛速度较快，因此它比距离向量路由选择算法更易避免路由循环。但由于链路状态路由选择算法需要占用更多的 CPU 和内存资源，所以它比距离向量路由选择算法更难实现。总的来说，这两种算法在大多数情况下都可以良好地运行。

距离向量路由选择算法和链路状态路由选择算法各有千秋，两种算法的差别基本上可以归结为表 6-9 中的 4 点，可以此作为具体应用中选择路由协议的技术依据。

表 6-9　两种算法的比较

距离向量算法	链路状态算法
不知道整个网络的拓扑结构	知道整个网络的拓扑结构
在相邻路由结点路由信息的基础上计算路由的距离向量	根据网络拓扑结构寻找和计算最短路径
收敛速度慢	收敛速度快
路由结点的路由表只发送给相邻的路由结点	路由结点的 LSP 发送给指定的一个或多个（或所有）路由结点

6.5.4　分层路由

随着 Internet 这样的大规模网络变成现实，像单一的网络那样进行路由信息的控制已经不实用了。在具体实现一个网络的路由选择时，如果网络结点很多，则每个结点要存储的路由信息就会非常庞大，这增加了结点的处理时间，同时也占用了更多的带宽。因此，可以考虑进行层次路由选择，即整个网络分成若干个区域，各个区域内的结点只考虑本区域的路由，而区域之间的路由选择由各个区域中某几个结点共同来完成。

如图 6-28 所示，某个结点给另一个结点发送分组。如果它们位于同一个区域中，可以使用先前讨论过的任何一种技术来决定路由。如果它们位于不同的区域中，如结点 A.a 要给 C.b 传送分组，则其传送过程如下：

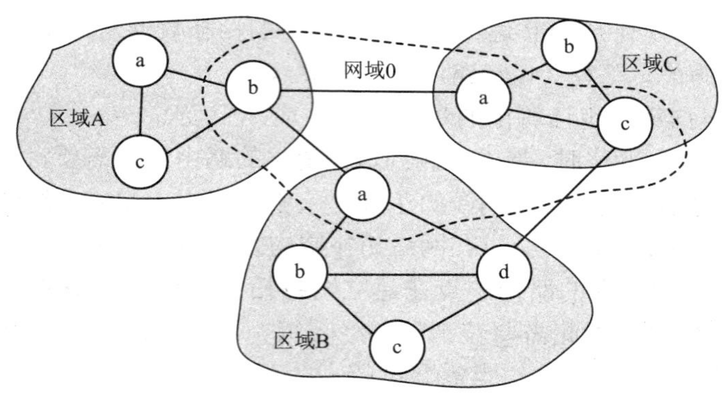

图 6-28　层次路由示意图

① A.a 将分组传送给本区域内的路由器 A.b。

② A.b 负责确定到达 C.b 所在区域（域 C）的最佳路径，并发送分组。

③ 结点 C.a 是区域 C 的路由器，它接收分组，再将它发送给结点 C.b。

这种方法适用于位于不同区域之间的任意一对结点。实际上，位于边界上的路由器为自己区域中所有结点执行到达其他区域所需的路由，从而降低了必须执行这些任务的结点的总数。

6.6　Internet 路由选择协议

6.6.1　基本概念

在介绍具体的路由选择协议之前，需要了解几个基本的概念。

1. 被路由的协议（routed protocols）

被路由的协议也称为网络协议（network protocol），是指提供了网络层地址的协议，是在互连网络上被路由的协议。这些协议由终端结点使用，将数据和网络层地址信息一起封装在数据包中。由于数据包含有第三层的地址，所以路由器可以根据该地址，对数据包的转发进行判断。这些网络协议可执行多种功能，而这些协议功能之间存在巨大的差别，其中包括 IP 协议、DECNet、AppleTalk、NetWare、OSI、BanYan VINES 和 Xerox Network System（XNS）等。

2. 路由选择协议（routing protocols）

路由选择协议也称为路由协议，是指那些执行路由选择算法的协议，是路由器之间实现路由信息共享的一种机制，它允许路由器之间相互交换和维护各自的路由表。该协议通过在路由器之间不断地转发路由更新，来建立和维护路由表，路由器则根据该路由表转发数据包。路由选择协议可以使路由器全面地了解整个网络的运行情况，它不承担网络上终端用户之间的数据传输任务。

目前在路由器中，常用于 TCP/IP 的路由协议包括路由信息协议（Routing Information Protocol，RIP）、内部网关路由协议（Interior Gateway Routing Protocol，IGRP）、开放最短路径优先协议（Open Shortest Path First，OSPF）、NetWare 链路服务协议（NetWare Link Services Protocol，NLSP）、增强 IGRP（EIGRP）、外部网关协议（Exterior Gateway Protocol，EGP）和边界网关协议（Border Gateway Protocol，BGP）。

3. 自治系统（autonomous system）

由一个独立的管理实体控制的一组网络和路由器一般称为一个自治系统（AS）。一般地，一个互连的网络是由多个自治系统组成的，大型网络（如 Internet）会被分解成为多个自治系统。每个自治系统被看做一个进行自我管理的网络，一个自治系统只负责管理自己内部的路由。对于 Internet，不同自治系统内部的路由选择信息是互不共享的。

自治系统内部可以选择任何路由协议来传递路由信息，而与其他自治系统无关，其他自治系统也不关心别的自治系统内部所使用的路由协议。但是，为了使自治系统中的网络能够被互连的网络中其他自治系统访问到，必须把自治系统内网络的可达性信息传递给其他自治系统。一般地，自治系统中选取一个或多个路由器把该路由信息传递给其他自治系统，它们之间要使用相同的路由协议来完成这个功能。

在由很多自治系统组成的互连网络中，有两种路由策略：内部网关协议（Interior Gateway Protocol，IGP）和外部网关协议（Exterior Gateway Protocol，EGP），如图 6-29 所示。

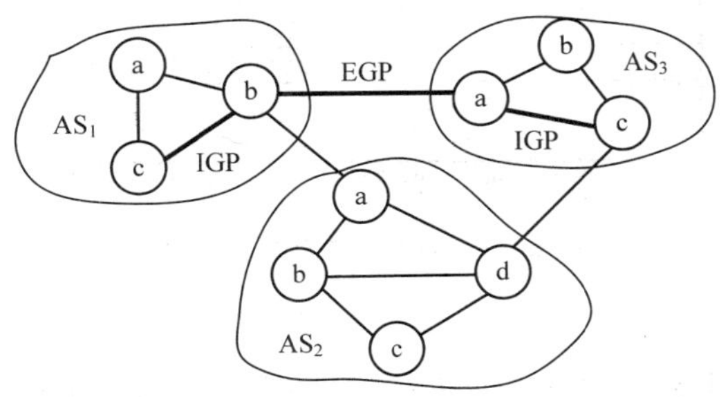

图 6-29 自治系统、IGP 和 EGP

4. IGP 和 EGP

IGP 是在 AS 内使用的路由选择协议，用于控制 AS 内部路由器间的路径选择。常见的例子有 RIP 和 OSPF 等。Cisco 公司还专门开发了 IGRP 和 EIGRP 路由选择协议。与该方法相反，EGP 是指连接多个 AS 的协议，它用于确定 AS 与 AS 系统之间的路由。这些协议工作在自治系统之间，在每个 AS 系统的边缘上，仅仅交换所必需的最少的信息，用以确保 AS 之间的通信。

需要注意的是，IGP 和 EGP 的设计原则是不相同的，IGP 更多地是考虑性能方面的提高，而 EGP 则是策略路由，需要能够控制哪些数据报允许通过，哪些不允许通过。

6.6.2 路由信息协议

路由信息协议（RIP）是一种以跳步数作为度量（metric）的典型距离向量路由选择协议。RIP 是一种内部网关协议，即在自治系统内部执行路由选择功能。在众多的网络系统（如 Internet、AppleTalk）中实现和应用了 RIP，并采用相同的算法（细节上有一些差异）。RIP 的前身是 Xerox 协议 GWINFO（Gateway Information Protocol），后来的版本是封装在 1982 年伯克利标准发布（BSD）UNIX 中的 routed 后台程序。RIP 最新的增强版是 RIPv2 规范，它允许在 RIP 分组中包含更多的信息并提供了简单的认证机制。

RIP 协议在两个文档中正式定义：RFC 1058 和 RFC 1723。RFC 1058（1988）描述了 RIP 的第一版实现，RFC 1723（1994）是它的更新版本 RIPv2，允许 RIP 分组携带更多的信息和安全特性。

1. RIP 消息格式

RIP 协议使用运输层的用户数据报 UDP 进行传送（使用 UDP 的端口 520）。因此 RIP 协议的位置应当在应用层，但转发 IP 数据报的过程是在网络层完成的。

图 6-30 所示为 RIPv1 和 RIPv2 的消息分组格式，各个字段的意义如下。

0　　7	8　　15	16　　23	24　　31
命令	版本号	0	
网络 1 类型标志		0	
网络地址 1			
网络 1 掩码*			
到网络 1 路由器*（下一站路由器地址）			
0		到网络 1 的距离	
网络 2 类型标志		0	
网络地址 2*			
网络 2 掩码*			
到网络 2 路由器*（下一站路由器地址）			
0		到网络 2 的距离	
……			

*标记的字段在 RIPv1 中应该为 0，在 RIPv2 中才有意义。

图 6-30 RIP 的消息分组格式

（1）命令

表示这是一个 RIP 请求（request）消息（值为 1 时）还是响应（response）消息（值为 2 时）。请求消息要求路由器发送其路由表的全部或部分。响应消息可以是主动提供的周期性路由更新或对请求的响应。大的路由表可以使用多个 RIP 消息来传递。

（2）版本号

表示当前实现的 RIP 版本。在 RIPv2 或进行认证的 RIP 消息中，此值为 2。

（3）数据部分

在命令和版本号之后是 RIP 的数据部分，由多个结构相同的路由信息项组成。每一个路由信息项包括以下几项。

① 地址类型标志（Address Family Identifier，AFI）表明所传输的地址类型。在 Internet 中，该值为 2，表示传输的是 IP 地址信息。

② 目的网络地址（destination address）是 4 字节的目的网络 IP 地址。如果这 4 个字节为 0，则表示该路由项为默认路由。

③ 目的网络地址掩码（destination mask）表示目的网络的掩码。它和目的网络地址唯一确定一个网络。

④ 下一站路由器地址，指明下一跳（下一个转发路由器）的 IP 地址。

⑤ 距离是一个 16 位的数字，表示从发送该数据包的路由器到接收方所要经过的路由器的数目。度量值在 1 和 15 之间，16 表示网络不可达。

需要注意的是，在 RIPv1 中，每一个路由信息项的目的网络掩码和下一站路由器地址字段为 0。路由器还检测 RIP 消息中所有应该置为 0 的字段是否为 0，如果不是则出错，并扔掉该报文。因此，RIPv1 不能支持变长掩码。由于这些字段在 RIPv2 中都得到了应用，所以 RIPv2 可以支持变长掩码。

2. 协议执行过程

RIP 在主机或路由器中实现，因此 RIP 协议分为两种不同的操作方式。

① 主机中实现的 RIP 工作在被动（passive）状态：不传递自己路由表中的信息给别的路由器，只是侦听其他 RIP 路由器广播的路由信息，并据此更新自己的路由表。

② 路由器中实现的 RIP 工作在主动（active）状态：它定期把路由信息传递给其他 RIP 路由器，并且根据收到的 RIP 消息来更新自己的路由表。

下面主要讨论主动型 RIP 协议，被动型 RIP 协议相对要简单得多。

每个 RIP 路由器都保存了一张路由表，每一项对应着一个目的网络，其中每项包括：目的网络的 IP 地址、到目的网络的路径距离度量、到目的网络的路径上的下一个转发路由器的 IP 地址（如果目的网络是直接连接的则不需要这个字段）、路由改变标志（指示这条路由信息是否最近被改变过）及与这条路由有关的计时器。

在路由表中，RIP 采用的距离度量是一种非常简单的测量方式，即站点计数度量。路由器把到与它直接连接的网络的距离定义为 1，如果距离为 n，则表示它到目的网络途中经过 n 个路由器，即距离给出了该路由要经过的路由器个数。当路由器收到包含新的或改变的目的网络表项的路由更新信息时，就把其度量值加 1，然后存入路由表，发送者的 IP 地址就作为下一跳地址。RIP 通过限制从源到目的的最大跳数来防止路由环路，最大值为 15。如果路由器收到了含有新的或改变的表项的路由更新信息，且把度量值加 1 后成为无穷大（即 16），那么就认为该目的网络不可到达。

RIP 使用路由更新、路由超时和路由清除 3 个时钟，保证网络拓扑变化信息能快速传播给其他路由器和保证路由协议的稳定性。RIP 路由更新时钟一般设为 30 s，即每 30 s 路由器就把路由表中的所有路由信息向所有的网络端口广播，进行刷新。路由超时时钟一般为 90s，即如果一条路由在 90s 之内都没有被刷新过，则 RIP 把该路由项置为无效（把其量度值置为 16）。失效路由在路由表中还要保留一段时间，直到路由清空计时器过期它才被清掉。路由清除时钟一般设置为 270s。

【例 6-5】 以图 6-31 所示的互连网络为例，说明 RIP 协议的工作原理和过程。假设其中的 R1、R2 和 R3 都运行 RIP 协议。

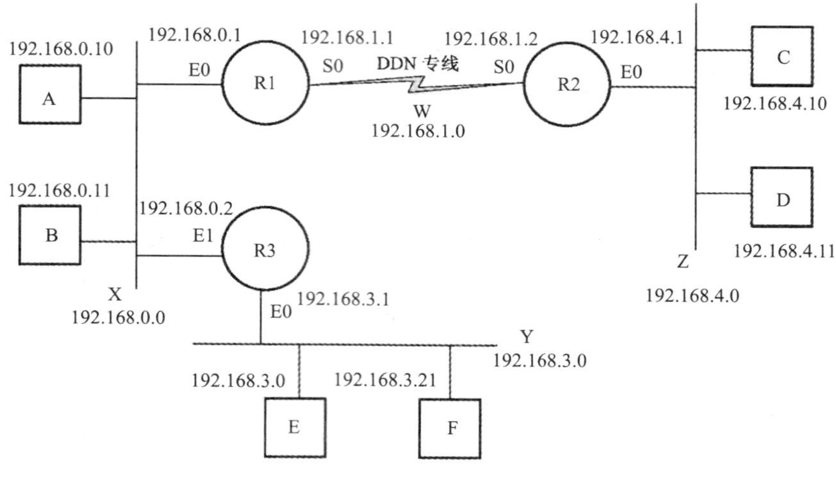

图 6-31 互连网络示例

以路由器 R3 为例，在 RIP 协议刚开始启动时，它要检测路由器的各个接口（E1 和 E0）的状态和地址信息，以及在该接口上发送和接收数据时的距离值。如果接口状态正常，则在路由表中增加一条路由，表示可以到达该接口所连接的网络，度量值为 1。在初始化后，R3 路由表中包含两项路由，它可以在以太网络 X 和 Y 之间转发数据。R3 中的路由表如表 6-10 所示。

表 6-10 路由器 R_3 中的初始化路由表

目的子网地址	发送接口	下一站路由器地址	路由距离度量	路由来源
192.168.3.0	E0	—	1	直接连接
192.168.0.0	E1	—	1	直接连接

R3 在完成初始化工作后，主动向各个网络接口发送 RIP 请求。该请求的 RIP 数据部分只包括一项路由信息，且全部字段都是 0，它表示要得到相邻网络上路由器所拥有的路由表中的全部信息。该请求以广播的形式发送，以太网 X 和以太网 Y 上的路由器都收到 R3 的请求。R1 收到请求后，就会发回 RIP 响应包。在响应包中，包含 Rl 直接连接的两个网络 X 和 W，并且度量值都是 1。R3 根据响应，可以计算通过 R1 到达这两个网络的量度都是 2。但是由于在 R1 路由表中到达 X 子网的路由量度值仅为 1，所以仅在路由表中加入如表 6-11 所示的路由项。

表 6-11 路由器 R_3 增添的路由表记录（从 R_1 获得到网络 W 的路由信息）

目的子网地址	发送接口	下一站路由器地址	路由距离度量	路由来源
192.168.1.0	E1	192.168.0.1	2	RIP

类似地，R1 也可以从 R3 得到到达子网 Y 的路由，增添到自己的路由表中，如表 6-12 所示。

表 6-12　路由器 R_1 路由表中的记录

目的子网地址	发 送 接 口	下一站路由器地址	路由距离度量	路由来源
192.168.0.0	E0	—	1	直接连接
192.168.1.0	S0	—	1	直接连接
192.168.3.0	E0	192.168.0.2	2	RIP

在 RIP 协议的执行过程中，路由器并不是把每条新的路由信息都添加到自己的路由表中，只有收到自身没有的路由信息或更小费用的路径信息时，路由器才会根据获得的路由信息对自身的路由表进行更新。

网络拓扑结构的变化包含在路由更新信息中。当一台路由器检测到链路中断时，它就重新计算路由，并发送路由更新信息。每个接收到该更新信息的路由器，也相应地改变其路由表并向更远处传播网络状态的变化，直到该信息传播到整个网络范围内，使网络中各个路由器的路由表达到一致的状态。

3. *无穷计数问题*

与其他距离向量协议一样，RIP 协议也会遇到无穷计数问题。在 6.5.3 节距离向量路由算法中介绍的几种解决方法在 RIP 协议的实现中也可以采用。例如，RIP 实现了水平分割和抑制规则来防止路由信息的错误传播。此外，RIP 的跳步数限制也防止了无限增长而产生路由环路。

6.6.3　开放最短路径优先协议（OSPF）

Internet 最早使用的是 RIP 协议，它适合于小型网络系统。如果一个自治系统很大，RIP 协议的运行会存在一些问题，并且还会受到无穷计数问题的困扰，所以从 1988 年开始 IETF 内部网关协议（IGP）工作组制定了开放最短路径优先协议（OSPF），并在 1990 年成为标准。目前，OSPF 是 Internet 上的主要内部网关协议。

OSPF 是一种链路状态路由选择协议。每一个运行 OSPF 协议的路由器维护本地链路状态信息，并且通过扩散的方法把已更新的本地链路状态信息广播给自治系统中的其他所有路由器。通过这种方法，每个路由器都可以知道自治系统内部的拓扑结构和链路状态信息，并可以构造自己的链路状态数据库。然后，每个路由器在本地根据这个数据库中的信息，利用 Dijkstra 最短路径算法可以构造一个以其自己为根到该自治系统内部各个网络的最短路径树。

OSPF 协议支持各种灵活的 IP 子网配置方式。由 OSPF 传播的路由都有目的地址和掩码两部分，所以同一个网络内的不同子网可以有不同长度的掩码。另外，为了确保路由信息可靠地进行交换，OSPF 协议可以采用多种认证方式，保证只有可信的路由器之间才能进行链路状态信息的交换。

OSPF 协议还允许路由器交换通过其他方法（如通过边界网关协议了解到其他自治系统的路由）了解到路由信息。通过显式地说明所了解到的路由信息的来源，可以把它与通过 OSPF 协议了解到的链路状态信息分隔开来，所以路由的来源和可信度不至于混淆。

1. 网络拓扑数据库

OSPF 协议的核心就是网络拓扑数据库。通过这个数据库，路由器计算产生路由表。下面先说明在拓扑数据库中各种计算机网络和路由器的表示方式。

按照不同网络的特性，OSPF 把网络分为 3 类。

① 点到点网络：指连接一对路由器的链路，如 DDN 网、拨号网等。

② 广播网络（broadcast network）：这类网络支持广播功能，上面可以同时有多台主机和路由器，并且可以利用一个物理地址向所有的路由器发送数据，如以太网、令牌环网、FDDI 等。

③ 非广播网络（no-broadcast network）：在这类网络上，可以有多台主机和路由器，但是不支持广播功能，如 X.25、帧中继等。

广播网和非广播网都称为多访问（multi-access）网络。不同类型的网络拓扑在数据库中的表示方法是不一样的，OSPF 的拓扑结构图是一个有向图。

图 6-32 所示为由点到点链路连接的路由器及其在拓扑结构中的表示。在表示点到点网络时，点到点链路用一个双向弧表示，路由器接口用一个结点表示。

图 6-32　点到点网络及其拓扑结构

图 6-33 所示为一个多访问网络及其相应的拓扑结构图，其中有 4 台路由器连接到网络 N 上。N 可能是一个以太网，也可能是一个 X.25 网。对于多访问网络，OSPF 用多个双向弧指向一个结点表示。路由器结点和网络结点之间用双向弧连接。

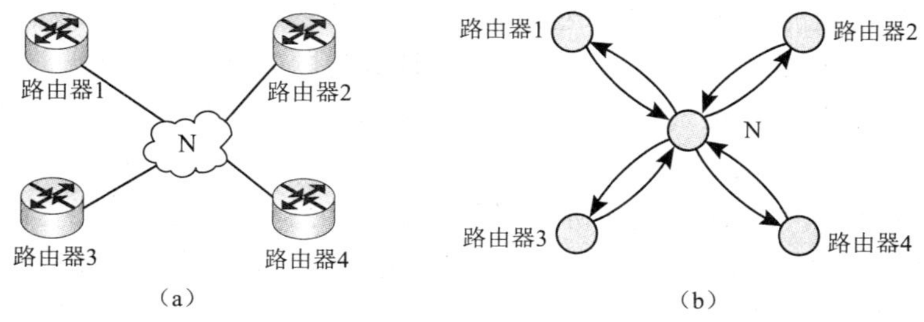

图 6-33　多访问网络及其拓扑结构

有的网络上只有一台路由器，这种网络称为 stub 网。这种网络及其在 OSPF 协议中的拓扑结构表示如图 6-34 所示。路由器和网络分别用一个结点表示，路由器结点和网络结点之间用一个单向弧连接。

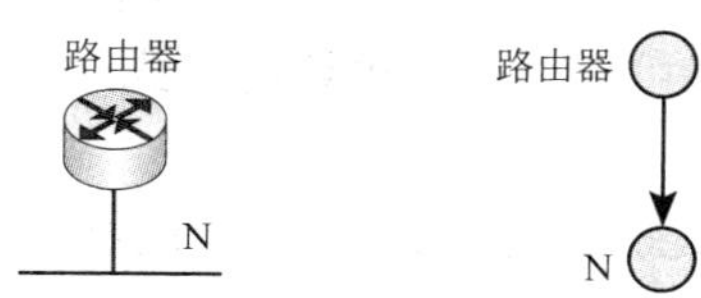

图 6-34　stub 网络及其拓扑结构

在运行 OSPF 协议的网络中，实际网络、路由器等设备被抽象成有向图来表示，并且图中每条有向弧都被赋予两个参数。

① 传输费用：用来表示从一个结点到另一个结点的传输费用（如距离、延迟等），其中从路由器出发的有向弧为非零值，而从网络出发的有向弧上的值为 0。路由器在计算路由时，如果一条路径上的所有有向弧的费用之和为最小，则认为这是一条最优路径。

② 另一个参数是该链路支持的服务类型（Type of Service，TOS）。在计算路由表时，可以计算满足特定 TOS（如低延迟、高带宽等）要求的路径。

2. 区域

由于自治系统可能越来越大，越来越难以管理，OSPF 引入了区域（area）的概念，即把许多网络和主机组合在一起，再加上连接在这些网络上的路由器，这些合起来称为一个区域。一个自治系统可分为多个区域，每个区域包括一组网络和路由器。一个区域内的路由器相互之间交换所有的信息，而对于同一个自治系统内的其他区域内的路由器则隐蔽它的详细拓扑结构。这种分级结构可以减少路由信息的流量，并且简化路由的计算。

在每个自治系统内，有一个特殊的区域，称为主干区域（backbone area）。OSPF 规定，所有区域间的通信都必须经过主干区域。整个自治系统就是一个以主干区域为中心的逻辑星型拓扑结构，这要求主干区域必须是连续的，即其中的任两台路由器都可以通信。

如图 6-35 所示，路由器按其所处的位置分为 4 类。

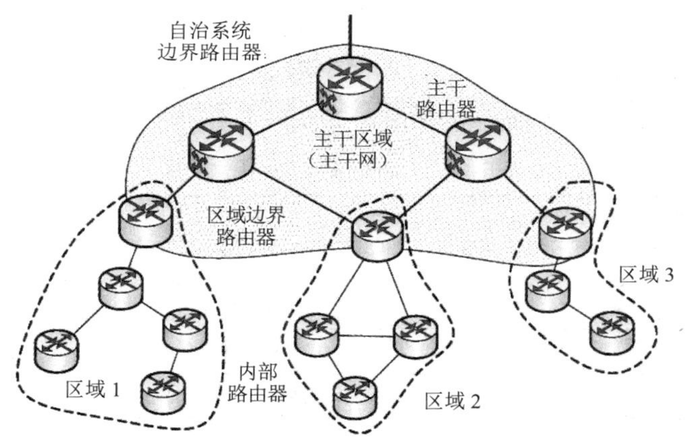

图 6-35 OSPF 中的路由器类型

① 内部路由器：该路由器所连接的网络都属于同一区域，且运行同一种链路状态路由选择协议。

② 区域边界路由器（Area Border Router，ABR）：该路由器连接在多个区域中，它运行多种链路状态路由协议，每个区域一个。ABR 把它连接的区域浓缩后的拓扑信息传递给主干区域，再由主干区域分发给其他区域。

③ 主干路由器（Backbone Router，BR）：指连在主干区域的路由器，它除了包括所有的区域边界路由器外，还可能包括别的路由器。

④ 自治系统边界路由器（Autonomous System Border Router，ASBR）：与其他自治系统中的路由器交换路由信息。ASBR 可能是内部路由器，也可能是区域边界路由器，并且可能属于主干区域，也可能不属于主干区域。

3. OSPF 协议的执行过程

OSPF 把路由器之间要交换的网络拓扑结构信息称为链路状态公告（Link State Advertisement，LSA）。在以太网等共享网络上，如果让任何两台路由器之间都相互交换 LSA 信息，那么会占用许多带宽，并且很难保持路由器之间状态的一致性。OSPF 规定，在多访问网络中，要选出一台指定路由器（Designated Router，DR）和一台备份指定路由器（Backup Designated Router，BDR）。DR 和网络上其他路由器交换 LSA 信息，并代表它所在网络的 LSA。BDR 则在 DR 出现故障时快速转变为 DR，保证网络的正常运转。

当一个运行 OSPF 协议的路由器启动后，它试图与相邻的路由器建立毗邻关系，它会定期向与其相连的所有链路（各个网络接口）上发送 Hello 消息。在 Hello 包中，包含该路由器自己的 ID（即某一接口的 IP 地址），优先权（用于选择 DR），已知的 DR、BDR 和相邻路由器表。接收到 Hello 包的路由器如果发现自己在对方相邻的路由器表中，则表明双方都收到了对方的 Hello 包。在多访问网络上，根据优先权值，各路由器选择自己网络上的 DR。因为算法是固定的，所以各台路由器选择的 DR 和 BDR 也是一致的。

OSPF 协议中的毗邻（adjacent）是一种逻辑关系，并且仅毗邻的路由器之间才直接交换 LSA。直接相连的路由器并不一定就具有毗邻关系。OSPF 规定，仅在如下路由器之间建立毗邻关系：

① 点到点网络和虚拟链路两端的路由器之间。

② 指定路由器（DR）和同一网络上的所有其他路由器之间。

③ 备份指定路由器（BDR）和同一网络上的所有其他路由器之间。

链路状态公告（LSA）分为 5 类，其发送者及包含的信息如表 6-13 所示。

表 6-13　OSPF 的 LSA 报文类型

报文类型	描述
Hello	用于发现谁是邻居
Link State Update	为邻居提供发送者的链路状态更新
Link State Ack	确认链路状态更新
Database Description	通知发送者有哪些更新
Link State Request	从伙伴处请求信息

综上所述，路由器通过扩散把自己的链路状态信息通告给它所在区域的其他路由器。这样，每个路由器都可以构建一个它所在区域的链路状态数据库，并利用 Dijkstra 算法计算出最短路径。主干区域中的路由器也进行这样的过程，而且它还从区域边界路由器获取信息，计算出从主干到每个非主干区域的最短路径，并将这一信息再分发给区域边界路由器，由该路由器在它的区域中广播该信息。通过这个信息，区域内部的路由器在转发到其他区域的分组时可以选择到主干区域的最合适的区域边界路由器。

6.6.4 外部网关协议（EGP）

前面介绍的 RIP 和 OSPF 协议都属于内部网关协议，是在自治系统内部使用的路由协议。外部网关协议（EGP）是一种用于自治系统之间交换路由信息的协议。

EGP 是 Internet 早期使用的一种外部网关路由协议。通过 EGP 交换的消息都是只经过 1 跳。也就是说，交换 EGP 消息的两个路由器必须是外部邻居，不能有中间结点。当路由器收到不是发给自己的 EGP 消息时，可以将其丢弃。

EGP 协议包括邻居获取、邻居可达性确认、网络可达性确认 3 个过程。

① 邻居获取：这实际上是一个标准的两次握手过程，路由器利用邻居获取信息来建立和另一个路由器的通信。

② 邻居可达性：路由器应该能够及时知道它的邻居是否仍是可达的，如果不可达，则路由器就停止向它的邻居发送信息。

③ 网络可达性：外部网关通过路由更新信息把它所收集到的关于它所在自治系统的网络可达性信息传递给邻居。

6.6.5 边界网关协议（BGP）

由于 EGP 协议存在一定的局限性，所以在它的基础上提出了另外一种外部网关路由协议，即边界网关协议（Border Gateway Protocol，BGP），用于自治系统之间的路由交换。BGP4 是目前 Internet 的标准外部网关路由协议。

BGP 协议是一种距离向量协议（严格地讲，应该是路径向量协议），但它与其他同类协议又有很大不同。每个 BGP 路由器记录的是使用的实际路由，而不是到各个目的网络的开销。在 BGP 协议传输的路径信息中，不仅包括到达目的网络的距离信息，还包括到达目的地所要穿越的各个自治系统的编号。BGP 协议可以很容易地用这些信息构造出各个自治系统之间的连通图，并且能够检测出可能存在的路由环路，也就可以避免 RIP 协议中的无穷计数问题。

BGP 消息是通过一条 BGP 路由器之间的 TCP 协议（发送端口为 179）连接来发送的，通过使用可靠的 TCP 协议，减少了消息传递可能要完成的分段、重传、确认和序号功能。BGP 采用的是增量更新机制，即只有在路由状况发生变化时，才把变化的信息传输给对方。

BGP 协议定义了 4 种类型的消息：

① Open，建立和另一个路由器的邻居关系。

② Update，传输一个单一路由的消息和（或）列出取消的多条路由。

③ Keep Alive，确认 Open 消息、定期维持邻居关系。

④ Notification，检测到错误时发送。

BGP 协议和 EGP 协议一样，也包括邻居获取、邻居可达性确认和网络可达性确认 3 个过程。

① 邻居获取：为了找到一个邻居，BGP 路由器首先和它的相邻路由器建立一条 TCP 连接，接着通过这条连接发送一个 Open 消息。接受这个请求的路由器返回一个 Keep Alive 消息作为响应。一个自治系统可能有多个 BGP 路由器，属于同一个自治系统的 BGP 路由器间的连接称为内部连接，而属于不同自治系统的 BGP 路由器间的连接称为外部连接。

② 邻居可达性：邻居可达性过程用来维持两个 BGP 路由器之间的邻居关系。这个过程非常简单，建立 BGP 连接的两个路由器定期互相发送 Keep Alive 消息以保证邻居可达。

③ 网络可达性：每个 BGP 路由器维护一个它能到达的子网的数据库和到达该子网的最佳路由。当数据库发生变化时，路由器广播一个 Update 消息给其他所有 BGP 路由器。通过这些 Update 消息，所有的 BGP 路由器可以建立和维护路由信息。需要注意的是，Update 消息并不是定期发送的，只有当路由状态发生变化时，它才会发送。

6.7 IP 多播与 IGMP

6.7.1 IP 多播的基本概念

IPv4 定义了 3 种 IP 分组的传输：

① 单播（unicast），用于发送分组到单个目的地，这种传输是最常见的 IP 传输，单播实际上是点对点的传输。

② 广播（broadcast），发送分组到同一广播域或子网内的所有设备。

③ 多播（multicast），也称为多址广播或组播技术，是一种允许一台或多台主机（多播源）发送单一分组到多台主机（一次的、同时的）的 TCP/IP 网络技术。目前，IP 多播技术被广泛应用在网络音频/视频广播、AOD/VOD、网络视频会议、push 技术（如股票行情等）和虚拟现实游戏等方面。

单播与多播的 IP 分组的传输方式如图 6-36 所示。

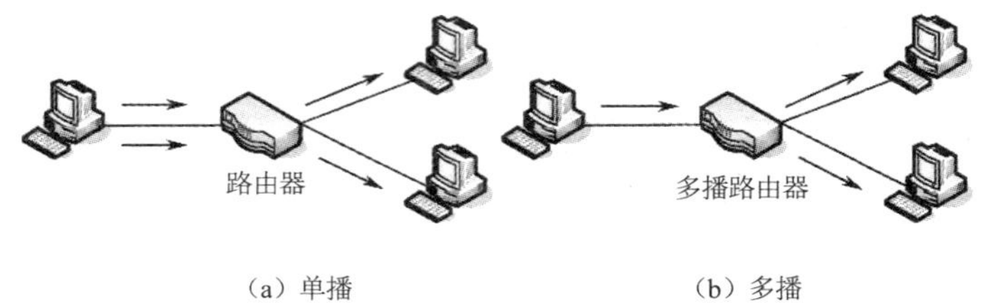

（a）单播　　（b）多播

图 6-36　单播和多播的 IP 分组的传输方式

比较一下这两种数据的传输方式可以发现，当一台主机向多个用户发送信息时，单播对于每个用户都要发送一份数据的拷贝，而多播总共只需要发送一份数据的拷贝。这样，多播的使用就大大节省了带宽，减轻了网络的负载，从而更加有效地利用了网络的带宽资源。

6.7.2 IP 多播地址和多播组

IP 多播是指一个 IP 分组向一个“主机组”的传送，这个包含零个或多个主机的主机组由一个单独的 IP 地址标识。主机组地址也称为多播地址或 D 类地址。除了目的地址部分，多播报文与普通报文没有区别，网络尽力传送多播报文但是并不保证一定送达。

IP 多播和单播的目的地址不同，IP 多播的目的地址是组地址——D 类地址。D 类地址是从 224.0.0.0 到 239.255.255.255 之间的 IP 地址。每一个 D 类 IP 地址标志一个多播组。其中，224.0.0.0～224.0.0.255 是被保留的地址，224.0.0.1 表示子网中所有的多播组，224.0.0.2 表示子网中的所有路由器，224.0.0.5 表示 OSPF 路由器，224.0.0.6 表示 OSPF 指定路由器，224.0.0.12 表示 DHCP（Dynamic Host Configuration Protocol）服务器。

D 类地址是动态分配和恢复的瞬态地址。每一个多播组对应于动态分配的一个 D 类地址。当多播组结束多播时，相对应的 D 类地址将被回收，用于以后的多播。在 D 类地址的分配中，IETF 建议遵循以下的原则：

① 全球范围，224.0.1.0～238.255.255.255。

② 有限范围，239.0.0.0～239.255.255.255。

③ 本地站点范围，239.253.0.0～239.253.0.16。

④ 本地机构范围，239.192.0.0～239.192.0.14。

使用同一个 IP 多播地址接收多播分组的所有主机构成了一个主机组，也称为多播组。一个多播组的成员是随时变动的，一台主机可以随时加入或离开多播组。多播组成员的数目和所在的地理位置也不受限制，一台主机也可以属于几个多播组。此外，不属于某一个多播组的主机也可以向该多播组发送分组。

IP 多播可以分为两种：一种是只在本局域网上进行硬件多播；另一种则是在 Internet 的范围内进行多播。在 Internet 上进行多播的最后阶段，还是要把多播数据报在局域网上用硬件多播交付给多播组的所有成员。

IANA (The Internet Assigned Numbers Authority，互联网数字分配机构）拥有的以太网多播地址的范围是从 01-00-5E-00-00-00 到 01-00-5E-7F-FF-FF。在每一个地址中，只有 23 位可用作多播。这只能和 D 类 IP 地址中的 23 位有一一对应关系。D 类 IP 地址可供分配的有 28 位，可见在这 28 位中的前 5 位不能用来构成以太网的硬件地址，如图 6-37 所示。

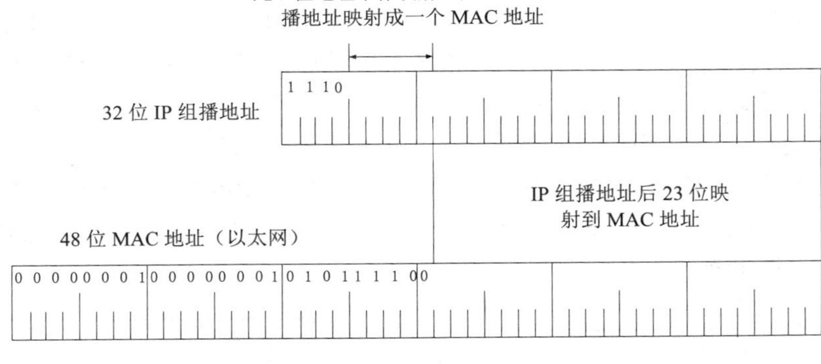

图 6-37 D 类 IP 地址与以太网多播地址的映射关系

例如，IP 多播地址 224.128.64.32（即 E0-80-40-20）和另一个 IP 多播地址 224.0.64.32（即 E0-00-40-20）转换成以太网的硬件多播地址都是 01-00-5E-00-40-20。由于多播 IP 地址与以太网硬件地址的映射关系不是唯一的，因此收到多播数据报的主机，还要在 IP 层利用软件进行过滤，把不是本主机要接收的数据报丢弃。

6.7.3 Internet 组管理协议（IGMP）

Internet 组管理协议（Internet Group Management Protocol，IGMP）是多播中的一个非常重要的协议，它运行在 IP 站点和它所在的子网多播路由器之间，用来控制多播组成员的加入和退出。目前有两个版本：IGMPv1（RFC 1112）和 IGMPv2（RFC 2326）。主机使用 IGMP 消息通告本地的多播路由器它想接收多播流量的主机组地址。如果主机支持 IGMPv2，则它还可以通告多播路由器它退出某主机组。多播路由器通过 IGMP 协议为其每个端口都维护一张主机组成员表，并定期探询表中主机组的成员，以确定该主机组是否存活。

多播数据报和一般的 IP 数据报的区别在于它使用 D 类 IP 地址仅作为目的地址，并且首部协议字段值是 2，表明使用 IGMP 协议。

IGMP 协议用来在 IP 主机和与其直接相邻的多播路由器之间建立、维护多播组成员关系。IGMP 不包括多播路由器之间的组成员关系信息的传播与维护，这部分工作由各多播路由协议完成。所有参与多播的主机必须实现 IGMP。

参与 IP 多播的主机可以在任意位置、任意时间、成员总数不受限制地加入或退出多播组。多播路由器不需要也不可能保存所有主机的成员关系，它只是通过 IGMP 协议了解每个接口连接的网段上是否存在某个多播组的接收者，即组成员。而主机方只需要保存自己加入了哪些多播组。

IGMP 在主机与路由器之间是不对称的：主机需要响应多播路由器的 IGMP 查询报文，即以 IGMP membership report 报文响应；路由器周期性发送成员资格查询报文，然后根据收到的响应报文确定某个特定组在自己所在子网上是否有主机加入，并且当收到主机的退出组的报告时，发出特定组的查询报文（IGMPv2），以确定某个特定组是否已无成员存在。

IGMP 消息被置于 IP 分组中传送。IGMPv1 的报文格式如图 6-38 所示。IGMPv1 中定义了两种消息类型：主机成员询问和主机成员报告。当某主机想要接收某个多播流量时，它向本地的多播路由器发送“主机成员报告”消息，告知欲接收的多播地址。多播路由器收到“主机成员报告”消息后把该主机加入指定的主机组，并在设定的周期内向多播地址 224.0.0.1（代表所有支持多播的主机）发送“主机成员询问”消息。主机如果还想继续接收多播流量，则必须发送“主机成员报告”消息。

IGMPv2 的报文格式如图 6-39 所示。与 IGMPv1 不同的是，它将版本字段和消息类型字段融合，把未使用字段作为“最大响应时间”字段。IGMPv2 报文的消息类型字段定义了 4 种消息类型：0x11 为成员询问，0x12 为 IGMPv1 成员报告，0x16 为 IGMPv2 成员报告，0x17 为退出主机组。

IGMP 版本	IGMP 消息类型	未使用	16 位 校验和
IP 多播组地址			

图 6-38 IGMPv1 的报文格式

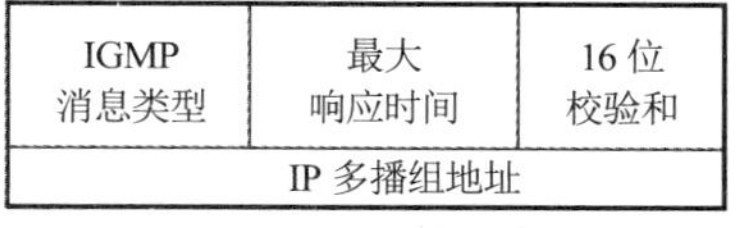

图 6-39 IGMPv2 的报文格式

IGMPv2 向前兼容 IGMPv1 协议，IGMPv1 的设备可以接收处理 IGMPv2 的消息报文。IGMPv2 中允许路由器对指定的主机组地址进行“成员询问”，非该组的主机不必响应。如果某主机想退出，则它可以主动向路由器发送“退出主机组”消息，而不必像 IGMPv1 中那样只能被动退出。

综上，IGMP 并非是在 Internet 范围内对所有的多播组成员进行管理的协议。IGMP 不知道 IP 多播组包含的成员数，也不知道这些成员都分布在哪些网络上。IGMP 协议是让连接在本地局域网上的多播路由器知道本局域网上是否有主机参加或退出了某个多播组。其工作过程包括以下两个阶段：

① 当某个主机加入新的多播组时，该主机应向多播组的多播地址发送一个 IGMP 报

文，声明自己要成为该组的成员。本地多播路由器收到 IGMP 报文后，将组成员关系转发给 Internet 上的其他多播路由器。

② 因为组成员关系是动态的，本地多播路由器要周期性地探询本地局域网上的主机，以便知道这些主机是否还继续是组的成员。只要对某个组有一个主机响应，那么多播路由器就认为这个组是活跃的。但一个组在经过几次的探询后仍然没有一个主机响应，则不再将这个组的成员关系转发给其他的多播路由器。

6.7.4 多播路由协议

具有多播能力的网络由支持本地多播的局域网通过具有多播能力的路由器连接而成。IP 多播分组在互联网上的转发由支持多播的路由器来处理。主机发出的 IP 多播分组在本子网内被所有主机组成员接收，同时与该子网直接相连的多播路由器会把多播分组转发到所有包含该主机组成员的网络上。多播分组传递的范围由分组的生存期值（Time to Live，TTL）决定。如果 TTL 的值等于或小于设置的路由器端口 TTL 门限值（threshold），则路由器将不再转发该报文。

IP 多播路由的关键是为每一个多播组建立多播的分配树。当多播的分配树建立好时，每个多播路由器只要将该组的数据沿着分配树进行传播就可以了。构造树型路由有两个优点：一是分组以并行方式沿树枝到达不同的接收者；二是分组的复制仅在分叉处进行，使得网络中传送的分组数最少。多播路由就是寻找从源到一组目的结点的一棵树，信息沿着此树传送到所有的接收者。

目前在构建多播树的算法中，主要有泛洪（Flooding）、生成树（Spanning Tree，ST）、最短路径树（Shortest Path Tree，SPT）、最小生成树（Minimum Spanning Tree，MST）、最大带宽树（Maximum Bandwidth Tree，MBT）、反向路径广播（Reverse Path Broadcasting，RPB）、裁剪的反向路径广播（Truncated Reverse Path Broadcasting，TRPB）、Steiner 树（Steiner Tree，ST）、受限 Steiner 树（Constrained Steiner Tree，CST）、反向路径多播（Reverse Path Multicasting，RPM）和核心树（Core-Based Tree，CBT）等算法。

Internet 上的多播主要采用两种类型的路由选择协议。第一种称为多播内部网关协议（Multicast Interior Gateway Protocol，MIGP），用来在一个自治系统内进行通信，如距离矢量多播路由协议（Distance Vector Multicast Routing Protocol，DVMRP）、多播开放最短路径优先协议（Multicast Open Shortest Path First，MOSPF）、核心树协议（CBT）、独立于点到点的多播协议（Protocol Independent Multicast，PIM）。第二种是边界路由器用来在自治系统间进行通信的协议，如边界网关多播协议（Border Gateway Multicast Protocol，BGMP）。

在上面提到的多播路由算法中，只有一部分用于实际中。DVMRP 和 MOSPF 使用最短路径树，而 CBT 和 BGMP 使用核心树来进行多播，PIM 用核心树或反向最短路径树。

6.7.5 多播骨干网

多播规范是在 1989 年发布的，但是它的使用受到了限制，因为 Internet 上的路由器目前并不是都具有多播能力的。在这种情况下，研究者们为了在现有情况下开发和测试多播协议的应用，建立了多播骨干网（Multicast Backbone，Mbone）。Mbone 支持多播分组的路由选择而不影响其他的 Internet 业务流。

Mbone 是一种跨越多个大陆、由志愿者合作完成的实验性网络。它是一个相互连接的子网和路由器的集合，这些子网和路由器支持 IP 多播业务流的传送。作为 Internet 上的虚拟网络，Mbone 通过隧道（tunneling）技术来旁路 Internet 上无多播能力的路由器。

如图 6-40 所示，网络 1 中的主机向网络 2 中的主机进行多播。但是网络 3 不支持多播协议，因而不能按多播地址转发 IP 多播分组。因此，路由器 1 就必须对多播分组进行再次封装，把多播分组封装在 IP 分组（即单播分组）中来通过网络 3。在数据到达路由器 2 后，从收到的单播分组中取出多播分组，再转发给目的主机。

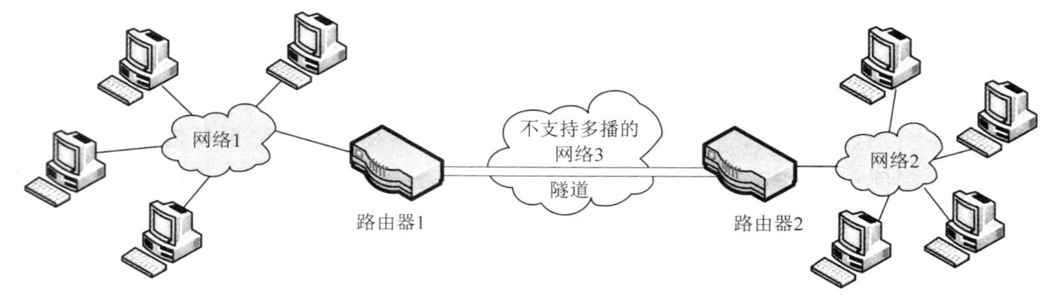

图 6-40　多播主干网数据在非多播网络中的传送

6.8　IPv6

IPv6 是下一个版本的互联网协议，也可以说是下一代互联网的协议。它的提出最初是因为随着互联网的迅速发展，IPv4 定义的有限地址空间将被耗尽。另外，也由于 IPv4 在端到端 IP 连接、服务质量（QoS）、安全性、多播、移动性、即插即用等网络应用中存在不足。IPv6 与 IPv4 相比，有以下几点较大的变化。

（1）IP 地址长度扩大

在 IPv4 协议中，IP 地址使用 32 位二进制整数，但随着 Internet 的不断扩大，这些地址几乎已经用完。在 IPv6 协议中，IP 地址使用了 128 位二进制整数。

（2）高速化

在制定 IPv4 协议时，并没有考虑高速通信这个问题。为了处理高速化的通信，IPv6 在以下 3 个地方进行了修改：

① 分组头部的长度固定。因为头部为固定长度，所以不需要计算头部校验和，从而能以更高的速度进行通信。

② 不检查传输错误。传输错误的检查交由数据链路层去完成。

③ 不需要每一个路由器都进行分片处理。因为路由器中包的分片处理是高速化的重大瓶颈，所以在 IPv6 协议中，它具有询问线路中最大传输单元的功能。这样，在发送方就可以根据经询问获得的传输单元大小来发送消息。

（3）任意通信（anycast）

任意通信与点到多点的数据传送一样，即目的是一组地址，但它并不将分组发给所有组员，而只是发给其中的一个，通常是最近的一个。例如，在某个主机对具有相同或特定功能的一组服务器访问时，可以使用“任意通信”连上最近的一台服务器，而不必知道它是哪一台。

（4）安全性功能

在 IPv6 协议中，定义了 IP 级的、能够进行安全通信的、确保安全性的扩展功能。

（5）流标记（flow label）

在 IPv6 协议分组头部包含一个流标记字段，对于开始地址和结束地址与流标记一致的一系列包，将希望在路由器中对其进行特别的处理。所谓的特别处理是指，为确保网络的容量或保证延迟时间等方面的通信质量而进行的处理。

6.8.1 IPv6 的基本格式

IPv6 分组有一个 40 字节的基本头部（base header），其后可允许有零个或多个扩展头部（extension header），再后面是数据。图 6-41 所示为 IPv6 分组基本头部的格式。

0	4	8	15 16		31
版本	优先级	流标记			
净负荷长度			下一个头部	跳数限制	
源站 IP 地址（128 位）					
目的站 IP 地址（128 位）					

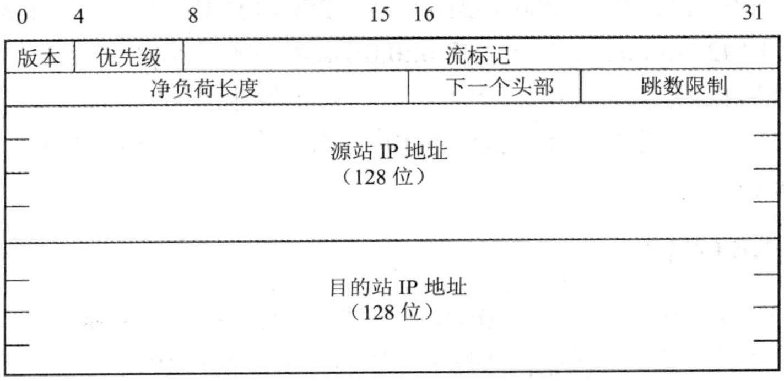

图 6-41 IPv6 分组基本头部的格式

① 版本（version），占 4 位。它指明了协议的版本，对于 IPv6 该字段总是 6。

② 优先级（priority），占 4 位。优先级的值越大，表明该分组越重要。对于可进行拥塞控制的业务，其优先级为 0～7。当发生拥塞时，这类分组的传输速率可以放慢。对于不可进行拥塞控制的业务，其优先级为 8～15，适用于实时性业务，如音频或视频业务的传输。这种业务的分组发送速率是恒定的，即使丢掉了一些，也不必进行重发。

③ 流标号（flow label），占 24 位。IPv6 的一个新机制是支持资源预定，并允许路由器将每个分组与一个给定的资源分配相联系。所谓流就是互连网络上从一个特定源站到一个特定目的站（单播或多播）的一系列分组，而源站要求在数据传输路径上的路由器保证指明的服务质量。网络提供者可能要求用户指明所期望的服务质量，然后使用一个流来限制某个指明的计算机或应用程序所发送的业务流量。流也可用于某个给定的组织，用它来管理网络资源，以保证所有的应用能公平地使用网络。

④ 净负荷长度（payload length），占 16 位。指明除头部（固定长度 40B）自身的长度外，IPv6 分组所承载的字节数。可见，一个 IPv6 分组可容纳 64KB 长的数据。

⑤ 下一个头部（next header），占 8 位。用于标识紧接于 IPv6 头部的扩展头部的类型。

⑥ 跳数限制（hop limit），占 8 位。此字段用来防止分组在网络中无限期地存在。每个路由器在转发分组时，要先将跳数限制字段中的值减 1，当跳数限制的值为 0 时，就要将此分组丢弃。

⑦ 源站 IP 地址，占 128 位，是分组的发送站 IP 地址。

⑧ 目的站 IP 地址，占 128 位，是分组的接收站 IP 地址。

6.8.2 IPv6 地址

IPv6 地址为 128 位长，但通常写作 8 组，每组为 4 个十六进制数的形式。例如：

FE80:0000:0000:0000:AAAA:0000:00C2:0002 是一个合法的 IPv6 地址。

IPv6 地址比较长，可以通过零压缩法来缩减其长度。如果几个连续段位的值都是 0，那么这些 0 就可以简单地以::来表示，上述地址就可以写成 FE80::AAAA:0000:00C2:0002。这里要注意的是只能简化连续的段位的 0，其前后的 0 都要保留，比如 FE80 的最后的这个 0，不能被简化。还有这个只能用一次，在上例中的 AAAA 后面的 0000 就不能再次简化。当然也可以在 AAAA 后面使用::，这样的话前面的 12 个 0 就不能压缩了。这个限制的目的是为了能准确还原被压缩的 0。不然就无法确定每个::代表了多少个 0。

2001:0DB8:0000:0000:0000:0000:1428:0000、2001:0DB8:0000:0000:0000::1428:0000、2001:0DB8:0:0:0:0:1428:0000、2001:0DB8:0::0:0:1428:0000、2001:0DB8::1428:0000 都是合法的地址，并且它们是等价的。但 2001:0DB8::1428::是非法的（因为这样会让人搞不清楚每个压缩中有几个全零的分组）。同时前导的零可以省略，因此 2001:0DB8:02de::0e13 等价于 2001:DB8:2de::e13。

6.8.3 IPv4 向 IPv6 的转换

为了保护在 IPv4 上的大量投资，IPv6 应该能与 IPv4 的主机和路由器共存。对 Internet 上所有 IPv4 结点的转换不可能在同一时刻完成，IPv6 必须与 IPv4 兼容，对 IPv4 网络结点的转换只能根据实际情况逐步地进行。为了保证平滑的演进，IETF 推荐了双协议栈、隧道技术和 NAT 等演进方案。

1. IPv6/IPv4 双协议栈技术

简单地说，双协议栈（dual-stack）技术就是使 IPv6 网络结点具有一个 IPv4 协议栈和一个 IPv6 栈，且同时支持 IPv4 和 IPv6 协议。IPv6 和 IPv4 是功能相近的网络层协议，两者都应用于相同的物理平台，并承载相同的运输层协议 TCP 或 UDP。如果一台主机同时支持 IPv6 和 IPv4 协议，那么该主机就可以和仅支持 IPv4 或 IPv6 协议的主机通信，IPv6/IPv4 双协议栈方法如图 6-42 所示。

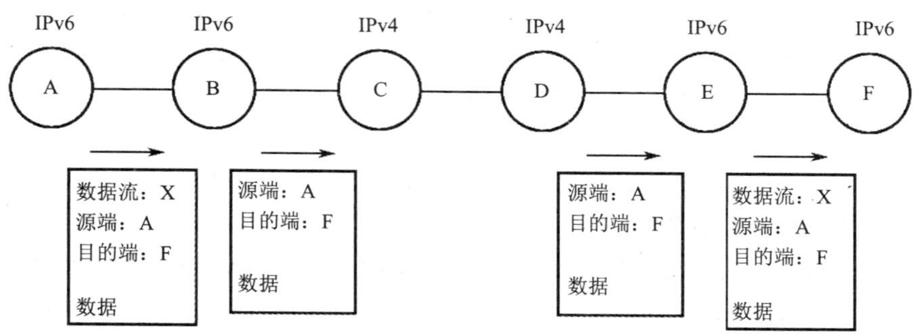

图 6-42 双协议栈方法

由于两种协议分组的格式有部分字段不同，在采用双协议栈方法进行 IPv4 和 IPv6 协议数据的互相转化及传输时，会出现一些问题。因此，在 RFC 1933 中还讨论了另一个可以替换双协议栈的方法，称为隧道技术。

2. 隧道技术

隧道技术（tunneling）就是在必要时将 IPv6 分组作为数据封装在 IPv4 分组里，使 IPv6 分组能在已有的 IPv4 基础设施（主要指 IPv4 路由器）上传输。隧道对于源站点和目的站点是透明的。在隧道的入口处，路由器将 IPv6 分组作为 IPv4 的数据封装在 IPv4 分组中，然后通过 IPv4 网络进行传送；在隧道出口处，再从 IPv4 分组中将 IPv6 分组取出转发给目的站点。隧道技术的优点在于隧道的透明性，隧道技术的缺点是不能实现 IPv4 主机和 IPv6 主机的通信。

隧道技术的实现方法主要有：IPv6 手工配置隧道、6to4 自动隧道、ISATAP 自动隧道、IPv6 over IPv4 GRE 隧道和 6PE 隧道等。

3. 网络地址转换技术

网络地址转换（Network Address Translator，NAT）技术是将 IPv4 地址和 IPv6 地址分别看做内部地址和外部地址，或者相反，然后在 NAT 服务器上建立一个地址映射表。当内部的 IPv4 主机要和外部的 IPv6 主机通信时，在 NAT 服务器中将 IPv4 地址（相当于内部地址）变换成 IPv6 地址（相当于外部地址）。反之，当内部的 IPv6 主机和外部的 IPv4 主机进行通信时，则将 IPv6 主机映射成内部地址，IPv4 主机映射成外部地址。NAT 技术可以解决 IPv4 主机和 IPv6 主机之间的互通问题。相关的技术有 SIIT（Stateless IP/ICMP Translation）和 NAT-PT（Network Address Translation-Protocol Translation）。

6.9 虚拟专用网 VPN

VPN（Virtual Private Network，虚拟专用网络），是指基于公用网络（通常是 Internet）所建立的企业网络，并且此企业网络拥有与专用网络相同的安全、管理及功能等特点，利用 Internet 资源作为企业专网的延续，节省昂贵的长途链路建设或租用费用。

通常，VPN 是对企业内部网的扩展，通过它可以帮助远程用户、公司分支机构、商业伙伴及供应商同公司的内部网建立可信的安全连接，并保证数据的安全传输。VPN 可用于不断增长的移动用户的全球 Internet 接入，以实现安全连接；可用于实现企业网站之间安全通信的虚拟专用线路，用于经济有效地连接到商业伙伴和用户的安全外联网虚拟专用网。

VPN 具体实现是采用隧道技术，将企业网的数据封装在隧道中进行传输。隧道协议可分为第二层隧道协议 PPTP、L2F、L2TP 和第三层隧道协议 GRE、IPSec 等。

图 6-43 是一个采用 VPN 技术通过 Internet 将一个企业位于不同地方的两个部门进行互连的示例。某企业的两个部门 A 和 B 分别位于不同的地方，通过 VPN 将它们互连在一起。

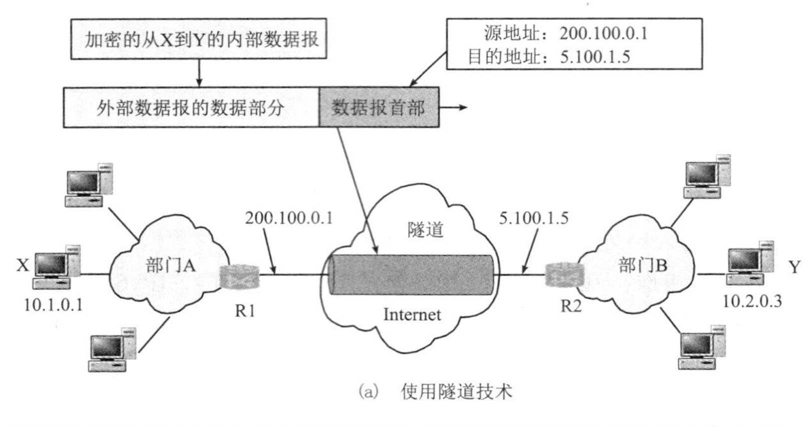

(a) 使用隧道技术

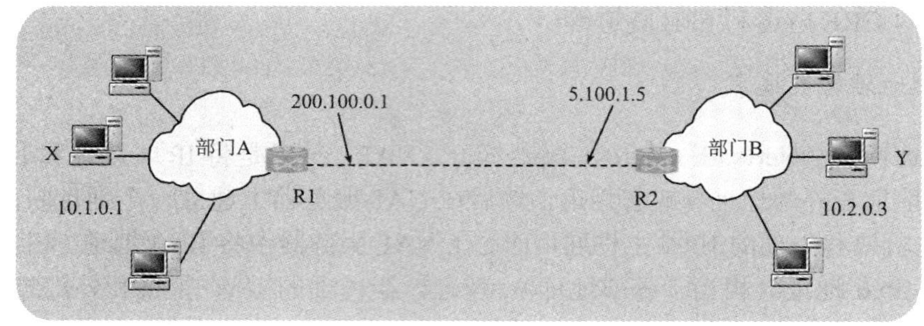

（b）虚拟专用网 VPN

图 6-43 VPN 示例

6.10 网络地址转换 NAT

NAT（Network Address Translation，网络地址转换）于 1994 年提出（RFC1632）。当在专用网内部的一些主机本来已经分配到了本地 IP 地址（即仅在本专用网内使用的专用地址），但现在又想和 Internet 上的主机通信（并不需要加密）时，可使用 NAT 方法。

这种方法需要在专用网连接到 Internet 的路由器上安装 NAT 软件。装有 NAT 软件的路由器叫做 NAT 路由器，它至少有一个有效的外部全球 IP 地址。这样，所有使用本地地址的主机在和外界通信时，都要在 NAT 路由器上将其本地地址转换成全球 IP 地址，才能和 Internet 连接。

另外，这种通过使用少量的公有 IP 地址代表较多的私有 IP 地址的方式，将有助于减缓可用的 IP 地址空间的枯竭。

1. NAT 功能

NAT 不仅能解决 IP 地址不足的问题，而且还能够有效地避免来自网络外部的攻击，隐藏并保护网络内部的计算机。

① 宽带分享：这是 NAT 主机的最大功能。

② 安全防护：NAT 之内的计算机连接到 Internet 时，其所显示的 IP 地址是 NAT 主机的公共 IP 地址，所以客户端计算机就具有一定程度的安全，外界在进行端口扫描之类的攻

击时，就侦测不到源计算机。

2. NAT 实现方式

NAT 的实现方式有 3 种，即静态转换（StaticNat）、动态转换（DynamicNat）和端口多路复用（OverLoad）。

静态转换是指将内部网络的内部（私有）IP 地址转换为外部（公有）IP 地址，IP 地址对是一对一的，某个内部 IP 地址转换为某个外部 IP 地址。借助于静态转换，可以实现外部网络对内部网络中某些特定设备（如服务器）的访问。

动态转换是指将内部网络的内部 IP 地址转换为外部 IP 地址时，IP 地址是不确定的，是随机的，所有被授权访问 Internet 的内部 IP 地址可随机转换为任何指定的外部 IP 地址。也就是说，只要指定哪些内部地址可以进行转换，以及用哪些合法地址作为外部地址时，就可以进行动态转换。动态转换可以使用多个合法外部地址集。当 ISP 提供的合法 IP 地址略少于网络内部的计算机数量时，可以采用动态转换的方式。

端口多路复用是指改变外出数据包的源端口并进行端口转换，即端口地址转换（Port Address Translation，PAT）。采用端口多路复用方式，内部网络的所有主机均可共享一个合法外部 IP 地址实现对 Internet 的访问，从而可以最大限度地节约 IP 地址资源。同时，又可隐藏网络内部的所有主机，有效避免来自 Internet 的攻击。因此，目前网络中应用最多的就是端口多路复用方式。

ALG（Application Level Gateway），即应用程序级网关技术：传统的 NAT 技术只对 IP 层和运输层头部进行转换处理，但是一些应用层协议，在协议数据报文中包含了地址信息。为了使这些应用也能透明地完成 NAT 转换，NAT 使用一种称作 ALG 的技术，它能对这些应用程序在通信时所包含的地址信息也进行相应的 NAT 转换。例如：对于 FTP 协议的 PORT/PASV 命令、DNS 协议的 "A" 和 "PTR"查询命令和部分 ICMP 消息类型等都需要相应的 ALG 来支持。

如果协议数据报文中不包含地址信息，则很容易利用传统的 NAT 技术来完成透明的地址转换功能，通常我们使用的如下应用就可以直接利用传统的 NAT 技术：HTTP、TELNET、FINGER、NTP、NFS、ARCHIE、RLOGIN、RSH、RCP 等。

3. NAT 工作原理

借助于 NAT，私有地址的“内部”网络通过路由器发送数据包时，私有地址被转换成合法的 IP 地址，一个局域网只需使用少量 IP 地址（甚至是 1 个）即可实现私有地址网络内所有计算机与 Internet 的通信需求。

NAT 将自动修改 IP 报文的源 IP 地址和目的 IP 地址，IP 地址校验则在 NAT 处理过程中自动完成。有些应用程序将源 IP 地址嵌入到 IP 报文的数据部分中，所以还需要同时对报文的数据部分进行修改，以匹配 IP 头中已经修改过的源 IP 地址。否则，在报文数据部分嵌入 IP 地址的应用程序就不能正常工作。

图 6-44 示例了一个 NAT 工作的过程，客户机 A 通过路由器 R 访问 Internet 中 IP 地址为 128.119.40.186 的 Web 服务器（端口 80）。具体过程如下：

① 客户机 A 向一个 Web 服务器发送一个报文，其源地址与端口为 10.0.0.2，3345，目的地址与端口为 128.119.40.186，80。

② 路由器 R 将报文的源地址与端口转换为 138.76.29.7，5001，并在路由器的 NAT 表中写入一条映射记录，分别对应 WAN 地址和 LAN 地址。路由器转发经过地址和端口转换的报文，其源地址与端口为 138.76.29.7，5001，目的地址与端口不变。

③ 服务器响应报文回复至路由器 R，其源地址与端口为 128.119.40.186，80，目的地址与端口为 138.76.29.7，5001。

④ 路由器 R 收到服务器的响应报文后，查 NAT 转换表得到发出请求的客户机 A 的地址与端口，并转换报文中的目的地址与端口，转发给客户机 A。

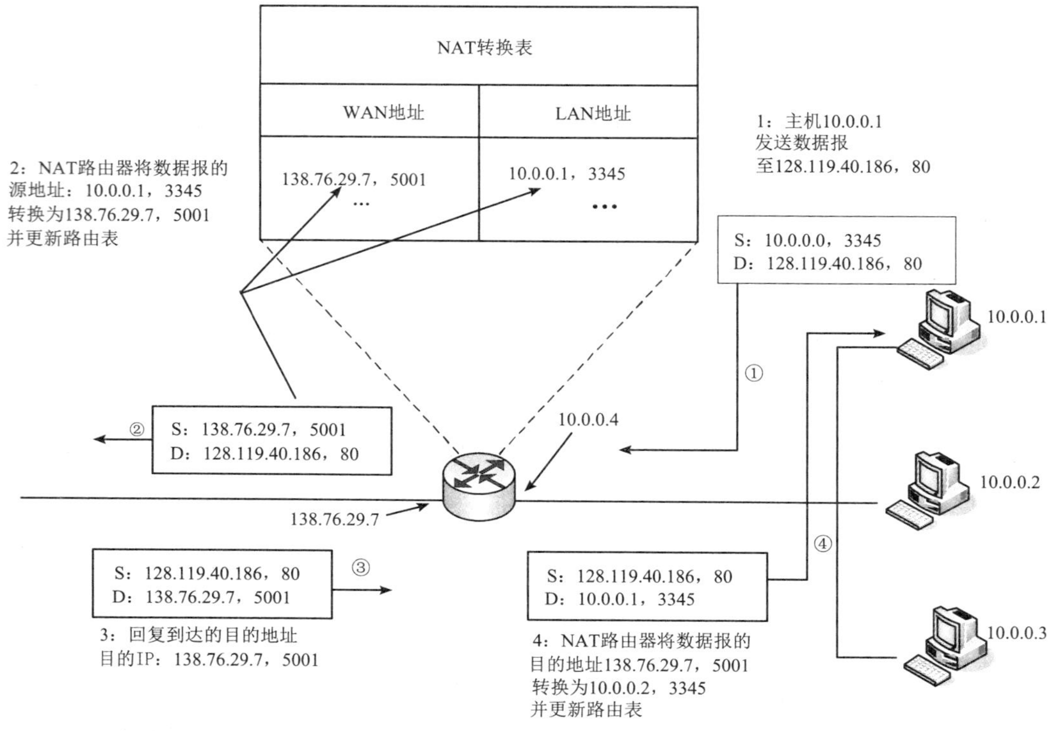

图 6-44 NAT 工作示例

习题 6

1. 什么是网络互连？
2. 简述网络层的主要功能。
3. 试比较数据报服务和虚拟电路服务的异同点。
4. 假设一个 IP 分组在某个路由器处被分片，则需要复制哪些 IP 字段？哪些字段需要重新计算？
5. 什么是子网与 IP 地址的三级层次结构？划分子网的基本思想是什么？
6. 试比较物理地址与 IP 地址的异同点，并说明为什么需要进行地址解析。
7. 什么是 CIDR？
8. 如果一个 IP 地址的网络地址部分为 12 位，问该网络中可以有多少台主机？

9．IP 地址为 120.100.100.1，子网掩码为 255.255.192.0，请问此 IP 地址对应的子网地址和主机部分分别是什么？

10．找出以下选项中不能分配给主机的 IP 地址，并说明原因。

A．131.107.256.80　　B．231.222.0.11

C．126.1.0.0　　D．198.121.254.255

E．202.117.34.32

11．某一网络的一台主机产生了一个 IP 数据报，头部长度为 20B，数据部分长度为 2000B。该数据报需要经过两个网络到达目的主机，这两个网络所允许的最大传输单位 MTU 分别为 1500B 和 576B。请问源 IP 数据报到达目的主机时分成了几个 IP 小报文?每个报文的数据部分长度分别是多少？

12．为什么要设计 ICMP 协议？它有什么特点？

13．一个理想的路由选择算法应该具有哪些特点？

14．通信子网中的路由策略有哪些？

15．请用 Dijkstra 算法计算图 6-20 中以 C 作为源点到其他结点的最短路径。

16．请说明 RIP 协议所使用的几种解决无穷计数问题的方法及基本思想。

17．请写出图 6-23 中距离向量算法的完整计算过程。

18．请描述开放最短路径优先协议（OSPF）的基本工作原理与特点。

19．假定网络中路由器 A 的路由表有如下表所示的项目：

目 的 网 络	距　离	下一跳路由器
N_1	7	A
N_2	2	C
N_6	8	F
N_8	4	E
N_9	4	F

现在路由器 A 收到了路由器 B 发送来的路由信息，如下表所示。

目 的 网 络	距　离
N_2	4
N_3	8
N_6	4
N_8	3
N_9	5

试根据以上信息求出路由器 A 更新后的路由表。

20. 在 Internet 中，为什么要提出自治系统（AS）的概念？它对路由选择协议有什么影响？

21. 请说明 BGP 协议的特点。

22. 一个自治系统应该广播有关到它内部所有网络的路由信息吗？如果不需要，请举例说明。

23. 如图 6-45 所示，一个路由器互连了 3 个局域网（LAN）。

① 进行子网划分，将一个 C 类网络地址 202.200.100.0 分配给路由器、LAN_1、LAN_2、LAN_3 的所有端口或主机。

② 写出 LAN_1、LAN_2 和 LAN_3 的网络地址、广播地址和子网掩码。

③ 用 32 位二进制数表示 IP 地址 28.105.200.122、191.88.19.1、205.221.2.199，并判定这些地址所属的类别。

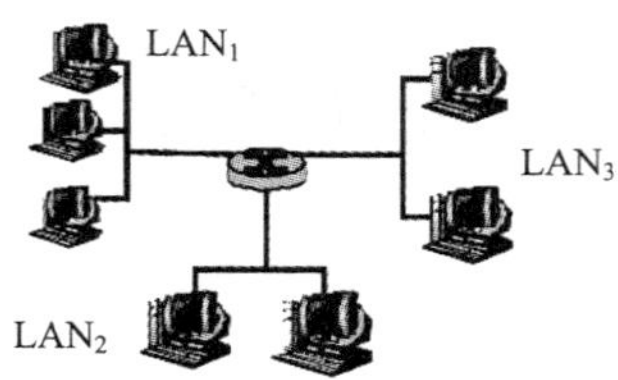

图 6-45 网络结构示意图

24. IPv6 有哪些技术特点？一个可能的最小的 IPv6 分组含有多少个字节？

25. 什么是 IP 多播？IP 多播环境中使用的主要协议是什么？

26. 简述 VPN 的概念和工作原理。

27. 什么是 NAT？NAT 主要用在什么场合？

第7章 运 输 层

运输层是计算机网络分层体系结构中的核心层次。其主要任务是完成从源主机应用进程到目的主机应用进程之间的数据传输。本章将主要介绍运输层的功能，以及在TCP/IP协议簇中运输层所采用的协议UDP和TCP。

7.1 运输层概述

在OSI的7层模型中，运输层是提供网络功能的低三层与提供用户功能的高三层的中介。从通信和信息处理的角度看，运输层对上层屏蔽了下层的通信细节，为上层应用提供端到端的连接。

在第6章中介绍过，在Internet中，通过IP协议能够在主机之间传递分组。但是要注意的是，网络层分组的传递只是从一个主机的网络层发出分组，经过网络中多个路由结点的网络层转发，最终传递到另一个主机的网络层。IP协议所传递的分组并没有交给目的主机的应用层。实际上，网络中两个主机之间的通信是在源主机和目的主机中的应用进程之间进行的，因此运输层中端到端的通信是指应用进程之间的逻辑通信。

如图7-1所示，运输层为运行在不同主机中的应用进程提供了端到端的逻辑通信功能，而网络层为主机之间提供逻辑通信。

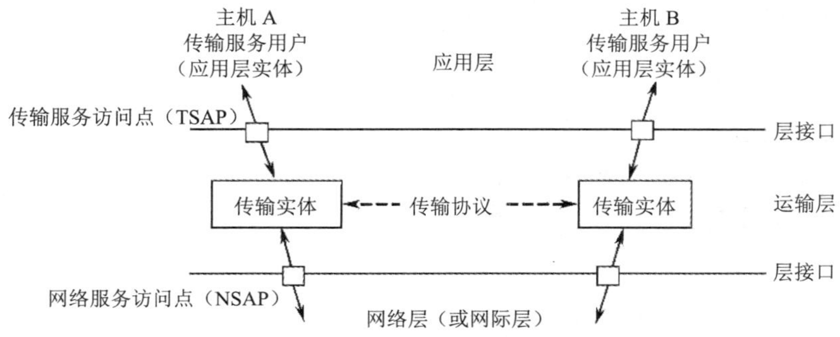

图7-1　运输层与其上、下层之间的关系

在图7-1中，根据OSI的术语，传输实体通过传输服务访问点（Transport Service Access Point，TSAP）向应用层实体（又称为传输服务用户）提供传输服务，这里的传输服务用户包括应用层中的各种应用进程。传输实体（又称为网络服务用户）从网络服务访问点（Network Service Access Point，NSAP）获取网络层（或网际层）提供的服务。运输层对等实体之间的通信遵循传输协议，两个对等传输实体之间通信时传送的数据单位称为传输协议数据单元（Transport Protocol Data Unit，TPDU）。

7.2 TCP/IP 模型中的运输层

7.2.1 TCP 和 UDP

TCP/IP 协议簇为运输层设计了两个协议：用户数据报协议（User Datagram Protocol，UDP）和传输控制协议（Transmission Control Protocol，TCP），如图 7-2 所示。UDP 是一种不可靠、无连接的运输层协议，而 TCP 是一种可靠的、面向连接的运输层协议。

应用层	
UDP	TCP
IP	
与各种网络的接口	

图 7-2 TCP/IP 模型中的运输层协议

UDP 在传送数据之前不需要建立连接，进行数据传送的两端主机的传输实体在收到 UDP 报文后不需要给出任何确认，因而不能保证一个进程所发送的数据能够完整无损地到达目的进程。

TCP 提供面向连接的服务。在传送数据前，需要先建立连接，数据传送结束后要释放连接。由于 TCP 提供可靠的、面向连接的传输服务，因此增加了诸如确认、流量控制、拥塞控制和连接管理等功能。需要注意的是，TCP 不提供广播和多播服务。

如图 7-3 所示，运输层对上层用户屏蔽了通信子网的细节（如下层所采用的传输介质、网络拓扑结构和协议等），它使应用进程看见的就好像在两个传输实体之间有一条端到端的逻辑通信信道。当运输层采用 TCP 协议时，这种逻辑通信信道可以弥补网络层 IP 协议只提供“尽力发送”服务所带来的缺点，相当于提供了一条全双工的可靠信道。而当采用 UDP 协议时，这种逻辑通信信道则是一条不可靠的信道。

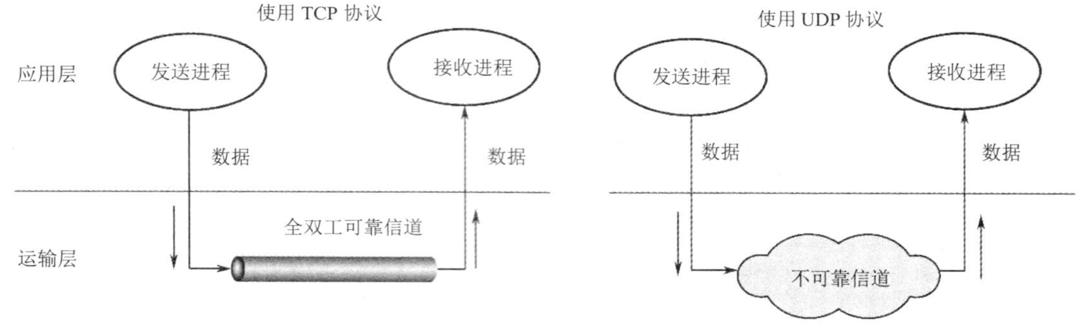

图 7-3 运输层向应用层提供的面向连接和无连接的服务

7.2.2 运输层端口

由于 IP 层只保证数据从主机到主机的传送，而不保证数据在应用进程之间的传送，所以 IP 层的上层（即运输层）需要一种机制来保证数据在应用进程之间的传送。而运输层与网络层最大的区别也就在于运输层提供进程通信能力，网络通信的最终地址不仅包括主机地址，还包括可描述进程的某种标识。所以，TCP/IP 模型中运输层所提出的协议端口（port），可以认为是网络通信进程的一种标识符。

如图 7-4 所示，UDP 和 TCP 都使用与应用层接口处的端口来与上层应用进程进行通信。

端口是个非常重要的概念，因为应用层的各种进程是通过相应的端口与传输实体进行交互的。因此，在传输协议数据单元（TCP 报文段或 UDP 用户数据报）的头部，都要写入源端口号和目的端口号。当运输层收到 IP 层交上来的数据时，就要根据其目的端口号来决定应当通过哪一个端口上交给目的应用进程。

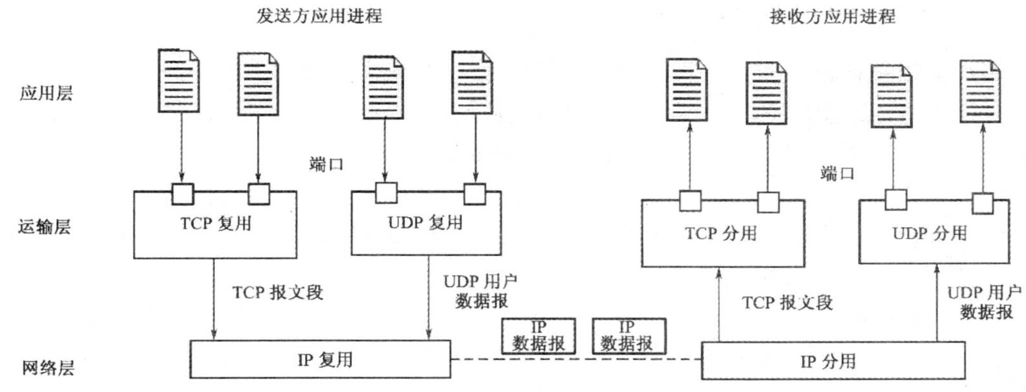

图 7-4　端口的作用

用 OSI 的术语，图中的端口就是传输服务访问点（TSAP）。可以看出，若没有端口，运输层就无法知道数据应当交付给应用层的哪个进程。从这个意义上讲，端口用来标识应用层的进程。由于使用了复用和分用技术，在运输层和网络层的交互中看不见各种应用进程，而只有 TCP 报文段或 UDP 用户数据报。

在 TCP/IP 协议的实现中，端口号的分配有两种基本方式：

① 全局分配，这是一种集中分配方式，由一个公认权威的中央机构根据用户需要进行统一分配，并将结果公布于众。

② 本地分配，又称为动态连接，即当进程需要访问运输层服务时，向本地操作系统提出申请，操作系统返回本地唯一的端口号，进程再通过合适的系统调用，将自己和该端口连接起来（binding，绑定）。

TCP/IP 端口号的分配综合了以上两种方式，将端口号分为两部分，少量的作为保留端口，以全局方式分配给服务进程。每个标准服务器都拥有一个全局公认的端口，称为熟知端口，即使在不同的机器上，其端口号也相同。剩余的为自由端口，以本地方式进行分配。TCP 和 UDP 规定，小于 256 的端口才能作为保留端口。

按端口号的范围，端口可分为以下 3 大类。

① 熟知端口（well-known ports）：0～1023，它们紧密绑定于一些服务。通常这些端口的通信明确表明了某种服务的协议。例如，80 端口实际上总是用于 HTTP 通信。

② 注册端口（registered ports）：1024～49151。它们松散地绑定于一些服务。也就是说，有许多服务绑定于这些端口，这些端口同样也可用于许多其他目的。例如，许多系统处理动态端口从 1024 左右开始。

③ 动态和/或私有端口（dynamic and/or private ports）：49152～65535。理论上，不应为服务分配这些端口。实际上，机器通常从 1024 起分配动态端口。例如，默认的 HTTP 端口是 80，不少人将它重定向到另一个端口，如 8080。

7.3 用户数据报协议（UDP）

7.3.1 UDP 概述

用户数据报协议（UDP）只在 IP 协议的数据报服务之上增加了很少的功能，即端口功能（有了端口，运输层就能进行复用和分用）和差错检测功能。虽然 UDP 用户数据报只能提供不可靠的交付，但 UDP 在某些方面有其特殊的优点。

（1）无需建立连接

UDP 在数据传送之前不需要任何准备，发送数据结束时也没有连接需要释放，因此减少了开销和发送数据之前的时延。

（2）无连接状态管理

UDP 不使用拥塞控制，也不保证可靠交付，因此主机不需要维持具有许多参数的、复杂的连接状态表。

（3）报文头部开销小

UDP 报文仅有 8 个字节的头部开销，而 TCP 报文有 20 个字节的头部开销。

（4）应用层能很好地控制要发送的数据和发送时间

采用 UDP 时，只要应用进程将数据传递给 UDP，UDP 就会将此数据打包成 UDP 报文并立即传递给网络层。另外，由于 UDP 没有拥塞控制，所以网络出现的拥塞不会使源主机的发送速率降低。这对某些实时应用是很重要的。很多的实时应用（如 IP 电话、实时视频会议等）要求源主机以恒定的速率发送数据，并且允许在网络发生拥塞时丢失一些数据，但它们不允许数据有太大的时延。UDP 正好适合这种要求。

表 7-1 所示为目前流行的一些 Internet 应用及其所使用的应用层协议和运输层协议。

表 7-1 使用 UDP 和 TCP 协议的各种应用和应用层协议

应　　用	应用层协议	运输层协议
域名服务	DNS	UDP
普通文件传送协议	TFTP	UDP
路由信息协议	RIP	UDP
IP 地址配置协议	BOOTP，DHCP	UDP
简单网络管理协议	SNMP	UDP
远程文件服务器	DFS	UDP
IP 电话	专用协议	UDP
流式多媒体通信	专用协议	UDP
多播	IGMP	UDP
电子邮件	SMTP	TCP
远程终端接入	TELNET	TCP
万维网	HTTP	TCP
文件传送	FTP	TCP

在表 7-1 前部所示的应用中，如果每次请求都建立连接，通信完成后再释放连接，那么额外的开销太大，这时无连接的 UDP 反而比较合适。不过此时的应用进程必须实现超时重传机制，并对数据包进行编号以防止重复，这些都加大了实现应用进程的复杂性。

7.3.2 UDP 报文的格式

UDP 报文由头部和数据两部分组成，头部包含 4 个字段，其中每个字段各占用 2 个字节，如图 7-5 所示。

源端口号	目的端口号
数据报长度	校验和
数据	

图 7-5 UDP 报头的格式

（1）源/目的端口号

UDP 协议使用端口号为不同的应用进程保留数据传输通道。数据发送方（可以是客户端或服务器端）将 UDP 数据报通过源端口发送出去，数据接收方通过目的端口接收数据。

（2）数据报长度

数据报长度是指包括报头和数据部分在内总的字节数。因为报头的长度是固定的，所以该字段主要被用来计算可变长度的数据部分（又称为数据负载）。数据报的最大长度根据操作环境的不同而各异。在理论上，包含报头在内的数据报的最大长度为 65 535 字节。不过，一些实际应用往往会限制数据报的大小，有时会降低到 8 192 字节。

（3）校验和

用于检查 UDP 报文在传输中是否出错。在计算校验和时，要在 UDP 数据报之前增加 12 字节的伪首部（并不是 UDP 的真正头部），如图 7-6 所示。校验和首先在数据发送方通过特殊的算法计算得出，在传递到接收方后，还需要再重新计算。如果某个数据报在传输过程中被第三方篡改或由于线路噪声等原因受到损坏，发送方和接收方的校验和计算值将会不相符，由此 UDP 协议可以检测是否出错。这与 TCP 协议是不同的，后者要求必须具有校验和。

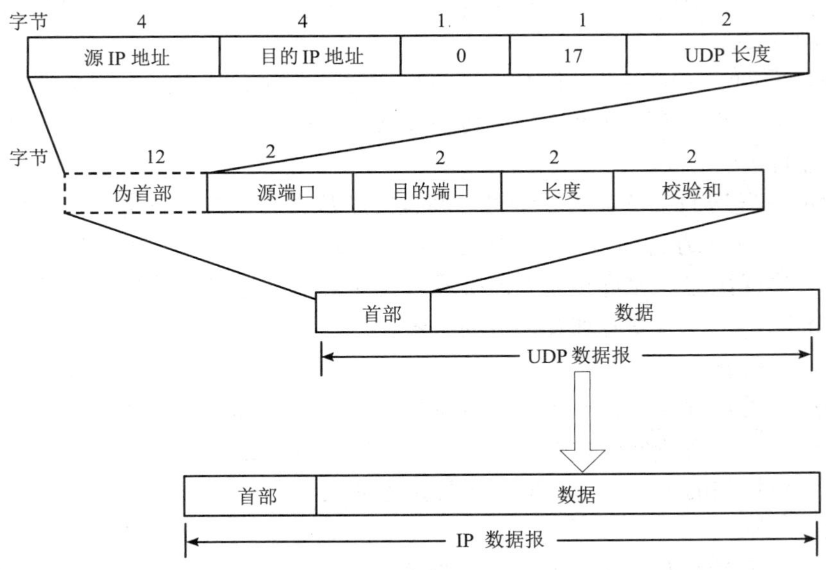

图 7-6 UDP 的头部和伪头部

下面给出一个计算校验和的简单例子（见图 7-7）。

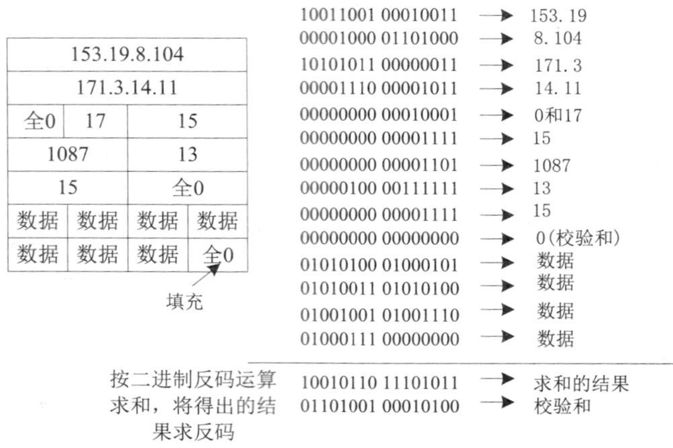

图 7-7　校验和计算示例

7.4　传输控制协议（TCP）

传输控制协议（TCP）是运输层中使用最广泛的一个协议。TCP 提供全双工和可靠的、面向连接的数据传输服务，并通过通信双方三次握手、收方肯定确认、重传（时钟控制）和流量控制等机制保证数据在应用进程之间传递的可靠性。

7.4.1　TCP 提供的服务

TCP 的主要目的是提供端到端应用进程之间可靠的数据传输。IP 层只保证数据在主机之间的传递，而且是不可靠的，因此 TCP 需要很多自己的服务来实现可靠传输的目的。

（1）面向连接

TCP 提供面向连接的服务。两个应用进程在通信之前必须由其中一个先请求到另一个应用进程的连接，然后通过这个连接来传输数据。

（2）可靠性

TCP 给所有发送的字节都进行编号，并且发送数据的一方希望得到接收数据一方的肯定应答 ACK（即接收方告知发送方数据收到）。如果接收方在一定时间内没有收到 ACK，则表明数据丢失或延迟，允许重新发送数据。由于数据在运输层是分段传输的，所以只有每个数据段的第一个字节编号被发往目的主机。

（3）数据流传输

从应用进程的角度看，TCP 连贯地在应用进程之间传递字节流数据。应用进程不必关心要传输的数据是如何被分成数据块的，然后又是如何传递给 IP 层的。事实上，TCP 协议自行决定划分数据块的大小，这对应用进程是透明的。

（4）流量控制

TCP 通过滑动窗口机制来控制双方的发送与接收。当接收方发给发送方一个 ACK 肯定应答信号时，接收方告知发送方已经成功收到的字节编号，即以这一字节编号打头的数据段已经接收成功，从而避免接收方内部缓冲区溢出，发送方可以继续发送数据。

（5）全双工

TCP 是一个完全可靠的（没有数据重复或丢失）、面向连接的、全双工的运输层协议。它允许两个应用进程建立一个连接，并在任何一个方向上发送数据，然后终止连接。在终止发生之前的所有数据都会被可靠地传递。

7.4.2　TCP 报文段的格式

如图 7-8 所示，TCP 报文段分为头部和数据两部分。头部的前 20 个字节是固定的，选项部分最多为 40 个字节。因此，TCP 报文段头部的最小长度是 20 字节。

<table>
<tr><td colspan="8">源端口号（16 位）</td><td>目的端口号（16 位）</td></tr>
<tr><td colspan="9">序列号（32 位）</td></tr>
<tr><td colspan="9">确认号（32 位）</td></tr>
<tr><td>数据偏移量（4 位）</td><td>保留（6 位）</td><td>URG</td><td>ACK</td><td>PSH</td><td>RST</td><td>SYN</td><td>FIN</td><td>窗口（16 位）</td></tr>
<tr><td colspan="8">校验和（16 位）</td><td>紧急指针（16 位）</td></tr>
<tr><td colspan="9">可选项及填充域</td></tr>
<tr><td colspan="9">数据（变长）</td></tr>
</table>

图 7-8　TCP 报文段的格式

头部固定部分各字段的意义介绍如下。

（1）源/目的端口号

两者都占 16 位，分别表示发送方和接收方的端口号。端口号和 IP 地址构成套接字（socket），它唯一地标识了网络中的一个主机和其上的一个应用（进程），源端和目的端的套接字唯一地表示一条 TCP 连接。

（2）序列号

序列号占 32 位，无符号整数，表示数据部分第一个字节的序号。例如，某一个报文段的序号值为 301，携带的数据为 100 字节，那么下一个报文段的第一字节序号为 401。

（3）确认号

确认号占 32 位，无符号整数，表示接收方期望收到对方下一个报文段数据的第一个字节的序号。例如，如果接收方已经正确接收到第一个字节序号为 301、长度为 100 字节的报文段，那么发送给对方的确认号就应该是 401。这表示接收方已正确接收了序号为 401 以前的数据，希望接收的下一个报文段的第一个字节序号为 401。

（4）数据偏移

数据偏移占 4 位，表示数据部分在 TCP 段中的位置，实际上就是 TCP 段头部的长度。长度以 4 字节为单元进行计算。所以，如果可选项部分的长度不是 4 字节的整数倍，则要进行填充。

（5）保留字段

保留字段占 6 位，保留以后使用，目前设置为 0。

（6）标志位

TCP 段头中包含 6 个标志位，每个标志位都完成特殊的功能。

URG 为紧急数据标志：如果为 1，则表示本数据包中包含紧急数据，此时“紧急指针”字段表示的值有效。

ACK 为确认标志：如果 ACK 为1，则表示 TCP 段中的确认号是有效的，否则确认号无效。

PSH 为推送比特标志：如果接收进程收到 PSH 为 1 的报文段，则尽快地交付给接收进程，而不再等待整个缓存填满后再向上交付。

RST 为复位标志：用来复位一条连接，RST 标志置位的段称为复位段。

SYN 为同步标志：用来建立连接，让连接双方同步序列号。如果 SYN=1 且 ACK=0，则表示该数据包为连接请求；如果 SYN=1 且 ACK=1，则表示是接受连接。

FIN 为结束标志：表示发送方已经没有数据要求传输了，希望释放连接。

（7）窗口

窗口占 16 位，窗口表示从被确认的字节开始，发送方可以发送的字节的个数。接收方通过设置窗口的大小，可以调节发送方发送数据的速度，从而实现流量控制。

（8）校验和

校验和占 16 位，是 TCP 协议提供的一种检错机制。与 UDP 协议一样，在计算校验和时要在 TCP 报文段前面加上 12 字节的伪头部。在伪头部中包括该数据包的源地址、目的地址、TCP 协议号和 TCP 段的总长度。这样可以避免发生因为 IP 协议的错误而出现误投 TCP 段的情况。

（9）可选项

可选项长度可变。TCP 协议只规定了一种可选项，即最大报文段长度（Maximum Segment Size，MSS）。MSS 告诉对方："我的缓存所能接收的报文段的数据字段的最大长度是 MSS 字节。"当没有使用可选项时，TCP 头部长度是 20 字节。

7.4.3 TCP 连接管理

TCP 是面向连接的协议，TCP 传输连接的建立和释放是每一次面向连接的通信中必不可少的过程。TCP 的传输连接包括 3 个状态：连接建立、数据传输和连接释放。

1. 连接建立

运行在某台主机（假设为 A）上的一个应用进程需要与另一台主机（假设为 B）上的一个应用进程建立连接，其建立连接的过程如下：

① A 端首先向 B 端发送一个特殊的 TCP 报文段 SYN，此报文段中的 SYN 标志置为 1，同时初始化一个起始序号。

② B 端收到 A 端发来的 SYN 报文段后，会为该 TCP 连接分配 TCP 缓存和变量，并向 A 端回复一个允许连接的报文段 SYNACK。

③ 在收到允许连接的报文段后，A 端也要给该连接分配缓存和变量，然后向 B 端发送另一个报文段，用于对 B 端允许连接的 SYNACK 报文段进行确认。

一旦上面 3 步完成，两台主机之间就可以相互发送含有数据的报文段了。在上面的连接建立过程中，两台主机之间发送了 3 个分组，如图 7-9 所示。这种通信双方进行 3 次报文交换的过程称为三次握手（three-way handshake）。

在图 7-9 中，"SYN=1，SEQ=x"表示这是一个连接请求 TCP 段，其序号为 x，SYN 标志为 1，ACK 标志为 0；"SYN，ACK=1，SEQ=y，ACKSEQ=x+1"表示主机 B 发送给主机 A 的 TCP 段序号 SEQ 为 y，SYN 和 ACK 标志为 1，确认序号为 x+1。

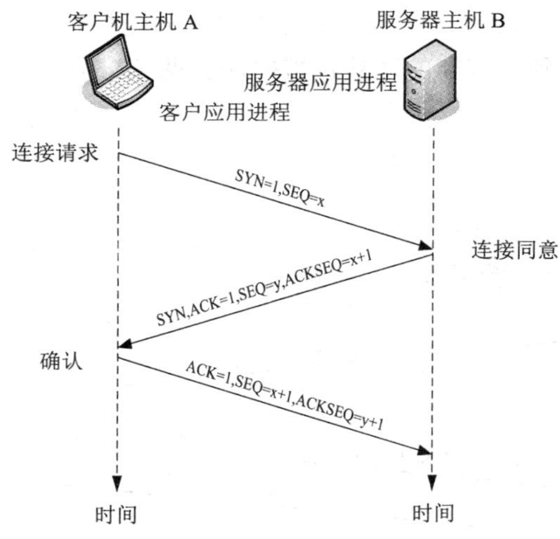

图 7-9 TCP 连接建立的过程

TCP 的标准规定，SYN 报文段不能携带数据，但是要消耗掉一个序号。ACK 报文段可以携带数据，但是如果不携带数据则不消耗序号。

2. 数据传输

建立起 TCP 连接后，两个应用进程之间就可以相互发送数据了。如图 7-10 所示，通信双方主机中应用进程之间的数据传输是字节流方式的。发送方主机将来自进程的数据放到该 TCP 连接的发送缓存里，然后不时地从发送缓存里取出一块数据准备发送。

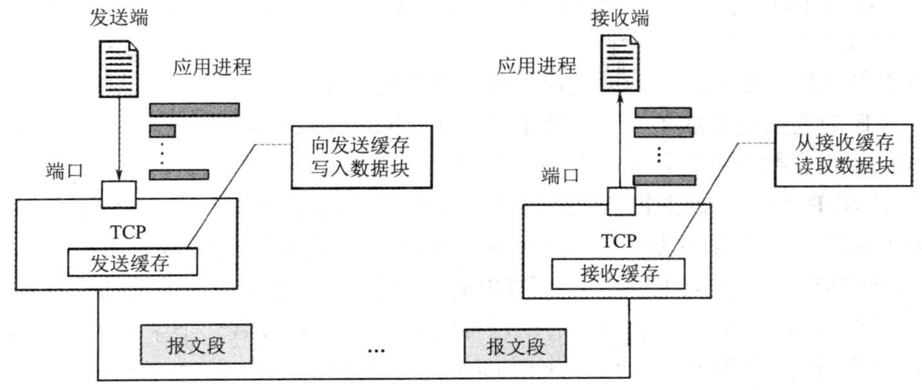

图 7-10 TCP 发送报文段的过程

3. 连接释放

在数据传输结束后，通信双方都可以发出释放连接的请求。由于网络服务的不可靠性，必须考虑到在释放连接时，可能因为数据包的失序而使释放连接请求的数据包比其他数据包先到达目的端。此时，如果目的端由于收到了释放连接请求的数据包而立即释放该连接，则势必造成那些先发而后至的数据包丢失。为了解决这些问题，可以把 TCP 连接看成一对单工连接来处理连接的释放，每个单工连接独立地释放。

如图 7-11 所示，当一方想释放连接时，向对方发送一个 FIN=1 的报文段，表示本方已无数据可发送。当 FIN 报文段被确认后，那个方向上的连接就关闭。但在另一个方向上，数据还可以继续传输，直到该方向的连接也被关闭。两个方向上的连接都关闭后，TCP 连接就被释放。

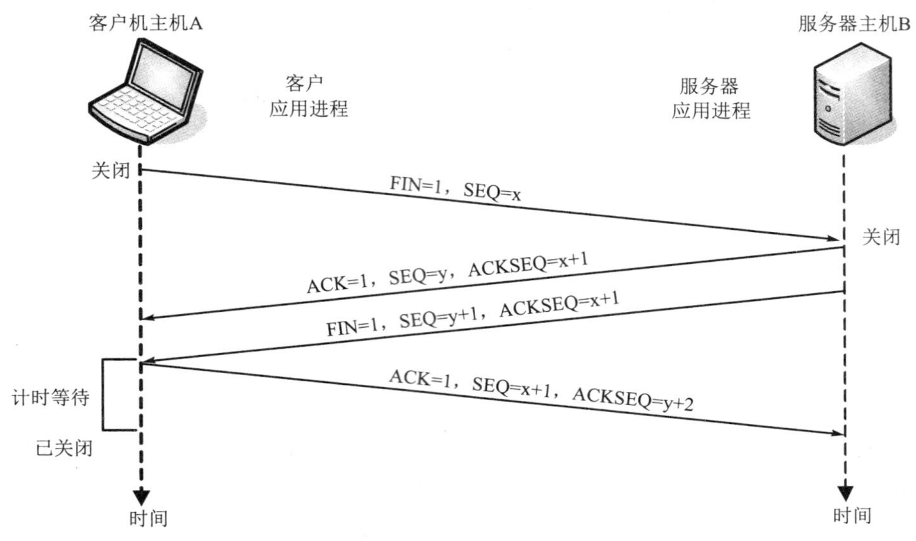

图 7-11 TCP 连接释放的过程

图 7-11 所示为 TCP 连接释放中的 4 次握手过程。假设主机 A 的应用进程先向主机 B 发出连接释放请求，并且不再发送数据。TCP 通知对方要释放从 A 到 B 这个方向的连接，将发往主机 B 的 TCP 报文段头部的 FIN 标志置为 1，其序号 x 等于前面已传送过的数据的最后一个字节的序号加 1。

主机 B 收到释放连接通知后即发出确认，其序号为 x+1，同时通知高层应用进程。这样，从 A 到 B 的连接就释放了，连接处于半关闭（half-close）状态，相当于主机 A 向主机 B 说："我已经没有数据要发送了，但如果你还发送数据，我仍接收。"

此后，主机 B 不再接收主机 A 发来的数据。但若主机 B 还有一些数据要发往主机 A，则可以继续发送。主机 A 只要正确收到数据，仍应向主机 B 发送确认。在主机 B 向主机 A 的数据发送结束后，其应用进程通知 TCP 释放连接。主机 B 发出的连接释放报文段必须将 FIN 位置 1，并使其序号 y 等于前面已传送过的数据的最后一个字节的序号加 1，而且还必须重复上次已发送过的 ACKSEQ=x+1。主机 A 必须对此发出确认，给出 ACKSEQ=y+1。这样才把从主机 B 到 A 的反方向连接释放掉。主机 A 的 TCP 再向其应用进程报告，整个连接全部释放。

7.5 TCP 流量控制与拥塞控制

7.5.1 TCP 的流量控制

TCP 在 IP 不可靠服务的基础上建立了可靠的数据传输服务。TCP 的可靠数据传输服务确保进程从接收缓存中读出的数据流是没有被破坏的、连续的、不重复的和有序的，即读出的字节流与连接的另一方系统发送出的字节流是完全一样的。实际上，接收方应用进程不一定时刻都在读取数据，也许会忙于其他任务，过很长时间后才去读取数据。如果应用进程读取数据时相当慢，而发送方发送的数据太多、太快，就会很容易使该连接的接收缓存溢出。

TCP 采用大小可变的滑动窗口给应用进程提供流量控制服务，用以消除接收缓存溢出的可能性。TCP 通过让接收方保留一个称为接收窗口（receive window）的变量来提供流量控制。通俗地讲，接收窗口用于告诉发送方，该接收方还有多少可用的缓存空间。因为 TCP 是全双工通信，所以连接两端的发送方都各自保留了一个接收窗口。窗口大小的单位是字节。

在 TCP 报文段头部的窗口字段写入的数值是当前给对方设置的发送窗口的上限。发送窗口在连接建立时由双方商定。但在通信过程中，接收方根据自己的资源情况，随时动态地调整对方发送窗口的上限值。下面通过一个例子来说明 TCP 通过大小可变的滑动窗口进行流量控制的原理。

如图 7-12 所示，假设主机 A 通过一个 TCP 连接向主机 B 发送一个大的文件，双方确定的初始窗口值是 4 096 字节，序号的初始值为 0（SEQ=0）。从图中可以看出，主机 B 进行了 3 次流量控制。第一次将窗口减小为 2 048 字节，第二次又减小为 0 字节，即不允许对方再发送数据了，第三次增加为 2 048 字节。

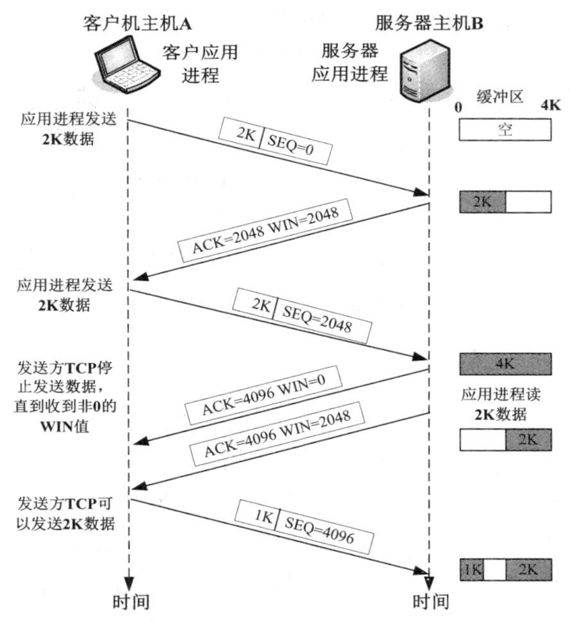

图 7-12 TCP 利用可变窗口进行流控

流量控制并非仅仅为了使接收方来得及接收，如果发送方发出的报文过多，会使网络通信负荷过重，由此引起报文段的延时增大。报文段延时的增大，将使主机不能及时地收到确认，就会重传更多的报文段，而这又会进一步加剧网络的拥塞。为了避免发生拥塞，主机应当降低发送速率。因此，发送方的主机在发送数据时，既要考虑到接收方的接收能力，又要使网络不发生拥塞。发送方的发送窗口 Swnd（sender window）应按以下方式确定：

发送窗口＝MIN[接收窗口，拥塞窗口]

这里的接收窗口 Rwnd（receiver window）是接收方根据其接收能力确定的窗口值，是来自接收方的流量控制。拥塞窗口 Cwnd（congestion window）是发送方根据网络拥塞情况确定的窗口值，是由发送方的流量控制算法确定的。在没有拥塞的稳定工作状态下，接收方的通知窗口和拥塞窗口应该是一致的。

7.5.2 TCP 的拥塞控制

在某段时间内，若对网络中某一资源的需求超过了该资源所能提供的可用部分，网络的性能就要变坏，这种情况就叫做拥塞。可以把出现网络拥塞的条件写成：

$$\sum 对资源的需求 > 可用资源$$

拥塞控制是 TCP 的另一个关键功能。在 TCP 端到端拥塞控制中，网络层没有为运输层拥塞控制提供显式的支持。即使在网络中存在拥塞，端系统也必须通过端到端的方法处理拥塞控制，因为 IP 层不会向端系统提供有关网络拥塞的反馈信息。因此，TCP 采用的方法是让每一个发送方根据所感知的网络拥塞，来限制其向连接发送数据的速率。如果一个 TCP 发送方感知从它到目的地之间的路径上没有拥塞，则该发送方就会增加发送速率；如果一个 TCP 发送方感知从它到目的地之间的路径上有拥塞（如 TCP 段的丢失等），则该发送方就会降低发送速率。

在具体的实现中，TCP 的拥塞控制要解决如下几个问题：

① 一个 TCP 发送方如何限制其发送数据的速率？

② 一个 TCP 发送方如何感知从它到目的路径上存在拥塞？

③ 当发送方感知到端到端拥塞时，采用什么算法来改变其发送速率？

为了更好地在运输层进行拥塞控制，1999 年公布的 Internet 建议标准 RFC 2581 定义了 4 种算法，即慢启动（slow-start）、拥塞避免（congestion avoidance）、快重传（fast retransmit）和快恢复（fast recovery）。使用这些技术的一个前提就是，由于通信线路造成误码而使分组丢失的概率很小。因此，当 TCP 收到路由器发来的 ICMP 源抑制报文，或者发现连续的报文丢失现象或延迟过长而引起超时重发，就认为发生了网络拥塞。

下面分别介绍这几种算法。

1. 慢启动

在一般情况下，当主机通过一个 TCP 连接开始发送数据时，如果立即将发送窗口中的全部数据字节都注入到网络中，那么由于这时还不清楚网络的状况，所以有可能引起网络拥塞。经验证明，较好的方法是由小到大逐渐增大发送方拥塞窗口的数值。

通常在刚刚开始发送报文段时，可先将拥塞窗口 Cwnd 设置为一个最大报文段长度（MSS）的数值，即 Cwnd＝1（用报文段的个数作为窗口大小的单位）。每当一个传输的报文段被确认后，Cwnd 值就增加一个 MSS，从而使发送方得到指数型增长的发送速率。特别地，TCP 向网络发送第一个报文段后，会等待确认。如果该报文段被确认后而没有发生丢包事件，则 TCP 发送方将拥塞窗口增加一个 MSS，并发出两个最大长度的报文段。如果这两个报文段在丢包事件之前都被确认，则 TCP 发送方每收到一个确认报文就将拥塞窗口增加一个 MSS，使得拥塞窗口变为 4 个 MSS，并发送出 4 个最大长度的报文段。只要确认报文被送达而未发生丢包事件，这一个过程就会持续下去。

在慢启动的初始化阶段，TCP 发送方以很慢的速率（因此称为“慢启动”）开始发送，但是以指数的速度快速增加其发送速率。

2. 拥塞避免

TCP 拥塞避免的基本思想是，当出现丢包事件时，让发送方降低其发送速率（通过减小拥塞窗口 Cwnd 的大小）。

在慢启动阶段，可以发送的报文数量按指数级增加，为了防止拥塞窗口的增长引起网络拥塞，还需要一个状态变量，即慢启动门限 ssthresh（slow start threshold）。其用法如下：

① 当 Cwnd＜ssthresh 时，处于慢启动阶段。

② 当 Cwnd＞ssthresh 时，进入拥塞避免阶段（使用拥塞避免算法）。

③ 当 Cwnd＝ssthresh 时，既可以使用慢启动算法，也可以使用拥塞避免算法。

拥塞避免和慢启动算法是两个目的不同、独立的算法。当拥塞窗口大于慢启动门限时，拥塞窗口按照线性增加，即发送方的拥塞窗口每经过一个往返时间（RTT）就增加一个 MSS 的大小，而不管在时间 RTT 内收到了几个 ACK。当发送方发现网络出现拥塞时，慢启动门限 ssthresh 设置为发生拥塞时发送窗口 Swnd 的一半。

图 7-13 所示为拥塞控制的具体过程。拥塞窗口的大小以 MSS 为单位，慢启动门限 ssthresh 初始时等于 8MSS。拥塞窗口在慢启动阶段以指数速度快速爬升，在第 4 次传输时达到门限值。然后进入拥塞避免阶段，拥塞窗口以线性速度爬升，直到第 8 次传输后，网络出现超时为止。注意到当发生丢包事件时，拥塞窗口值为 12MSS。于是门限值被设置为 Cwnd×0.5＝12×0.5＝6MSS。拥塞窗口 Cwnd 重新设置为 1，并开始执行慢启动算法。当 Cwnd＝6 时改为执行拥塞避免算法，拥塞窗口按线性规律增长，每经过一个往返时间就增加一个 MSS 的大小。

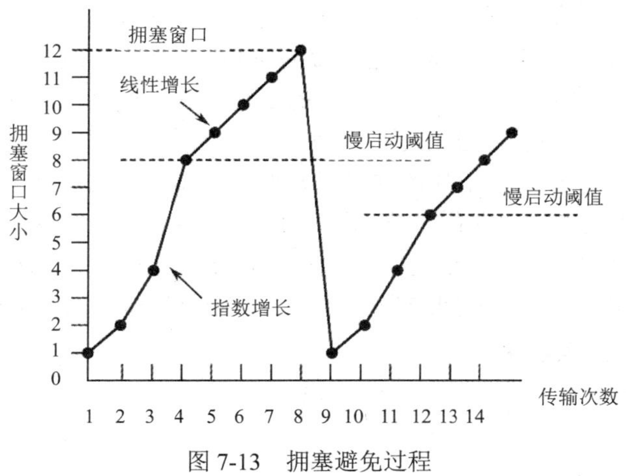

图 7-13 拥塞避免过程

上述两个 TCP 拥塞控制算法在许多文献中也称为“加性增，乘性减”算法（Additive Increase，Multiplicative Decrease，AIMD）。

综上所述，TCP 拥塞控制算法如下：

① 当拥塞窗口小于阈值（ssthresh）时，发送方处于慢启动阶段，拥塞窗口以指数速率快速增长。

② 当拥塞窗口超过阈值（ssthresh）时，发送发进入拥塞避免阶段，拥塞窗口以线性速度增长。

③ 当有 3 个重复 ACK 丢包事件发生时，阈值（ssthresh）被设置为当前拥塞窗口的一

半，拥塞窗口被设置为阈值（ssthresh）。

④ 当由于超时导致丢包事件发生时，阈值（ssthresh）被设置为当前拥塞窗口的一半，拥塞窗口被设置为 1MSS。

3. 快速重传和快速恢复

在 TCP 报文传输过程中，接收方每收到一个报文段后都要立即发出确认 ACK，而不需要等待自己发送数据时才将 ACK 捎带上。假定由于网络拥塞导致某些报文段丢失，这样在发送方可能会收到针对某一个报文段的重复确认 ACK。快速重传算法规定，发送方只要一连收到 3 个重复的 ACK 即可判定有分组丢失了，就应立即重传丢失的报文段，而不必继续等待为丢失的那个报文所设置的重传计时器超时。不难看出，快速重传并非取消重传计时器，而是在某些情况下可以更早地重传丢失的报文段，避免 TCP 连接因为等待重传计时器的超时而空闲较长的时间。

与快速重传配合使用的还有快速恢复算法。当发送方收到 3 个连续重复的 ACK 时，按“乘法减小”重新设置慢启动门限。与慢启动不同的是，Cwnd 不是设置为 1，而是设置为 ssthresh＋3×MSS。同样道理，假设发送方收到 n 个（n 是大于 3 的自然数）重复 ACK，则将 Cwnd 设置为 ssthresh＋n×MSS。若发送窗口还允许发送报文段，则按拥塞避免算法继续发送报文段。若收到了确认新报文段的 ACK，则将 Cwnd 缩小到 ssthresh。

在采用快速恢复算法时，慢启动算法只是在 TCP 连接建立时才使用。

7.5.3 重发机制

重传机制是 TCP 中最重要和最复杂的问题之一。TCP 每发送一个报文段，就对这个报文段设置一次计时器。只要计时器到达设置的重传时间但还没有收到确认，就要重传这一报文段。由于 TCP 的下层是一个互连网络的环境，IP 数据报所选择的路由变化很大，因而运输层往返时延的方差也很大。往返时延就是从数据发出到收到对方确认所经历的时间。图 7-14 所示为数据链路层和运输层的往返时延概率分布的对比。对于数据链路层，其往返时延的方差很小，因此将超时时间设置为图中的 T_1 即可。但对于运输层，其往返时延的方差很大。若将超时时间设置为图中的 T_2，则很多报文段的重发时间太早，会给网络增加许多不应有的负荷。但若将超时时间选为图中的 T_3，则显然会使网络的传输效率降低很多。

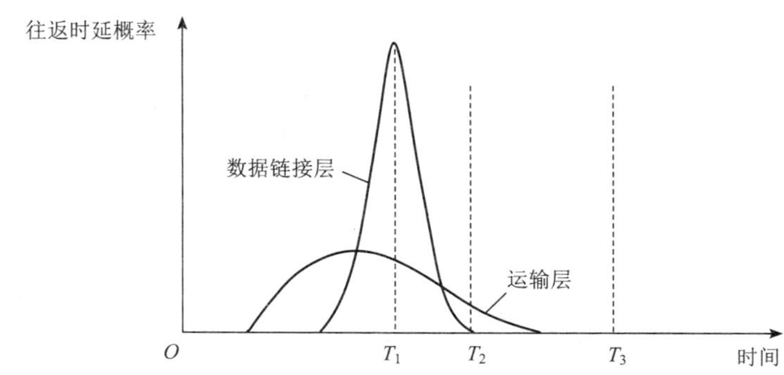

图 7-14 数据链路层和运输层的往返时延的概率分布

在 TCP 中，采用了一种自适应算法来确定超时定时器的重发时间，这种算法记录了每个报文段发出的时间和收到相应确认报文段的时间，这两个时间之差就是报文段的往返时延。将各个报文段的往返时延加权平均，就得到报文段的平均往返时延 RTT。每测得一个新的往返时延，就按下式重新计算其平均往返时延：

$$RTT=\alpha\times 旧的往返时延+(1-\alpha)\times 新的往返时延$$

在上式中，$0\leqslant\alpha<1$。若α很接近于 1，则表示新计算的 RTT 和原来的值相比变化不大，而新的往返时延的影响也不大（RTT 值更新较慢）。若选择α接近于 0，则表示加权计算的往返时延受新的往返时延的影响较大（RTT 值更新较快）。α的典型值为 7/8。

在实际中，超时定时器设置的重发时间应略大于上面的平均往返时延，即

$$重发时间=\beta\times 平均往返时延$$

这里，β的取值应该是一个大于 1 的系数。显然，β的取值会影响数据传输的效率，若β很接近于 1，则发送方可以很及时地重发丢失的报文段，因此效率得到提高。但若报文段并未丢失而仅仅是增加了一点时延，那么过早的重传未收到确认的报文段，反而会增加网络的负担。在 TCP 原先的标准中，β的推荐值为 2。

需要注意的是，在平均往返时延计算中，往返时间的测量实现起来相当复杂。例如，发送方发送一个报文段后，重发时间到了但还没有收到确认，于是重发该报文段。但是后来收到了确认报文段，那么就无法恰当地确定往返时延。

对此，Kam 提出了一个算法：在计算平均往返时延时，只要报文段重发了，就不采用其往返时延样本。这样得出的平均往返时延和重发时间就比较准确。

但是，这又引起新的问题，当报文段的往返时延由于网络状态的变化突然增大很多时，在原来得出的重发时间内，不会收到确认报文段，于是就重发报文段。根据 Kam 算法，由于不考虑重发报文段的往返时延，所以重发时延就无法更新。因此，对 Kam 算法修正的方法是：报文段每重发一次，就将超时重发时间增大一些，表示为

$$新的重发时间=\gamma\times 旧的重发时间$$

系数γ的典型值是 2。当不再发生报文段的重发时，才根据报文段的往返时延更新平均往返时延和重发时间的数值。实践证明，这种策略较为合理。

习题 7

1．简述运输层与网络层的关系。

2．简述运输层端口的作用。

3．若一个应用进程使用运输层的用户数据报（UDP），但最终都是通过封装为下层的 IP 数据报进行传送的，那么是否可以跳过 UDP 而直接交给 IP 层？哪些功能是 UDP 提供了但 IP 没有提供的？

4．TCP 提供的基本服务有哪些？

5．简要说明 TCP 连接的建立和释放过程。

6．请画图说明连接建立过程中的“三次握手”方法，并举例说明如果不这样做可能会出现什么情况。

7．为什么 TCP 协议要求对每一个 TCP 数据字节进行编号？

8．用 TCP 传送 1024 字节的数据。设窗口为 300 字节，TCP 报文段每次传送 30 字节

的数据，发送方和接收方的起始序号分别选为 100 和 200。试画出连接建立、数据传输和连接释放的过程（类似图 7-9）。

9．一个 TCP 连接下面使用 256Kb/s 的链路，其端到端时延为 128ms。经测试，发现吞吐量只有 120Kb/s。试问发送窗口是多少？忽略 PDU 封装的协议开销以及接收方应答分组的发送时间（假定应答分组长度很小）。

10．通信信道带宽为 1Gb/s，端到端时延为 10ms，TCP 的发送窗口为 65 535 字节。试问可能达到的最大吞吐量是多少？信道的利用率是多少？

11．简述网络中产生拥塞的原因及解决方法。

12．一个 TCP 连接总是以 1KB 的最大段长发送 TCP 段，发送方有足够多的数据要发送。当拥塞窗口为 16KB 时发生了超时，如果接下来的 4 个 RTT（往返时间）时间内的 TCP 段的传输都是成功的，那么当第 4 个 RTT 时间内发送的所有 TCP 段都得到肯定应答时，请计算拥塞窗口的大小。

13．主机甲和主机乙之间已建立一个 TCP 连接，TCP 最大段长度为 1000 字节，若主机甲的当前拥塞窗口为 4000 字节，在主机甲向主机乙连接发送 2 个最大段后，成功收到主机乙发送的第一段的确认段，确认段中通告的接收窗口大小为 2000 字节，则此时主机甲还可以向主机乙发送的最大字节数是多少？

第8章 应 用 层

应用层位于 OSI 参考模型和 TCP/IP 参考模型的最高层，包括所有的高层协议，为具体的应用提供服务。本章首先介绍 TCP/IP 模型的协议栈、客户/服务器及 P2P 网络应用模型，然后重点介绍 DNS、FTP、TELNET、E-mail、WWW 和 DHCP 等应用。

8.1 概述

在 TCP/IP 参考模型中，应用层是最高层。应用层包括所有的高层协议，并且不断有新的协议加入。每个应用层协议都是为了解决某一类应用问题而设计的，而问题的解决又是通过位于不同主机中的多个进程之间的通信和协同工作来完成的。计算机中的进程（process）就是运行着的计算机程序。这些为了解决具体的应用问题而彼此通信的进程称为应用进程。应用层的具体任务就是规定应用进程在通信时所遵循的协议。

图 8-1 所示为 TCP/IP 参考模型应用层协议与下层协议之间的关系。

应用层	Telnet	FTP	SMTP	HTTP	DNS	SNMP	TFTP
传输层	TCP				UDP		
互联网层	IGMP	IGMP				ARP	RARP
网络接口层	Ethernet		Token Ring		其他协议		

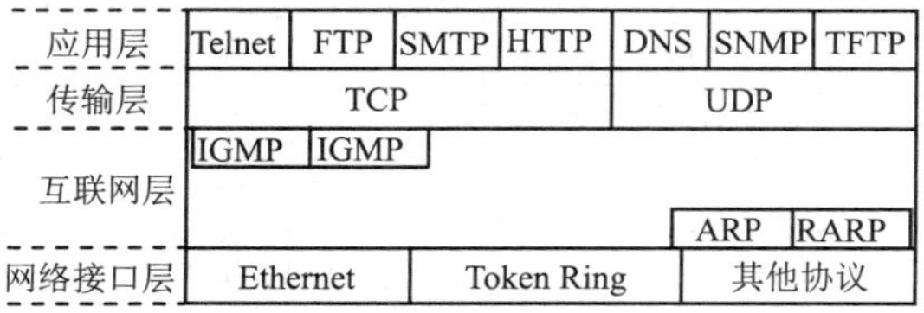

图 8-1　TCP/IP 参考模型与下层协议之间的关系

应用层的许多协议都是基于客户/服务器（Client/Server，C/S）方式的。这里的客户和服务器都是指通信中涉及的两个应用进程。客户/服务器方式所描述的是进程之间服务和被服务的关系。其中，服务器总是在线运行，具有固定的 IP 地址，主机群集（服务器）可扩展，用于创建强大的虚拟服务器；客户机与服务器端通信，可以间歇地与服务器连接，可以拥有动态 IP 地址，客户机相互之间一般不直接通信。

在网络环境下，许多应用往往是通过位于不同主机中的多个进程间的通信和协同工作来完成的。如图 8-2 所示，两个基于网络的应用进程通过套接字（Socket）在网络上发送和接收报文。进程的套接字是同一台主机内应用层与运输层之间的接口。区分不同应用程序进程间的网络通信和连接，主要有 3 个参数：通信的目的 IP 地址、使用的运输层协议（TCP 或 UDP）和使用的端口号。通过将这 3 个参数结合起来，与一个 Socket 绑定，应用层就可以和运输层通过套接字接口，区分来自不同应用程序进程或网络连接的通信，实现数据传输的并发服务。

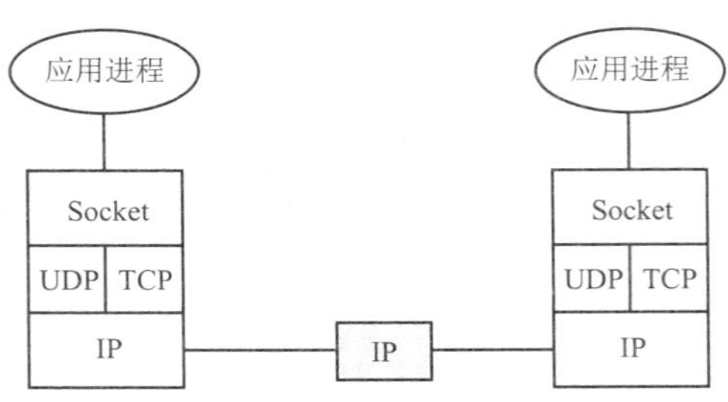

图 8-2 Socket 通信机制

Socket 可以看成在两个程序进行通讯连接中的一个端点，是连接应用程序和网络驱动程序的桥梁，Socket 在应用程序中创建，通过绑定与网络驱动建立关系。此后，应用程序送给 Socket 的数据，由 Socket 交给网络驱动程序向网络上发送出去。计算机从网络上收到与该 Socket 绑定 IP 地址和端口号相关的数据后，由网络驱动程序交给 Socket，应用程序便可从该 Socket 中提取接收到的数据，网络应用程序就是这样通过 Socket 进行数据的发送与接收的。

对于应用层来说，可以获取的运输层服务主要有两种，一个是面向连接的可靠的数据传输服务（TCP），另一个是无连接的不可靠的数据传输服务（UDP）。一些常见的 Internet 应用所使用的运输协议如表 8-1 所示。

表 8-1 常见的 Internet 应用所使用的运输层协议

应用	应用层协议	运输层协议	端口
域名解析	DNS	UDP	53
远程终端访问	Telnet	TCP	23
Web	HTTP	TCP	80
电子邮件	SMTP	TCP	25
文件传输	FTP	TCP	21
流式多媒体	—	UDP 或 TCP	—
Internet 电话	—	通常 UDP	—

8.2 网络应用模型

8.2.1 客户/服务器模型

在客户/服务器（Client/Server，C/S）模型中，有一个总是打开的主机称为服务器，它服务于许多来自其他称为客户机的主机请求。客户/服务器模型如图 8-3 所示，其工作流程如下：

① 服务器处于接收请求的状态。

② 客户机发出服务请求，并等待接收结果。

③ 服务器收到请求后，分析请求，进行必要的处理，得到结果并发送给客户机。

客户/服务器模型最主要的特征是：客户是服务请求方，服务器是服务提供方。例如 Web 应用程序，其中总是打开的 Web 服务器服务于运行在客户机上的浏览器的请求。当 Web 服务器接收到来自客户机对某对象的请求时，它向该客户机发送所请求的对象以做出响应。常见的使用客户/服务器模型的应用包括Web、文件传输（FTP）、远程登录和电子邮件等。

客户/服务器模型的主要特点还有以下几方面。

① 网络中各计算机的地位不平等，服务器可以通过对用户权限的限制来达到管理客户机的目的。整个网络的管理工作由少数服务器担当，故网络的管理非常集中和方便。

② 客户机相互之间不直接通信。例如，在Web应用中两个浏览器并不直接通信。

③ 可扩展性不佳。受服务器硬件和网络带宽的限制，服务器支持的客户机数有限。

8.2.2 P2P模型

在C/S模型中，服务器性能的好坏决定了整个系统的性能，当大量用户请求服务时，服务器就必然成为系统的瓶颈。P2P 的思想是整个网络中的传输内容不再被保存在中心服务器上，每个结点都同时具有下载、上传的功能，即每个结点既是服务器又是客户机。P2P模型如图8-4所示。

在P2P模型中，各计算机没有固定的客户和服务器划分。相反，任意一对计算机称为对等方（Peer），直接相互通信。每个结点既作为客户访问其他结点的资源，也作为服务器提供资源给其他结点访问。当前比较流行的P2P应用如PPlive、BitTorrent和电驴等。

与C/S模型相比，P2P模型的优点主要体现在：

① 减轻了服务器的计算压力，消除了对某个服务器的完全依赖，可以将任务分配到各个结点上，因此大大提高了系统效率和资源利用率。

② 可扩展性好，传统服务器有响应和带宽的限制，因此只能接受一定数量的请求。

③ 网络健壮性强，单个结点的失效也不会影响其他部分的结点。

P2P 模型也有缺点，在获取服务的同时，还要给其他节点提供服务，因此会占用较多内存，影响整机速度。

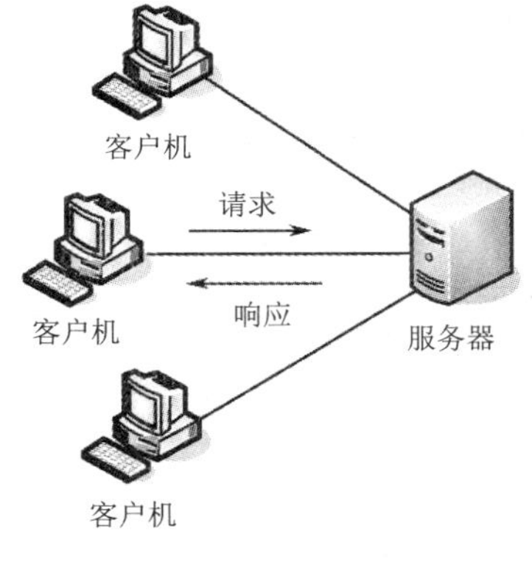

图8-3 客户/服务器模式

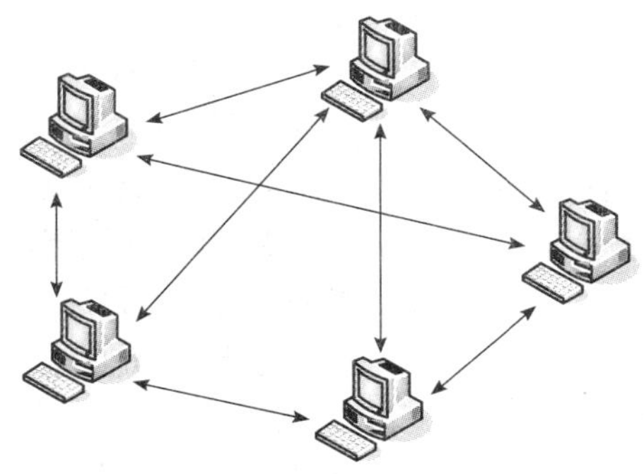

图8-4 P2P模型

8.3 DNS

Internet地址能够唯一地确定Internet上每台计算机与每个用户的位置。Internet地址有两种表示形式：IP地址与域名。IP地址为Internet提供了统一的编址方式，直接使用IP地址就可以访问Internet中的主机，如使用202.112. 0.36可以访问“中国教育科研网”的站点。

但是，使用IP地址来指定计算机不方便人们的记忆，并且输入时也容易出现错误。为了解决这些问题，1983年Internet开始采用层次结构的命名树作为主机的名字，并使用域名系统（Domain Name System，DNS）来处理IP地址与主机名之间的转换。在DNS中的主机名字即为域名。

Internet的域名系统服务是通过一些专门的服务器来完成的，采用了层次化的分布式数据库系统，并采用客户/服务器模式。所有域名数据均采用层次型的方式分布在许多不同的域名服务器（domain name server）上，其他主机可以向这些域名服务器查询域名对应的IP地址及相关信息。例如，通过DNS可以知道www.edu.cn的IP地址为202.112. 0.36。

8.3.1 DNS服务

DNS是Internet的一个重要的基础服务，其他许多应用都要使用这一服务。同时，DNS也是一个应用层协议，为了提供主机名到IP地址的转换服务而允许主机与域名服务器进行通信。DNS协议运行在UDP协议之上，使用53号端口。

DNS通常被其他应用层协议（包括HTTP、SMTP和FTP）所使用，以便将用户提供的主机名解析为IP地址。例如，当浏览器请求URL为www.edu.cn/index.html时，为了使用户的主机能够将一个HTTP请求报文发送到Web服务器www.edu.cn，该用户主机必须通过DNS服务获得相应的IP地址，才能完成该HTTP请求。

除了进行主机名到IP地址的转换外，DNS还提供了其他一些重要的服务，包括：主机别名、邮件服务器别名和负载分配等。

8.3.2 域名系统的结构

域名是一种分布式并具有层次结构的命名机制。域名由若干个子域（sub-domain）构成，从右到左依次为最高域名段、二级域名段等，书写中采用圆点将各个子域隔开。

例如，新浪网的Web服务器的域名是www.sina.com.cn。其中，最高域名是cn，表示这台主机在中国域；第二级子域名是com，表示这台主机属于公司机构；接下来的子域名是sina，表示这台主机属于新浪网；最左边的是主机名www，表示该主机是一台Web服务器。当与新浪网的Web服务器通信时，人们可以很容易记住它的域名，而不用记忆它的IP地址。

域名层次结构可以表示为一棵倒置的树，如图8-5所示。树中结点代表一个域或者一台主机，除根结点外的每个结点都有一个标识。某个结点的全域名就是以“.”相隔的，一串从该结点出发到根结点经历的所有结点的标识。如图8-5中虚线所示，某大学的域名就是由xaut、edu、cn三个结点标识组成的，这三个标识再通过圆点连接成xaut.edu.cn，这就是一个域名。所有域名的集合构成DNS的名字空间。

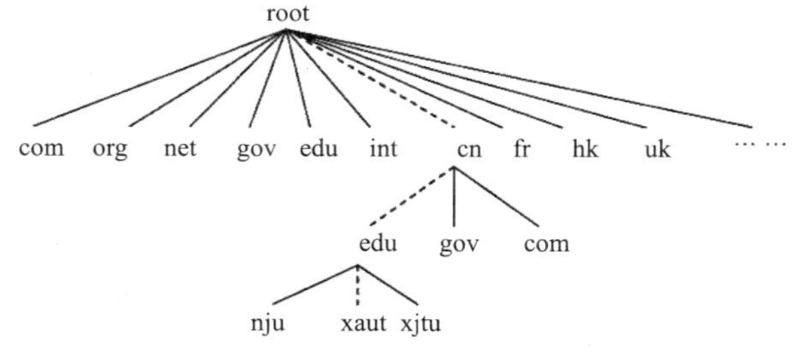

图8-5 域名层次结构图

在域名层次结构图中，根结点的下一层为最高层域。对于最高层域，有专门的机构对其进行命名和管理。最高层域可以分成两大类：一类按照组织机构的性质划分，称为“一般最高域”，另一类按照地理区域划分，称为“国家域”或“地理域”。一般最高域如表 8-2 所示。地理区域的最高域用于表示国家或地区，如表 8-3 所示。

表 8-2　一般最高域名及含义

com	公司单位	mil	军事部门
net	网络支持中心	edu	教育部门
org	非营利组织	gov	政府部门
int	根据国际条约建立的组织	—	—

表 8-3　地理区域的最高域与国家或地区名称对照表

at	奥地利	es	西班牙	jp	日本
au	澳大利亚	eg	埃及	ru	俄罗斯
be	比利时	fi	芬兰	sg	新加坡
ca	加拿大	fr	法国	uk	英国
ch	瑞士	it	意大利	us	美国
cn	中国	il	以色列	ua	乌克兰
de	德国	kr	韩国	za	南非

每个国家域表示一个国家，由对应的国家或地区管理和使用。“一般最高域”中的 com、net 和 org，由美国的 InterNIC 管理。美国机构的主机一般不用 us 而是直接用 com、gov、mil、org、edu、int 和 net 等表示机构性质的最高层域名。随着互联网的发展，网络应用不再局限于教育、研究、军事和政府等部门，早先定义的 7 个一般最高域已不能完全表示互联网中各种主机的应用领域。经过有关部门讨论后决定新增 7 个一般最高域：biz 表示商业机构，aero 表示航空工业，name 表示个人，coop 表示联合商业机构，info 表示通用，pro 表示职业，museum 表示博物馆。

域名中的字母不区分大小写。例如 www.xaut.edu.cn、wWw.XAUT.EDU.CN 与 www.Xaut.Edu.Cn 都表示同一台主机。因此，在输入域名时，可根据各人的爱好和习惯任意使用大小写字母。

8.3.3　域名解析

域名解析通过域名服务器进行，目前共有 3 类域名服务器。

① 本地域名服务器（local name server），负责解释本地域名，即负责对本地域名的查询。当要查询的域名不在本地域名服务器上，则本地域名服务器会将这个请求转发给高层域名服务器，如授权域名服务器或根域名服务器。

② 授权域名服务器（authoritative name server），具有域名的主机都必须在授权域名服务器上登记，一般来讲授权域名服务器和本地域名服务器是一致的。

③ 根域名服务器（root name server），当查询请求的域名超出本地域名服务器解释的范围时，本地域名服务器会将这个查询请求转发给根域名服务器，这时查询域名的工作将

由根域名服务器来完成。

按域名查找 IP 地址的过程称为域名解析。域名解析实际上是在域名树中走过从某结点（如根结点）开始到另一结点的一条路径。域名服务器的层次结构保证了上一级结点可以识别子结点。域名解析的查询方法主要有以下两种。

① 递归解析（recursion resolution），当接收到这种请求时，域名服务器应返回所要求的解析结果，不论该服务器是否有相关信息。当该服务器没有相关信息时，该服务器应进一步向其他域名服务器请求解析，直至获得所请求的信息或错误指示，然后把结果返回解析请求者。这要求域名服务器系统一次性完成所需的域名与地址间的变换。

② 重复解析（iteration resolution），接收到这种请求时，域名服务器若有该域名的相关信息，则返回 IP 地址给解析请求者。若无该域名的有关信息，则该服务器不再进一步向其他域名服务器请求解析，而是返回另一个可用的域名服务器的地址给解析请求者，让解析请求者自己去向该域名服务器做进一步的解析请求。

二者的区别在于，前者将域名解析的主要工作交给域名服务器来完成，而后者则将主要的工作交给请求域名服务的主机来完成。

例如，A 大学的一台主机 comp.xaut.edu.cn，要通过网络访问 B 大学的一台主机 comp.xjtu.edu.cn。A 大学的本地域名服务器为 dns.xaut.edu.cn，B 大学的域名服务器为 dns.xjtu.edu.cn。递归域名解析过程如图 8-6 所示，首先主机 comp.xaut.edu.cn 向本地域名服务器发出解析请求，要求返回 comp.xjtu.edu.cn 的 IP 地址，本地域名服务器会将这个请求传递给根域名服务器，然后再由根域名服务器将这个请求发送给负责解析 comp.xjtu.edu.cn 的授权域名服务器（即 dns.xjtu.edu.cn）。在 dns.xjtu.edu.cn 上有 comp.xjtu.edu.cn 的 IP 地址，于是这个 IP 地址依次由 dns.xjtu.edu.cn、根域名服务器、dns.xaut.edu.cn 传递给 comp.xaut.edu.cn。

若要进行重复域名解析，则过程如图 8-7 所示。

图 8-6　递归域名解析过程示意图　　　图 8-7　重复域名解析过程示意图

域名系统也可以按 IP 地址查找域名。由于在域名系统中，一个 IP 地址可以对应多个域名，因此从 IP 地址出发去找域名，理论上应该遍历整个域名树，但这在 Internet 上是不现实的。为了完成逆向域名解析，系统提供一个特别域，该特别域称为逆向解析域 in-addr.arpa。这样，要解析的 IP 地址就会表达成一种像域名一样的可显示串形式，后缀以逆向解析域域名“in-addr.arpa”结尾。例如，一个 IP 地址为 aaa.bbb.ccc.ddd，则其逆向域名表达方式为 ddd.ccc.bbb.aaa. in-addr.arpa。其中，IP 地址部分顺序恰好相反。因为域名结构是自底向上（从子域到根域）的，而 IP 地址结构是自顶向下（从网络到主机）的，所以逆向域名解析实质上是将 IP 地址表达成一个域名，即以 IP 地址作为索引的域名空间。

8.3.4 DNS 记录与报文

1. DNS 记录

在所有域名服务器上都存储了用于主机名/IP 地址映射的资源记录（Resource Record，RR）。每个 DNS 回答报文包含了一条或多条资源记录。

资源记录是一个四元组：(Name, Value, Type, TTL)。

其中，Name 和 Value 的意义依赖于 Type。

① 如果 Type＝A，那么 Name 是一个主机名且 Value 是该主机名对应的 IP 地址，即一条类型为 A 的资源记录提供了标准的主机名到 IP 地址的映射，如(www.edu.cn, 202.205.10.1, A)。

② 如果 Type＝NS，则 Name 表示一个域（如 edu.cn），而 Value 表示如何获得该域中主机 IP 地址的授权域名服务器的主机名。这个记录常用于在查询链中转发 DNS 查询报文往下一台域名服务器。例如，(edu.cn, dns.edu.cn, NS)就是一条类型为 NS 的记录。

③ 如果 Type＝CNAME，则 Value 表示别名为 Name 的主机对应的规范主机名。该记录提供一个主机名对应的规范主机名。例如，(edu.cn, hostname.edu.cn, CNAME)表示 www.edu.cn 域名对应的主机的正规名字为 hostname.edu.cn。

④ 如果 Type＝MX，则 Value 就是一个主机别名为 Name 的邮件服务器的规范主机名。

如果一个域名服务器是权威性的，那么这个域名服务器将为其对应的主机名包含一个 Type=A 的记录；如果不权威，那么为其包含一个 Type=NS 的记录，此 NS 记录的 Value 字段提供域名服务器 IP 地址的 Type＝A 的记录。例如，假设一个根域名服务器对于主机 cs.xaut.edu.cn 不是权威的，那么根域名服务器将包含一个包括了主机 xaut.edu.cn 的域的记录，如(edu.cn, dns.edu.cn, NS)。根域名服务器也包含一个 Type＝A 的记录，该记录将域名服务器 dns.xaut.edu.cn 映射到一个 IP 地址上，如(dns.xaut.edu.cn.cn, 202.200.112.10, A)。

2. DNS 报文

DNS 报文只有两种报文：查询和回答报文，两种报文格式完全相同，如图 8-8 所示。

标识	标志	12 字节
问题数	回答 RR 报文数	
权威 RR 数	附加 RR 数	
回题（问题的变量数）		
回题（资源记录的变量数）		
权威（资源记录的变量数）		
附加信息（资源记录的变量数）		

图 8-8 DNS 报文格式

DNS 报文由 12 字节的头部和 4 个长度可变的字段组成，各字段意义介绍如下。

① 标识：由客户端程序设置并由服务器返回结果。客户程序通过它来确定响应与查询是否匹配。

② 标志：16 位，可以划分为若干个子字段，分别表示报文类型（查询或回答）、查询方式（重复、递归等）等。

③ 4 个“数目”字段：这些字段指明了头部之后出现的 4 种类型的“数据”部分的出现数目。

④ 问题：包含了所执行的查询信息，包括被查询的域名字段，指明了所查询的关于该域名的问题类型字段。

⑤ 回答：在一个域名服务器回复的应答中包含被查询域名的资料记录。

⑥ 权威：包含了其他授权服务器的记录。

⑦ 附加信息：包含了其他有用的记录。

8.4 Web 及应用

8.4.1 万维网（Web）

1. Web 的基本概念

WWW（World Wide Web，简称 Web）采用客户/服务器模型，它是以超文本标记语言（Hyper Text Markup Language，HTML）与超文本传送协议（Hyper Text Transfer Protocol，HTTP）为基础，能够提供面向 Internet 服务的信息发布与浏览系统。其中，Web 服务器采用超文本链接来组织信息页面，这些信息页面既可以放置在同一主机上，也可以放置在不同地理位置的主机上，页面链接由统一资源定位器（Uniform Resource Locators，URL）支持，Web 客户端软件（即 Web 浏览器）负责信息显示与向服务器发送请求，如图 8-9 所示。

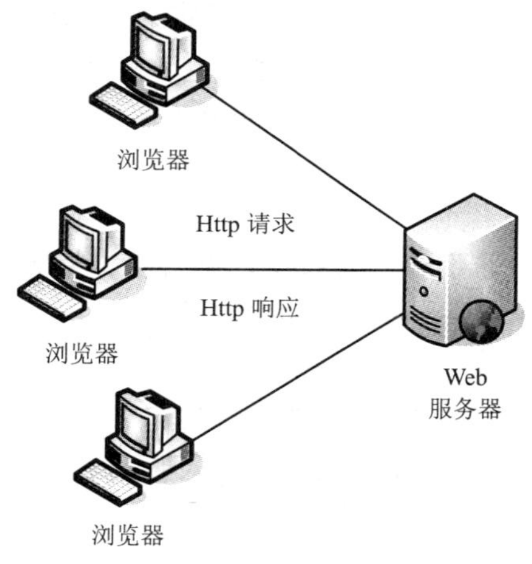

图 8-9 Web 的基本运行方式

Web 采用超文本的信息组织方式，将信息的链接扩展到整个 Internet。目前，用户利用 WWW 不仅能访问到 Web 服务器的信息，而且可以访问到 Gopher、E-mail 和 FTP 等网络服务。因此，它已经成为 Internet 上应用最广和最有前途的访问工具，并在商业范围内日益发挥着越来越重要的作用。

2. Web 的发展历史

Web 最初是由欧洲粒子物理实验室的科研人员于 1989 年开发出来的，用于对分布在世界各地的物理学研究组织提供信息服务，使组内成员可以方便地交换信息。WWW 问世之初并没有引起广泛的使用，直到第一个设计新颖、使用方便的 Web 浏览器 Mosaic 的问世，它才迅速发展起来。目前，已经有很多 Web 服务器分布在世界各地，大到一个国际组织或政府机构的 Web 服务器，小到一个用户个人的 Web 服务器，并且数量增长速度很快。

3. Web 的工作方式

Web 系统的结构采用了客户/服务器模式。服务器负责对各种信息按照超文本的方式进行组织，并形成存储在服务器上的文件。当客户机提出访问请求时，服务器负责向用户发送所请求的页面文件。当客户机接收到文件后，解释该文件并显示在客户机上。

8.4.2　超文本传送协议（HTTP）

HTTP 是 Web 的核心，定义了 Web 客户端与服务器之间进行消息交换的报文格式和交换方式。它是万维网协会（World Wide Web Consortium）和 Internet 工作小组 IETF（Internet Engineering Task Force）合作的结果，RFC 1945 定义了 HTTP 1.0 版本，RFC 2616 定义了现在普遍使用的 HTTP 1.1 版本。

HTTP 是一个基于请求与响应模式的、应用层的协议，常基于 TCP 连接进行信息传输，允许传输多种类型的数据对象。为减轻服务器的负担，HTTP 采用了无状态的协议机制，即服务器不保留与客户交互时的任何状态，从而加快了服务器响应客户请求的时间。

HTTP 的连接过程如图 8-10 所示。

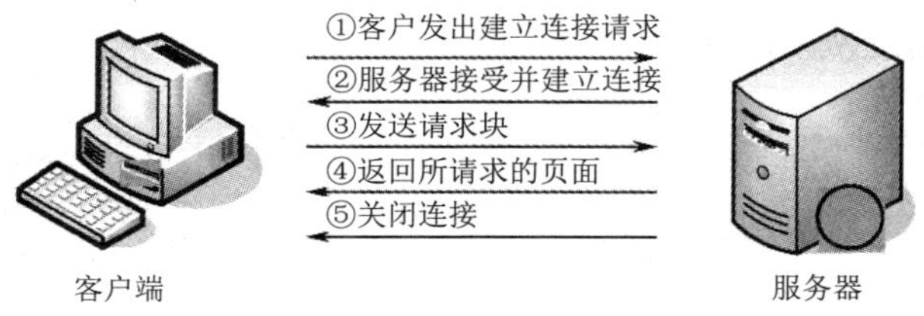

图 8-10　HTTP 的连接过程

1. HTTP 协议格式

HTTP 协议包括请求（Request）和响应（Response）两种类型报文，是 ASCII 码格式。

（1）HTTP 请求报文

请求报文的通用格式如图 8-11 所示，HTTP 由三部分组成，分别是请求行、消息报头、请求正文（实体内容）。

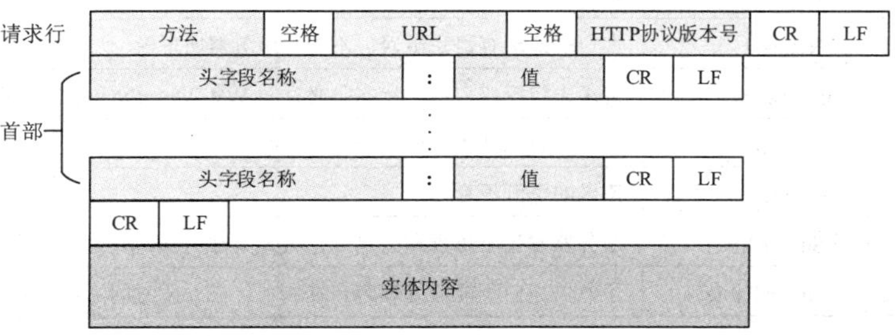

图 8-11　TTP 请求报文格式

其中，CRLF 表示回车换行。请求行的常用方法包括以下几种。

GET：请求获取有 URL 所标识的资源。

POST：在请求的 URL 所标识的资源后附加新的数据。

HEAD：请求获取由 URL 所标识的资源的响应消息报头。

PUT：请求服务器存出一个资源，并用 URL 作为其标识。

我们通过在浏览器地址栏中直接输入网址的方式去访问网页时，浏览器采用的就是 GET 方法向服务器获取资源信息。

POST 方法用于向目的服务器发出请求，要求服务器接收附在请求后面的数据。POST 方法在表单提交的时候用得较多。

HEAD 方法与 GET 方法几乎一样，它们的区别在于 HEAD 方法只是请求消息报头，而不是完整的内容。对于 HEAD 请求的响应部分来说，它的 HTTP 头部中包含的信息与通过 GET 请求所得到的信息是相同的。利用这个方法，不必传输整个资源的内容，就可以得到 URL 所表示的资源信息。这个方法常被用来测试超链接的有效性，是否可以访问，以及最近是否更新。

下面给出一个具体的 HTTP 请求报文例子，如图 8-12 所示。

（2）HTTP 响应报文

服务器在收到和处理 HTTP 请求消息后，返回一个 HTTP 响应消息。与 HTTP 请求类似，HTTP 响应也由三个部分组成，分别是状态行、消息报头、响应正文。图 8-13 是一个 HTTP 响应报文的示例。

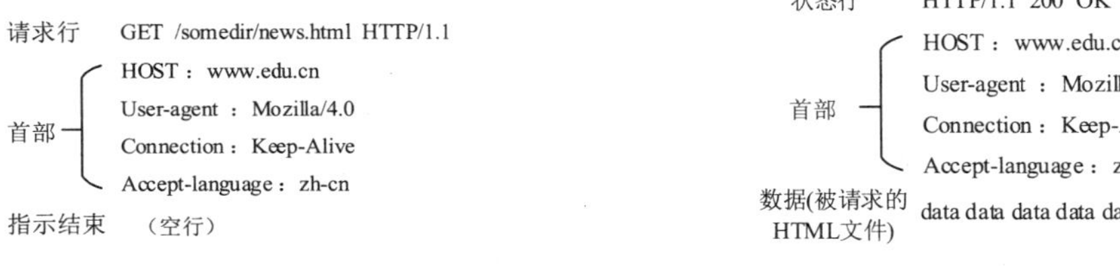

图 8-12　HTTP 请求报文示例　　　图 8-13　HTTP 响应报文格式

其中，状态行由协议版本、数字形式的状态码及响应的状态描述组成，各元素之间以空格分隔，除了结尾的 CRLF（回车换行）之外，不允许出现 CR 或 LF 字符。

常见的状态码及描述如表 8-4 所示。

表 8-4　HTTP 响应报文的状态码及描述

状态码	状态描述	说　明
200	OK	客户端请求成功
400	Bad Request	客户端请求有语法错误，不能被服务器所理解
401	Unauthorized	请求未经授权，这个状态码必须与 WWW-Authenticate 报头域一起使用
403	Forbidden	服务器收到请求，但是拒绝提供服务
404	Not Found	请求的资源不存在
500	Internal Server Error	服务器发生不可预期的错误，大致无法完成客户端的请求
503	Service Unavailable	服务器当前不能够处理客户端请求，在一段时间之后，服务器可能会恢复正常

下面举一个 HTTP 请求与响应的例子。

① 浏览器发出请求：

```
GET /index.html HTTP/1.1
```

② 服务器返回响应：

```
HTTP /1.1 200 OK
Date: Apr 11 2006 15:32:08 GMT
Server: Apache/2.0.46(win32)
Content-Length: 119
Content-Type: text/html

<HTML>
<HEAD>
<LINK REL="stylesheet" HREF="index.css">
</HEAD>
<BODY>
<IMG SRC="image/logo.png">
</BODY>
</HTML>
```

2. HTTP 的连接方式

HTTP 协议基于 TCP 连接进行信息交互，连接方式分为非持久性连接和持久性连接。

（1）非持久性连接

非持久 HTTP 连接方式传输中，每个 TCP 连接上传送至多 1 个 Web 对象，HTTP/1.0 使用非持久 HTTP 连接。

下面举一个从服务器到客户传 Web 页面的例子。假设该客户机请求的页面由 1 个基本 HTML 文件和 5 个 JPEG 图片构成，而且所有这些对象都存放在同一台服务器主机中。非持久连接的情况下，请求的页面传输步骤如下：

① HTTP 客户初始化一个与 HTTP 服务器的 TCP 连接，HTTP 服务器使用默认端口号 80 监听来自 HTTP 客户的连接建立请求。

② HTTP 客户经由与 TCP 连接相关联的本地套接字发出一个 HTTP 请求消息。

③ HTTP 服务器经由与 TCP 连接相关联的本地套接字接收这个请求消息，再从服务器主机中取出对象 HTML 文件，经由同一个套接字发出包含该对象的响应消息。

④ HTTP 服务器告知 TCP 关闭这个 TCP 连接（HTTP 客户收到刚才这个响应消息之后终止这个连接）。

⑤ HTTP 客户经由同一个套接字接收这个响应消息，TCP 连接随后终止。该消息标明所封装的对象是一个 HTML 文件。客户从中取出这个文件，加以分析后发现其中有 5 个 JPEG 对象的引用。

⑥ 给每一个引用到的 JPEG 对象重复步骤①～④。

上述步骤之所以称为使用非持久连接，原因是每次服务器发出一个对象后，相应的 TCP 连接就被关闭。每个 TCP 连接只用于传输一个请求消息和一个响应消息。

实际中，浏览器默认可以打开 5 到 10 个并行的 TCP 连接，每个连接处理一个请求/响应事务，使用并行连接可以缩短访问一个页面的整体响应时间。

定义往返时间 RRT（Round Trip Time）为从客户机发出请求到收到服务器的响应报文所花费的时间，则客户机请求并收到一个对象所花费的总时间为

$$totaltime = 2RTT+transmit\ time$$

例如，一个 Web 网页由 1 个 HTML 文件和 5 个 GIF 图片组成。非持久性连接的 HTTP 运行过程如图 8-14 所示。

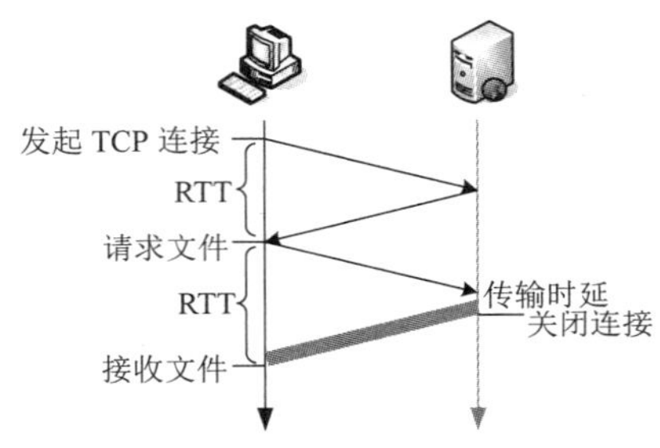

图 8-14 非持久 HTTP 连接

非持久连接有些缺点。首先，客户得为每个待请求的对象建立并维护一个新的连接。对于每个这样的连接，TCP 得在客户端和服务器端分配 TCP 缓冲区，并维持 TCP 变量。对于有可能同时为来自数百个不同客户的请求提供服务的 Web 服务器来说，这会严重增加其负担。其次，如前所述，每个对象都有 2 个 RTT 的响应延迟，一个 RTT 用于建立 TCP 连接，另—个 RTT 用于请求和接收对象。最后，每个对象都遭受 TCP 慢启动，因为每个 TCP 连接都起始于慢启动阶段。不过并行 TCP 连接的使用能够部分减轻 RTT 延迟和慢启动延迟的影响。

（2）持久性连接

持久性连接中，一个 TCP 连接上可以传送多个 Web 对象，HTTP/1.1 默认使用持久 HTTP 连接。在持久性连接中，服务器发送响应报文后保持连接，同一对客户/服务器之间的后续请求和响应可以通过这个连接发送。整个 Web 页面（上例中为包含一个基本 HTML 文件和 5 个图片的页面）可以通过单个持久 TCP 连接发送，甚至存放在同一个服务器中的多个 Web 页面也可以通过单个持久 TCP 连接发送。通常，HTTP 服务器在某个连接闲置一段特定时间后关闭它，而这段时间通常是可以配置的。

持久连接分为不带流水线（without pipelining）和带流水线（with pipelining）两个版本。如果是不带流水线的版本，那么客户只在收到前一个请求的响应后才发出新的请求。这种情况下，Web 页面所引用的每个对象（上例中的 5 个图片）都经历 1 个 RTT 的延迟，用于请求和接收该对象。与非持久连接 2 个 RTT 的延迟相比，不带流水线的持久连接已有所改善，不过带流水线的持久连接还能进一步降低响应延迟。不带流水线版本的另一个缺点是，服务器送出一个对象后开始等待下一个请求，而这个新请求却不能马上到达。这段时间服务器资源便闲置了。

HTTP/1.1 的默认模式使用带流水线的持久连接。这种情况下，HTTP 客户每碰到一个引用就立即发出一个请求，因而 HTTP 客户可以一个接一个紧挨着发出各个引用对象的请求。服务器收到这些请求后，也可以一个接一个紧挨着发出各个对象。如果所有的请求和响应都是紧挨着发送的，那么所有引用到的对象一共只经历 1 个 RTT 的延迟（而不是像不

带流水线的版本那样，每个引用到的对象都各有 1 个 RTT 的延迟)。另外，带流水线的持久连接中服务器空等请求的时间比较少。与非持久连接相比，持久连接（不论是否带流水线）除降低了 1 个 RTT 的响应延迟外，缓启动延迟也比较小。其原因在于既然各个对象使用同一个 TCP 连接，服务器发出第一个对象后就不必再以一开始的缓慢速率发送后续对象。相反，服务器可以按照第一个对象发送完毕时的速率开始发送下一个对象。

8.4.3 HTML

HTML 是 WWW 上用于创建超文本的基本语言，可以定义格式化的文本、色彩、图像与超文本链接等，它主要用于 Web 主页的创建与制作，以简单、灵活、良好的通用性而深受广大用户的欢迎。

下面是一个简单的 HTML 文件，它由一些必需的基本结构标记（如<html>、<head>和<body>）和其他标记组成。

```
<html>                                   //结构标记，表示 HTML 文件的开始
    <head>                               //结构标记，表示 HTML 文件的头部
    <TITLE>简单 Html 例子</TITLE>        //标题标记，显示在浏览器的标题栏
    </head>                              //结构标记，表示文件头部结束
    <body>                               //结构标记，表示正文开始
    <B>HTML 简单易学</B>                 //文字修饰标记，表示以粗体显示文本
    <P>这是第一段</P>                    //排版标记，表示另起一段
    <IMG src="/flower.bmp">              //图像标记，表示此处显示位图 flower.bmp
    <A href="/file.html">超链接</A>//超链接标记，单击文本时链接到其他 HTML 文件
    </body>                              //结构标记，表示正文结束
</html>                                  //结构标记，表示 HTML 文件结束
```

8.4.4 URL 与信息定位

URL 用于定位信息资源所在的位置，描述了浏览器检索资源所用的协议，资源所在计算机的主机名和资源的路径与文件名。标准的 URL 格式为

资源传递协议://存放资源的主机/资源路径与文件名

例如，http://www.mydomain.com/index.html 表示用户要超链接到名为 www.mydomain.com 的主机上，采用 HTTP 方式读取名为 index.html 的超文本文件。

URL 通过访问类型来表示访问方式或使用的协议，例如：

gopher://gopher.edu.cn 表示要超链接到名为 gopher.edu.cn 的 Gopher 服务器上；

ftp://ftp.xjtu.edu.cn/pub/dos/readme.txt 表示要通过 FTP 获得一个名为 readme.txt 的文本文件；

telnet://cs.pku.edu.cn:10 表示远程登录到名为 cs.pku.edu.cn 的主机的 10 号端口。

URL 是在一个计算机网络中用来标识、定位某个页面地址的文本。简单地说，URL 提供页面的定位信息，用户可以在浏览器的地址栏和状态栏看到 URL。用户一般不需要了解某一页面的 URL，因为有关的定位信息已经被包括在超链接信息之中。当用户选择某一超链接时，浏览器就已经知道了它的 URL。同时，用户在浏览器中也可以直接输入 URL，对 WWW 进行访问。

8.4.5 Web 浏览器

WWW 的客户程序在 Internet 上称为 Web 浏览器（browser）。Web 浏览器采用 HTTP 协议与 Web 服务器通信。借助于标准的 HTTP 协议与 HTML 语言，Web 浏览器可以浏览任何一个 Web 服务器中存放的网页，这给用户提供了很大的灵活性。

Web 浏览器不仅为用户提供了寻找服务器上内容丰富、形式多样的网页信息资源的途径，而且提供了访问 USENET 新闻组和电子邮件系统等服务的工具。这样，用户可以不再受 Internet 复杂性的困扰，便捷地使用 Internet 所提供的服务。

8.5 文件传输协议（FTP）

文件传输协议（File Transfer Protocol，FTP）是一个应用广泛的网络协议（RFC959），它用于计算机间的数据传输和文件共享，主要功能是文件上传与下载。FTP 协议基于运输层的 TCP 协议，负责将文件从一台计算机传送到另一台计算机上，并且保证其传输的可靠性。FTP 与这两台计算机所处的位置、联系方式和使用的操作系统无关，因而可以实现在各种不同网络之间传输文件。

8.5.1 FTP 的工作原理

FTP 协议以客户/服务器模式进行工作。客户端提出文件传输请求，服务器端接受请求并提供服务。在利用 FTP 进行文件传输时，首先在本地计算机上启动 FTP 客户端进程，与远程主机（FTP 服务器）建立连接，然后向远程主机发出传输命令，远程主机收到命令后给予响应。这样，FTP 客户端进程与服务器进程之间经过 TCP 协议（建立连接，默认端口号为 21）进行通信。每当用户请求传送文件时，服务器便负责找到用户请求的文件，利用 TCP 协议将文件通过网络传送给客户。而客户程序收到文件后，将文件写到本地计算机系统中。文件传送完成之后，客户程序和服务器程序终止传送数据的 TCP 连接。

FTP 协议的客户机与服务器之间需要建立两个连接，一个用于控制数据传输(端口 21)，一个用于数据传输（端口 20），如图 8-15 所示。数据连接主要用于数据传输，完成文件内容的传输，控制连接主要用于传输 FTP 控制命令和服务器的回送信息。将控制和数据传输分开可以使 FTP 的工作效率更高。

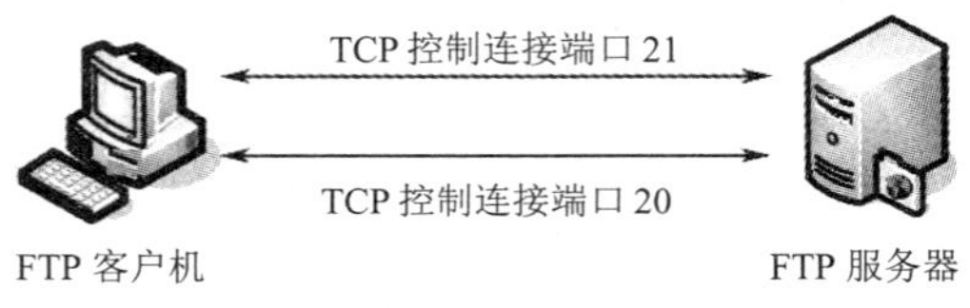

图 8-15 FTP 的控制连接与数据连接

8.5.2 FTP 命令和回答

FTP 客户与服务器之间的命令和回答都是按照 7 位的 ASCII 格式在控制连接上传送的。因此，FTP 协议的命令是可读的。为了分行，每个命令后跟回车换行符。每个命令由 4 个大写的 ASCII 字符组成。

常见命令包括：

USER username —— 向服务器传送用户标识；

PASS password——向服务器传送口令；

LIST——请求服务器主机上当前目录的文件列表；

RETR filename——从远程服务器上请求文件。

在用户向服务器发出命令的过程中，每个命令都有一个从服务器返回的回答。典型的回答如下：

331 username OK, password required

125 Data connection already open; transfer starting

425 Can’t open data connection

452 Error writing file

更为详细的命令与回答，可以参阅有关的书籍。

8.5.3 FTP 的应用

当用户计算机与远程计算机建立 FTP 连接后，就可以进行文件传输了，FTP 的主要功能如下：

① 将本地计算机上的一个或多个文件传送到远程计算机上（上传），或从远程计算机上获取一个或多个文件（下载）。传送文件实质上是将文件进行复制，然后上传到远程计算机上或下载到本地计算机上，对源文件不产生影响。

② 能够传输多种类型、多种结构、多种格式的文件，如文本文件、二进制可执行文件、图像文件、声音文件、数据压缩文件等。此外，还可以选择文件的格式控制及文件传输的模式等。用户可根据通信双方所用的系统及要传输的文件，确定在文件传输时选择哪一种文件类型和结构。

③ 提供对本地计算机和远程计算机的目录操作功能。可在本地计算机或远程计算机上建立或删除目录、改变当前工作目录、打印目录及文件的列表等。

④ 对文件进行改名、删除、显示文件内容等操作。

可以完成 FTP 功能的客户端软件的种类很多，有字符界面的，也有图形界面的。常用的 FTP 客户端软件有：

① Windows XP/Windows 7/Windows 8 操作系统中的 FTP 程序。

② 各种 Web 浏览器程序也可以实现 FTP 功能。

③ 其他 FTP 客户端软件，如 CuteFTP、LeapFTP、FlashGet 等。

使用 FTP 软件进行文件传输时，要求通信双方都必须支持 TCP/IP 协议。当一台本地计算机要与远程 FTP 服务器建立连接时，出于安全性的考虑，FTP 服务器会要求客户端的用户出示一个合法的用户注册名和口令进行身份验证，只有合法的用户才能使用该服务器所提供的资源，否则拒绝访问。

FTP 服务的获取有两种方式：一种是受限的，用户必须拥有允许访问某一 FTP 服务器的用户名和口令；另一种是匿名访问，用户不需要特别向 FTP 服务器申请用户名和口令。在 Internet 上有许多公用 FTP 服务器，也称为匿名 FTP 服务器，可以为用户提供文件传输服务。当用户登录到匿名 FTP 服务器上时，不需要用户名和口令，或者直接使用“anonymous”

作为注册名，并用电子邮件地址作为用户口令，那么匿名 FTP 服务器便允许这些用户登录，并提供文件传输服务。

目前，有大量的 FTP 服务器为用户提供文件的上传和下载服务，同时提供诸如资料、软件、音乐、影视等文件的共享服务。

8.6 远程登录（Telnet / SSH）

8.6.1 概述

远程登录（remote login）功能允许用户与远程计算机进行动态交互，即用自己的键盘等输入设备操纵远程计算机，运行远程计算机上的软件，在自己的显示器上查看结果。

Telnet 协议（Tele-communication Network Protocol）是进行远程访问的重要手段之一，它精确地定义了客户机与远程服务器之间的交互过程。通过 Telnet 协议，一台计算机可以作为远程主机的一个虚拟终端，利用服务器提供的软件、硬件等资源完成自己的任务。Telnet 本质上是不安全的，因为它们在网络上用明文传送数据、用户账号和用户口令，很容易被窃听，也很容易受到中间人（man-in-the-middle）攻击方式的攻击。

SSH（Secure Shell）是专为远程登录会话和其他网络服务提供安全性的协议，创建在应用层和运输层基础上，可以代替 Telnet 作为计算机上的 Shell 命令接口，提供安全的传输和使用环境。利用 SSH 协议可以有效防止远程管理过程中的信息泄露问题。通过 SSH 可以对所有传输的数据进行加密，也能够防止 DNS 欺骗和 IP 欺骗。SSH 传输数据时可以进行压缩，能加快传输的速度。SSH 还可以为 FTP、POP，甚至为 PPP 提供一个安全的“通道”。

8.6.2 Telnet 协议

不同厂家的计算机在硬件或软件方面的系统的差异性，给计算机系统的互操作性带来了很大的困难。例如：不同系统的终端键盘输入命令后，对于系统的行结束标志 Return 或 Enter，有的系统使用 ASCII 字符的 CR，有的系统则用 ASCII 字符的 LF，这些键盘定义的差异性给远程登录带来了很多的问题。为了解决系统的差异性，Telnet 协议引入了网络虚拟终端（Network Virtual Terminal，NVT）的概念，它提供了一种专门的键盘定义，用来屏蔽不同计算机系统对键盘输入的差异性。

Telnet 采用客户/服务器模式，通过 TCP 进行连接，客户机程序与服务器程序之间采用 NVT 标准进行通信。Telnet 客户机的通信过程如下：

① 建立与服务器的 TCP 连接。

② 从键盘上接收用户输入的字符。

③ 把用户输入的字符串变成标准格式并送给远程服务器。

④ 从远程服务器接收输出的信息。

⑤ 把该信息显示在用户的屏幕上。

在命令提示符下运行 Telnet 程序时，先输入命令及想要连接的远程计算机的地址。例如，假设要连接名字为 comp.xaut.edu.cn 的计算机，则输入：

```
telnet comp.xaut.edu.cn （或 telnet IP 地址）
```

所有的 Internet 主机都有一个 IP 地址，所以也可以使用远程主机的 IP 地址进行登录。在运行 Telnet 程序后，开始连接指定的远程计算机。当等待响应时，屏幕显示：

```
Trying...（或类似的信息）
```

一旦连接确定（若主机距离远可能会等候一段时间），将显示信息：

```
Connected to comp.xaut.edu.cn
```

如果 Telnet 不能确定连接，将会出现找不到主机的信息。例如，错误地输入：

```
telnet test.xaut.com.cn
```

则将会出现信息：

```
test.xaut.com.cn: unknown host
```

此时，可以另指定一个主机名，或中止执行 Telnet 程序。

有许多因素可能导致 Telnet 不能远程连接。3 个最常见的因素是：计算机地址拼写错误、远程计算机暂时不能使用和指定的计算机不在 Internet 上。

Telnet 一旦确定连接，用户就可以同远程主机对话了。此时，许多主机会显示一些信息，一般用来确认计算机。一旦登录被接受，将会出现标准的提示符。例如，如果与一台 UNIX 远程主机连接成功，则会出现“login:”，输入用户名（账号）并按 Enter 键，会出现“password:”，然后输入口令并按 Enter 键就可以进入系统了。

当在远程主机中的工作完成后，按常规方式“退出”，此时连接断开，Telnet 自动停止运行。

8.6.3 SSH 协议

SSH 广泛地存在于现代操作系统中，包括 Mac OS X、GNU/Linux、Solaris 等，Windows 平台的第三方软件中也有使用 SSH 协议。SSH 通常用于远程访问和执行命令，几乎完全取代了 Telnet 协议。它也支持隧道，转发任意 TCP 端口以及 X11 连接；它还能够用 SFTP 或 SCP 协议来传输文件。

IETF RFC 4251 到 4256 将 SSH 定义为“经由一个不安全网络、进行远程登录和其他安全网络服务的安全 shell 协议”。SSH 协议框架中最主要的部分是以下三个协议：

① 运输层协议（The Transport Layer Protocol）：运输层协议提供服务器认证、数据机密性、信息完整性等的支持。

② 用户认证协议（The User Authentication Protocol）：用户认证协议为服务器提供客户端的身份鉴别。

③ 连接协议（The Connection Protocol）：连接协议将加密的信息隧道复用成若干个逻辑通道，提供给更高层的应用协议使用。

同时还有为许多高层的网络安全应用协议提供扩展的支持。各种高层应用协议可以相对地独立于 SSH 基本体系之外，并依靠这个基本框架，通过连接协议使用 SSH 的安全机制。

在客户端来看，SSH 提供以下两种级别的安全验证。

第一种级别（基于密码的安全验证）：只要知道账号和密码，就可以登录到远程主机，并且所有传输的数据都会被加密。但是，可能会有别的服务器在冒充真正的服务器，无法避免被“中间人”攻击。

第二种级别（基于密钥的安全验证）：首先要创建一对密钥，并把公有密钥放在需要访问的服务器上。客户端软件会向服务器发出请求，请求用某用户的密钥进行安全验证。服务器收到请求之后，先在服务器的用户根目录下寻找该用户的公有密钥，然后把它和发送过来的公有密钥进行比较。如果两个密钥一致，服务器就用公有密钥加密“质询”（challenge），并把它发送给客户端软件。从而避免被“中间人”攻击。

在服务器端，SSH 也提供两种安全验证。

第一种方案，服务器将自己的公用密钥分发给相关的客户端，客户端在访问主机时使用该服务器的公开密钥来加密数据。服务器则使用自己的私有密钥来解密数据，从而实现密钥认证，确保数据的保密性。

第二种方案，存在一个密钥认证中心，所有提供服务的主机都将自己的公开密钥提交给认证中心，而任何作为客户端的主机则只要保存一份认证中心的公开密钥就可以了。在这种模式下，客户端必须访问认证中心然后才能访问服务器主机。

8.7 电子邮件（E-mail）

8.7.1 概述

电子邮件是 Internet 上使用最多和最受用户欢迎的一种应用。电子邮件将邮件发送到收件人的电子邮箱中，收件人可随时进行读取。电子邮件不仅使用方便，而且还具有传递迅速和费用低廉的优点。现在的电子邮件不仅可传送文字信息，而且还可附上声音和图像。

最初的电子邮件系统功能简单，缺乏内部结构格式的标准，计算机很难对邮件进行处理，用户接口也不好。经过人们的努力，于 1982 年制定出 ARPANET 上的电子邮件标准：简单邮件传送协议（Simple Mail Transfer Protocol，SMTP）和 Internet 文本报文格式，它们已成为互联网事实上的标准。1984 年，CCITT 制定了报文处理系统（Message Handling System，MHS），即 x.400 建议书。1988 年，CCITT 修改了 x.400，使其成为一个功能很强的电子邮件标准。

由于 SMTP 只能传送可打印的 ASCII 码邮件，因此在 1993 年又制定了新的电子邮件标准，即通用互联网邮件扩充（Multipurpose Internet Mail Extensions，MIME）标准。MIME 标准规定在邮件头部说明邮件的数据类型（如文本、声音、图像、视频等），在 MIME 邮件中可同时传送多种类型的数据。

8.7.2 电子邮箱和地址

使用电子邮件的前提是拥有一个电子邮箱。电子邮箱是由电子邮件的服务机构（一般是互联网服务提供商 ISP）为用户建立的。当用户向 ISP 申请 Internet 账户时，ISP 就会在它的 E-mail 服务器上建立该用户的 E-mail 账户。建立电子邮箱，实际上是在 ISP 的 E-mail 服务器磁盘上为用户开辟一块专用的存储空间，用来存放该用户的电子邮件。这样用户就拥有了自己的电子邮箱。用户的 E-mail 账户包括用户名与用户口令。任何人可以将电子邮件发送到属于某位用户的电子邮箱中，但只有电子邮箱的主人使用正确的用户名与用户口令登录后，才可以查看电子邮箱的信件内容，或对其中的电子邮件进行处理。

每个电子邮箱都有一个邮箱地址，称为电子邮件地址。电子邮件地址可以是某个用户的通信地址，也可以是一组用户的地址。电子邮件地址的格式是固定的，并在全球范围内是唯一的。

电子邮件地址的格式为：用户名@主机名，如 XXX@mail.XXX.com。主机名是指拥有独立 IP 地址的计算机的域名，用户名是指在该计算机上为用户建立的 E-mail 账户名。

8.7.3 电子邮件的格式

电子邮件分为信封和内容两部分，而邮件内容又分为头部和主体两部分。邮件内容中的头部（header）应符合规定的格式，而邮件的主体部分则由用户自己撰写。用户写好头部后，邮件系统自动地将信封所需的信息提取出来并写在信封上，用户不需要填写电子邮件信封上的信息。E-mail 格式的简单示例如图 8-16 所示。

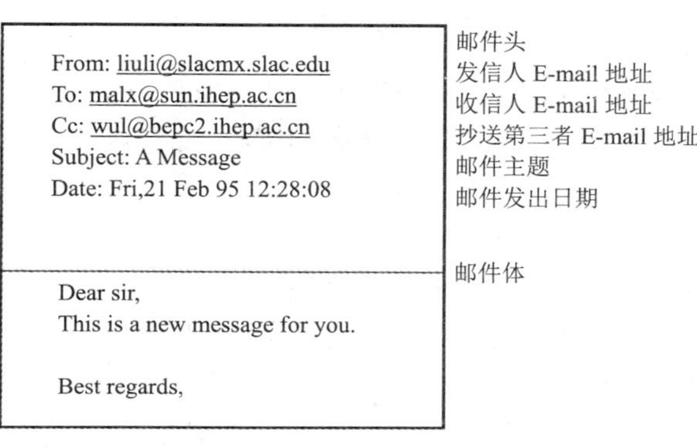

图 8-16 电子邮件的格式示例

邮件内容的头部包括一些关键字，后面加上冒号。最重要的关键字是 To 和 Subject。

①“To:”后面填入一个或多个收信人的电子邮件地址。在电子邮件客户软件中，用户将经常通信的对象姓名和电子邮件地址写到地址簿（address book）中。在撰写邮件时，只需要打开地址簿，单击收信人的名字，收信人的电子邮件地址就会自动地填入到合适的位置上。

②“Subject:”是邮件主题。它反映邮件的主要内容，便于用户查找邮件。

③“Cc:”是抄送地址项，意思是留下一个副本，表示应给某人发送一个邮件副本。

④“Reply To:”和“Date:”表示发信人的电子邮件地址和发信日期。这两项一般都由邮件系统自动填入。

8.7.4 电子邮件传输协议

在 TCP/IP 协议簇中提供了两个电子邮件协议：简单邮件传送协议（SMTP）和邮局协议（Post Office Protocol，POP）。SMTP 协议包括两个标准子集，一个标准定义电子邮件信息的格式，另一个是传输邮件的标准。在互联网中，电子邮件的传送是依靠 SMTP 协议进行的。也就是说，SMTP 的主要任务是负责服务器之间的邮件传送。它的最大特点就是简单，因为它只规定了电子邮件如何在互联网中通过 TCP 协议在发送方和接收方之间进行传送，对于其他操作，如与用户的交互、邮件的存储、邮件系统发送邮件的时间间隔等，均不涉及。

在电子邮件系统中，SMTP 协议是按照客户/服务器方式工作的。发信人的主机为客户方，收信人的邮件服务器为服务器方，双方机器上的 SMTP 协议相互配合，将电子邮件从发信方的主机传送到收信方的信箱中，如图 8-17 所示。在传送邮件的过程中，需要使用 TCP 协议进行连接（默认端口号为 25）。SMTP 协议规定了发送方和接收方双方进行交互的动作。发送主机先将邮件发送到本地 SMTP 服务器上，本地 SMTP 服务器与接收方的邮件服务器建立可靠的 TCP 连接。从发送方邮件服务器到接收方邮件服务器之间建立了直接通道，从而保证了邮件传送的可靠性。

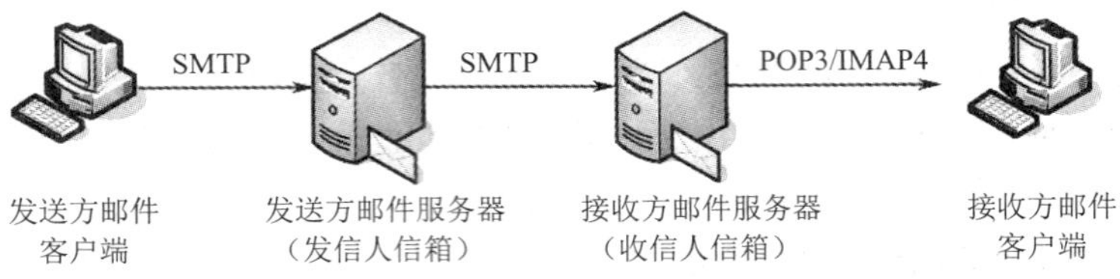

图 8-17 通过 SMTP 发送邮件

由图 8-17 可知，SMTP 协议只负责将电子邮件从发送方的客户端传递到接收方的邮件服务器中（即收信人的信箱），并不是直接发送到接收方的客户端。接收方客户端需要使用 POP3 协议（Post Office Protocol version 3）或 IMAP4 协议（Internet Message Access Protocol version 4），才能取得自己信箱中的邮件。

POP3 的主要任务是实现用户计算机与邮件服务器的连接，从邮件服务器的电子邮箱中读取邮件，如图 8-18 所示。这个功能类似于邮局暂时保存邮件，用户可以随时取走邮件。如果不使用 POP3 协议，那么用户只能通过远程登录的方式连接到本地邮件服务器上去查看邮件，要想将邮件传递到本地计算机上，操作会比较复杂。

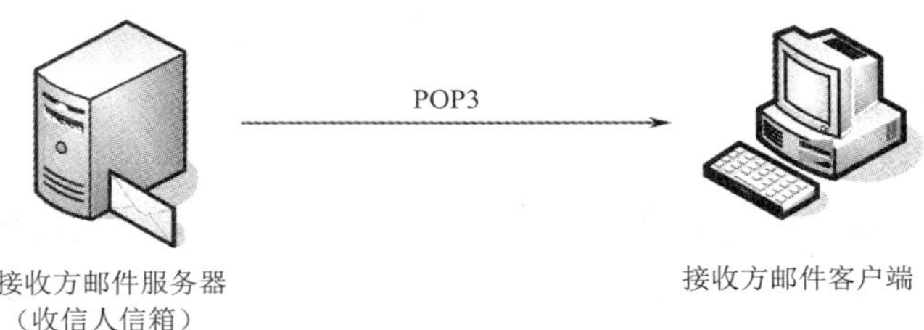

图 8-18 POP3 协议的使用

IMAP 是通过 Internet 获取信息的一种协议。IMAP4 是 IMAP 协议的第 4 个版本。使用 IMAP 协议可以在客户端管理服务器上的邮箱。与 POP3 不同的是，IMAP 在支持离线阅读的同时也允许用户把邮件存储在服务器上。

IMAP 提供的摘要浏览功能可以使用户在阅读完邮件到达时间、主题、发件人、大小等信息后再做出是否下载的决定，IMAP4 协议还支持有选择性的下载附件。IMAP 协议允许用户方便地利用自己的邮箱作为信息存储工具。一般的 IMAP4 客户端软件都支持邮件在本地文件夹间和服务器文件夹间的随意拖动，让用户方便地把本地硬盘上的文件存放到服务器上，然后在用户需要的时候同样方便地取回来。支持 IMAP 的客户端软件主要有 Outlook Express。

8.8 动态主机配置协议（DHCP）

8.8.1 DHCP 的基本概念

动态主机配置协议（Dynamic Host Configuration Protocol，DHCP）负责 IP 地址的集中

和动态分配管理。例如，在某学生宿舍网络中有 60 台计算机，那么 IP 地址的分配和使用可以有两种方式：一种是由网络管理人员分配给每台计算机一个固定 IP 地址，再由用户自己设置在计算机上；另一种是由网络管理人员统一通过一台 DHCP 服务器来集中管理。只要在 DHCP 上设置好可分配的 IP 地址范围等参数，同时用户计算机中的 IP 地址项设置为自动获取，并设置 DHCP 服务器地址，那么在每次启动计算机后，就可以从 DHCP 服务器上自动获取一个 IP 地址。通过这种方式可以节省 IP 地址空间，简化用户计算机一端的设置。

8.8.2 DHCP 的运作方式

DHCP 报文被封装在 UDP 数据报中进行传输，DHCP 也是按照客户/服务器模型进行工作的。假设所有的机器在同一个网络中，即 DHCP 服务器与客户机都在同一个网段内，可以通过软件广播的方式来进行相互通信，那么客户机从 DHCP 服务器得到 IP 地址的过程如下。

① 当客户计算机开机或重新激活网卡时，自动发出 DHCP 客户请求给网络内的每台计算机。在请求消息中，源地址为 0.0.0.0，目的地址为 255.255.255.255。

② 网络中的 DHCP 服务器收到请求信息后，首先在服务器中查找该次请求信息所携带的 MAC 记录。如果 DHCP 服务器设定有为该 MAC 提供的静态 IP 地址（每次都给予一个固定的 IP 地址），则给客户机返回相应的固定 IP 地址及相关网络参数。如果该请求信息中包含的 MAC 不在 DHCP 服务器记录中，则 DHCP 服务器选取目前网络内没有使用的 IP 地址（与设定值有关）发放给客户机使用。需要注意的是，在 DHCP 服务器发给客户机的信息中，会附带一个“租约期限”信息，以告诉客户机这个 IP 地址可以使用的期限有多长。

③ 当客户机接收到响应的消息后，首先会以 ARP 包在网络内发出消息，以确定来自 DHCP 服务器发放的 IP 地址没有被占用。若该 IP 地址已经被占用，则客户机将拒绝接受本次 DHCP 相应信息，并再次向网络内发出 DHCP 请求广播包。若该 IP 地址没有被占用，则客户机接受 DHCP 服务器所分配的网络参数，同时，客户机也会向 DHCP 服务器发出确认数据包，告诉服务器本次请求已经确认，服务器也会将该信息记录下来。

客户机的 IP 地址使用权在以下几种情况下可能会失去：

① 客户机离线——关闭网络接口、重新开机、关机等行为，都算是离线状态，此时 DHCP 服务器都会将 IP 地址收回，并放到服务器的备用区中，等待未来的使用。

② 客户机租约到期——DHCP 服务器发放的 IP 地址有使用期限，客户机使用该 IP 地址到达期限规定的时间时就需要将 IP 地址上缴回去，此时就会造成断线，客户机可以向 DHCP 服务器要求再次分配 IP 地址。

8.8.3 DHCP 的使用场合

DHCP 一般在以下场合中使用：

① 移动办公网络。如果公司内部有很多人使用笔记本电脑，那么就需要配置 DHCP。因为笔记本电脑是一种移动性装置，其网络配置可能随着不同地点而经常变化，所以如果每到一个新地方都要去重新配置网络参数，那就会比较麻烦。此时，DHCP 是较好的选择。

② 主机数量相当多的局域网。当局域网内计算机数量很多时，若要对计算机逐个配置网络参数将非常烦琐而且耗费时间。为了节省精力和时间，架设 DHCP 服务器是很好的选择。

习题 8

1．比较客户/服务器模型与 P2P 模型的异同点。

2．举例说明域名转换的过程。

3．Internet 的域名结构是怎样的？域名系统的主要功能是什么？

4．已知主机的域名如下：

cs.xaut.edu.cn，net.cs.xaut.edu.cn，info.cs.xaut.edu.cn，server.zju.edu.cn，public.xaonline.com，server.whitehouse.gov

（1）用域名系统的树状结构图表示以上主机的关系。

（2）确定上述主机所属的网络和机构。

5．简述 HTTP 的两种连接方式的异同点？

6．HTML 的主要作用是什么？

7. 什么是 FTP？FTP 能完成哪些任务？

8．远程登录 Telnet 和 SSH 的主要特点分别是什么？

9．简述电子邮件的收发过程。

10．说明 DHCP 的功能和作用，DHCP 的运行流程是什么？

第 9 章　网络安全与网络管理

随着 Internet/Intranet 技术的发展和普及，全球信息化已成为人类发展的大趋势。但由于计算机网络具有连接形式多样性、终端分布不均匀性和网络的开放性、互连性等特征，所以网络易受到黑客、恶意软件和其他形式的非法攻击，这使得计算机网络安全与管理问题日益突出。网络安全已经涉及国民经济的各个领域，已经成为信息化建设的一个核心问题。

本章主要介绍网络安全的概念、加密与认证技术、防火墙技术和网络管理技术。

9.1　网络安全概述

网络安全从本质上来讲就是网络中的信息安全。它涉及的领域相当广泛，这是因为在目前的公用通信网络中存在着各种各样的安全漏洞和威胁。从广义上说，凡是涉及网络信息的保密性、完整性、可用性、真实性和可控性的相关技术与原理，都是网络安全所要研究的内容。

网络安全是指网络系统的硬件、软件及其系统中数据的安全，它体现于网络信息的存储、传输和使用过程中。网络安全性就是指，网络系统的硬件、软件及其系统中的数据受到保护，不受偶然的或恶意的原因而遭到破坏、更改和泄露，系统能够连续、可靠和正常地运行，网络服务不中断。网络安全的保护内容包括：

① 保护服务、资源和信息。

② 保护结点和用户。

③ 保护网络私有性。

从不同的角度来看，网络安全具有不同的含义。

从一般用户的角度，他们希望涉及个人隐私或商业利益的信息在网络上传输时得到机密性、完整性和真实性的保护，避免其他人或对手利用窃听、冒充、篡改等手段对用户信息进行损害和侵犯，同时也希望用户信息不被非法用户非授权访问和破坏。

从网络运行和管理者的角度，他们希望对本地网络信息的访问、读/写等操作受到保护和控制，避免受到病毒、非法存取、拒绝服务、网络资源的非法占用及非法控制的威胁，制止和防御网络黑客的攻击。

从安全保密部门的角度，他们希望对非法的、有害的或涉及国家机密的信息进行过滤和防堵，避免其通过网络泄露，避免由于这类信息的泄密对社会产生危害，给国家造成巨大的经济损失，甚至威胁到国家安全。

从社会教育和意识形态的角度，网络上不健康的内容会对社会的稳定和人类的发展造成阻碍，必须对其进行控制。

由此可见，网络安全在不同的环境和应用中会有不同的解释。

9.1.1 网络安全的需求

人们对网络安全性的需求主要有以下 6 条：

① 保密性：指信息不泄露给非授权的用户、实体和过程或者被其利用的特性。

② 完整性：指数据未经授权不能进行改变的特性，即信息在存储或传输过程中保持不被修改、破坏和丢失的特性。

③ 可用性：指可被授权实体访问并按需求使用的特性，即当需要时应能存取所需的信息。网络环境下拒绝服务、破坏网络和有关系统的正常运行等都属于对可用性的攻击。

④ 可控性：指对信息的传播及内容具有控制能力，可以控制授权范围内的信息流向及行为方式。

⑤ 可审查性：指对出现的安全问题能够提供调查的依据和手段，用户不能抵赖曾做出的行为，也不能否认曾经接到对方的信息。

⑥ 可保护性：指保护软、硬件资源不被非法占有，免受病毒的侵害。

9.1.2 网络安全的目标

网络安全的目标是确保网络系统的信息安全。网络信息安全主要包括两个方面：信息存储安全和信息传输安全。

信息存储安全就是指信息在静态存放状态下的安全，如是否会被非授权调用等。一般通过设置访问权限、身份识别、局部隔离等措施来保证信息存储安全。针对“外部”的访问和调用而言的访问控制技术是解决信息存储安全的主要途径。

在网络系统中，任何调用指令和任何信息反馈均是通过网络传输实现的，所以网络信息传输上的安全就显得特别重要。信息传输安全主要是指信息在动态传输过程中的安全。为确保网络信息的传输安全，需要防止出现如下问题。

（1）截获（interception）

对网上传输的信息，攻击者只需要在网络的传输链路上通过物理或逻辑的手段，就能对数据进行非法的截获与监听，进而得到用户或服务方的敏感信息。

（2）伪造（fabrication）

对于仿冒用户身份这一常见的网络攻击方式，传统的对策一般采用身份认证方式来防护。但是，用于用户身份认证的密码在登录时常常是以明文方式在网络上进行传输的，很容易就能被攻击者在网络上截获，进而可以对用户的身份进行仿冒，使身份认证机制被攻破。因此，身份认证的密码 90%以上是用代码形式传输的。

（3）篡改（modification）

攻击者有可能对网络上的信息进行截获并且篡改其内容（如增加、截去或改写），使用户无法获得准确、有用的信息，或者落入攻击者的陷阱。

（4）中断（interruption）

攻击者通过各种方法，中断用户的正常通信，达到自己的目的。

（5）重发（repeat）

“信息重发”的攻击方式，即攻击者截获网络上的密文信息后，并不将其破译，而是把这些数据包再次向有关服务器（如银行的交易服务器）发送，以实现恶意的目的。

网络安全不仅仅是一个纯技术问题，单凭技术因素确保网络安全是不可能的。网络信息自身的特点（如在复制、获取上的便捷性）使得网络安全问题是涉及法律、管理和技术等多方面因素的复杂系统问题。

9.2 加密与认证技术

密码技术是保证网络与信息安全的核心技术之一。密码学（cryptography）包括密码编码学与密码分析学。密码体制的设计是密码学研究的主要内容。人们利用加密算法和一个秘密的值（称为密钥）来对信息编码进行隐藏，而密码分析则是试图破译算法和密钥。两者相互对立，又互相促进彼此的发展。

9.2.1 数据加密的模型

传统的数据加密模型如图 9-1 所示。在发送方，明文 P 用加密算法 E 和加密密钥 K_e 加密，得到密文 $C = E_{K_e}(P)$。在传送过程中可能出现密文被截取者（又称为攻击者或入侵者）截获，但由于没有解密密钥而无法将其还原成明文，从而保证了数据的安全性。到了接收方，利用解密算法 D 和解密密钥 K_d，解出明文 $P = D_{K_d}(C)$。

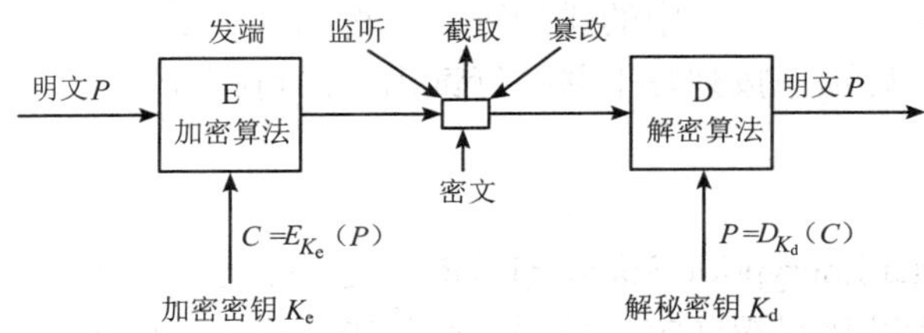

图 9-1　传统的数据加密模型

当 $K_e=K_d$ 时，这种加密体制称为单钥或对称密钥加密体制；当 $K_e \neq K_d$ 时，这种加密体制称为双钥或非对称密钥体制或公开密钥加密体制。

如果不论截取者获得多少密文，在密文中没有足够的信息来解密出对应的明文，则称这一密码体制为无条件安全的（或理论上是不可破的）。但是，在无任何限制的条件下，目前几乎所有实用的密码体制都是可破的。因此，人们关心的是研制出在计算机上而非在理论上是不可破的密码体制。

9.2.2 对称密钥加密体制

在 20 世纪 70 年代公开密钥加密技术问世之前，对称密钥加密体制是唯一存在的一种加密技术。对称加密曾经被无数个人和群体用于安全通信，直至今天的外交、军事和商业用户。下面介绍几种对称密钥加密技术。

1. 凯撒加密

凯撒（Caesar）加密算法的思想是：每个字母都用字母表中向左移动一个固定数字的字母代替。例如，将明文字母的顺序保持不变，都左移 3 个字母，即密钥为 3。

明文　　　　a　b　c　d　…　abcd

密文	d	e	f	g	…	defg

凯撒加密算法的一种改进方法是单码替换加密算法。这种方法制定一个规则，将明文中的每个字母替换成另一个字母。例如，下面的这组字母对应关系就构成了一个替换加密器：

明文	a	b	c	d	…	abcd
密文	m	n	b	v	…	mnbv

2. 置换加密

置换加密的实现思想是：按某一规则重新排列数据中的字符（或比特）。例如，在发送方以 china 在字母表中的顺序作为密钥，将明文按 5 个字符为一组写在密钥下面。

密钥	c	h	i	n	a
顺序	2	3	4	5	1
明文	a	b	c	a	c
	k	i	g	n	s
	a	f	t	u	o
	b	z	m	w	q

然后按密钥中的字母在字母表中的排列顺序，按列抄出密文：csoqakabbifzcgtmanuw；在接收方，按密钥中字母顺序按列写下并按行读出，即可得到明文。

3. 数据加密标准

数据加密标准（Data Encryption Standard，DES）是最典型的对称加密算法，它是由 IBM 公司提出，经过国际标准化组织认定的数据加密的国际标准。DES 是使用最为广泛一个加密标准，被广泛应用在保护金融数据的安全中。通常，自动取款机（Automatic Teller Machine，ATM）都使用 DES。

DES 使用一个 56 位的密钥和附加的 8 位奇偶校验位，产生长度为 64 位的分组。这是一个迭代的分组密码，使用称为 Feistel 的技术，将加密的文本块分成两半。使用子密钥对其中一半应用循环功能，然后将输出与另一半进行异或运算；接着交换这两半，这一过程继续下去，但最后一个循环不交换。DES 使用 16 次循环。

如图 9-2 所示，DES 使用 64 位密钥（含有 8 位奇偶校验，故实际密钥长度为 56 位）对 64 位二进制数加密，产生 64 位密文数据。对 64 位明文 X 进行初始置换后得 X_0，其左半边和右半边各 32 位，分别记为 L_0 和 R_0，然后对 L_0 和 R_0 进行 16 次迭代。在第 i 次迭代中，如果用 L_i 和 R_i 分别表示 X_i 的左半边和右半边（各 32 位），则加密方程为

$$L_i = R_{i-1} \tag{9.1}$$

$$R_i = L_{i-1} \oplus f\left(R_{i-1}, K_i\right) \qquad i = 1,2,\cdots,16 \tag{9.2}$$

式中，K_i 是 48 位的密钥，它是从原来的 64 位密钥（实际为 56 位）经过若干次变换得到的。

从图 9-2 可知，在每次迭代中要进行函数 f 的变换、模 2 运算及左右半边交换。需要注意的是，在最后一次迭代后，左右半边没有交换，但将 $R_{16}\,L_{16}$ 进行逆初始置换得到密文 Y。

在 DES 加密算法中，函数 f 是一个非常复杂的变换，变换的过程如图 9-3 所示。具体变换过程如下。

① 函数 f 先将 32 位的 R_{i-1} 进行变换，扩展为 48 位的 $E(R_{i-1})$。

② 将 $E(R_{i-1})$ 与 48 位的子密钥异或（与 K_i 按模 2 加）得到 48 位运算结果。

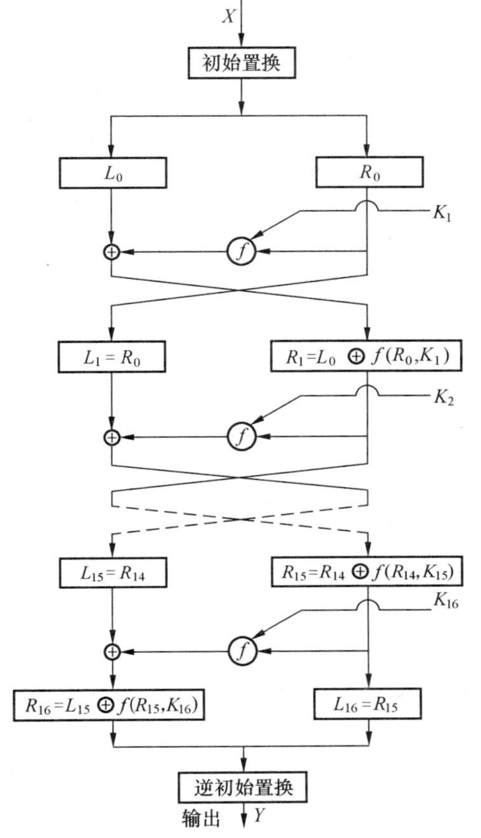

图 9-2 DES 加密算法示意图

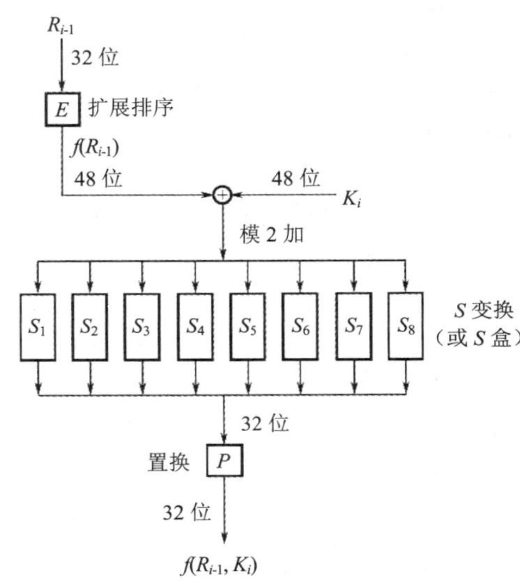

图 9-3 函数 f 变换过程

③ 将 48 位的结果顺序地划分为 6 位长的 8 组 B_1，B_2，…，B_8，即

$$E(R_{i-1}) \oplus K_i = B_1B_2 \cdots B_8$$

④ 对每一个 6 位长的组分别进行“S 变换”：用 8 个不同的 S 函数，分别将 8 个 6 位长的组替代转换成 8 个 4 位长的组（即 6 位输入到 4 位输出的变换），表示为 $B_i \to S_j(B_j)$（$j=1,2,\cdots,8$）。

⑤ 最后将所得的 8 个 4 位长的 $S_j(B_j)$（j=1, 2, …, 8）按顺序排好后，再进行一次置换，即得到 32 位的函数 $f(R_{i-1}, K_i)$。

解密过程与加密相似，但生成 16 个密钥的顺序正好相反。

DES 的保密性完全取决于对密钥的保密，而算法是公开的。在破译 DES 方面，至今仍没找到比穷举法搜索密钥更有效的方法了。

为了提高 DES 的安全性，Tuchman 提出一种称为三重 DES（Triple DES）的算法，它在 1985 年成为美国的一个商用标准。三重 DES 使用两个密钥，执行三次 DES 算法。

9.2.3 公开密钥加密体制

在对称密钥加密技术中，加密通信需要通信双方共享一个共同秘密，即用于加密和解密的密钥相同。这种方法带来的一个问题就是双方必须就共享密钥达成一致，即密钥协商和传递的安全性问题。1976 年，美国斯坦福大学的 Diffie 和 Hellman 论证了一个解决这个问题的算法（现在称为 Diffie-Hellman 密钥交换），开创了公开密钥加密技术。

公开密钥加密的使用在概念上相当简单。每一个发送者拥有两个密码，一个是任何人都可得到的公开密钥（public key），简称为公钥；另一个是只有发送者本人知道的秘密密钥（private key），简称为私钥。在这里用 PK 表示公钥，用 SK 表示私钥。同时，加密算法 E 和解密算法 D 也都是公开的。

公开密钥加密算法有以下两个重要特征：

① 从计算的角度说，仅仅掌握密码算法和加密密钥是不可能判断出解密密钥的。

② 对于绝大多数的公开密钥加密机制，公钥和私钥这两个相关密钥中的任何一个都可以用于加密，同时另一个用于解密。

目前最流行的公开密钥算法 RSA 是 1977 年由 MIT 的 Ronald L. Rivest、Adi Shamir 和 Leonard M. Adleman 三位数学家共同开发的。RSA 分别取自他们姓氏的第一个字母。

RSA 有两个互相关联的部分：①公钥和私钥的选择；②加密和解密算法。

下面对 RSA 算法的结论进行简单的介绍：

① 选择两个大素数 p 和 q（保密）。选择的值越大，RSA 越难于攻破，但是执行加密和解密所用的时间也越长。

② 计算，$n=pq$，欧拉函数$\varphi(n)=(p-1)(q-1)$。

③ 随机选择一个小于 n 的数 e，且要求 e 和$\varphi(n)$互质。

④ 找到一个数 d，使得 $ed-1$ 可以被$\varphi(n)$整除，即满足 $d\times e \bmod \varphi(n)=1$。其中，$n$ 和 d 也要互质。

通过上述几步，得到的数对(e, n)为公钥，(n,d)为私钥。计算过程中所使用的两个素数 p 和 q 不再需要时应该丢弃，不要让任何人知道。

假设待发送的明文是一个比特组合或数 m，$m<n$。为了进行编码，先进行指数运算 m^e，然后计算 m^e 被 n 除的整数余数，则加密后的密文 c 为

$$c=m^e \bmod n$$

在接收方对收到的密文 c 解密，需要用接收方的私钥(n,d)计算，即

$$m=c^d \bmod n$$

在此加密、解密的过程中，发送方首先使用了接收方的公钥(e, n)进行加密，然后在接收方用其私钥(n, d)解密得到明文。

举一个 RSA 的简单例子。假设 $p=5$，$q=7$，则 $n=35$，$\varphi(n)=24$。因为 5 和 24 没有公因数，故选择 $e=5$。对于 d，要求 $5\times d \bmod 24=1$，故可以选择 $d=29$。所以加密过程为 $c=m^5 \bmod 35$，解密为 $m=c^{29} \bmod 35$。假设要发送的字符是“love”，每个字母用其在字母表中的序号来表示，则其加密、解密运算的过程如表 9-1 和表 9-2 所示。

表 9-1 RSA 加密过程 （e=5，n=35）

明文字母	M（数字表示）	m^e	密文（$c=m^e \bmod n$）
l	12	248 832	17
o	15	759 375	15
v	22	5 153 632	22
e	5	3 125	10

表 9-2　RSA 解密过程　（d=29，n=35）

密文 c	c^d	$m=c^d \bmod n$	明文字母
17	481 968 572 106 750 915 091 411 825 223 071 637	12	l
15	1 278 340 394 885 893 9111 232 757 568 359 375	15	o
22	851 643 319 086 537 701 956 194 499 721 106 030 592	22	v
10	100 000 000 000 000 000 000 000 000 000	5	e

RSA 的安全性在于对大多数 n 的分解极其困难。如果攻击者能从 n 中分解出 p 和 q，便能求出 $\varphi(n)$，从而根据公开的 e 求出 d。但是，大多数分解很花时间。例如，用每一微秒做一次操作的计算机，分解 100 位的十进制数 n，需时 74 年。

RSA 算法之所以具有安全性，是基于数论中的一个事实：将两个大的质数合成一个大数很容易，而相反的过程则非常困难。

9.2.4　密钥分配技术

在数据加密传输过程中，由于密码算法是公开的，而网络的安全性完全取决于对密钥的保密性，所以如何通过安全的通道对密钥进行分配就成为必须解决的大问题。

目前常用的密钥分配方式是设立密钥分配中心（Key Distribution Center，KDC），通过 KDC 来分配密钥。当用户向 KDC 注册时，由 KDC 分配一个用户与 KDC 之间共享的对称密钥。KDC 知道每一个用户的密钥，且每一个用户都可使用这个密钥与 KDC 进行通信。

用 KDC 对常规密钥分配的过程如图 9-4 所示，具体包括下面 4 个步骤。

① 用户 A 使用 $K_{A\text{-}KDC}$ 加密其与 KDC 的通信内容，然后发送一个报文 $K_{A\text{-}KDC}(A, B)$ 给 KDC，说明他要与用户 B 通信。

② KDC 知道 $K_{A\text{-}KDC}$，从而能够解密 $K_{A\text{-}KDC}(A, B)$。然后 KDC 生成一个随机数 R，作为用户 A 和 B 之间通行的共享对称密钥，这个密钥也称为一次会话密钥。KDC 用 $K_{A\text{-}KDC}$ 加密这个共享会话密钥 R，并发送 $K_{A\text{-}KDC}(R, K_{B\text{-}KDC}(A, R))$给用户 A。

③ 用户 A 收到 KDC 发来的报文 $K_{A\text{-}KDC}(R, K_{B\text{-}KDC}(A, R))$，解密得到 R。此时，用户 A 已经得到了会话密钥。用户 A 还要从报文中提取 $K_{B\text{-}KDC}(A, R)$并把它转发给用户 B。

④ 用户 B 使用 $K_{B\text{-}KDC}$ 解密得到 A 和 R，这时用户 B 就会知道一次会话密钥 R 和所要共享该密钥的对方 A。

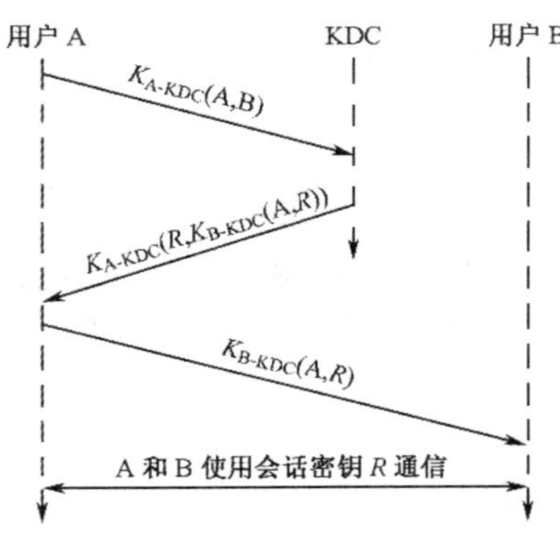

图 9-4　常规密钥分配方法

由于 KDC 可以为每对用户的每次通信产生一个新的会话密钥，从而使得破译码文更加困难。主密钥是用来保护会话密钥的，所以主密钥也不能长期使用而不进行更换。

在公开密钥加密体制中，公开密钥就像电话号码那样是公开的，一个用户只要查到另一个用户的公开密钥，它们就可以实现安全通信了。但是，使用公开密钥加密体制的通信实体之间仍然需要交换公开密钥。用户可以采用多种形式公开发布其公开密钥，例如，将公开密钥发布在其个人网页上、放在公钥服务器上、通过电子邮件把公开密钥发送给对方等。

然而，要使公开密钥加密体制实用，实体（用户、浏览器和路由器等）必须能够确定它们得到的公开密钥是来自其通信的对方。例如，用户 A 和 B 使用公开密钥通信时，他需要确定那个假定是 B 的公开密钥确实是 B 的公钥。例如，在图 9-5 中，第三者 T 冒充用户 B 向 A 发出一个订单，告诉 A 他是 B，公钥是 PK。A 收到 T 用私钥加密的报文后，用 T 告诉的公开密钥解密，得到订单信息，然后向 B 送去了面包。

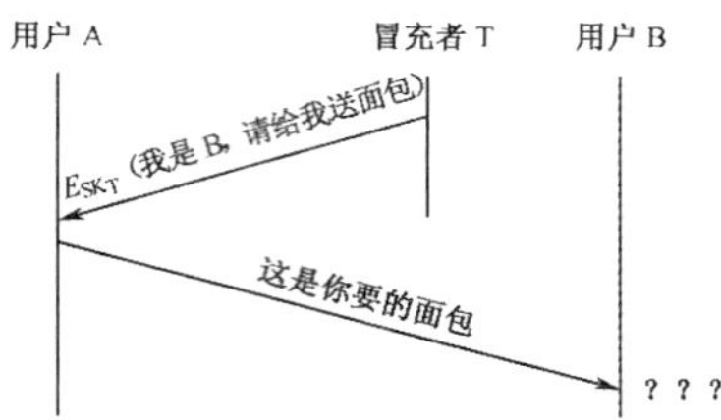

图 9-5 用户 T 冒充用户 B 向 A 发送一个订单

对于上述的问题，通常有证书权威机构（Certification Authority，CA）把一个特定实体与其公开密钥绑定在一起，CA 的职责就是使得实体身份和其发出的证书有效，即可以确认从 CA 得到的某个实体的公开密钥是可信的。

CA 负责完成以下任务：① 验证一个实体（一个人、一台路由器等）的真实身份；② 在验证了某个实体的身份后，CA 生成一个把该实体的身份和公开密钥绑定到一起的证书（certificate）。这个证书包含这个公开密钥和公开密钥所有者全局唯一的身份标识信息。由 CA 通过数字签名技术对这个证书进行签名。

在实际的公开密钥加密体制的使用中，由 CA 完成对用户身份及其公开密钥的确认。例如，在图 9-5 中，当用户 A 收到一个订单后，他首先从某个地方得到 B 的证书，然后用 CA 的公开密钥证实此证书的合法性，确认自己在与 B 通信。

CA 中心一般是由政府出资建立的。任何用户都可从可信的地方（如代表政府的报纸等）获得认证中心 CA 的公开密钥。此公开密钥即可用来验证某个公开密钥是否为某个实体所有（通过向 CA 查询）。

9.2.5 数字签名技术

数字签名（digital signature）是一种基于密码的身份鉴别技术。在传统的书信或文件中通过亲笔签名或印章来证明其真实性，而在计算机网络中传送的报文通常使用数字签名技术来模拟日常生活中的亲笔签名。

数字签名必须保证以下几点：

① 接收者能够核实发送者对报文的签名。

② 发送者事后不能抵赖对报文的签名。

③ 接收者不能伪造对报文的签名。

目前各国已制定了相应的法律和法规，把数字签名作为执法的依据。常用的数字签名实现方法采用了公开密钥算法。

公开密钥加密算法（如 RSA 算法）效率比较低，对加密的消息块（报文块）长度有一定的限制。因此，在使用公开密钥加密算法进行数字签名前，通常先使用单向散列函数（Hash Function，又称为哈希函数）对要签名的消息进行处理并生成消息摘要（Message Digest，MD），然后对消息摘要进行签名。其中，哈希函数根据报文文本产生固定长度的单向哈希值，有时这个单向值也称为报文摘要，与报文的数字指纹或标准校验和相似。

数字签名通常包括两个过程：数字签名的创建和验证，分别由签名者和接收者执行，其原理如图 9-6 所示。

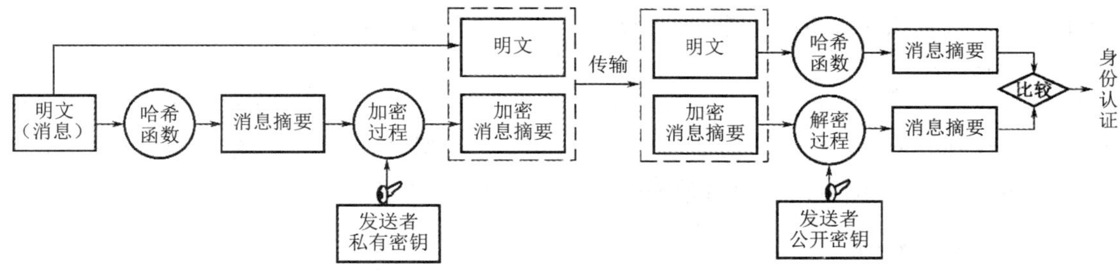

图 9-6　数字签名的工作原理

在发送方，进行数字签名的创建：

① 使用哈希函数对要发送的消息进行运算，生成消息摘要。

② 发送方用自己的私有密钥，利用公开密钥加密算法对生成的消息摘要进行数字签名。

③ 发送方将消息本身和已经进行数字签名的消息摘要发送给接收方。

在接收方，数字签名的验证：

① 使用与发送方相同的哈希函数，对收到的消息进行运算，重新生成消息摘要。

② 接收方使用发送方的公开密钥对接收到的消息摘要解密。

③ 将解密的消息摘要与重新生成的消息摘要进行比对，以判断消息在发送中是否被篡改过。

利用数字签名技术，保证了消息通过网络传输时的数据完整性，实现了对发送者的身份认证，既防止了他人冒名进行信息发送和接收，同时也防止了本人事后否认已进行过的发送和接收活动。

9.2.6　电子邮件加密

1. PGP 安全协议

PGP（Pretty Good Privacy，PGP）是一种基于 RSA 密钥加密体制供大众使用的加密协议。它不仅能对用户的邮件加密，还能在邮件上进行数字签名，让收信人确信邮件未被第三方篡改，从而达到安全通信的目的。

由于 PGP 功能强、速度快，而且源代码全免费，因此，PGP 成为最流行的公共密钥加密软件包之一。PGP 并没有使用新的概念，只是将现有的 MD5（Message Digest）、RSA 等技术综合在一起而已，其工作原理如图 9-7 所示。

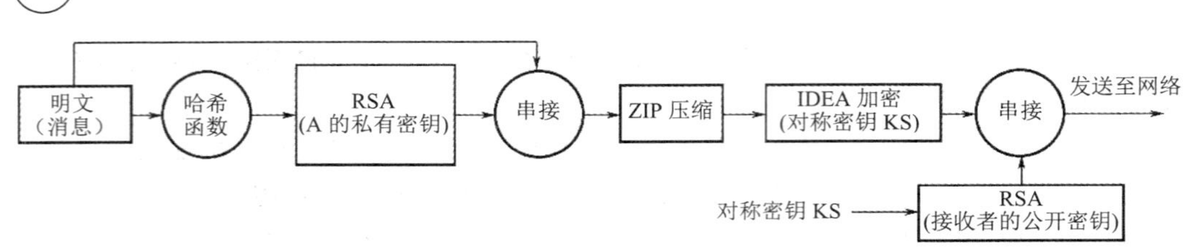

图 9-7 PGP 的工作原理

在图 9-7 中，当用户 A 向用户 B 发送一个邮件消息时，首先 A 使用哈希函数（如 MD5 算法）对他的消息进行散列运算，然后用自己的私有密钥加密此散列值。带有签名的散列值与原始的消息串接在一起，并且使用 ZIP 方法进行压缩。接下来，对压缩过的消息使用一个对称加密算法（如 IDEA 算法）加密后，与用接收者 B 的公开密钥加密的对称密钥串接，发送到网络中。

当接收者 B 收到这个消息后，首先利用自己的私有 RSA 密钥解密出 IDEA 对称密钥，然后解密收到的消息，解压后得到邮件内容。同时，还要用发送者 A 的公钥解密其中的散列值（消息摘要），确认信息没有被篡改。

2. PEM 协议

PEM（Privacy Enhanced Mail）称为增强隐私的邮件，它是一个正式的 Internet 标准，由 4 个 RFC 文档描述（RFC 1421、1422、1423、1424）组成。PEM 的功能与 PGP 的功能类似，都是为电子邮件提供私密性和认证功能。

使用 PEM 发送消息时，首先要经过规范形式的处理（即对空格、制表符、回车符、换行符等的处理）；接着用 MD5 得出报文摘要，与报文串接在一起后用 DES 加密；加密后的报文可再用 base64 编码，然后发送给接收者。

在 PEM 中，每个报文可以使用 RSA 或三重 DES 对报文加密，密钥也存放在报文中一起在网络上传送。同时，PEM 有更完善的密钥管理机制，由认证中心 CA 发布证书，包含有用户姓名、公开密钥和密钥的使用期限等。

9.2.7 Internet 中的安全协议

目前，网络层和运输层的安全协议主要有 IPSec、安全套接层（Secure Socket Layer，SSL）和安全电子交易（Secure Electronic Transaction，SET）。

1. IPSec

IPSec 是 IETF 的 IPSec 小组建立的一组 IP 安全协议集。IPSec 定义了在网际层使用的安全服务，其功能包括数据加密、对网络单元的访问控制、数据源地址验证、数据完整性检查和防止重放攻击。

IPSec 是一种开放标准的框架结构，通过使用加密的安全服务以确保在 Internet 协议（IP）网络上进行保密而安全的通讯。它通过端对端的安全性来提供主动的保护以防止专用网络与 Internet 的攻击。在通信中，只有发送方和接收方才是唯一必须了解 IPSec 保护的计算机。IPSec 的安全服务要求支持共享密钥完成认证和/或保密，并且必须支持手工输入密钥的方式，其目的是要保证 IPSec 协议的互操作性。

IPsec 中主要的协议有两个：鉴别首部 AH（Authentication Header）协议和封装安全有

效载荷 ESP（Encapsulated Security Payload）协议。当源主机向目的主机发送安全数据报时，可以使用 AH 协议或 ESP 协议。AH 协议提供源鉴别和数据完整性服务，但是不提供机密性服务。ESP 协议提供了鉴别、数据完整性和机密性服务。

在 AH 和 ESP 协议中，在从源主机向目的主机发送安全数据报之前，源主机和目的主机握手并创建一个网络层的逻辑连接。这个逻辑连接成为安全关联（Security Association，SA）。这样，IPsec 将 Internet 的无连接网络层转化成了一个具有连接的层，这个由 SA 定义的逻辑连接是一个单工连接。如果进行双向的安全通信则需要建立两个安全关联 SA，每个方向一个。SA 由三元组唯一标识：安全协议（AH 或 ESP）的标识符，单向连接的目的 IP 地址，一个 32bit 的安全参数索引（Security Parameter Index，SPI）连接标识符。

对于一个给定的安全关联 SA（即从一个源主机到目的主机的给定逻辑连接），每一个 IPsec 数据报都有一个用于 SPI 的特定字段，通过此 SA 的所有数据报都使用相同的 SPI 值。

（1）鉴别首部（AH）协议

AH 协议用于鉴别源主机和确保 IP 分组所携带数据的完整性。在使用 AH 协议时，将 AH 首部插在原 IP 数据报数据和 IP 首部之间，同时将 IP 首部的协议类型字段设置为 51。AH 协议格式如图 9-8 所示。

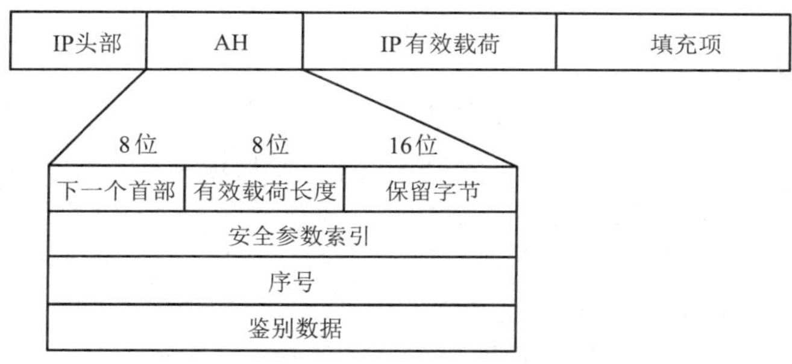

图 9-8　AH 协议格式

AH 协议中，各字段含义如下：

① 下一个首部（8 位），标识紧接着本首部的下一个首部的类型（如 TCP 或 UDP）。

② 有效载荷长度（8 位），鉴别数据字段的长度，以 32 字节为单位。

③ 保留（16 位），为今后用。

④ 安全参数索引（8 位），表示一个安全关联 SA。

⑤ 序号（32 位），标识每个数据报的一个序列号。

⑥ 鉴别数据（8 位），包含了经数字签名的消息摘要（对原来的数据报进行消息摘要运算），以 32 字节为单位。

（2）封装安全载荷 ESP

ESP 协议提供源主机鉴别、数据完整性以及保密性服务。ESP 增加了一个首部和一个尾部，使用中 IP 数据报首部的协议类型字段设置为 50，其格式如图 9-9 所示。

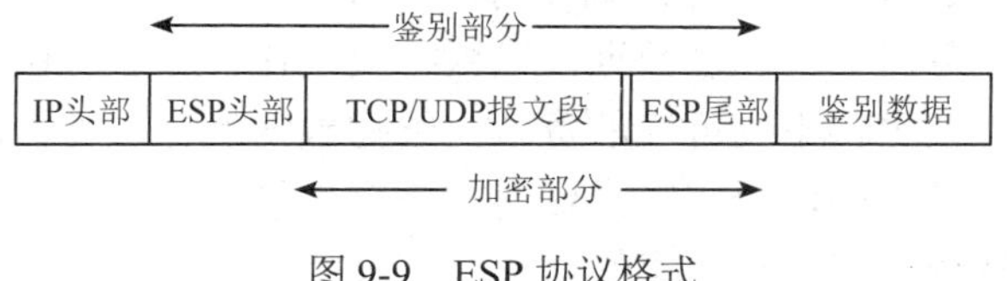

图 9-9　ESP 协议格式

ESP 首部由一个 32 位的“安全参数索引 SPI”字段和一个 32 位的“序号”字段组成，其作用与 AH 中的作用相同。在 ESP 尾部中有“下一个首部”字段，作用与 AH 中相同，尾部后为鉴别数据字段，该字段和其在 AH 协议中的作用相同。用 ESP 封装的数据报既有鉴别源主机和检查数据完整性的功能，又能提供保密。

2. SSL 安全协议

SSL 是 Internet 中运输层使用的安全协议，该协议可以对 Internet 中客户与服务器之间传送的数据进行加密和鉴别。SSL 的客户和服务器在正式传送应用数据之前，需要建立会话密钥并有选择地进行身份验证。会话和连接是 SSL 的两个重要的特点。

SSL 位于 TCP 层和应用层之间，对应用层是透明的。SSL 为应用层数据提供传输过程中的安全，它提供的安全连接有 3 个特点：

① 连接是保密的，对称加密用于加密数据。

② 实体的身份通过公开密钥加密得到验证。

③ 连接是可靠的，带密钥的 MAC 用于保证消息的完整性。

虽然 SSL 可服务于各种应用层协议，如 HTTP、FTP、Telnet 等，但目前 SSL 的主要应用对象还是 HTTP 协议。

SSL 会话与连接的服务特点如下：

① 加密安全，为通信实体间建立安全的连接，具体体现为保密性、消息完整性和验证。

② 互操作性，保证不同开发者开发的 SSL 能够成功地交换加密参数。

③ 可扩展性，新的公开密钥加密方法和对称加密方法在必要时可以添加进来。

④ 相对高效，为了不让加密操作占用过多的 CPU 时间，SSL 有一个可选的会话高速缓存机制，可以减少需要从头建立的连接数。

SSL 由两层组成，低层是 SSL 记录协议层（SSL Record Protocol Layer），简称为记录层；高层是 SSL 握手协议层（SSL Handshake Protocol Layer），简称为握手层，如图 9-10 所示。

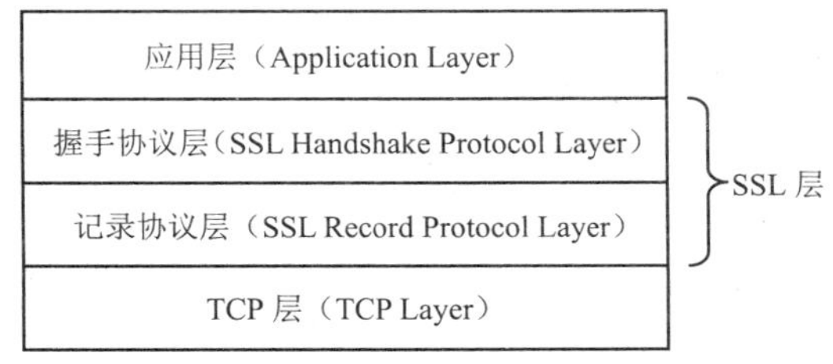

图 9-10 SSL 的分层结构

记录协议层的功能是对当前连接中要传送的高层数据实施压缩/解压缩、加密/解密、计算/验证 MAC 等操作。握手协议层的作用是验证实体身份，协商密钥交换算法、压缩算法和加密算法，完成密钥交换和生成密钥等。

SSL 协议主要提供 3 方面的服务：认证用户和服务器，使得它们能够确信数据将被发送到正确的客户端和服务器上；加密数据，以保护数据在传送过程中的安全，即使数据被窃，盗窃者没有解密密钥也得不到可读的资料；维护数据的完整性，确保数据在传送过程中不被阅读后再传送到目的端，否则客户资料的安全性便受到威胁。另外，整个过程只有商家对客户的认证，缺少了客户对商家的认证。

3. SET 安全协议

电子商务安全协议 SET 自从 1997 年获得通过后，第一批基于 SET 的产品相继出台，很多试点项目也已经开展。该协议得到了世界上两大信用卡公司的大力支持，目标都是实现网上信息的安全。

（1）网络上进行安全支付处理应满足的基本要求

在 Internet 或其他开放的网络上进行安全支付处理应满足的基本要求包括以下几点：

① 订购及支付信息的保密性：在实际的交易环境中必须保护持卡人（顾客）的订购信息及支付信息的安全，使得只有特定的接收方可访问这些信息。

② 认证所有传输数据的完整性：在实际交易过程中，所有传输的数据都是不可篡改的。

③ 鉴别持卡人是信用卡的合法用户：在交易过程中应该有一种机制把持卡人与特定的账号联系在一起，以减少被冒认的事件发生，降低支付处理的总成本。

④ 鉴别商家的真实性：持卡人要求能鉴别与之进行交易的商家是真实的。

⑤ 不依赖于其他的安全传输机制及平台交易软件：应能在纯粹的 TCP/IP 协议之上运行，但也不抵制其他安全协议（如 IPSec、SSL、TLS 等）的使用；并且协议及数据格式也不依赖于特定的硬件平台、操作系统或交易软件。

（2）SET 协议的主要特点

SET 协议是满足上述安全要求的电子商务协议，也是目前世界上公认的最安全、最成熟的电子支付协议之一，其主要特点如下：

① 信息的保密性。持卡人的账号信息及支付信息在网络传送中是安全的。SET 的一个重要的特点是持卡人的信用卡号码只提供给银行，而商家是无法知道信用卡号码的。SET 利用 DES 加密算法提供信息的保密性。

② 数据的完整性。从持卡人发往商家的支付信息包括订购信息、个人数据及支付指令，SET 通过引入 RSA 数字签名及 SHA-1 杂凑函数确保这些消息的内容在传输过程中不被非法更改。

③ 持卡人账号的鉴别。SET 可以让商家鉴别持卡人是否是有效信用卡账号的合法用户，SET 采用 X.509 v3 数字证书和 RSA 数字签名算法达到这一目的。

④ 商家的鉴别。SET 使持卡人可以鉴别商家的真实性，而且可以验证商家与金融授权部门是建立了业务联系的，使得商家可以接受信用卡支付。SET 同样采用 X.509 v3 数字证书和 RSA 数字签名实现这一功能，Visa 和 MasterCard 联合开发了 SET 安全电子传输协议，用于在一个开放的网络中进行安全的支付卡传输。作为一个发表的公开说明，SET 可为任何的支付服务和开发应用的软件销售商所用。

（3）SET 协议的内容

SET 协议包含 SET 证书、认证中心（CA）、支付网关和用户注册等内容。

① SET 证书主要包含申请者的个人信息和其公共密钥。在 SET 中，认证中心颁发的数字证书主要有持卡人证书、商户证书和支付网关证书。

② 认证中心负责发放和管理用户的数字证书。

③ 支付网关是金融机构专用网与公用网之间的接口，它是金融网的安全屏障；用户注册由持卡人注册和商户注册两部分构成。

9.3 防火墙技术

防火墙（firewall）是把一个组织的内部网络与整个 Internet 隔离开的软件和硬件的组合，它允许一些数据分组通过，也禁止一些数据分组通过。防火墙允许网络管理员控制对外部网络和被管理网络内部资源之间的访问，这种控制是通过管理流入和流出这些资源的流量实现的。

9.3.1 防火墙的体系结构

防火墙的主要作用是实施对内部网络的保护，以防止受到外部网络的攻击。因此，保护内部网络的任务主要包括：①阻止非授权用户访问敏感数据；②允许合法用户无障碍地访问内部网络资源。

一般说来，防火墙置于内部可信网络和外部网络之间。其功能主要有：①当防火墙作为一个过滤点时，防火墙用来监视和过滤应用层的网络流量；②当防火墙运行于网络层和运输层时，防火墙用来检查接收和发送包的 IP 和 TCP 包头，并且丢弃一些包，这些包是基于已编程的包过滤器规则来处理的。防火墙是用于实施一个组织的网络安全策略的主要工具，但在许多情况下，还需要身份验证、安全和保密增强技术，来加强网络安全和实施网络安全策略的其他方面。

1. 网络层防火墙

网络层防火墙保护整个网络不受非法入侵，其典型技术是分组（或包）过滤技术，也就是检查进入网络的分组，将不符合预先设定标准的分组丢掉，而让符合标准的分组通过。分组过滤技术利用 IP 数据报报头的部分或全部信息来设置分组过滤规则，例如：

① IP 协议类型、IP 源地址和 IP 目的地址。

② IP 选择域的内容，该域有时包含源路径（即源主机所规定的本数据报穿越网间的路径），用于测试和使数据报绕开出错网络等，但入侵者会用它来进攻过滤路由器。

③ TCP 源端口号、TCP 目的端口号和 TCP 确认号。

利用以上信息可以组成许多条规则，在实际应用中规则可达几百条。使用分组过滤规则的路由器称为包过滤路由器。

2. 应用层网关防火墙

应用层网关防火墙用于控制对应用程序的访问，即允许访问某些应用程序而阻止访问其他应用程序。采用的方法是在应用层网关上安装代理（proxy）软件，每个代理模块分别针对不同的应用。例如，远程登录代理 Telnet proxy 负责 Telnet 在防火墙中转发，文件传输代理 FTP proxy 负责 FTP 等。管理员可以根据需要安装相应的代理，用以控制对应用程序的访问。各个代理模块相互无关，即使某个代理模块的工作发生问题，只需要将它卸载即可，不会影响其他代理模块的正常工作，从而保证了防火墙的安全性。

管理员通过配置访问控制表中的规则，决定内、外部网络的哪些用户可以使用应用层网关中的哪个代理模块连接到哪个目的站点。

实际上，应用层网关防火墙是运行服务器代理软件的计算机，通常称为堡垒主机（bastion host）。由于它采用了以下一系列安全措施，因而能抵御各种攻击。

① 应用层网关运行的是一个安全的操作系统，避免了一般操作系统的脆弱性。

② 除安装代理模块外，还安装了用户认证模块，能对用户的身份进行认证。一般采用客户/服务器方式，根据用户在网络中的安全级别采用不同的认证方法。

③ 除安装代理模块外，还维持自己的用户库和对象库。用户库保存了用户名、各用户的认证方式和用户的管理级别等信息，对象库则保存有管理员定义的主机名、主机组、网络和网关等信息。

④ 应用层网关能记录通过它的一些信息，如什么样的用户在什么时间连接了什么站点，可以为网络分析提供有价值的信息。

当代理服务器工作时，用户首先与代理服务器建立连接，然后将目的站点告知代理。对于合法的请求，代理以应用层网关的身份与目的站建立连接，而代理则在这两个连接上转发数据，如图 9-11 所示。

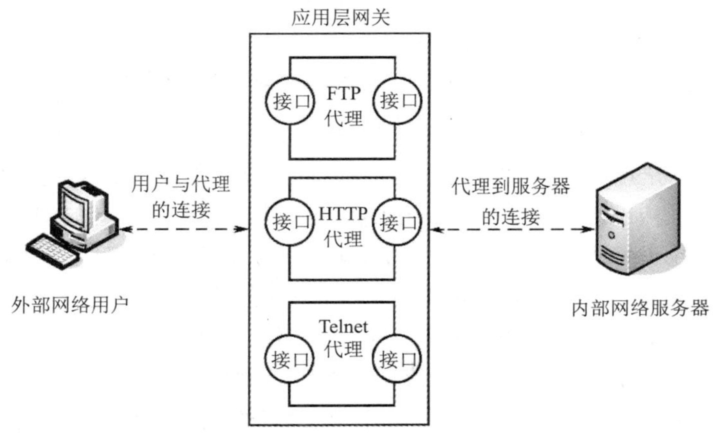

图 9-11　应用层网关代理的工作过程

可见，应用层网关防火墙能针对各种服务进行全面控制，支持身份认证，提供详细的审计功能和方便的日志分析工具，比分组过滤机制更容易配置和测试；但是它不透明，要求用户改变使用习惯。

9.3.2　防火墙的应用

1. 包过滤路由器的应用

包过滤路由器是最常用的 Internet 防火墙系统，该系统仅由部署在内部网和 Internet 之间的包过滤路由器构成，其作用是在网络间执行转发业务等典型的路由功能，并且使用包过滤规则允许或拒绝业务流。包过滤规则的定义可使内部网中的主机直接访问 Internet，而对 Internet 中的主机访问内部网络则加以限制，防火墙系统的这种控制功能通常是指拒绝每次未被特别许可的对内访问。

虽然这种防火墙系统有费用低廉和对用户透明等优点，但也有包过滤路由器特有的一切局限性，如果过滤配置不合适，则入侵者可能会通过包过滤路由器进行攻击。因为允许数据包在外部系统和内部系统之间进行直接交换，所以可直接从 Internet 访问的内部每台主机必须支持严格的用户认证，网络管理员必须定期对这些主机进行检查，看是否有被攻击的迹象。如果有一个包过滤路由器被渗透，则内部网中的每一个系统都可能被破坏。

2. 屏蔽主机防火墙的应用

屏蔽主机防火墙系统是由同时部署的包过滤路由器和堡垒主机构成的，如图 9-12 所示。由于这种防火墙系统实现了网络层安全（包过滤）和应用层安全（代理服务），所以它的安全等级比前一种方式更高，入侵者要想破坏内部网络，必须首先渗透两个分开的系统。

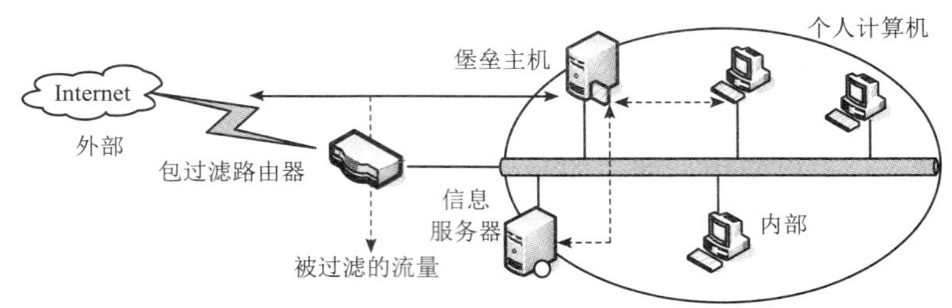

图 9-12 屏蔽主机防火墙系统（单连接点堡垒主机）

在这种系统中，堡垒主机被配置在专用网中，而包过滤路由器则配置在 Internet 和堡垒主机之间，过滤规则的配置使得外部主机只能访问堡垒主机，发往其他内部系统的业务流则全部被阻塞。由于内部主机和堡垒主机在同一网络上，所以由机构的安全策略决定内部系统是被允许直接访问 Internet，还是要求使用堡垒主机上的代理服务。通过配置路由器的过滤规则，使其仅接收发自于堡垒主机的内部业务流，就可以迫使内部用户使用代理服务器。

这种防火墙系统的优点之一是，可将一个用于提供 Web 服务和 FTP 服务的公共信息服务器放在可供包过滤路由器和堡垒主机共享的地方。如果系统要求最强的安全性，则堡垒主机运行代理服务，以要求内部用户和外部用户在和信息服务器通信之前，访问堡垒主机。如果安全性要求稍低一些，则可对路由器进行配置，以使其允许外部用户直接访问公共信息服务器。

使用双连接点堡垒主机系统能构造更为安全的防火墙系统，如图 9-13 所示。双连接点堡垒主机有两个网络接口，但是该主机不能将业务流绕过代理服务而直接在两个接口间转发。如果许可外部用户能够直接访问信息服务器，则堡垒主机的拓扑结构将迫使外部用户发往内部网的业务流必须经过堡垒主机，以提供附加的安全性。

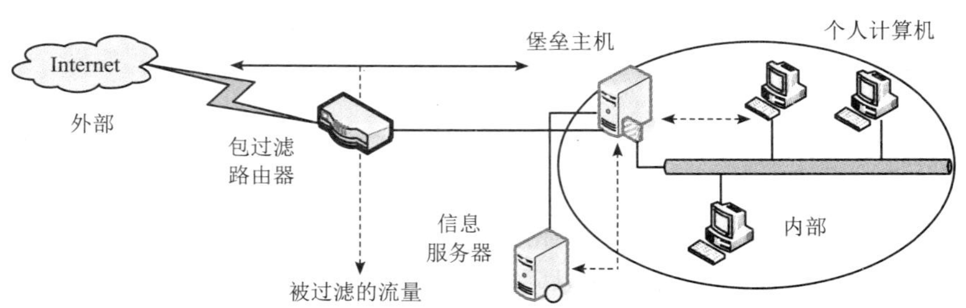

图 9-13 屏蔽主机防火墙系统（双连接点堡垒主机）

由于堡垒主机是可从 Internet 中直接访问的唯一的内部系统，所以内部网所受到的来自于外部网可能的安全威胁主要集中在堡垒主机上。然而如果允许用户进入堡垒主机，那么用户可以轻而易举地破坏堡垒主机，从而使可能的安全威胁扩展到整个内部网络，所以必须保证堡垒主机的安全强度，以防用户的渗透和进入。

3. 屏蔽子网防火墙的应用

屏蔽子网防火墙系统用了两个包过滤路由器和一个堡垒主机，如图 9-14 所示。由于它支持网络层和应用层的安全，而且还定义一个“非军事区”DMZ（Demilitarized Zone）网络，所以它建立的是最安全的防火墙系统。网络管理者将堡垒主机、信息服务器、modem 池和其他一些公用服务器都放在 DMZ 网络中。DMZ 网络很小，位于 Internet 和内部网之间，它的配置可以使 Internet 中的系统和内部网中的系统只能访问 DMZ 网络中有限数目的系统，并且可禁止业务流穿过 DMZ 网络直接传输。

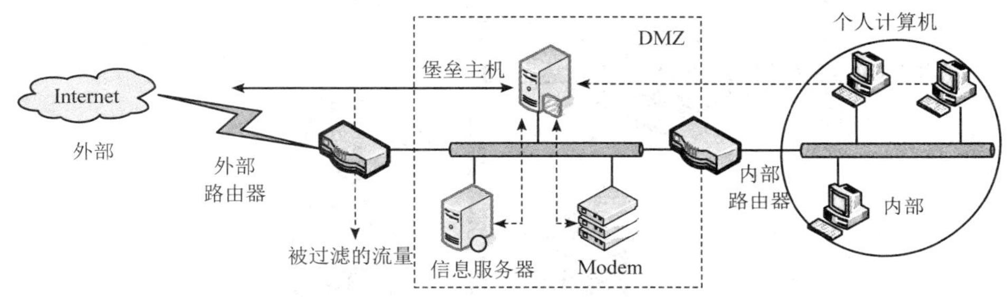

图 9-14　屏蔽子网防火墙系统

对于从 Internet 进来的信息流，外部路由器可以防止它实施一般的外部攻击（如源 IP 地址欺骗攻击、源路由攻击等），并且还管理 Internet 对 DMZ 网络的访问，只允许外部系统访问堡垒主机（可能还有信息服务器）。内部路由器提供第二层防线，通过只接收来源于堡垒主机的业务流而管理 DMZ 对内部网络的访问。

对于发往 Internet 的业务流，内部路由器管理内部网对 DMZ 网络的访问，它只允许内部系统访问堡垒主机（可能还有信息服务器）。外部路由器只接收由堡垒主机发往 Internet 的业务流，这使得其上的过滤规则要求使用代理服务。

9.4　网络管理

随着网络技术的发展，网络的组成日益复杂，多厂商、异构网和复杂的网络环境对网络管理的要求也越来越高。特别是 20 世纪 90 年代以来，随着计算机网络从小型的、互不相连的网络演变为大型的、相互连接的、复杂的计算机网络，计算机网络管理及网络管理协议的研究成为热点问题。

9.4.1　概述

1. 基本概念

简单地说，网络管理是指为了保证网络系统能够持续、稳定、高效和可靠地运行，对组成网络的各种软、硬件设施和人员进行综合的管理。其任务就是收集、分析和检测监控网络中各种设备和设施的工作参数与工作状态信息，将结果显示给网络管理员并进行处理，从而控制网络中的设备和设施的工作参数及工作状态，以实现对网络的管理。

2. 网络管理系统的构成

网络管理系统是用于实现对网络进行全面有效的管理，实现网络管理目标的系统。如图 9-15 所示，网络管理系统的结构有 3 个基本组件：管理实体、多个被管设备和网络管理协议。

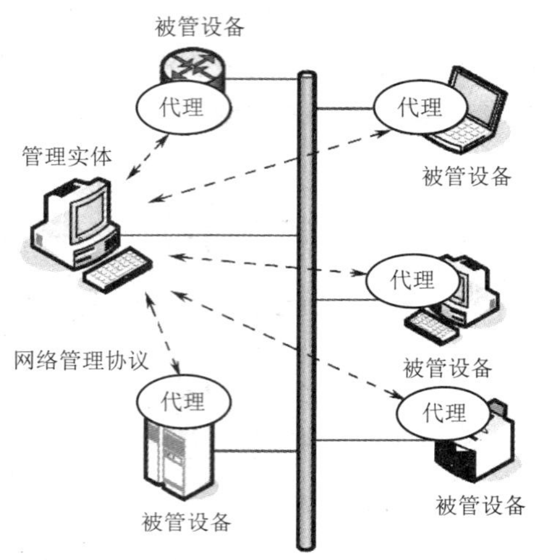

图 9-15 网络管理系统的一般模型

（1）管理实体（managing entity）

它是一个用于对网络中的设备和设施进行全面管理和控制的应用程序，运行在网络运营中心的中心网络管理工作站上，通常要由管理员对它不断地重复发布指令。管理实体是执行网络管理活动的所在地，它控制网络管理信息的收集、处理、分析及显示。

（2）被管设备（managed device）

可以是主机、路由器、网桥、集线器和打印机等（包括设备中的软件）。在每一个被管设备中可能有许多被管对象（managed object）。被管对象是被管设备中硬件的某些有效部分（如一块网络接口卡）和某些硬件或软件的配置参数集合（如路由选择协议）。被管对象需要维持可供管理程序读、写的若干控制和状态信息。这些信息总称为管理信息库（Management Information Base，MIB），管理程序使用 MIB 中这些信息的值对网络进行管理（如读取或重新设置这些值）。在每个被管设备中还驻留一个称为网络管理代理（agent）的程序，它是运行在被管设备上与管理实体通信的进程，在管理实体的命令和控制之下，在被管设备上采取本地动作。

（3）网络管理协议（network management protocol）

它运行在管理实体和被管设备之间，允许管理实体查询被管设备的状态，并经过其代理间接地在这些设备上采取行动。代理能够使用网络管理协议向管理实体通知异常事件。

9.4.2　ISO 功能域

目前国际标准化组织（ISO）在网络管理的标准化上进行了许多工作，ISO 特别定义了网络管理的 5 个功能域：配置管理、故障管理、性能管理、安全管理和计费管理。

（1）配置管理

网络配置用来定义、识别、初始化和监控网络中的被管对象，改变被管对象的操作特性，报告被管对象状态的变化。需要调整网络配置的原因很多，主要有以下两点：

① 根据需求的变化，增加新的资源与设备，调整网络的规模，以增加网络的服务能力。

② 当网络中设备或线路发生故障时，改变网络配置。

从管理控制的角度看，网络资源可以分为 3 个状态：可用的、不可用的和正在测试的。从网络运行的角度看，网络资源又可以分为两个状态：活动的和不活动的。

（2）故障管理

故障管理的目标是对网络中被管对象的故障进行检测、定位和排除。由于故障可以导致系统瘫痪或不可接受的网络降级，所以故障管理也许是 ISO 网络管理元素中被广泛实现的一种管理功能。故障管理包括判断故障症状、隔离故障、修复故障、记录故障监测信息及修复结果。

（3）性能管理

性能管理的目标是衡量和呈现网络性能的各个方面，使人们在一个可接受的水平上维护网络的性能，以保证在使用最少网络资源和具有最小时延的前提下，网络能提供可靠和连续的通信能力。

（4）安全管理

安全管理的目标是按照本地的指导来控制对网络资源的访问，以保证网络不被侵害（有意识或无意识的），并保证重要的信息不被未授权的用户访问。

（5）计费管理

计费管理的目标是衡量网络的利用率，以便一个或一组用户可以按规则利用网络资源，这样的规则使网络故障降低到最小，也可使所有用户对网络的访问更公平。

9.4.3　简单网络管理协议（SNMP）

1. SNMP 概述

简单网络管理协议（Simple Network Management Protocol，SNMP）的产生起始于一些美国大学和实验室的研究开发工作。它的前身是 1987 年开发的简单网关监控协议（SGMP）。SNMP 的制定并没有严格按照 ISO 的标准来实现管理，而是从现实出发，选择广泛使用的 TCP/IP 协议作为其网络管理的基础。也正因为如此，SNMP 在 1988 年一经推出就有 70 个以上的厂家（包括 IBM、HP、Sun 和 Prime 等公司）宣布支持，这使 SNMP 成为继 TCP/IP 以后的另一个非 ISO 的事实上的网络标准。

到目前为止，SNMP 已经开发出了 3 个版本，即 SNMPv1、SNMPv2 和 SNMPv3。

（1）SNMPv1

SNMPv1 是最初的版本（临时的版本），主要功能包括：管理信息结构（SMI）的定义；更精确的描述机制；SNMP 协议定义。

（2）SNMPv2

SNMPv2 主要为克服 SNMPv1 的缺点而制定，并定义了 SNMPv1 和 SNMPv2 共存及转换等问题。其主要特点有：扩展的数据类型；改进的效率与性能；确认的时间通知；更丰富的差错处理；更精确的数据定义语言。

（3）SNMPv3

SNMPv3 克服了 SNMPv1 的缺点，并提供了商业级安全和管理机制。其主要功能包括以下两个方面。

① 安全：如鉴别与私密性，授权与访问控制等。

② 管理：如实体的命名，人员与策略，用户名与密钥管理，通知目的地，代理关系，通过 SNMP 操作的远程配置。

对于用户，要求网络管理协议具有良好的安全性、简单的用户界面、相对低廉的价格，并且对网络管理是有效的。

由于 SNMP 是为基于 TCP/IP 的多厂商异构互连网络的管理而设计的，所以它非常适合于在多厂家系统的互联网中使用。

2. Internet 的网络管理模型

SNMP 管理模型的结构如图 9-16 所示，包括网络管理进程、管理代理（agent）和管理信息库（MIB）。

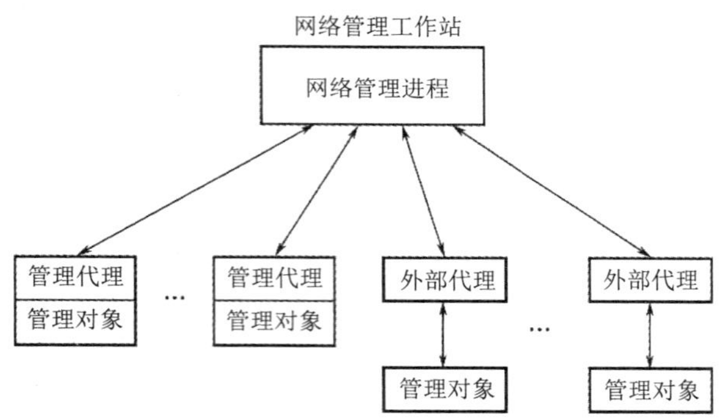

图 9-16 Internet 的网络管理模型

① 网络管理进程：是一个或一组软件程序，它一般运行在网络管理站的主机上，它可以在 SNMP 的支持下由管理代理来执行各种管理操作。

② 管理代理：是一种在被管理的网络设备上运行的软件，它负责执行网络管理进程的管理操作。管理代理直接操作本地信息库。

③ 管理信息库：是由管理对象组成的，每个管理代理负责管理信息库中属于本地的管理对象，各管理代理控制的管理对象共同构成全网的管理信息库。

3. 网络管理信息

SNMP 协议中的信息是用 ASN.1（抽象语法定义）制定的基本编码规则 BER（Basic Encoding Rule）进行数据的编码，称为管理信息结构（Structure of Management Information，SMI）。SMI 由 3 部分组成：

① 模块定义用来定义网络管理信息模块，使用 MODULE_ IDENTITY 定义模块的语法和语义。

② 对象定义用来定义被管对象，使用 OBJECT_TYPE 来定义对象的语法和语义。

③ 通知定义用来定义网络设施发出的事件信息，用 NOTIFICATION_TYPE 来定义通知的语法和语义。

SNMP 定义了 10 组对象，如表 9-3 所示。

表 9-3　SNMP 所定义的对象组

对　象　组	对　象　号	说　　明
System	7	设备名、设备厂商、包含的硬件和软件、设备地点、设备的作用、上次启动时间、联系人姓名和地点
Interfaces	23	网络适配器的信息，包括接收的、发送的、丢失的、广播的包和字节数
AT	3	地址映射信息，如以太网到 IP 地址的映射等
IP	42	有关 IP 包的信息，如接收的、发送的、丢弃的 IP 包数，这些信息对于路由器是十分重要的
ICMP	26	有关 ICMP 的信息
TCP	19	有关 TCP 的信息，如当前的 TCP 连接数、累计 TCP 连接数、TCP 段的统计信息和各种差错统计信息
UDP	6	有关 UDP 的信息
EGP	20	EGP 路由信息
Transmission	0	保留给介质相关的对象
SNMP	29	SNMP 自己的有关信息

4. SNMP 的协议数据单元

SNMP 协议定义了管理工作站与代理之间的通信方法。在 SNMP 中，二者之间通信的消息单元称为协议数据单元（Protocol Data Unit，PDU），其类型如表 9-4 所示。

表 9-4　SNMP 中的 PDU 类型

PDU 类型	描　　述
Get_Request	请求读取对象信息
Get_Next_Request	请求读取下一个对象信息
Get_Bulk_Request	读取大批量信息
Response	对读操作（Get_Request、Get_Next_Request、Get_Bulk_Request、Set_Request、Inform_Request）的回答
Set_Request	设置对象有关参数
Inform_Request	实现管理者到管理者之间的信息交流
SNMPv2_Trap	代理到管理者的 Trap 信息
Report	本 PDU 未定义

习题 9

1．计算机网络安全主要包括哪些内容？

2．对称密钥加密体制与公开密钥加密体制的特点有哪些？各有何优点和缺点？

3．数据加密主要有哪些方法？公开密钥算法的基本思想是什么？

4．试述 DES 加密算法的步骤，DES 的保密性取决于什么？

5．两种密钥分配方法有哪些差别？

6．假设：$p=3$，$q=11$，$e=3$，待加密的消息 $m=14$。试利用 RSA 算法计算加密密钥、解密密钥和密文。

7．简述数字签名的基本原理。

8．电子邮件可以用什么方法进行加密？

9．试简述 SSL 和 SET 的工作过程。

10．在组建企业内部网络时，为什么要设置防火墙？防火墙有哪几种应用方式？

11．简述 ISO 定义的网络管理功能域及含义。

第 10 章　网络系统设计与配置

本章主要介绍计算机网络系统的规划与设计原则、局域网的构建技术、广域网的接入技术、网络安全措施、综合布线系统和机房建设等内容，并提供了企业网工程设计实例。

10.1　网络系统设计概述

计算机网络系统的构建是一个非常复杂且技术性要求很高的工作，需要专业技术人员按照系统工程的方法进行统一的规划、设计、实施、运行与维护。网络系统构建绝非是各种设备的简单拼接，它应当使网络成为一个整体，各部分之间能彼此有机、协调地工作。

10.1.1　网络系统层次

计算机网络系统分为三层，即核心层（Core Layer）、汇聚层（Distribution Layer）和访问层（Access Layer），如图 10-1 所示。这种层次结构不仅提高了整个网络的可用性和可靠性，而且减少了网络主干上不必要的流量，同时为网络管理与维护提供了良好的基础。

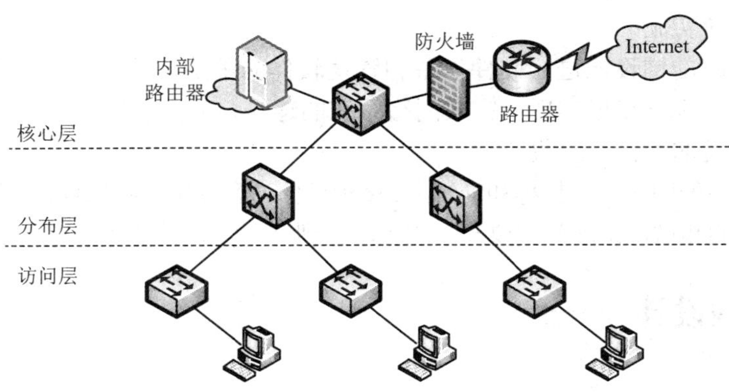

图 10-1　计算机网络系统的层次

1. 核心层

核心层网络是高速互连的主干，同时与外部网或 Internet 进行连接，对整个网络来说是至关重要的。它应具有高可靠性，必须用冗余组件设计核心层。主干部分通常都采用高速网络技术（千兆或万兆链路），主干网连接介质为光纤，选用高性能交换机作为核心结点。

2. 汇聚层

汇聚层处于网络核心层与访问层之间，为访问层提供聚合与转发的功能。汇聚层扮演着许多角色，包括：根据安全性要求控制对资源的访问；配置 VLAN 之间的路由；汇总访问层的路由；实现 NAT 地址翻译等。

3. 访问层

访问层也称为“接入层”，它为网络提供了大量的接入端口，为用户提供在局部网段访问互连网络的能力，以低成本、高端口密度为设计准则。访问层通常分布在各结点或楼层的内部，直接连入各办公室，与桌面计算机接入点相连。

10.1.2 设计内容

网络系统构建偏重于网络基础设施的规划建设，以及网络上运行的业务设计实施。要完成的主要工作应包括：网络规划、网络系统设计、网络系统实施和网络系统的测试与验收。

（1）网络规划

提出一套完整的设想和方案，包括网络系统的可行性分析和需求分析，网络系统结构的选择，网络实现技术的选择和投资预算，文档的规范化设计等内容，这是对网络系统的整体规划。

（2）网络系统设计

进行网络拓扑结构的设计、网络软硬件设备的选型、结构化布线设计、网络操作系统的选择和应用软件的安装配置与开发等。

（3）网络系统实施

进行网络线路的铺设，进行硬件设备和管理软件的采购、验收、安装和配置，保证系统按照设计要求一步一步地实现，完成网络系统的连接，并负责网络技术的培训。

（4）网络系统的测试与验收

提前制定具体的网络测试指标和详细的系统验收标准，并按这些指标或标准对已完成的网络系统进行严格的测试，出现问题要及时改正，直到完全实现了设计目标，才能通过验收。

10.2 局域网设计

局域网设计的简要步骤如下：

① 网络基本信息调查，包括计算机数目、地理分布等。

② 确定连网的目标，包括实现哪些功能、提供哪些服务等。

③ 网络设计，包括规划网络设计图，确定网络拓扑结构，选择网络硬件等。

④ 网络组建，包括综合布线、安装网络操作系统、配置服务、做好安全防护工作等。

10.2.1 局域网互联技术

当网络中计算机的数量大于单个交换机所能够提供的端口的数量时，使用普通电缆或专用电缆将两个或多个交换机连接起来，就能成倍地增加端口的数量。根据所使用端口和连接电缆的不同，可分为三类：网络级联、交换机堆叠和局域网桥接。

1. 网络级联

级联是指通过交换机的端口，以普通电缆将两个以上的交换机连接起来的扩展方式，如图 10-2 所示。

所有的交换机都能够进行级联，但级联所使用的端口和电缆会因厂商的不同而有所不同。集线器的级联方式受 5-4-3 规则限制，最多只能级联四台。5-4-3 规则就是：在一个 10Mb/s 网络中，一共可以分为 5 个网段，用 4 个中继器连接，允许其中 3 个网段有设备，其他 2 个网段之间仅仅是传输距离的延长。因此在 10Base-T 网络中，只允许级联 4 个集线器。

级联除了能够增加交换机的端口数量外，还有一个重要作用就是扩展局域网的范围。对于 10Base-T 网络，非屏蔽双绞线所能允许的最长传输距离为 100 米。当计算机与交换机的距离超过 100 米时，只需要在线路的中间加一个交换机即可。

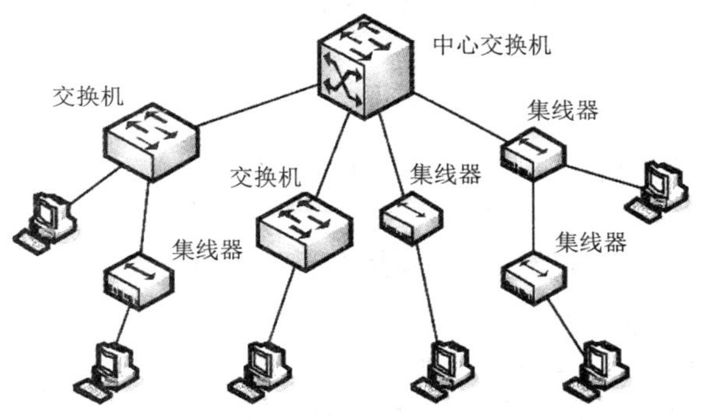

图 10-2　网络级联示意图

2. 交换机堆叠

堆叠是指将若干交换机用电缆通过特殊端口连接起来的扩展方式，通常采用厂家专用的堆叠电缆，通过特定的堆叠模块连接起来。堆叠在一起的交换机在逻辑上作为一个交换机，不受 5-4-3 规则的限制。

级联是上下级的关系，级联的层次是有限制的，并且每层的性能都不同，最低层的性能最差。堆叠是同级关系，堆叠电缆直接将交换机的背板连接起来，它是一种建立在芯片级上的连接，而不像级联是一种设备间的连接。堆叠在一起的不同交换机中，任意两个端口之间的延时是相等的，每台交换机的性能是一样的。虽然两种方式都可以实现端口数量的扩充，但是级联后在逻辑上仍是多个被管理的设备，而堆叠后在逻辑上是一个被管理的设备。

堆叠有两种模式：菊花链（daisy chain）和点对点（point-to-point）。堆叠一般都需要使用专门的堆叠电缆和专门的堆叠卡，如图 10-3 所示。

菊花链模式通过 GBIC 堆叠卡和千兆光纤（或堆叠线缆）将交换机顺次连接起来，提供 1 Gb/s 半双工的带宽，可支持 3～9 台交换机的堆叠。如果将最上面的交换机与最下面的交换机用堆叠线缆相连，即可实现冗余连接，这条冗余线路一般处于 Down 的状态，只有其他线路出故障时才变为 Up 状态。

点对点模式也称为星型模式，通常需要额外增加一台拥有更高背板带宽的交换机作为中心结点，其余的 2～8 台交换机通过 GBIC 堆叠卡和千兆光纤（或专用堆叠线缆）与中心结点分别连接。点对点模式可以通过增加第 2 台中心结点交换机来实现冗余连接。

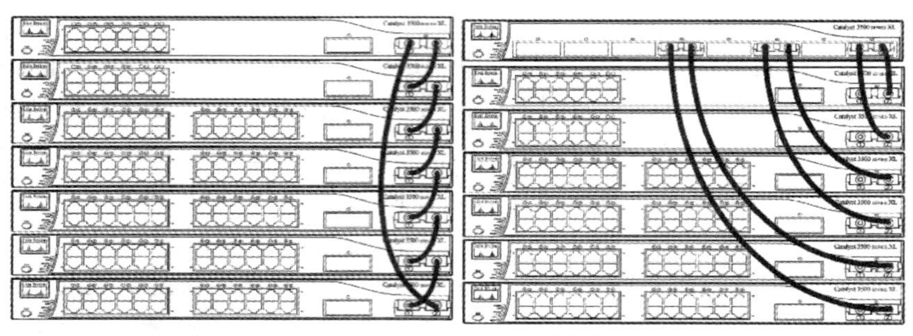

（a）菊花链（daisy chain）模式　　（b）点对点（point-to-point）模式

图 10-3　菊花链与点对点堆叠模式

3. 局域网桥接

网桥是一种连接局域网（LAN）网段的廉价而便捷的方法。一方面，网桥可以将具有相同或相似体系结构的网络系统连接起来。在一般情况下，被连接的网络系统都具有相同的逻辑链路控制规程（LLC），但介质访问控制协议（MAC）可以不同。另一方面，网桥可以将一个大的局域网网段分成多个网段，以减少广播风暴，提高网络传输效率。

网桥一般适用于小型、较简单的网络，现代的交换机已经能完全取代普通的网桥了，但是网桥的概念应用仍然很广泛。例如，无线网桥使用中继方式连接不同大楼内部的网络；透明模式的防火墙也是基于网桥的概念；在 Windows 操作系统中也可以利用多个网卡建立网桥。

配置网桥的最大问题是，网桥和不同网段上设备的安排要满足 80/20 规则（即 80%的网络流量是本地流量，在同一网段中传输，而只有 20%的网络流量才需要通过网络主干）。因此在桥接网络时，应避免使网桥成为性能瓶颈。

10.2.2　网络性能优化

1. 端口/链路聚合

端口/链路聚合（Port Trunk/L2 Trunk）是指将以太网交换机上的多个物理端口汇聚成一个逻辑端口，如图 10-4 所示，相关标准是 IEEE 802.3ad。将交换机之间的多个物理连接作为一条逻辑链路来管理，可以简化网络管理。在一条逻辑链路内的不同物理连接之间，实现负载均衡和共享。当部分端口或物理连接失效时，逻辑链接仍能以较低的速率工作，实现对物理端口和链路的保护。运营商利用该技术可以灵活地提供不同速率的以太网连接。在 Cisco 的网络设备中，类似的功能称为快速/千兆以太网通道（Fast/Gigabit Ether Channel）。

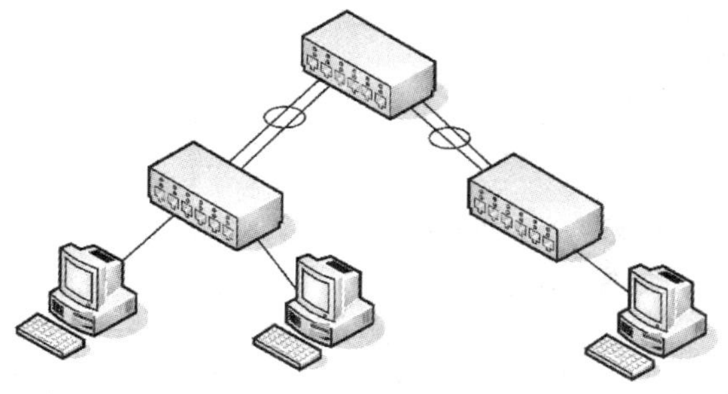

图 10-4　端口/链路聚合示意图

2. 生成树协议（STP）

端口聚合一方面能提高链路的速率，另一方面能克服某个端口或线路引起的故障，即单点失效问题，但是无法克服设备失效造成的链路中断。在由交换机构成的交换网络中通常设计有冗余链路和设备，这种设计的目的是：提供设备级的冗余连接，防止因一个点的失效而导致整个网络功能的丢失。但是这种设计会在拓扑结构中产生回路，从而引发无限循环，最后形成广播风暴，如图 10-5 所示。因此在交换网络中必须有一个机制来阻止形成回路，这就是生成树协议（Spanning Tree Protocol，STP）的作用。当网络中有冗余的物理连接时，该协议通过计算自动将优先级较低的物理连接屏蔽，使其作为备份，只在优先级较高的主线路断线时才激活它。

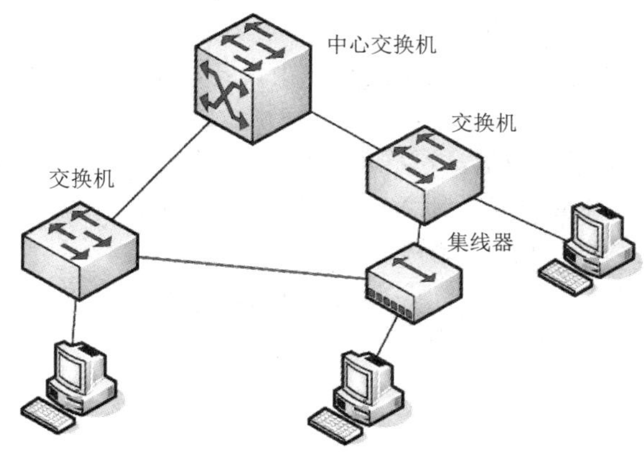

图 10-5　有环路的网络

IEEE 802.1d 标准为基本的生成树协议。其具体内容为：通过在交换机上运行一套复杂的算法，使冗余端口置于“阻断状态”，使连入网络的计算机在与其他计算机通信时，只有一条链路生效；而当这个链路出现故障无法使用时，IEEE 802.1d 协议会重新计算网络链路，将处于“阻断状态”的端口重新打开，从而既保障了网络正常运转，又保证了冗余能力。

IEEE 802.1w 快速生成树协议，加快了生成树的收敛（指重新设定网络中交换机端口的状态）。如果网络中应用了 VLAN，并且有多个链路用来隔离 VLAN 流量，那么 STP 可能导致部分数据通路瘫痪。IEEE 802.1s 多生成树协议（MSTP）可使 IEEE 802.1Q 的 VLAN 加入到多个生成树中，提供 Spanning Tree per VLAN 的功能。在利用 IEEE 802.1s 进行 VLAN 组设计时，每个 VLAN 组内也可以使用 IEEE 802.1w，从而获得快速的生成树收敛速度。

10.2.3 网络工作组划分

1. VLAN 的概念

虚拟局域网（Virtual Local Area Network，VLAN）将局域网内的设备逻辑地（而不是物理地）划分成多个网段，如图 10-6 所示，采用 VLAN 技术，允许区域分散的组织在逻辑上成为一个新的工作组，而且同一工作组的成员能够改变其地理位置而不必重新配置结点。VLAN 内部的广播和单播流量都不会转发到其他 VLAN 中，从而有助于控制流量、减少设备投资、简化网络管理和提高网络的安全性。

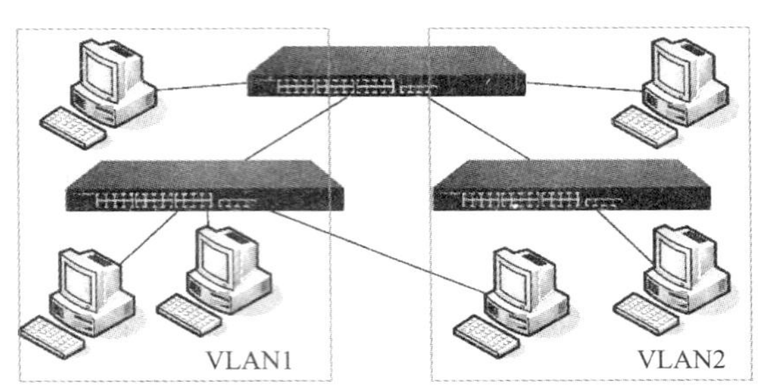

图 10-6　VLAN 示意图

VLAN 将物理的以太网网段划分为逻辑的虚拟网段，其优点主要体现在以下几个方面。

① 广播控制：普通的交换机端口只在物理上隔离冲突域，而 VLAN 端口能够提供隔离广播和多播（多点传送）的逻辑冲突域。

② 安全：可以设置安全等级。如果没有路由设备，位于单个 VLAN 以外的设备将不能访问该 VLAN 内的设备。必须借助第三层交换机、路由器或防火墙，才能让不同 VLAN 之间在有限的权限控制下相互通信，这样就保证了网络的安全。

③ 性能：某些网络流量被屏蔽到 VLAN 外，可以降低广播风暴的危险。通过重新配置 VLAN 用户组，甚至可以重新分配网络负载。

④ 网络管理：通过 VLAN 软件可以迅速地更改配置，从逻辑上指定组内端口，而不必再重新进行物理布线。

2. VLAN 分类

VLAN 可大致按以下 4 种方式进行分类。

（1）基于端口划分的 VLAN

这种 VLAN 分类的方法是根据以太网交换机的端口来划分的。属于同一个 VLAN 的端口可以不连续，例如交换机的 1～4 端口为 VLAN 10，5～17 端口为 VLAN 20，18～24 端口为 VLAN 30。也可以跨越数个以太网交换机，例如交换机 1 的 1～6 端口和交换机 2 的 1～4 端口为同一个 VLAN，这样就可以跨越数个以太网交换机组建 VLAN。

根据端口划分是目前定义 VLAN 的最广泛的方法，它的优点是定义 VLAN 成员时非常简单，只需要对所有的端口分组就可以了。它的缺点是如果用户离开了原来的端口，到了一个新交换机的某个端口，那么就必须重新配置。

（2）基于 MAC 地址划分的 VLAN

这种 VLAN 分类的方法是根据每个主机的 MAC 地址来划分的。它的最大优点是当用户物理位置移动时，即从一个交换机换到其他的交换机时，VLAN 不用重新配置。缺点是初始化时，所有的用户都必须进行配置，如果有成百上千个用户的话，那么配置是非常累的。而且因为在每一个交换机的端口都可能存在很多个 VLAN 组的成员，这样就无法限制广播包，会导致交换机执行效率的降低。

（3）基于网络层划分的 VLAN

这种 VLAN 分类的方法是根据每个主机的网络层地址或协议类型（如果支持多协议）来划分的。虽然这种划分方法是根据网络地址（如 IP 地址），但它与网络层的路由毫无关系。

该方法的优点是在用户的物理位置改变后，不需要重新配置所属的 VLAN，而且可以根据协议类型来划分 VLAN，这对于网络管理者很重要。另外，这种方法不需要附加帧标签来识别 VLAN，这样可以减少网络的通信量。该方法的缺点是效率低，因为检查每一个数据包的网络层地址是需要消耗处理时间的（相对于前面两种方法），而且各个厂商的技术不兼容。

（4）根据 IP 组播划分的 VLAN

IP 组播实际上也是一种 VLAN 的定义，即认为一个组播组就是一个 VLAN。这种划分的方法将 VLAN 扩大到了广域网，因此它具有更大的灵活性，而且也很容易通过路由器进行扩展。缺点是网络效率不高。

10.2.4 大型路由交换网络

1. 采用路由器的设计

大型局域网通常拥有成千上万台主机，所以必须分成多个 IP 网段，每个网段之间的通信依靠路由器来转发。大学的校园网就是典型的大型局域网的例子。

2. 采用三层交换机的设计

三层交换技术将传统路由器的数据包处理功能和交换机的速度优势结合在一起，实现了数据包的高速转发。局域网中在划分子网或划分 VLAN 之后，对高速交换与路由的要求促进了三层交换技术的发展与普及。

三层交换机在大部分情况下工作在第二层，仅仅在需要的时候才进入第三层。当发往某主机的数据包由端口接收进来后，首先在第二层交换芯片中查找相应的目的 MAC 地址，如果查到就进行第二层转发；否则将数据送至第三层引擎中，取出目的 IP 地址，查找相应的路由表信息；然后发送 ARP 数据包到目的主机，得到该主机的 MAC 地址，将 MAC 地址发到第二层芯片，和该主机的连接端口号一起保存起来。从此以后发往同一主机的信息，均直接由第二层芯片转发，不再进入第三层引擎了。上述这个过程称为“一次路由，多次交换”。

交换机利用专业化硬件 ASIC 来处理数据包，远远超过路由器的处理速度。传统的路由器在一段时间内还会得以应用，但它将处于网络的边缘，用于速度受限的广域网互连、安全控制（防火墙）、专用协议的异种机互连等。

10.2.5 局域网集成典型方案

1. 学校多媒体机房方案

如图 10-7 所示，大、中、小学的多媒体机房大都是计算机连网的。一般采用 100Mb/s

以太网结构，一般选择 24 口或者 48 口交换机，并且尽量保持级联层次只有两层，这样网络中各个结点的速率都比较平衡。

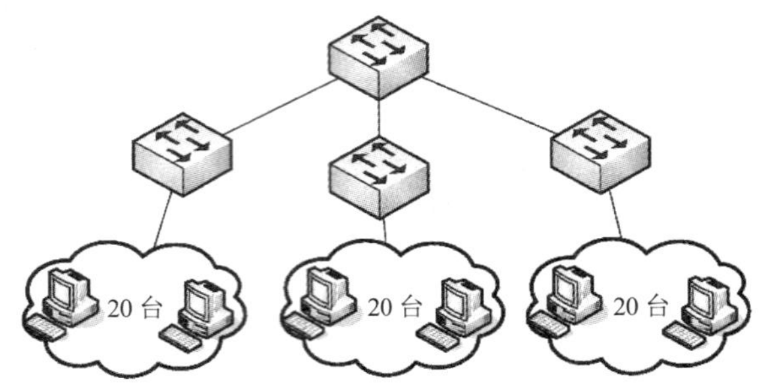

图 10-7 多媒体机房连网方案

2. 企业信息楼网络集成方案

企业要在新建的高层办公楼中进行智能化建设，局域网采用“千兆交换为主干，百兆交换到桌面”的网络体系结构。如图 10-8 所示，核心层交换机采用模块化三层核心交换机，通过多模光缆连接各楼层的交换机；各楼层交换机采用百兆以太网交换机，通过无屏蔽双绞线连接各楼层的计算机，再配置一个光纤模块，通过光缆与网络信息中心的核心层交换机相连。通常信息中心处于楼层的正中间位置，这样能减少楼层级联所用光缆的总长度。

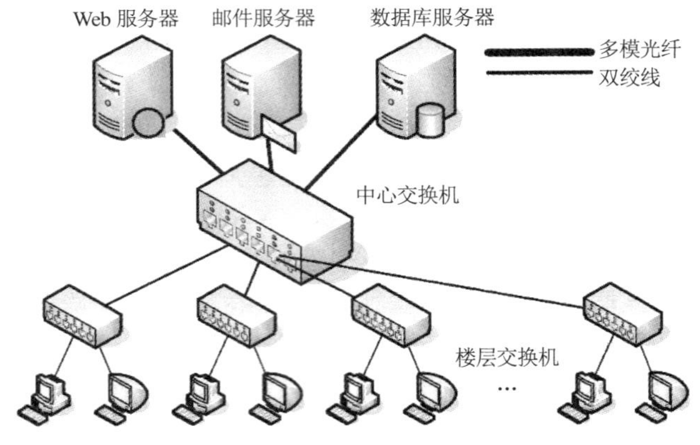

图 10-8 某单位信息楼网络集成方案

10.3 网络安全措施设计

对于整体的计算机网络安全防护，共有十大项目。如图 10-9 所示，因为企业的重要数据（客户数据、库存数据、交易数据等）都在各个服务器上，因此服务器的防护分量最重。

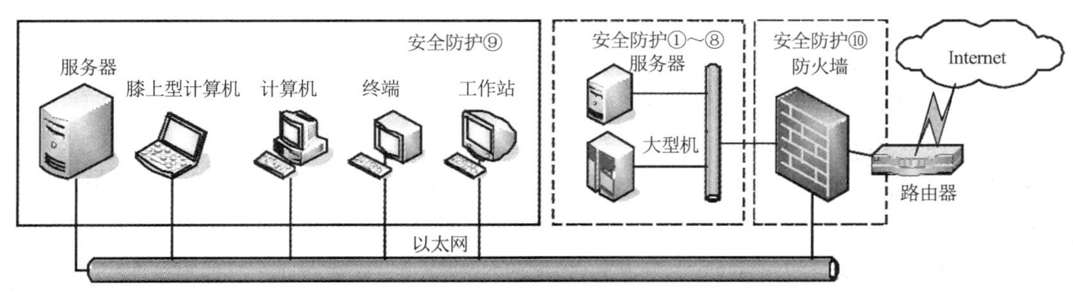

图 10-9　企业网络安全防护分布示意图

（1）账号与密码的管理

在网络中，经常会使用账号和密码，大多数网络操作系统都有良好的账号和密码的管理功能。对账号与密码管理的基本要求如下：①不允许密码为空，并设置密码长度最小值；②要求用户定期更换密码；③对新建立的账号，务必迫使用户第一次登录时立即更改密码；④收到员工离职的通知时，务必更改系统账号使用期限，及时删除过期账号；⑤确保系统管理员的账号（如 root、Supervisor 和 Administrator 等）的安全。

（2）权限的管理

权限的管理一般是指目录（Directory）和文件（File）的使用权限，如果使用了目录服务（Directory Service），则还需要有目录服务的使用权限。在权限的设置上，应该有日志文件，更改权限时连日志文件一起修改，便于了解当时设置权限的原因和做了多少权限设置。

（3）修补系统

软件总会出现一些漏洞。当有新的修补文件时，不一定要立即更新系统。系统管理员应该先了解修补文件的功能，确认需要后备份系统，然后再更新。对于第三方应用程序如会计系统和 ERP 系统等，要先请原设计厂商确认系统修补后可以正常运行，再进行更新。

（4）系统日志文件

系统日志文件主要用来记录相关事件发生的原因和时间。建议系统管理员将检查系统的日志文件作为例行性的工作，并且定期地备份，以免被黑客清除记录。同时清除过期的日志文件，以免日志文件过大或满载而影响系统的监测能力。

（5）不间断电源管理

一般的网络服务器都会安装不间断电源（Uninterruptible Power Supply，UPS）设备，以防止天灾或人祸导致的电源供应中断。在加装 UPS 设备时务必增加控制线和控制软件。在控制软件控制的 UPS 设置时间内，如果电力公司尚未恢复供电，控制软件会自动将网络服务器安全地关机后自行断电，以免电池的电力用完后突然断电。

（6）备份管理

备份数据能让用户在网络服务器损坏时，利用备份的数据恢复网络服务器，以维持网络的正常运行，使计算机网络处理的部分不至于陷于停顿。如果没有做备份，则损失将无法挽回。

（7）防病毒管理

计算机病毒是一种人为设计的危害计算机系统和网络的计算机程序，它们不仅会造成数据的丢失或被窃，也会造成网络负荷加重，严重时造成网络瘫痪。

（8）门禁管理

在中大型计算机网络环境中，大多建有机房，以集中管理服务器。应登记每个人进入机房和离开机房的时间，避免无关人员随意接触到硬件设备。

（9）客户端的教育训练与管理

整个网络的安全不只是系统管理员的责任，更是客户每个人的责任，适当的教育训练与管理是必要的，以避免发生内部人员非法使用计算机中的重要数据的情况，也能尽量避免客户端电脑被黑客当做跳板，从而辗转攻入内部网络。

（10）防火墙

防火墙是计算机网络安全中相当重要的一环，用来防止黑客的入侵，主要分为硬件式和软件式两类，具体使用哪种要由网络的规模和能否满足用户需要的安全策略来决定。

10.4 综合布线系统

10.4.1 概述

AT&T 于 20 世纪 80 年代末推出的 SYSTIMAX PDS（Premises Distribution System）综合布线系统，以一整套的配线系统，综合了全部通信系统（包括语音、数据、图像和监控等设备）需要的配线。PDS 主要实现数据和语音的通信，即满足计算机局域网和程控电话网的需求。计算机与网络设备相连，电话机和传真机与电话总机相连。PDS 遵循电话系统的物理拓扑结构，采用星型的结构化布线方法，数据与电话的布线结构相一致。这种结构可靠性高，单个结点的改变不会影响其他结点的工作，结构简单、易于扩充、维护方便、可靠性好。

布线系统的构成一般划分为六个子系统：建筑群主干子系统、设备子系统、垂直主干子系统、管理子系统、水平支干线子系统和工作区子系统，如图 10-10 所示。

① 建筑群主干子系统。将外部建筑物与大楼内布线相连接，实现建筑群之间的互通。

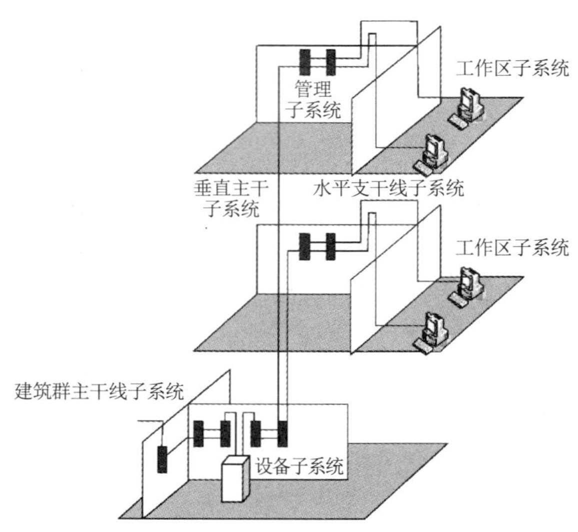

图 10-10 PDS 结构示意图

② 设备子系统。这是布线系统最主要的管理区域，所有楼层的资料、信息都由电缆或光纤传送至此。通常，此系统安装在计算机系统、网络系统和程控机系统的主机房内。

③ 垂直主干子系统。连接通信室、设备间和入口设备，包括主干电缆、中间交换、主交换和用于主干到主干交换的接插线或插头。

④ 管理子系统。放置电信布线系统设备，包括水平和主干布线系统的机械交换部分。

⑤ 水平支干线子系统。连接管理子系统至工作区，包括水平布线、信息插座、电缆终端及交换设备。

⑥ 工作区子系统。由信息插座延伸至工作站设备，连接各种计算机或电话等。

10.4.2　机房建设

1. 主要系统

① 机柜：这是机房安全管理系统中的重要设施。它与门禁管理系统、视频监控系统等共同组成一道物理上的安全防线。机柜通常加锁，用来放置各种设备，如服务器、网络设备、网络电缆、电信电缆和电源电缆等。

② 配电柜：通常由空气开关、隔离开关、熔断器、接触器、继电器、电表、指示灯、按钮和普通开关等机电元器件、半导体元器件及柜体组成。

③ UPS：使用 UPS 可以大大提高供电的可靠性，备用电源和正在担负供电任务的电源保持锁相，即同压、同频、同相位。在市电中断时可继续供电。

④ 精密空调：机房专用空调主要由控制系统、通风系统、制冷循环系统、除湿/加湿系统及补偿加热系统等组成，提供恒温、恒湿的机房环境。

⑤ 活动地板：现代机房，无论规模大小，几乎都采用了防静电活动地板。由地板块、可调支架、桁梁和缓冲垫等组成。

⑥ 消防系统：计算机中心机房的消防设施包括报警设备和灭火设备。气体自动灭火系统适用于不能采用水或泡沫灭火的场所。

⑦ 电磁泄漏的防护系统：根据我国政府的有关规定，所有处理涉密信息的信息设备必须满足 TEMPEST（Transient Electromagnetic Pulse Emanation Surveillance Technology，瞬态电磁脉冲辐射监测技术）标准。

2. 机房装修整体工程

机房装修工程包含以下几部分。

① 机房电源：交流三相/单相电源、UPS、稳压电源、配电柜、电缆桥架和金属线槽。

② 防雷接地：电源防雷器、信号防雷器、接地体、降阻剂、共地连接器和独立/综合接地。

③ 机房照明：有合适的光照度，有应急照明和事故照明。

④ 机房专用精密空调：保持机房恒温、恒湿。

⑤ 防静电活动地板：选用全钢/复合材料均可，要求地板支架高度可调。

⑥ 金属微孔吸音天花板：天花吊顶应该具有防静电及屏蔽功能。

⑦ 防尘防静电板墙：用于密封机房四周墙面，具有防静电及屏蔽功能。

⑧ 闭路监控：用于对重要区域或通道实施连续监控并录像。

⑨ 门禁系统：包括门禁管制和员工考勤等。

⑩ 报警系统：防盗报警、消防报警和漏水报警等系统。

3. 机柜与设备选择

机柜是网络集成与综合布线中重要的设备，主要是为了设备的安全与管理方便。图 10-11 所示为网络机柜的示意图。还有一种开放式的机架，适合小规模的应用。

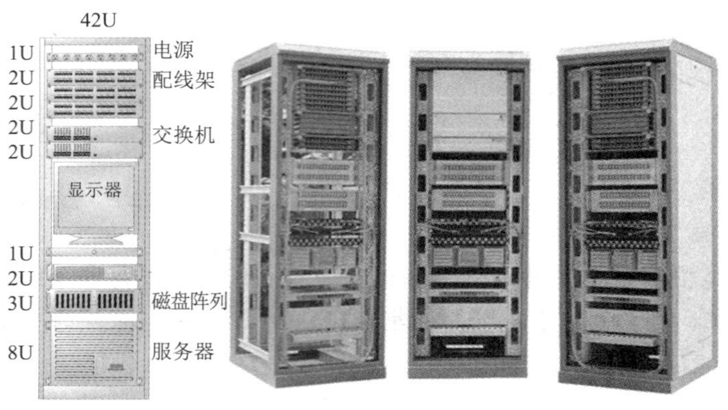

图 10-11　网络机柜

4. 设备尺寸

机柜（机架）尺寸采用的国际标准是 U，它是 unit 的缩写。1U=1.75in=4.445cm，1in=2.54cm。服务器和网络产品的度量都是用 U 来表示的，详细尺寸由美国电子工业协会（EIA）决定。之所以要规定服务器的尺寸，是为了使服务器保持适当的尺寸，以便放在机架上或机柜中。

一般机柜的高度为 32 U 或 42 U，机架上有固定服务器的螺孔，将它与服务器的螺孔对好，用螺丝加以固定。服务器整齐摆放到机架上不会占用过多空间，有利于日常的维护及管理。连接线等也能够整齐地收放到机架里，电源线和网线等全都能在机柜中布置好，这样可以减少堆积在地面上的连接线，从而防止脚踢掉电线等事故的发生。

选择机柜与机房空间大小和机柜内设备的测量数据（如高、长、宽、重量等）有关。多数标准机柜宽度为 19in，所以也称为“19in 机柜”。设计为能放置在 19in 机柜中的产品一般称为机架式服务器。所谓的“1 U 的 PC 服务器”是指外形满足 EIA 规定的尺寸，宽度为 19in（48.26cm）、高度为 4.445cm 的倍数、厚度为 4.445cm 的产品。

10.4.3　接线标准

RJ-45 接口分为 MDI（Media Dependent Interface）和 MDI-X（MDI/cross-over）两种，与之相对应的电缆为直通电缆和交叉电缆。两种接口的引脚定义如表 10-1 所示。MDI 是 IEEE 10Base-T 标准中规定的用于 UTP（Unshielded Twisted Pair，无屏蔽双绞线）的接口，计算机上的网卡就是 MDI 接口。集线器、交换机上的绝大多数接口都是 MDI-X 类型，它在内部完成了发送和接收的交叉换位。这样使用直通电缆就可以把交换机连接到工作站的网卡上，大大减少了交叉电缆的使用，降低了布线的复杂性。新的交换机一般都拥有 MDI/MDI-X 自动切换功能，可以自动识别直通电缆和交叉电缆。

表 10-1　RJ-45 接口引脚定义

MDI 接口			MDI-X 接口		
引脚号	信号	功能	引脚号	信号	功能
1	TxData+	发送数据	1	RxData+	接收数据
2	TxData-	发送数据	2	RxData-	接收数据
3	RxData+	接收数据	3	TxData+	发送数据
4	保留	—	4	保留	—
5	保留	—	5	保留	—
6	RxData-	接收数据	6	TxData-	发送数据
7	保留	—	7	保留	—
8	保留	—	8	保留	—

UTP 线缆现在常用的是超 5 类/6 类，RJ-45 水晶接头的标准有 T568A 和 T568B 两个，如图 10-12 所示。T568A 与 T568B 的混用俗称交叉线，两端都使用 T568B 标准，俗称直连线。

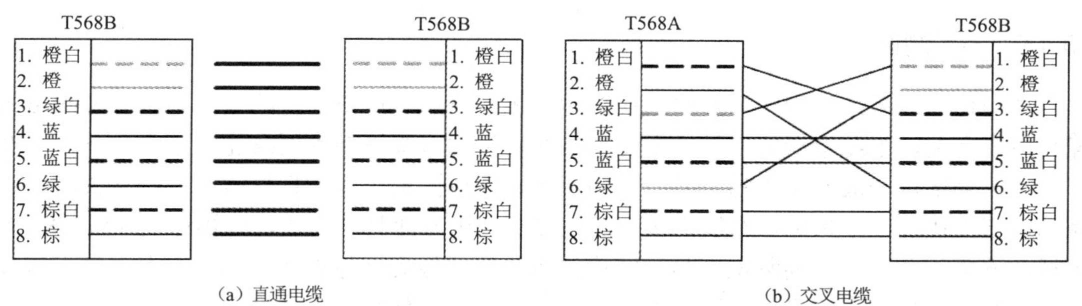

（a）直通电缆　　（b）交叉电缆

图 10-12　标准直通电缆与交叉电缆的做法

做线时，8 根线要根据标准插入到插头中：先把外皮剥除，抽出一小段双绞线；将双绞线反向解开并拉直；根据标准排线，这点是非常重要的；将线头留出一厘米然后剪齐；将双绞线和外皮都送入插头；用压线钳夹紧；使用测试仪测试。做好的接头如图 10-13 所示。

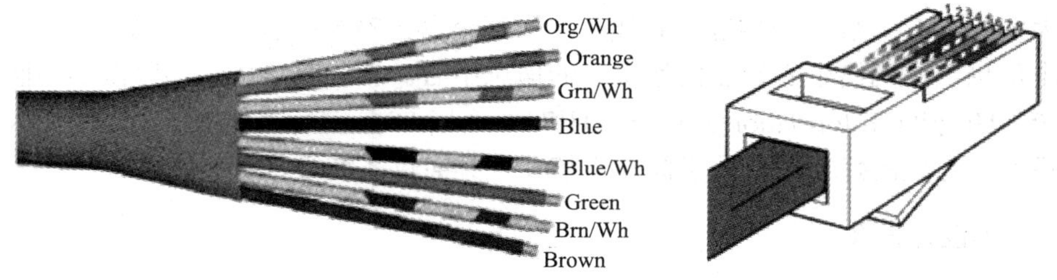

图 10-13　RJ-45 水晶接头与做好的网线接头

10.4.4　布线标识管理

在布线系统中，网络应用的变化会导致连接点经常移动、增加和变化。一旦没有标识或使用了不恰当的标识，都会使最终用户不得不付出更高的维护费用来解决连接点的管理问题。

布线系统有 5 个部分需要标识：线缆（电信介质）、通道（走线槽/管）、空间（设备间）、端接硬件（电信介质终端）和接地。线缆的标识，要求在线缆的两端都进行标识。严格地说，每隔一段距离都要进行标识，并要在维修口、接合处和牵引盒等处进行标识。空间的标识和接地的标识要求清晰醒目，让人一眼就能注意到。网络标签与标签打印机如图 10-14 所示。

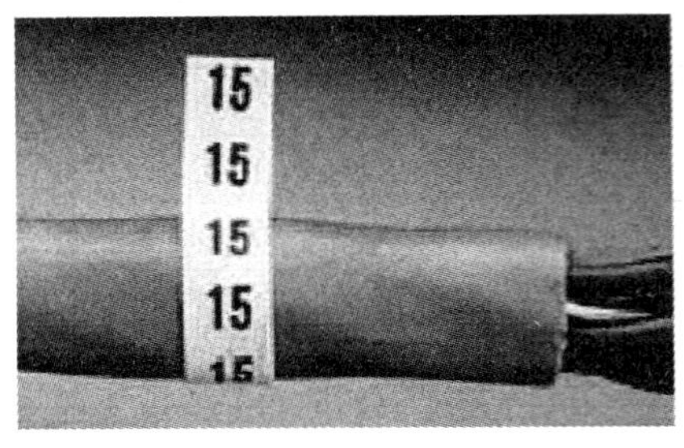

图 10-14 网线标签及标签打印机

10.4.5 布线测试

结构化布线系统的测试，实质上就是对线缆的测试。据统计，约有一半以上的网络故障与电缆有关，电缆本身的质量及电缆安装的质量都直接影响到网络能否正常地运行。对于电缆的测试，一般遵循“随装随测”的原则。现场测试一般包括接线图、链路长度、衰减和近端串扰等几项指标。布线系统的测试要求使用专业测试仪器，如福禄克（FLUKE）公司、安捷伦公司的系列测试产品。结构化布线的具体规划与设计，体现在根据建设目标和用户需求，按照布线设计标准与安装规范，提供工程化结构布线设计及施工解决方案，具体包括设计图（包括布局结构、管线设计建议、设备电源管线方案和材料清单）、施工进度计划和验收方案等。

10.5 企业网工程设计实例

某大型医院准备给 7 座楼综合布线，要求每个办公室至少有两个信息点，每个病房至多有一个信息点，网络中心设在门诊楼上的信息中心。新的网络应该为医院实现医院信息管理系统（Hospital Information System，HIS）、连接 Internet、远程访问和电子邮件系统，并为今后实现远程医疗系统、数字监控系统和视频会议系统等打下坚实基础。

10.5.1 总体设计方案

1. 网络设计原则

根据医院业务需求及综合布线系统的设计模式，同时充分考虑到网络目前和未来发展的应用需求，整个网络系统以网络信息中心机房为核心，采用三级网络结构。

① 网络主干：以信息中心的服务器机房为中心，通过室外的多模光缆连接二级网络设备，主干形成千兆以太网，提供高速网络带宽，满足医院目前及今后信息系统的应用需求。

② 二级网络：在各重要科室和各大楼中心，分别设置网络子配线间，连接三级网络交换机。

③ 三级网络：根据实际使用需要，考虑综合性能价格比，重要科室直接连接到配线间，某些次要科室采用交换机级联使用，在降低成本的同时满足整个网络应用的需要。

医院的整个网络系统被划分为 1 个网络交换中心及 6 个网络交换分中心。其中，网络交换中心在现在的信息中心，为整个网络系统提供主干网千兆交换能力。而网络交换分中心分布在门诊楼、眼科楼、外科楼、老干楼、中心楼、综合楼和总务楼，为计算机提供千兆接入能力。

2. 布线系统选型

大型医院信息流量大、信息类型多和信息的需求复杂，故对网络的要求较高。网络综合布线规划显得非常关键，要求网络有一定的带宽和可靠的连接能力；对于图像传输系统，要求网络能提供较好的实时特性和传输的稳定性。这就需要有一个全面的长远规划，以便减少以后网络布线工作的补充，大大减少网络布线的费用。

此次网络布线采用 6 类布线系统，整个网络为星型拓扑结构，以千兆光纤为主干，千兆铜缆（双绞线）到桌面。楼宇之间用光纤介质，日后可以平滑升级到万兆链路，楼层之内都用千兆无屏蔽双绞线，每个办公室至少有两个信息点，每个病房至多有一个信息点。

网络主干使用 4 芯多模光缆连接 7 座楼，采用星型结构连接到信息中心，共 7 根光缆。楼宇内布线要求全部采用 6 类无屏蔽结构化布线系统，包括铜缆、模块、配线架和跳线均要符合 6 类标准。最终每条线路要出具由福禄克 DTX 电缆认证分析仪（或同档次设备）生成的 CAT6 测试报告。配线架上使用的跳线全部使用机器压制成型的 6 类无屏蔽跳线，不能手工制作。楼宇内全部线路使用 PVC 的管道或线槽保护，必要时采用金属桥架。

医院有部分大楼已经完成网络布线，对于个别布线较早的老楼，未能达到超 5 类的标准，以百兆速率运行都很吃力，应该进行更换，以免造成瓶颈，影响整个网络的性能。已达到超 5 类标准的网线可以保留，待日后二次升级时再更换。

3. 内、外网及 IP 地址规划

在需要高度保密的单位，一般建设两套网络：内网和外网，这种方式多见于军工企业和军事科研院所。建设两套网络将大大增加建设费用和管理费用，而且仅有内、外网络隔离是不够的，还需要在制度上建立严格的保密条例，在每台 PC 机上增加额外的隔离卡，才能保证内、外网达到真正意义上的隔离。对于一般的公立医院，保密要求达不到军事级别，内、外网的主要区别在于是否能访问 Internet 资源，可以使用 VLAN 技术，将网络划分成“虚拟的内、外网”两部分。

地址规划是网络设计的一个重要环节，规划 IP 地址应充分考虑未来发展的需要，遵循统一规划、长远考虑和分片分块分配的原则。根据医院信息化网络工程覆盖范围广和结点数较多等特性，建议 IP 地址应采用保留的 C 类私有地址，不同的 VLAN 分配不同的 C 类网段，通过三层交换机进行互连，在接入网的出口采用 NAT 地址转换，实现 Internet 访问。

4. 网络设备选型

网络设备最好采用同一品牌，可以避免兼容性问题，而且操作命令一致，能够降低管理难度，也为统一的管理方式提供了可能。本项目全部采用锐捷公司的网络设备。

网络中心设在医院的计算中心，核心交换机采用了高性能的机箱式千兆三层交换机，以插槽形式提供多个千兆交换端口，采用灵活的模块方式，分别构成光纤接口和普通 RJ-45 接口，同各交换分中心通过光纤接口连接，同信息中心的数据服务器等通过 RJ-45 接口连接。为了网络的安全，每台交换机配备 UPS，安装防雷击设备。

各大楼交换分中心的设计出发点是：在保证网络带宽需求的基础上，最大程度节省费用。交换分中心设置在各个配线间中，以全千兆智能二层交换机为主，可堆叠百兆智能二层交换机作为辅助。

交换分中心通过 1～2 条光纤实现到交换总中心的连接，接到二层交换机上的千兆光纤接口，剩余的千兆接口提供给对流量要求很高的部门。从交换分中心向下级联可堆叠百兆智能二层交换机，为其他对流量要求不高的部门服务。当然，如果整个大楼都要求高流量，也可全部采用全千兆网口的智能二层交换机。

10.5.2 网络系统详细设计

1. 系统网络架构

根据对医院信息系统工程的需求分析，整个网络结构由核心层、汇聚层与访问层组成，如图 10-15 所示。由三层交换机组成网络的核心层，楼层交换机组成网络的汇聚层与访问层。

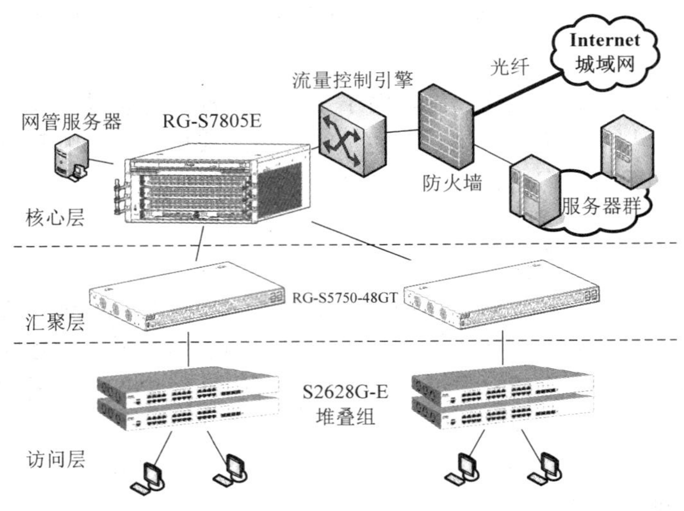

图 10-15 网络系统层次

2. 核心层交换机

锐捷 RG-S7805E 是面向云架构网络设计的核心交换机，支持高性能的小包线速转发能力，所有板卡均可实现 64 字节小包线速转发，从容应对未来网络对高速转发不丢包的苛刻需求。支持 VSU（Virtual Switch Unit，虚拟交换单元）虚拟化技术，将多台物理设备虚拟化为一台逻辑设备，统一运行管理，大幅减少网络结点，降低网络运维管理人员工作量。支持 VSD（Virtual Switch Device，虚拟交换设备）技术可将一台设备虚拟化为多台虚拟设备，每台虚拟设备具有独立的配置管理界面和独立硬件资源分配(比如内存和硬件转发表)，可以独立重启而不影响其他的虚拟交换机。最大程度上为您实现网络资源的按需分配，可让核心交换机资源同时共享给多个区域或用户使用。全面支持 IPv6 协议族。支持 SDN（Software Defined Networking，软件定义网络）的 OpenFlow 标准。

3. 汇聚层交换机

锐捷 RG-S5750-48GT 是融合了安全、智能和万兆接口的新一代弱三层接入交换机，特别适合园区网的汇聚或者接入，以及数据中心服务器群的接入使用。通过锐捷网络特有的 VSU 虚拟化技术，用户可以简化对网络的管理，提升网络架构的稳定性。硬件支持 IPv4/IPv6 双协议栈多层线速交换，支持三层路由协议。

4. 访问层交换机

锐捷 S2628G-E 交换机充分融合了网络发展需要的高性能、高安全、多业务和易用性特点，并融入了 IPv6 的特性，为用户提供全新的技术支持和解决方案。通过 IPv6 ACL 实现报文的过滤，保障网络安全；完整的 IPv6 协议族如邻居发现协议、ICMPv6、MTU 路径发现等满足了 IPv6 管理的需要。ARP 检测功能有效遏制 ARP 网关欺骗和 ARP 主机欺骗的现象。支持 DHCP snooping，只允许信任端口的 DHCP 响应，防止未经管理员许可私自架设 DHCP Server，扰乱 IP 地址的分配和管理。采用无风扇静音设计，大大降低了功耗和噪声。支持设备间的混合堆叠。支持使用 Web 浏览器配置交换机，从而降低部署成本。

5. 网络防火墙

锐捷 RG-WALL 1600 防火墙能实现基于用户、资源和应用的访问控制。采用最新的安全处理算法，提供防病毒、IPS、行为监管、反垃圾邮件、深度状态检测、外部攻击防范和应用层过滤等功能，有效保证网络安全。提供多种智能分析和管理手段，支持邮件告警，进行网络管理监控，协助网络管理员完成网络安全管理；全面的 VPN 业务，可以构建多种形式的 VPN；支持双机状态热备功能，支持 Active/Active 和 Active/Passive 两种工作模式，实现负载分担和业务备份，支持自动同步特征库和策略库；具备丰富的 QoS 特性，充分满足客户对网络高可靠性的要求。

6. 流量控制引擎

锐捷 RG-ACE（Application Control Engine）流量控制引擎，采用新一代 DPI 引擎，能够准确识别包括 P2P 应用、炒股软件、流媒体、企业办公和网络游戏等在内的超过 1000 种常规应用，避免因误识别造成断网。RG-ACE 的带宽嵌套、带宽租用和非对称流量识别技术，能够将带宽基于用户、身份和时间进行灵活的分配，满足网络实名管理与认证计费的需求；能与认证系统结合，可以实现基于用户身份的实名流控、实名日志和认证计费；丰富直观的报表实现应用和流量可视化管理。

7. 网络管理平台

网络管理平台由三部分组成：硬件服务器、网络设备管理软件和身份认证管理软件。

服务器选择 DELL PowerEdge T420 服务器，其性能卓越，并且拥有海量内存容量和超大 I/O 带宽，可提供均衡的超高性能和内置的扩展空间，支持热插拔硬盘、硬件和软件 RAID 选项、冗余风扇和热插拔电源等。

锐捷 RG-SNC 智能网络指挥官是锐捷网络为精确进行网络管理而设计的网络管理系统。RG-SNC 专注于网络拓扑管理、设备故障与性能监控、设备配置变更监视与设备配置管理，采用友好的全中文 Web 浏览器界面，可以远程协同维护和管理。

锐捷 RG-SMP 安全管理平台，可实现用户身份认证管理，能配合锐捷网络安全智能交换机、无线控制器、出口网关、路由器、防火墙和 RG-ACE 等设备，根据用户需求采用接入层准入认证、汇聚层准入认证和出口准出认证的方式，实现对用户身份认证、主机健康性、上网权限控制、安全域控制、TACACS+设备操作认证和权限控制，以及网络通信安全性等的管理。

习题 10

1．网络系统构建的原则有哪些？

2．在几个宿舍中组建小型网络，撰写一篇设计报告论述设计思路和设备选型原则。

3．设计一个网吧的网络模型，论述设计的原则和采用的软、硬件技术。

4．设计一个校园网模型，并在合适的地方使用通道技术、级联技术和堆叠技术。

5．设计一个生产型企业的 Internet 集成方案。

6．结合本校情况，简述校园网内部的信息安全状况，如防病毒、防黑客攻击的手段等，并分析不足之处，设计一套更好的解决方案，并论述设计理由。

参 考 文 献

高传善，曹袖，毛迪林，王雪平．2013．计算机网络教程[M]．2版．北京：高等教育出版社．

雷维礼，马立香，彭美娥．2008．局域网与城域网[M]．北京：人民邮电出版社．

尚晓航．2010．Internet 网络技术及应用[M]．北京：中国铁道出版社．

谢希仁．2008．计算机网络[M]．5版．北京：电子工业出版社．

徐恪，徐明伟．2012．高级计算机网络[M]．北京：清华大学出版社．

王道论. 2012．计算机网络联考复习指导[M]. 长沙：中南大学出版社．

吴功宜，吴英．2011．计算机网络教程[M]．5版．北京：电子工业出版社．

肖盛文．2010．计算机网络实用教程[M]．北京：邮电大学出版社．

杨心强，陈国友．2012．数据通信与计算机网络[M]．4版．北京：电子工业出版社．

杨延双，张建标，王全民．2007．TCP/IP 协议分析及应用[M]．北京：机械工业出版社．

张尧学，郭国强，王晓春，赵艳标．2006．计算机网络与 Internet 教程[M]．2版．北京：清华大学出版社．

张中荃．2009．接入网技术[M]．2版．北京：人民邮电出版社

[美]Andrew S. Tanenbaum．2012．计算机网络[M]．5版．严伟，潘爱民译． 北京：清华大学出版社．

[美]James F. Kurose， Keith W. Ross．2014．计算机网络：自顶向下方法[M]．6版．陈鸣译．北京：机械工业出版社．

[美]Larry L. Peterson，Bruce S. Davie．2015．计算机网络：系统方法[M]．5版．叶新铭，贾波等译．北京：机械工业出版社．

[美]W. Richard Stevens．2007．TCP/IP 详解[M]．卷1：协议．范建华等译．北京：机械工业出版社．

[美]William Stallings．2015．数据与计算机通信[M]．10版．王海，张娟等译．北京：电子工业出版社．

[美]William Stallings．2002．局域网与城域网[M]．6版．毛迪林，张琦等译．北京：电子工业出版社．

http://www.cnnic.net

http://www.faqs.org/rfcs/

http://www.icann.org/

http://www.iso.org/

http://www.isoc.org

http://www.ietf.org

RJ